Andreas Eschbach

DER NOBELPREIS

Roman

Gustav Lübbe Verlag

BASTEI LÜBBE TASCHENBUCH
Band 15763

1. Auflage: November 2007

Vollständige Taschenbuchausgabe der im
Gustav Lübbe Verlag erschienenen Hardcoverausgabe

Bastei Lübbe Taschenbücher und Gustav Lübbe Verlag
in der Verlagsgruppe Lübbe

© 2005 by Verlagsgruppe Lübbe GmbH & Co KG,
Bergisch Gladbach
Dieses Werk wurde vermittelt durch die literarische
Agentur Thomas Schlück GmbH; 30827 Garbsen
Lektorat und Textredaktion: Stefan Bauer
Umschlaggestaltung: Bettina Reubelt
Satz: Bosbach Kommunikation &
Design GmbH, Köln
Druck und Verarbeitung: GGP Media GmbH, Pößneck

Printed in Germany
ISBN: 978-3-404-15763-1

Sie finden uns im Internet unter
www.luebbe.de
www.lesejury.de

Der Preis dieses Bandes versteht sich einschließlich
der gesetzlichen Mehrwertsteuer.

VORBEMERKUNG

Es gehört zu den Besonderheiten der schwedischen Gesellschaft, dass jeder jeden duzt. Das förmliche »Sie« wird nur noch gegenüber Mitgliedern der königlichen Familie verwendet.

Ich war mir dessen bewusst, hielt es aber für falsch, in einem auf Deutsch geschriebenen Roman, der in Schweden spielt, dieses Detail der Umgangsformen eins zu eins zu übertragen. Würde man das tun, würde etwas, das ein Schwede als normal empfindet, auf den deutschen Leser irritierend wirken und auf diese Weise ein falscher Eindruck entstehen. Denn auch wenn es für einen Schweden üblich ist, fremde Leute mit Vornamen und »du« anzureden, gibt es natürlich trotzdem verschiedene Grade der Nähe zu anderen Personen – Grade, die sich im Schwedischen nicht in der Anrede ausdrücken, im Deutschen dagegen sehr wohl. Deshalb habe ich die bei uns gewohnten Anredeformen verwendet.

KAPITEL 1

Das bestgehütete Geheimnis Schwedens, sagt man, sei das Menü des Nobelbanketts.

Entwickelt wird es jedes Jahr in einer umständlichen, sich über Monate hinziehenden Prozedur von der *Förening Årets Kock*, jener Gesellschaft, die auch den schwedischen Koch des Jahres kürt. Nach zahlreichen Probeläufen und Konferenzen findet im Oktober schließlich ein mehrstündiges Testessen mit sechs Vertretern der Nobelstiftung statt, in dessen Verlauf vier Menüvorschläge getestet werden. Diese Kommission ist es, die die endgültige Entscheidung trifft – und schweigt. Das Einzige, was immer feststeht, ist, dass es zum Nachtisch Eis gibt. Doch bis zum Abend des 10. Dezember erfährt niemand außerhalb dieses kleinen Kreises Eingeweihter, welche Sorte.

Das Nobelmenü des vergangenen Jahres kann man, wenn man will, das ganze Jahr über im Rathauskeller bestellen, und es ist mit umgerechnet etwa hundertdreißig Euro pro Person für schwedische Verhältnisse nicht einmal übertrieben kostspielig. Für etwas mehr als das Fünffache dessen kann man ein Gedeck des eigens für das Nobelbankett entwickelten Service erstehen, bei dem – abgesehen vom Weiß des Porzellans – Gold und ein kräftiges Grün dominieren. Das sechsteilige Besteck ist teilweise vergoldet, das Fischmesser hat ein verspieltes grünes Auge, und vier Gläser mit vergoldetem Stiel gehören ebenfalls ins Set.

Doch kein Geld der Welt bringt einen näher an das Eigentliche heran: das wirkliche, wahrhaftige Nobelbankett, die exklusivste Tafel, die vorstellbar ist. Nur Genie oder Glück, am besten aber beides, können einem dazu verhelfen, zugegen zu sein, wenn geehrt wird, was nach Auffassung einer Institution, die in den über hundert Jahren ihrer Existenz zum Mythos geworden ist, die größten intellektuellen und wissenschaftlichen Leistungen der Menschheit sind.

Am Abend der Abende, nach Beendigung der Preisverleihung im Konzerthaus am Hötorget, ist die Zufahrt zum *Stadshuset*, dem 1923 erbauten gewaltigen Rathaus am Mälarsee, von Fackeln erleuchtet. Die Preisträger fahren in Limousinen vor, viele der anderen geladenen Gäste ebenfalls, aber nicht wenige kommen auch zu Fuß. Königlicher Glanz liegt über der Szenerie. Man wird mit Handkuss begrüßt, mit Verbeugungen und Knicksen, und selbst hartgesottene Republikaner fühlen sich durch das uralte höfische Zeremoniell gerührt. Während die Nobelpreisträger und andere Ehrengäste in der Prinzengalerie von den Mitgliedern der königlichen Familie, die das Stadthaus über einen eigenen Seiteneingang betreten haben, begrüßt werden, warten die übrigen Gäste im Foyer, bis sie um 18 Uhr 30 Platz nehmen dürfen an den gedeckten Tischen im Blauen Saal, der in Wirklichkeit überhaupt nicht blau ist. Seine hohen, von Zierglasfenstern durchbrochenen Wände aus Ziegelsteinen in verschiedenen warmen Rottönen, die scheinbar leicht auf den Pfeilern eines umlaufenden Säulengangs ruhen, verraten, dass der Architekt des *Stadshuset* von der venezianischen Architektur beeinflusst war; hätte der Raum kein Dach, er wäre eine wundervolle *Piazza*. Geplant war, die handgefertigten Backsteine mit polierten blauen Ziegeln abzudecken, doch der Architekt verwarf diese Idee während des Baus. Trotzdem hat sich der Name der Halle gehalten.

Um 19 Uhr öffnet sich die große dunkle Tür oben am Ende der Galerie aus Granit. Von hier aus geht es fünfzig Schritte auf der Balustrade über den Doppelsäulen bis zur marmornen Treppe, die in die Halle hinabführt. Fanfaren ertönen, die Orgel unter dem Dach erklingt, mit zehntausend Pfeifen und 138 Registern eine der größten Skandinaviens, und der schwedische König schreitet voran, eine Nobelpreisträgerin geleitend, falls eine Frau unter den Preisträgern ist, ansonsten traditionell die Gattin des Physiknobelpreisträgers an seiner Seite. Sie bilden die Spitze dieser Prozession der Erlauchten, die die Treppe hinabsteigen zu den gewöhnlichen Sterblichen, zu Verwandten und Freunden der Preisträger und zur Jugend, die jedes Jahr durch etwa 250 Studenten aller schwedischen Universitäten repräsentiert wird. Diese haben über ein Losverfahren das Anrecht erworben, umgerechnet hundert Euro für ihr Ticket zu bezahlen und mit den schlechtesten Plätzen, denen unterhalb der Arkaden, vorlieb zu nehmen. Sie tragen elegante Anzüge oder Kleider, weiße Kappen und Schärpen in gelb-blau, den Farben Schwedens.

Die königliche Familie, die Nobelpreisträger und die übrigen Ehrengäste nehmen am Ehrentisch Platz, der in der Mitte steht, quer zu den anderen, und etwas breiter und großzügiger gedeckt ist als diese. Rund 90 Gäste sitzen hier – neben den Mitgliedern der königlichen Familie die Preisträger, Vertreter der Regierung und der Nobelstiftung – und genießen eine Platzbreite von 70 Zentimetern, während an den anderen Tischen nur 60 Zentimeter vorgesehen sind, weil ansonsten die zwischen 1300 und 1400 Gäste nicht unterzubringen wären. Es mag das erlauchteste Bankett der Welt sein, das behaglichste ist es ganz sicher nicht.

Da der Blaue Saal nicht symmetrisch ist, sondern sich zu einer Seite hin verjüngt, können die Tische nicht so parallel zueinander stehen, wie sie sollten, und da auch die Prachttreppe nicht exakt in die Mitte des Raumes führt, ist das Aufstellen der Tische und Stühle ein kompliziertes Puzzle. Eine Mitarbeiterin der Nobelstiftung war in den vergangenen Wochen mit nichts anderem beschäftigt als damit, die Sitzordnung auszutüfteln, was sich bei weitem nicht darauf beschränkt, neben jeden Herrn eine Dame zu setzen. Jeder geladene Gast durfte auf einem eigens dafür vorgesehenen Formular Wünsche hinsichtlich seiner Platzierung äußern, etwa was die Nähe zu König und Königin oder zu Kollegen anbelangt, und all diesen Anliegen wurde im Rahmen des Machbaren Rechnung getragen.

Die Tische sind prachtvoll geschmückt. Tischschmuck hat eine jahrhundertelange Tradition in Schweden – die entsprechende Abteilung im zweiten Stock des *Nordiska Museet* gilt als eine der großen Sehenswürdigkeiten Stockholms –, und da das Schwedische Fernsehen ausführlich vom Bankett berichtet, wird die Dekoration in den kommenden Wochen öffentliches Gesprächsthema sein und in vielen Familien zu Weihnachten stilbildend wirken.

Nun ist auch das Geheimnis des Menüs enthüllt. In schlichten Buchstaben steht es auf den Karten gedruckt, die an allen Plätzen ausliegen, geziert von nichts anderem als dem Profil Alfred Nobels in Gold. Trotzdem können die wenigsten Teilnehmer des Banketts etwas mit dem anfangen, was sie da lesen, denn obgleich vornehm auf alle Akzente verzichtet wurde, ist es Französisch, und zwar jenes Französisch der gehobenen Küche, das zu einer eigenen Literaturform geworden ist, einer Literatur der Speisekarten, die versuchen, Gedichte zu sein, und bei deren Lektüre auch gebürtige Franzosen nicht selten Ratlosigkeit befällt.

Die meisten begnügen sich damit zu lesen, dass der Sekt, der ihnen in der ersten Amtshandlung der 210 Kellner kredenzt wurde, ein 1992er Dom Perignon Vintage war, und beschließen, sich im Übrigen einfach überraschen zu lassen. Andere, mit mehr Ehrgeiz, Weltläufigkeit und Französischkenntnissen ausgestattet, enträtseln, dass es als Vorspeise Ziegenkäsetörtchen mit einer Garnitur von roter Beete sowie Jakobsmuscheln und Langoustinen in Trüffelvinaigrette geben wird. Zum Hauptgang folgt Hirschfilet an Zimtsoße mit gegrilltem Herbstgemüse und einem Chutney von Preiselbeeren, dazu Kartoffeln. Das Dessert, *Glace Nobel* betitelt, als handle es sich um ein Markenzeichen, besteht dieses Jahr aus einem Birnendélice auf Schokoladen-Vanille-Creme nach bayerischer Art, begleitet von Champagner-Birnen-Sorbet.

Aus unerfindlichen Gründen befindet sich die Küche im sechsten Stock. Das Essen wird mit behäbigen Lastenaufzügen nach unten geschickt, im Goldenen Saal auf Teller aufgegeben und von der Schar Weißbejackter, die sich in den ungefähr vier Stunden, die das Bankett dauert, mit einer durchschnittlichen Geschwindigkeit von zehn Stundenkilometern bewegen, in unablässigem Einsatz über die große Treppe hinab in den Blauen Saal gebracht. 140 Kellner sind für die Speisen zuständig, 50 für den Wein, 10 stellen die Reserve dar, sind aber dennoch ebenfalls unablässig beschäftigt, und 10 weitere kümmern sich um die Erfüllung besonderer Wünsche. Vegetarier und Allergiker bekommen abweichend vom offiziellen Menü ein eigens für sie zubereitetes Essen. Die Organisatoren haben alles Nötige vorab in Erfahrung gebracht, und egal ob fleischlos, glutenfrei oder koscher, es ist nichts unmöglich.

Vor dem Dessert gibt es eine etwa zwanzigminütige musikalische Darbietung, wobei die Treppe als Bühne fungiert, die zu diesem Zweck meist blau beleuchtet wird, wohl um der Namensgebung des Saals doch noch einen Sinn zu verleihen. Mit dem Verebben des anschließenden Applauses senkt sich Dunkelheit über den Saal. Jeder weiß, was nun folgt: Das *Glace Nobel* wird serviert.

Eine Prozession von Kellnern, die so schnell einherschreiten, wie es sich mit der Erfordernis, feierlich zu wirken, gerade noch vereinbaren lässt, kommt mit von Funken sprühenden Wunderkerzen illuminierte Eiscreme die Treppe herunter. In Windeseile werden die Teller verteilt, die Kellner verschwinden im Dunkel und sind kurz darauf auf geheimnisvolle Weise erneut Bestandteil der Prozession. Es ist eine Zeremonie, die lachhaft wirken würde, wenn sie nicht so herzergreifend schön wäre.

Gegen Ende des Nobelbanketts schlägt noch einmal die Stunde der Preisträger. Sie treten der Reihe nach an ein kleines dunkles Pult in einer Nische neben der Treppe, schlichte elf Stufen über dem Boden der Halle, und sprechen Worte des

Dankes, manche mit bebender Stimme, die meisten bescheiden, immer aber der Forderung eingedenk, ein Zeitlimit von drei Minuten nicht zu überschreiten. Es ist eine der segensreichsten protokollarischen Begrenzungen, denn nach diesem Tag, nach diesem Abendessen mit Champagner und schwerem Wein wäre niemand mehr imstande, langen und womöglich tief schürfenden Reden in fremden Sprachen oder dialektgefärbtem Englisch zu folgen.

Schließlich endet das Bankett. Da ein ungeschriebenes Gesetz fordert, dass niemand vor dem König den Saal verlässt, ist es an ihm, das Signal dazu zu geben. Freilich erhebt sich König Carl XVI. Gustaf nicht nach Belieben von seinem Stuhl, sondern genau zu dem Zeitpunkt, den das sorgsam ausgearbeitete Protokoll dafür vorsieht. Im Goldenen Saal muss der letzte Anrichtetisch verschwunden sein und das Tanzorchester bereitstehen, wenn das Bankett endet. Sobald die königliche Familie, die Preisträger, die Professoren und Studenten und all die übrigen Gäste aufstehen und die Treppen hochsteigen, erklingt bereits Musik, auch diesmal, wie jedes Jahr, als Erstes ein Wiener Walzer.

Gegen ein Uhr endet auch der Tanz im Goldenen Saal. Die königliche Familie, die noch einmal in der Prinzengalerie Hof gehalten und ihre Gespräche mit den Preisträgern abgerundet hat, zieht sich zurück, und die Gäste entschwinden in die Winternacht. Doch die ist deswegen keineswegs schon zu Ende. Kein Preisträger, der nicht zu mindestens einer der vielen Feiern, die die Stockholmer Studentenverbindungen ausrichten, eingeladen wäre. Die Chauffeure der VOLVO-Pullman-Limousinen, die den Laureaten für die Zeit ihres Aufenthalts in Stockholm zur Verfügung stehen, kennen die Wege, und ohnehin wird jeder Laureat von einem ganzen Tross von Studenten begleitet und betreut, jungen Leuten mit leuchtenden Augen, für die sie Idole sind, so etwas wie die Popstars der wissenschaftlichen Welt.

Auch Mitglieder des Nobelkomitees findet man auf diesen

Festen. Eine ganz eigentümliche Heiterkeit geht von ihnen aus. Wieder einmal ist es vollbracht, wieder einmal ist alles gut über die Bühne gegangen. Ihre Entspannung scheint tiefer zu reichen als die aller anderen. Vielleicht, weil sie sich bewusst sind, dass ihnen im Grunde nur diese eine Nacht Pause vergönnt ist. Bereits am nächsten Morgen geht die nie endende Arbeit weiter: Es gilt, die Preisträger des kommenden Jahres ausfindig zu machen.

Diesmal jedoch ging etwas schief.

KAPITEL 2

Der Nobelpreis kennt nur Sieger. Nicht einmal zweite und dritte Plätze werden vergeben, von weiteren Rängen ganz zu schweigen. Die Öffentlichkeit erfährt nie, wer nominiert war oder wie die Abstimmungen verlaufen sind – nur, wer gewonnen hat. Alle Entscheidungen sind unwiderruflich, und sie können nicht angefochten werden.

Die Aufgabe, die Preisträger zu küren, fällt den Nobelkomitees zu, von denen es für jede Preiskategorie eines gibt. Alfred Nobel hat die dafür zuständigen Einrichtungen in seinem Testament unmissverständlich benannt – interessanterweise, ohne sie vorher zu fragen. Nach Nobels Tod am 10. Dezember 1896 vergingen einige Jahre, ehe alle Institutionen bereit und imstande waren, die ihnen zugedachten Aufgaben zu übernehmen, sodass erst 1901 die Nobelpreise zum ersten Mal verliehen wurden: an den Deutschen Wilhelm Conrad Röntgen für die Entdeckung der von ihm noch so genannten »X-Strahlen«, an den Niederländer Jacobus van't Hoff für die Bestimmung der Gesetzmäßigkeiten des osmotischen Drucks, an den Deutschen Emil Adolph von Behring für seine Arbeiten über Serumtherapie und an den französischen Dichter Sully Prudhomme. Der erste Friedensnobelpreis ging je zur Hälfte an den Franzosen Frédéric Passy und an den Schweizer Jean Henri Dunant, den Begründer des Roten Kreuzes.

Seither werden die Preise in Physik und Chemie von der Königlich Schwedischen Akademie der Wissenschaften zuerkannt, für die Auswahl des Preisträgers in Medizin oder Physiologie ist das Karolinska-Institut in Stockholm zuständig, der

Nobelpreis für Literatur ist Angelegenheit der Schwedischen Akademie, und der Friedensnobelpreis schließlich wird von einem vom *Storting*, dem norwegischen Parlament, gewählten Komitee vergeben. Im Jahre 1968 stiftete die Schwedische Reichsbank im Andenken an Alfred Nobel einen Preis für Wirtschaftswissenschaften, der seither umstritten ist und dessen Abschaffung immer wieder gefordert wird, weil er eben kein »richtiger« Nobelpreis sei.

Die Regeln, wer überhaupt Kandidaten nominieren darf, unterscheiden sich je nach Preis. Die beiden Grundregeln, die immer gelten, sind folgende: Erstens, niemand darf sich selbst vorschlagen. Zweitens, sowohl die Mitglieder der Komitees als auch ehemalige Nobelpreisträger dürfen Vorschläge machen. Darüber hinaus pflegt jedes Nobelkomitee ein weltumspannendes Netzwerk von Kontakten zu wichtigen Institutionen des Fachgebiets. Dieser Kreis umfasst jeweils mehrere tausend Personen, an die alljährlich ein Rundschreiben verschickt wird mit der Bitte, Kandidaten für den Nobelpreis zu benennen. Alle Nominierungen, die für die Preisvergabe des laufenden Jahres in Betracht gezogen werden sollen, müssen dabei zwingend vor dem ersten Februar bei dem betreffenden Nobel-Komitee eingegangen sein.

Vom ersten Februar an machen sich die Nobel-Komitees an die Bewertung der Nominierungen. Hierbei sind inzwischen jeweils eigens gegründete Nobel-Institute behilflich, da es heutzutage die Möglichkeiten eines fünfköpfigen Komitees bei weitem überstiege, auch nur die wichtigste Fachliteratur zu sichten, geschweige denn, die Arbeiten zu bewerten, die die Vorgeschlagenen geleistet haben.

Doch das Nobel-Komitee bereitet die Entscheidung nur vor, es trifft sie nicht. Es ist die Nobelversammlung, die letzten Endes den Preis vergibt, und Aufgabe des Komitees ist es, ihr bis zu ihrem Zusammentreten Anfang Oktober eine Liste von Vorschlägen vorzulegen, über die abgestimmt wird. In der Praxis sind diese Empfehlungen meist vorentscheidend, aber die

Versammlung ist nicht gebunden, sondern kann theoretisch auch jemanden wählen, der nicht vom Komitee vorgeschlagen wurde. So verwarf die aus den etwa 50 Professoren des Karolinska-Instituts bestehende Nobelversammlung 1979 den damaligen Vorschlag des Komitees, von dem man nur weiß, dass er auf biomedizinische Grundlagenforschung ausgerichtet war, und erkannte den Nobelpreis stattdessen den Erfindern der Computertomographie zu.

Unmittelbar nach dieser Abstimmung erfolgt der berühmte Anruf bei dem oder den Betreffenden, und in einer Pressekonferenz im Anschluss daran wird der künftige Nobelpreisträger bekannt gegeben. Der Preis darf, so hat es Alfred Nobel verfügt, auf maximal drei Gewinner verteilt werden. Mit Ausnahme des Friedensnobelpreises, der auch an Institutionen und Gruppen gehen kann, kommen für Nobelpreise nur Einzelpersonen in Frage, die zudem zum Zeitpunkt der Wahl noch am Leben sein müssen. Einzig wer nach der Wahl und Bekanntgabe im Oktober, aber vor der Verleihung im Dezember stirbt, erhält den Nobelpreis posthum. Der letzte derartige Fall ereignete sich 1996, als William Spencer Vickrey kurz nach der Bekanntmachung, dass er mit dem Preis in Wirtschaftswissenschaften ausgezeichnet worden war, einem Herzleiden erlag.

Der Nobelpreis ist mit einem Preisgeld von heutzutage etwa einer Million Euro einer der am höchsten dotierten Preise der Welt. Und er ist es schon immer gewesen. Zwar war die Summe in den ersten Jahren des Nobelpreises, vor den großen Inflationen und Weltkriegen, nominell geringer, entsprach damals aber dem Gehalt eines Hochschulprofessors für fünfundzwanzig Jahre und stellte damit einen womöglich noch höheren Wert dar als heute. Nobels Vorstellung war es – deshalb auch seine für die damalige Zeit revolutionäre Ausrichtung des Preises auf Einzelpersonen –, junge, vielversprechende Forscher und Künstler zu fördern und unabhängig von materiellen Beschränkungen zu machen.

In der Praxis sind es aber in der Mehrzahl ältere Männer,

die für lange zurückliegende Entdeckungen oder Werke ausgezeichnet werden. Seit Jahrzehnten liegt das Durchschnittsalter der Nobelpreisträger bei 62 Jahren, der Anteil der Frauen bei vier Prozent. Doch trotz aller Kritik und Anfeindungen ist der Nobelpreis nach wie vor – vielleicht sogar mehr denn je – die begehrteste Auszeichnung der Welt. Er ist eine Institution. Er muss sich nicht erklären, nicht rechtfertigen, ist niemandem Rechenschaft schuldig. Es gibt vielerlei Preise für vielerlei Leistungen, sogar einige besser dotierte, doch neben dem Nobelpreis verblassen sie alle.

Viele Entscheidungen der Nobelkomitees sind kritisiert worden, nicht wenige haben sich als Missgriffe herausgestellt, aber es sind immer unabhängige Entscheidungen gewesen. Soweit man weiß, haben weder offizieller noch diplomatischer Druck jemals Einfluss auf eine Preisentscheidung gehabt. Die Nobelinstitutionen legen Wert auf die Feststellung, auch von eventueller Lobbyarbeit interessierter Kreise unberührt zu bleiben.

Allen ist klar, dass es das Ende dieser Institution bedeuten würde, käme es jemals zu einem *gekauften* Nobelpreis.

Genauer gesagt: Wenn es dazu käme – *und es bekannt würde*.

In dem Jahr, in dem etwas schief ging, geschah es, dass Anfang Oktober eine McDonnell-Douglas 87 der SAS, die auf dem Mailänder Flughafen Linate gerade Anlauf für den Take-off nahm, in einen Cessna-Business-Jet raste, der sich in dem an diesem Morgen herrschenden starken Nebel auf die Runway verirrt hatte. Das Passagierflugzeug rammte einen Gepäckhangar, zerbrach in zwei Teile und ging, voll betankt für einen Flug nach Kopenhagen, augenblicklich in Flammen auf. Keiner der 104 Passagiere, von denen 56 italienische Staatsangehörige waren, überlebte, ebenso wenig wie die sechs Mitglieder der Crew oder die vier Personen an Bord der Cessna.

Bei den Untersuchungen stellte sich heraus, dass das Bodenradarsystem des Flughafens seit Tagen wegen Wartungsarbeiten außer Betrieb gewesen war. Die Kommunikation zwischen dem Tower und der Cessna war entgegen internationaler

Standards, die den ausschließlichen Gebrauch der englischen Sprache vorschreiben, zum Teil auf Italienisch erfolgt, zudem hatte der Tower sich die Anweisungen vom Piloten der Cessna nicht rückbestätigen lassen. Eine Vielzahl von Fehlern, die allesamt vermeidbar gewesen wären, hatte zu einem tragischen Unglück geführt.

Über die Diskussion um die mangelhaften Sicherheitsmaßnahmen des Mailänder Flughafens und das ganze Zuständigkeitsdurcheinander der italienischen Flugaufsicht insgesamt wurde nie bekannt, dass unter den schwedischen Todesopfern drei Professoren des Stockholmer Karolinska-Instituts gewesen waren. Mit anderen Worten, drei Mitglieder des Komitees, das wenige Tage später über die Vergabe des Medizin-Nobelpreises zu entscheiden hatte.

KAPITEL 3

Die meisten Ärzte fühlen sich in Kirchen unwohl, insbesondere, wenn eine Trauerfeier der Anlass ihres Aufenthalts darin ist. Das Sinnen und Trachten der Medizin ist auf Verbesserung des Lebens gerichtet oder zumindest auf seine Verlängerung, und wer sich diesem Kampf einmal verschrieben hat, sieht sich ungern mit der Tatsache konfrontiert, dass trotz aller Anstrengungen, Siege und Errungenschaften am Ende des Lebens dennoch unweigerlich der Tod steht, wie eh und je und ohne Aussicht auf Änderung.

In diesem Fall war der Tod früh, unerwartet und mit grausamer Plötzlichkeit gekommen, und er hatte zudem drei herausragende medizinische Forscher getroffen – eine zusätzliche Gemeinheit. Weil die italienischen Behörden die Leichname der drei Professoren noch nicht herauszugeben gewillt waren – es wurde gemunkelt, sie seien noch nicht einmal vollständig aus den Wrackteilen geborgen –, standen nur Fotos vorne beim Altar, in dezentem Chrom gerahmt und mit schwarzem Flor versehen, großformatige Schwarzweißabzüge der offiziellen Porträts, die die Pressestelle des Karolinska-Instituts von allen führenden Mitarbeitern zum Zwecke der Veröffentlichung bereithielt. Würdig sahen sie aus, alle drei. Ihre Witwen saßen in der ersten Reihe, eine in Tränen aufgelöst, die beiden anderen noch im Schock.

Die Bänke dahinter waren für die übrigen Professoren des Instituts reserviert, hinter diesen wiederum drängten sich Assistenten, Doktoranden, Laborhelfer, Sekretärinnen, Verwaltungsangestellte und schließlich zahlreiche Studenten, soweit der Platz in der Kirche dafür ausreichte.

In der Mitte der vierten Bankreihe saß Professor Hans-Olof Andersson, ein Pharmakologe, der seit nunmehr neunzehn Jahren dem Institut angehörte. Er würde später gestehen, von der Ansprache des Pfarrers nicht das Geringste mitbekommen zu haben. Er hatte stattdessen immer wieder verstohlen auf seine Armbanduhr gesehen und sich gefragt, ob vielleicht etwas mit ihr nicht in Ordnung war; die Zeit konnte doch unmöglich so langsam vergehen.

Während der Pfarrer fortfuhr zu erzählen, was für wunderbare Menschen die drei Verstorbenen gewesen waren, und alle mit ernster Miene lauschten, waren die Gedanken von Hans-Olof Andersson schon bei dem, was danach kommen würde. Er würde den Witwen die Hände schütteln und sein Beileid aussprechen müssen, und ihm graute vor diesem Moment. Aber es führte kein Weg daran vorbei. Die drei Toten waren Kollegen gewesen, man kannte einander von Feiern, Empfängen und anderen Anlässen. Mehr noch, eine der Frauen hatte sich ebenso rührend wie unerwartet um seine Tochter Kristina gekümmert, als vor vier Jahren Hans-Olofs Frau Inga bei einem Verkehrsunfall ums Leben gekommen war.

Eine Schuld. Und er hatte keine Ahnung, wie er sie abtragen sollte, jetzt, wo es möglich und nötig gewesen wäre. Er wusste nicht einmal, was er sagen sollte. Es war alles so plötzlich gekommen. Alles kam immer so plötzlich.

Hans-Olof erklärte später, er habe sogar regelrecht so etwas wie Ärger auf die Verstorbenen verspürt. Was hatten die drei eigentlich in Italien zu suchen gehabt? Mitglieder der Nobelversammlung hatten Anfang Oktober in Stockholm wahrhaftig genug zu tun und auf alle Fälle Wichtigeres!

Er erzählte auch, er habe sich, wie einer inneren Stimme folgend, in genau dem Moment umgedreht, in dem ihn jemand direkt ansah. Bei diesem Jemand handelte es sich um Bosse Nordin, der drei Reihen weiter hinten auf einem Platz ganz außen unter den Glasfenstern saß und in eine flüsternde Unterhaltung mit einem Mann vertieft war, den Hans-Olof nicht kannte. Hans-Olof hatte den Eindruck, dass die beiden ihn angesehen, aber den Blick in genau dem Moment abgewendet hatten, als er zu ihnen hinüberschaute.

Bosse war so etwas wie Hans-Olofs bester Freund am Institut, falls in der in hohem Maß von Konkurrenzdenken geprägten Atmosphäre des Campus so ein Begriff überhaupt angebracht war. Hans-Olof hätte bereitwillig eingeräumt, dass das Gefühl der Nähe auch einfach daher rühren mochte, dass sich ihre Büros auf beiden Seiten des Von-Euler-Wegs genau gegenüberlagen und sie einander durchs Fenster sehen konnten, wenn sie miteinander telefonierten. Es ging bei diesen Gesprächen selten um Fachliches – Bosse war Zellphysiologe, Hans-Olof Pharmakologe; zwar gab es zwischen beiden Fachgebieten Berührungen, nicht jedoch, was ihre jeweiligen Forschungsrichtungen anbelangte. Sie unterhielten sich eher über Freizeitaktivitäten, Institutsklatsch und dergleichen. Die Stimme des anderen im Ohr, seine Gestalt umrahmt von Zimmerpflanzen und hinter halb spiegelndem Glas, so standen sie einander oft gegenüber, wenn sich einer von ihnen über die Beurteilung eines Studenten klar werden wollte, Bosse einen derben Witz oder einen Börsentipp loswerden musste oder Hans-Olof einen Erziehungsratschlag brauchte: Bosse hatte sage und schreibe vier Töchter, von denen zwei schon verheiratet waren, und alles erlebt, was ein Vater mit Töchtern erleben konnte.

Hans-Olof überlegte, wer der Mann sein mochte. In Bosses Büro hatte er ihn noch nie gesehen, seine seltsam fischartigen, weit auseinander stehenden Augen wären ihm aufgefallen. Bosse hörte ihm mit reglosem Gesicht aufmerksam zu, nickte nur ab und an oder stellte eine kurze Frage. Vielleicht ging es um eines von Bosses geheimnisvollen Geschäften. Hans-Olof wusste nichts Genaues, aber irgendwelche Nebengeschäfte musste Bosse machen, bei dem Lebensstil, den er führte. Ein Haus in der besten Gegend von Vaxholm, immer das neueste Modell, das VOLVO herausbrachte, Urlaube in Thailand oder Malaysia – dass das Gehalt eines Universitätsprofessors dafür nicht ausreichte, wusste Hans-Olof, und dass Bosse alles mit Börsenspekulationen finanzierte, glaubte er einfach nicht. Dazu hatten sich zu viele der Tipps, mit denen er hausieren ging, als Windeier entpuppt.

Hans-Olof bemerkte, dass eine ältere Frau, die, wie er sich vage erinnerte, in der Studentenverwaltung arbeitete, seine neugierigen Seitenblicke mit deutlicher Missbilligung beobachtete, und sah wieder nach vorn. Er sagte sich, dass es ihn im Grunde genommen nichts anging, was Bosse trieb. Der Pfarrer schien zum Ende gekommen zu sein, der Chor sang irgendetwas Getragenes. Als die Leute ringsum aufstanden, erhob sich auch Hans-Olof, warf im Aufstehen noch einmal einen Blick hinüber zu Bosse Nordin und bemerkte zu seinem Erstaunen, dass dieser gerade auf ihn zeigte und der hagere Mann mit den Fischaugen verstehend nickte.

Um nicht erneut den Zorn der Frau aus der Studentenverwaltung zu provozieren, schwenkte Hans-Olof den Blick sofort wieder nach vorn zum Altar, aber dann wendete er den Kopf doch noch einmal neugierig zur Seite. Die beiden standen da, sahen voller Ernst zum Kreuz hinauf und sangen so halbherzig mit, wie die meisten Leute es in Kirchen eben tun. Nichts deutete darauf hin, dass sie ihn auch nur bemerkt hatten.

Nachdem alles überstanden war, fuhr Hans-Olof auf dem Weg zurück absichtlich ein paar Umwege, erwog, irgendwo einen Kaffee zu trinken, ließ es dann aber bleiben, nahm schließlich die Zufahrt über den Tomtebodaweg und parkte vor dem Berzelius-Bau, hinreichend weit weg vom Nobelforum, um nicht Gefahr zu laufen, irgendwelchen Presseleuten vor die Mikrofone zu geraten. Es grenzte ohnehin an ein Wunder, dass die Medien sich so zurückhielten, anstatt den Tod dreier stimmberechtigter Mitglieder der Nobelversammlung wenige Tage vor der Abstimmung als Sensation auszuschlachten.

Auf dem Campus war wenig los. Studenten standen beisammen, hatten Aktentaschen oder Bücherstapel unter dem Arm, redeten, rauchten, lachten. Das Leben ging weiter.

Genau wie es damals weitergegangen war, als Hans-Olof aus dem Krankenhaus heimgekehrt war und Inga nicht.

Er nahm den Weg an den Gästehäusern vorbei, einen Schleichpfad zwischen Müllcontainern und einem Tank für flüssigen Stickstoff hindurch, der von hinten her zum Pharmakologischen Institut führte. Einst war das ein normaler Zugang gewesen, aber in den letzten Jahren hatte man begonnen, zwischen den Gebäuden Behelfsbauten aus Containern aufzustellen. Sie waren mit rotem Holz umschalt, ein Versuch, das Ziegelrot der altehrwürdigen Mauern ringsum zu imitieren, doch sie wirkten trotzdem nur wie wissenschaftliche Legebatterien. Auf den verbliebenen Wegen dazwischen kamen zwei Personen nur noch mit Mühe aneinander vorbei.

An dem Geländer am Südeingang war ein Fahrrad festgekettet, inzwischen seit über einer Woche. Jemand – der Hausmeister vermutlich – hatte einen Zettel daran befestigt, dass hier das Abstellen von Fahrrädern nicht erlaubt sei und dieses Rad in Kürze entfernt werden würde, wenn sein Besitzer dem nicht zuvorkäme. Es war ein neuwertiges Fahrrad; es fiel schwer, sich vorzustellen, dass es einfach vergessen worden war.

Hans-Olof nestelte seine Ausweiskarte aus der Tasche, die ihm in Verbindung mit dem aktuellen Zugangscode die Tür öffnen würde, und las dabei die übrigen Bekanntmachungen, die von innen an das Glas der Türe geklebt waren. Die Hälfte davon beschäftigte sich mit Verlegungen oder Absagen angekündigter Vorlesungen aus Anlass der drei Todesfälle.

»Professor Andersson?«, fragte in diesem Augenblick jemand hinter ihm. »Kann ich Sie bitte einen Moment sprechen?«

Hans-Olof fuhr herum. Wie aus dem Boden gewachsen stand da ein Mann in einem dunkelgrauen Wettermantel, mit einem Lederkoffer in der Hand.

»Wie bitte?« Er rückte seine Brille zurecht. Im nächsten Moment fiel ihm wieder ein, woher er das Gesicht kannte.

Es war der Mann, der in der Kirche mit Bosse Nordin gesprochen hatte. Der Mann mit den Fischaugen.

KAPITEL 4

Mich sprechen?«, wiederholte Hans-Olof, während er den Mann ansah, zu verstehen versuchte, was das alles bedeutete, und ihn ein zunehmend ungutes Gefühl beschlich. »Warum? Ich meine, worum geht es?«

Der Mann verzog keine Miene. »Das lässt sich nicht in zwei Sätzen sagen.« Er hob den Koffer leicht an. »Ich muss Ihnen dazu etwas zeigen.«

»Ich habe jetzt aber keine Zeit.« Seine Standardausflucht. Bei Studenten funktionierte sie immer. »Lassen Sie sich von meiner Sekretärin einen Termin geben.«

»Es dauert nur ein paar Minuten«, beharrte der Mann mit den weit auseinander stehenden Augen. »Und es ist äußerst dringend.«

Hans-Olof Andersson schnaubte entrüstet. »Ich kann doch nicht einfach... Bloß weil Sie daherkommen und behaupten...« Er hielt inne. Irgendwie war er sich plötzlich sicher, dass der Mann nicht weggehen würde, egal was er sagte. »Wer sind Sie überhaupt?«, fragte er.

»Mein Name ist Jon Johansson.« Später sollte Hans-Olof berichten, dass schon in der Art, wie der Fremde diesen Allerweltsnamen aussprach, verächtliche Gleichgültigkeit mitgeklungen hatte, so, als wolle er ausdrücken: *Wenn Sie unbedingt darauf bestehen, dann lüge ich Ihnen eben etwas vor, na und?*

»Und was wollen Sie?«

»Nur ein paar Minuten. Es wird nicht mehr Zeit in Anspruch nehmen, als wir hier draußen schon verplempert haben.«

»Warum? Wer schickt Sie? Professor Nordin?«

Die fischigen Augen des Mannes musterten ihn mit einem seltsam entrückt wirkenden Blick. Als seien es in Wirklichkeit kunstvoll bemalte Stahlkugeln. »Gehen wir doch einfach kurz in Ihr Büro, Professor Andersson«, sagte er dann mit einer Bestimmtheit, der Hans-Olof nichts mehr entgegenzusetzen hatte.

Resignierend drehte er sich also zur Tür um, zog seinen Ausweis durch den Schlitz des Lesers, tippte die Codeziffern ein und zog, als das Schloss klickte, die Tür auf. Er war von unbändigem Zorn gegen sich selbst erfüllt, als er den Flur entlang und die Treppe hoch stapfte und der Mann ihm mit seinem Koffer folgte, wortlos und mit der allergrößten Selbstverständlichkeit.

Sie gelangten schweigend oben an, ohne jemandem zu begegnen. Hans-Olof schloss die Tür seines Büros auf, und erst als er die Tür schon offen hatte, fiel ihm ein, dass er hätte vorgeben können, die Schlüssel im Auto vergessen zu haben; er hätte sich ohrfeigen können, dass ihm das nicht eher eingefallen war.

Nun war es zu spät. Mit einem stummen Kopfnicken auf den freien Stuhl deutend, ging Hans-Olof um seinen Schreibtisch herum, nahm wahllos Akten von den Stapeln auf dem Bücherregal und ließ sie vernehmlich auf die Schreibunterlage knallen, damit dem Mann klar wurde, dass Arbeit auf ihn wartete, *wichtige* Arbeit, und zwar jede Menge. Er sah aus dem Fenster, hinüber zum Bau des Nobelinstituts für Zellphysiologie, aber Bosse war nicht in seinem Büro.

Als er sich wieder umdrehte, hatte der Mann seinen Koffer geöffnet und ihn auf den Schreibtisch gelegt. Darin war etwas rötlichbraunes und blauweißes, und Hans-Olof musste erst einmal blinzeln und die Brille zurechtrücken, ehe er begriff, dass es Fünfhundert-Kronen-Scheine waren, ganze Bündel davon.

»Drei Millionen insgesamt«, sagte der Mann.

Hans-Olof war im ersten Augenblick sprachlos. Darum also ging es. Der Unbekannte war Journalist und versuchte auf diese Weise an Informationen zu kommen. Vermutlich wollte er wissen, was jetzt aus der Abstimmung wurde. Wer für die Toten nachrückte. Niemand, aber das würde Hans-Olof ihm nicht erzählen, wenn er zu dumm war, die Statuten zu lesen. Das Karolinska-Institut musste natürlich neue Leute für die nunmehr vakanten Stellen berufen. Und es würden wieder Wahlen für die Nobelversammlung stattfinden. Doch das war ein Vorgang, der Wochen dauerte.

Oder wollte der Mann etwas gänzlich anderes wissen? Womöglich vorab erfahren, wer dieses Jahr den Nobelpreis in Medizin erhalten würde? Das wäre natürlich ungeheuerlich. Ungeheuerlich auch, dass man in ihm jemanden vermutete, der derlei preiszugeben bereit sein könnte.

Er fand seine Stimme wieder. »Das ist zwecklos«, sagte er und schüttelte den Kopf, um zu unterstreichen, *wie* zwecklos.

»Ich bin nur der Bote«, sagte der Mann. Er streckte die Hand aus, berührte den Koffer, schob ihn eine Winzigkeit weiter auf Hans-Olof Andersson zu. »Die Leute, die mich schicken, haben mich beauftragt, Ihnen diese Summe – drei Millionen Schwedische Kronen in bar – anzubieten, wenn Sie bei der bevorstehenden Abstimmung über den Medizinnobelpreis für Frau Professor Sofía Hernández Cruz stimmen.«

Hans-Olof Andersson starrte den Mann mit einem ganz und gar irrealen Gefühl an. Schon die Vorstellung, jemand würde einfach mit einem Koffer voller Geld in das Büro eines Mitglieds der Nobelversammlung spazieren, in der ernsthaften Erwartung, derjenige ließe sich ohne weiteres bestechen, war lachhaft. Doch dass diese Bemühungen ausgerechnet Sofía Hernández Cruz gelten sollten, grenzte ans Absurde.

Sofía Hernández lebte und arbeitete in der Schweiz. Bekannt geworden war sie in ihrer Zeit an der Universität von Alicante, mit Experimenten zur Interaktion zwischen Hormonsystem und neuronaler Struktur, deren brillante Konzeption Hans-Olof faszinierte, seit er den ersten Artikel darüber gelesen hatte. Zugleich hatte sie damit einen Sturm moralischer

Entrüstung ausgelöst, nicht nur, aber vor allem in Spanien. Selbst am Karolinska war Hans-Olof mit seiner positiven Einstellung alleine, intern galt die Spanierin als chancenlos. Dass jemand ihr den Nobelpreis mittels Bestechung zu verschaffen versuchte und sich mit seinem Ansinnen dann ausgerechnet an den vermutlich einzigen Stimmberechtigten wandte, der ohnehin längst beschlossen hatte, für Sofía Hernández zu stimmen – das war schon fast tragisch.

»Darf ich Ihr Schweigen als Einverständnis werten?«, erkundigte sich der Mann mit den weit auseinander stehenden Augen. Er machte eine entschuldigende Geste. »Ich muss meinen Auftraggebern Ihre Antwort übermitteln.«

Hans-Olof zog den Schreibtischstuhl zu sich heran, aus dem absurden Gefühl heraus, wie er später erzählte, er müsse einen Sicherheitsabstand zu dem Geld einhalten, und ließ sich erschüttert darauf nieder. »Sie sind verrückt. Packen Sie sofort Ihr Geld, und machen Sie, dass Sie hinauskommen.«

Der Mann stieß einen vernehmlichen Seufzer aus und sagte leise: »Sie machen einen Fehler, wenn Sie jetzt ablehnen. Glauben Sie mir.«

»Hinaus«, flüsterte Hans-Olof.

»Das ist ein gut gemeinter Ratschlag.« Der Mann schüttelte den Kopf, aber nicht tadelnd, eher besorgt. »Sie sollten das Geld nehmen und tun, was von Ihnen verlangt wird.«

»Hinaus.«

»Nehmen Sie es. Tun Sie sich einen Gefallen, und nehmen Sie es.«

»*Hinaus!*«, brüllte Hans-Olof. »Verlassen Sie augenblicklich mein Büro, oder ich rufe die Polizei!«

»Schon gut.« Der Mann hob die Hände und stand auf. »Schon gut. Wie Sie wollen. Kein Problem.« Er drehte den Koffer zu sich um, ließ den Deckel zuklappen und drückte die Verschlüsse herab, die nacheinander mit einem Geräusch wie zuschnappende Handschellen einrasteten. »Aber Sie werden sich noch wünschen, Sie hätten auf mich gehört.«

»Kein Wort mehr.«

Der Mann sagte tatsächlich kein Wort mehr. Er nahm seinen dunkelbraunen Koffer vom Tisch, als wäre nichts darin, höchstens Altpapier, wandte sich ab und verschwand, ohne sich noch einmal umzudrehen.

Das Geräusch, mit dem die Tür hinter ihm ins Schloss fiel, schien Ewigkeiten im Raum zu hängen, gar nicht mehr verklingen zu wollen. Oder hallte es nur in seinem Kopf wider? Hans-Olof stemmte sich hoch, ging zum Waschbecken, betrachtete sich in dem Spiegel darüber, schob fahrig ein paar seiner dünn werdenden weißen Strähnen zurecht. Rote Flecken im Gesicht, die Äderchen auf der Nase unübersehbar. Sein Blutdruck war jenseits von gut und böse, natürlich. Adrenalinüberschuss, und wie. Er brauchte einen Antagonisten, nein, etwas anderes… Er versuchte sich im Geist die biochemischen Regelsysteme zu vergegenwärtigen, die die Parameter des Blutkreislaufs regelten, die Punkte darin, an denen pharmakologische Wirkstoffe ansetzten. Aber er war zu aufgeregt, um sich konzentrieren zu können. Schließlich nahm er einfach ein halbes Dutzend Baldrianpillen aus einem unbeschrifteten braunen Fläschchen in seinem Schreibtisch und spülte sie mit etwas Wasser hinunter. Dann ließ er sich in seinen Schreibtischstuhl fallen und wandte das Gesicht zum Fenster, um darauf zu warten, dass Bosse Nordin in sein Büro kam oder die Wirkung der Tabletten einsetzte.

Bosse kam nicht. Hans-Olof saß lange da und starrte in das dunkle, leere Zimmer gegenüber. Schließlich drehte er sich zum Schreibtisch um, nahm den Hörer auf und wählte die Nummer des Nobelkomitees. Er nannte seinen Namen, als eine der beiden Sekretärinnen sich meldete, und sagte: »Ich brauche einen Termin beim Vorsitzenden. So schnell wie möglich.«

KAPITEL 5

Mit seinem vollen, weißen Haar und den dreiteiligen englischen Anzügen, die er zu tragen pflegte, hatte Ingmar Thunell, der Vorsitzende des Nobelkomitees, etwas von einem Grandseigneur an sich. Er war einer der ältesten Professoren des Instituts; nach Ende seiner dreijährigen Amtszeit als Chairman des Komitees würde er sich voraussichtlich emeritieren lassen – eine Perspektive, der nicht wenige im Kollegium sehnsuchtsvoll entgegensahen.

»Hmm«, sagte er bedächtig, als Hans-Olof mit seinem Bericht fertig war. Dann lehnte er sich im Sessel zurück, einem schweren braunen Ohrensessel mit goldenen Polsternägeln, stellte die gespreizten Finger seiner Hände gegeneinander und sah sein Gegenüber mit undurchdringlichem Blick an. »Und was soll ich jetzt Ihrer Meinung nach tun?«

Diese Frage erstaunte Hans-Olof. Thunell galt als unumstrittene Kapazität auf dem Gebiet der Zellmembran, aber selbst Gutwillige sagten über ihn, er lebe seit geraumer Zeit in seiner eigenen Welt. Die Übrigen meinten unverblümt, er sei ein hoffnungslos altmodischer Idealist mit einem gehörigen Sprung in der Schüssel. Trotzdem – oder gerade deswegen – hatte Hans-Olof erwartet, dass sein Bericht bei ihm höchste Empörung auslösen würde.

»Ich weiß nicht«, bekannte er. »Ich bin davon ausgegangen, dass es Regeln für solche Fälle gibt. Maßnahmen.«

»Sie meinen Disqualifizierung?«

»So ungefähr. Als letzte Konsequenz, natürlich.«

Thunell klopfte mit seinen Zeigefingern gegeneinander,

während er nachdachte, kleine, nervöse Bewegungen, und hörte wenig später wieder damit auf, offenbar, weil er zu einem Entschluss gelangt war. »Wie lange sind Sie schon am Karolinska, Hans-Olof?«, fragte er.

Obwohl Hans-Olof Professor war und im normalen Leben alles andere als ein Wunder an Geistesgegenwart, diese Auskunft konnte er jederzeit leicht geben. Er brauchte nur zum Alter seiner Tochter fünf Jahre dazuzuzählen, das war der Trick. »Im August waren es neunzehn Jahre.«

»Aber Sie waren noch nie im Komitee, soweit ich mich entsinne, oder?«

»Nein.« In das Nobelkomitee, jenes fünfköpfige Gremium, das die eigentlichen Vorarbeiten für die Abstimmung leistete, musste man von den übrigen Mitgliedern der Versammlung gewählt werden. Dazu war es in seinem Fall aus irgendeinem Grund nie zuvor gekommen.

»Dann muss ich Ihnen jetzt zunächst einmal etwas über die Arbeit im Komitee erzählen.« Thunell faltete die Hände und richtete den Blick in eine der oberen Zimmerecken. »Wenn wir uns Anfang Februar die Liste der Nominierungen ansehen, ist die erste Frage, die wir uns stellen, nicht die, wer von denen, die darauf stehen, den Preis verdient hat. Den Preis verdient haben viele, das wissen Sie so gut wie ich. Nein, die erste Frage, die wir uns stellen, ist: Warum ist dieser Mann oder diese Frau nominiert worden? Von wem? Und warum? Was verspricht sich der Nominierende davon? Ist die Nominierung vielleicht eine Gefälligkeit? Gibt es Verbindungen, von denen wir nichts wissen? Kontakte zu den Gutachtern? Und so weiter und so weiter. Die Frage der Einflussnahme stellt sich von Anfang an. In gewisser Weise ist sie sogar in unser System eingebaut, dadurch, dass jeder ehemalige Nobelpreisträger Kandidaten nominieren darf. Eine Regel, die die Inzucht fördert, nicht wahr? Statistisch gesehen hat jemand, der mit einem Nobelpreisträger zusammenarbeitet, deutlich größere Chancen, den Nobelpreis einmal selber zu bekommen. Dessen müssen wir uns bewusst sein. Zudem arbeiten heutzutage viele hervorragende Wissenschaftler nicht mehr in staatlichen Einrichtungen, sondern in der Industrie, in Laboratorien, die von multinationalen Konzernen betrieben werden. Es ist klar, dass Firmen ein Interesse daran haben, jemanden aus ihren Reihen auf dem Siegerpodest zu sehen, und natürlich versuchen sie jene Art von Lobbyarbeit, die ihnen gegenüber Parlamenten und Regierungen Vorteile verschafft, auch bei uns zu betreiben.« Er richtete den Blick wieder auf Hans-Olof und schenkte ihm ein kaltes Lächeln. »In der Regel ohne Erfolg.«

Hans-Olof sah sein Gegenüber nicht ohne Bestürzung an. Das klang alles, als führe der Vorsitzende des Nobelkomitees solche Gespräche jeden Tag. »Der Mann wird es bei jemand anderem versuchen«, sagte er. »Irgendjemand wird das Geld womöglich sogar nehmen.«

»Mag sein.« Thunell beugte sich vor, kniff dabei die Augen leicht zusammen, ein abschätziger, listiger Blick. »Nebenbei gefragt, warum haben *Sie* es eigentlich nicht genommen?«

»Ich?« Hans-Olof schnappte nach Luft.

»Wenn Sie, wie Sie sagen, ohnehin vorhatten, für Hernández zu stimmen, hätten Sie es doch ohne schlechtes Gewissen nehmen können. Schließlich wäre Ihre Entscheidung dadurch ja nicht beeinflusst worden. Und drei Millionen Kronen, zumal steuerfrei, sind ein schöner Batzen Geld, würde ich sagen.«

Hans-Olof merkte, dass seine Hände sich um die Lehnen des Stuhls gekrallt hatten, auf dem er saß. »Herr Kollege, ich versichere Ihnen, dass ich das nicht eine einzige Sekunde lang erwogen habe«, erklärte er mit gepresster Stimme. »Die Reputation und Integrität des Nobelpreises sind mir heilig.«

»Heilig, so so«, meinte Thunell. Er atmete scharf ein, lehnte sich zurück, das Kinn auf die wie zum Gebet zusammengeführten Hände stützend, und verharrte eine ganze Weile so, ohne etwas zu sagen.

»Ich hoffe, Sie glauben mir«, sagte Hans-Olof schließlich, als er die Stille nicht länger ertrug.

Thunell nickte nachdenklich. »Wissen Sie«, begann er in einem seltsam beiläufigen Erzählton, »es entgeht mir nicht, was so geredet wird. Es ist mir auch nicht entgangen, dass die meisten abfällig über Sofía Hernández Cruz sprechen. Weil sie eine Frau ist. Eine Spanierin zumal – unvorstellbar, dass so jemand bedeutende Arbeit auf dem Gebiet der Neurophysiologie leisten kann, nicht wahr? Ganz zu schweigen von dieser unsäglichen Moraldiskussion. So sind sie, die Vorurteile unserer geschätzten Kollegen.« Er blickte gedankenverloren vor sich hin, nickte ein paar Mal sinnend. »Nun ja, vielleicht wären meine Vorurteile kein Haar besser. Aber ich habe Sofía Hernández Cruz einmal kennen gelernt. Das war, als sie noch an der Universität von Alicante arbeitete, zwei Jahre, bevor der ganze Zirkus in der Presse losging und sie nach Basel wechselte. Lange Zeit her. Sie forschte damals über die Funktionsweise von Narkotika, und obwohl das aus heutiger Sicht eine völlig konsequente Etappe ihrer Arbeit war, erinnere ich mich, dass ich es ausgesprochen paradox fand. Denn sie ist eine der hellwachsten Personen, die ich je getroffen habe. Und eine der klügsten obendrein.«

Hans-Olof rutschte unbehaglich auf die vorderste Kante des Stuhls. »Ihre Qualifikation habe ich nie bezweifelt. Wie gesagt, ich wollte ohnehin für sie stimmen.«

»Würden Sie mir zustimmen, dass Professor Hernández Cruz unredlicher Einflussnahme überhaupt nicht bedarf?«

»Absolut.«

»Nicht wahr? Sie ist dieses Jahr zum ersten Mal nominiert. Im Schnitt wird ein Kandidat achtmal nominiert, ehe er den Preis bekommt. Und sie ist noch jung mit – wie alt? Fünfundfünfzig Jahren? Sechsundfünfzig? Sie wird den Preis vielleicht diesmal nicht bekommen, aber irgendwann bestimmt.« Thunell beugte sich leicht vor. »Zudem: Betrachten Sie das Thema ihrer Arbeit. Sie hat unser Verständnis für das Zusammenspiel von Hormonen und Nervensystem enorm weitergebracht. Sie hat gezeigt, wie Geist und Körper miteinander verschaltet sind.

Das, was die Zeitungen so blumig das ›Experiment von Alicante‹ nennen, wird in zehn Jahren fraglos in den Lehrbüchern der Oberstufen stehen. Aber – es gibt keinerlei wirtschaftlichen Nutzen, den irgendjemand aus einer Preisvergabe an sie ableiten könnte. Kein Medikament, keine neue Behandlungsform, nichts.«

Hans-Olof nickte. »Richtig.«

Thunell sah ihn an und hob die buschigen weißen Augenbrauen. »Also frage ich Sie: Warum sollte jemand so eine törichte Aktion unternehmen?«

Hans-Olof erschrak über diese Wendung des Gesprächs, denn es schien darauf hinauszulaufen, dass Ingmar Thunell ihm seine Geschichte nicht glaubte. Beweisen konnte er sie in der Tat nicht. Die Erinnerung daran kam ihm, wie er später einräumen sollte, sogar selber unwirklich vor. »Ich weiß es nicht«, gab er zu. »Ich denke nur, dass wir darauf reagieren müssen. Notfalls, indem wir ein Exempel statuieren.«

»Indem wir Sofía Hernández Cruz disqualifizieren?«

»Zum Beispiel. So Leid es mir tut.«

Ingmar Thunell verschränkte die Arme und musterte ihn mit spöttischem Blick. »Ist Ihnen noch nicht der Gedanke gekommen, dass es genau das sein könnte, was der Unbekannte – oder seine Hintermänner, falls es die gibt – bezwecken will?«

So hatte Hans-Olof es in der Tat noch nicht betrachtet. Dabei lag es auf der Hand. Und wenn man in dieser Richtung anfing zu denken, eröffneten sich Perspektiven, die einem buchstäblich den Atem verschlugen. Perspektiven, die eher Abgründe waren.

Er musste an die so genannte *Kortlist* denken, die Liste der Kandidaten, die das Komitee in die engste Wahl gezogen hatte und der Nobelversammlung vor der Abstimmung vorstellen würde. Wie üblich standen auch dieses Jahr fünf Namen darauf. Die streng vertraulich zu behandelnden Dossiers dazu waren inzwischen an alle Stimmberechtigten ausgegeben worden. Das hieß nicht, dass es nicht vorkommen konnte, dass jemand in der Versammlung aufstand und sich für einen anderen Nominierten einsetzte – tatsächlich war das schon häufig geschehen –, aber in der Regel war die Empfehlung des Komitees eine Vorentscheidung.

Der erste Name auf der *Kortlist* und damit der Favorit dieses Jahres war der eines Biochemikers, der bedeutende Entdeckungen auf dem Gebiet der kleinen RNA-Moleküle gemacht hatte. Sein Name war Mario Gallo.

Ein Italiener.

Das Flugzeugunglück. Mailand. Das war auch Italien. Gab es am Ende einen Zusammenhang? Hans-Olof spürte ein beklemmendes Gefühl in der Brust und sagte sich, dass er besser daran tat, aufzuhören, über solche Dinge nachzudenken.

»Was werden Sie tun?«, fragte er.

Ingmar Thunell strich sich einen imaginären Kinnbart glatt. »Nichts«, sagte er kühl. »Wir werden den Vorfall ignorieren. Die Arbeit des Jahres ist getan, und übermorgen schreiten wir zur Abstimmung, um den Preis dem Verdienstvollsten zuzuerkennen, ohne Rücksicht darauf, ob Schwede oder Ausländer, ob Mann oder Frau, genau so, wie Alfred Nobel es verfügt hat.« Er legte in einer Geste, die etwas Abschließendes hatte, die Hände flach vor sich auf den Tisch. »Und ohne Rücksicht darauf, ob uns jemand zu beeinflussen versucht oder nicht.«

KAPITEL 6

Nach dem Gespräch mit dem Vorsitzenden des Nobelkomitees kehrte Hans-Olof in sein Büro zurück, doch er war außerstande, einen klaren Gedanken zu fassen oder womöglich mit seiner Arbeit fortzufahren, als sei nichts gewesen. Immer wieder wanderte sein Blick zum Fenster hinaus, und als er in Bosse Nordins Büro Licht angehen sah, sprang er sofort auf, riss seinen Mantel vom Haken und stürmte hinaus.

»Um Himmels willen«, entfuhr es Bosse, als Hans-Olof ohne anzuklopfen in sein Zimmer gestürmt kam. »Was ist denn mit dir los?«

»Wer war der Mann in der Kirche?«, fragte Hans-Olof, noch außer Atem von drei Treppen hinab und drei Treppen hinauf.

»Welcher Mann?«

»Der in der Kirche mit dir gesprochen hat.«

Bosse zuckte großäugig mit den Schultern. »Keine Ahnung.«

»Ich habe gesehen, wie du auf mich gezeigt hast.«

»Ja. Er wollte wissen, wer du bist.«

»Wer ich bin? Wieso das denn?«

»Keine Ahnung. Er hat mich gefragt, ob ich Professor Hans-Olof Andersson kenne. Ich habe gesagt, ja, da drüben sitzt er. Und auf dich gezeigt.« Auf Bosses rosig-draller Stirn zeigten sich die ersten Unmutsfalten. »Würdest du jetzt bitte die Freundlichkeit haben, mir zu erklären, was das alles soll?«

»Der Mann hat versucht, mich zu bestechen«, sagte Hans-Olof und ließ sich in Bosses Besucherstuhl fallen.

»Dich zu bestechen?«

»Drei Millionen Kronen, wenn ich übermorgen für Sofía Hernández Cruz stimme.«

»Ist nicht wahr.«

»Er hatte das Geld gleich dabei. Einen ganzen Koffer voll.«

»*Skit*.« Bosse stand mit einer heftigen Bewegung auf, seinen Schreibtischstuhl mit den Kniekehlen davonstoßend, dass er gegen einen hüfthohen Hydrokulturbottich rappelte, trat ans Fenster und sah hinaus, als gäbe es drunten auf dem Fußweg heimtückisch lauernde Verfolger zu entdecken. »Und was hast du gemacht?«

Hans-Olof ächzte. »Was wohl? Ihm gesagt, dass er sich zum Teufel scheren soll.«

»Oh, natürlich. Der Ritter ohne Furcht und Tadel. Und dann?«

»Bin ich zu Thunell und habe ihm alles erzählt. Aber der sieht keinen Anlass, etwas zu unternehmen.«

»Zu Thunell?« Bosse seufzte und ließ den Kopf mit einem dumpfen Bums nach vorn gegen die Scheibe sinken. »Nein, ich meinte den Mann. Was hat er gemacht, nachdem du ihm das gesagt hast?«

»Der war ziemlich hartnäckig. Ich musste ihm mit der Polizei drohen, ehe er seinen Koffer gepackt hat und gegangen ist.«

Bosse sagte erst nichts, dann stieß er einen so derben Fluch aus, dass Hans-Olof fast zusammenzuckte. Er war es zwar gewohnt, dass Leute anders reagierten, als er es erwartete, aber heute schien er in dieser Hinsicht einen besonders schlechten Tag erwischt zu haben.

»Was soll ich denn jetzt machen?«, fragte er behutsam.

Bosse Nordin drehte sich unwillig um und sah ihn finster an. »Hoffen, dass es damit vorbei ist.«

»Was?«

»Ach, vergiss es.« Der untersetzte Zellphysiologe starrte über Hans-Olofs Schulter, als gäbe es auf der grau gestrichenen Wand neben der Tür seines Büros etwas sagenhaft Interessantes zu sehen. Dann riss er sich los, von welchem inneren oder äußeren Bild auch immer, schüttelte den Kopf, als müsse er unwillkommene Gedanken daraus vertreiben, und sagte: »Die Hernández Cruz. Die Dame mit dem tiefen Ausschnitt, ausgerechnet. Ich werde nie begreifen, wieso jemand den Nobelpreis kriegen soll, dafür, dass er mit Studenten Schweinkram veranstaltet. Schlag mich, aber ich begreif's nicht.«

»Ihre Arbeiten sind wissenschaftliche Glanzleistungen«, widersprach Hans-Olof verwirrt. »Sie hat die Neurophysiologie vom Kopf auf die Füße gestellt.«

Bosse schnaubte unwillig. »Ach ja, ich vergaß. Du hast ja einen Narren an ihr gefressen.«

»Ich wundere mich bloß. Jemand versucht, ein Mitglied der Nobelversammlung zu bestechen, und niemand scheint sich groß darüber aufzuregen.«

»Ach was«, meinte Bosse leichthin. »Geld regiert die Welt.« Er winkte ab. »Vergessen wir's. Übermorgen ist die Abstimmung, und danach sollten wir dringend mal wieder einen trinken gehen, was hältst du davon?« Er beugte sich über seinen Schreibtisch, angelte nach seinem Terminkalender und fing an, in den wild bekritzelten Seiten zu blättern. »Himmel, das letzte Mal muss *Jahre* her sein ...!«

Hans-Olof musterte ihn, unsicher, was das alles zu bedeuten hatte. Das letzte Mal war Jahre her, richtig. Damals hatte Inga noch gelebt. »Ich trinke nicht mehr. Das weißt du doch.«

»Ach ja, hast du erzählt. Macht nichts, dann nimmst du eben was ohne Alkohol. Mach ich vielleicht auch.« Bosse strich einen Krakel durch, schrieb einen anderen daneben, der wohl, wie man aufgrund des Bindestrichs vermuten konnte, *Hans-Olof* heißen sollte. »Lass uns ins *Cadier* gehen wie letztes Mal. Das war lustig.«

Hans-Olof verzog das Gesicht. »Schon. Aber teuer.«

Bosse sah hoch und hatte plötzlich ein schreckliches, wildes Funkeln in den Augen, eine Wut, die er offenbar nur mühsam zu zügeln vermochte. »Himmel noch mal, Hans-Olof«, zischte er und pfefferte seinen Kugelschreiber quer über den Schreibtisch, »wenn du dir solche Sorgen ums Geld machst, warum hast du es dann nicht einfach genommen und den Mund gehalten?«

Einen Moment lang herrschte eine Stille, wie sie vielleicht nach der Explosion einer Bombe herrscht, wenn die einen tot sind und die anderen taub von dem überwältigenden Knall.

Schließlich sagte Hans-Olof: »Schon gut. Das *Cadier* wäre großartig.«

Dann machte er, dass er hinauskam.

Über Nacht wandelten sich Hans-Olofs Gefühle. Als er zu Bett ging, spät am Abend und nach einem Streit mit seiner Tochter Kristina, die ihm vorwarf, ihr nie richtig zuzuhören und sie nicht ernst zu nehmen und überhaupt, die anderen aus ihrer Klasse bekämen viel mehr Taschengeld und müssten auch nie so früh zu Hause sein, da war er erfüllt von Verzweiflung darüber, dass Werte wie Ehrlichkeit, Redlichkeit, Forscherdrang und Begeisterung für eine Sache nichts mehr zu zählen schienen, nur noch Geld und was man dafür kaufen konnte: Ansehen, Aussehen, Dinge. Und als er am nächsten Morgen erwachte, hatte sich seine Verzweiflung in kalt brennende Wut verwandelt.

Nein, beschloss er. Er würde sich dem entgegenstellen, und wenn er der Letzte und Einzige auf der ganzen Welt war, der so dachte. Es war nötig, eine Grenze zu ziehen und zu sagen: Bis hierhin und nicht weiter. Und diese Grenze war der Nobelpreis.

Alfred Bernhard Nobels Vermächtnis war eine der großartigsten Verfügungen zum Wohle der Menschheit, die ein einzelner Mensch jemals getroffen hatte. Obwohl er sein Vermögen mit der Erfindung des Dynamits und anderer Sprengstoffe gemacht und an Kriegen verdient hatte, hatte er am Ende seines Lebens verfügt, dass dessen Ertrag den Wissenschaften zu

Gute kommen sollte, der Literatur und vor allem: dem Frieden. Er hatte über die Grenzen von Nationen, Rassen und Geschlechtern hinausgedacht zu einer Zeit, als dies noch weitaus revolutionärere Gedanken gewesen waren als heutzutage. Mit den Nobelpreisen war aus seiner Vision ein Mythos geworden, ein Kraftquell für das Edelste und Höchste, dessen Menschen fähig waren.

Und jemand wagte es, die Axt an die Wurzeln dieser erhabenen Institution zu setzen? Jemand besaß die Niedertracht, mit plumper Bestechung die Integrität und Unabhängigkeit der Preisvergabe unterlaufen zu wollen?

Niemals. Morgen in der Nobelversammlung würde er, Hans-Olof Andersson, aufstehen und berichten, was vorgefallen war. Er würde eine Diskussion erzwingen. Er würde nicht rasten und nicht ruhen, ehe sichergestellt war, dass keiner der Stimmberechtigten auch nur im Mindesten beeinflusst war und dass der Entscheidung des Komitees keine anderen Kriterien zugrunde lagen als die der wissenschaftlichen Vortrefflichkeit. Kein Zweifel durfte bleiben, kein Schatten auf das Ansehen des Nobelpreises fallen. Dafür würde er sorgen.

Erleichtert, seinen Standpunkt in der Welt gefunden zu haben, beflügelt von der Entschlossenheit, die einem ein guter Entschluss verleihen kann, und versöhnt mit seinem verzweifelten Selbst vom Vortag verließ er das Haus, wie jeden Morgen, kurz nachdem seine Tochter zur Schule aufgebrochen war, und fuhr ins Institut.

Diesmal nahm er die Hauptzufahrt und sah, als er auf das Karolinska-Gelände einbog, linker Hand vor dem Nobelforum schon die weißen Lieferwagen des Partyservice stehen, der die Pressekonferenz anlässlich der Bekanntgabe der Preisentscheidung ausrichtete. Junge Männer luden Bistro-Tische aus, Frauen in hellen Overalls trugen Körbe mit Tischwäsche ins Innere der Empfangshalle oder waren damit beschäftigt, deren Glasfront auf Hochglanz zu polieren. Wie jedes Jahr war auch dieses Mal die Spannung wieder mit Händen zu greifen.

Gut vorstellbar, dass die Journalisten aus aller Welt, die sich hier morgen Mittag gegenseitig die besten Plätze streitig machen würden, diesmal mehr zu berichten haben würden als nur den Namen des Preisträgers.

Er stellte seinen Wagen auf einem der weiter hinten gelegenen Parkplätze entlang des Nobelwegs ab und verbot sich, auf dem Weg zu seinem Büro nach einem Mann mit weit auseinander stehenden Augen und Lederkoffer Ausschau zu halten. Nicht an ihn zu denken gelang ihm freilich erst, nachdem ihn seine tägliche Arbeit, wie meistens, völlig vereinnahmt hatte. Sein Fachgebiet waren die Übertragungsmechanismen in jenen neuronalen Systemen des Rückenmarks und des Gehirns, die Schmerz und die Reaktionen auf Stress regulierten. Mit der Laborarbeit hatte er natürlich nichts zu tun, die wurde von drei graduierten Studenten geleistet, die später als Mitautoren genannt werden würden. Einmal pro Woche kamen sie in sein Büro, um zu berichten, und dabei tauchten immer wieder faszinierende neue Zusammenhänge auf. In der heutigen Besprechung ging es um Hinweise, dass bestimmte schwache Stressstimuli zu Gewebsveränderungen und einer veränderten Ausschüttung von Cholezystokinin in der periaquaeductalen Region des Gehirns zu führen schienen, von der angenommen wurde, dass sie eine wichtige Komponente des Schmerzempfindens war. Das mochte ein Ansatz für die Entwicklung neuer Analgetika sein und war es wert, weiter verfolgt zu werden. Sie diskutierten mehrere Hypothesen und beschlossen schließlich, die Neuropeptidlevel in gleicher Weise zu untersuchen. Falls das signifikante Werte ergab, würde man weitersehen.

Nachdem die Studenten wieder weg waren, widmete sich Hans-Olof einem Artikel über aktuelle Entwicklungen in der Pharmakologie, den er dem *Medicinsk Vetenskap* versprochen hatte, dem alle drei Monate erscheinenden allgemeinwissenschaftlichen Magazin des Karolinska-Instituts. Er galt in der Redaktion als einer der wenigen Professoren, die verständlich und eingängig formulieren konnten, daher kamen solche Bitten häufig. Gerade als er über einigen Absätzen brütete, in denen noch zu viele Fachausdrücke vorkamen, klingelte das Telefon. Er nahm den Hörer ab, ohne aufzusehen. »Andersson.«

Keine Antwort. Nur ein fahles, fernes Rauschen.

»Hallo?« Er spürte den Impuls, sofort wieder aufzulegen, tat es aber nicht. »Ist da jemand?«

Ein Rascheln, dann war plötzlich eine Stimme da. Eine Stimme, die er noch nie gehört hatte. »Ihre Tochter Kristina ist vierzehn Jahre alt und geht auf die Bergströmschule«, sagte ein Mann in kehligem, schwerfälligem Englisch. »Sie hat lange blonde Haare und trägt gerne handbreite Stirnbänder, heute ein dunkelblaues mit zwei kleinen eingestickten Pferden in gelb. Im Klassenzimmer sitzt sie in der dritten Bank von vorn, auf der Fensterseite, neben einem Mädchen namens Sylvia Wiklund. Im Moment hat sie Englisch, was nicht ihr Lieblingsfach zu sein scheint, ihrem Gesichtsausdruck nach zu urteilen...«

Hans-Olof war, als umschlösse eine eiskalte Hand sein Herz.

»Was soll das?«, ächzte er. »Wer sind Sie? Wozu erzählen Sie mir das?«

»Unser Bote, Herr Johansson, wird Sie heute Abend noch einmal aufsuchen«, sagte die kehlige Stimme. »Sie sollten diesmal berücksichtigen, dass wir auch andere Möglichkeiten haben als die, Ihnen Geld anzubieten.«

KAPITEL 7

Er fühlte sich wie unter Drogen, als er den Hörer auflegte. Kristina. Sie drohten, Kristina etwas anzutun.

Was für ein Albtraum. Kristina, großer Himmel. Was waren das für Menschen? Was war das, verdammt noch mal, für eine Welt?

Wasser. Ein tiefer Schluck, ein ganzes Glas auf einmal, und dann noch eines. Als würde er innerlich brennen, so fühlte es sich an.

Freilich, er musste sich ihnen fügen. Gegen so viel Heimtücke war er machtlos. Wenn er vor der Wahl stand, entweder die Ideale des Nobelpreises zu bewahren oder das Leben und die Gesundheit seiner Tochter, dann würde, dann *musste* er sich für Kristina entscheiden. Kristina war sein Ein und Alles, der Sinn seines Daseins, alles, was ihm von seiner Frau und der Zeit mit ihr, den besten Jahren seines Lebens, geblieben war.

Hans-Olof fühlte ohnmächtiges Entsetzen, Verbrechern ausgeliefert zu sein, sich ihren Machenschaften wehrlos beugen zu müssen...

Halt mal. Was für ein Unsinn. Das mochte vielleicht auf Sizilien so sein oder in der Bronx von New York, aber dies hier war *Schweden!* Niemand durfte hierzulande andere Leute erpressen und hoffen, ungestraft davonzukommen.

Nein. Er war diesen Verbrechern nicht hilflos ausgeliefert. Die würden sich noch wundern. Alles, was er zu tun hatte, war, zur Polizei zu gehen und den Fall zur Anzeige zu bringen.

Und das würde er auch tun. Sofort. Er stürzte an seinen

Schreibtisch, riss den Hörer vom Apparat und machte den, wie er später nicht müde werden sollte zu erklären, größten Fehler seines Lebens.

Er holte hastig das Telefonverzeichnis aus der Schublade und wählte die Nummer der Bergströmschule. Es klingelte lange, dann meldete sich eine Frauenstimme und nannte einen Namen, den er nicht verstand.

Hans-Olof rief: »Guten Tag, Andersson hier. Können Sie bitte meiner Tochter etwas ausrichten?«

»Moment«, sagte die Frau. Sie raschelte mit irgendwelchen Papieren. »Andersson? Welcher Andersson?«

»Professor Andersson. Meine Tochter heißt Kristina und geht in die Klasse 8 A.«

Rascheln. Es klang, als räume die Frau nebenher ihren Schreibtisch auf. »Tut mir Leid, ich kann sie jetzt nicht holen lassen. Nach meinem Plan hier schreibt sie gerade eine Englischarbeit.«

»Ich weiß«, nickte Hans-Olof, obwohl es nicht stimmte. Das hatte er nicht gewusst. Er war sich nicht sicher, ob sie es ihm vielleicht erzählt und er einfach nicht zugehört hatte. Auf der anderen Seite erzählte sie ihm schon lange nicht mehr alles. Töchter in Kristinas Alter waren schwierig, das hatten ihm alle bestätigt, die er gefragt hatte. Und natürlich liebte er sie trotz aller Auseinandersetzungen mehr als sein Leben. »Sie sollen sie auch nicht holen lassen. Ich will nur, dass Sie ihr etwas ausrichten.«

»Gut«, sagte die Frau. »Und was?«

Ja, was? Das war eine gute Frage.

Aus irgendeinem Grund kam er nicht auf die nahe liegende Idee, zuallererst seine Tochter von der Schule zu holen und in Sicherheit zu bringen, ehe er zur Polizei ging. War es, weil er das Ausmaß der drohenden Gefahr im Grunde nicht begriffen hatte? War es generelle professorale Lebensuntüchtigkeit? Oder war es ein trotziger Unwille, sich sein gewohntes Leben aufgrund von Drohungen moralisch fragwürdiger Menschen durcheinander bringen zu lassen? Er neigte später dazu, letzterer Auffassung den Vorzug zu geben.

Immerhin war ihm klar, dass er die Schulsekretärin unmöglich damit beauftragen konnte, Kristina auszurichten, draußen lauere jemand auf sie und sie solle sich im Schulkeller verstecken oder dergleichen. »Sagen Sie ihr bitte...«, begann er, während er fieberhaft überlegte. »Sagen Sie ihr, sie soll heute in der Schule auf mich warten. Sie soll nach dem Ende des Unterrichts nicht nach Hause gehen, sondern in der Schule bleiben, bis ich komme.«

»Mmmh«, meinte die Frau skeptisch. »Und wann wird das sein?«

Er rechnete rasch. Die Fahrt nach Kungsholmen zur Polizei, die Zeit dort, vielleicht musste er warten, oder es wurde ein Protokoll aufgesetzt, dann hinaus nach Sundbyberg... »Vielleicht in anderthalb Stunden. Ich weiß es nicht genau.«

»Verstehe.« Es klang nicht so, als ob sie wirklich verstünde.

»Kann sie vielleicht bei Ihnen im Sekretariat warten? Oder irgendwo, wo ein Erwachsener ein Auge auf sie hat?« Dass eine Schule keine Festung war und ein Lehrer oder eine Sekretärin Kristina im Ernstfall nicht beschützen konnte, wenigstens das war ihm klar. Aber obwohl der Anrufer gewusst hatte, welche Stunde Kristina gerade hatte, gelangte Hans-Olof nicht zu dem Schluss, dass diejenigen, die das Schulhaus beobachteten, wahrscheinlich ihren gesamten Stundenplan kannten. Im Gegenteil, er war allen Ernstes der Überzeugung, sie würden, wenn Kristina nicht herauskam, davon ausgehen, dass sie immer noch Schule hatte, und weiter warten.

»Von mir aus«, meinte die Frau. Im Hintergrund klingelte ein anderes Telefon.

»Sagen Sie ihr, sie soll das Gebäude nicht verlassen, ehe ich nicht da bin«, wiederholte er.

»Ja, das habe ich schon verstanden«, erwiderte die Frau kurz angebunden. »Entschuldigen Sie, ich muss jetzt ans andere Telefon.«

»Aber Sie richten es ihr aus?«

»Ja, natürlich. Auf Wiederhören.« Sie legte auf.

Hans-Olof hielt den stummen Hörer noch eine Weile in der Hand, ehe er auflegte und sich sagte, dass es keinen Zweck hatte, sich verrückt zu machen. Er schaltete seinen Computer aus, zog seinen Mantel an, packte seine Tasche und ging.

Der Gedanke, dass auch ihn jemand beobachten könnte, kam ihm überhaupt nicht.

Auf der Schnellstraße ins Zentrum herrschte zäher Verkehr. Es wurde besser, als er kurz vor dem Bahnhof endlich abbiegen konnte. Auf dem Besucherparkplatz vor dem Polizeihauptquartier in der Kungsholmsgatan waren sogar mehrere Parkplätze frei, als er ankam.

Er suchte und fand eine Eingangstür in das große Gebäude. Sein Blick huschte ungeduldig über Anschlagtafeln und Wegweiser, Namen, Abteilungsbezeichnungen und Zimmernummern, doch schienen alle Wege falsch und alle Türen verschlossen. Er begann, sich durchzufragen, aber jeder, den er fragte, wollte wissen, was für ein Anliegen er hatte. »Ich muss etwas melden«, erklärte er nur und weigerte sich, Nachfragen zu beantworten, weil er plötzlich Angst hatte, man könnte ihm nicht glauben. Doch, natürlich würde man ihm glauben! Man hatte keine Veranlassung, seine Worte zu bezweifeln. Er war Professor am Karolinska-Institut, Sektionsleiter im Department für Physiologie und Pharmakologie, stimmberechtigt in der Nobelversammlung, ein international angesehener Wissenschaftler, ein geachtetes Mitglied der Gesellschaft.

Trotzdem brachte er es nicht über sich, jemanden an der Pforte oder auf den Gängen ins Vertrauen zu ziehen.

Man wies ihm Wege, sagte »geradeaus, dritte Tür links« und dergleichen. Er kam an Leuten vorbei, die auf Sitzbänken warteten und ihn düster anblickten. Seine Schritte hallten in den Fluren, bis sich endlich eine dicke Glastüre mit sattem Einrastgeräusch hinter ihm schloss und er vor einer Art Schaltertresen stand. Auf einmal war es angenehm leise.

»Was kann ich für Sie tun?«, fragte ein junger Mann in blauer Polizeiuniform.

»Ich möchte etwas melden«, sagte Hans-Olof.

Der junge Polizist holte ein Formular unter der Theke hervor und griff nach einem Kugelschreiber. »Ich verstehe. Und was möchten Sie melden?«

»Man versucht, mich zu erpressen.« Jetzt war es heraus. Gut. Die Gerechtigkeit konnte ihren Lauf nehmen. Hans-Olof atmete aus.

Die Hand des Polizisten mit dem Kugelschreiber verharrte schwebend über dem Formular, so, als sei er sich nicht schlüssig, ob es für diesen Fall überhaupt das richtige war. »Darf ich zunächst nach Ihrem Namen fragen?«

»Andersson. Hans-Olof Andersson«, erklärte Hans-Olof rasch und entschlossen. »Ich bin Professor am Karolinska-Institut.« Es konnte nicht schaden, das von Anfang an klarzustellen.

»Haben Sie Ihren Ausweis dabei?«

Sein Ausweis? Daran hatte er überhaupt nicht gedacht. Aber den musste er im Geldbeutel haben. »Moment«, sagte er und langte in die Tasche.

In diesem Augenblick kam im Hintergrund des Raumes ein anderer Polizist zur Tür herein. Er hatte mehrere grüne Aktenmappen in der einen Hand und einen Apfel in der anderen, in den er gerade kraftvoll hineinbiss. Ohne das Geschehen vorn an der Theke zu beachten, steuerte er auf eine andere Tür zu, die in einen Raum führte, den man durch eine große Glasscheibe einsehen konnte, einen Verhörraum, wie es aussah.

Hans-Olof erstarrte mitten in der Bewegung mit einem Gefühl, als schwände plötzlich alle Kraft aus seinem Körper und als müsse sich als Nächstes die Erde auftun und ihn verschlingen.

Diese weit auseinander stehenden, fischigen Augen! Der Polizist war niemand anders als der Mann, der versucht hatte, ihn zu bestechen.

KAPITEL 8

Er war es, ganz ohne Zweifel. Hans-Olof beobachtete fassungslos, wie der Mann die Tür öffnete, sie hinter sich schloss und in dem Raum dahinter seine Akten auf einen Tisch warf. Was hatte das zu bedeuten? Ein Polizist? Er redete mit jemandem, der vom Tresen aus nicht zu sehen war, und nagte weiter an seinem Apfel. Ein Polizist. Der Mann, der ihm Geld angeboten hatte, der behauptet hatte, nur ein Bote zu sein, war Polizist.

Er hatte Hans-Olof noch nicht entdeckt, aber das konnte nur eine Frage von Sekunden sein. Er brauchte nur den Kopf zu drehen, und nicht einmal weit.

Hans-Olof begriff, dass die Polizei ihm nicht würde helfen können. Wer immer hinter all dem steckte, sie hatten es sogar geschafft, die Polizei von Stockholm zu unterwandern. Hier gab es keine Hilfe. Er war auf sich allein gestellt.

»Hat sich erledigt«, murmelte er und nahm die Hand wieder aus der Tasche.

»Wie bitte?«, fragte der junge Polizist.

Hans-Olof trat langsam einen Schritt von der Theke weg. »Ich, ähm, habe es mir anders überlegt«, sagte er. »Entschuldigen Sie die Störung.« Er wandte sich ab, ging zur Tür und musste an sich halten, nicht zu rennen.

»Hallo, so einfach geht das aber nicht ...«

Die Tür war zu! Versperrt. Hans-Olof begriff jäh, dass man aus diesem Raum nur herauskam, wenn jemand auf der anderen Seite des Tresens einen Schalter drückte, der die Tür freigab. Er war gefangen!

»Ich muss gehen«, rief er und rüttelte an dem massiven Türgriff. »Lassen Sie mich hinaus.«

»Hören Sie«, sagte der junge Polizist, »so geht das nicht. Erpressung ist ein Kapitalverbrechen. Wir sind verpflichtet, entsprechenden Hinweisen nachzugehen.«

Sah der Fischäugige schon herüber? Nein. Er hatte seinen Apfel fertig gegessen, drehte sich gerade weg und warf den Butzen irgendwohin, in einen Abfalleimer vermutlich. »Ich habe keine Hinweise«, sagte Hans-Olof. »Ich habe mich geirrt. Einfach geirrt. Machen Sie die Tür auf!«

Der junge Mann blieb ebenso freundlich wie hartnäckig. »Tut mir Leid, ich fürchte, das kann ich nicht –«

In diesem Moment öffnete jemand die Tür von außen, ein großer, unförmiger Polizist mit Walrossschnauzbart und begriffsstutzigem Blick. Hans-Olof reagierte sofort, riss die Tür auf und drängte sich an dem dicken Mann vorbei. »Na, wohin so eilig?«, stieß der überrascht hervor, die Codekarte noch in der erhobenen Hand, aber er gab den Weg frei, und Hans-Olof stürmte an ihm vorbei, ohne ihn eines weiteren Blickes zu würdigen.

Geschrei brandete hinter ihm auf, ein Durcheinander von Stimmen. Nicht stehen bleiben, ermahnte er sich. Nicht umsehen. Und *nicht rennen!*

Schritte, Rufe, quietschende Absätze auf blankem Marmorboden. Da war eine Ecke, an der er abbiegen konnte. Eine Tür, wie gerufen. Eine Toilette. Hinein. Dunkel war es darin, schwarze Nacht, als er die Tür hastig schloss und sich gegen die Wand presste und darauf wartete und hoffte, dass die Schritte kommen und vorbeigehen würden.

Doch sie kamen nicht.

Hans-Olof lauschte, aber er hörte nichts. Konnte es sein, dass die Mauer so dick, die Tür so schalldicht war? Nichts. Nur Stille und Dunkelheit und sein eigener Atem.

Er tastete nach dem Lichtschalter, drückte drauf. Zwei Neonröhren flackerten auf, rissen zwei Waschbecken, weiße Kacheln und graue Trennwände aus der Schwärze. An der Innenseite der Tür war ein Zettel festgeklebt, auf dem in großen Buchstaben stand: *Licht bitte nicht ausschalten!* Und in kleinerer Schrift darunter war erklärt: *Liebe Kollegen, das Ein- und Ausschalten der Leuchtstoffröhren verbraucht mehr Energie, als sie rund um die Uhr brennen zu lassen, und verkürzt zudem ihre Lebensdauer. Denkt an die Umwelt, und schont diesen Lichtschalter!*

Hans-Olof betrachtete sich im Spiegel. Er erschrak über sein Aussehen. Himmel, er war einundfünfzig! Das war weiß Gott nicht mehr das Alter für solche Dinge.

Draußen war immer noch alles still. Was hatte das zu bedeuten? Standen sie schon vor der Tür? Warteten sie nur, dass er herauskam? Hatten sie womöglich Waffen schussbereit im Anschlag?

Er griff nach der Türklinke, zog die Tür auf, vorsichtig, um nichts zu provozieren.

Da war niemand.

Doch, da, eilige Schritte. Hans-Olof fuhr herum und sah eine Frau in hochhackigen Schuhen den Gang entlangkommen, den Blick konzentriert auf das Display ihres Mobiltelefons gerichtet. Sie schien eine SMS zu lesen, jedenfalls lächelte sie verhalten. Als sie an ihm vorbeikam, warf sie ihm nur einen flüchtigen, desinteressierten Blick zu und ging weiter.

Die Toilettentür drückte ihm sanft gegen den Rücken, als wolle sie ihn hinausschieben. Hans-Olof langte geistesabwesend nach dem Lichtschalter, dachte dann aber an die Umwelt und ließ das Licht brennen. Die plötzliche Stille irritierte ihn. Sie war beunruhigender, als es jede Verfolgungsjagd hätte sein können. Sie schien zu bedeuten, dass die schlimmen Dinge anderswo passierten.

Und er ahnte auf einmal, wo. Gütiger Himmel, und wie er es ahnte!

Nur weg von hier, rasch. Er eilte die Treppen hinab, zum Parkplatz, zum Auto. Ließ mit bebenden Händen den Motor an, und als er hinaus auf die Straße bog, hörte er Bremsgeräusche und wütendes Hupen hinter sich. Egal, er schaute sich nicht mal um, fuhr weiter, überfuhr dunkelgelbe Ampeln, wie er es noch nie im Leben getan hatte – außer einmal. Aber daran wollte er jetzt nicht denken, nur fahren, und schnell. Vielleicht hatte er noch eine Chance, seinen Fehler wieder gutzumachen.

Endlich die Schule. Das große gelbe Backsteingebäude lag schrecklich ruhig da, still und verlassen, die riesigen Fenster dunkel wie erloschene Augen, kein einziges Kind war zu sehen. Ein Blick auf die Uhr, ja, der Unterricht war schon zu Ende. Aber so leer war es hier sonst um diese Zeit trotzdem nie.

Hans-Olof parkte auf dem Behindertenparkplatz direkt neben dem Haupteingang, ließ den Wagen unverschlossen und hastete die breite, flache Treppe hinauf. In der Eingangshalle war es dunkel und ruhig wie in einem Mausoleum, und es roch auch so, nach Staub und Chemikalien. Er eilte auf das Sekretariat zu und riss die Tür auf, ohne anzuklopfen.

Eine Frau, die an ihrem Schreibtisch stand und dabei war, Sachen in eine Tasche zu packen, schrak zusammen. »*Gott*, haben Sie mich erschreckt!« Sie bedachte ihn mit einem entrüsteten Blick und hob ein Buch vom Boden auf, das ihr aus der Hand gefallen war.

Hans-Olof sah sich um. Aktenschränke, Regale, stapelweise Briefkörbe und zwei leere Stühle vor dem langen Schreibtisch, der den Raum teilte. »Wo ist meine Tochter?«

»Ihre Tochter?«, fragte die Frau mit finsterem Blick.

»Kristina. Kristina Andersson.«

»Und was soll mit ihr sein?« Sie sprach sehr undeutlich, so, als würde ihr für jedes klar verständliche Wort Geld vom Gehalt abgezogen.

»Sie sollte doch hier auf mich warten!«

»Hier wartet niemand.«

Ein Gefühl nahenden Unheils, das sich in den letzten Minuten irgendwo tief unten in seinem Bauch zusammengebraut hatte, überschwemmte ihn und wandelte sich in blanke Panik. »Wieso nicht?«, rief er und spürte, dass seine Stimme bebte. »Ich habe Sie doch angerufen und Sie gebeten, meiner Tochter auszurichten, dass –«

»Mich?«, versetzte sie. »Mich bestimmt nicht. Ich war bis eben beim Zahnarzt.« Sie betastete ihr Kinn. »Ich bin immer noch völlig betäubt. Alle fünf Minuten muss ich mich vergewissern, dass mein Unterkiefer noch da ist.«

Hans-Olof sah sie entgeistert an. »Und mit wem habe ich dann telefoniert?«

»Keine Ahnung.«

»Sie müssen doch wissen, wer Sie vertreten hat!«

Sie hatte endlich all ihre Habseligkeiten beisammen und schloss die Tasche. »Das hat die Rektorin organisiert. Aber die ist nicht mehr da. Die Lehrer sind heute Nachmittag alle auf einer Fortbildung.«

Hans-Olof fühlte, wie ihm der Schweiß ausbrach. »Das darf doch nicht wahr sein«, stieß er hervor. Das andere Telefon. Die Frau, mit der er telefoniert hatte, hatte das andere Telefon abgehoben und ihn völlig vergessen.

Er ließ die Sekretärin ohne ein weiteres Wort stehen und stampfte zurück zum Auto.

Kristina konnte zu Hause sein. Sie konnte, da man ihr seine Nachricht nicht überbracht hatte, einfach nach Hause gegangen sein und von nichts ahnen. Ja, bestimmt war es so. Vielleicht. Hoffentlich.

Er warf sich ins Auto, setzte zurück, gab Gas. Eine Frau, die hundert Meter weiter gerade mit ihrem Hund die Straße überqueren wollte, tat eilig einen Schritt rückwärts und zerrte heftig an der Leine, nicht ohne ihn mit einem wilden Blick zu strafen, als er vorbeifuhr.

Es war ihm völlig egal. Sollte sie ihn doch hassen.

Zu Hause angekommen, erschrak er darüber, wie leblos sein Haus wirkte. Oder bildete er sich das nur ein? Selbst die

Hand voll Birken, die das Haus umstanden, sahen magerer aus als sonst.

Er stieg aus. Noch war alles möglich. Noch konnte alles Einbildung gewesen sein. Noch. Er zögerte, den Schlüssel ins Schloss zu stecken, weil das Gewissheit bedeutete, aber dann tat er es doch.

Drehte ihn herum, ganz, und damit stand fest, dass Kristina nicht zu Hause war.

Mit einem jämmerlichen Gefühl schloss er vollends auf und ging hinein. Alles war totenstill – natürlich, wenn sie nicht da war. Normalerweise lief, wann immer er nach Hause kam, irgendein lärmerzeugendes Gerät – ihre Stereoanlage, der Fernseher, das Radio in der Küche –, und zwar auf vollen Touren, unüberhörbar. Trotzdem ging er in ihr Zimmer, um sich zu vergewissern, und natürlich lag es so still und unaufgeräumt da, wie sie es heute Morgen verlassen hatte.

Eine Möglichkeit gab es noch. Er kramte die Liste mit den Telefonnummern ihrer Klassenkameraden heraus, ging zum Telefon und rief Sylvia Wiklund an, das Mädchen, das neben ihr saß und ihre beste Freundin war. Ob Kristina bei ihr sei.

»Nein, wieso?«, fragte sie.

Hans-Olof bemühte sich, ruhig zu wirken, nicht wirklich besorgt, eher, als hätte sich in irgendwelchen Tagesplanungen eine unvorhergesehene Änderung ergeben, die es notwendig machte, dass Kristina möglichst bald nach Hause kam. »Nun, sie ist nicht zu Hause, und ich dachte, vielleicht ist sie bei dir. Ihr macht doch manchmal Hausaufgaben zusammen und so, soweit ich weiß?«

Das Mädchen kicherte, als habe er unbeabsichtigt ein Stichwort geliefert, irgendeine weitere gemeinsame Aktivität der beiden betreffend, von der er nichts wissen durfte. Jungs, vermutlich.

»Ja«, sagte sie dann, »aber heute nicht. Wir haben auch fast nichts auf heute.«

»Weißt du, wo sie sonst noch sein könnte?«

»Nein. Sie wollte eigentlich gleich heimgehen.«

Hans-Olof musste sich setzen. »Bist du sicher? Könnte sie nicht bei einer anderen Freundin sein?«

»*Nej*, glaub ich nicht«, meinte das Mädchen unbekümmert. »Höchstens bei Annika, aber mit der hat sie sich verkracht.«

Er rief Annikas Mutter trotzdem an und erfuhr, dass Kristina tatsächlich nicht dort war. Und dann saß er da, im erdrückend stillen Flur seines Hauses, und starrte vor sich hin, stundenlang, wie es ihm vorkam. Er fühlte sich wie betäubt. Er wusste nicht mehr weiter. Was um alles in der Welt sollte er denn jetzt machen?

Aber natürlich wusste er, was er jetzt machen musste. Er nahm das Telefon mit ins Wohnzimmer, stellte es vor sich auf den Couchtisch und sah hinaus auf das magere Gras und die dürren Bäume vor der Terrasse, während er wartete, dass der Anruf kam, der kommen musste.

Er musste sehr lange warten. Ein stiller, schweigsamer Nachmittag verging, die Schatten der Birken wanderten über die Büsche am Rand des Grundstücks, und der Himmel färbte sich schon orangerot, als das Telefon endlich klingelte.

»Andersson.«

»Guten Abend, Professor.« Es war wieder die Stimme, die klang, als litte ihr Besitzer an einer akuten Halsentzündung. Sie sprach immer noch ein ungeschlachtes Englisch. »Sie hätten heute beinahe etwas sehr Törichtes getan, deshalb mussten wir schneller handeln, als wir es eigentlich vorhatten. Wir bedauern das. Sehr sogar, aber Sie haben uns leider keine Wahl gelassen.« Eine winzige Pause. »Wie Sie sich sicher vorstellen können, ist unsere Verhandlungsbasis nun nicht mehr das Geld.«

»Wie geht es meiner Tochter?«, fragte Hans-Olof tonlos. Die ersten Stunden des Wartens hatte er in Vorstellungen darüber geschwelgt, was er den Entführern Kristinas alles an den Kopf werfen, mit welchen Worten er ihnen seine Verachtung zeigen würde, aber irgendwann hatten die Mühlen seines Geistes hohl gedreht, und nun war nichts mehr von all der Wut und Verzweiflung übrig, nur grenzenlose Müdigkeit.

Die Stimme bekam einen beinah fürsorglichen Unterton. »Keine Sorge, Kristina geht es gut.«

»Ich möchte sie sprechen.«

»Selbstverständlich. Ich muss Sie nur vorsorglich ermahnen, nicht zu versuchen, Ihrer Tochter Hinweise auf ihren Aufenthaltsort zu entlocken. Wir sind vernünftige Menschen, Professor Andersson. Wenn Sie auch vernünftig sind, wird es keine Probleme geben.«

»Ich werde vernünftig sein. Geben Sie sie mir.«

Der Hörer wurde ohne Kommentar weitergereicht, und im nächsten Moment vernahm er die zittrige, aber unverkennbare Stimme seiner Tochter. »Papa?«

»Kristina, ich bin es«, sagte er. Er musste ihr Zuversicht vermitteln, das Gefühl, dass alles ein gutes Ende nehmen würde. »Wie geht es dir? Geht es dir gut?«

»Ich weiß nicht...«, sagte sie. Auch sie riss sich zusammen, nicht zu heulen, das war zu hören. »Ich habe Angst.«

»Haben sie dir etwas getan?«

»Nein, aber sie tragen alle diese Masken und so... Und ich darf hier nicht raus, sagen sie.«

»Ich weiß. Sie wollen, dass ich etwas Bestimmtes mache, und sobald ich das gemacht habe, werden sie dich wieder freilassen. Ich werde natürlich tun, was sie verlangen, mach dir keine Sorgen. Sei tapfer. Es wird bestimmt alles gut.« Himmel, was redete er für einen Blödsinn! Aber was sollte man denn tun, wenn man nur diese dünne Telefonleitung zu seinem einzigen Kind hatte, nur *reden* konnte, anstatt es in die Arme zu nehmen, wie es jetzt nötig gewesen wäre?

Ein leiser Schluchzer. Tränen, die sie erst herunterschlucken musste. »Okay«, sagte sie.

Dann war sie wieder verschwunden und die halskranke Stimme zurück in seinem Ohr. »Also, Professor Andersson, die Spielregeln sind wie folgt. Sie verlieren kein Wort über diese Angelegenheit, gegenüber der Polizei nicht und auch gegenüber sonst niemandem. Morgen früh melden Sie Kristina in der Schule krank, damit dort keiner unnötig Verdacht schöpft. Und dann gehen Sie in die Nobelversammlung und stimmen dafür, dass Frau Professor Sofía Hernández Cruz der diesjährige Nobelpreis in Medizin und Physiologie zuerkannt wird, und zwar ungeteilt. Das ist schon alles. Wenn Sie sich an diese Regeln halten, werden Sie Ihre Tochter wohlbehalten wiedersehen. Wenn nicht, nicht. Ist das so weit klar?«

»Ja«, bestätigte Hans-Olof Andersson. »Völlig klar.«

»Es ist mir immer eine Freude, es mit Menschen von rascher Auffassungsgabe zu tun zu haben«, sagte der Unbekannte.

Im nächsten Moment war die Leitung stumm. Er hatte ohne ein weiteres Wort aufgelegt.

KAPITEL 9

Erst konnte er nicht einschlafen in dieser Nacht, dann schlief er wie betäubt und erwachte beim ersten Licht des Morgens in einem Haus, das viel zu still war. Er lag lange wach, unfähig, sich zu rühren, sah reglos zu, wie das Grau der Dämmerung den fahlen Farben eines Herbstmorgens wich, wälzte sich schließlich mit dem Gefühl aus dem Bett, völlig ausgebrannt zu sein. Seine eigenen Schritte dröhnten ihm in den Ohren, aber irgendwie schaffte er es, sich zu waschen und zu rasieren und zu funktionieren und zu frühstücken und seinen besten Anzug anzuziehen, den, den er immer getragen hatte an diesem stolzen Tag.

Heute war kein stolzer Tag. Heute war der Tag der Niederlage. Heute war der Tag, an dem das Böse triumphierte.

Ehe er aufbrach, rief er in Kristinas Schule an. Diesmal vergewisserte er sich, auch wirklich die Schulsekretärin am Apparat zu haben, und erklärte ihr dann, dass seine Tochter krank sei und für ein paar Tage das Haus hüten müsse.

»In Ordnung«, sagte sie, »ich trage es ein.« Sie wusste, dass er Mediziner war. Sie würde nicht auf die Idee kommen, seine Worte anzuzweifeln. Und falls sie sich noch Gedanken über sein gestriges Verhalten machte, ließ sie es sich jedenfalls nicht anmerken.

Wahrscheinlich hatte sie es längst vergessen. Oder überhaupt nicht bemerkt, dass er in Panik gewesen war.

Es regnete, als er am Nobelforum ankam. Das schlechte Wetter und die Präsenz der Sicherheitsleute veranlassten die bereits anwesenden Journalisten zu wohltuender Zurückhaltung, und Hans-Olof konnte das Gebäude betreten, ohne mit Fragen behelligt zu werden. Sie liefen sich erst warm, die Fernsehleute. Der Nobelpreis für Medizin und Physiologie war traditionell der erste, über den entschieden wurde. Er sah Männer in Ölzeug, die zwischen einem Fernsehwagen und einem Seiteneingang, durch den man das Wallenberg-Auditorium im hinteren Teil des Gebäudes erreichte, Kabel verlegten. In diesem Saal würde frühestens um elf Uhr dreißig die Pressekonferenz stattfinden, auf der das Nobelkomitee den oder die Gewinner bekannt gab.

Viele der anderen Professoren waren schon da, standen in kleinen Gruppen im Foyer verteilt, unterhielten sich, scherzten. Hans-Olof war nicht zum Scherzen zumute. Er ging schweigend in die Garderobe, hängte seinen Mantel an einen der Kleiderbügel, die dort in langen, hungrigen Reihen bereithingen, und empfand Unbehagen beim Anblick der feuchten Flecken, die seine Schuhe auf dem Boden aus poliertem Jämtlander Kalkstein hinterließen. Als folge ihm ein Schatten, der darauf wartete, ihn zu verraten.

Unbehelligt erreichte er die Treppe, die hinaufführte auf die von schlanken Säulen getragene Galerie. Das hohe, schmale Fenster aus Glasblöcken glomm Unheil verkündend über ihm, als er die Stufen hochstieg und sich schuldig fühlte. Bloß: Warum eigentlich? Er hatte doch schon lange bevor dieses ganze Unheil auf ihn hereingebrochen war vorgehabt, für Sofía Hernández Cruz zu stimmen. Dass ihm nun genau das befohlen worden war, änderte nichts daran, dass es seine ursprüngliche, freie Entscheidung gewesen war. Er tat nichts Unrechtes. Er hatte sich nicht bestechen lassen, und er musste nicht einmal den Geist Alfred Nobels verraten, um seine Tochter heil zurückzubekommen.

Denn darum ging es. Um Kristina. Seinetwegen war sie in Gefahr. Seinetwegen machte sie all das durch. Wie mochte sie die Nacht verbracht haben? Wie mochte es ihr gerade gehen? Wie würde sie dieses Ereignis verkraften?

Und: Hatten ihre Entführer ihr auch wirklich nichts angetan? Einem bildhübschen, vierzehnjährigen Mädchen?

Wenn er nur mit mehr Überlegung gehandelt, sie zuallererst von der Schule abgeholt hätte...!

Und dann?, sagte ein anderer, fatalistischer gestimmter Teil von ihm. *Dann wären sie nachts gekommen, wären in dein Haus eingedrungen und hätten dich mit Waffengewalt gezwungen.* Diese Leute, das hatten sie gezeigt, waren zu allem entschlossen und schreckten vor nichts zurück.

Er blieb an der Galerie stehen, sah hinab ins Foyer. Die erhebende Stimmung, die ihn in den vorangegangenen Jahren an diesem Tag und an diesem Ort immer erfüllt hatte, würde sich heute nicht einstellen. Heute kam ihm das alles absurd vor, wie ein belangloses Theaterstück, in dem er sich verpflichtet hatte, eine unbedeutende Nebenrolle zu spielen. Und war es nicht genau das? Eine im Grunde profane Prozedur, ein ausgeleiertes Ritual um den Vorgang, einen Betrag von rund sechzehn Millionen Schwedische Kronen an einen oder mehrere Leute zu verschenken.

Geld. War es nicht von Anfang an das Geld gewesen, das dem Nobelpreis seinen Nimbus verliehen hatte? Die Dotierungen der ersten Jahre hatten im Schnitt fünfundzwanzig Jahresgehältern eines Universitätsprofessors entsprochen – eine unfassbare Summe. So unfassbar, dass sie sich alle dem Willen des toten Nobels gebeugt hatten: die Schwedische Akademie, das Norwegische Parlament, das Karolinska-Institut. Sogar der schwedische König hatte sich für die Zeremonien vereinnahmen lassen, ohne dass heute noch jemand die Frage stellte, warum eigentlich.

Geld. Drei Kollegen aus der Gentechnik, mit denen Hans-Olof sonst nie zu tun hatte, gingen hinter ihm vorbei, ohne ihn zu beachten, und er schnappte ein paar Fetzen ihres Gesprächs auf, das sich um Aktienkurse und die Performance von Investmentfonds drehte. Es schien kein anderes Thema mehr zu geben auf dieser Welt.

Er ging in Richtung der Speiseräume, wo erfahrungsgemäß Kaffee bereitstand. Als er sich der Lounge näherte, hörte er ein paar Leute über die bevorstehende Abstimmung sprechen, in einem entsetzlich gelangweilten Ton, so, als sei sie nichts Erhabenes, Großartiges, Geschichtsträchtiges, sondern nur eine belanglose, höchst lästige Formalität. Er musste stehen bleiben. Nein. Er würde es nicht ertragen, diesen Kollegen zu begegnen.

Also ging er zurück. Plötzlich war ihm, als drängten von überall her Satzfetzen fremder Gespräche auf ihn ein, und in allen ging es um Geld, um Geschäfte, um das, was ein Boot kostete oder ein neues Auto oder ein Haus. Er sah hinab ins Foyer, in die Gesichter, und las nur Banalität darin, pure Stumpfsinnigkeit, bar jeden Empfindens für das Erbe, das ihnen anvertraut war.

Warum hatte es ihn treffen müssen? Warum nicht einen von den anderen? Jeder von denen, so kam es ihm vor, hätte das Geld einfach genommen, und niemand hätte leiden müssen.

Kristina, dachte er. *Ich tue, was sie verlangen. Heute Abend bist du wieder zu Hause.*

Es war noch zu früh, um in den Versammlungsraum zu gehen, aber er hielt es draußen nicht mehr aus. Es war nicht der Drang, pünktlich zu sein, nicht einmal Ungeduld, es war das Bedürfnis nach einem Rückzugsort, das ihn bewegte. Durch die offene Tür hindurch leuchtete der Raum, dessen Wände tiefrot waren, wie eine frisch geöffnete, hell ausgeleuchtete Operationswunde – kein Anblick, der einen Mediziner schrecken konnte. Hans-Olof trat an das Schreibpult neben dem Eingang und setzte seinen Namenszug an die dafür vorgesehene Stelle der Anwesenheitsliste. Mit einer zweiten Unterschrift auf einem anderen Formular bestätigte er, sich der Verpflichtung bewusst zu sein, über den Verlauf der Abstimmung und alle Ereignisse während der Versammlung fünfzig Jahre lang Stillschweigen zu bewahren. Dann trat er ein – und endlich kam es doch noch auf, jenes köstliche Gefühl, mit dem andere eine Kirche betreten mochten, das für ihn aber für immer mit den Naturwissenschaften verbunden sein würde. Hier betrat er ihren Olymp, und es tröstete ihn, dass er trotz allem imstande war, sich davon anrühren zu lassen.

Die Mitte des Raumes nahm ein gewaltiger runder Tisch aus geöltem Kirschholz ein, der eigens für die Versammlungshalle entworfen worden war, wie das gesamte Mobiliar des Nobelforums. Dennoch fand nicht einmal die Hälfte der Stimmberechtigten daran Platz. Am Tisch saßen in der Regel die fünf ständigen und die zehn beigeordneten Mitglieder des Komitees, außerdem einige der älteren oder berühmteren Kollegen sowie ein paar, die aus anderen Gründen gleicher als gleich waren. Die Stimmführer. Die Partylöwen. Leute mit einflussreichen Verbindungen in die Industrie. Die Alphatiere eben, die es in jeder Gruppe gab.

Hans-Olof hatte noch bei keiner Nobelversammlung am Tisch gesessen. Er ging die Polsterstühle ab, die entlang der Fenster und Wände standen, und las die Namen auf den Kärtchen, die darauf lagen. Auf drei der Stühle hatte jemand die gerahmten Fotos der toten Professoren gestellt, jedes mit bauschigem schwarzem Flor versehen. Seinen eigenen Platz fand er schließlich in der unattraktivsten Stuhlreihe, derjenigen unter den schwarz-weißen Wandteppichen, die in ihrer Gesamtheit ein Kunstwerk mit dem Titel *Grenze zwischen Dunkel und Licht* darstellten. Irgendwie passend.

Hans-Olof setzte sich und spürte wieder diesen Druck in der Brust, der ihm das Herz zusammenzupressen schien. *Angina Pectoris?* Alfred Nobel hatte in den letzten Jahren seines Lebens daran gelitten und hatte, ein Treppenwitz der Weltgeschichte, mit Nitroglycerin behandelt werden müssen, jenem Stoff, auf dessen Nutzbarmachung als Sprengstoff sein unternehmerisches Werk beruhte. Erst vor einigen Jahren waren die drei amerikanischen Wissenschaftler Furchgott, Ignarro und Murad mit dem Nobelpreis ausgezeichnet worden, weil sie entdeckt hatten, dass es sich bei dem Botenstoff EDRF, der dafür verantwortlich ist, dass das Gewebshormon Acetylcholin imstande ist, Blutgefäße zu weiten, um nichts anderes als simples Stickstoffmonoxid handelte, womit erstmals erklärt worden war, worauf die krampflindernde Wirkung von Nitroglycerin beruhte.

Hans-Olof schloss die Augen, spürte kalten Schweiß auf der Stirn und dem Rücken, wartete einfach, und schließlich vergingen die Schmerzen von selbst.

Nach und nach kamen die anderen herein, tröpfelnd zuerst, dann in einer regelrechten Flut, dann wieder tröpfelnd. Als Letzter betrat Ingmar Thunell den Raum. Ein Wachmann schloss hinter ihm die Tür.

Der Vorsitzende des Nobelkomitees setzte sich nicht. »Guten Morgen, meine Damen und Herren«, sagte er und blickte ernst in die Runde. »Ich schlage vor, dass wir uns zunächst erheben und in einer Schweigeminute unserer letzte Woche so unerwartet verstorbenen Kollegen gedenken.«

Rascheln, Murmeln, ächzendes Sich-Erheben, dann standen die siebenundvierzig verbliebenen Mitglieder des Kollegiums stumm da, die Hände vor den Bäuchen überkreuzt, die Blicke gesenkt, und Stille trat ein.

»Danke«, sagte Thunell nach einer Weile, die eine Minute gewesen sein mochte oder auch nicht.

Das Ritual der Versammlung begann. Die Mitglieder des Komitees stellten die Kandidaten vor, die sie in die engere Wahl gezogen hatten. Es gab ein paar Widerworte, unter anderem, wie immer, von Knut Hultmann, einem Professor der chirurgischen Fakultät, der jedes Jahr in einem einsamen Kampf versuchte, Kandidaten aus Afrika oder Asien durchzudrücken, einfach weil sie aus Afrika oder Asien kamen. Ein Proporzgedanke, der diesem Komitee fremd war. »Wir sind nicht der Literaturnobelpreis, Knut«, mahnte Ingmar Thunell auch dieses Mal wieder und erntete schwaches Gelächter.

Hans-Olof hörte kaum zu. Plötzlich war er unsagbar müde.

Die kurze Nacht machte sich bemerkbar. Außerdem war die Sonne herausgekommen und brachte die gegenüberliegenden Fenster zum Leuchten, die ihm seit jeher wie breite Schießscharten vorgekommen waren. Das Licht blendete ihn. Schießscharten, genau. Dies war immer der Wehrgang einer Festung gewesen, eines Bollwerks gegen die Mächte von Zerfall, Niedergang und Dunkelheit.

Genau die Mächte, die sich nun anschickten, heimlich Zugang zu dieser Burg zu erlangen und sie von innen her zu erobern. Und er, ausgerechnet er hatte ihnen das Fallgatter geöffnet.

Er schrak hoch, als ihn sein Nebenmann, ein Krebsforscher namens Lars Bergkvist, leicht am Ellbogen berührte. »Es geht los«, flüsterte er.

Die Abstimmung, ja, richtig. Hans-Olof streckte den Rücken und atmete tief ein. Nun galt es. Ingmar Thunell rief nacheinander die Namen der Vorschlagsliste auf und bat um Handzeichen, der Schriftführer machte sich bereit, die gezählten Stimmen zu notieren.

»Professor Mario Gallo.«

Der Favorit. Die Lichtgestalt der modernen Zellforschung. Ein Forscher, über den fast jeder hier im Raum schon Anerkennendes gesagt hatte.

Armselige fünf Hände hoben sich.

»Ich zähle fünf Stimmen für Mario Gallo«, resümierte Thunell mit erhobenen weißen Augenbrauen und nicht ohne verwunderten Klang in der Stimme.

»Mario Gallo«, wiederholte der Schriftführer. »Fünf Stimmen.«

Der gegenwärtige Vorsitzende war bekannt für seine hartnäckige Gewohnheit, die Kandidaten nach dem Alphabet aufzurufen, nicht nach der Reihenfolge auf der Vorschlagsliste des Komitees. »Professor Sofía Hernández Cruz?«

Hans-Olof Andersson hob die Hand.

Und stellte sich endlich eine Frage, die er sich die ganze

Zeit schon hätte stellen sollen. Nämlich: *Was nützt das nun eigentlich?*

Unglaublich, dass er darüber überhaupt nicht nachgedacht hatte. Dabei lag es auf der Hand. Was nützte es jemandem, nur ihn allein aus einem Gremium von fast fünfzig Stimmberechtigten zu bestechen oder zu erpressen? Nichts. Wenn alles einen Sinn machen sollte, brauchte dieser Jemand weit mehr Stimmen. Für die Wahl des Laureaten genügte die einfache Mehrheit, aber wenn er auf Nummer Sicher gehen wollte, musste er die halbe Nobelversammlung unter seine Kontrolle bringen.

Hans-Olof Andersson hob seine Hand und sah, ohne es fassen zu können, wie vierundzwanzig weitere Mitglieder der Versammlung es ihm gleichtaten.

Sogar Bosse Nordin.

KAPITEL 10

Ingmar Thunell sah in die Runde, die weißen Augenbrauen in einem Ausdruck äußersten Erstaunens erhoben. »Fünfundzwanzig«, stellte er fest. Er hob die Hand, um sich mit dem kleinen Finger die Stirn dicht über der Nasenwurzel zu reiben. »In Anbetracht unserer verringerten Zahl ist das die absolute Mehrheit, wenn ich das richtig sehe?«

Der Schriftführer nickte. Thunell sah sich noch einmal um, betrachtete die erhobenen Hände, als könne er es kaum glauben. »Nun«, meinte er schließlich mit einem Schulterzucken, »in dem Fall brauchen wir mit der Abstimmung nicht weiterzumachen. Dann ist das Votum zur Abwechslung einmal von erfreulicher Klarheit.«

In den vorangegangenen Jahren hatte es mehrmals Gleichstand der Stimmen für verschiedene Kandidaten gegeben, und man war nur nach hitzigen Diskussionen zwischen den Meinungsführern zu einem gültigen Beschluss gekommen. Einmal hatten die zur Pressekonferenz angereisten Journalisten bis in die Abendstunden auf eine Entscheidung warten müssen.

Von denen, die nicht für Sofía Hernández Cruz gestimmt hatten, blickten einige völlig verdutzt drein. »Das überrascht mich jetzt«, hörte man jemanden vernehmlich flüstern, und wie eine heranrollende Woge setzte unzufriedenes Murren und Murmeln ein.

Thunell räusperte sich, weniger, um die Stimme freizubekommen, als um die allgemeine Unruhe zum Erliegen zu bringen, und verkündete: »Ich stelle hiermit fest, dass die Nobelversammlung am Karolinska-Institut entschieden hat, den diesjährigen Nobelpreis für Medizin oder Physiologie Frau Professor Sofía Hernández Cruz zuzuerkennen.«

Ringsum war verwundertes Kopfschütteln zu sehen, immer noch, und nicht wenige zuckten mit den Schultern und runzelten die Stirn. »Jedenfalls wird diesmal keiner sagen können, wir seien ein Haufen alter Machos«, meinte jemand unüberhörbar.

Thunell klopfte mit dem hinteren Ende seines Kugelschreibers auf seine Schreibunterlage. Er hatte die eigentümliche Fähigkeit, damit ein Geräusch zu erzeugen, das wie das Hämmerchen eines Richters klang. »Die Sitzung ist geschlossen«, erklärte er und fügte mit einem schiefen Lächeln hinzu: »Teilen wir der Frau die gute Nachricht mit.«

Das berühmte Telefonat, auf das alljährlich an diesem Tag überall in der Welt Leute uneingestanden warteten und hofften, fand stets unmittelbar nach der Sitzung der Nobelversammlung statt – sobald die Entscheidung gefallen war und bevor die Presse informiert wurde. Zahllose Anekdoten ranken sich um die Anrufe aus Stockholm. In den letzten Jahrzehnten waren die weitaus meisten Nobelpreise an Amerikaner gegangen, und in den USA war es um diese Zeit, je nachdem, wo der Betreffende lebte, entweder furchtbar spät in der Nacht oder furchtbar früh am Morgen. Nicht selten meldete sich die Ehefrau des Betreffenden mit deutlicher Furcht in der Stimme, denn ein Telefonklingeln um zum Beispiel halb drei Uhr nachts ist im normalen Leben ein eher unheilvolles Vorzeichen. Die magischen Worte, mit denen der Hörer dann weitergereicht wurde, lauteten oft: »Es ist Stockholm.«

Die meisten Laureaten klangen im ersten Augenblick nicht überrascht, sondern erleichtert. Im weiteren Verlauf des Tages fanden sie sich jedoch schnell in die Rolle hinein, die man von ihnen erwartete – die des völlig Überraschten, den der Preis aller Preise aus heiterem Himmel getroffen hat –, doch in der Regel hatten sie gewusst oder zumindest geahnt, dass sie als Kandidaten gehandelt worden waren. Zwar bemühten sich alle Institutionen des Nobelpreises um absolute Verschwiegenheit bis zum Augenblick der Bekanntgabe der Preisträger, aber die Welt der Wissenschaft ist überschaubar und die Kommunikation untereinander intensiv. Bisweilen ist es nötig, einen Kollegen des Nominierten vertraulich um ein Gutachten zu bitten, und in solchen Fällen zeigt sich oft, dass manche den Begriff Vertraulichkeit etwas anders definieren als das Nobelkomitee.

Das Telefonat war dazu da, dem Laureaten einen Vorsprung vor den Medien zu verschaffen, ihm die Zeit zu geben, sich an den Gedanken zu gewöhnen, dass er von nun an dem Olymp angehörte, und Zeit, sich passende Antworten auf die Fragen auszudenken, die kommen würden. Das Telefonat sollte verdeutlichen, dass der Preis in erster Linie den Preisträgern galt und dass alles andere – die Berichterstattung darüber, die Aufregungen, Enttäuschungen und Anfeindungen – nur Nebeneffekte waren, atmosphärische Störungen sozusagen. Das Telefonat diente jedoch *nicht* dazu, das Einverständnis des Erkorenen einzuholen. Es spielte keine Rolle, ob der Laureat mit seiner Ernennung einverstanden war. Man konnte den Nobelpreis ablehnen. Einige hatten das getan, Jean-Paul Sartre etwa, aus Gründen, über die viel diskutiert worden war; im Grunde hatte ihm aber die Ablehnung des Nobelpreises mehr Ruhm eingebracht als es dessen Annahme vermocht hätte. Doch auch derjenige, der ihn ablehnte, wurde in den Annalen als Preisträger verzeichnet. Es gab kein Entkommen vor dem Nobelpreis.

Manche der Angerufenen waren allerdings ehrlich überrascht. Manchmal einfach aus dem Grunde, dass sie die Falschen waren. Noch immer wurde gern die Geschichte des Chemienobelpreisträgers von 1979 erzählt, eines New Yorkers namens Herbert C. Brown, dessen Nummer das Nobelkomitee über die Telefonauskunft erfragte – und die falsche bekam: die eines gleichnamigen Arztes, der sich zwar auch sehr geehrt fühlte, aber bald feststellte, dass er unmöglich gemeint sein konnte. Eine andere Geschichte war passiert, als Hans-Olof schon mehrere Jahre am Institut gewesen war, ebenfalls im Bereich Chemie, der sich allem Anschein nach schwer damit tat, Telefonnummern ausfindig zu machen. 1992 hatte man vergebens versucht, den frisch gekürten Preisträger Rudolph Marcus ans Telefon zu bekommen, und schließlich einen Kollegen von ihm angerufen, in der Hoffnung, dass dieser wisse, wo der Laureat sich aufhielt. Der jedoch, ein Chemiker namens Harry B. Gray, hatte sich selber für einen möglichen Kandidaten gehalten, und die Frage des Komiteevorsitzenden hatte dem armen Mann beinahe einen Herzinfarkt verschafft.

Das zumindest, überlegte Hans-Olof düster, würde in diesem Fall nicht passieren. Erstens hielt sich Sofía Hernández Cruz in ihrem Labor in der Schweiz auf, wo die Uhren dieselbe Zeit anzeigten wie in Stockholm, und unter Garantie saß sie längst am Telefon.

Während die Vorsitzenden des Komitees und der Versammlung und ein paar andere sich anschickten, nach nebenan ins Nobelbüro zu gehen und dort das Telefonat zu tätigen, nahm Thunell Hans-Olof beiseite und sagte, ihn am Oberarm festhaltend, so leise, dass man es zehn Zentimeter weiter nicht mehr hören konnte: »Ich finde das äußerst beunruhigend. Ich hoffe sehr, dass dieses Ergebnis nicht am Ende tatsächlich durch Bestechung zustande gekommen ist.«

Hans-Olof schluckte. »In meinem Fall jedenfalls nicht«, erwiderte er mit dem hässlichen Gefühl zu lügen.

Thunell musterte ihn durchdringend, ließ ihn dann los und hieb ihm auf die Schultern. »Das weiß ich doch, Hans-Olof«, rief er mit einem etwas bemühten Lachen. »Das weiß ich doch.«

Dann ging er hinaus.

Die Minuten unmittelbar nach der Abstimmung, wenn die meist heftige Debatte vorüber und die Entscheidung gefallen war, endgültig und unwiderruflich, waren normalerweise von heiterer, bisweilen regelrecht ausgelassener Stimmung geprägt. Seit einigen Jahren konnte man im Versammlungsraum das Telefonat über eine Lautsprecheranlage mithören. Den Moment mitzuerleben, in dem ein hochverdienter Wissenschaftler erfuhr, dass ihm die höchste Ehrung zuteil wurde, die es in einem Wissenschaftlerleben gab, hatte etwas zutiefst Anrührendes, Beglückendes. »Besser als Weihnachten«, hatte jemand einmal gesagt.

Heute war das nicht so. Oder kam es ihm nur so vor? Er sah in die Runde und erblickte verkniffene, unzufriedene Gesichter, düstere Blicke, zusammengepresste Lippen, Desinteresse. Manche sahen auf die Uhr, als hätten sie heute noch wichtigere Termine als diesen.

Es klingelte lange, dann hob jemand krachend ab. Eine junge Männerstimme, die Schweizerdeutsch sprach, das kaum Ähnlichkeit mit dem Deutsch hatte, an das Hans-Olof sich aus seiner Schulzeit vage erinnerte. »Rütlipharm Laboratorien, Abteilung C, mein Name ist Bernd Hagemann, was kann ich für Sie tun?«

Die Stimme des Komiteevorsitzenden. Sein Englisch stand dem eines BBC-Sprechers in nichts nach. »Guten Tag, mein Name ist Ingmar Thunell. Ich hätte gerne Frau Hernández Cruz gesprochen.«

»Einen Moment, ich verbinde«, antwortete der Mann, ebenfalls auf Englisch, allerdings in der Schweizer Variante. Ein paar sehr synthetisch klingende Takte eines Klavierkonzerts, dann meldete er sich wieder. »Tut mir Leid, die Frau Professor ist gerade in einer Besprechung. Soll ich etwas ausrichten, oder möchten Sie noch einmal anrufen?«

Das sorgte jetzt doch für Lacher in der Runde.

Thunells Contenance war durch nichts zu erschüttern. »Ich glaube«, sagte er mit herrlicher Seelenruhe, »es wäre angebracht, wenn Sie mich trotzdem zu ihr durchstellten.«

»Es ist aber eine sehr wichtige Besprechung«, beharrte der junge Mann.

»Das glaube ich gern«, ließ sich Thunell vernehmen. Wer ihn gut kannte, hörte heraus, wie ihn die Situation amüsierte. »Es ist aber auch ein sehr wichtiger Anruf.«

»Hmm«, zögerte der Schweizer. »Und was soll ich ihr sagen?«
»Sagen Sie ihr, es ist Stockholm.«
»Stockholm.« Man hörte Papier rascheln. Anscheinend ging der Mann hastig irgendwelche Listen durch. »Und, ähm, wer in Stockholm?«
»Das Nobelkomitee«, sagte Thunell genüsslich.

Die Antwort bestand nur in einem entsetzten Japsen, dann erklang erneut das Klavierkonzert, lange, bevor es schließlich abrupt abbrach.

»Hernández Cruz.« Eine dunkle Frauenstimme, die eine kaum glaubliche Ruhe ausstrahlte. Hans-Olof, dem erst jetzt bewusst wurde, wie angespannt er die ganze Zeit gewesen war, spürte, wie auf einmal seine Schultern wie von selbst herabsanken, als würden sie schwer allein vom Klang dieser Stimme. Um ihn herum wurden Gesichter weicher, glätteten sich Stirnen, entspannten sich Mundpartien.

»Guten Tag, Frau Professor Hernández Cruz«, hörte man den Chairman sagen. »Mein Name ist Ingmar Thunell. Ich bin der Vorsitzende des Nobelkomitees am Karolinska-Institut und habe die Freude, Ihnen mitteilen zu dürfen, dass Ihnen der diesjährige Medizinnobelpreis zuerkannt worden ist. Ungeteilt«, fügte er hinzu.

Einen endlosen Augenblick war alles still. Dann sagte die Frau nur: »Oh!« Es war ein eigentümlich schlichter Laut, der dennoch eine ganze Palette von Gefühlen auszudrücken imstande schien – Freude, Überraschung, Genugtuung, Belustigung, sogar so etwas wie Trauer. »Wie schön«, fuhr sie nach einem Moment fort. »Ich muss sagen, das überrascht mich jetzt allerdings ziemlich.«

Hans-Olof war verwirrt. Das klang nicht einmal geheuchelt, obwohl irgendjemandem doch klar gewesen sein musste, dass sie gewinnen würde. Hatte man ihr nichts gesagt? Es sah so aus. Wozu auch? Auch sie war nur eine Figur in einem Spiel, das andere spielten. Mächtigere. Skrupellosere.

Er stand auf. Plötzlich hielt er es nicht mehr aus, keine Minute länger. Unter den verwunderten Blicken der anderen ging er zur Tür, drückte die Klinke, entkam dem Raum und der stickig gewordenen Luft, trat hinaus auf die Galerie, auf der es kühl war und still. Am Geländer blieb er stehen, lauschte dem verhaltenen Gemurmel von unten, wo die Journalisten ihre Kameras aufbauten und geduldig ausharrten, blickte ins Leere und wartete, bis das Gefühl von Beklemmung sich löste.

Unten eilte ein Mann mit zerzausten blonden Haaren und dicker Hornbrille das Foyer entlang. Es gab keinen Grund zur Eile, die Pressekonferenz begann erst in gut einer Stunde. Und er wirkte auch nicht so, als hätte er es eilig, sondern als renne er gewohnheitsmäßig. Auf halber Strecke schien er zu spüren, dass er beobachtet wurde, sah hoch und musterte Hans-Olof seinerseits mit einem so durchdringenden Blick, dass dieser zwei Schritte von der Brüstung wegtrat, um außer Sicht zu sein.

Noch über eine Stunde. Hans-Olof merkte auf einmal, dass seine Nerven zum Zerreißen gespannt waren. Die Pressekonferenz würde die Befreiung bedeuten. Kristinas Entführer würden sie sehen – sie wurde live im Fernsehen übertragen – und wissen, dass ihr Plan gelungen war.

Ein hagerer junger Mann kam die Treppe empor, einen Ausweis ans Hemd geklemmt, einen Laptop unter dem Arm. Der Wachmann ließ ihn passieren. Hans-Olof kannte ihn; es war der Webmaster, der die Internetseite der Nobelstiftung betreute. Ihm oblag es, den Text der Presseerklärung in demselben Moment, in dem sie unten im Wallenberg-Saal verlesen wurde, ins Internet zu stellen.

Noch eine Stunde.

Was hatte es für einen Zweck, hier zu warten? Besser, er war zu Hause, wenn Kristina zurückkam. Ja, genau. Er würde heimgehen. Er hatte seine Pflicht erfüllt, dem Nobelpreis gegenüber und seiner Tochter gegenüber auch.

Aber dann ging er doch nicht. Irgendwie war er nicht imstande, sich aufzuraffen. Stattdessen setzte er sich auf eines der Sofas auf der Galerie, horchte auf das Hallen ferner Stimmen im Foyer, die Geräusche einsamer Schritte, das Tickeln gelegentlicher Regenschauer gegen die Scheiben. Es roch nach Reinigungsmitteln, nach Feuchtigkeit, nach Kaffee ...

Kaffee. Er stand auf, ging die Galerie entlang, in Richtung auf die Speiseräume. Langsam. Er hatte Zeit. Bedächtig nahm er eine der weißen Tassen, die auf dem schön gedeckten Tisch aufgestellt bereitstanden, goss Kaffee ein. Dann trat er ans Fenster damit, sah hinaus in den grauen Vormittag, trank in kleinen Schlucken, konzentrierte sich auf den bitteren Geschmack. Nur nicht darüber nachdenken, was da eben im Versammlungsraum passiert war. Nur nicht darüber nachdenken.

Als ihn jemand unvermutet ansprach, erschrak er derart, dass er sich im Zusammenzucken den halben Inhalt seiner Tasse über den Anzug schüttete.

»Oh, das tut mir Leid, Hans-Olof, entschuldigen Sie!« Es war Marita Alling, eine der wenigen Frauen, die dem Nobelkollegium angehörten. Eine stämmige Frau um die fünfzig mit goldumrandeter Brille und einem Hang zu hochtoupierten Frisuren, die in der Leukämieforschung arbeitete. Sie zog eilig ein ganzes Bündel Papierservietten aus dem Spender und hielt sie ihm hin. »Das war dumm von mir; ich hätte sehen müssen, dass Sie völlig in Gedanken waren. Hier, nehmen Sie ... Himmel, Ihr guter Anzug. Ich hoffe, das geht wieder raus? Ich bezahle Ihnen selbstverständlich die Reinigung.«

»Schon gut, halb so schlimm.« Aber natürlich war es schlimm. Ein grauer Glencheck-Anzug, der letzte, den Inga noch für ihn ausgesucht hatte, und die braune Brühe fraß sich in die hellen Fasern zwischen den dunklen Streifen, als sei es Säure. Hans-Olof ließ sich die Unglückstasse aus der Hand nehmen und rieb in hilfloser Anstrengung über die betroffenen Stellen. »Ich hätte besser aufpassen sollen.«

»Nicht reiben, so verteilen Sie es nur. Sie müssen tupfen, es aufsaugen ... Warten Sie, hier sind frische Tücher.« Sie plünderte den Spender vollends, nahm ihm die braun verfärbten

Servietten aus der Hand und warf sie mit einem Geschick, das von jahrzehntelanger Laborerfahrung kündete, in den abseits stehenden Papierkorb. »Ich kenne eine gute Reinigung in der Stadt, wirklich sehr gut. In der Sergelgatan. Was die mir schon Blusen und Blazer gerettet haben, Sie würden es nicht glauben.«

Im Grunde war er froh, dass sie plapperte und er sich darauf beschränken konnte, die Flecken zu bearbeiten; es bot ihm die Gelegenheit, sich wieder zu fangen.

»Es tut mir wirklich Leid. Ich war so aus dem Häuschen, weil endlich einmal wieder eine Frau den Nobelpreis bekommen hat, und dazu ungeteilt«, erzählte Marita. »Wissen Sie, dass das letzte Mal über zwanzig Jahre her ist?«

Hans-Olof nickte. »Barbara McClintock, 1983. Das war in dem Jahr, als ich mich am Karolinska beworben habe.« Er gab es auf. Der Anzug war mit Hausmitteln nicht mehr zu retten. Er warf die letzte Serviette in Richtung Papierkorb, verfehlte ihn aber.

»Die McClintock, genau. Und sie hat dreißig Jahre lang darauf warten müssen.« Barbara McClintock hatte ihre Entdeckungen der beweglichen Strukturen in der Erbmasse zu einer Zeit gemacht, als noch nicht einmal der Aufbau der DNS bekannt gewesen war. Marita Alling seufzte. »Und jetzt Sofía Hernández Cruz, und bei ihr hat es nicht einmal zwanzig Jahre gedauert. Wissen Sie, Hans-Olof, manchmal habe ich doch das Gefühl, dass die Dinge langsam besser werden.«

»Tatsächlich?« Hans-Olof spürte einen Stich in der Brust. Ja, daran hatte er auch einmal geglaubt. An den Fortschritt in der Medizin, in der Wissenschaft und eines Tages auch im Rest der Welt. Dass der Tag kommen würde, der das Ende von Krankheit, Krieg, Not und Hunger sah.

In diesem Moment gingen auf der anderen Seite der Galerie die Türflügel des Versammlungsraums auf, und in einem Schwall von Worten und dröhnendem Männerlachen kamen die übrigen Mitglieder der Nobelversammlung heraus. Zeit für die Pressekonferenz.

Marita stellte ihre Tasse weg. »Da muss ich dabei sein«, erklärte sie. Sie sah ihn noch einmal streng an. »Versprechen Sie mir, dass Sie Ihren Anzug in diese Reinigung in der Sergelgatan bringen? Bei den Hochhäusern. Unten drin, nicht zu verfehlen.«

Hans-Olof nickte. »Versprochen.« Er sah ihr nach, wie sie durch die Lounge auf die Treppe zusteuerte, und blickte dann an sich herab. Vielleicht würde er das sogar tatsächlich tun. Der Anzug war noch gut und außerdem eine Erinnerung an seine Frau.

Die ersten Gruppen spalteten sich ab, strebten diskutierend der Lounge und den Speiseräumen zu. Zeit, zu verschwinden. Er wollte niemanden mehr sehen, keine gute Laune verbreiten müssen, in keine Diskussionen um das Für und Wider der heutigen Entscheidung geraten.

Unten angekommen, zog es ihn dann aber doch in die Pressekonferenz. Wenigstens einen Blick hineinwerfen wollte er, ehe er ging.

Wie jedes Jahr an diesem Tag war das Wallenberg-Auditorium bis auf den letzten Platz besetzt. Die neugierigen Professoren der Nobelversammlung, die die Vorstellung des Laureaten miterleben wollten, drängten sich entlang der zartgelb gestrichenen Wände und kathedralenartigen Fenster. Entlang der hinteren Wand stand ein Wald von Fernsehkameras und Fotoapparaten auf Stativen aufgebaut. In den treppenförmig ansteigenden, in kräftigem Rot gehaltenen Sitzreihen kritzelten Journalisten aus aller Herren Länder eifrig ihre Notizen oder studierten die Pressemitteilung, die zwei Sekretärinnen aus dem Nobelbüro verteilten.

Die Mitglieder des Nobelkomitees saßen auf dem Podium aus solidem Kirschholz, halbkugelförmige Leselampen aus Milchglas zwischen sich, was die Szenerie auf verwirrende Weise einer Fernsehrateshow ähneln ließ. Vor Ingmar Thunell stand ein Laptop, der mit dem Projektionssystem verbunden war. An der Wand hinter ihm leuchtete überlebensgroß ein Porträt von Sofía Hernández Cruz.

»… das Revolutionäre ihrer Herangehensweise und der Ansatz, der schließlich zu ihren berühmt gewordenen Experimenten von Alicante geführt hat«, erklärte er gerade, »ist eine Frage, die sie sich stellte, als sie begann, über die Funktionsweise der Narkose zu forschen. Anstatt wie üblich zu fragen, ›Was ist Bewusstlosigkeit?‹ fragte Frau Hernández Cruz vielmehr: ›Was ist eigentlich *Wachheit*?‹ In dieser Frage sieht sie das Kernproblem der neurophysiologischen Forschung zusammengefasst. Nicht die Verminderung der Wahrnehmung, die Wahrnehmung selbst ist das Rätsel aller Rätsel.«

Hans-Olof entdeckte den Mann wieder, den er von der Galerie aus gesehen hatte, den mit dem zerzausten Haar und der dicken Brille. Und der wandte praktisch im gleichen Moment den Kopf, sodass sich ihre Blicke kreuzten. Eines der Gesichter, das man alle Jahre bei dieser Gelegenheit sah.

»Hernández Cruz' Experimente zeigen«, fuhr Thunell fort, »dass einige Phänomene, die man bisher für die Ursache von neuronalen Prozessen gehalten hat, in Wahrheit deren Folge sind.« Er sah mit einem Schmunzeln in die Runde. »Etwas, das man nicht miteinander verwechseln sollte, meine Damen und Herren. Wenn ein Wind weht, bewegen sich die Blätter an den Bäumen – trotzdem *erzeugen* sie den Wind nicht.«

Das gab Gelächter.

Hans-Olof sah, dass der Mann aufstand, die Leute neben sich in der Reihe bat, ihn durchzulassen. Was hatte das zu bedeuten? Er trat einen Schritt zurück, in den Sichtschutz eines beleibten, desinteressiert wirkenden Kameramannes.

Zeit zu gehen. Sowieso. Und irgendwie war ihm das alles auf einmal unheimlich. Er wandte sich um, drängte hinaus, eilte durch das leere Foyer zur Garderobe, riss seinen Mantel vom Bügel, zog ihn auf dem Weg zur Tür vollends über. Nur weg.

»Professor Andersson!«

Jetzt nicht. Er hatte es eilig. Für den Rest des Tages wollte er nur noch Hans-Olof Andersson sein, allein erziehender Vater einer halbwüchsigen Tochter.

»Professor Andersson, warten Sie! Ich muss Sie etwas fragen.«

Hans-Olof sah sich um. Es war der Journalist. Die strubbeligen Haare, die dicke Brille. Er kam ihm hinterher, so raschen Schrittes, dass ein Entkommen unmöglich schien.

KAPITEL 11

Es gab in der Tat kein Entkommen. »Lassen Sie mich«, fauchte Hans-Olof und schritt aus, so rasch er konnte. Aber er war einundfünfzig und sein Verfolger höchstens Mitte zwanzig; es war ein unfairer Kampf.

»Warum Sofía Hernández Cruz, Professor Andersson?«, fragte der Mann ein ums andere Mal, neben ihm hertänzelnd, nicht einmal außer Atem.

Schließlich blieb Hans-Olof stehen. »Sie hätten in der Pressekonferenz bleiben sollen«, stieß er hervor. »Die ist nämlich dazu da, genau das zu erklären.«

Der Mann schüttelte grinsend den Kopf. »Eben nicht. Dort wird nur erklärt, warum Professor Hernández Cruz den Nobelpreis in Medizin verdient hat. Es wird nicht erklärt, warum ausgerechnet sie gewählt wurde.«

»Weil die Mehrheit der Nobelversammlung für sie gestimmt hat. Ganz einfach.«

»Ah, ja.« Das Grinsen des Mannes schien nicht abstellbar zu sein. »Aber *warum* hat die Mehrheit für sie gestimmt? Das frage ich mich. Sehen Sie, ich habe die letzten Monate damit verbracht, Professoren dieses angesehenen Instituts zu interviewen, und ich war immer wieder erstaunt, was für negative Reaktionen es ausgelöst hat, wenn ich in einem Nebensatz Sofía Hernández Cruz und ihr Experiment erwähnte.«

Hans-Olof spürte, wie sein Atem sich allmählich beruhigte. Der Mann hatte natürlich Recht. Genau das war die allgemeine Stimmung gewesen. »Erwarten Sie im Ernst, dass ich das jetzt kommentiere?«, fragte er dennoch zurück.

Der Journalist fuhr sich mit der Hand durch das wilde Stroh seiner Haare. »Hatte ich gehofft, offen gestanden.«

Hans-Olof schüttelte den Kopf. »Sie wissen, dass wir über den Verlauf des Auswahlverfahrens Stillschweigen bewahren. Das, was Sie ›negative Reaktionen‹ nennen, wird schlicht und einfach Verärgerung gewesen sein, weil Sie versucht haben, Ihre Gesprächspartner auszuhorchen.« Das glaubte er zwar selber nicht, aber es klang gut. Es war eine vertretbare Antwort für den Fall, dass sein Gegenüber von den Entführern Kristinas beauftragt worden war, ihn auf die Probe zu stellen.

»Das war keine Verärgerung, und ich habe auch niemanden ausgehorcht. Das war guter alter Machismo, nichts weiter. Diese alten Männer hassen den Gedanken, ausgerechnet eine Frau könnte die Neurophysiologie in einer Weise revolutionieren wie vor ihr höchstens ein Max Planck die Physik.« Sein ewiges Grinsen verlor ein wenig an Impertinenz, dafür trat ein harter Glanz in die Augen hinter der schwarzen Hornbrille. »Ich frage mich, was passiert ist, dass sie ausgerechnet bei der Abstimmung anderen Sinnes geworden sind.«

Hans-Olof betrachtete ihn mit einem Gefühl wachsender Hilflosigkeit. Würde er ihn denn überhaupt nicht mehr loswerden? Je länger dieses Gespräch dauerte, desto größer wurde die Gefahr, dass er sich verplapperte. »Ich kann dazu nichts sagen. Die Statuten gebieten uns allen, über interne Vorgänge zu schweigen.«

Der andere musterte ihn skeptisch. »Ich habe das Gefühl, dass da irgendwelche seltsamen Dinge vor sich gehen.«

»In der Wissenschaft zählen Fakten, nicht Gefühle.«

Der Mann nickte nachdenklich, sah sich dann um, als lägen irgendwo noch hilfreiche Argumente herum. »Sie werden vielleicht lachen«, sagte er schließlich, »aber ich bin Journalist geworden, weil ich als Jugendlicher den Film ›Die Unbestechlichen‹ gesehen habe. Bernstein und Woodward sind meine Idole, auch heute noch. Und wenn der Nobelpreis irgendwann sein Watergate haben sollte« – er sah ihn mit zusammengekniffenen Augen an; von seinem Grinsen war nichts mehr übrig – »dann will ich derjenige sein, der es aufspürt.«

Hans-Olof beschloss, das Gespräch zu beenden.

»Ich muss jetzt gehen«, sagte er.

Der Journalist zückte eine Visitenkarte. »Hier. Falls Sie mir doch irgendwann etwas erzählen wollen.«

»Nein«, wehrte Hans-Olof ab. »Danke.«

Der Mann trat auf ihn zu, ehe er reagieren konnte, und schob ihm die Karte einfach in die Brusttasche. »Für alle Fälle«, grinste er. »Man kann nie wissen.«

Dann drehte er sich um und ging.

Hans-Olof sah ihm nach, bis er wieder im Eingang des Nobelforums verschwunden war. Dann zog er die Karte aus der Brusttasche und betrachtete sie.

Bengt Nilsson hieß er also. Reporter des SVENSKA DAGBLADET. Neben zwei E-Mail-Adressen standen insgesamt nicht weniger als sechs Telefonnummern, was aller Erfahrung nach bedeutete, dass man ihn im Ernstfall unter keiner davon erreichen würde.

Hans-Olof zerriss die Karte in kleine Schnipsel, die er in den nächsten Mülleimer warf. Dann machte er sich auf den Weg zu seinem Auto. Es wurde höchste Zeit, dass er nach Hause kam und alles für Kristinas Rückkehr vorbereitete.

Auf dem Heimweg kaufte er hastig ein, ohne Rücksicht auf die Kosten oder darauf, dass vieles verderben würde, ehe sie dazu kommen würden, es zu essen. Hauptsache, es war genug von allem im Haus.

Er war beinahe erleichtert, dass Kristina noch nicht zurück war, als er ankam. Das gab ihm Zeit, alles einzuräumen und etwas vorzubereiten, als Erstes einen großen heißen Kakao zum Beispiel. Kristina trank immer Kakao, wenn es ihr nicht gut ging, und Hans-Olof hatte keinen Zweifel, dass es ihr nicht gut gehen würde nach dieser traumatischen Erfahrung. Später konnten sie gemeinsam eine Pizza machen. Kristina liebte Pizza. Wenn man sie entscheiden ließe, gäbe es jeden Tag Pizza.

Sie würden lange aufbleiben heute Abend. Reden. Vielleicht war sie wütend auf ihn, dass er sie nicht vor dem bewahrt hatte, was geschehen war. Wer konnte wissen, was man ihr erzählt, was man ihr angetan hatte? Er würde ihr viel erklären müssen.

Am besten, er entschuldigte sie noch einen Tag länger von der Schule und sich selbst von der Arbeit. Nach diesem Albtraum konnten sie nicht einfach weitermachen, als sei nichts gewesen. Es würde gut sein, gemeinsam etwas zu unternehmen, etwas, das ihr Gelegenheit gab, sich alles von der Seele zu reden. Nicht, dass er sich dieser therapeutischen Herausforderung sonderlich gewachsen gefühlt hätte, aber immerhin war er ihr Vater, er konnte einfach für sie da sein, und falls das nicht half, würde er seiner Tochter professionelle Hilfe verschaffen können, keine Frage.

Über weitergehende Konsequenzen wollte er selber noch nicht nachdenken. Er hatte sich stets sicher gefühlt in dieser Stadt, in diesem Land: Zu erfahren, dass die Polizei offensichtlich von verbrecherischen Kräften unterwandert war, war etwas, das ihn immer noch erschütterte, wenn er daran dachte.

Vielleicht würde er seine Stelle aufgeben müssen. Vielleicht war nur so zu verhindern, dass sich diese Situation nächstes Jahr wiederholte.

Aber darüber wollte er erst in ein paar Tagen nachdenken. Im Augenblick zählte nur, seiner Tochter einen schönen Empfang zu bereiten.

Und so stellte er Milchflaschen, Fruchtsäfte und Süßigkeiten bereit, schüttete neues Kakaopulver in die große Dose und verteilte Zimtschnecken auf dem Ofenblech, zum Warmmachen später. Er schnitt Zutaten für eine Pizza – Zwiebeln, Paprika, Pilze, Tomaten –, putzte Salat, rieb Käse und füllte alles in Vorratsbehälter. Er hatte gleich zwei Packungen Tiefkühlteig genommen; einen davon legte er zum Auftauen heraus, damit es schnell ging, falls Kristina großen Hunger hatte. Er hatte Brot gekauft und Kuchen, Brötchen zum Aufbacken, Kekse, Unmengen Wurst und Käse und alle Arten von Fisch in Dosen.

Doch schließlich war alles eingeräumt, umgefüllt und bereitgelegt, die Sonne draußen untergegangen und Kristina immer noch nicht zurück. Hans-Olof hatte aufgehört, in der Küche herumzufuhrwerken. Er saß auf der Couch, reglos, hypnotisierte das Telefon, starrte es mit einem Gefühl in der Brust an, als müsse sein Herz in dem Moment zerreißen, in dem der Apparat klingelte.

Kurz vor acht klingelte er, aber sein Herz zerriss nicht, und so hob er ab.

»Guten Abend, Professor.« Die kehlige Stimme. »Ich freue mich, dass alles wie besprochen vor sich gegangen ist. Wie man mir sagt, waren Sie sogar der Erste, der die Hand für Frau Hernández Cruz gehoben hat. Wir sind sehr zufrieden mit Ihnen.«

»Wo ist meine Tochter?«, fragte Hans-Olof und hatte das Gefühl, innerlich zu vereisen.

»Es geht ihr gut, keine Sorge.«

»Warum ist sie noch nicht wieder zu Hause?«

»Warum sollte sie?«

»Es war ausgemacht, dass Sie sie freilassen, wenn ich für Ihre Kandidatin stimme.«

Die Stimme bekam einen stählernen, erbarmungslosen Unterton. »Nein, ich fürchte, das war nicht ausgemacht. Ausgemacht war, dass ihr nichts passiert, wenn Sie kooperieren.«

»Was?«, entfuhr es Hans-Olof keuchend. Er hatte vorgehabt, sich seine Gefühle nicht anmerken zu lassen, aber das wollte ihm nicht gelingen.

»Aber Professor Andersson«, meinte die kehlige Stimme tadelnd. »Versetzen Sie sich doch einmal in meine Lage. Ich weiß, dass Sie ein äußerst moralischer Mensch sind, ein Mann mit Prinzipien. Nur um Ihre Integrität zu wahren, schlagen Sie eine Summe Geldes aus, für die andere einen Mord begehen würden. Was soll jemand wie ich da machen? Ich tue auch nur meinen Job. Und aus Erfahrung weiß ich, dass Leute wie Sie die Pest sind in meinem Geschäft. Niemand ist so schwer in den Griff zu kriegen wie ein moralischer Mensch. Deswegen kann ich Ihnen Ihre Tochter noch nicht zurückgeben.«

Hans-Olof spürte ein Brennen in den Augen. »Aber wieso? Ich verstehe nicht. Ich habe doch getan, was Sie wollten.«

»Ist das denn für einen intelligenten Mann wie Sie so schwer zu verstehen? Überlegen Sie. In den über hundert Jahren seiner Geschichte ist noch nie ein Nobelpreis zurückgezogen worden. Und natürlich will ich nach all unseren Mühen nicht, dass ausgerechnet der von Sofía Hernández Cruz der erste ist, bei dem das geschieht. Wenn ich Ihnen aber Ihre Tochter jetzt zurückgebe, muss ich doch befürchten, dass Sie einen Eklat verursachen, nicht wahr? Deshalb wird Kristina unsere Gastfreundschaft noch bis zur Preisverleihung in Anspruch nehmen müssen.«

Hans-Olofs Blick ging über die bereitgestellten Schüsseln und Flaschen, die Zimtschnecken auf dem Ofenblech und den gedeckten Tisch, und alles verschwamm auf seltsame Weise wie hinter Wasser. »Das ... das können Sie nicht machen. Das sind noch fast zwei Monate. Ich bitte Sie, Kristina ist doch erst vierzehn Jahre alt!«

»Sie kommt hervorragend zurecht, glauben Sie mir. Und das wird so bleiben, wenn Sie vernünftig sind und mitspielen.«

»Kann ich wenigstens mit ihr sprechen?«

»Heute Abend nicht.«

»Wann dann?«

»Wir melden uns. Abends. Gehen Sie von jetzt an möglichst wenig aus, dann können Sie ab und zu ein paar Worte mit Ihrer Tochter wechseln.«

KAPITEL 12

Nach einer weiteren bleiernen Nacht hatte Hans-Olof sich mit dem Unvermeidlichen abgefunden. Während er am nächsten Morgen einige der übrig gebliebenen Zimtschnecken frühstückte, überlegte er, was zu tun war.

Das erste Problem war die Schule. Fast zwei Monate Abwesenheit würden nicht leicht zu begründen sein. Auf keinen Fall konnte er dort jemanden in die wahren Hintergründe einweihen; die Schule war geradezu eine Einrichtung zur raschestmöglichen Verbreitung vertraulicher Neuigkeiten. Selbst er, der er sich allem Klatsch so weit als möglich entzog, wusste, in welcher Ehe es kriselte, wer mit wem ein Verhältnis hatte und wessen Firma in Zahlungsschwierigkeiten geraten war. Abgesehen davon würde es den übrigen Schülern gegenüber ohnehin nötig sein, für Kristinas Abwesenheit eine plausible Erklärung parat zu haben, also konnte er diese auch gleich selber erfinden.

Er suchte in einschlägigen Büchern nach einer schweren Krankheit, die sich seiner Tochter glaubhaft andichten ließ, und als er eine gefunden hatte, griff er zum Telefon, um die Schule anzurufen. Er achtete darauf, diesmal mit der Schulleiterin höchstpersönlich zu sprechen, und erzählte ihr mit ernster Stimme – die ohne weitere Verstellung angespannt klang, daran hegte er keinerlei Zweifel –, dass Kristina am Vortag unter hohem Fieber gelitten habe, das über Nacht gekommen sei. Zuerst habe er an eine simple Erkältung gedacht, wie sie für die Jahreszeit nicht ungewöhnlich gewesen wäre. Doch bei seiner Rückkehr am Abend habe seine Tochter untypische

Symptome gezeigt, weswegen er noch spät in der Nacht mit ihr ins Krankenhaus gefahren sei.

»Ich hoffe, es ist nichts Schlimmes«, sagte die Schulleiterin.

»Leider doch«, erwiderte Hans-Olof und dachte daran, dass seine Tochter in den Händen gewissenloser Verbrecher war und er seit sechsunddreißig Stunden nichts mehr von ihr gehört hatte. »Man hat festgestellt, dass sie an Lymphogranulomatose leidet. Das ist eine Krebserkrankung, die auch als Hodgkin-Syndrom bekannt ist. Sie muss so schnell wie möglich behandelt werden.«

»Großer Gott!«

»Sie wird für die ersten Behandlungen bis Mitte Dezember im Krankenhaus bleiben müssen.«

»Wie schrecklich!« Er hörte sie tief Luft holen. »Kristinas Klassenkameraden werden entsetzt sein, wenn sie das hören. Ich bin auch entsetzt, muss ich sagen.« Eine ratlose, hilflose Pause. »Kann man sie denn besuchen?«

Diese Frage hatte Hans-Olof vorausgesehen. »Im Moment nicht. Sie bekommt eine Polychemotherapie, die ihr Abwehrsystem enorm schwächen wird. Selbst ich darf sie nicht sehen.« Das war nicht einmal wirklich gelogen. »Jeder Besuch könnte sie buchstäblich umbringen.«

»Ach so, natürlich«, erwiderte die Frau hastig. »Ich verstehe. Großer Gott, in meinem Kopf geht alles durcheinander. Die ganze Zeit überlege ich, was Kristina an Stoff versäumt und so weiter, dabei muss man sich sorgen, ob sie am Leben bleiben wird, nicht wahr?«

Hans-Olof dachte an die unbekannten Gangster und dass er nicht wusste, ob sie Kristina nicht doch etwas angetan hatten. »Ja«, sagte er. »Das muss man.«

»Wie furchtbar. Und wie plötzlich das kommen kann, von heute auf morgen...«

»Ja.« Hans-Olof räusperte sich. »Ich rufe eigentlich auch an, um zu fragen, ob Sie dazu etwas Schriftliches brauchen?«

»Wie? Oh, ja, richtig. Sie haben Recht. Natürlich, diese Dinge müssen trotz allem bedacht werden, nicht wahr? Doch, ich fürchte, ich brauche etwas Schriftliches.«

»Genügt es, wenn ich ein Attest schreibe, oder brauchen Sie etwas von der Klinik?« Er hielt den Atem an.

»Etwas von der Klinik wäre gut.«

Hans-Olof verzog das Gesicht. Das hatte er befürchtet, und er hatte noch keine Ahnung, wie er ein solches Dokument beibringen sollte. Vielleicht war es am besten, wenn er erst einmal auf Zeit spielte. »Gut. Dann werde ich so etwas besorgen. Es kann vielleicht ein paar Tage dauern, die stellen sich ziemlich an, aber ganz so eilig wird es nicht sein, oder?«

»Nein, nein«, fühlte sie sich endlich bemüßigt, ihn zu entlasten. »Sie haben jetzt ja auch andere Sorgen. Ich brauche es eben irgendwann.«

Das versprach er ihr, dann legte er auf und merkte, dass seine Hände bebten. Hoffentlich hatte er nichts übersehen. Hoffentlich schöpfte niemand Verdacht.

Das zweite Problem hieß Aimée und war seine Haushälterin. Eine kugelrunde, dunkelhäutige Marokkanerin schwer bestimmbaren, aber nicht mehr allzu jungen Alters, ihren ergrauenden Krauslocken nach zu urteilen. Sie kam zweimal die Woche und kümmerte sich um all das, was Hans-Olofs eher beschränkten haushälterischen Fähigkeiten entging. Sie pflegte immer nachmittags zu kommen und war es gewöhnt, Kristina in die Arbeit mit einzubeziehen, weil sie der unverrückbaren Ansicht war, ein Mädchen müsse beizeiten lernen, wie man einen Haushalt führt. Hans-Olof hatte sich dieser Meinung bereitwillig angeschlossen, zum Missfallen seiner Tochter zwar, aber in der Hoffnung, dass es ihr einmal zugute kommen würde.

Keine Frage, dass Aimée unpassende Fragen stellen würde.

Er musste sie daran hindern, zu kommen. Gleichzeitig wollte er verhindern, sie zu verlieren. Falls, was er mit schmerzhafter Intensität hoffte, Kristina nach Hause kam, konnte es nur von Vorteil sein, wenn sie ihre altgewohnte Umgebung so unverändert wie möglich vorfand.

Es verbot sich folglich, Aimée einfach zu entlassen. Und es verbot sich erst recht, ihr zu erzählen, Kristina sei sterbenskrank, weil nichts in der Welt Aimée in einem solchen Fall davon abhalten würde, alle Krankenhäuser Stockholms oder notfalls ganz Schwedens nach ihr abzusuchen.

»Meine Schwester wird die nächsten zwei Monate bei uns wohnen«, erklärte er ihr stattdessen, als er sie am Telefon hatte. »Ihr Mann muss sich am Karolinska-Krankenhaus einer schweren Operation unterziehen.«

»Ich wusste gar nicht, dass Sie eine Schwester haben«, erwiderte Aimée. Sie war zu Recht verblüfft, denn Hans-Olof hatte in der Tat keine Schwester.

»Es ist, ähm, eine Halbschwester. Wir verstehen uns nicht so besonders und haben normalerweise so gut wie keinen Kontakt.« Er räusperte sich. »Nun, es ist so, dass sie darauf besteht, mir den Haushalt zu führen, solange sie hier ist. Ich wage es nicht, ihr das abzuschlagen, sonst wird sie vollends unerträglich. Deshalb wollte ich Sie bitten, die nächsten zwei Monate nicht zu kommen. Ich bezahle Ihnen trotzdem fünfzig Prozent Ihrer normalen Bezüge als Ausfallentschädigung, selbstverständlich«, beeilte er sich hinzuzufügen.

Am anderen Ende der Leitung war ein äußerst unzufriedener Seufzer zu hören. »Nicht, dass Sie denken, ich sei geldgierig, aber es ist nun mal so, dass ich für die nächsten zwei Monate meine Heizung nicht auf die Hälfte runterdrehen kann und meine Miete auch nicht. Und meine zwei Buben essen sowieso mehr mit jedem Tag, den Gott werden lässt.«

»Ja, ich verstehe schon. Wie wäre es mit siebzig Prozent?«

Schließlich einigten sie sich auf achtzig Prozent, womit Hans-Olof zufrieden war, der auch bereit gewesen wäre, ihr notfalls das volle Gehalt fortzuzahlen – die Verhandlung hatte er eigentlich nur aus Gründen erhöhter Glaubwürdigkeit geführt. Und Aimée war, das wusste er genau, auch zufrieden.

Nachdem er so alles geregelt hatte, was zu regeln war, fuhr er wie jeden Morgen ins Institut und tat, als sei nichts. Er ging seiner Arbeit nach, so gut er konnte, versuchte, sich in den üblichen Besprechungen keine besonderen Gefühlsregungen anmerken zu lassen, grüßte die Kollegen, denen er begegnete, und bemühte sich, mit dem Papierkram auf dem Laufenden zu bleiben. Abends hörte er so zeitig wie möglich auf, kaufte in einem Supermarkt unterwegs hastig das Nötigste ein und machte dann, dass er nach Hause und neben das Telefon kam. An manchen Abenden riefen sie an, und er durfte mit Kristina sprechen, an anderen blieb das Gerät stumm, und er wartete bis weit nach Mitternacht vergebens.

Ab und an rief jemand aus ihrer Klasse an, oder eine Lehrerin oder eine Mutter eines der Kinder, und erkundigte sich nach Kristina. Sie schwebe immer noch in Lebensgefahr, erklärte Hans-Olof dann immer. Ob man nicht wenigstens mit ihr telefonieren könne, wollten vor allem ihre Klassenkameraden wissen. »Das geht leider nicht«, sagte er darauf immer, ohne sich auf Erklärungen einzulassen, warum nicht.

Keinem am Institut kam irgendetwas verdächtig vor. Keinem außer Bosse Nordin, der ihn zwei Tage nach der Abstimmung auf dem Parkplatz abpasste.

»Wir waren gestern Abend verabredet.«

»Was?«, fuhr Hans-Olof zusammen, und im gleichen Moment fiel es ihm wieder ein. »Ach ja, stimmt. Tut mir Leid, ich ... ich habe es total vergessen.« Das entsprach der Wahrheit.

»Wirklich?«, hakte Bosse nach. »Oder kann es sein, dass du mir aus dem Weg gehst?«

Hans-Olof riss die Augen auf. »Ich? Wieso? Wie kommst du auf diese ... Wieso sollte ich dir aus dem Weg gehen, du lieber Himmel?«

»Vielleicht, weil du dich wunderst.«

»Ich?« Hans-Olof starrte den Mann an, den er lange Zeit als seinen Freund betrachtet hatte. Er begriff, dass Bosse sein Verhalten in der Abstimmung rechtfertigen wollte. »Na ja, ehrlich gesagt... so, wie du über Sofía Hernández Cruz geredet hast...«

»Siehst du, und das muss ich dir erklären«, nickte Bosse und hakte sich bei ihm ein, eine gänzlich unerwartete Geste der Vertraulichkeit. »Aber zuerst muss ich dich etwas fragen.«

»Ja?«

»Hast du das Geld genommen?«

Hans-Olof zuckte zurück. »Natürlich nicht! Das habe ich dir doch gesagt.«

»Sie haben es dir nicht noch einmal angeboten? Den Betrag erhöht?«

»Nein.«

Das schien ihn zu verblüffen. »So? Bemerkenswert«, meinte er stirnrunzelnd. »Und du hast trotzdem für die Hernández Cruz gestimmt, einfach so?«

»Ich ändere meine Meinung doch nicht, bloß weil ein Verrückter mit einem Koffer voller Geld auftaucht«, erwiderte Hans-Olof mit der eigentümlichen Genugtuung, damit zur Abwechslung einmal nicht zu lügen.

Bosse schüttelte seufzend den Kopf. »Ich bin schuld.«

»Schuld? Woran?«

»Dass man dich belästigt hat. Oder sagen wir, ich war der Auslöser. Ich bin gefragt worden, wer vermutlich für welchen Kandidaten stimmen wird, und ich habe einfach gesagt, was ich wusste.«

Hans-Olof spürte Empörung in sich aufwallen. »Das hättest du nicht tun dürfen!«

»Hans-Olof...«

»Und wem? Wem hast du es gesagt?«

Bosse hob die Hand. »Warte. Lass mich erklären. Weißt du, wie mir diese Situation vorkommt? Wie damals an der Schule. Als wir so sechzehn, siebzehn waren, da ging eine Demarkationslinie durch die Klasse und trennte die Eingeweihten von den Ahnungslosen. Die einen hatten schon Sex, die anderen nicht. Nicht nur das, sie hatten auch keine Ahnung, was sich auf der anderen Seite der Linie abspielte. Manche wussten nicht einmal, dass es so was wie Sex überhaupt gibt.«

Hans-Olof begann sich immer unbehaglicher zu fühlen. Nach Bosses Einteilung hatte er eindeutig zu den Letzteren gezählt. Seinen ersten Sex hatte er mit fünfunddreißig Jahren gehabt, mit seiner späteren Frau, und seit sie tot war, war der Sex auch wieder aus seinem Leben verschwunden. »Ich weiß nicht, was das damit zu tun haben soll.«

Bosse fasste Hans-Olof um die Schultern und drehte sich mit ihm zusammen so herum, sodass sie quer über den großen Parkplatz sahen. »Du kennst doch die Autos deiner Kollegen, oder? Weißt du, wer diesen Mercedes dort drüben fährt?«

»Ja. Ulrik.«

»Der nagelneue grüne Volvo da vorn, mit Ledersitzen und allen Schikanen?«

»Björn, oder?«

»Genau. Und dieses rostzerfressene Wrack dort hinten, das vor Jahrhunderten einmal ein Fiat gewesen sein mag?«

»Lars.«

»Gut. Und jetzt denk an alle, die in der Abstimmung die Hand für Sofía Hernández Cruz gehoben haben, und schau dir an, was sie für Autos fahren.«

Hans-Olof tat, wie ihm geheißen. Mit einem Gefühl, als löse sich der feste Boden unter ihm auf, erkannte er, dass mit Ausnahme von Marita Alling und ihm praktisch alle, die für Sofía Hernández Cruz gestimmt hatten, teure, neue Autos fuhren, während die anderen mehr oder weniger alte, gebrauchte, nur mühsam über die Jahre gerettete Fahrzeuge ihr Eigen nannten.

»Das ist nicht wahr«, entfuhr es ihm.

»Es ist wahr«, sagte Bosse Nordin. »Du weißt es selbst. Vom Gehalt eines Wissenschaftlers kann man sich solche Autos nicht leisten.«

Hans-Olofs Atem ging auf einmal nur noch stoßweise. »Sie sind bestochen? Alle?«

»Willkommen in der Wirklichkeit. Willkommen im Club der Eingeweihten.«

»Aber...? Bosse, wie ist das möglich? Du? Deine Börsentipps? Alles Schwindel?«

»Hilflose Versuche, die Unabhängigkeit zurückzuerlangen.«

Hans-Olof hatte das Gefühl, sich setzen zu müssen. Nein, am liebsten hätte er sich hingelegt. Er tastete nach Tabletten, aber die waren alle weit weg in seiner Schreibtischschublade. »Und wie lange geht das schon so?«

»Jahre«, bekannte der Zellphysiologe. »Erspare es mir, sie nachzuzählen.«

»Aber wieso? Ich meine... Geld ist doch nicht alles. Wir sind Wissenschaftler, Bosse, ich bitte dich. Wieso?«

»Angefangen hat es ganz harmlos. Solche Dinge fangen immer ganz harmlos an, weißt du? Sie tasten sich an dich heran, loten aus, wie weit du zu gehen bereit bist, locken dich über eine Schwelle nach der anderen. Zuerst sind da Einladungen zu Vorträgen, völlig unverdächtig, absolut korrekt. Nur dass das Hotelzimmer ein klein wenig luxuriöser ist als üblich und das Flugticket erster Klasse statt Business-Class, aber so was lässt man sich ja gefallen, nicht wahr? Irgendwann ist man auf einmal Hauptredner, wundert sich, wieso. Das Vortragshonorar ist atemberaubend, und zufällig kommt man an dem Abend mit einem Steueranwalt ins Gespräch, der auf eine Art und Weise aus dem Nähkästchen plaudert, dass man sich wie ein Idiot vorkommt, wenn man an seine Steuern denkt. Und am nächsten Tag schlagen die Veranstalter vor, den größten Teil des Honorars in bar und ohne Quittung auszuzahlen, es in Luxemburg oder Gibraltar zu investieren, in diversen Fonds und Aktien und so weiter, und man nickt und sagt ja und hat das Gefühl, dass man endlich auch dazugehört, dass man endlich einer von denen ist, die wissen, wie man es anpacken muss, das Leben...«

Hans-Olof konnte kaum glauben, was er hörte. »Und dann?«

»Es ist die ganze Zeit gut gegangen. Und es hat nicht wehgetan. Ab und zu ein Gefälligkeitsgutachten, okay, aber das Sparkonto in der Schweiz wächst, also was soll's? Eine kleine Auskunft unter Freunden? Scheiß auf die Vorschriften, wenn der nächste Vortrag in Thailand stattfindet.« Bosse hielt inne, nickte sinnend. »Alles Kinderkram natürlich. Im Grunde war mir von Anfang an klar, dass die langfristig vorhatten, einen Nobelpreis zu kaufen.«

»Die?«, stellte Hans-Olof die Frage, die er schon die ganze Zeit hatte stellen wollen. »Wer sind *die*?«

»Rütlipharm natürlich. Schweizer Firma, dieselbe Ecke wie weiland Hoffmann-LaRoche, bloß dass Rütlipharm ein vergleichsweise kleines Unternehmen ist, das in ständiger Gefahr schwebt, von einer der großen Firmen geschluckt zu werden. Pfizer, Merck, Glaxco – die stehen alle in den Startlöchern, mit Kriegskassen größer als die Verteidigungsetats mancher Länder. Mit anderen Worten, Rütlipharm brauchte eine langfristige Strategie, um den Börsenkurs steigen zu lassen.«

»Den Nobelpreis.«

»Ich schätze, das war das Herzstück dieser Strategie. Ich habe die Kurse verfolgt. Plus zweiunddreißig Prozent seit der Bekanntgabe. Umgerechnet auf die Marktkapitalisierung sind das ... ich weiß nicht, Milliarden jedenfalls. Damit steht Rütlipharm so gut da wie noch nie. Und das ist sicher erst der Anfang.«

Hans-Olof spürte etwas in den Tiefen seines Unterleibs, ein schwarzes, bodenloses Gefühl, das nur entsetzliche Angst sein konnte. Kristina und er waren also in Machenschaften verwickelt, bei denen es um Milliarden ging. Das erklärte die rücksichtslose Entschlossenheit, mit der die Unbekannten gehandelt hatten.

Und es ließ das Schlimmste befürchten für das, was noch kommen mochte.

»Es hat alles mit dem Unfall von Mailand zu tun, nicht wahr?«, vergewisserte Hans-Olof sich ahnungsvoll. »Die drei standen auch auf der Lohnliste.«

Bosse nickte. »Eine Woche vor der Abstimmung fehlte auf einmal genau *eine* sichere Stimme.«

Gerade noch rechtzeitig fiel Hans-Olof ein, dass er auch Bosse gegenüber den Schein wahren musste. Er durfte sich niemandem anvertrauen, war um seiner Tochter willen gezwungen, mit einem furchtbaren Geheimnis umherzugehen. »Geld regiert die Welt, oder?«, sagte er in dem schwachen Versuch, das Gespräch zu einem möglichst raschen Ende zu bringen. »Jetzt hat es uns also auch erwischt.«

Sein untersetzter Kollege schien aufzuatmen, dass er es nicht schwerer nahm. »Das ist der Lauf der Dinge. Zwecklos, sich dagegen stellen zu wollen.«

»Ja«, nickte Hans-Olof. »Zwecklos. Da hast du Recht.«

»Wir sollten trotzdem einen trinken gehen«, versuchte es Bosse noch einmal. »Am besten noch vor meinem Urlaub.« Bosse Nordin nahm wie jedes Jahr seinen Urlaub so, dass er erst kurz vor der Nobelfeier zurückkam.

Hans-Olof winkte ab. »Lass mir ein bisschen Zeit, das alles zu verdauen.« Da er deutlich spürte, dass Bosse Nordin damit nicht zufrieden zu stellen war, schlug er vor, den gemeinsamen Abend auf die Zeit nach der Nobelwoche zu verschieben, und mit dieser Vereinbarung war sein Gegenüber endlich einverstanden, sodass sie nach ein paar weiteren Minuten belanglosen Plauderns ihrer Wege gehen konnten.

KAPITEL 13

So schockierend Bosses Eröffnungen im ersten Moment gewesen waren, im Grunde bestätigten sie nur, was Hans-Olof seit der Abstimmung, seit dem Auftauchen des Mannes mit den weit auseinander stehenden Augen geahnt hatte: Das Karolinska-Institut war schon längst nicht mehr das von der Schlechtigkeit der Welt unberührte *Shangri-La*, für das er es gehalten hatte, hatte halten *wollen*. Die Unschuld war verloren, und unter normalen Umständen wäre das etwas gewesen, um das er getrauert hätte. Doch die Umstände waren nicht normal.

Die Tage verstrichen, reihten sich zu Wochen, und der Oktober verging. Tagsüber arbeitete Hans-Olof mit der stetig zunehmenden Besessenheit eines Menschen, der in seiner Arbeit die Probleme seines übrigen Lebens zu vergessen sucht, abends und an Wochenenden belauerte er das Telefon. Die Minuten, die er hin und wieder mit Kristina sprechen durfte, waren die einzigen Momente, in denen das Gefühl der Bedrückung ein wenig nachließ. Es ging ihr gut. Sie bekam zu essen und zu trinken und regelmäßig frische Wäsche, hatte eine eigene Toilette und Dusche zur Verfügung, zahlreiche Bücher und einen Cassettenrecorder mit Musik, und ihre Bewacher waren Profis, die sich niemals ohne schwarze Kapuze sehen ließen. An diese Hoffnung klammerte sich Hans-Olof: dass er es mit Profis zu tun hatte, die einfach ihren Job machten, und zwar so gut, dass es nicht nötig sein würde, eine Zeugin zu beseitigen.

Doch eine Entführung ist eine psychische Ausnahmesituation ohnegleichen für das Opfer, und je länger sie dauert, desto gravierender sind die seelischen Auswirkungen. Hans-Olof bemerkte Veränderungen in dem, was Kristina erzählte, und in dem Ton, in dem sie es tat, unmerklich zunächst, doch nach und nach immer deutlicher werdend. Sie hatte sich nicht nur mit ihrer Lage abgefunden, sondern fing an, sich regelrecht damit anzufreunden. Sie berichtete, einer der Männer habe ihr, nachdem sie darum gebeten hatte, eine Cassette mit Stücken ihrer Lieblingsband besorgt – Hans-Olof war außerstande, den Namen der Band auch nur zu verstehen, geschweige denn, ihn sich zu merken. Sie erzählte von Gedanken, die sie sich über die Situation der Männer gemacht hatte, die sie bewachten, und die Probleme, mit denen diese zu tun haben mochten. Relativ bald verwendete sie nicht mehr das Wort »bewachen«, sondern sprach davon, dass die Männer »sich um sie kümmerten«. Und schließlich fing sie an, »wir« zu sagen. »Wir haben es zurzeit nachts kalt«, berichtete sie zum Beispiel, und Hans-Olof bekam Gänsehaut.

Würde er, wenn er Kristina wiederbekam, auch seine Tochter wiederbekommen?

Er hatte schon von diesem Phänomen gehört, sodass er Näheres darüber nachlesen konnte. Ironischerweise war es in der Welt der Psychologie bekannt unter der Bezeichnung »*Stockholm-Syndrom*«, benannt nach Beobachtungen, die man 1973 an vier Geiseln gemacht hatte, die während eines Überfalls auf die *Sverige Kreditbanken* in Stockholm fünfeinhalb Tage lang in der Gewalt der Bankräuber gewesen waren. Die Geiseln hatten sich im Lauf der Zeit entgegen allen Erwartungen regelrecht mit ihren Bewachern solidarisiert, baten nach Beendigung der Geiselnahme um Gnade für die Täter, und eine der Geiseln, eine junge Frau, verlobte sich schließlich sogar mit einem der Räuber. Dieses Phänomen war bei vielen weiteren Geiselnahmen und Entführungen beobachtet worden, und es harrte trotz zahlreicher wissenschaftlicher Abhandlungen und Theorien immer noch einer endgültigen Erklärung.

Das Telefon stand auf dem Couchtisch, und daneben lag ein Kalender, auf dem Hans-Olof die Tage abstrich. Noch nicht einmal Halbzeit. Demnächst brach der November an, aber von da an waren es immer noch mehr als sechs Wochen bis zum zehnten Dezember, bis zur Preisverleihung.

Und Kristina entschwand von Woche zu Woche weiter.

In diesen Tagen lief er Marita Alling wieder über den Weg, die wissen wollte, ob die Reinigung in der Sergelgatan seinen Anzug habe retten können und was es gekostet habe. »Das ist so eine Marotte von mir«, bekannte sie. »Bis zum Beginn der Nobelwoche will ich immer alle Schulden beglichen haben.«

Hans-Olof erklärte, er fände das ein lobenswertes Prinzip, er sei aber einfach noch nicht in die Stadt gekommen.

»Soll ich es für Sie machen?«, bot sie an. »Es ist sowieso meine Schuld. Wenn Sie den Anzug morgen mitbringen, erledige ich das für Sie.«

Das wollte Hans-Olof nicht annehmen. Nein, er werde sich selbst darum kümmern.

»Aber Sie dürfen nicht ewig damit warten. Flecken werden nicht besser, wenn man sie wochenlang eintrocknen lässt.«

Hans-Olof versprach, keinen Tag länger verstreichen zu lassen.

Da er Marita Alling jederzeit wieder begegnen konnte und beim nächsten Mal eine Rechnung der Reinigung würde vorweisen müssen, damit sie Ruhe gab, machte er an diesem Nachmittag einige Stunden eher Schluss, fuhr nach Hause, holte den Anzug, der die ganze Zeit achtlos über einer Stuhllehne im Schlafzimmer gelegen hatte, und fuhr weiter in die Stadt. Er parkte im Parkhaus in der Mäster Samuelsgatan, von wo aus es nur noch wenige Schritte bis zur Sergelgatan waren.

Zwischen Sergelgatan und Sveavägen erhoben sich fünf silbern schimmernde Hochhäuser, dem Aussehen nach aus den Siebzigern stammend, deren untere Geschosse miteinander verbunden waren und eine durchgehende Passage bildeten. Dort fand Hans-Olof die von Marita Alling so warm empfohlene Reinigung, die in seinen Augen keinen Deut anders aussah als jede andere Reinigung, mit der er je zu tun gehabt hatte. Auch die lustlos-routinierte Art, mit der die dicke Frau hinter der Theke seinen Anzug entgegennahm, wirkte alles andere als vertrauenerweckend... als vertraueneinflößend.

»Ich brauche eine Rechnung«, sagte Hans-Olof, während sie mit ihren fleischigen Händen alle Taschen des Jacketts durchfingerte.

»Kriegen Sie beim Abholen«, erwiderte sie und hielt ihm etwas unter die Nase. »Da. Haben Sie im Anzug gelassen.«

Hans-Olof nahm es. Es war eine Visitenkarte. Die Visitenkarte eines gewissen Bengt Nilsson, Journalist des SVENSKA DAGBLADET.

Verblüffend. Hatte er die nicht zerrissen? »Woher haben Sie die?«, fragte er.

Die Frau, die wulstige Lippen und rote Bäckchen hatte und schon dabei war, den Anzug lose zusammenzulegen und nummerierte Coupons an die einzelnen Teile zu heften, deutete auf eine der Jackentaschen. »War da drin.«

Der Journalist hatte ihm seine Visitenkarte in die Brusttasche gesteckt, einfach so, daran erinnerte er sich. Hatte er ihm gleichzeitig heimlich eine zweite Karte in eine andere Tasche geschoben? Offenbar.

»Danke«, sagte er. Bengt Nilsson. Raffinierter Kerl.

Die Frau schob ihm seinen Coupon hin. »Donnerstag«, sagte sie gleichgültig.

Danach schlenderte Hans-Olof noch ein wenig durch die Passage. Sie war schön gemacht, mit schwarz-weiß gemustertem Marmorboden, und in einem Durchgang lud ein *Coffeehouse* zum Verweilen ein, bot Schokoladenkuchen und Kaffee im Sonderangebot. Warum nicht? Er hatte noch Zeit, und wenn jemand das Recht hatte, ein wenig zu verschnaufen, dann wohl er. Er suchte ein dickes Brownie aus, nahm einen Cappuccino, bezahlte bei einem jungen, geistesabwesend lächelnden Mädchen und ließ sich mit seinem Tablett an einen der Tische nieder. Trank den ersten Schluck und genoss es, zum ersten Mal seit Wochen nichts vorzuhaben, nichts tun zu müssen und dem Luxus frönen zu können, ein paar Minuten sinn- und zwecklos zu vergeuden.

Das Brownie war gut. Hans-Olof sah sich kauend um ...

Und erblickte den Mann mit den weit auseinander stehenden Augen.

Diesmal war er nicht in Polizistenuniform. Er trug eine graue Jacke und eine schwarze Strickmütze, die ihn bis zur Unkenntlichkeit entstellt hätte, wäre diese unverkennbare Augenpartie nicht gewesen. Raschen Schrittes kam er die Passage entlang, tief in Gedanken versunken und in Eile. Er schien Hans-Olof nicht bemerkt zu haben. Er schien überhaupt weder nach rechts noch nach links zu schauen.

Hans-Olof duckte sich über seine Tasse, nahm einen Schluck, verfolgte aus den Augenwinkeln und in den dunkel spiegelnden Schaufenstern des Cafés und der Modegeschäfte ringsumher den Weg des Mannes, der seine Stimme für drei Millionen Kronen hatte kaufen wollen.

Wo um alles in der Welt kam der Mann jetzt her? Hatte das etwas mit ihm zu tun? Aber so sah es nicht aus. Das war eine zufällige Begegnung, und vielleicht ... eine Chance! Hans-Olof wartete, bis der Mann im nächsten Durchgang verschwand, dann sprang er auf, ließ Kaffee und Brownie stehen, schnappte seinen Schal und machte sich an die Verfolgung.

Schritte, Schritte – überlaut klangen sie ihm in den Ohren, während er dem anderen folgte. Der musste sich doch jeden Moment umdrehen, ihn entdecken, und dann? Aber er drehte sich nicht um. Kümmerte sich nicht. Eilte pfeilgerade auf das Ende der Passage zu, wo die Schiebetür vor ihm aufging und ihn in das Gewimmel der Menschen draußen auf der Sergelgatan entließ.

Draußen war es leichter, ihm unauffällig zu folgen, aber schwerer, mit ihm Schritt zu halten. Hans-Olof drängte sich zwischen Passanten hindurch, hörte weg, wenn jemand murrte, sagte *Ursäkta!* und *Förlåt!* und natürlich *Tack!* zu – wie es ihm vorkam – jedem zweiten Einwohner Stockholms, aber so sehr er sich auch beeilte, die schwarze Strickmütze entfernte sich immer weiter, und als er sie schließlich doch noch einholte, war es jemand anders, eine stämmige Frau mit aufgedunsenem Gesicht.

Verdammt! Hans-Olof blieb stehen, stand umströmt von Leuten mit Einkaufstüten, Jugendlichen mit Kopfhörern und plappernden Pärchen, und begriff nichts. Was konnte der Mann hier gewollt haben? Vielleicht etwas, das mit ihm und Kristina überhaupt nichts zu tun hatte. Schließlich brauchten auch Verschwörer, Entführer und Erpresser ihr Privatleben.

Endlich beschloss er, da er sowieso keine andere Idee hatte, wieder nach Hause zu fahren. Schade um den Kaffee und den Kuchen, aber alle Lust auf Entspannung war ihm gründlich vergangen. Es gab anscheinend kein Entkommen vor seinen Peinigern.

Er stapfte zurück zum Parkhaus, ärgerte sich über die hohen Parkgebühren – er hatte mit dem für ihn typischen »Glück« die nächste halbe Stunde um gerade eine einzige Minute angebrochen – und holte sein Auto. Wie immer atmete er auf, als er zurück ins Freie kam. In den engen Parkdecks konnte man sich meist nur mühsam zwischen den Wagen hindurch und durch nur halb zu öffnende Türen auf den Fahrersitz zwängen, und jetzt drückte sein Mantel im Rücken. Die nächste rote Ampel nutzte er, ihn zurechtzuziehen, den Rückspiegel ordentlich einzustellen...

Da. In dem Auto hinter ihm.

Der Mann mit den fischigen Augen.

Es durchfuhr Hans-Olof wie ein Stromschlag. Was hatte das zu bedeuten? Verfolgte der Mann ihn also doch? Aber es sah nicht so aus. Der Unbekannte telefonierte, schrie in sein Handy, regte sich auf.

Grün. Hans-Olof fuhr langsam an, spürte, dass seine Hände am Lenkrad bebten, konnte den Blick kaum vom Rückspiegel wenden. Er war es, kein Zweifel. Am Steuer eines dunkelroten Volvo, dessen Nummernschild von hier aus nicht zu erkennen war.

Was jetzt? Wer verfolgte wen? Auf jeden Fall langsam fahren. Keinen Unfall riskieren. Nachdenken.

Der Volvo blieb hinter ihm, während es die Vasagatan entlang ging. Der Mann schien weiterhin anderweitig beschäftigt. Nein, das war kein Verfolger. Der hatte ihn noch nicht einmal bemerkt. Wenn er ihn dazu brachte, zu überholen, und sich dann an seine Rücklichter heftete, dann würde er ihn womöglich zu überaus interessanten Entdeckungen führen…

Jetzt hörte der Mann auf zu telefonieren, starrte finster ins Leere, während der Verkehr sich um Bantorget herum in die Torsgatan wälzte, die am Bahndamm entlangführte. Hans-Olof duckte sich, musste dauernd daran denken, dass der Mann mit den fischigen Augen unter Garantie sein Nummernschild kannte und jeden Moment anfangen konnte, sich zu wundern, wieso er es vor der Nase hatte. So dicht wie der auffuhr! Unmöglich, *sein* Nummernschild zu lesen.

Da. Der Mann griff wieder nach dem Mobiltelefon, wählte, redete. Anstatt endlich zu überholen! Der St. Eriksplan kam näher, eine große Kreuzung, aber der andere hinter ihm blinkte nicht, wollte wohl auch geradeaus.

Hans-Olof überquerte die Odengatan, ein Auge auf einem etwas unbeholfen dahinstrampelnden Fahrradfahrer. Dass der Mann mit den fischigen Augen hinter ihm im letzten Moment den linken Blinker gesetzt und Richtung Kungsholmen abgebogen war, bemerkte er erst, als es zu spät war. Wütend versetzte er seinem Lenkrad einen Schlag und wunderte sich, was er noch alles an Flüchen aus seiner Jugendzeit kannte.

An diesem Abend kam kein Anruf. Hans-Olof saß bis in die Nacht hinein auf dem Sofa, betrachtete abwechselnd das Telefon und die Visitenkarte des Journalisten, die er vor sich auf die Tischkante gelegt hatte, und dachte nach.

Die Entführer hatten alles in ihrer Macht Stehende getan,

um Aufsehen zu vermeiden. Nichts sollte darauf hindeuten, dass etwas nicht so war, wie es zu sein schien. Wie es zu sein hatte. Ihr Druckmittel war Kristina. Solange sie sie in ihrer Gewalt hatten, würde er alles tun, was sie wollten.

Zumindest, solange er damit rechnen konnte, sie gesund und wohlbehalten zurückzubekommen.

Doch würde er das? Würde er Kristina so zurückbekommen, wie er sie kannte? Bis heute hatte er geglaubt, keine andere Wahl zu haben, als das Spiel der Entführer mitzuspielen, aber vielleicht war das ein Irrtum. Vielleicht hatte er eine Wahl. Die Erinnerung an den Journalisten hatte ihn auf den Gedanken gebracht, dass ein anderer Weg – womöglich sogar der einzige, der Kristina wirklich retten konnte – der sein mochte, *öffentliches* Aufsehen zu erregen.

Wenn bekannt wurde – landesweit, weltweit, über Zeitungen und Fernsehen –, dass der Rütlipharm-Konzern den Nobelpreis für einen seiner Forscher *gekauft* hatte, ja, dass er nicht einmal davor zurückgeschreckt war, ein vierzehnjähriges Mädchen entführen zu lassen, um die Stimme ihres Vaters zu erpressen – dann würden die Verantwortlichen nicht anders können, als Kristina wieder herauszugeben, als sich zu stellen, den Schaden zu begrenzen, das Äußerste zu verhindern. Wenn die Wahrheit publik wurde, war das Spiel verloren. Dann würde Frau Professor Sofía Hernández Cruz am zehnten Dezember keinen Nobelpreis überreicht bekommen, egal was geschah.

Vielleicht würde es danach nie wieder einen Nobelpreis geben. Doch das war dann nicht mehr wichtig. Kristina war wichtig, nichts sonst.

Hans-Olof griff nach dem Hörer und ließ ihn sofort wieder los. Nicht von hier aus. Er wusste nicht, ob sie ihn abhörten. Wahrscheinlich taten sie das. Er an ihrer Stelle hätte es jedenfalls getan.

Stattdessen stand er auf, zog Mantel und Schuhe an, nahm die Autoschlüssel und verließ das Haus. Er fuhr ein wenig durch die verlassen daliegenden Straßen des Wohngebiets, bis er glauben konnte, dass ihm niemand folgte. Dann hielt er an einer Telefonzelle, die auf einer kleinen Anhöhe stand, sodass man von ihr aus in alle Richtungen sah.

Er studierte die sechs Telefonnummern, die sich auf der Visitenkarte drängten: ein Anschluss in der Redaktion, eine Telefaxnummer dort, eine Mobiltelefonnummer, eine weitere Nummer mit der Vorwahl von Malmö und schließlich je eine private Telefon-und Faxnummer. Hans-Olof entschied sich für die Privatnummer, was anscheinend eine gute Wahl war, denn Bengt Nilsson meldete sich, als habe er neben dem Apparat gewartet.

»Andersson«, sagte Hans-Olof. »Erinnern Sie sich an mich?«

Der Journalist stieß einen unbestimmten Laut aus. »Professor Andersson? Selbstverständlich erinnere ich mich. Was verschafft mir die Ehre so spät am Abend?«

»Ich will Ihnen etwas erzählen.«

»Nicht am Telefon, vermute ich?«

»Nein. Nicht am Telefon.«

»In Ordnung. Lassen Sie mich überlegen.« Dazu brauchte der Journalist nicht lange. »Kennen Sie das *TAROT*?«

»Nein.«

»Ein gutes Lokal in Gamla Stan. In der Nähe des Stortorget. Sie finden es sicher.«

»Gut. Wann?«

»Morgen Mittag um zwölf. Ich reserviere einen Tisch, an dem uns niemand zuhören kann. Die Besitzer sind gute Freunde von mir. Sagen Sie, dass Sie mit Bengt verabredet sind, dann weiß man Bescheid.«

»In Ordnung. Ich werde da sein.«

Hans-Olof hängte den Hörer mit dem unbestimmten Gefühl ein, Dinge losgetreten zu haben, die nicht mehr seiner Kontrolle unterlagen.

KAPITEL 14

Das Restaurant war nicht schwer zu finden. Im Tiefgeschoss eines schmalen, ockerbraunen Hauses unweit der alten Börse gelegen, war es eines der vielen kleinen Lokale, für die die Altstadt von Stockholm berühmt ist.

Natürlich war es, um seinem Namen gerecht zu werden, mit großen Abbildungen der Tarotkarten geschmückt. Über dem Eingang hing ein metallenes Schild, das die Karte DER NARR zeigte, auf der ein bunt gekleideter Wanderer, den Wanderstab über der Schulter, ein Blümchen in der Hand, verträumt in den Himmel schauend, geradewegs auf einen Abgrund zuspaziert. Über dem Tisch, zu dem man ihn führte, nachdem er nach »Bengt« gefragt hatte, hing die Karte GERECHTIGKEIT, was Hans-Olof als gutes Omen nahm. Ein streng dreinblickender Herrscher, das erhobene Schwert in der einen, die Waage in der anderen Hand, verhieß den Rechtschaffenen Genugtuung.

Der Journalist kam mit etwas Verspätung und nicht ganz so energiesprühend, wie Hans-Olof ihn von ihrer ersten Begegnung her in Erinnerung hatte. Genau genommen sah er aus, als habe er eine grauenhafte Nacht hinter sich. Oder mehrere. Und die ganze Zeit war er nicht dazu gekommen, einmal seine dicke Brille zu putzen.

»Lassen Sie uns erst bestellen«, meinte Nilsson nach einer knappen, fast geistesabwesenden Begrüßung. »Dann können wir reden.«

Hans-Olof wählte etwas, das gegrillter Lachs mit Gemüse zu sein versprach, Nilsson nahm das Tagesgericht, gegrillten Zander mit geriebenem Meerrettich und Kartoffelauflauf. »Und ein *Färsköl*.« So, wie er es sagte, klang es, als müsse er jeden Augenblick sterben, wenn er seinen Durst nicht umgehend mit starkem Bier bekämpfen konnte.

»So weit dieses, o Meister nächtlicher Beschlüsse«, meinte Nilsson, nachdem die Bedienung gegangen war, und breitete die Hände in einer raumgreifenden Geste über der blankgeputzten Tischplatte aus. »Was haben Sie mir zu erzählen?«

Hans-Olof sah sich skeptisch um. Ihr Tisch stand in einer runden Mauernische im hintersten Winkel des Lokals, aber das war gut besucht und um diese Zeit fast bis auf den letzten Platz besetzt. »Etwas, das nur für Ihre Ohren bestimmt ist«, sagte er. »Sind Sie sicher, dass uns hier niemand zuhören kann?«

»Absolut sicher«, nickte der strohblonde Journalist. »Ich habe es mit Freunden mehrfach ausgetestet. Wenn Sie nicht gerade brüllen, hört man am nächsten Tisch kein Wort mehr.« Er griff in die Jackentasche und holte ein kaum zigarettenschachtelgroßes Plastikkästchen heraus. »Und für Lauscher, vor denen uns die Raumakustik nicht schützen kann, haben wir das hier.« Er legte das Gerät in die Mitte des Tisches, betätigte den einzigen Schalter daran, und ein grünes Licht leuchtete auf. »Sehen Sie? Sauber.« Er steckte es wieder weg. »Völlig illegales Teil, übrigens, jedenfalls hierzulande.«

»Sie machen so etwas öfters, wie es aussieht«, sagte Hans-Olof beeindruckt.

»So oft wie möglich«, nickte Nilsson, fuhr sich mit der Hand durchs widerspenstige Haar und warf seinem Gegenüber einen auffordernden Blick zu. »Also, Professor, Sie wollten mir erzählen, was sich bei der Abstimmung tatsächlich zugetragen hat.«

»Eher, was sich davor abgespielt hat.«

»Ich ahne Übles.«

»Man hat versucht, mich zu bestechen.«

Das entlockte dem Journalisten nicht einmal ein Muskelzucken. »Man?«, hakte er nach. »Wer?«

»Das weiß ich nicht. Der Überbringer des Geldes hat sich als Bote bezeichnet. Ich vermute, dass letztlich die Firma Rütlipharm dahintersteckt.«

Nilsson nickte, als sei das selbstverständlich. »Sie sagten, man hat *versucht*, Sie zu bestechen. Sie haben also abgelehnt?«

»Selbstverständlich. Ich habe auch sofort die zuständigen Stellen informiert.«

»Und dann?«

»Dann hat man meine Tochter entführt.«

Der Journalist starrte Hans-Olof wie vom Donner gerührt an. Einen Moment lang schienen ihm regelrecht die Worte zu fehlen. »Gott!«, stieß er schließlich hervor. »Das ist nicht wahr. Entführt?«

Hans-Olof beugte sich vor, um noch leiser sprechen zu können, und erzählte alles, was passiert war. Den ganzen Vormittag über hatte er überlegt, was er sagen sollte, hatte sich gefragt, ob er es fertig bringen würde, sein Geheimnis mit einem wildfremden Mann zu teilen. Doch nachdem er erst einmal angefangen hatte, kamen die Worte wie von selbst, ein ganzer reißender Strom davon. Es war eine Wohltat, sich endlich jemandem anvertrauen zu können. Zwischendurch kam das Essen, aber sie ließen es beide stehen und kalt werden, weil unter diesen Umständen keiner von ihnen einen Bissen herunterbekam.

Nachdem Hans-Olof fertig war, regelrecht ausgeleert, griff Nilsson doch endlich nach einer Gabel und pickte damit ein wenig in seinem Zander herum. »Ich vermute so etwas in diese Richtung schon lange«, erklärte er nachdenklich. »Seit Monaten bin ich hinter Abrechnungen, Überweisungen, Steuererklärungen und so weiter her. *Follow the money*, wie es so schön heißt. Die Bilanzen der zehn größten Pharmaunternehmen kann ich auswendig herbeten, wenn es sein muss. Aber dass sie so weit gehen würden, das überrascht mich, ehrlich gesagt.«

Hans-Olof starrte blicklos vor sich hin. »Und mich erst.«

»Das heißt, Ihre Tochter ist jetzt wie lange weg? Seit Anfang Oktober? Das sind über vier Wochen.«

»Fast fünf.«

»Das ist viel Zeit für eine Vierzehnjährige. Mein Gott, wie furchtbar!«

Hans-Olof versuchte, die Benommenheit abzuschütteln, in die er sich mit seinem atemlosen Bericht hineingeredet hatte. »Sie werden mir also helfen?«

»Ich werde alles tun, was in meiner Macht steht.« Nilsson griff nach seinem Bier und stürzte es in einem Zug hinunter, das ganze Glas. Danach wischte er sich den Mund ab und bedeutete der vorbeieilenden Kellnerin, ihm noch eines zu bringen. »Aber wie viel das ist, weiß ich offen gestanden nicht. Nicht mehr. Wenn Sie mich damals gefragt hätten, am Tag der Bekanntgabe, ich hätte Ihnen eine flammende Rede gehalten, kämpferisch, idealistisch, naiv. Aber in den letzten Wochen habe ich Dinge erfahren müssen...« Er brach ab, betrachtete seine Fingernägel.

»Dinge?«, fragte Hans-Olof. »Was für Dinge?«

Der Journalist sah auf. »Haben Sie eine Vorstellung von dem wirtschaftlichen Schaden, den Korruption weltweit anrichtet? Über fünfhundert Milliarden Dollar im Jahr, vorsichtig geschätzt. Das ist fast der Umfang des globalen Drogenhandels. Das ist mehr als die Hälfte der jährlichen weltweiten Militärausgaben. Und Korruption – das ist nichts, was sich nur in irgendwelchen Bananenrepubliken und afrikanischen Diktaturen abspielt. Dort ist es nur offensichtlicher. Doch die haben nicht viel, also entsteht nicht viel Schaden. Die Korruption, die wirklich zählt, die wirklich wehtut, die spielt sich hier ab, in der ›ersten‹ Welt. In Japan. In Nordamerika. In Europa.« Er warf einen finsteren Blick über die anderen Gäste. »Schweden nicht ausgenommen.«

Hans-Olof musterte seinen Gesprächspartner irritiert. »Mich interessiert nur meine Tochter. Sonst nichts.«

»Ja, das ist mir schon klar. Aber es hängt damit zusammen,

verstehen Sie? Die Entführung Ihrer Tochter ist substantiell nichts anderes als eine Bestechung – der Versuch, Sie zu *korrumpieren*. Davon leitet sich das Wort Korruption ab, nicht wahr? Man hat Sie korrumpiert, Professor. Nicht mit Geld, sondern auf andere, ungewöhnlichere Weise, aber man hat Erfolg gehabt.« Die Hand Nilssons zerknüllte die mit astrologischen Symbolen bedruckte Papierserviette. »Das heißt, *noch* ist so eine Vorgehensweise ungewöhnlich, doch ich fürchte, das wird nicht mehr lange so sein. Im Verlauf der letzten Jahrzehnte sind einige unfassbar große Vermögen entstanden, und diejenigen, die sie kontrollieren, betrachten sich in zunehmendem Maße als außerhalb der Gesetze stehend. Dass sie alles kaufen können – Wahlstimmen, Sonderbehandlung, Einfluss, Beliebtheit, Abgeschiedenheit, was auch immer –, das ist längst selbstverständlich für sie. Ich glaube, sie sind gerade im Begriff, auch die letzten Grenzen, die ihnen noch gesetzt waren, in Frage zu stellen.«

»Aber dafür gibt es doch Zeitungen!«, stieß Hans-Olof hervor. Er schob seinen kaum angerührten Teller beiseite. »Ist es nicht die Funktion der Medien, solche Missstände ins Bewusstsein der Allgemeinheit zu rücken? Schreiben Sie einen Artikel! Prangern Sie die Machenschaften von Rütlipharm an! Rufen Sie einen Skandal hervor, wie ihn die Welt noch nicht gesehen hat!«

Bengt Nilsson nickte sinnend, und es hätte beinahe ermutigend ausgesehen, wäre sein Gesicht dabei nicht so grau gewesen. »Das ist nicht so einfach«, sagte er langsam, fast qualvoll.

»Natürlich nicht. Wenn es einfach wäre, könnte ich es selber machen.«

»Nein, Sie verstehen nicht. Diese Leute, von denen ich gerade gesprochen habe – die kaufen natürlich auch Zeitungen. Die kaufen in letzter Zeit *vor allem* Zeitungen. Radiosender. Fernsehsender. Internetdienste. Alles, womit man Einfluss auf die Öffentlichkeit nehmen kann.«

Hans-Olof blinzelte irritiert. »Aber doch nicht in Schweden.«

»Was denken Sie denn? Natürlich auch in Schweden.«

»Bei uns? Wie soll das gehen? Bis vor kurzem war hier doch noch mehr oder weniger alles staatlich. Ich bitte Sie, in meiner Jugend war Schweden quasi ein sozialistisches Land.«

Nilsson fingerte an seiner Brille herum. »Ich sage es ungern, aber Ihre Jugend liegt schon einige Zeit zurück. Heutzutage kann man alles kaufen, selbst Staaten und Regierungen. Dass unsere Polizei mit von der Partie ist, haben Sie am eigenen Leib erlebt. Was bringt Sie auf den Gedanken, das müsse bei Chefredakteuren oder Staatsministern anders sein?«

»Aber man kann Ihnen doch nicht verbieten, einen Artikel zu schreiben?«

»Man hat es erst neulich getan. Es ging um ein anderes Thema, aber ich wurde sehr unmissverständlich zurückgepfiffen.«

»Ein anderes Thema? Was für ein anderes Thema?«

Nilsson fuhr sich mit der Hand über den Mund. »Glauben Sie mir, das wollen Sie nicht wissen.«

Hans-Olof hatte das Gefühl, kraftlos in sich zusammenzusinken. »Aber was soll ich dann machen? Ich hatte gehofft, Sie könnten mir helfen...«

»Ja. Ich... ich werde nichts unversucht lassen«, erklärte der Journalist fahrig. »Sie haben noch nicht alles unter Kontrolle, zumindest nicht, soweit ich sehen kann. Ein paar Möglichkeiten gibt es. Sicher nicht in meiner Zeitung, aber ich kenne da Leute, die... Aber damit will ich Sie nicht belasten. Besser, Sie wissen darüber so wenig wie möglich.«

»Habe ich also Ihr Wort?«, fragte Hans-Olof bebend.

»Sie haben mein Wort«, nickte der Journalist. »Ich werde einen Weg finden, Ihre Geschichte publik zu machen. Und ich werde ihn bald finden. In den nächsten Tagen.« Er zückte ein Notizbuch. »Wir müssen etwas vereinbaren, wie ich mit Ihnen in Kontakt treten kann. Wobei wir sicherheitshalber davon ausgehen, dass Ihre Telefone abgehört und Ihre Post gelesen wird. Von E-Mails ganz zu schweigen, die kann sowieso jeder mitlesen, der sich ein bisschen Mühe gibt.«

»Ach so, ja.« Hans-Olof überlegte. Das war eine ungewohnte Fragestellung. »Vielleicht können wir Uhrzeiten ausmachen, zu denen ich mich in der Nähe anderer Telefone aufhalte. Ich denke, das gesamte Institut werden sie wohl kaum abhören können, oder?«

»Ja, das käme mir auch unwahrscheinlich vor. Haben Sie einen Vorschlag?«

Jetzt hätte er das Telefonverzeichnis dabeihaben sollen. Hans-Olof zog sein kleines, schlampig geführtes Adressbüchlein aus der Brieftasche und blätterte darin. »Hier habe ich die Nummer der Cafeteria. Dort muss ich bisweilen anrufen, wenn ich Gäste habe, um Kaffee und so kommen zu lassen.«

»Gut.« Nilsson notierte sich die Nummer sorgfältig. »Können Sie morgen früh um zehn Uhr dort sein, ohne dass es verdächtig aussieht?«

Das war kein Problem. Um diese Zeit sei er manchmal sowieso in der Cafeteria, erklärte Hans-Olof.

»Ich werde um zehn Uhr anrufen, plus minus fünf Minuten, und nach Ihnen fragen. Sie sollten bis dahin außerdem ein, zwei andere Telefonnummern parat haben, damit wir auch für die folgenden Tage etwas ausmachen können.«

»Verstehe. Ja.«

»Und bis dahin, ganz wichtig: Unternehmen Sie nichts auf eigene Faust. Sie ahnen nicht, wo und wie weit dieser Staat schon unterwandert ist. Es ist unfassbar, glauben Sie mir. Wir müssen jeden einzelnen Schritt miteinander absprechen.«

Hans-Olof nickte gefasst. Obwohl er sich das Gespräch anders vorgestellt hatte, verspürte er tief im Innern doch so etwas wie Zuversicht aufkeimen. »Wenn Sie mir versprechen, nicht zu vergessen, dass es um das Wohlergehen meiner Tochter geht.«

»Keine Sekunde lang«, erwiderte Nilsson und steckte sein Notizbuch weg.

So trennten sie sich. Sie ließen zwei nahezu unberührte Teller und zwei leere Flaschen Bier zurück, auf dem Tisch unter dem Bild, das die Tarotkarte GERECHTIGKEIT zeigte.

An diesem Abend durfte er wieder einmal mit Kristina sprechen. Sie klang fahrig, in sich gekehrt, erzählte so zusammenhanglos von einem Buch, das sie gelesen habe, dass Hans-Olof sich keinen Reim darauf machen konnte, wovon sie redete. Er fragte, ob man sie gut behandele.

»Ja, die Männer behandeln mich gut«, erwiderte Kristina mit verträumt klingender Stimme. »Sie kochen mir Essen, und sie beschützen mich vor der Polizei.«

»*Was* tun sie?«, vergewisserte Hans-Olof sich mit Gänsehaut am ganzen Leib.

»Ich brauche keine Angst zu haben.« Sie verfiel in einen so eigentümlichen Singsang, dass er zum ersten Mal argwöhnte, sie könne unter Drogen stehen. »Wenn die Polizei uns findet, müssen wir alle sterben, aber die Männer haben gesagt, dass sie mich beschützen.«

»Was?«, rief Hans-Olof aus. »Kristina, das ist Unsinn! Du brauchst doch keine Angst vor der Polizei zu haben; die wird –«

Aber da war schon, wie jedes Mal, die halskranke Stimme, die nur Englisch sprach. Immer dieselben Worte. »Genug für heute, Professor Andersson. Wir melden uns wieder.« Und dann war die Leitung tot.

Hans-Olof legte den Hörer so behutsam auf, als sei er aus Porzellan. Das alles durfte nicht mehr lange so weitergehen. Es musste etwas geschehen. Und es musste *bald* geschehen.

KAPITEL 15

Am nächsten Morgen saß Hans-Olof an seinem Schreibtisch wie jeden Tag, aber er konnte die ganze Zeit nur die Uhr anstarren und darauf warten, dass es zehn wurde. Alles, was er sonst zuwege brachte, war, einige geeignete Telefonnummern aus dem Verzeichnis herauszusuchen und auf einen Zettel zu schreiben. Den steckte er griffbereit in die Jackentasche, vergewisserte sich mehrmals, dass er nicht daraus verschwunden war, schichtete sinnlos ein paar der Aktenberge auf seinem Schreibtisch um, und um zwanzig Minuten nach neun, viel zu früh, brach er auf.

Die Cafeteria war relativ neu eingerichtet worden und strahlte kühle Sauberkeit aus. Er holte sich einen Kaffee am Automaten, bezahlte an der Kasse und musterte dabei das Telefon, das an der weiß gekachelten Wand dahinter hing. Einer plötzlichen Eingebung folgend, fragte er: »Habe ich neulich mit Ihnen gesprochen?«

Die Kassiererin, eine ältliche Frau mit rotgeäderten Wangen im weißen Kittel, blickte ihn wie zu erwarten irritiert an.

»Professor Hans-Olof Andersson«, fuhr er fort. »Ich bin der, der letzte Woche diesen überraschenden Besuch einer Delegation aus Japan bekommen hat.« Mit Ausnahme seines Namens war daran kein Wort wahr. Aber nur auf den Namen kam es ihm an.

»Mit mir haben Sie jedenfalls nicht gesprochen«, erwiderte die Frau kopfschüttelnd. »Wieso, war etwas nicht in Ordnung? Soll ich nachfragen, wer…?«

Hans-Olof winkte ab. »Nein, nein, es war alles bestens. Ich

wollte mich nur dafür bedanken, dass Sie und Ihre Kolleginnen so schnell reagiert haben.« Er lächelte, gewinnend, wie er hoffte. »Sagen Sie den anderen einfach einen schönen Gruß von mir.«

Sie erwiderte das Lächeln behutsam. »Wie war noch mal Ihr Name?«

»Andersson. Hans-Olof Andersson«, wiederholte Hans-Olof. Das würde sie nicht so schnell vergessen. Er nahm seine Tasse und setzte sich an einen Tisch, an dem ihn die Kassiererin ständig im Blick hatte. Die große Uhr an der Wand zeigte Viertel vor zehn.

Er widerstand dem Impuls, den Kaffee hinunterzustürzen. Das machte den Zeiger auch nicht schneller. Im Gegenteil, es musste so aussehen, als habe er alle Zeit der Welt.

Zehn vor zehn war die Tasse trotzdem schon leer. Er tastete nach dem Zettel mit den Nummern. Immer noch da, wo er hingehörte.

Fünf vor zehn beschloss er, sich noch einen Kaffee zu holen. Er stand auf, vergewisserte sich, dass die Kassiererin ihn dabei sah und dass sie kapierte, dass er nicht etwa die Cafeteria verließ, sondern nur ein zweites Mal zum Automaten ging. Als er mit der aufgefüllten Tasse zum Bezahlen kam, sprang der Zeiger der Uhr gerade mit vernehmlichem Klacken auf vier vor zehn.

»Ich finde es nett, dass Sie sich bedankt haben«, sagte die Kassiererin. »Die meisten nehmen alles als selbstverständlich, was wir machen.«

Das ebenso unerwartete wie unverdiente Lob machte Hans-Olof regelrecht ein schlechtes Gewissen. Bis zu diesem Zeitpunkt hatte auch er die Dienstleistungen der Cafeteria als selbstverständlich hingenommen und sich keine weiteren Gedanken gemacht. »Nun ja«, erwiderte er verlegen. »Sie wissen ja, was man so über Professoren sagt. Schweben immer in anderen Sphären, nicht wahr?«

»Das stimmt aber auch«, nickte die Frau resolut.

In diesem Augenblick klingelte das Telefon. Hans-Olof

zuckte so heftig zusammen, dass ein großer Schwall Kaffee auf dem hellgrauen Noppenboden landete. »Oh, verd –!«, entfuhr es ihm. Das wurde allmählich zur Gewohnheit!

»Lassen Sie nur, Professor, ich putze das gleich weg. Holen Sie sich einfach eine neue Tasse.«

Das Telefon klingelte zum zweiten Mal. »Aber ...«, stammelte Hans-Olof.

»*Nina!*«, rief die Frau nach hinten. »Gehst du mal ran?« Mit einem raschen Griff holte sie Eimer und Wischlappen unter ihrer Theke hervor.

Aus dem Hintergrund tauchte eine schlanke, griesgrämig dreinblickende Frau auf und nahm ab. Hans-Olof blieb stehen, sah zu, wie die Kassiererin vor ihm aufwischte, versuchte mitzuhören, was geredet wurde, versuchte *da* zu sein ...

»Ja«, sagte die Frau am Telefon in unleidigem Tonfall, und dann: »Nein. Nicht dass ich wüsste.«

Hier bin ich!, wollte Hans-Olof rufen, aber kein Wort kam ihm über die Lippen. Die falsche Person hatte abgehoben! Das hatte er nicht ahnen können.

»Hören Sie«, beschied die schlecht gelaunte Frau namens Nina dem Anrufer, »an der Verpackung war absolut nichts zu sehen. Ich weiß nicht, wieso das Milchpulver verdorben war, es war eben so. Ja, wir haben jedes einzelne Päckchen aufgemacht. Alle. Also, so was sieht man doch. Irgendein schleimiges Zeug, keine Ahnung; ich habe Ihnen eins aufgehoben, falls es Sie interessiert. Eins, ja. Bitte? Natürlich, den Rest haben wir weg ... Wozu denn? Das hätten Sie sowieso niemandem mehr verkaufen können.«

Hans-Olof atmete auf. Der Anruf galt nicht ihm. Und es war zwei vor zehn.

Ninas ohnehin schlechte Laune wurde mit jeder Minute schlechter. »Also, passen Sie auf, so was muss ich mir von Ihnen nicht anhören. Rufen Sie meine Chefin an; die ist für so einen Scheiß zuständig. *Hejdå!*« Sie hängte mit einer Wucht ein, dass man um den Apparat fürchten musste.

Hans-Olof nahm sich erleichtert eine frische Tasse Kaffee und kehrte an seinen Tisch zurück. Es wurde zehn, fünf nach zehn, zehn nach zehn. Um viertel nach zehn war die Tasse längst leer, aber bei dem Gedanken an eine dritte drehte sich Hans-Olof der Magen um. Um halb elf ging die Kassiererin mit einem Wischtuch über die Edelstahltheke und ein paar Tische in der Nähe und fragte: »Soll ich Ihnen noch einen bringen, Professor?«

Hans-Olof schüttelte den Kopf. »*Nej, tack.*« Der Journalist würde so spät wohl nicht mehr anrufen. Offensichtlich war ihm etwas dazwischengekommen. »Ich muss sowieso gehen.«

Den Rest des Tages verbrachte er in kaum geringerer Anspannung als den Morgen. Er schrieb endlos an einem völlig belanglosen Brief, formulierte die Absätze immer aufs Neue um und löschte schließlich den gesamten Text. Er sortierte Fotokopien, stellte seine Bücher im Regal um, blätterte in irgendwelchen Ordnern, die er seit ewigen Zeiten nicht mehr zur Hand genommen hatte, und ging so früh wie möglich nach Hause.

Kein Anruf an diesem Abend. Er saß auf der Couch, schaltete durch die Fernsehprogramme, ohne irgendetwas davon wahrzunehmen, und wartete. Um Mitternacht stahl er sich wieder hinaus und fuhr zu einer Telefonzelle, zu einer anderen diesmal. Doch Bengt Nilsson war unter keiner seiner Telefonnummern erreichbar, so oft er es auch versuchte.

Der Journalist würde es bestimmt morgen noch einmal in der Cafeteria versuchen. Tatsächlich war sich Hans-Olof nicht mehr sicher, ob er Nilsson nicht vielleicht sogar falsch verstanden hatte und sie sowieso erst am morgigen Tag verabredet gewesen waren. Denn: Was hätte er denn erreichen wollen in nicht einmal vierundzwanzig Stunden? Genau. So musste es sein. Ein Missverständnis.

So ging er am nächsten Morgen wieder in die Cafeteria, nahm wieder einen Kaffee, und die Kassiererin war zum Glück dieselbe wie am Vortag. Er setzte sich an denselben Tisch, um die Uhr zu beobachten und auf den Anruf zu warten. Irgendjemand hatte eine Zeitung liegen lassen, ausgerechnet die aktuelle Ausgabe des SVENSKA DAGBLADET. Hans-Olof blätterte geistesabwesend darin, überflog einige der Artikel und fragte sich, welche davon noch auf freier Berichterstattung beruhen mochten und welche auf Anweisung mächtiger Hintermänner in das Blatt gelangt waren.

Und da, fünf Seiten vor Schluss, war ein großes Foto von Bengt Nilsson. Schwarz umrahmt, mitten in den Todesanzeigen. Die Redaktion des SVENSKA DAGBLADET trauerte um ihren Kollegen und Freund, der plötzlich und unerwartet in der Nacht von Dienstag auf Mittwoch von einem Herzinfarkt aus der Blüte seines jungen Lebens gerissen worden war.

Hans-Olof starrte die Seite an und hatte das Gefühl, einen Albtraum zu träumen.

Bengt Nilsson war tot. Da stand es. Ein Herzinfarkt? Stimmt, der Mann hatte schlecht ausgesehen, als sie sich am Dienstagmittag getroffen hatten, aber das Herz…? Hans-Olof las das angegebene Geburtsdatum, rechnete. Keine fünfundzwanzig Jahre alt war der Journalist mit der dicken Brille gewesen. In dem Alter konnte man doch wohl noch ein paar Nächte durchmachen, zu viel trinken und mehr rauchen, als einem gut tat, ohne gleich tot umzufallen, oder?

Es sei denn…

Hans-Olof begriff mit jähem Entsetzen, dass er sich seit Kristinas Entführung hinsichtlich ihrer Überlebenschancen die ganze Zeit etwas vorgemacht hatte. Genau wie hinsichtlich seiner eigenen.

Sie – wer immer *sie* waren – konnten es sich nicht erlauben, sie am Leben zu lassen.

Es war ganz einfach. Der Unbekannte mit der halskranken Stimme hatte ihm am Abend nach der Abstimmung erklärt, sie müssten Kristina bis zur Preisverleihung gefangen halten, damit er, Hans-Olof, keinen Aufruhr veranstaltete, der zu dem noch nie da gewesenen Eklat führen konnte, dass die

Vergabe eines Nobelpreises widerrufen würde. Aber was war danach? Es musste für alle Zeiten ein Geheimnis bleiben, dass der Nobelpreis für Sofía Hernández Cruz gekauft und erpresst worden war, sonst würde das Ansehen des Preises selbst entwertet werden und damit der Vorteil verloren gehen, den die Hintermänner dieses Verbrechens daraus zu ziehen hofften. Und auch nach der Preisverleihung konnte ein Preis noch aberkannt werden.

Deswegen würden Hans-Olof Andersson und seine Tochter sterben. Vielleicht bei einem tragischen, aber unverdächtigen Unfall kurz nach dem 10. Dezember. Vielleicht auch schon früher und weniger unverdächtig, falls er den Entführern Kristinas durch sein Verhalten Anlass bot, an seiner Willfährigkeit und Schweigsamkeit zu zweifeln.

Und dass Bengt Nilsson tot war, gestorben auf ebenso tragische wie unverdächtig aussehende Weise, konnte bedeuten, dass Hans-Olof Andersson ihnen diesen Anlass schon geboten hatte.

Eine Ruhe überkam ihn, die sich wie Betäubung anfühlte. Er faltete die Zeitung sorgfältig zusammen, legte sie dorthin, wo er sie gefunden hatte, stand auf, stellte die Tasse auf das Rücknahmetablett, verabschiedete sich mit einigen höflichen Worten, und all das geradezu mechanisch wie ein Roboter. Mit Roboterschritten ging er auch zurück in sein Büro, wo er Post erledigte, Artikel konzipierte, Telefonate und Besprechungen mit seinen Assistenten führte: All das kam ihm vor, als beobachte er sich selber durch eine Milchglasscheibe hindurch, sähe die eigenen Bewegungen nur schemenhaft, sie mehr erahnend als genau sehend. Und weil Donnerstag war und ein Eintrag in seinem Terminkalender stand, dass heute sein Anzug fertig sein würde und in der Reinigung abgeholt werden konnte, endete der Arbeitstag entsprechend früher. Nicht einmal im Auto schwand das Gefühl, nach einem starr ablaufenden Programm zu funktionieren: Es war, als fände der Wagen den Weg ins Zentrum Stockholms von selbst.

Der Anzug war tatsächlich fertig und von dem Fleck nichts mehr zu sehen, aber es kostete Aufpreis, weil zusätzliche Arbeitsgänge erforderlich gewesen waren. Hans-Olof bezahlte, steckte die Rechnung sorgfältig ein und ging dann hinaus, den gereinigten und in Plastikfolie verpackten Anzug über dem Arm tragend.

Unwillkürlich sah er sich um, hielt Ausschau nach dem Mann mit den weit auseinander stehenden Augen. Aber natürlich war der heute nicht zu sehen. Da, das Café. Das Sonderangebot galt noch immer. Hans-Olof ging ein paar Schritte in die Richtung, aus der der Mann gekommen war. Da war eine Art Empfang am Fuß eines der Hochhäuser, ein gläserner Kastenbau direkt vor den Fahrstühlen. Zwei braune Drehsessel aus Leder standen vor einer imposanten Theke aus Palisander, hinter der ein ebenso imposanter Portier in Uniform stand, der zwar schon weiße Haare hatte, aber immer noch die Statur eines Boxers besaß.

An der Wand prangte ein Schriftzug, der besagte, dass dieses Hochhaus das *High Tech Building* sei. Hans-Olof trat ein paar Schritte näher. Über den Fahrstühlen waren Bildschirme montiert, altmodische Geräte aus den Siebzigern, die absolut nicht mehr wie *High Tech* aussahen, und seltsamerweise waren die Aufzüge, vier an der Zahl, von 2 bis 5 durchnummeriert. Der Portier nahm einen Telefonhörer auf, hörte zu, nickte. Die Glastüren zu seinem Empfangsraum standen offen, an einer Säule daneben, hinter Glas, ließ sich an einer Anzeigetafel ablesen, welche Firmen im *High Tech Building* residierten. Hans-Olof las eine Menge Firmennamen, die Begriffe wie *Web* oder *Net* oder *Data* enthielten, außerdem die Namen zahlreicher Personen, die *Consultants* für irgendetwas technisch-fortschrittlich Klingendes waren.

Der gesamte neunte Stock jedoch, so verriet die Anzeigetafel, war von der schwedischen Repräsentanz des *Rütlipharm*-Konzerns mit Beschlag belegt.

»Kann ich Ihnen behilflich sein?« Die Stimme des weißhaarigen Portiers mit der Boxerstatur schreckte Hans-Olof aus seinen Überlegungen.

»Bitte?«, schnappte er erschrocken zurück.

»Haben Sie einen Termin?«, hakte der breitschultrige Mann in der braunen, etwas altbacken wirkenden Uniform nach.

Hans-Olof schüttelte den Kopf. »Nein, nein, ich... es hat mich nur interessiert, wer hier... Es ist einfach nur Neugierde. Ich habe keinen Termin.«

Der Blick des Mannes wurde mitleidlos. »In dem Fall muss ich Sie bitten, weiterzugehen und den Zugang nicht länger zu behindern...«

Das war allerhand. Hans-Olof sah sich verdutzt um. Der Durchgang maß mehrere Meter, und außer ihnen beiden war weit und breit niemand zu sehen, den man hätte behindern können. »Aber...«

»...*Herr Andersson*«, schloss der Portier.

Hans-Olof klappte den Mund wieder zu. Der kalte Blick des Mannes, der ihn aus unerfindlichen Gründen beim *Namen* kannte, ließ ihn frösteln.

»Okay«, sagte er schließlich leise. »Ich gehe ja schon.«

Und da, endlich, kam Hans-Olof Andersson auf die Idee, seinen Schwager zu besuchen, das schwarze Schaf der Familie, von dessen Existenz niemand in seinem Umfeld hatte wissen dürfen, den letzten überlebenden Verwandten seiner verstorbenen Frau, und ihn um Rat zu fragen.

Auf verschlungenen Wegen fuhr er ins Stockholmer Stadtgefängnis, beantragte einen Gesprächstermin mit Gunnar Forsberg und bekam ihn auch. Eine halbe Stunde später saß er mir gegenüber und erzählte mir seine Geschichte mit einer leisen, dünnen, unmännlichen Stimme, die fast zersplitterte vor Panik.

KAPITEL 16

Er hatte Angst vor mir. Zu Recht.

Ich konnte seine Angst förmlich riechen, obwohl er durch eine Glasscheibe und Gitterstäbe von mir getrennt war. Ich konnte sie erkennen in der Art, wie er dasaß, die Beine um den unbequemen, weißen Klappstuhl geschlungen, den die Verwaltung des Stockholmer Stadtgefängnisses Besuchern zumutet. Ich las sie in der Art, wie er sich bewegte. Ich hörte sie heraus aus dem Klang seiner Stimme. Und es war sein Glück, dass ich diese Angst spüren konnte, denn ich weiß nicht, was passiert wäre, wenn Hans-Olof Andersson es gewagt hätte, mit einer Geschichte wie dieser zu mir zu kommen ohne schlotternde Knie, Schweiß auf der Stirn und Dünnschiss, den man riechen konnte.

»Du Idiot«, sagte ich, als das betretene Schweigen lange genug gedauert hatte.

Er zuckte zusammen, presste die Lippen aufeinander, sah feige hoch und meinte leise: »Was bringt das jetzt, wenn du mich beschimpfst?«

»Es war idiotisch von dir, nach diesem Telefonat direkt zur Polizei zu fahren. Es war idiotisch von dir, Kristina einer Sekretärin zu überlassen, die keine Ahnung haben *konnte*, worum es ging.«

»Ja, meinetwegen. Es war idiotisch. Das weiß ich jetzt auch. Aber Himmel, das war das erste Mal, dass ich es mit solchen Leuten zu tun hatte!«

»Oh, ja, ich vergaß. Der Herr Wissenschaftler. Erhaben über niedere Triebe und dumpfe Instinkte.« Ich öffnete die Faust wieder, zu der sich meine rechte Hand verkrampft hatte; die Fingergelenke schmerzten, und auf dem Handballen zeichneten sich Druckstellen von den Fingernägeln ab. »Selbst der größte Kretin im ganzen Land, lieber Schwager, hätte sich zuallererst um sein Kind gekümmert. Nenn es von mir aus Brutpflegeinstinkt, aber jeder normale Mensch wäre zur Schule gerast, hätte dort Radau gemacht, sich vor sein Kind gestellt und die halbe Stadt zusammengeschrien. Aber du? Oh, nein, was für eine Zumutung, dir so zu kommen. Dir zu drohen. Dir, dem Mitglied der wissenschaftlichen Elite. Dir, dem Bewohner des medizinischen Olymps. Dir, dem Herrn über den Nobelpreis. Das ging gegen die Ehre, nicht wahr? Du musstest auf der Stelle losrasen und deine gekränkte Eitelkeit zur Polizei tragen.«

Er öffnete den Mund, hielt aber klugerweise inne und schloss ihn wieder, ohne einen Ton zu sagen.

Ich drückte das kochende Gefühl, das in mir hochwallen wollte, wieder hinab in die Tiefen, aus denen es kam. Ich sagte mir, dass es keinen Sinn hatte, jetzt aufzuspringen und herumzutoben, dass dann nur der Wärter wieder hereinkommen und die Unterredung beenden würde und dass damit niemandem gedient war.

»Ich habe dir gesagt, du sollst auf Kristina aufpassen«, erklärte ich so ruhig wie möglich. Was vermutlich nicht sehr ruhig war. »Das habe ich dir gesagt, oder?«

Er nickte. »Ja.«

»Und dass ich dich *umbringen* werde, wenn Kristina irgendetwas passiert, habe ich dir auch gesagt, nicht wahr?«

Er schluckte. »Gunnar, ich habe keinen Tropfen mehr angerührt seit dem Unfall. Keinen einzigen Tropfen, so wahr mir Gott helfe...«

»*Skit!*«, schrie ich und sprang auf, stieß meinen Stuhl um, hieb mit voller Wucht gegen das Panzerglas, das Hans-Olof vor mir schützte. »Du bringst meine Familie um! Du bringst einen nach dem anderen um, also erzähl mir verdammt noch mal nicht, dass du alles richtig gemacht hast!«

Hinter mir sagte eine sonore Stimme: »Gunnar. Beruhige dich.«

Ich fuhr herum. Der Wärter. Wie aus dem Boden gewachsen war er plötzlich wieder da. Ein blonder, schmaler, aber bärenstarker Mann mit dünn ausrasiertem Bart und einem Gesichtsausdruck, aus dem gelangweilte Verachtung für alle Häftlinge sprach, sowie eine »Ich mach hier bloß meinen Job«-Haltung. Als Hans-Olof ihn gebeten hatte, uns allein zu lassen, war er so bereitwillig aus dem Raum gegangen wie kein Wärter jemals zuvor, zum Beispiel wenn einer meiner Anwälte das verlangt hatte.

Ich starrte ihn an. Am Rand meines Gesichtsfeldes flimmerte es dunkel. »Er hat meine Schwester ...«, hörte ich mich keuchen, »und jetzt ... erst Inga ... und nun ...« Wahrscheinlich war es in Wirklichkeit vollkommen irres Zeug, das ich von mir gab.

»Gunnar«, erwiderte der Wärter, »egal was es ist – wenn du ausrastest, muss ich das Gespräch beenden. Also versuch, ruhig zu atmen, heb deinen Stuhl wieder auf, und setz dich hin.«

Ich atmete ruhig, hob meinen Stuhl wieder auf und setzte mich zurück an den fest mit dem Boden verschraubten Tisch aus lackiertem Stahl.

»Soll ich bleiben?«, fragte der Wärter an Hans-Olof gerichtet.

Hans-Olof schüttelte den Kopf. »Danke, aber es ist wirklich ein sehr vertrauliches Gespräch.«

»Wie Sie meinen«, meinte mein Aufpasser und ging wieder hinaus zu seinem Stuhl vor der Tür, die ein schmales Sichtfenster aus Gitterglas hatte.

Hans-Olof sah hinab auf seine Hände, die einander kneteten, als gelte es herauszufinden, was Fingergelenke und Haut zu ertragen imstande waren. »Kristina ist nicht nur deine Nichte«, brachte er schließlich heraus. »Sie ist vor allem meine Tochter.«

Es klang wie ein Spruch, den er auf der Herfahrt einstudiert hatte. Und selbst wenn es nicht so geklungen hätte, hätte ich ihm seinen Familiensinn nicht abgekauft. Hans-Olof hatte eine Mutter, die draußen in Småland lebte und um die er sich nicht kümmerte, mit dem Argument, sie erinnere sich ohnehin nicht an ihn und vergesse jeden Besuch, sobald man zur Tür hinaus sei. Die alte Frau wohnte noch in ihrem eigenen Haus, ein Sozialdienst sah nach ihr, versorgte sie mit Essen und so weiter. Dass mein Schwager dafür etwas bezahlte, bezweifelte ich; schließlich entrichtete man ja genug Steuern, nicht wahr?

Ich hasste ihn. Und ich fand meine Gründe, ihn zu hassen, absolut nachvollziehbar und berechtigt. Er hatte meine Schwester nicht nur getötet, er hatte sie regelrecht vernichtet. Inga hatte Pläne für ihr Leben gehabt, wunderbare Pläne, doch Hans-Olof Andersson hatte sie durchkreuzt. Ich war stolz auf sie gewesen, auf das, was wir gemeinsam geschafft hatten, nachdem wir dem Elend unserer Kindheit unter unbeschreiblichen Mühen entronnen waren, und er hatte alles zerstört.

Inga hatte die Schule nachgemacht und angefangen zu studieren. Ich hatte das Geld beschafft, von dem wir gelebt hatten; meistens nicht im Einklang mit dem Gesetz, zugegeben, aber schließlich hatte das Gesetz für uns auch nichts getan, als es uns schlecht gegangen war. Ich hatte uns ernährt, unsere kleine Wohnung am Rand von Stockholm bezahlt, war stolz gewesen auf meine große Schwester, die damals jeden Abend bis in die Nacht hinein über den Büchern saß. Kinderärztin hatte sie werden wollen, in einer Klinik zuerst, um später eine eigene Praxis zu eröffnen. Es schien endlich, endlich aufwärts zu gehen mit uns.

Dann hatten sie mich wieder einmal erwischt. Ich war schon zu alt gewesen, als dass mich das Jugendstrafrecht davor hätte bewahren können, für zweieinhalb Jahre ins Gefängnis zu wandern. In der Zeit hatte dieser blässliche, wabbelige Mann Inga betört, geschwängert und geheiratet, und vorbei war es gewesen mit all ihren Plänen, all *unseren* Plänen. Als man mich zwei Jahre später auf Bewährung entließ, hatte ich keine Familie mehr gehabt.

In meiner Sicht der Dinge war es Kristinas Geburt gewesen, die Hans-Olof das Leben gerettet hatte oder zumindest die Unversehrtheit seiner Gesichtszüge. Inga war so glücklich gewesen mit ihrer Tochter, dass ich ihr nicht hatte böse sein können, und Kristina, die zum Glück nur ihrer Mutter ähnelte und ihrem Vater kein bisschen, bezauberte auch mich. Es dauerte eine Weile, aber schließlich schloss ich um Kristinas willen Waffenstillstand mit ihrem Vater. Um Kristinas willen bemühte ich mich, ruhig mit ihm zu reden und ihn als den Mann zu akzeptieren, den meine Schwester aus unerfindlichen Gründen nun einmal liebte.

Ich hatte nicht geahnt, dass er trank. Inga war glücklich, Kristina war glücklich, und Hans-Olof Andersson trank. Ich war gerade wieder im Gefängnis, als es passiert war. Nacht, Winter, glatte Straßen in ganz Schweden, doch Hans-Olof hatte auf der Feier, zu der sie eingeladen waren, dem Angebot der Bar nicht widerstehen können. Auf der Heimfahrt rammte er den Wagen gegen einen Baum. Inga war sofort tot, er selbst kam mit ein paar Prellungen davon.

Aber natürlich wird ein Mitglied der Nobelversammlung nicht wegen Trunkenheit am Steuer verurteilt. Die Oberen der Gesellschaft passen da schon gut aufeinander auf. Ein übereifriger Polizist hatte Hans-Olof zwar eine Blutprobe abgenommen, doch deren Ergebnis wurde nie bekannt. Nach allem, was ich über den Prozess gehört habe, beließ es der Richter bei einer milden Verwarnung.

Ich bekam Hafturlaub für Ingas Beerdigung. Wenn man nicht zwei Wachleute mitgeschickt hätte oder wenn sie ein bisschen weniger stark oder ein bisschen weniger schnell gewesen wären, hätte ich Hans-Olof Andersson am Grab seiner Frau erwürgt. So verspielte ich mir lediglich jede Chance auf vorzeitige Entlassung.

Kristina kam mich danach kein einziges Mal mehr besuchen. Ich weiß nicht, was Hans-Olof ihr alles über mich erzählt hat, aber ich kann es mir denken.

Wie man es auch betrachtete, dieser bleiche, schwitzende, übergewichtige Mann auf der anderen Seite der Glasscheibe hatte mir meine Familie genommen. Und nun war er gekommen, um mir zu sagen, dass meine letzte lebende Angehörige demnächst sterben würde durch seine Schuld.

»Warum erzählst du mir das eigentlich alles?«, fragte ich.

Hans-Olof riss die Augen auf. »Was? Ich dachte, das wäre klar. Weil ich hoffe, dass du mir einen Rat geben kannst.«

Das war mir durchaus klar. Ich hatte nur wissen wollen, ob es auch ihm klar war. Meine Gedanken waren auf einmal von geradezu kristallener Klarheit, gerade so, als habe mein Wutausbruch Verkrustungen und Verhärtungen weggesprengt, die sich in Jahren stumpfsinnigen Gefängnislebens auf meinem Geist abgelagert hatten.

»Das ist das erste Mal, dass du mich um einen Rat bittest.«

»Wirklich?«

»Wirklich.«

Er runzelte die Stirn. »Nun ja, mag sein. Ich war allerdings auch noch nie in einer vergleichbaren Situation. Ich dachte, du kennst dich mit solchen Dingen vielleicht besser aus als ich – wie man mit solchen Leuten umgeht, mit solchen... Situationen eben.«

»Weil ich schließlich auch ein Krimineller bin.«

»Ich greife gerade nach allem, was auch nur entfernt wie ein Strohhalm aussieht.«

»Hans-Olof, ich bin nur ein Einbrecher. Mit Entführungen, Erpressungen und anderem Mafiazeug habe ich nie etwas zu tun gehabt.«

Er machte eine unwirsche Handbewegung. »Einbruch, sicher. Aber deine Anklage lautete auf Industriespionage. Und das, was hier passiert und worin Kristina und ich verwickelt sind, ist ganz offensichtlich keine normale Erpressung. Hinter dem ganzen Fall stecken handfeste industrielle Interessen. Ein Bereich, in dem sich keiner so gut auskennt wie du.« Er breitete die Hände aus. »Du hast die Kontakte, das Hintergrundwissen, die Erfahrung. Sag mir, was ich tun soll, um Kristina zu retten.«

Ich betrachtete ihn überrascht. Bis zu diesem Moment hätte ich jede Wette gehalten, dass allein der Nobelpreis Hans-Olofs höchstes Heiligtum war, ein unantastbarer, unverrückbarer Wert. Es musste ihm klar sein, dass diese Affäre, wenn sie bekannt wurde, das Ansehen des Nobelpreises beschädigen würde, möglicherweise irreparabel. Dass er das für Kristinas Wohlergehen in Kauf zu nehmen bereit war, verblüffte mich offen gestanden. Vielleicht lag ihm ja doch etwas an seiner Tochter.

»Es gibt tatsächlich eine Sache, die du tun kannst«, sagte ich.

»Sag mir, was.«

»Sorg dafür, dass man mich freilässt.«

Seine Gesichtszüge entglitten ihm. Der Kiefer sank herab, die Augen wurden groß, und sogar die Ohren schienen sich auf seltsame Weise zu bewegen, als wehrten sie sich gegen irgendwelche Laute, die in sie einzudringen versuchten.

»Wie bitte?« Mit seinem entgeisterten Gesichtsausdruck sah er noch hässlicher aus als sonst. »Ich wollte eigentlich einen Rat, was *ich* tun soll.«

»Das, was zu tun ist, kannst du nicht tun. *Ich* muss es tun. Dazu muss ich logischerweise hier heraus. Und du musst dafür sorgen.«

Er stieß einen kieksenden Laut aus. »Gunnar, sei nicht albern. Wie soll ich das anstellen?« In seinen Augen irrlichterte es, als stünde er kurz vor einem Nervenzusammenbruch.

Ich lehnte mich zurück, vergewisserte mich durch einen kurzen Blick, dass die Tür hinter mir immer noch geschlossen war, und verschränkte die Arme. »Die Gesellschaft ist eine Verschwörung der Oberen gegen die Unteren. Erinnerst du dich? Wir haben oft darüber gesprochen. Du wolltest es nie wahrhaben. Du hast immer auf deinem Kinderglauben beharrt, dass die Welt so, wie sie ist, grundsätzlich in Ordnung ist. Dass es höchstens hier und da ein paar böse Menschen gibt, die man zur Räson bringen muss.« Ich richtete den Zeigefinger auf ihn wie einen Spieß. Ich hatte ihm all das hundert Mal gesagt, aber wenn es nötig sein sollte, würde ich es ihm auch tausend Mal sagen. »Du erfährst gerade am eigenen Leib, dass ich Recht hatte. Dein Nobelpreis ist nur noch Fassade. Du weißt nicht, wie lange er schon manipuliert wird. Ich wette, schon sehr lange. Diese spanische Professorin ist auch nur eine Figur in einem abgekarteten Spiel, genau wie du. Du hast nicht wie gewünscht funktioniert – kein Problem. Dafür haben die ihre Leute, die die Schmutzarbeit erledigen. Jetzt funktionierst du. Sie werden auch kein Problem damit haben, dich aus dem Spiel zu nehmen, wenn es nicht anders geht. Genau wie sie diesen Journalisten aus dem Spiel genommen haben. Er ist gestorben, weil er zu gefährlich wurde. Er hat es dir selber gesagt: Alles ist verfilzt bis hinauf in die höchsten Etagen. Oder? So war es doch?«

Hans-Olof nickte widerwillig. »Ja.«

»Also. Siehst du es jetzt? Glaubst du mir endlich, dass es so ist, wie ich sage? Wie ich es immer gesagt habe?«

Er nickte erneut, das Gesicht verkniffen.

»Gut«, sagte ich. »Aber genau deshalb besteht noch Hoffnung. Denn ob du es wahrhaben willst oder nicht, du bist auch einer der Oberen. Durch deine Stellung als Professor, als Mitglied der Nobelversammlung und so weiter gehörst du dazu – nicht zum innersten Kreis, nicht zu den wirklichen Machthabern, aber du hast zumindest Zugang zu den Randbereichen. Du hast Einfluss, den ein normaler Mensch nicht hat. Du kannst hier in ein Ohr flüstern, dort einen Gefallen einfordern – und eine Lappalie wie die vorzeitige Haftentlassung eines verurteilten Kriminellen wird kein Problem sein.«

»Das kann ich mir nicht vorstellen. Beim besten Willen nicht. Da überschätzt du meine Möglichkeiten gewaltig.«

»Oh nein, du *unterschätzt* sie. Weil du es noch nie versucht hast. Und du hast es nie versucht, weil du nicht wahrhaben wolltest, in was für einer Welt wir leben.«

Hans-Olof öffnete den Mund, schloss ihn wieder, mehrmals, und sah dabei aus wie ein dicker Fisch, der nach Luft schnappt. Dann meinte er keuchend: »Du sagst das einfach so dahin ... Ich habe keine Ahnung, wie ich so etwas konkret anfangen sollte. Das sagt sich so einfach, ›flüstere in ein Ohr‹. In was für ein Ohr? Und was könnte ich da schon flüstern? Ich brauche ja irgendwelche Argumente, oder?«

»Himmel, stell dich nicht so an!« Er hatte trotz allem, was geschehen war, offensichtlich immer noch nicht begriffen, wie das Spiel lief. »Dieser Staatssekretär im Justizministerium zum Beispiel, den du vom Studium her kennst. Wie hieß der? Sjölander? Das wäre so ein Ohr, in das du flüstern könntest. Und Argumente? Scheißegal. Sag von mir aus, dein Schwager ist jetzt sechs Jahre drin, das heißt, die Hälfte der Strafe ist abgesessen. Das ist schon mal ein Zeitpunkt, an dem man bei guter Führung über vorzeitige Entlassung nachdenken kann. Oder sogar eine Begnadigung, was weiß ich.«

»Bloß, dass du dich nicht gut geführt hast.«

»Na, das ist ja wohl Ermessenssache.«

Hans-Olof starrte mit glasigem Blick vor sich hin. »Ich kann mir nicht vorstellen, dass das funktionieren soll.«

»Eine gute Gelegenheit, dein Vorstellungsvermögen zu erweitern.«

»Und dann? Was würdest du tun, was ich nicht auch tun könnte?«

Ich spürte gereizte Ungeduld in mir hochsteigen. »Hans-Olof, ich versuche, mir auszumalen, wie du Türschlösser knackst, dich an Hauswänden abseilst oder mit der Taschenlampe durch dunkle Büroräume schleichst. Aber ehrlich gesagt übersteigt das *mein* Vorstellungsvermögen.«

Er sah mich wieder mit seinem idiotischen, entgeisterten Gesichtsausdruck an. »Ach so. So etwas.« Offenbar hatte er sich, obwohl er seit über fünfzehn Jahren wusste, welchen Beruf ich ausübte, nie Gedanken darüber gemacht, wie das Tätigkeitsfeld eines Industriespions in der Praxis aussah.

»Ja«, nickte ich. »So etwas. Und ich schätze, es werden ein paar Aktivitäten dazukommen, die auch für mich noch Neuland sind. Zum Beispiel, jemanden mit vorgehaltener Waffe zum Reden zu bringen. Jemanden zu töten, wenn es sein muss.« Ich beugte mich vor. »Begreifst du nicht, dass ich womöglich die Trumpfkarte in deinem Ärmel bin, von der sie nichts ahnen? Wenn wir schnell genug sind, haben wir das Spiel gewonnen, ehe sie begreifen, was los ist.«

Er sah mich skeptisch an. »Du würdest jemanden töten?«
»Kristinas Entführer? Ohne eine Sekunde zu zögern.«

Hans-Olof wandte den Blick ab, musterte den fahlgrauen Boden und die bleich lackierten Wände. »Ich weiß nicht«, murmelte er. »Das ist alles ein Albtraum. Wenn ich nur wüsste, wieso ich in diese Lage geraten bin. Was ich falsch gemacht habe...?«

Er begann, mir auf die Nerven zu gehen.

»Ist dir klar, warum du zögerst?«, fragte ich barsch. »In Wirklichkeit, meine ich? Du zögerst, weil du dir immer noch nicht eingestehen willst, dass ich die ganze Zeit Recht hatte und du Unrecht. Du weißt genau, dass du, wenn du tust, was ich gesagt habe, und du mich damit freibekommst, gleichzeitig akzeptieren musst, dass die Welt tatsächlich schlecht ist, dass die Regierungen und Verwaltungen korrupt bis ins Mark sind, dass in Wirklichkeit das große Geld regiert und hinter den schönen Fassaden von Rechtsstaat und Demokratie die Fäden zieht. Mit anderen Worten, du müsstest zugeben, dass du bisher an den Klapperstorch und den Weihnachtsmann geglaubt hast. Und das willst du nicht. Deshalb zögerst du.«

»Ja. Vielleicht.« Er rang nach Atem. »Aber weißt du, auch wenn du das so erklärst und auch wenn für dich offenbar alles sonnenklar ist, kommt es mir trotzdem so irreal vor...«

Er *ging* mir auf die Nerven.

Ich stand abrupt auf. »Schluss mit der Debatte. Mir ist es egal, wie du es anstellst, aber du wirst jetzt da hinausgehen und dafür sorgen, dass ich freigelassen werde und Kristina suchen kann. Oder du kommst mir besser nie wieder unter die Augen, wenn dir dein Leben lieb ist.« Mit drei Schritten war ich an der Tür und hieb mit der flachen Hand dagegen. »*Hej!* Das Gespräch ist beendet!«

KAPITEL 17

Ich habe das Gefängnis immer als Abbild der Gesellschaft empfunden, bloß dass die Verhältnisse klarer zu Tage liegen, unverstellter, unmittelbar einleuchtend auch für das schlichte Gemüt. Drinnen wie draußen werden Leute dazu gebracht, stumpfsinnige Tätigkeiten für viel zu geringe Entlohnung zu verrichten. Doch während außerhalb der Gitter ein kompliziertes, kaum zu durchschauendes Gewebe aus medialer Verführung, kulturellen Legenden, Illusionen und Traumbildern einen dagegen narkotisiert, den Druck wirtschaftlicher Zwänge zu spüren, herrscht im Gefängnis die unmissverständliche Gewalt von Ketten, Riegeln, Schlössern und Stahltüren. Es gibt Vorschriften, und es gibt Wärter, die sie durchsetzen. Jedem, der neu eintrifft, wird rasch und notfalls schmerzhaft klar gemacht, was er sich mit Widerstand und Widerspruch einhandelt. Innerhalb der Mauern treten die Mechanismen der Gesellschaft gewissermaßen so unverhüllt zu Tage, dass jeder sie begreifen kann.

Drinnen wie draußen reagieren die Menschen ihren Frust ab, die einen mit Flucht in Drogen oder Suff, die anderen mit Härte gegen sich selbst und Gewalttätigkeit gegen andere. Und wie zum Hohn wird einem als Charakterfehler angekreidet, was schlicht Versagen unter Druck ist. Denn auf beiden Seiten der Mauern gilt die Moral der Absicht, ist es ein Wert an sich, edle Motive zu haben, wohlwollende Vorhaben zu verkünden und in wohlgesetzter Rede an das Gute im Menschen zu appellieren, unabhängig davon, ob den Worten je Taten folgen. Was meist nicht geschieht. Es kommt nur darauf an, gut auszusehen.

Natürlich hatte ich mich arrangiert, hatte die Schlupflöcher entdeckt, die jedes System unausweichlich aufweist, egal, wie einfach oder kompliziert es auch sein mag, und sie mir nutzbar gemacht. Ich hatte mir meine winzigen Freiheiten erobert, kleine Sonderrechte ergattert, mir Umstände geschaffen, in denen es sich aushalten ließ. Die Machthaber in unserer grob gestrickten Simulation der Außenwelt, die Wärter, sind auch nur Menschen und damit empfänglich für freundliche Worte, hungrig nach Anerkennung, beeinflussbar im Rahmen ihres eigenen Handlungsspielraums. Meine Arbeit in der Werkzeugausgabe war, auch wenn ich mich weigern würde, sie als interessant zu bezeichnen, doch zumindest nicht so stupide wie diejenige, die die anderen mit Hilfe der ausgegebenen Werkzeuge zu verrichten hatten. Zudem stand ich sozusagen automatisch auf der Liste, wann immer der schwedische Staat wieder einmal anfallartig glaubte, seine Sträflinge durch ein Weiterbildungsangebot besser auf das spätere Zivilleben vorbereiten zu müssen. In neun von zehn Fällen bestand die Eingliederungshilfe in einem Computerkurs, und so hatte ich, abgesehen davon, dass man uns aus nahe liegenden Gründen von allem fern hielt, was mit dem Internet zu tun hatte, doch einigermaßen mit der rasanten Entwicklung der Personal Computer Schritt halten können. Was im Hinblick auf meinen Beruf in der Tat eine wichtige Hilfe war.

Trotzdem hatte ich vom ersten Tag in meiner Zelle an auf den letzten darin hingefiebert, und je eher er kommen mochte, desto lieber sollte es mir sein. Das lag nicht einmal in erster Linie an meinem natürlichen Freiheitsdrang, sondern vor allem an den Menschen, von denen ich umgeben war. Denn es gibt einen fatal plausiblen Grund, warum die Strukturen in einem Gefängnis so übersichtlich und einfach zu verstehen sind. Sie müssen es sein, weil die Mehrzahl seiner Insassen sonst nicht kapieren würde, was sie tun und lassen sollen.

Der durchschnittliche Gefängnisinsasse ist nämlich von einer kaum vorstellbaren Blödheit. Noch der größte Idiot in dem Kinderheim, in dem ich aufgewachsen bin – und es gab dort jede Menge Idioten –, hätte in dieser Umgebung wie ein nobelpreisverdächtiges Genie gewirkt. Das war das eigentlich Entwürdigende an einer Gefängnisstrafe: Plötzlich auf einer Stufe zu stehen mit diesen ... *Wesen*, deren mentale Kapazität nicht über simple Reiz-Reaktions-Schemata wie »*will haben – zugreifen*« oder »*kann nicht leiden – zuschlagen*« hinausreicht. Ich saß in der Kantine neben Männern mit der Intelligenz einer Schlupfwespe, und nicht selten war es um der eigenen körperlichen Unversehrtheit willen nötig, sich an Gesprächen zu beteiligen, von denen Samuel Beckett in Sachen Absurdität noch einiges hätte lernen können.

Ich fragte mich oft, ob das mittlere Intelligenzniveau eines Gefängnisses daher rühren mochte, dass die Polizei auch nicht besonders helle war und einfach nur die ungewöhnlich dummen Verbrecher fing. Aber wie, um Himmels willen, hatten sie dann *mich* schnappen können?

Nach dem Gespräch mit meinem ungeliebten Schwager ertrug ich meine Umgebung weniger denn je. Das lieblose Grau der Flure. Den immer gleichen Geruch, wenn man die Kantine betrat, und die pseudoschönen großflächigen Farbornamente an ihren Wänden. Die erstickende Enge meiner Zelle.

Und natürlich bekam Hans-Olof mich frei. Es dauerte zwar eine gute Woche, aber dann wurde ich ins Büro des Direktors zitiert, der mich, ein förmlich aussehendes Schreiben in der Hand und ein falsches Lächeln im Gesicht, von oben bis unten musterte und mir dann eröffnete, ich würde in Bälde vorzeitig aus der Haft entlassen und die Reststrafe auf Bewährung ausgesetzt.

»Wann?«, fragte ich nur.

»Am ersten Dezember«, sagte der Direktor. Er war ein unansehnlicher Mann mit fleischigem Gesicht, wässrigen Augen und ekzematischer Haut, der mit nasaler Stimme sprach und um den herum es irgendwie immer unordentlich aussah. Es ging das Gerücht, seine Frau habe ihn unlängst verlassen, nach dreiundzwanzig Jahren Ehe.

»Das heißt, nächste Woche?«, vergewisserte ich mich.

»Herrgott, ja, am Montag eben. Sie werden es erwarten können«, schnauzte er zurück. Das Lächeln war verschwunden, als wäre es nie da gewesen. »Ich bin nicht dafür, das sage ich Ihnen ganz offen. Die Direktiven, auf denen Ihre Entlassung beruht, sind in meinen Augen ein fauler Trick. Die neue Justizministerin will das Geld für den Bau neuer Gefängnisse sparen, also begnadigt sie Langzeitgefangene.«

Ich sagte nichts. Es lag auf der Hand, dass jemand wie er das so sehen musste.

Er hob den Deckel meiner nicht unbeträchtlichen Akte und pfefferte den Brief hinein. »Ein Skandal, dass ich das jetzt erst bekomme. Offenbar steht die Entscheidung in Ihrem Fall schon seit längerem fest, doch ich erfahre es erst in letzter Minute.«

»Wirklich unerhört«, stimmte ich mit leisem Lächeln zu. Es war immer wieder erstaunlich, mit welcher Perfidie Intrigen dieser Art inszeniert wurden. Die Entscheidung konnte noch keine paar Tage alt sein, aber man hatte sich die Mühe gemacht, es so aussehen zu lassen, als sei alles völlig anders gelaufen, als hätte alles den üblichen Gang genommen. Tarnen, Täuschen, Spuren verwischen. Alles aus reiner Gewohnheit, vermutlich. Die Handschrift der Macht.

Der Direktor musterte mich argwöhnisch. »Machen Sie sich über mich lustig, Gunnar?«

»Nein«, erwiderte ich. »Ich hätte auch gerne früher davon erfahren.«

Er blinzelte. Von dieser Seite aus hatte er die Sache offenbar überhaupt noch nicht betrachtet. »Ach so. Ja, natürlich.« Er klopfte nervös mit beiden Händen auf meine Akte, wodurch die Papiere darin in alle Richtungen verrutschten. »Ich bin nicht dafür, wie gesagt. Ich sehe bei Ihnen eine starke Rückfallgefahr. Ausgesprochen stark. Ich könnte aus dem Stand heraus fünf, ach was, *zehn* Mörder oder Bankräuber hier aus der Anstalt nennen, bei denen ich weniger Bedenken hätte, sie zu entlassen, als bei Ihnen, Gunnar.« Offenbar standen Mord und Bankraub für ihn auf ein und derselben Stufe, was ihre Verwerflichkeit anbelangte. Er hob mahnend den Zeigefinger, was ausgesprochen lächerlich aussah. »Nur auf Bewährung, denken Sie daran! Und bei Ihrem Vorstrafenregister sollten Sie das ernst nehmen.«

Ich versprach, daran zu denken. Und es ernst zu nehmen.

Er öffnete meine Mappe und versuchte, die Unterlagen darin wieder zusammenzuschieben, wobei er sie aber nur an den Kanten noch ärger zerknitterte, als sie es ohnehin schon waren. »So wie Ihr Fall liegt, bringt Sie das nächste krumme Ding für alle Zeiten hinter Gitter. Da helfen Ihnen dann auch keine dubiosen Erlasse des Justizministeriums mehr. Wenn die Handschellen noch einmal bei Ihnen klicken, Gunnar, werden Sie als uneinsichtig eingestuft, das steht fest. Dann können Sie sich schon mal Ihr Grab auf dem Gefängnisfriedhof aussuchen.«

»Ich verstehe«, sagte ich. Wenn das der Preis war, um Kristina zu retten, war ich bereit, ihn zu bezahlen. Das Einzige, worauf es ankam, war, dass die Handschellen nicht zu früh klickten. Nicht, ehe sie frei war.

Er fand noch ein Papier in der erbarmungswürdig aussehenden Akte. »Sie gehen wieder zu Ihrem alten Bewährungshelfer Per Fahlander, einmal die Woche. Viel hat er ja nicht für Sie tun können in all der Zeit, aber wenigstens kennt er Sie.«

Was Per Fahlander betraf, war meine Meinung über ihn der des Direktors diametral entgegengesetzt. Per Fahlander hatte eine *Menge* für mich getan. Er war mein Bewährungshelfer, seit ich meine erste Jugendstrafe verbüßt hatte, und er war es gewesen, der mich davon überzeugte, dass meine jugendliche Einbrecherei keine Zukunft hatte. Dann hatte er mir geholfen, die lukrative Karriere eines professionellen Industriespions zu starten, mir die ersten Aufträge und Kontakte verschafft und mir die Notwendigkeit klar gemacht, mich in diesem Beruf permanent weiterzubilden.

»In Ordnung«, sagte ich.

Der Direktor wühlte weiter in den Papieren und machte aus der anfänglichen Unordnung ein komplettes Chaos. »Sollen wir irgendjemanden von Ihrer Entlassung benachrichtigen? Ihren Schwager? Das ist er doch, dieser, ähm, Hans-Olof Andersson?«

»Danke, das wird nicht nötig sein«, erwiderte ich und fand es amüsant, als Einziger um die Mehrdeutigkeit meiner Antwort zu wissen.

»Wie Sie meinen. Ansonsten die üblichen Auflagen, polizeiliche Abmeldung, wenn Sie Stockholm verlassen, und so weiter, Sie kennen das ja.«

»Ja«, sagte ich. »Ich kenne das.«

Aus dem Gefängnis entlassen zu werden hat immer etwas von Hinauswurf an sich. Man erhält Gegenstände zurück, die man jahrelang nicht gesehen hat und die einem fremd geworden sind, muss zahllose Papiere unterschreiben, die zu lesen man keinen Nerv mehr hat, bekommt einen lächerlichen Betrag als Entlassungsgeld in die Hand gedrückt, und schließlich öffnet sich eine Gittertür und eine Stahltür vor einem und man steht draußen. Während man sich umsieht und ins Licht des späten Vormittags blinzelt, fällt die Stahltür hinter einem ins Schloss, und ein Riegel wird hörbar zugeschoben. Man dreht sich um, sieht das große, graue Stahltor und die große, graue Mauer, und obwohl man bis ins Mark froh ist, draußen zu sein, macht einem die Freiheit erst einmal Angst. Wem jahrelang jeder Schritt vorgeschrieben worden ist, den überwältigt selbst die Entscheidung, nun nach links oder nach rechts zu gehen.

Ich schloss einen Moment lang die Augen, atmete die schneidend kalte Luft ein und spürte, wie sie in meine Schleimhäute biss. Überwältigen lassen durfte ich mich jetzt nicht. Ich musste klare Entscheidungen treffen, und das schnell. Ich musste handeln.

Als ich die Augen wieder öffnete, entdeckte ich, dass mir

die Qual der Wahl ohnehin abgenommen war. Hans-Olof war da, um mich abzuholen. Sein dunkelgrauer Volvo stand ein Stück weit entfernt an der Straße, die am *Stockholm Fängelsen* entlangführt.

Und er war schlau genug, es zu unterlassen, mir für alle Welt unübersehbar zuzuwinken.

Ich überquerte die Straße, sah dabei umher, entdeckte nichts Verdächtiges, ging die parkenden Wagen entlang und schlüpfte schließlich neben Hans-Olof auf den Beifahrersitz.

»Ist dir jemand gefolgt?«, war meine erste Frage, während ich den abgeschabten Matchsack mit meinen wenigen Habseligkeiten im Fußraum verstaute.

Er schluckte überrascht. »Was? Nein. Hoffe ich jedenfalls.«

»Wie sicher bist du dir?«

»Wie sicher bin ich …? Keine Ahnung. Ich mache so etwas zum ersten Mal.« Er biss sich auf die Unterlippe. »Ich bin an die zwei Stunden kreuz und quer durch die Stadt gefahren, ehe ich hierher gekommen bin. Ich bin in Parkhäuser rein, habe im Erdgeschoss eine Schleife gedreht und bin wieder raus. Ich habe versucht, als Letzter über rot werdende Ampeln zu fahren, und geschaut, ob mir jemand folgt. Wie man es halt in Filmen so sieht.«

Ich nickte grimmig. »Das ist doch schon mal was. Fahr ein Stück, auf irgendeinen großen Parkplatz.« Hans-Olof wollte etwas erwidern, aber ich legte nur den Zeigefinger auf die Lippen, und er begriff. Er schien recht viele solcher Filme gesehen zu haben.

Wir fuhren durch eine platzverschwenderisch angelegte Gegend, die als Freiluftmuseum aller Bausünden des 20. Jahrhunderts hätte herhalten können, und gelangten schließlich an einen Supermarkt mit einem Parkplatz so groß wie das Rollfeld eines Flughafens. Ich dirigierte uns in eine Ecke, wo wir zwischen Recycling-Containern und Einkaufswagen-Unterständen einigermaßen unauffällig parken konnten, stieg dann aus und begann, das Auto nach Wanzen und Peilsendern abzusuchen. Ich bin nun mal ein misstrauischer Mensch und habe meine Gewohnheiten.

Es war verflucht kalt. Auf dem freiem Gelände ging ein scharfer Wind, dem weder meine alte Jacke noch ich selber gewachsen waren. Während ich mit rasch gefrierenden Fingern die üblichen Stellen abtastete – Kotflügel, Stoßstangen, alles, woran man mit hurtiger Hand und einem Magneten etwas befestigen kann –, überlegte ich, ob es zu den geheimen Strategien des staatlichen Strafvollzugs gehören mochte, das Immunsystem der Gefangenen durch permanente Überheizung der Zellen derart zu schwächen, dass mit ihrer Rückkehr aus einem normalen schwedischen Winter nicht mehr zu rechnen war.

Nichts. Kein Peilsender, keine Wanze. »Mach die Motorhaube auf«, sagte ich, mir die Hände wieder warm reibend. Hans-Olof gehorchte mit verschrecktem Gesichtsausdruck.

Nach dem Motor und dem Kofferraum filzte ich noch das Innere des Wagens. Die Mikrofone selbst aufzuspüren ist in einem von Profis verwanzten Fahrzeug am schwierigsten, weil es inzwischen Geräte gibt, die nicht größer sind als Fliegenschiss. Da ich aber in den uneinsehbareren Fahrzeugbereichen kein verdächtiges Stück Kabel und auch keinen Sender entdeckt hatte, hätte nur noch die Möglichkeit bestanden, dass ein Komplettgerät im Innenraum untergebracht war, was aber erstens enttäuschend unprofessionell und zweitens selbst unter Einbeziehung des möglichen technischen Fortschritts in den letzten sechs Jahren von jemandem wie mir mit bloßem Auge und normalem Tastgefühl schnell auffindbar gewesen wäre. Doch ich fand nichts dergleichen. Nach menschlichem Ermessen war der Wagen sauber.

»Also«, sagte ich, als wir wieder einträchtig nebeneinander saßen. Eine große Werbetafel vor uns pries ein viersitziges Sofa für vierzehntausend Kronen an. »Wann hast du das letzte Mal mit Kristina gesprochen?«

»Gestern Abend.«

»Wie klang sie?«

Er gab ein eigentümliches Geräusch von sich, so, als habe er sich eben in den Finger geschnitten. »Nicht gut.«

Ich sah ihn an und merkte, dass er mit den Tränen kämpfte. »Was heißt das?«, fragte ich, bemüht, mir nichts anmerken zu lassen. Ich musste kalt bleiben, effizient.

Hans-Olof sah aus dem Fenster. Sein Atem ging bebend. »Sie hält das nicht mehr lange durch. Sie klingt wie ein Baby. Sie erzählt die ganze Zeit, wie nett die Männer zu ihr seien, aber sie klingt dabei wie ein Baby.«

Einen Moment lang wusste ich nicht, was ich sagen sollte. Ich musste ein in mir aufsteigendes Entsetzen niederkämpfen und vor allem eine namenlose Wut, ein Zorn von der Intensität einer Nuklearwaffe. Ich glaubte zu ahnen, dass ich das nächste Mal nicht mehr wegen Einbruchs oder Datendiebstahls angeklagt werden würde, sondern wegen mehrfachen Mordes.

»Hast du auch mit den Entführern gesprochen?«

Hans-Olof nickte. »Ja.«

»Was war dein Eindruck? Ahnen sie etwas?«

Er starrte vor sich hin, sichtlich aufgewühlt. »Jetzt, wo du es sagst ... Der, der mich immer anruft – der mit der kehligen Stimme, der nur Englisch spricht –, er hat neulich so etwas Seltsames gesagt. ›Sie sind doch noch brav, Professor, oder? Sie planen nichts, das uns zwingen würde, Ihrer Tochter etwas anzutun?‹ In der Art redet er mehr oder weniger dauernd, nicht konkret, eher verschwommen, bedrohlich ... Ich erkläre ihm dann immer, dass ich alles tue, was er will, aber neulich hat er nachgehakt, ob ich auch bestimmt niemandem etwas erzählt hätte.«

»Wann war das?«

»Ende letzter Woche. Freitagabend, glaube ich.«

Einen Tag also, nachdem mir der Direktor meine bevorstehende Entlassung verkündet hatte. »Und seither?«

»Seither war nichts mehr. Jedenfalls ist mir nichts aufgefallen. Allerdings habe ich, ehrlich gesagt, nur auf Kristina geachtet.« Er sah mich an. Sein Blick ging unruhig hin und her. »Was hat das zu bedeuten?«

»Dass ich so schnell wie möglich handeln muss.«

Hans-Olof nickte heftig. »Gut. Weißt du schon, wie du vorgehen willst?«

»Ich brauche Hintergrundinformationen. Irgendeine Spur, der ich folgen kann. Ich denke, als Erstes werde ich dieser Niederlassung einen Besuch abstatten. Rütlipharm. Vielleicht finde ich dort etwas, das mir weiterhilft.«

»Ah, gut. Und wann?«

»Weiß ich noch nicht. Ich muss erst ein paar Vorbereitungen treffen, die Umgebung auskundschaften und so weiter. Aber es ist sowieso am sichersten, du weißt von alldem so wenig wie möglich.«

Er fuhr entsetzt auf, mit Augen so groß wie Teetassen. »Was? Bist du verrückt? Ich muss erfahren, was du tust! Ich muss über jeden deiner Schritte und alles, was du vorhast, Bescheid wissen. Bitte, Gunnar, das darfst du mir nicht antun, das halte ich nicht aus. Ich bin dicht davor, durchzudrehen, und bei der Vorstellung, zu Hause zu sitzen und nicht zu wissen, was los ist, was du tust, ob du überhaupt noch am Leben bist, werde ich wahnsinnig.«

»Sei vernünftig. Es ist viel zu riskant, wenn wir miteinander in Kontakt stehen. Garantiert hören die dein Telefon ab, kontrollieren deine Post, beobachten dein Haus... Sie dürfen nichts von meiner Existenz ahnen, das ist dir doch klar?«

Hans-Olof nickte heftig. »Ja, natürlich. Deswegen habe ich mir auch etwas überlegt.« Er langte nach seiner Aktentasche auf dem Rücksitz und holte zwei silbern schimmernde Geräte hervor, die ich auf den ersten Blick für Taschenrechner hielt. »Hier, zwei Mobiltelefone. Digital, abhörsicher, und sie laufen nicht auf meinen Namen. Darüber können wir in Verbindung bleiben.«

Ich nahm eines der Geräte und betrachtete es verwundert. Das war ein Telefon? Da war offenbar eine unglaubliche technische Entwicklung an mir vorbeigegangen. In der Zeit vor meiner Haft hatte ich das Aufkommen der Mobiltelefone noch erlebt, zeitweise sogar erwogen, mir eines zuzulegen, aber damals hatten selbst die teuren, kleinen Geräte ordentlich schwer in der Hand gelegen. Dagegen wirkte dieses Ding wie ein zu groß geratener Schlüsselanhänger. Ich drückte auf eine der Tasten, und wirklich, es erwachte zum Leben. Der kleine Bildschirm wurde hell, forderte mich zur Eingabe einer Geheimzahl auf, und das auch noch in Farbe!

»Hier sind die Unterlagen, PIN-Codes, Handbuch und so weiter«, plapperte Hans-Olof eifrig und legte mir ein Sammelsurium aus Einzelblättern und ringgebundenen Heften in den Schoß, das gut zehnmal so viel wog wie das Telefon selbst. »Ich habe die beiden Telefonnummern hier oben hingeschrieben, das ist die von meinem Gerät, und das ist deine. Du kannst mich jederzeit anrufen, ich nehme es von jetzt an überallhin mit, egal, und wenn du mich auf dem Klo erwischst. Aber du musst mich auf dem Laufenden halten, hörst du?«

»Ja, ja«, murmelte ich geistesabwesend und hielt das Gerät ans Ohr. Wie sollte das überhaupt funktionieren? In dieser Stellung befand sich das Mikrofon direkt neben der Wange, ungefähr auf Höhe meiner hinteren Backenzähne. »Wie kommst du auf die Idee, dass das abhörsicher ist? Das geht doch über Funk. Nichts lässt sich so leicht abhören wie Funk.«

»Das ist digitaler Funk. Alles verschlüsselt. Überall auf der Welt beschweren sich die Geheimdienste, dass sie den Mobilfunk nicht abhören können, und verlangen von den Herstellern, sie sollen leichter knackbare Verschlüsselungstechniken einsetzen. Die Mafia und so weiter, die benutzen alle nur noch Mobiltelefone.«

»Ah ja?« Das war freilich ein Qualitätssiegel, wenn es denn stimmte. Ich hatte in den letzten Jahren die Zeitungslektüre ein wenig vernachlässigt, und Fernsehen hatte ich noch nie sonderlich leiden können. Mir fiel wieder ein, was Hans-Olof vorhin gesagt hatte. »Wie meinst du das, die Geräte laufen nicht auf deinen Namen? Auf welchen dann?«

Er musterte mich fiebrig. »Keine Ahnung. Ich habe einfach in der Fußgängerzone einen Jungen angesprochen und gebeten, in einen Telefonladen zu gehen und mir zwei Telefone zu kaufen. Ich habe ihm das Geld gegeben und so weiter, eine Belohnung natürlich auch, aber er kennt weder meinen Namen, noch kenne ich seinen.«

»Und das hat er einfach so gemacht? Ich meine, er hätte ja mit dem Geld abhauen können.«

»Ich habe auf der Straße auf ihn gewartet.«

Ich nahm das Telefon genauer in Augenschein. Es war so klein, dass man es in der Hemdtasche tragen konnte. Das klang alles so, als wäre das Risiko vertretbar. Und es würde nicht schaden, umgekehrt von Hans-Olof auf dem neuesten Stand gehalten zu werden, was Anrufe der Entführer und so weiter anbelangte. »Und wie funktioniert das mit der Bezahlung?«, fiel mir ein. »Ich meine, von welchem Konto buchen die die Telefongespräche ab? Doch wohl kaum von dem des Jungen.«

»Das geht mit so genannten Prepaid-Karten. Hier, ich habe gleich einen ganzen Satz gekauft.« Er legte ein Bündel in Plastikfolie verschweißter Karten auf den Stapel Papier in meinem Schoß. »Die kann man überall kaufen. Momentan ist ein Guthaben von fünfhundert Kronen auf dem Gerät, und wenn die vertelefoniert sind, nimmst du eine von diesen Karten und rubbelst das Feld da frei. Darunter ist eine Codenummer. Die schaltet weitere fünfhundert Kronen Guthaben frei, wenn du die Telefonnummer hier unten anrufst und dann die Ziffernfolge eintippst.«

Ich studierte die winzig klein gedruckte Anweisung auf der Rückseite einer der Karten. »Anonym, mit anderen Worten. So wie Briefmarken.«

»Genau«, nickte Hans-Olof.

Das war alles nicht dumm überlegt, musste ich mit einigem Widerwillen zugeben. Ich musterte meinen Schwager kurz von der Seite. Am Ende war er doch kein so übler Kerl.

Wenn man sich vor Augen hielt, zu welchen für ihn mehr als ungewohnten semikriminellen Anstrengungen ihn Kristinas Entführung anstachelte, musste ihm tatsächlich eine Menge an ihr liegen.

»Also gut«, nickte ich. Ich schnürte meine Umhängetasche auf und stopfte die Bedienungsanleitungen und den restlichen Kram hinein. Das Telefon selbst schob ich in die Jacke. »Ich halte dich auf dem Laufenden.«

»Danke«, sagte er. »Du ahnst nicht, was das für mich bedeutet.« Er langte noch einmal in die Tasche und holte etwas heraus, einen Prospekt diesmal. »Ich habe ein Zimmer für dich reserviert, im *Nordland Hotel*. Zunächst für drei Nächte, die sind auch schon bezahlt, und wenn du länger bleiben willst, kein Problem. Brauchst du Geld, übrigens?«

Ich schüttelte den Kopf. »Hab ich jede Menge.« Im Moment besaß ich gerade mal etwas mehr als dreitausend Kronen Entlassungsgeld, aber das würde ich ihm nicht auf die Nase binden. Sondern demnächst ändern.

Er drückte mir den Prospekt in die Hand. »Hier, liegt mitten in der Stadt, um die Ecke von *Centralstation*. Es soll ein sehr schönes Hotel sein.«

»Schöner als das, aus dem ich gerade komme, ist es bestimmt.«

»Von da aus sind es zu Fuß keine fünf Minuten in die *Sergelgatan*.«

Ich hielt den Hotelprospekt unschlüssig in der Hand. »Das mit der Reservierung und so weiter hast du ebenfalls anonym erledigt, hoffe ich? Mit so einem Jungen von der Straße?«

Hans-Olof biss sich auf die Lippen. »Über unser Sekretariat. Das ist völlig unauffällig«, fügte er hastig hinzu. »Die machen das jeden Tag ein Dutzend Mal, auch in Fällen, in denen man privat bezahlt. Offiziell bist du ein Arzt aus Göteborg.«

»Hmm«, machte ich. Irgendwie war mir unwohl dabei. Ich erinnerte mich dunkel an das *Nordland Hotel*: ein klotziger Bau für Reiche und Spesenritter, ein Treffpunkt der herrschenden Klasse. Ich würde auffallen wie ein Hecht im Karpfenteich.

Andererseits, irgendwo musste ich erst einmal unterkommen. Und ich hatte heute zu viel vor, um nebenher noch eine passendere Bleibe suchen zu können.

»Okay«, sagte ich, faltete den Prospekt und schob ihn in die Jackentasche. »Zeit, dass wir uns trennen. Am besten, du lässt mich bei der nächsten U-Bahn-Station aussteigen.«

»Das ist nicht weit«, erwiderte Hans-Olof und griff nach dem Zündschlüssel.

Ich sah, dass seine Hände zitterten, aber ich ließ mir nichts anmerken, sondern sah hinaus in einen Himmel, in dem sich diffuses Bleigrau zusammenzog.

KAPITEL 18

Auf der Fahrt stadteinwärts wurde mir klar, dass in meiner Zeit im Gefängnis mehr an mir vorübergegangen war als nur eine technische Entwicklung.

Auf den ersten Blick hatte sich wenig verändert. Die Züge der U-Bahn sahen moderner aus, als ich sie in Erinnerung hatte. Die U-Bahn-Stationen dagegen wirkten immer noch wie aus dem rohen Fels geschlagene Höhlen, in denen sich nach der Installation von Sitzbänken, Anzeigetafeln und ein paar Hängelampen jemand mit viel billiger Farbe, einem großen Pinsel und einem noch größeren Selbstbewusstsein ausgetobt hatte. Angeblich war das Ergebnis Kunst. Nun ja. Ich war in den letzten sechs Jahren in ästhetischer Hinsicht wahrhaftig nicht verwöhnt worden, aber mir kam die viel gerühmte Stockholmer U-Bahn-Kunst immer noch vor wie staatlich subventionierte Wandschmierereien.

Dann fesselte etwas anderes meine Aufmerksamkeit. Die U-Bahn fuhr weitgehend leer, ein paar Stationen weit war außer mir nur eine junge Frau im Abteil, die mit dem Rücken zu mir saß und – in die Luft redete!

Ich beobachtete sie. Sie gestikulierte beim Reden, schüttelte den Kopf, lachte, ganz wie bei einem richtigen Gespräch. Bloß dass ihr ein Gegenüber fehlte.

Eine Verrückte? Man sieht solche Gestalten ja manchmal, aber in aller Regel sind sie nicht erst Mitte zwanzig und tragen auch keine gepflegten Mäntel mit Pelzkragen. Schließlich stand die Frau auf und ging zu den Türen, immer noch redend – »Ich steig jetzt aus. Wo bist du? Turegatan?« –, und da sah ich, dass sie eine Art Kopfhörer mit einem grazilen Mikrofonbügel vor dem Mund trug. Ein dünnes Kabel verschwand in den pelzigen Tiefen ihres Mantels.

»Was Leute doch für Spleens haben«, dachte ich, als sie ausstieg.

Dass das der Stil der Gegenwart war, begriff ich erst, als an der nächsten Station Schwärme von Fahrgästen hereindrängten und ich auf einmal drei Frauen um mich herum sitzen hatte, die alle telefonierten.

Zu der Zeit, als ich ins Gefängnis gekommen war, waren Mobiltelefone etwas für Wichtigtuer gewesen, Symbole für Erfolg, Beweise für Bedeutsamkeit, Einfluss und Unentbehrlichkeit. Wenn man damals in der Öffentlichkeit ein klingelndes Telefon aus der Aktenmappe gehievt hatte, hatte man bewundernde, neidvolle, zumindest aber anerkennende Blicke auf sich gezogen. Entsprechend angeberisch waren die Gespräche gewesen. »Verkaufen Sie ABB. Kaufen Sie Swissair für dreihunderttausend.« Oder: »Sagen Sie Samuelsson, ich will den Bericht heute Abend auf meinem Schreibtisch haben, sonst kann er sich einen neuen Job suchen.« Und abends erzählte man am Stammtisch davon, dass man jemanden mit einem tragbaren Telefon hatte telefonieren sehen.

Doch nun hatte jeder eines. Biedere Angestellte, Hausfrauen, Schulkinder, Teenager sowieso. Selbst bei einer silberhaarigen Großmutter klingelte es auf einmal in der Handtasche. Alle Welt telefonierte, dass man sich fragte, wie es Menschen früher in ihrer Einsamkeit und Stille ausgehalten hatten.

Freilich, davon gehört hatte ich. Manchmal, wenn es sich nicht vermeiden ließ, irgendein Fernsehprogramm über sich ergehen zu lassen, hatte ich durchaus registriert, dass die Darsteller in den Fernsehserien bei jeder Gelegenheit ein Mobiltelefon zückten. Bloß hatte ich das nicht für bare Münze genommen; schließlich zeichnen solche Filme ja auch sonst eine Traumwelt. Die Figuren bewohnen immer Wohnungen, die sie sich bei den Berufen, die sie angeblich haben (die man sie gleichwohl nie ausüben sieht), gar nicht leisten könnten, genauso wenig wie die Wagen, die sie fahren, oder die Kleidung, die sie tragen. Klar, dass sie Mobiltelefone besaßen. Doch in diesem Fall hatte das Fernsehen, was den Durchdringungsgrad der Bevölkerung mit diesen Dingern anbelangte, womöglich eher untertrieben.

Ich war froh, als ich endlich aussteigen konnte, weil mir der Kopf schwirrte von all den halben Gesprächen. War es heutzutage wirklich unentbehrlich geworden zu wissen, dass jemand gerade in der Linie 10 saß, am Fridhelmsplan aber in die 17 umsteigen würde? Mussten Mütter ihren Kinder neuerdings erklären, wie man die Mikrowelle öffnet und ein Tiefkühlgericht hineinschiebt? Hatten Ehepaare keine Zeit mehr, sich über zu tätigende Einkäufe abzustimmen, ehe sie das Haus verließen, sodass diese Gespräche unterwegs geführt werden mussten? In was für eine Welt war ich da geraten?

Auch als ich die Vasagatan entlangschlenderte und zum ersten Mal das Gefühl von Freiheit wieder in mir aufstieg, sah ich Leute im Gehen telefonieren, aber zum Glück bekam man dabei nicht mit, was sie sagten. Den Schnellimbiss an der Ecke Kungsgatan gab es immer noch, und ich investierte einen ansehnlichen Teil meines Entlassungsgeldes erst einmal in zwei Hamburger mit Pommes und Cola. Natürlich konnte man auch hier nicht in Ruhe an einem der schmierigen Tische sitzen und essen, ohne vom Nebentisch die Hälfte eines Beziehungsdramas mitzubekommen. »Wieso hast du dann mit mir geschlafen, wenn du mich nicht liebst?«, schluchzte eine dicke Sechzehnjährige in ihr Telefon.

Ich verzog das Gesicht. Erstens: Wie blöd musste man sein, um so etwas zu fragen? Und zweitens: War eigentlich das Bedürfnis völlig verloren gegangen, sich bei Telefonaten im Allgemeinen und bei derart intimen Gesprächen im Besonderen in eine schützende Höhle zu verkriechen? Hatte man zum Jahrtausendwechsel die Privatsphäre abgeschafft und mir nichts davon gesagt? Ich drehte mich demonstrativ zu dem

Mädchen um und glotzte sie breit kauend und mit finster gefurchten Augenbrauen an, bis sie es vorzog, sich nach draußen auf die Straße zu verziehen. Dort sah ich sie weiter herumheulen, aber wenigstens musste ich es mir nicht mehr anhören.

Trotzdem kam ich mir vor wie ein Dinosaurier, als ich, das Fast Food schwer im Magen, wieder auf die Vasagatan hinaustrat. Das mit dem »sich in eine schützende Höhle verkriechen« war gar keine so schlechte Idee für den Anfang. Ich kramte den Prospekt aus der Jackentasche, den Hans-Olof mir gegeben hatte, und machte mich anhand des Lageplans auf die Suche.

Das Hotel, an das ich mich zu erinnern geglaubt hatte, war nicht das *Nordlanden*, sondern ein anderes, das inzwischen zu einer dieser internationalen Ketten gehörte. Das *Nordland Hotel* lag in der Nähe der Endhaltestelle des *Arlanda Express*, des Schnellzugs zum Flughafen. Von außen wirkte es schlicht, fast wie ein Bürogebäude, wäre da nicht die protzig vergoldete Drehtür gewesen.

Mein erster Eindruck war, eine Ausstellung für zeitgenössische schwedische Innenarchitektur zu betreten. Überall in der Halle standen höchst eigentümliche Sitzmöbel herum, von denen sich kaum zwei ähnelten. Eine dunkelbraune Treppe, deren Stufen frei in der Luft zu schweben schienen, schwang sich nach oben. Alles war in Weiß, Hellblau und Dunkelbraun gehalten, auch die Uniformen der Angestellten hinter der Rezeption, die ich mit einiger Mühe im Hintergrund entdeckte.

Ein junger Angestellter mit spitzer Nase und zurückgekämmtem, feucht wirkendem Haar balzte heftig mit einer Kollegin. Nachdem ich eine Weile an der Theke gestanden und ihm dabei zugesehen hatte, wurde ihm klar, dass ich nicht einfach wieder verschwinden würde, also riss er sich los und erkundigte sich nach meinem Namen.

»Doktor Forsberg aus Göteborg, richtig?«, fragte er, nachdem er in seinem Computer fündig geworden war.

Ich nickte säuerlich. »Wenn es da steht...«

Er musterte meinen Umhängesack, überhaupt meine ganze, ohne Zweifel nicht standesgemäß wirkende Erscheinung. »Ist das, ähm, Ihr ganzes Gepäck?«, fragte er behutsam, insgeheim Betrug und Zechprellerei witternd.

»Ich arbeite in der Entwicklungshilfe«, erwiderte ich ohne großes Nachdenken. »Da lernt man, mit leichtem Gepäck zu reisen.« Wie es schien, funktionierte meine Begabung für abstruse Ausreden noch bestens.

Er nickte heftig, beeindruckt und besorgt zugleich. »Ach so, ich verstehe ...«, sagte er, während er eifrig mit der Maus herumklickte und auf seinen halb im Tresen versenkten Bildschirm starrte. »Es ist nur so, dass ...« Da erhellte Erleichterung sein blasses Gesicht wie ein Blitzlicht. »Ah, ich sehe gerade, Ihr Zimmer ist bereits für drei Tage bezahlt. Gut, dann hat sich das erledigt.« Er fuhrwerkte aufatmend weiter. Ob ich ein Raucher- oder ein Nichtraucherzimmer wünsche?

»Nichtraucher«, erwiderte ich inbrünstig. Ich hatte sechs Jahre unter Zigarettensüchtigen verbracht und konnte den Gestank nicht mehr ertragen.

»Wunderbar. Sie hätten dann Zimmer Nummer 206 im zweiten Stock. Wenn Sie aus dem Aufzug kommen, rechts.« Er schob mir eine schneeweiße Plastikkarte mit Magnetstreifen hin. »Das ist Ihr Schlüssel.«

Die Kollegin, der er sich vor meinem störenden Auftauchen gewidmet hatte, war hinter ihn getreten. Mit spöttischem Lächeln tippte sie auf etwas, das der Bildschirm anzeigte, worauf der Jüngling erschrocken die Luft einsog.

»Oh, das hätte ich fast vergessen«, stieß er, rot werdend, hervor. »Es liegt eine Nachricht für Sie vor.« Mausklick. »Ein Herr, ähm, *Sorgenvater* bittet Sie, doch Ihr Mobiltelefon einzuschalten.« Er grinste verzeihungsheischend.

Sorgenvater? Ich hatte nicht geahnt, dass mein missliebiger Schwager ein so phantasievoller Mensch war. Ich begann, die Geschichte mit den Telefonen zu bereuen. »Sonst noch was?«, fragte ich missgelaunt.

»Das war alles, Herr Doktor Forsberg. Ich wünsche einen angenehmen Aufenthalt.«

Ich nahm die Schlüsselkarte an mich. »Werden wir sehen«, meinte ich und schlug den Weg zu den Aufzügen ein.

Auf dem Weg dorthin blieb mein Blick an einer Glastrennwand hängen, hinter der doch wahrhaftig eine Mauer aus Eisblöcken aufgestapelt zu sein schien. Was um alles in der Welt war das? Ich hielt inne, besah es mir näher. Kunst? Ein ernst gemeint aussehendes Schild nannte die Installation »*Nordpol-Bar*«. Ich spähte durch eines von drei Gucklöchern ins Innere, sah Stehtische aus massivem Eis, desgleichen eine Bartheke aus grob zugehauenen Eisklötzen, auf der klobige Trinkgefäße aufgereiht standen, die gut und gern ebenfalls aus Eis bestehen mochten.

Also doch Kunst. Ich wandte mich schaudernd ab und setzte meinen Weg zu den Aufzügen fort.

Das Zimmer war kleiner, als es meine Zelle gewesen war, dafür aber geradezu unanständig komfortabel eingerichtet. Bett, Schreibtisch, Schränke, Teppich, alles massiv und vom Feinsten. Das Bad war in kühlem Weiß gekachelt und bildete zusammen mit sorgsam gefalteten und gestapelten Handtüchern in den Farben Hellblau und Dunkelbraun gewissermaßen ein begehbares Firmenlogo. Hinter einer Schranktür ließ sich ein Bügelbrett herabklappen, und ein Hinweisschild erklärte, wie man das Selberbügeln mit Hilfe des Etagenservice umgehen konnte. Es gab auch eine Preisliste des Zimmers, aber ich vermied es, sie allzu genau zu studieren.

Das Fenster ging auf einen großen Innenhof, den das Hotel zu etwa zwei Dritteln umschloss. Man sah auf bekieste Dächer mit elfenbeinfarbenen Oberlichtern. Gegenüber konnte ich in ein anderes Hotelzimmer sehen, das hell erleuchtet war, genauso aussah wie meines und in dem eine Frau gerade ihren Pullover auszog. Ich ließ den Vorhang zugleiten und beobachtete sie weiter, aber sie faltete den Pullover nur zusammen, legte ihn in den Schrank und fing an, den Inhalt ihres Koffers ebenfalls auf die Fächer zu verteilen.

Nun ja. Ich setzte mich aufs Bett, zurrte meine Tasche auf und förderte die Unterlagen zutage, die Hans-Olof mir gegeben hatte. Der dickste Stapel Papier war die Bedienungsanleitung des Mobiltelefons. Ich blätterte sie kurz durch und erkannte, dass es mit kurzem Durchblättern nicht getan sein würde; die winzigen Geräte warteten mit einer derartigen Unmenge von Funktionen auf, dass auf die Schnelle unmöglich herauszufinden war, wie man damit einfach nur telefonierte.

Ich fing noch einmal von vorne an, blätterte langsamer. Ganz am Anfang stand immerhin, wie man es einschaltet. Das tat ich, worauf der Bildschirm einen PIN-Code verlangte. Den wiederum hatte Hans-Olof auf den Umschlag des Anleitungsbuches gekritzelt. Ich tippte die vier Ziffern ein, und damit schien das Gerät so weit zufrieden zu sein. Was nun? Versuchsweise drückte ich eine der breiten Pfeiltasten in der Annahme, dass einer so großen Taste besondere Bedeutung zukommen müsse. Prompt erschien das Wort *bekymmerfader*, Sorgenvater, auf dem Display. Dann kam ich an irgendeinen anderen Knopf, keine Ahnung, welchen und ob das überhaupt wichtig war, jedenfalls begann das Telefon zu wählen. Hans-Olof hatte offensichtlich vorsorglich seine eigene Nummer einprogrammiert. Ich hob das Gerät ans Ohr, und tatsächlich, ich hörte ihn »Hallo? Bist du das, Gunnar?« rufen.

»Ja, allerdings«, rief ich und sprang auf. »Aber so habe ich mir das nicht vorgestellt!« Mein Blick fiel durchs Fenster. Auf der anderen Seite hatte die Frau ihre Hose ausgezogen und stand mit nackten Beinen vor dem Spiegel, im Begriff, sich die Bluse aufzuknöpfen.

»Wo bist du?«, wollte Hans-Olof wissen. »Im Hotel, nehme ich an. Stimmt etwas nicht damit? Ist es nicht in Ordnung?«

»Ach was«, erwiderte ich und verfolgte, wie die Frau die Bluse abstreifte. Sie trug keinen BH, trotz beachtlicher Oberweite. »Das Hotel ist okay, das übliche Revier der Schönen und Reichen. Abgesehen davon, dass ich hier völlig fehl am Platze bin, ist natürlich für jeden Luxus gesorgt.«

»Gut«, sagte er. »Das freut mich.«

Mir wurde klar, dass ich besser daran getan hätte, vom Fenster wegzugehen und mich auf das Gespräch zu konzentrieren, aber ich brachte es einfach nicht über mich. Gebannt sah ich zu, wie die Frau einen Kleiderbügel aus dem Schrank nahm und ihre Bluse sorgsam daraufhängte und wie ihre Brüste dabei wogten. Nebenbei erklärte ich Hans-Olof, ich könne unmöglich jede Stunde mit ihm telefonieren. »So kann ich mich nicht konzentrieren«, sagte ich und ließ meine Augen nicht von dem hellgelb ausgeleuchteten Fenster auf der anderen Seite des Innenhofes, hinter dem die Frau, die dunkelhaarig war und vielleicht Anfang vierzig sein mochte, seelenruhig ihren Slip abstreifte.

»Ja, ich verstehe, ich verstehe«, quengelte Hans-Olof in meinem Ohr. »Ich wollte nur... Du *musst* mir versprechen, dass du mich informierst, ehe du irgendetwas unternimmst. Hörst du? Versprichst du mir das?«

Die Rundung ihres Hinterns nahm einem den Atem. Ihre Brüste wippten und bebten, während sie im Zimmer umherging, ihren Slip verstaute, Duschutensilien zusammensuchte oder was auch immer. »Von mir aus«, sagte ich. »Ich verspreche es.«

»Danke. Ich will dich dann auch nicht weiter aufgeilen...«

»Was?«, schnappte ich. »Was hast du gerade gesagt?«

Hans-Olof zögerte irritiert. »Ich habe gesagt, ich will dich nicht weiter aufhalten. Ist die Verbindung schlecht? Ich höre dich gut.«

Sie verschwand in der Tür zum Bad. Ich hatte das Gefühl, dass meine Netzhaut brannte. »Nein, die Verbindung ist okay. Es war nur...« Ja, was? Ich hatte keine Ahnung und auch keine Lust, darüber nachzudenken. »Hör zu, ich muss jetzt ein paar dringende Sachen erledigen. Ich melde mich, ehe ich unseren Freunden den Besuch abstatte, über den wir gesprochen haben.« Ich brachte es, digital hin, verschlüsselt her, nicht fertig, an einem Telefon Klartext zu sprechen. Eingefleischte Gewohnheit eines misstrauischen Menschen.

»Gut. Soll ich mich melden, falls Kristina anruft?«

Ich überlegte mühsam. Meine Konzentration war zum Teufel, und es war nicht Hans-Olofs Schuld. »Im Augenblick unnötig«, meinte ich fahrig. »Das müssen wir wahrscheinlich sowieso anders machen. Ich muss mir irgendetwas ausdenken, wie ich unauffällig bei dir vorbeikommen und ein Tonband installieren kann.«

»Ein Tonband?«

»Es wäre gut, wenn wir die Gespräche aufnehmen könnten. Aber darüber reden wir ein andermal.«

»Was soll das bringen?«

»Nicht jetzt, Hans-Olof. Ich habe erst anderes zu erledigen.«

Er klang verschnupft. »Okay. Aber du rufst an, ehe du etwas Wichtiges unternimmst?«

»Ja, ich rufe an, ehe ich etwas Wichtiges unternehme. *Hejdå*.«

Ich nahm das Telefon vom Ohr. Dass die Taste mit dem roten Hörer in aufgelegter Position die Verbindung beendete, war nicht schwer zu erraten. Um herauszufinden, wie man das Gerät ganz ausschaltete, musste ich noch einmal das Handbuch konsultieren, aber schließlich war auch das geschafft.

Gut. Es wurde Zeit, dass ich etwas Wichtiges unternahm. Ich packte die nötigsten Utensilien in meine Jacke, versteckte die Tasche unter dem Bett – noch eine Gewohnheit eines misstrauischen Menschen – und ging.

KAPITEL 19

Nichts einzuwenden war gegen die Lage des Hotels. Alles, was ich brauchte, lag in *walking distance*.

Das war auch gut so, denn es war noch kälter geworden als am Mittag, und meine alte Jacke taugte immer noch nichts. Bis Norrmalm waren es knapp fünfhundert Meter, aber ich hatte das Gefühl, keine Hosen mehr anzuhaben, als ich die Brücke über die Malmskilnadsgatan überquerte. Ich musste mir dringend bessere Klamotten besorgen.

Zuvor und dringender aber brauchte ich etwas anderes: Informationen.

Alles, was ich im Augenblick hatte, war der Name *Rütlipharm* und der Bericht eines Mannes, der vor Angst zitterte. Nicht gerade viel, wenn es galt, ein bis zwei Leben zu retten. In meinem Geschäft sind Informationen das alles Entscheidende, und so wenig davon zu haben beunruhigte mich zutiefst. Noch nie war ich an ein Projekt so überhastet herangegangen wie an dieses.

Allerdings hatte auch noch nie zuvor so viel auf dem Spiel gestanden wie diesmal.

Ich wollte in die Stockholmer Niederlassung eines Konzerns einbrechen, von dem ich im Augenblick nicht mehr wusste als den Namen und dass er Medikamente produzierte. Normalerweise hätte ich für ein solches Unternehmen mindestens vier Wochen Vorbereitungszeit einkalkuliert, die ich in Bibliotheken, Zeitungsarchiven und vor allem in der Umgebung des Gebäudes zugebracht hätte. Ich hätte gelesen, fotografiert, nachgedacht, Unterhaltungen belauscht und Fahrzeuge verfolgt, und wenn es dann losgegangen wäre, hätte ich alles über die betreffende Firma gewusst, was es auf legalem Wege zu wissen gab, und noch einiges darüber hinaus.

Doch diesmal hatte ich keine vier Wochen. Ich hatte nicht einmal eine. Ich war entschlossen, spätestens übermorgen, besser schon morgen Abend etwas zu tun, das mich für den Rest meiner Tage hinter Gitter bringen würde, falls es schief ging. Ich würde mir alles an Informationen besorgen, was ich bis dahin kriegen konnte, und mich ansonsten auf meine Erfahrung verlassen müssen.

Die hoffentlich noch etwas wert war in diesen modernen Zeiten.

Der Zugang zum Zeitungsarchiv des AFTONBLADET wenigstens war noch genau so, wie ich ihn in Erinnerung hatte: eine schmale, rot lackierte Stahltür mit runden Glasfenstern, um die Ecke vom Haupteingang und ein paar Treppenstufen tiefer als die Straße gelegen. Sie quietschte, als ich sie öffnete, kein bisschen anders, als sie gequietscht hatte, als ich das letzte Mal hier gewesen war. In einem anderen Jahrtausend.

Betäubende Wärme umfing mich. Die Regale mit den gebundenen Jahrgängen, die langen weißen Tische, die abgehängten Lampen darüber und die Mikrofilmgeräte entlang der Wände – alles war noch wie früher. Auch der Geruch nach Staub, altem Papier und den Ozonausdünstungen des Kopierers war unverändert. Bloß das Gesicht hinter der Theke kannte ich nicht: Auf einem Stuhl saß eine junge Asiatin mit enormen Brüsten, die in völlig unverantwortlicher Weise unter einem dünnen T-Shirt wogten. Sie glotzte mich stumpf an, als ich hereinkam, ohne in ihrer Beschäftigung, dem Kauen eines hellblauen Kaugummis, innezuhalten.

»Arbeitet Anders Östlund nicht mehr hier?«, fragte ich.

»Kommt gleich wieder«, sagte sie in einem Ton, der keinen Zweifel daran ließ, wie scheißegal ihr das war. »Holt bloß was zu essen.«

Wenigstens war Östlund noch zuständig. Auf die Schnelle

hätte ich nicht gewusst, wie ich dieses Mädchen dazu hätte bringen sollen, das zu tun, was ich von ihr wollte. Besser gesagt, vom Archiv des AFTONBLADET.

Eine Zeitung hat genau genommen immer zwei Archive. In einem wird von jeder jemals erschienenen Ausgabe ein Exemplar aufbewahrt, sorgsam zu großen Büchern gebunden oder auf Mikrofilm gespeichert oder beides, und dieses Archiv ist in aller Regel für jedermann zugänglich, der aus irgendwelchen Gründen alte Zeitungsmeldungen nachschlagen möchte. Das andere Archiv – was mich anbelangte, das interessantere – steht nur den Journalisten der jeweiligen Zeitung selbst zur Verfügung. Es enthält das Rohmaterial zu den späteren Zeitungsartikeln: Originalabschriften von Interviews, Gesprächsnotizen, Ergebnisse von Recherchen, Kopien, Fotos, jede Menge höchst vertraulicher Dinge.

Reines Gold also für jemanden, der im Informationshandel tätig war.

Ich wartete. Außer mir war nur noch ein Besucher da, einer von der Sorte, die in Zeitungsarchiven zu wohnen scheinen: ein alter Mann mit strohigen Haaren, der zwei abgeschabte Wintermäntel neben sich auf dem Stuhl liegen hatte. Er blätterte andächtig in einem Band und machte sich immer wieder Notizen mit einem Bleistift, den er vor dem Schreiben jedes Mal gemächlich mit der Zunge anfeuchtete.

Und er roch, gelinde gesagt, streng. Ich vertrieb mir die Zeit am entgegengesetzten Ende des Leseraums mit den letzten Ausgaben des AFTONBLADET, in der Nähe der leise röchelnden Klimaanlage. Nach einer Weile tauten sogar meine Beine wieder auf und fingen an zu kribbeln.

Etwa fünfzehn Minuten später tauchte Östlund auf, eine große braune Tüte in der Hand. Er war deutlich gealtert, hatte sich einen Oberlippenbart zugelegt, der ihm nicht stand, und er besaß noch immer diesen herablassenden Blick. Er hatte es in zwanzig Jahren nicht aus dem Zeitungsarchiv hinaus geschafft, aber er hielt sich noch immer für oberschlau.

Er entdeckte mich sofort. Er stellte seine Tüte weg und schob seinen aufgedunsenen Leib durch die Tresenklappe. »Was machst du denn hier?«, brummte er, nachdem er mir die Hand in einer Weise geschüttelt hatte, für die das Wort ›gönnerhaft‹ erfunden worden sein muss. »Ich dachte, du wohnst noch auf Kosten des Königs?«

»Der König muss sparen«, erwiderte ich.

Er kniff die Augen zusammen. »Lass mich raten. Du bist nicht hier, um die Schlagzeilen der letzten sechs Jahre nachzulesen.«

»Würde sich das denn lohnen?«

»Kaum.« Er sah sich kurz um und senkte die Stimme noch ein bisschen. »Es ist mittlerweile alles teurer geworden, das ist dir klar, oder?«

»Wie viel?«

»Viertausend.«

Ich setzte mein Pokerface auf. Ich hatte keine viertausend Kronen, im Moment zumindest nicht. Und wenn die Alternative, nachzugeben, nicht in Frage kommt, bleibt einem nur, eisern zu verhandeln.

»Zweitausend«, sagte ich.

Er schnaubte mir seinen nach Magenbeschwerden riechenden Atem ins Gesicht. »Machst du Witze? Ich riskiere doch nicht meine Rente für schlappe zweitausend Kronen.«

»Ich war immer ein guter Kunde, ich hab's eilig, und ich sitze in der Klemme«, erwiderte ich. »Zweieinhalbtausend. Außerdem ist es nichts Großartiges.«

Östlund fing an, an seinem wabbeligen Kinn herumzukneten, und tat so, als zögere er. Aber ich kannte ihn. Immer, wenn er sich ins Gesicht fasste, war die Entscheidung schon gefallen.

Er drehte sich zu dem Mädchen um. »Ann-Li? Du kannst dir jetzt auch was zu essen holen gehen.«

Sie sah ihn kaugummikauend an. »Ich hab keinen Hunger.«

Östlund gab einen Knurrlaut von sich. »Dann geh deine Nase pudern, okay?«

Sie wollte noch etwas sagen, zog es aber dann doch vor, einfach nur vom Stuhl zu rutschen und mit Schmollmund nach hinten zu verschwinden. Ein Parka raschelte, gleich darauf schlug eine Tür zu.

»Okay, was willst du wissen?«

Ich deutete mit einem Kopfnicken auf den Alten in der Ecke. »Was ist mit ihm?«

»Taub wie Stein. Und er tut nicht nur so, keine Sorge.«

Ich fragte mich flüchtig, wie er das herausgefunden haben mochte, beschloss dann aber, dass es keine Rolle spielte. Ich zog mein Geld aus der Tasche, zählte zweitausendfünfhundert Kronen ab und schob sie in Östlunds ausgestreckte Hand. »Rütlipharm. Alles, was du finden kannst.«

Er hob eine Augenbraue. »Die Schweizer Pharmafirma? Bei der die neue Nobelpreisträgerin arbeitet?«

»Genau die.«

»Du warst schon origineller.«

»Kommt sicher wieder«, sagte ich. »Sobald ich mir deine Preise leisten kann.«

Er musste regelrecht arbeiten für sein Geld. Nach einer kleinen Ewigkeit kam er mit zwei Mappen aus den hinteren Räumen zurück, deren Inhalt er durch den Kopierer jagte. Währenddessen befragte er seinen Computer, was noch einmal einen Stoß Ausdrucke einbrachte, und obendrauf gab es dutzendweise Abzüge von Mikrofilmen: Die Firma Rütlipharm schien allerhand Schlagzeilen gemacht zu haben.

»Bitte sehr«, meinte Östlund, als er mir das Bündel, in eine gebrauchte Büromappe gepackt und mit Gummiband verschnürt, über die Theke schob. »Ehrlich gesagt glaube ich aber, das hättest du alles auch billiger in Erfahrung bringen können.«

Ich nahm die Mappe mit der jähen Ahnung an mich, dass mir ihr Inhalt kein bisschen weiterhelfen würde. Ein Gefühl, das ich jetzt absolut nicht brauchen konnte.

Etwas fiel mir ein. »Sag mal, bei eurer Konkurrenz ist vor

ein paar Wochen ein junger Reporter ganz überraschend verstorben. Bengt Nilsson, vom SVENSKA DAGBLADET. Weiß man da Näheres? Woran, warum?«

Östlund hob die Brauen und betrachtete mich herablassend, beinahe mitleidig. »Erstens«, sagte er, »haben wir allenfalls Mitbewerber, aber keine Konkurrenz. Und zweitens: Ja. Man weiß.«

»Und *was* weiß man?«

»Bengt Nilsson war einer, der hoch hinaus wollte. Ehrgeizig bis zum Anschlag. Dummerweise hatte er es mit dem Herzen, und dummerweise hatte er es *nicht* mit der Pünktlichkeit. Wenn du mich fragst, hat er schlicht und einfach vergessen, seine Medikamente zu nehmen. Das hat ihn vor ein paar Jahren schon einmal fast umgebracht, aber manche Leute lernen eben nichts aus ihren Fehlern.«

»Und wenn ich jemand anders frage? Was kann der für eine Theorie haben?«

Das brachte einen deutlich genervten Ausdruck in sein Gesicht. »Bitte, dies ist ein freies Land. Angeblich jedenfalls. Aber nach allem, was ich gehört habe, hatte Nilsson ein kleines orangenes Pillendöschen mit kleinen weißen Pillen darin in der Tasche, und dummerweise waren die Fächer für die beiden vorangegangenen Tage noch voll. Ich schätze, es gibt dankbarere Ansätze für Verschwörungstheorien.«

Ich klemmte die Mappe unter den Arm. »Hat mich nur interessiert.«

»Gern geschehen. Kleine Dreingabe auf Kosten des Hauses. Ich hoffe, du weißt das zu schätzen.«

»Klar doch«, sagte ich und ging.

Draußen fiel mich die Kälte wieder an wie ein Raubtier, und ich spürte ein Kratzen im Hals, das nichts Gutes ahnen ließ. Ich ging in die nächste Apotheke und kaufte ein paar Vitamintabletten und eine Salbe zum Einreiben. Und weil ich schon dabei war, fragte ich: »Es muss da ein Herzmittel geben, kleine weiße Pillen, zu denen man ein orangenes Döschen mit Fächern für die Wochentage bekommt. Haben Sie eine Ahnung, was das sein könnte?«

Die Apothekerin, eine magere Frau mit dunklen Ringen unter den Augen, runzelte die Stirn. »Das dürfte *RP Cardioprolol* sein. Wenn es ein Herzmittel ist; es gibt noch ein gebräuchliches Asthmamittel, auf das diese Beschreibung auch zuträfe.«

»Können Sie mir mal die Packungen zeigen?«

»Die sind aber beide verschreibungspflichtig. Die kann ich Ihnen nicht verkaufen.«

Ich schüttelte den Kopf. »Nein, ich frage nur, weil mein Vater so ein Geheimnis darum macht, was für ein Mittel er nimmt. Er ist da ein bisschen seltsam, verstehen Sie? Ich wüsste einfach gern Bescheid. Für alle Fälle.«

Sie nickte verstehend und holte zwei Schachteln aus ihren Schubladen. »Es gilt als das am besten verträgliche Mittel dieser Art«, erläuterte sie, als sie mir das *RP Cardioprolol* hinlegte, »aber man muss es äußerst pünktlich einnehmen. Für vergessliche ältere Leute ist es nicht das Richtige.«

»Oh, nach meinem Vater können Sie die Uhr stellen, das ist kein Problem«, log ich mit beschwingter Mühelosigkeit, nahm die Packung in die Hand und drehte sie so, dass ich den Namen des Herstellers lesen konnte.

Rütlipharm AG, CH-4001 Basel stand da. Irgendwie überraschte es mich nicht besonders.

KAPITEL 20

Die erste Pflicht des Einbrechers ist es, das Terrain zu kennen, in dem er zu arbeiten gedenkt. Also machte ich mich auf den Weg zu den Hochhäusern an der Sergelgatan, kaufte mir unterwegs ein billiges kleines Notizbuch, suchte und fand das *High Tech Building* und in der Passage gegenüber des gläsernen Empfangs, den Hans-Olof mir beschrieben hatte, das *Coffeehouse*. Dort reichte meine schwindende Barschaft noch für eine Tasse Kaffee und ein Brownie, mit denen ich Posten bezog, um erst einmal die Umgebung auf mich wirken zu lassen.

Der Kaffee schmeckte fad, wärmte aber und roch gut. Der Kuchen war weg, ehe ich merkte, dass ich aß; ich hatte offenbar mehr Hunger gehabt, als mir bewusst gewesen war. Es tat gut, zu sitzen, schwer zu werden und zu spüren, dass die alten Reflexe und Instinkte noch da waren, als wären nicht sechs endlose Jahre vergangen, seit ich sie das letzte Mal gebraucht hatte.

Wirtschaftsspionage ist ein Gebiet, das eine mindestens so lange und ehrwürdige Tradition aufweisen kann wie sein militärisches Gegenstück. Das Geheimnis der Papierherstellung etwa wurde von den Chinesen sechs Jahrhunderte lang erfolgreich gehütet, bis die Bewohner Samarkands es um das Jahr 750 auf dem Wege der Spionage lüfteten. Überhaupt China: Die Welt hätte heute noch keine Ahnung, wie Seide hergestellt wird, hätten nicht einst listenreiche Erkunder das Geheimnis ihrer Herstellung samt der dazu erforderlichen Seidenraupen aus dem Reich der Mitte herausgeschmuggelt.

Wirtschaftsspionage zählt, da sich unsere Zivilisation für ein Leben in fortwährendem Konkurrenzkampf entschieden hat, zu den unentbehrlichen Hilfsmitteln all jener, die allein auf die eigenen Kräfte gestellt untergehen würden. Ohne Frage ist sie unmoralisch. Aber Moral ist in der Geschäftswelt etwas, über das man allenfalls redet, nicht jedoch Grundlage geschäftlicher Entscheidungen. Grundlage geschäftlicher Entscheidungen ist, was welchen Nutzen bringt und was welches Risiko bedeutet. Niemand würde es öffentlich gutheißen, Steuern zu hinterziehen, oder sich dazu bekennen, Aufträge durch Bestechung von Entscheidungsträgern zu erhalten. Trotzdem tut es jeder, wenn er glaubt, damit durchzukommen, und sei es nur, weil es die anderen auch tun und man sich den Wettbewerbsnachteil, den einem Ehrlichkeit einbrächte, nicht leisten kann.

Im Arsenal der unmoralischen Hilfsmittel spielt Wirtschaftsspionage eine Sonderrolle. Es ist die Waffe, mit der sich die Kleinen gegen die Großen wehren, die Dummen gegen die Klugen und oft genug auch die Schwachen gegen die Starken. Mehr als ein Dutzend Firmen in Ländern, die wir so herablassend zur »Dritten Welt« rechnen, verdanken praktisch ihr gesamtes technisches Know-how meinen professionellen Bemühungen und setzen heute ganze Regionen in Lohn und Brot. Regionen, die vor zwanzig Jahren noch am Tropf der »Entwicklungshilfe« genannten Almosen gehangen hatten, mit denen sich die industrialisierten Länder lästige Konkurrenz vom Hals halten. Nicht, dass ich daraus eine Art »Robin-Hood«-Rechtfertigung konstruieren will; diese Leute hatten für meine Dienste bezahlt wie alle anderen auch, und ich war nie billig gewesen. Ich hatte nie das Bedürfnis, mich zu rechtfertigen, und es war mir egal, für wen ich arbeitete. Mit genau der gleichen Akribie hatte ich für multinationale Konzerne gearbeitet und kleinen, aufstrebenden Firmen die Formeln, Codes oder Baupläne entwendet, die, wäre ich nicht gewesen, die Gründer besagter Firmen zu Millionären gemacht hätten. Das Leben war hart, und ich war es auch.

Natürlich unterliegt das Geschäft des gewerblichen Spionierens denselben Wettbewerbsbedingungen wie jede andere Form gewerblicher Betätigung auch. Die Konkurrenz ist zahlreich, der Wettbewerb erbittert. *Hacker* – also Leute, die sich über Datennetze in fremde Computersysteme einklinken, um dort auf die Suche nach interessanten Daten zu gehen – gibt es wie Sand am Meer. Sie mögen ihre Daseinsberechtigung haben; auf jeden Fall verkörpern sie das Bild, das sich die Öffentlichkeit von einem Industriespion macht. Ich jedoch begebe mich vor Ort, ich weiß, was ich tue, und ich kann einschätzen, was ich zu sehen bekomme. Das ist mein persönlicher Wettbewerbsvorteil.

Denn was ist, wenn sich die interessanten Daten in Computern befinden, die an kein Netz angeschlossen sind? Was, wenn die Unterlagen, auf die es ankommt, überhaupt nicht in digitaler Form vorliegen, sondern als Papiere, Pläne, handschriftliche Notizen? In solchen Fällen schlägt meine Stunde. Ich komme nicht durch ein Kabel, ich komme durch die Tür. Ich knacke keine Passwörter, ich knacke Schlösser. Ich bin nicht darauf angewiesen, dass es einen Zugang gibt zu den Informationen, die meine Auftraggeber interessieren, ich bahne mir meinen Zugang selbst.

Ich bin oft als altmodisch belächelt worden, doch tatsächlich werde ich immer moderner. Die Zeit ist auf meiner Seite. Viele Firmen, die sich ihrer Verletzbarkeit durch Hacker-Attacken bewusst sind, vernachlässigen den Schutz gegen Leute, die einfach durch ihre Tore spazieren und existenzwichtige Dokumente davontragen können, und zwar in einem Maße, das ans Absurde grenzt. Für *Firewalls* und ähnliches Zeug werden Millionen ausgegeben, doch ich finde immer häufiger billige Zylinderschlösser an entscheidenden Türen, und heutige Tresore sind oft nur noch bessere Blechkästen. Kaum jemand denkt daran, dass auf den Plastikfarbbändern moderner Schreibmaschinen der gesamte Text deutlich ablesbar ist, der damit geschrieben wurde – nur eben in umgekehrter Reihenfolge der Buchstaben. Gerade in den modernsten, am besten vernetzten Büros wird übersehen, was für eine Schwachstelle simples Papier ist. Der Zugangsschutz ins interne Netzwerk mag vom Feinsten sein: Ich brauche bloß Schubladen aufzuziehen und finde Listings, Probeausdrucke, Manuskripte, Notizen, Entwürfe und Konzepte aller Art. Und noch nie wurde in den Büros so viel Papier verbraucht wie heute.

Allerdings genügt es nicht, ein guter Einbrecher und Safeknacker zu sein, um auch als Industriespion zu taugen. Wenn ich vor Ort bin und in Unterlagen blättere, muss ich imstande sein zu erkennen, was von Bedeutung ist und was nicht. Anders als ein Hacker, der im Zweifelsfall einfach alles kopiert, was er findet, und nachher in Ruhe Spreu von Weizen trennt, ist die Menge dessen, was ich aus einem fremden Büro mitnehmen kann, begrenzt.

Was ein Industriespion deswegen außerdem braucht, ist eine umfassende Bildung. Ein Vertrag, auf den man stößt, kann eine banale Formalität sein oder ein explosives Dokument, je nachdem, welche Namen darunter stehen. Also ist es entscheidend, diese Namen zu kennen. Ein Industriespion muss mit den Strukturen der Branche, mit der er es zu tun hat, vertraut sein, und die elementaren Fakten über wichtige Firmen und maßgebliche Personen parat haben. Er muss grundlegende Techniken, Herstellungsverfahren und Zusammenhänge kennen und die einschlägige Fachterminologie beherrschen. Und vor allem anderen muss er imstande sein, die Papiere zu *lesen*, auf die er stößt.

Ich spreche außer Schwedisch nur Englisch, und das eher schlechter als hierzulande üblich – aber ich kann elf weitere Sprachen *lesen*: Norwegisch, Finnisch, Russisch, Französisch, Spanisch, Italienisch, Deutsch, Portugiesisch, Polnisch, Tschechisch sowie, worauf ich besonders stolz bin, Japanisch.

Ich gestehe es: Ich liebe diesen Beruf. Nichts anderes ist mit dem Nervenkitzel zu vergleichen, den es bedeutet, in verbotene, abgesicherte Bereiche voller Geheimnisse einzudringen und sich durch Karteikästen, Aktenmappen und Briefordner zu wühlen, während es ringsum dunkel und totenstill ist bis auf das Geräusch umgeblätterten Papiers und des eigenen Herzschlags. Und dann stößt man plötzlich auf *das* Dokument. Auf den Plan. Die Formel. Das Geheimnis, dessen Weitergabe einen ganzen Wirtschaftszweig verändern kann.

Ich beobachtete das Kommen und Gehen in dem Glaskasten mit den antiquiert wirkenden Teakholzwänden. Nicht alle Besucher des *High Tech Buildings* trugen Schlips und Aktentasche oder sonstige Insignien, die sie wie Leute aussehen ließen, die dort etwas zu suchen hatten. Ich sah dicke Frauen in biederen Mänteln, die in die Aufzüge watschelten, ohne den Portier eines Blickes zu würdigen und umgekehrt. Hinter der Empfangstheke stand heute auch nicht der weißhaarige Hüne mit der Boxerstatur, den Hans-Olof beschrieben hatte, sondern ein verhutzelter alter Mann, der, egal ob er telefonierte oder mit jemandem sprach, unentwegt mit dem Kopf nickte. Das sah alles harmlos aus. Es sah aus, als bräuchte ich nur aufzustehen und hineinzuspazieren, und niemand würde mich aufhalten.

Ein Eindruck, der täuschen konnte. An der Decke waren Videokameras installiert, und zwar nicht wenige. Die Leute zückten Codekarten, wenn sie in den Aufzug traten. Der Bewegung nach, die man von dem Platz aus, an dem ich saß, im Ansatz sah, zogen sie sie durch ein Lesegerät. Ich nippte an meinem Kaffee und versuchte, zu einer Einschätzung der Lage zu kommen. Der Sinn der Codekarten bestand natürlich darin, dass jede Karte wusste, in welches Stockwerk ihr Besitzer fahren durfte und in welches nicht. Da sich aber mehrere Leute dieselbe Aufzugskabine teilen konnten, war das kein sicheres System; man konnte sich zu zwei, drei Mitfahrern gesellen, eine x-beliebige, wirkungslose Plastikkarte durch den Schlitz ziehen – praktischerweise haben ja alle diese Karten heutzutage dasselbe Format – und dann einfach zusammen mit einem der anderen aussteigen, ohne dass jemand bemerken würde, dass etwas Ungewolltes vor sich ging. Abgesehen davon, dass die Installation dieses Systems natürlich seinem Hersteller Umsatz beschert hatte, war sein Nutzen allenfalls psychologischer Natur, sprich: eingebildet.

Die Videokameras hingegen waren ein echtes Problem. Mir wurde wieder einmal unangenehm bewusst, auf welch schmalem Grat ich unterwegs war. Ich musste, ehe ich aktiv werden konnte, das Gebäude erkunden, das Stockwerk, in dem die Niederlassung von Rütlipharm ihren Sitz hatte, Wege dorthin und von dort fort und so weiter. Doch am Tag nach dem Einbruch würde man unter anderem auch die Videobänder der Überwachungsanlage sichten, und wenn ein landesweit bekannter Einbrecher wie ich auf einem davon zu sehen sein sollte, würden sich die Polizisten nur kurz angrinsen und dann die Fahndung nach mir ausschreiben.

Ich stand auf, streckte mich wie jemand, der zu lange gesessen hat, und sah mich dabei um. Wie nicht anders zu erwarten, war jeder ausreichend mit sich selbst beschäftigt. Ich ignorierte das Schild, das einen bat, Teller und Tassen zur Theke zurückzubringen – solche Aufforderungen zu befolgen heißt, Arbeitsplätze zu gefährden –, und schlenderte auf den gläsernen Empfang zu, sorgsam darauf bedacht, nicht in das Gesichtsfeld einer der Kameras zu geraten.

Mit dem Rücken zum Schaufenster eines Geschäfts für Kinderkleider, das mit *nimm 3, zahl 2* warb, studierte ich aus sicherer Distanz die Übersichtstafel neben dem Eingang. In der Tat beanspruchte die Niederlassung von Rütlipharm das gesamte neunte Stockwerk; zumindest war dort keine andere Firma mehr eingetragen. Die weitaus meisten der übrigen Firmennamen sagten mir nichts. Manche klangen auch nicht gerade nach *High Tech*; so residierte im zweiten Stock eine Gesellschaft, die mit Kohle zu handeln vorgab. Im achten Stock hatten sogar ein paar Ärzte ihre Praxen – ein Zahnarzt namens Henrik Ubbesen, ein Neurologe und ein Frauenarzt. Wie machten die das? Bekamen deren Patienten eine Codekarte zugeschickt?

Ich blieb stehen und wartete, beobachtete die Vorgänge in dem gläsernen Kasten unter diesem neuen Aspekt. Ich brauchte nicht lange zu warten. Aus den Gängen der weitverzweigten Passage tauchte eine junge Frau mit den unverkennbaren Anzeichen einer fortgeschrittenen Schwangerschaft auf. Sie blieb, einigermaßen kurzatmig, unmittelbar neben mir stehen, musterte mich flüchtig und betrachtete anschließend, die Hand in den Rücken gestützt, das Schaufenster des Kindermodengeschäftes, die Kleider darin und vor allem die Preisschilder, die daran hingen. Dann blickte sie auf ihre Uhr, seufzte ergeben und wandte sich um, um in den Empfang des *High Tech Buildings* zu watscheln, geradewegs zur Rezeption.

Ich sah genau hin, wobei ich so auszusehen versuchte, als täte ich es nicht. Sie sprach mit dem weißhaarigen Alten, der wie immer heftig nickte, auf eine wartende Aufzugskabine wies und, während die Frau hineinging, vor sich auf einen Knopf zu drücken schien. Ich ging ein paar Schritte zur Seite, sodass ich sehen konnte, wie sich die Tür schloss – die Frau fuhr allein – und wie die Stockwerksanzeige darüber hochzählte, um bei 8 stehen zu bleiben.

Mit anderen Worten, wer einen Termin bei einem der Ärzte hatte, bekam für die Fahrt dorthin einen Aufzug freigeschaltet.

Und Leute, die das Gebäude *verließen*, wurden überhaupt nicht kontrolliert.

Das war doch schon mal etwas.

In der Kungsgatan gab es noch immer die Teegeschäfte und Süßwarenläden, an die ich mich erinnerte, aber zwischen ihnen hatten so viele Telefonläden aufgemacht, dass man den Eindruck bekommen konnte, Telefone seien Grundnahrungsmittel geworden. Ich verlor auch ein wenig die Orientierung und musste die rechte Straßenseite mehrmals auf und ab gehen, ehe ich zwischen all den bunten Ladenfassaden den Hauseingang ausmachte, den ich gesucht hatte. In Jahrzehnten ohne Renovierungen war er bis zur Unsichtbarkeit ergraut.

»*Anwaltsbüro Mårtensson*« stand auf einem von pittoresker Patina überzogenen Messingschild. Daneben hingen noch andere Firmenschilder, etwa das einer Psychologenpraxis, die es schon früher gegeben hatte, und das einer Softwarefirma, die neu war.

Das schwarze Brett im Hausflur gab es auch noch immer, und ich hätte wetten können, dass der Zettel der Hausverwaltung, wann die Haustüre abzuschließen sei, derselbe war, der schon vor zwanzig Jahren da gehangen hatte, als ich das erste Mal daran vorbeigelaufen war.

An den unteren Rand des Bretts hatte jemand ein knallrotes, fotokopiertes Blatt gepinnt, auf dem eine Privatpension in Södermalm Zimmer anbot, auf Wochenbasis und inklusive Frühstück. *Gemeinschaftliche Nutzung von Bad und Toilette* klang zwar nicht sonderlich komfortabel, aber der Preis war ausgesprochen günstig.

Nicht so günstig freilich, wie auf Kosten meines Schwagers in einem Luxushotel zu wohnen. Ich machte, dass ich weiterkam.

Die schmale, hölzerne Treppe quietschte an Stellen, die mir bekannt vorkamen. Es war noch immer derselbe Geruch, der das Treppenhaus erfüllte, nach Bohnerwachs, Zigarrenrauch und irgendetwas Undefinierbarem, und einen köstlichen Moment lang war ich mir sicher, dass Inga nicht tot war, sondern in unserer kleinen Wohnung in Södertälje auf mich wartete.

Mårtensson hatte mich in meinem ersten Prozess als Industriespion verteidigt. Das war im Jahr nach Olof Palmes Ermordung gewesen, als in allen Gerichtssälen eine mit Händen greifbare Nervosität geherrscht hatte. Trotzdem war es ihm gelungen, das von der Staatsanwaltschaft geforderte Strafmaß um mehr als die Hälfte zu kürzen, und davon wurde noch einmal die Hälfte zur Bewährung ausgesetzt, sodass ich mit zwei Jahren hinter Gittern davongekommen war. Nach der Urteilsverkündung hatte mir Mårtensson allerdings gesagt: »Noch einmal verteidige ich Sie nicht, Gunnar. Sie sind ein hoffnungsloser Fall; Sie verderben mir bloß meine Statistik. Für alles, wofür man sonst im Leben einen Anwalt braucht, dürfen Sie kommen, aber nicht, wenn Sie sich noch einmal schnappen lassen.«

Ich habe lange gebraucht, um einzusehen, wie Recht er mit seiner Einschätzung gehabt hatte. Denn, wie gesagt: Ich liebe mein Metier.

Die Kanzlei lag im zweiten Stock, und auch hier schien die Zeit stehen geblieben zu sein. Der weitläufige Empfangsraum mit den getäfelten Wänden, die düsteren Flure, die rechts und links abgingen, die gediegenen Türen aus Mahagoni und die Regale mit den in teures Leder gebundenen Gesetzbüchern dazwischen – alles war noch genau so wie dereinst.

Nur die Empfangsdame war neu.

»Ich habe hier vor Jahren einen versiegelten Briefumschlag deponiert«, erklärte ich ihr. Sie war jung, trug ein streng geschnittenes Kostüm, das sie älter aussehen ließ, als sie war, und verzog keine Miene. »Den möchte ich jetzt zurückhaben.«

»Ihr Name?«

»Gunnar Forsberg.«

»Und wann haben Sie das Depot eröffnet?«

»1996.«

Endlich ein – wenn auch unmerkliches – Heben der Augenbrauen. »Einen Moment, bitte.« Sie wandte sich ihrem Computer zu. Der war neu, seinerzeit war man noch mit einem unförmigen Notizbuch ausgekommen. »Ja, ich habe einen entsprechenden Eintrag«, bestätigte sie schließlich nach der etwa fünffachen Zeit, die man gebraucht hätte, in besagtem unförmigen Notizbuch nachzuschlagen.

»Das ist beruhigend«, sagte ich, was ihr nicht die Spur eines Lächelns entlockte.

In diesem Augenblick öffnete sich eine der gediegenen Türen im Hintergrund, und Mårtensson in höchsteigener Person kam zum Vorschein, so dick wie eh und je, und einen guten Friseur hatte er auch in den letzten sechs Jahren nicht gefunden.

»Mich soll der Teufel holen, wenn das nicht Gunnar Forsberg ist«, knurrte er, während er auf mich zugewatschelt kam. Er reichte mir die fleischige Hand. »Was tun Sie denn hier? Ich hatte Ihr ewig miesepetriges Gesicht nicht vor, na, sagen wir, 2008 zu sehen erwartet.« Ein Tove Mårtensson brauchte keine Computer, sein Kopf war seine Datenbank.

»Die schwedische Krone geruhte, mir die Reststrafe auf Bewährung zu erlassen«, erwiderte ich.

Er wedelte mit dem Aktendeckel in seiner Hand. »Ach, sieh an. Die eigentümlichen Initiativen der neuen Justizministerin. Und das betraf Sie auch? Interessant.«

»Finden Sie?«, fragte ich zurück.

»Nur meine persönliche Meinung. Denn andererseits, was geht's mich an, ich habe Sie ja das letzte Mal glücklicherweise nicht verteidigen müssen. Dass der werte Kollege Lindeblad letztes Jahr gestorben ist, haben Sie vernommen?«

Ich gestand, dass das völlig an mir vorbeigegangen sei, und behielt für mich, dass es mir herzlich gleichgültig war. Erik Lindeblad hatte nicht nur meinen Prozess versiebt, er hatte sich auch danach nur ein einziges Mal im Gefängnis blicken lassen, einzig zu dem Zweck, mir mitzuteilen, dass er einer Berufung keine Aussichten einräumte. Was das Ende unserer anwaltlichen Beziehung bedeutet hatte.

»Nicht? Tragischer Fall, äußerst tragischer Fall. Hatte sich auf seine alten Tage noch mal in ein ganz junges Ding verliebt – eine Klientin zu allem Überfluss –, sich von seiner Frau getrennt und so weiter und so weiter, Scheidung, umgehend Heirat mit besagtem Mädchen, und drei Wochen später – tot. Die gewöhnlich gut unterrichteten Kreise wollen wissen, dass es ein Herzinfarkt im jungehelichen Schlafgemach gewesen sein soll – na ja, die üblichen Gerüchte in solchen Fällen, nehme ich an.« Mårtensson stupste mir mit dem Aktendeckel gegen die Brust. »Und was haben Sie jetzt vor? Sind Sie schon so weit, es mal auf dem Pfad der Rechtschaffenheit zu versuchen?«

Offensichtlich plagten ihn keine großen Sorgen. Insbesondere keine, die mit letzten Familienangehörigen zu tun hatten, die in Lebensgefahr schwebten.

»Ich schlage vor«, sagte ich bedächtig, »jeder von uns kümmert sich in bewährter Weise um seinen eigenen Kram.«

»Ach, der gute alte Gunnar, charmant wie eh und je«, grinste Mårtensson unbeeindruckt. Es ist mir nie gelungen, ihm seine penetrant heitere Stimmung zu verderben, und ich kenne auch niemanden, der es je geschafft hätte. »Na, wie auch immer, ich muss Sie jetzt sowieso stehen lassen. Es ist Zeit für meine Tomatensuppe. Bewähren Sie sich schön. Sollte mich freuen, Sie nie wiederzusehen.« Mårtensson hatte feste, geradezu rituelle Ernährungsgewohnheiten. Vormittags um zehn nahm er einen Teller Hühnerbrühe zu sich, nachmittags um halb drei eine Tasse Tomatensuppe, und abends nach Arbeitsende – was selten vor neun Uhr der Fall war – ging er für gewöhnlich in ein Restaurant, jeden Wochentag in ein anderes, und aß wie ein Scheunendrescher. »Probieren Sie es mit positivem Denken!«, rief er mir noch zu, ehe er hinter einer anderen, nicht ganz so gediegenen Tür verschwand.

Ich wandte mich wieder der Empfangssekretärin zu, die mit sphinxhaftem Gesicht und in unveränderter Haltung am Computer verharrt war. »Wir können weitermachen«, meinte ich.

»Dann darf ich Sie bitten, sich auszuweisen«, erwiderte sie spitzlippig.

Ich glaubte, falsch zu hören. »Ausweisen? Sie haben doch gerade miterlebt, dass mich sogar Ihr Chef wieder erkennt.«

»Das mag sein«, sagte sie. »Aber *ich* erkenne Sie nicht. Und ich habe meine Vorschriften.«

Ich holte meinen Ausweis hervor und knallte ihn vor sie hin. Sie prüfte ihn, zweifellos absolut vorschriftsgetreu, reichte ihn mir zurück und fuhr fort: »Ferner wäre da noch das Passwort.«

»Storuttern«, sagte ich.

Sie schüttelte missbilligend den Kopf. »Nicht so. Schreiben Sie es hier auf den Zettel.« Sie schob mir ein Stück Papier und einen Stift hin.

Zweifellos war auch das Vorschrift, und ich hatte keine Lust mehr auf zeitraubende Kämpfe an Nebenkriegsschauplätzen, also kritzelte ich das Wort *Storuttern* auf das Blatt und schob es ihr zurück. Das war der Name des Sees, in dessen Nähe Inga und ich nach unserer Flucht in einem verlassenen Ferienhaus den herrlichsten Sommer unseres Lebens verbracht hatten. Niemand außer uns beiden wusste davon.

Die Empfangssekretärin mit dem strengen Kostüm, die bestimmt nie im Leben in verlassene Holzhäuser mitten im Wald eingebrochen war, tippte das Wort in den Computer ein. Der gab eine Meldung von sich, die sie offenbar zufriedenstellte, denn sie stand auf, um mein Deposit zu holen, nicht ohne vorher das Papier mit dem Passwort sorgsam im Schlitz eines knurrenden Aktenvernichters verschwinden zu lassen. Ein paar Minuten und zwei Unterschriften später war ich mit meinem alten, versiegelten Umschlag in der Jackentasche wieder auf dem Weg nach draußen.

Als ich am schwarzen Brett vorbeikam, riss ich von dem Anschlag der Privatpension einen der Zettel mit der Telefonnummer ab. Für alle Fälle.

Aber es war schon zu spät für das, was ich mit dem Umschlag vorgehabt hatte.

Es hatte begonnen, leicht zu schneien. Die Schneeflocken waren klein und sanken kaum merklich, doch nach und nach begannen die Straßen wie bepudert auszusehen. Der Himmel war von dunklem, diffusem Grau, die Sonne versank als matter Fleck mit verwaschenen Rändern über den Häusern im Westen, und es war kalt, kalt, kalt.

Ich bestieg einen Bus, der in Richtung Kungsträdgården fuhr, was meinen momentanen finanziellen Spielraum noch einmal empfindlich einschränkte. Wie *teuer* alles geworden war! Düstere Gedanken über die Vergänglichkeit aller Werte zogen träge durch mein Hirn, während ich zwischen schlecht gelaunten Müttern mit riesigen Kinderwagen und finster dreinblickenden Afrikanern das Gleichgewicht zu wahren suchte.

Mein Ziel war kein Geringeres als das prunkvolle Gebäude der *Svenska Handelsbanken*, das an der Kungsträdgårdsgatan einen eigenen Straßenblock stellt. In der einsetzenden Dämmerung und dem Schneegestöber wirkte der kolossale Bau noch kolossaler; seine grünspanbedeckten Dächer begannen, weiß zu werden, und die Drehtüren waren in unaufhörlicher Bewegung: Leute eilten hinein und heraus, und die, die herauskamen, schlugen die Mantelkrägen hoch und stießen weiße Atemwolken aus.

Doch als ich die Schalterhalle betreten wollte, verwehrte mir ein Wachmann in martialisch schwarzer Uniform den Zugang. »Wir schließen um drei«, sagte er, die Hand am Gummiknüppel.

Ich wies auf die Halle, in der jede Menge Leute an den Schaltern anstanden und eine große Wanduhr erst kurz nach drei viertel anzeigte. »Ja und? Das sind noch über zehn Minuten.«

»Das wird mit Mühe reichen, die Kunden zu bedienen, die noch warten.« Als sei es eine Frage von Leben und Tod, um Punkt drei die Schalter zu schließen.

»Hören Sie, wenn die Bank um drei Uhr schließt, können Sie doch nicht schon...«

»Tut mir Leid, ich habe meine Anweisungen«, fiel er mir ins Wort. Er verbarg mühsam ein höhnisches Grinsen, das verraten hätte, wie sehr er sie genoss, seine Anweisungen.

»Einer geht doch immer noch«, verlegte ich mich aufs Betteln. »Es ist wirklich sehr wichtig, dass ich heute noch...«

»Morgen früh um zehn wieder.« Er schüttelte den quadratischen Kopf. »Bitte gehen Sie jetzt.«

Es blieb mir nichts anderes übrig. Den Rückweg zum Hotel ging ich zu Fuß, trotz der Kälte – erstens, um das Geld für den Bus zu sparen, und zweitens, um meine Wut abzureagieren. Eisige Luft und strammes Marschieren bringen einen auf andere Gedanken, und ich brauchte andere Gedanken. Ich brauchte einen Plan. Ich richtete meine Wut auf Rütlipharm, und erste Umrisse einer möglichen Vorgehensweise begannen sich zu formen.

Ich hielt Ausschau nach einer Telefonzelle, was schwieriger war als erwartet. Es kam mir so vor, als hätte man alle Telefonzellen, die ich gekannt hatte, abmontiert, während ich im Gefängnis saß. Endlich fand ich doch eine, ließ mir von der Auskunft die Nummer der Zahnarztpraxis von Doktor Henrik Ubbesen geben, rief dort an und bat um einen Termin, möglichst für den nächsten Tag.

So kurzfristig, flötete die weibliche Stimme am anderen Ende der Leitung, gebe man Termine nur bei akuten Notfällen. Ob ich denn Schmerzen hätte?

»Ich merke gerade, wie sie anfangen.« Ich gab mein bestes schicksalhaft-ergebenes Seufzen von mir. »Wissen Sie, es kommt immer alles zusammen. Übermorgen früh geht meine Maschine nach Brasilien, ich habe noch eine Million Sachen zu erledigen, und unter meiner Brücke fängt es wieder mal an zu rumoren. Ich kenne das schon, es ist wie verhext. Und natürlich ist der Zahnarzt, zu dem ich sonst gehe, im Urlaub.«

Wir einigten uns auf neunzehn Uhr. »Ihr Name?«

»Erik«, sagte ich aus einer Laune heraus. »Erik Lindeblad.«

Auf dem Rückweg begutachtete ich die Speisekarten diverser Restaurants, aber für ein – selbst bescheidenes – Mal reichte mein Geld bei weitem nicht mehr. Schließlich landete ich in der Wartehalle der *Centralstationen* und begnügte mich mit zwei schmalen Pizzastücken und einer Cola. Am Nebentisch flirtete ein rothaariges Mädchen in steifem Schulenglisch mit einem Typen, der lange Locken, aber auch eine beginnende Glatze am Hinterkopf hatte – was ich von meinem Tisch aus besser sah als sie – und der ihr Vater hätte sein können. Ich verstand nichts von dem, was er sagte, aber sie wurde immer wieder rot davon.

Ich wollte auch nicht wissen, was er sagte. Ich ließ meinen Blick durch die Halle unter dem grauen Tonnengewölbe schweifen. Undenkliche Zeiten, seit ich hier das letzte Mal gewesen war. Und dann entdeckte ich vor dem Springbrunnen aus rotbraunem Marmor ein Mädchen, das aussah wie Kristina.

Ich zuckte zusammen, wollte aufspringen, losrennen, aber sie war es nicht, konnte es nicht sein. Es war eine Kristina, wie ich sie in Erinnerung hatte: acht Jahre alt, das lange, blonde Haar glatt gekämmt und von einem bestickten Stirnband gehalten. Sie trug klobige Schuhe mit übertrieben dicken Sohlen, für Kinder eben, saß auf einer Wartebank und las in einem Buch.

Schmerzhaft wurde mir bewusst, dass ich die heutige Kristina gar nicht mehr kannte. Vierzehn Jahre war sie alt. Sie hätte mir auf der Straße begegnen können, und ich wäre ahnungslos an ihr vorbeigegangen.

Auf einmal schmeckte mir mein Essen nicht mehr. Ich ließ den Rest stehen und machte, dass ich zurück ins Hotel kam.

Inzwischen war die Lobby regelrecht bevölkert von Menschen in teurer Kleidung. Ich hatte das Gefühl, dass mich alle ansahen und wußten, dass ich nicht hierher gehörte. Auf dem Weg zum Aufzug blieb es mir außerdem nicht erspart, festzustellen, dass die *Nordpol-Bar* kein Kunstwerk war. Hinter der Mauer aus Eis brannte Licht, und durch die Gucklöcher sah man Männer und Frauen an den Tischen aus Eis stehen, in silberglänzende, dick gefütterte Wintermäntel mit Pelzbesatz gehüllt, an farbigen Drinks in Trinkgefäßen aus roh behauenem Eis nippen und sich mit hysterisch anmutender Lebhaftigkeit unterhalten.

Neben dem Zugang stand ein junger Hoteldiener, dem man ansah, dass er Besseres mit seiner Zeit anzufangen gewusst hätte, als zwei große Rollgarderoben zu bewachen, an denen noch jede Menge derselben Wintermäntel hingen, die die Besucher der Bar trugen. Für Hotelgäste, verhieß ein Schild, war der Eintritt in die Bar frei.

Dekadenz in Reinkultur. Ich war froh, als der Aufzug kam. Oben schloss ich die Tür hinter mir ab und nahm erst einmal eine ausgiebige Dusche, so heiß wie möglich und so lange, wie ich es aushielt. Danach packte ich mich warm ins Bett und zog die Gummibänder von der Mappe.

Die Unterlagen aus dem Zeitungsarchiv waren, wie ich schon befürchtet hatte, wenig ergiebig. Die Rütlipharm AG mit Sitz in Basel und Niederlassungen in praktisch allen OECD-Staaten stellte sich auf dem Papier als grundsolide Firma dar. Vor einigen Jahren hatte man ein Beruhigungsmittel, das sogar die strengen Kontrollen der US-amerikanischen FDA anstandslos passiert hatte, wieder vom Markt genommen, nur weil in Laborversuchen unerwartete Nebenwirkungen aufgetreten waren. Einige Milliarden Entwicklungskosten hatten abgeschrieben werden müssen, und der Börsenkurs war für Monate in den Keller gegangen. Doch inzwischen war das Vergangenheit; Rütlipharm hatte die Krise überwunden und schien tatsächlich so gut dazustehen wie noch nie.

Falls dieser Eindruck nicht täuschte. Ich betrachtete das Muster der dunklen und erleuchteten Fenster auf der anderen Seite des Innenhofs. Zahlen in Geschäftsberichten täuschten oft. Gut möglich, dass die Finanzlage des Konzerns in Wirklichkeit seit diesem Flop so angespannt war, dass man sich keinen zweiten Fehlschlag leisten durfte, und dass man das nur mit buchhalterischen Tricks verheimlichte.

Ein interessantes Detail am Rande: Das Institut, an dem die Nobelpreisträgerin Professor Sofía Hernández Cruz seit Jahren arbeitete, hatte der Rütlipharm-Konzern angeblich erst vor einem Jahr aufgekauft. Was das wohl zu bedeuten hatte?

Aufschlussreich war auch eine Kopie handschriftlicher Notizen. Darin war von Machtkämpfen die Rede, die in der Konzernzentrale vermutet wurden. Dass ein gewisser Reto Hungerbühl zum neuen Leiter der Niederlassung Schweden berufen worden war, galt als Manöver des Vorstandsvorsitzenden Felix

Herwiller, um einen missliebigen Konkurrenten aus Basel zu entfernen und erst einmal ruhig zu stellen. Hungerbühl sei enorm ehrgeizig, hatte der unbekannte Rechercheur notiert und dreimal unterstrichen, mit dicken Ausrufezeichen dahinter. Er kam, was ungewöhnlich war, nicht aus der Medizin, sondern aus der Marketingbranche.

Reto Hungerbühl also hieß der Mann, dessen Büro ich demnächst durchsuchen würde.

Ich legte die Mappe beiseite und musste, zum ersten Mal seit langer, langer Zeit, an Lena denken.

Lena Olsson hatte sie geheißen, aber so hieß sie bestimmt nicht mehr. Fünfunddreißig musste sie inzwischen sein, kaum zu glauben. Und wieso musste ich ausgerechnet jetzt an sie denken?

Ich stand auf, um die Vorhänge zuzuziehen. Nackt am Fenster stehend, versuchte ich, das Zimmer auszumachen, in dem sich heute Mittag die Frau ausgezogen hatte, aber es gelang mir nicht. Und das war auch nicht der Auslöser meiner Gedanken an Lena, nein…

Die schwangere Frau im *High Tech Building* fiel mir ein. Das war es. Lena hatte unbedingt Kinder haben wollen, ich dagegen auf keinen Fall. Das war der Grundkonflikt unserer Beziehung gewesen, wenn man es denn eine Beziehung nennen wollte.

Lena hatte mich geliebt, ohne Zweifel, auf eine stille, hingebungsvolle Art – ich scheue mich, das Wort »ergeben« zu verwenden, obwohl es die Sache am besten beschreibt. Sie hatte akzeptiert, dass ich meine Geheimnisse hatte und haben musste, dass mein Beruf illegaler Natur war und dass sie nicht fragen durfte, wo ich gewesen war, wenn ich eine Nacht oder länger verschwunden blieb. Und ich muss zugeben, dass das durchaus nicht immer etwas mit meiner Arbeit zu tun gehabt hatte. Ich bin nicht gerade hässlich, und der Verlockung, die fremde Schlafzimmer auf mich ausübten, war manchmal schwerer zu widerstehen gewesen als dem Reiz fremder Büros.

Lena. Ich sah sie noch vor mir, wie sie mich das letzte Mal im *Stockholms Fängelse* besucht hatte. Wie sie auf der anderen Seite der Glasscheibe gesessen hatte, bleich, das Gesicht schmal, erfüllt von einem verhaltenen Leuchten, das nichts mit mir zu tun hatte. Sie hatte jemanden kennen gelernt. Ich höre noch ihre Stimme, wie sie sagte: »Weißt du, es ist mit ihm nicht wie mit dir. Aber er will eine Familie... und ich eben auch. Das weißt du ja.«

Ich weiß, hatte ich gesagt. Ist in Ordnung. Auch dass sie nicht mehr kommen würde, verstand ich. Jeder versuchte, seine eigenen Bedürfnisse so gut zu befriedigen, wie er konnte; das war es, worum es im Leben ging. Ich hatte ihr alles Gute gewünscht, was man eben so sagt in solchen Situationen, und dann versucht, nicht weiter darüber nachzudenken.

Ein beinah schmerzhaftes Ziehen, das von meinen Lenden ausging und bis in die Fingerspitzen spürbar war, verriet, dass auch mein Körper sich gut an Lena erinnerte.

Ohne lange nachzudenken, nahm ich den Hörer vom Telefon und wählte ihre Nummer. Ihre alte Nummer, und natürlich meldete sich jemand anders. »Lena Olsson?«, fragte eine weibliche Stimme, die ich nie zuvor gehört hatte. »Wer soll das sein?«

»Schon gut«, knurrte ich. »Vergessen Sie's. Ich versuche es auch zu vergessen.« Und legte auf.

Keine Ahnung, was sie damit anfing.

Das hieß wohl, dass es mit dem anderen Mann geklappt hatte. Dass Lena geheiratet und inzwischen sicher schon ein Kind hatte. Oder mehrere. Und wie es aussah, war ihr es durchaus gelungen, mich zu vergessen.

Später am Abend – ich war auf dem Bett liegen geblieben und in eine Art halben Dämmerschlaf verfallen – klingelte das Mobiltelefon in meiner Jacke. Hans-Olof entschuldigte sich vielmals für die Störung, aber Kristina hätte gerade angerufen, ganz kurz nur, und sie hätte schrecklich geklungen, so schrecklich *hilfsbedürftig*... dass er mich einfach hatte anrufen müssen, um zu fragen, was ich vorhatte und wann ich etwas unternehmen würde.

Er sagte nicht »wann endlich«, aber der Klang seiner Stimme sagte es.

»Morgen Abend«, versprach ich, ohne die leiseste Ahnung, wie ich das anstellen sollte. »Morgen Abend statte ich unseren Freunden einen Besuch ab.«

Ich hörte Hans-Olof einen Seufzer abgrundtiefer Erleichterung ausstoßen, so, als sei das Schicksal von Kristinas Entführern damit praktisch besiegelt. »Gut«, meinte er. »Und wann genau?«

»Ist das wichtig?«

»Ich muss doch wissen, wann ich dir die Daumen drücken muss«, sagte er allen Ernstes. Ein hoch angesehener Wissenschaftler, ein Hüter des Nobelpreises, man stelle sich vor.

»Also, von mir aus. Zwei Stunden nach Mitternacht. Um zwei Uhr gehe ich rein.« Im Grunde war es mir gleichgültig, wann er mir die Daumen drückte. Aber zwei Uhr ist meine übliche Zeit. Ich weiß, dass die meisten meiner Kollegen eher auf Termine zwischen drei und vier Uhr schwören, weil da »die Nacht am tiefsten« ist, aber ich habe gern eine Stunde mehr zur Verfügung. Meiner Erfahrung nach bemühen sich selbst die schlimmsten Workaholics, aus dem Büro zu kommen, sobald Mitternacht vorbei ist, und wozu dann noch lange warten?

KAPITEL 21

Beim Frühstück am nächsten Morgen gab mir das Hotel den Rest.

Das Frühstücksrestaurant war ein Saal von geradezu erdrückendem Luxus. Die Decke war mit rotbraun schimmernden, geschwungenen Kirschholz-Elementen abgehängt, darunter war aufgeboten, was gut und teuer war. Große, polierte Tische standen dicht an dicht, daran hochlehnige Stühle, mit empfindlichen Stoffen bespannt. Indirektes Licht mischte sich mit Licht aus schimmernden Keramikleuchten, die an so hauchdünnen Fäden aufgehängt waren, dass sie frei in der Luft zu schweben schienen. Und bewacht wurde das alles von einer Herde dienstbarer Geister in der Uniform des *Nordlanden Hotels*.

Eine aus dieser Herde, eine dickliche junge Frau mit wilden Locken, kam mir eilends entgegen, kaum dass ich durch die Tür getreten war und noch bevor ich mich orientiert hatte. »Ihre Zimmernummer, bitte?«, fragte sie, und ihr Blick verriet, dass sie mich hier nicht haben wollte.

Aber ich war gewappnet. Ich hatte schon so etwas geahnt und deshalb eigens den Umschlag mitgenommen, in dem man mir meine Schlüsselkarte ausgehändigt hatte. Diesen unwiderlegbaren Beweis, dass ich wahrhaftig Gast dieses Hotels war, hielt ich ihr unter die Nase, worauf sie den Weg freigeben musste. »Guten Appetit«, murmelte sie mir hinterher.

Das Frühstücksbuffet erstreckte sich über die Grundfläche einer kleineren Wohnung und bot alles auf, was irgendwann irgendjemand zum Frühstück wünschen mochte. In Körben häuften sich Brötchen in allen Sorten, ergänzt durch diverse Toastbrote, Schwarzbrote und Vollkornbrote. Ein Tisch bog sich unter Platten mit Wurst, Schinken, Lachs und anderem Fisch und Käse aus aller Welt. Ein anderer bot Früchte an, Honig in sieben Varianten, Joghurt in zehn, Marmeladen in zweiundzwanzig. Mehrere Automaten brühten auf Knopfdruck frisch gemahlenen Kaffee, Espresso, Cappuccino oder was auch immer. Eine schwindelerregende Auswahl an Teesorten bot sich als Alternative an, ferner standen alle denkbaren Sorten von Fruchtsäften bereit, Milch, Kakao...

Kurzum: Es überwältigte mich. Vierundzwanzig Stunden zuvor hatte ich noch in der Schlange der Gefängniskantine gestanden, um wie jeden Morgen in den vergangenen sechs Jahren eine Tasse mit wässrigem Kaffee und einen verschrammten Hartplastikteller mit zwei Scheiben Graubrot, einem Stück Butter und einem Klecks Marmelade entgegenzunehmen. Meine Wahlmöglichkeiten hatten sich darauf beschränkt, das Ganze an einem der fest mit dem grau lackierten Betonboden verschraubten Resopaltische zu verzehren oder es bleiben zu lassen.

Und nun das.

Ich wanderte das Buffet entlang und konnte mich nicht entscheiden. Eine Tasse Kaffee, gut. Allein der Geruch bewirkte, dass ich völlig neben mir stand. Schließlich verfiel ich darauf, mit einem kleinen Schälchen Müsli anzufangen; ein paar Flocken, Nüsse, Rosinen und Milch darüber. Es war Ewigkeiten her, dass ich so etwas zuletzt gegessen hatte. Damals hatte Inga noch gelebt.

Ich suchte mir einen Platz abseits der anderen Gäste, eine Wand im Rücken, dicht an den Fenstern, vor denen langbahnige, rotweiße Vorhänge herabhingen und, im indirekten Licht erstrahlend, den Blick nach draußen versperrten. Aus gutem Grund, wie ich merkte, als ich durch die Lücken dazwischen spähte: Die Fenster gingen nur auf einen schmalen Durchgang zwischen dem Hotel und dem nächsten Gebäude, und alles, was man gesehen hätte, wäre eine Betonwand und eine Reihe unordentlicher Müllcontainer gewesen.

Während ich aß, beobachtete ich die anderen Leute, staunte über die Selbstverständlichkeit, mit der sie sich in all diesem Luxus bewegten. Und mit dem Essen kam der Appetit, meldete sich ein übermächtiger Hunger, der alles, alles verschlingen wollte, was dort vorne unter Wärmelampen und auf gekühlten Platten lag. Ich kratzte meine Schüssel aus, kippte im Aufstehen den letzten Schluck Kaffee hinab und ging wieder ans Buffet. Den größten Teller, den ich finden konnte, belud ich mit allem, was mir unter die Augen kam, und als er bis zum Rand voll war, holte ich mir noch ein großes Glas frisch gepressten Orangensaftes und noch eine Tasse Kaffee und balancierte alles vorsichtig zurück zu meinem Platz.

Bloß – auf meinem Platz saß schon jemand.

Eine dicke, alte Frau mit weißen Haaren und kuhhaftem Blick. Ihr gegenüber ein dicker, alter Mann, der fast keine Haare mehr hatte, aber denselben Ausdruck in den Augen.

Ich blieb abrupt stehen, sah umher, versuchte mich zu orientieren. Wie das jetzt? Da hatte doch unübersehbar mein Geschirr gestanden. Wie kamen die beiden Alten dazu, sich einfach auf einem fremden Platz breit zu machen?

Ich sah mich um. Aber doch, genau da hatte ich gesessen. Kein Irrtum möglich.

Dann sah ich eine der Servierinnen einen Tisch abräumen, den vorher eine größere Gruppe innegehabt hatte, und begriff. Es war ein versteckter Hinweis. Sie hatten es nicht erwarten können, mich wieder los zu sein, und deswegen mein Geschirr sofort abgeräumt, kaum dass ich aufgestanden war. Sie gaben mir zu verstehen, dass ich unerwünscht war.

In den Tiefen meiner Eingeweide regte sich ein heißer, uralter Zorn. Ich verzichtete auf eine Konfrontation mit dem alten Paar – die konnten nichts dafür – und suchte mir einen anderen Platz, dichter am Buffet, unübersehbar für die Leute vom Hotel. Mit grimmiger Wut aß ich meinen Teller leer, schaufelte alles in mich hinein, kaute, biss und mahlte und wartete nur darauf, dass der Erste von ihnen hersah. Aber es sah keiner her. So beschäftigt waren sie alle, na klar. Genau wie früher, im Kinderheim – wie oft hatte ich da zur Strafe für irgendetwas Belangloses allein in der Ecke sitzen müssen. Die anderen hatten nicht mit mir reden, nicht einmal zu mir herschauen dürfen. Manche Dinge änderten sich anscheinend nie. Vielleicht gab es doch so etwas wie Karma.

Auf jeden Fall, beschloss ich, würde ich keine Stunde länger in diesem Hotel bleiben. Ich hatte von Anfang an kein gutes Gefühl gehabt, und wie es aussah, musste ich wieder lernen, auf meine Gefühle zu hören.

Ich aß den Teller leer, stand auf, ließ alles stehen und ging. In meinem Zimmer packte ich meine Sachen ein, außerdem ein paar von den Handtüchern und sämtliche Seifen und Shampoos. Gleich darauf trat ich mit meiner alten Umhängetasche über der Schulter aus dem Aufzug, knallte denen an der Rezeption wortlos die Schlüsselkarte hin und war draußen, ehe sie mehr machen konnten als blöde Gesichter. Dass sie mich los waren, würden sie schon von selber merken.

Immerhin, mein Instinkt schien noch zu funktionieren. Denn nichts anderes war es gewesen, was mich im Haus der Kanzlei Mårtensson den Zettel mit dem Zimmerangebot vom schwarzen Brett hatte abreißen lassen.

Ich kramte ihn aus der Tasche, während ich an der Ampel stand und auf das *Bip-bip-bip* des Fußgängergrüns wartete. Södermalm. Das war vertretbar zentral gelegen, egal wo auf der Insel es sein mochte.

Wieder die vergebliche Suche nach freien Telefonzellen. Ich fand zwei, die von Dauertelefonierern belegt waren. Einer glotzte mich nur blöde an, der andere streckte mir die Zunge heraus und drehte mir den Rücken zu. Da fiel mir ein, dass ich das ja überhaupt nicht nötig hatte: Ein Griff in die Tasche, und ich war meine eigene Telefonzelle.

Gar nicht so unpraktisch, dachte ich und tippte den PIN-Code ein, der das Ding zum Laufen brachte.

Das Display wurde hell, doch statt des Firmenlogos, das ich erwartet hatte, begrüßte mich ein Text, der von niemand anders als Hans-Olof stammen konnte: *Bitte vergiss nicht, mich auf dem Laufenden zu halten. H.O.*

Der Mann nervte eindeutig. Als ob es in der ganzen Angelegenheit vor allem um *ihn* ginge! Ich drückte wahllos Tasten, bis die Nachricht endlich verschwunden war und ich die Nummer von meinem Zettel eintippen konnte.

Die Stimme einer Frau meldete sich, die entsetzlich alt, müde und absolut desinteressiert klang. Ja, es sei noch ein Zimmer frei. Ja, ich könne es haben, vorausgesetzt, ich zahlte pro Woche im Voraus. Und ja, natürlich könne ich kommen und es mir ansehen, wenn ich wolle; sie sei den ganzen Tag da.

Ich erklärte, ich hätte noch etwas auf der Bank zu erledigen und würde danach vorbeikommen.

»Wie Sie wollen. Ich bin da«, erwiderte sie teilnahmslos und legte wieder auf.

Diesmal war weit und breit kein Wachmann zu sehen, als ich die Bank betrat. Schade, ich wäre gerade in der Stimmung gewesen, einen richtig heftigen Streit vom Zaun zu brechen.

Die große Schalterhalle hatte sich verändert, seit ich das letzte Mal da gewesen war. Noch mehr Marmor, noch mehr Chrom, aber, erstaunlich, viel weniger Panzerglas als früher. Ein erfreulicher Trend für meine Branche. Ich trat an einen der etwas abseits stehenden Tische, die dafür gedacht waren, Bankformulare ausfüllen zu können, ohne dass einem alle Welt dabei zusah, zog den Briefumschlag aus der Tasche, den ich bei Mårtensson geholt hatte, und erbrach das Siegel.

Was ich herauszog, waren zwei flache Stücke Holz, aufeinander gelegt und mit Paketschnur zusammengeschnürt. Das war Tarnung; ich hatte nicht gewollt, dass jemand in der Kanzlei den Umschlag betastete und gleich wusste, was darin war: der Schlüssel zu einem Bankschließfach nämlich. Den zog ich zwischen den Holzstücken hervor, nachdem ich die Schnur entfernt hatte, stopfte alles andere zurück in meine Tasche und machte mich auf die Suche nach dem richtigen Schalter.

Der Bankbeamte war klein, rundlich und jünger als ich. Der Blick aber, den er mir zuwarf, als ich den Schlüssel vorwies und den Wunsch äußerte, an mein Schließfach zu gelangen, war der eines verdrießlichen Sechzigjährigen, der sich denkt: *Muss das sein, so kurz vor meiner Pensionierung?*

»Kann ich bitte mal die Nummer sehen?«, knurrte er.

»Klar doch«, erwiderte ich großzügig und drehte den Schlüssel um, sodass er die eingravierte Zahlenfolge in seinen Computer tippen konnte.

»Ah«, machte er dann, den Mund halb offen stehend, während er las, was der Bildschirm ihm zeigte. »Das Bankschließfach läuft auf den Namen Lena Olsson, ist das richtig?«

»Ja.« An meiner Stelle den Mietvertrag zu unterschreiben war der letzte Gefallen, den Lena mir getan hatte, damals, als ich gemerkt hatte, wie sich das Netz der Ermittlungen um mich herum zuzuziehen begann. »Aber ich bin als Berechtigter eingetragen.« Ich schob ihm meinen Ausweis hin.

Er würdigte ihn keines Blickes. »Die Schließfachmiete wurde für zwölf Jahre im Voraus bezahlt«, stellte er fest. Seine Augenbrauen hoben sich. »Das ist ungewöhnlich.«

Ich spürte auf einmal das Gewimmel der Menschen um mich herum, hörte die Geräusche ihrer Schritte und das Gewirr ihrer Stimmen gegen mich anbranden und merkte, wie mein Mund trocken wurde. Das würde hier jetzt keine Komplikationen geben, oder? Ich musste an dieses Schließfach heran, und zwar heute, sofort, sonst war ich für Kristina so wertlos, als säße ich immer noch im Gefängnis.

»Damals hieß es, das sei kein Problem«, meinte ich, bemüht, gelassen zu erscheinen.

Er schien mir nicht einmal zuzuhören. »Es hat nur einen

einzigen Zugang gegeben«, fuhr er mit starrem Blick auf den Bildschirm fort. »Einen Tag nach Eröffnung.«

»Richtig«, sagte ich. Am Tag danach war ich ohne Lena wiedergekommen, um das Schließfach zu füllen. Keine Minute zu früh: Als ich in meine damalige Wohnung zurückgekehrt war, hatte die Polizei schon auf mich gewartet.

Offenbar kam der Bankbeamte zu dem Schluss, dass ihn das alles nicht weiter interessierte, denn er zuckte mit den Schultern und hieb seinen wurstförmigen Zeigefinger auf eine der Tasten. Ein Drucker warf ein bedrucktes Formular aus, das er mir hinschob. »Unterschreiben Sie hier.«

Ich kritzelte meinen Namen in das dafür vorgesehene Feld und verfolgte, wie er das Blatt neben den Computerbildschirm hielt. Was war das? Ich beugte mich etwas vor und sah auf dem Schirm meine Unterschrift von vor sechs Jahren, mit der er mein Gekrakel verglich. Ein Vergleich, der zu meinen Gunsten ausfiel, denn er nickte, unterschrieb ebenfalls und führte ein kurzes Telefonat, das nur aus dem Satz »Ein Kunde für ein Schließfach im Bereich 2« bestand.

Gleich darauf bahnte sich ein großer, breitschultriger Mann in der Uniform des Sicherheitsdienstes einen Weg durch das Publikum; zu seinem Glück nicht der von gestern. Ohne mich zu beachten, nahm er das Formular und las die Schließfachnummer, wobei er seine wild wuchernden Augenbrauen zusammenzog. Schien ihn anzustrengen, immerhin hatte die Nummer ja ganze sechs Stellen. Schließlich nickte er mir zu. »Wenn Sie mir bitte folgen wollen.«

Das wollte ich. Ich schnappte meinen Schlüssel und ließ den Bankmenschen ohne ein weiteres Wort stehen.

Es ging hinab. Auch hier hatte man umgebaut. Wo vor sechs Jahren noch jemand aus Fleisch und Blut gesessen hatte, war nun ein Kartenlesegerät installiert. Mein Begleiter zog eine Codekarte durch und tippte einen Zugangscode ein, das Tastenfeld mit seinem breiten Rücken gegen meine Blicke abschirmend. Dann schwang die massige, schimmernde Tresortür auf.

In den schattenlos erleuchteten, stählernen Gelassen dahinter hallten unsere Schritte, und das Klirren der Schlüssel, die der Wachmann am Gürtel trug, erfüllte die Gänge und ihre Wände voller Schließfachtüren mit eigenartigem Raunen. Es roch nach scharfen Reinigungsmitteln, und es war kalt.

Endlich waren wir an meinem Schließfach. Mein Begleiter verglich noch einmal die Nummer mit der auf seinem Formular, dann schob er einen seiner Schlüssel in das eine Schlüsselloch und bedeutete mir mit einem Nicken, meinen in das andere zu stecken und umzudrehen. Wie es die Vorschriften verlangten, rührte er den stählernen Kasten nicht an, der dahinter zum Vorschein kam, sondern überließ es mir, ihn herauszuziehen und zu dem Tisch mit den Sichtschutzwänden zu tragen, der immerhin auch das letzte Mal schon hier gestanden hatte. »Rufen Sie mich einfach, wenn Sie fertig sind«, sagte er und verschwand.

Der Kasten fühlte sich so kalt an, als habe er die sechs Jahre in Polareis eingefroren überdauert. Ich hielt unwillkürlich den Atem an, als ich den Deckel abhob.

Es war noch alles da. Am Boden des Kastens lag mein in Jahren gefahrvoller Arbeit erworbenes Vermögen in Form gebündelter Geldscheine. Da der schwedische Staat dankenswerterweise darauf verzichtet hatte, der Eurozone beizutreten, waren sie sogar noch etwas wert. Auf dem Geld lag ein abgegriffenes schwarzledernes Notizbuch, das mich, hätte man es seinerzeit in meinem Besitz gefunden, überaus schwer belastet und vermutlich für etliche Jahre länger in den Bau gebracht hätte. Daneben lag eine kleine Rolltasche aus braunem Rindsleder, und ich konnte nicht anders, ich musste sie herausnehmen und auf dem Tisch vor mir ausrollen und anschauen.

Sie enthielt mein Aufschließwerkzeug. Vierzehn Picks aus 0,5 mm Flachfederstahl der Güteklasse CK 101, entgratet und einst vernickelt, wovon man aufgrund heftigen Gebrauchs kaum mehr etwas sah. Der Funktionstüchtigkeit tat das zum Glück keinen Abbruch. Ich fuhr mit den Fingern darüber, und sie erinnerten sich gut, meine Finger. Da, die verschiedenen Hakenpicks, die Snakepicks, der Halbdiamant, der Tropfendiamant und schließlich der »Mountain-Six«-Pick. Dazu sechs Spanner, ein Extraktor und vier extrastarke Picks, mit denen man auch einem Bohrmuldenschloss beikam. Wunderbar. Was hätte sich der Staatsanwalt gefreut, wenn er dieses Set vor Gericht hätte vorweisen können. Ich zog den Reißverschluss der Innentasche auf, die verschiedenen Kleinkram für besondere Situationen enthielt. Alles noch da.

In einer kleinen Stofftasche hatte meine alte Minolta all die Jahre auf mich gewartet. Das Kompaktset Schraubenzieher fand sich unter den maßgeschneiderten Handschuhen aus dünnem Leder, die dem ganzen Plastikkrempel haushoch überlegen waren. Alles noch da. Gunnar Forsberg war wieder im Geschäft.

Ich öffnete meine Umhängetasche, stopfte das Werkzeug und das Notizbuch hinein und so viel von dem Geld, wie hineinpasste. An die fünfzigtausend Kronen, damit sollte sich eine Weile auskommen lassen. Dann schloss ich Tasche und Kasten und rief nach dem Wachmann.

KAPITEL 22

Auf dem Weg nach Södermalm kaufte ich mir einen aktuellen Stadtplan. Die Pension lag in der Nähe des Zinkensdamm und war, wie sich herausstellte, in Wirklichkeit einfach eine normale Wohnung mit vier Zimmern, von denen Frau Granberg, die betagte Besitzerin, drei Zimmer vermietete. Sie selbst bewohnte das kleinste Zimmer, die Küche diente zugleich als Frühstücks- und Fernsehraum, das Bad und die Toilette wurden gemeinsam benutzt.

»Dreihundertfünfundsiebzig Kronen die Woche«, leierte sie zum wiederholten Mal herunter, während sie vor mir durch den engen Flur ging, der bis in den letzten Winkel mit nicht zueinander passenden Schränken und Kommoden voll gestopft war und in dem es nach ungewaschener Wäsche, gekochtem Kohl und Mottenkugeln roch. Sie öffnete eine Tür. »Das wäre das Zimmer.«

Es war kalt, laut, stand voller Möbel, die bereits zur Zeit meiner Geburt altmodisch gewesen waren, aber es war doppelt so groß wie das Hotelzimmer im *Nordland Hotel*. Überall auf dem Boden lagen dicke Staubflusen, und eine der Fensterscheiben war zerbrochen, wie es aussah schon seit Jahren, denn ein Teil des Glases fehlte, und jemand hatte einfach ein Stück Plastiktüte ausgeschnitten und mit Klebstreifen darübergeklebt. Das Plastik raschelte bei jedem Windstoß, und sonderlich dicht konnte es nicht sein, denn sonst hätte es wohl kaum so durchdringend nach Autoabgasen gestunken.

Immerhin hatte das Zimmer ein eigenes Waschbecken.

»Ich nehme es«, sagte ich.

»Sie müssen die Wochenmiete im Voraus bezahlen«, erwiderte Frau Granberg gleichgültig.

Ich holte etwas Geld aus der Tasche. Das Zimmer im *Nordland Hotel* hatte pro Nacht mehr als dreimal so viel gekostet wie dieses hier pro Woche.

»Wann wollen Sie morgens frühstücken?«, fragte sie, während sie die Scheine in ihrer Schürze verstaute.

Die Frage verblüffte mich. Ich murmelte etwas von: »Also, das kommt darauf an…« Je nachdem, ob ich die ganze Nacht unterwegs war, um Kindesentführer aufzustöbern, oder nicht.

»Na ja«, meinte sie schulterzuckend, »ich bin ab sieben Uhr in der Küche. Wenn Sie früher Frühstück brauchen, müssen Sie es mir eben am Abend vorher sagen.«

In diesem Moment ging eine der beiden anderen Zimmertüren auf. Ein wuscheliger, hellbrauner Haarschopf kam zum Vorschein, verschwand im nächsten Augenblick blitzartig wieder, und die Tür schnappte wieder zu.

»Der ist verrückt«, erläuterte Frau Granberg so gleichmütig, als sei vom Wetter die Rede. Sie deutete mit schlaffer Hand auf die andere Tür. »Der andere ist praktisch nie da. Der benutzt das Zimmer bloß für gelegentliche Sexabenteuer.« Auch das klang so, als habe sie noch nie im Leben irgendwelche Emotionen mit Sex verknüpft.

Sie musterte mich das erste Mal mit etwas Interesse, so, als frage sie sich, wie ich wohl in diese Menagerie hineinpassen würde.

Ich setzte mein beruhigendstes Lächeln auf. »Ich bin sicher, dass ich mich hier wohlfühlen werde«, erklärte ich.

Der Einzug war schnell bewerkstelligt. Ich bevölkerte einige Kleiderbügel mit meinen Sachen, hängte die gestohlenen Handtücher neben das Waschbecken und musste dabei feststellen, dass eines der Fläschchen aus dem *Nordland Hotel* undicht geworden und mein ganzes Geld nun in *refreshing shower gel* getränkt war. Mir blieb nichts anderes übrig, als eine Geldwäsche in der ursprünglichsten Bedeutung des Wortes durchzuführen. Danach lieh ich mir von Frau Granberg Bügeleisen und Bügelbrett, um den Betrag, den ich in den nächsten Tagen brauchen würde, einsatzbereit zu machen; den Rest verteilte ich zum Trocknen über die zahllosen Regalbretter und Schubladenböden, die ich einstweilen nicht benötigte, und deckte sie mit Zeitungspapier ab.

Die gebügelten Scheine sahen übrigens tatsächlich sehr sauber aus und fühlten sich an wie frisch aus dem Automaten.

Danach ging ich noch einmal hinaus und bat Frau Granberg um die Gelben Seiten von Stockholm. »Im Flur, rote Kommode, oberste Schublade«, erklärte sie, ohne den Blick vom Fernseher zu wenden, und machte dabei eine fahrige Handbewegung, die ungefähr die Richtung wies, aber so wirkte, als verscheuche sie etwas Lästiges.

Mit dem Verzeichnis und mit meinem neuen Stadtplan setzte ich mich auf das Bett und plante die nächste Etappe. Eile tat Not. Es war bald ein Uhr, was hieß, dass mir nur noch knapp sechs Stunden blieben, um den riskantesten Coup meines Lebens vorzubereiten.

Södermalm erwies sich als ergiebiges Umfeld. In einem Geschäft für Berufskleidung fand ich einen gefütterten roten Overall und eine Schirmmütze mit dem Aufdruck *LEVERANS*, Lieferung. In einem Sportgeschäft kaufte ich einen nachtschwarzen Trainingsanzug und eine quietschbunte Windjacke aus hauchdünnem, atmungsaktivem Synthetikmaterial, außerdem eine warme Hose sowie eine unauffällige schwarze Winterjacke und noch ein paar Kleinigkeiten. In einem kleinen Laden, der Scherzartikel, Theaterbedarf und Filmplakate führte, erstand ich ein preiswertes Schminkset und einen falschen Bart. Um den Inhaber, einen alten Mann mit echten Warzen im Gesicht, auf falsche Gedanken zu bringen, erwarb ich außerdem ein Sortiment Partydekoration, bei dessen Auswahl ich mich besonders wählerisch zeigte, das ich nach Verlassen des Ladens jedoch ungeöffnet in den nächsten Mülleimer warf. Schließlich kaufte ich noch einen kleinen Beutel Kartoffeln und kehrte in mein neues Zimmer zurück.

Die Kunst der Verkleidung besteht nicht darin, sich das Haar mit auswaschbarer Tönung überzeugend zu färben oder falsche Bärte so anzukleben, dass sie nicht abfallen, wenn man schwitzt. All das sind Nebensächlichkeiten, sozusagen der Zuckerguss auf dem Kuchen. Die Kunst der Verkleidung besteht in der Veränderung der zwei entscheidenden Merkmale: Körpersilhouette und Bewegung.

Wir sind imstande, uns bekannte Personen aus einer Entfernung zu identifizieren, aus der wir nicht einmal die Haarfarbe eines uns Fremden mit Gewissheit bestimmen könnten. Wir sehen aus dem Augenwinkel eine Armbewegung, einen schattenhaften Körperumriss oder eine Kopfform und wissen, dass wir diesen Menschen kennen. Umgekehrt kann es uns passieren, dass wir an jemandem, mit dem wir seit Jahren im selben Büro arbeiten, vorbeigehen, ohne ihn zu bemerken, nur weil er auf einmal einen Gips hat, ein neuer Mantel seine Körperkonturen verändert oder weil ihn seine Frau verlassen hat und er sich völlig deprimiert die Straße entlangschleppt. Körpersilhouette und Bewegung, diese beiden Faktoren sind entscheidend.

Ich begann trotzdem mit den Äußerlichkeiten. Andere Kleidung. Natürlich zog ich den Overall an, den ich vorher kräftig knetete und auf dem Boden wälzte und hier und da mit Flecken versah, bis er einigermaßen benutzt wirkte. Dann wusch ich mir eine leichte Tönung in die Haare und gab ihnen zudem mit Gel eine andere Form. Ein Wattebausch und etwas braune Schminke verschafften mir einen dunklen Teint, der mich zusammen mit dem Schnauzbart südländisch wirken lassen würde. »*Ein Jugoslawe oder so*« würden die Leute mich später beschreiben, falls ich ihnen auffiel. Was ich nicht vorhatte.

Nichts übertreiben, darauf kam es an. Völlig durchschnittlich auszusehen und niemandem aufzufallen war das anzustrebende Ideal.

Zum krönenden Abschluss griff ich zu meinem Lieblingskniff, was Tarnung anbelangt: Veränderung der Gesichtskonturen. Das zielte vor allem auf die Videokameras des *High Tech Building*. Wie alle Videokameras, die ich je gesehen habe, waren auch diese viel zu weit oben installiert, sodass sie von jemandem mit Schirmmütze bestenfalls die Kinnpartie erwischen würden. Die wiederum musste nicht so bleiben, wie sie war: Ich schnitzte aus einer rohen Kartoffel zwei passend geformte Einlagen, die ich mir zwischen Backe und untere Zahnreihe schob, und nach ein paar Anpassungen, die dafür sorgten, dass ich einigermaßen klar sprechen konnte, erkannte ich mich in dem altersfleckigen Spiegel über dem Waschbecken selbst kaum wieder.

Dann kam die Hauptarbeit. Ich stellte mich mitten ins Zimmer, lockerte die Schultern und Arme, schloss die Augen und hörte auf, Gunnar Forsberg zu sein. Von jetzt an war ich ein Pizzabote, einer von Millionen, die es auf der Welt gibt. Ein Stressjob, der einen im Leben keinen Meter weiterbringt, einen aber immer in Bewegung hält. Die Pizzeria: ein zweites Zuhause. Nett, ein bisschen vor Beginn der Schicht zu kommen, bevor der große Run losgeht, und eine Weile mit den Jungs aus der Backstube zu reden, dem Mädchen am Telefon nachzugucken und sich vorzustellen, wie es wäre, mit ihr... Aber dann kommt der erste Auftrag, die heiße Pizza, die an ihr Ziel muss, und von da an haben im Kopf nur noch die Namen von Straßen und Gassen Platz sowie die Erfahrung, wo man um welche Uhrzeit am besten durchkommt und wo man Parkplätze findet...

Ich betrachtete mich im Spiegel. Meine Hände zuckten unruhig, der Körper: gespannt, sprungbereit, unter Adrenalin. Pünktlich, schnell und immer auf dem Sprung. Gut. Geld hatte ich eingesteckt, ansonsten war alles, was ich brauchen würde, mein Kopf. Tür zum Flur auf. Niemand zu sehen. Zwei Sekunden später war ich draußen.

Vor einem Pizzaservice in der Borgmästargatan legte ich

meine neue Rolle vorübergehend ab, versuchte stattdessen wie ein müder Arbeiter auf dem Heimweg von der Frühschicht zu wirken. Ich schlappte hinein, bestellte eine Pizza Campagniola – Salami und Zwiebeln, meine persönliche Lieblingssorte –, wartete gähnend und blinzelnd, bis sie fertig war, und bat beim Bezahlen: »Sagen Sie, können Sie mir nicht auch eine von diesen Styproporschachteln verkaufen, in denen Sie ausliefern? Ich habe noch einen ziemlichen Weg bis nach Hause und würde die Pizza gern warm essen.«

Das aknegeplagte Mädchen an der Kasse musterte den Stapel der graugrünen Boxen, die sich in einer Ecke neben der Tür zur Küche stapelten, und schüttelte skeptisch den Kopf. »Normalerweise nicht. Die brauchen wir alle.«

»Nur ausnahmsweise. Ich kann auch ein Pfand hinterlegen oder so was und sie morgen wieder bringen.« Nicht im Traum hatte ich das vor. »Vielleicht eine, die ein bisschen kaputt ist?«

Sie merkte, dass ich nicht locker lassen würde. Denn das würde ich nicht; von dieser Styroporschachtel hing eine Menge ab. »Ich muss den Chef fragen«, meinte sie unleidig und verschwand durch den Perlenvorhang, der der Kundschaft den Blick in die Backstube und ihre Geheimnisse erschweren sollte.

Der Chef kam gleich darauf zum Vorschein, ein dicker, mehlbestäubter Mann mit großspurigem Gehabe, der Schwedisch mit südländischem Akzent sprach. »Der Kunde ist bei uns König«, erklärte er mit öliger Lässigkeit und förderte unter der Theke eine Styroporschachtel zutage, die an einer Seite aufgeplatzt war und offenbar schon als Behälter für Altpapier gedient hatte. Er schob sie mir hin. »Bitte sehr. Und guten Appetit.«

»Was bin ich Ihnen schuldig?«

»Geht aufs Haus«, erwiderte er schmalzig.

Ich griff zu. »Ich werde Sie weiterempfehlen«, log ich, was ihn zu einem erfreuten Grinsen veranlasste.

Anschließend fuhr ich mit meiner Pizzabox per U-Bahn und Bus zur Sergelgatan, ohne die neugierigen Blicke anderer

Fahrgäste zu beachten. Ich eilte durch die Passage zum *High Tech Building* und dort in den Empfang, wobei ich auf den letzten Metern vollends in meine Rolle schlüpfte und versuchte, so zu wirken, als sei das alles Routine, mindestens die zwanzigste Pizza des Tages und als stünde mein Auto mit laufendem Motor im absoluten Halteverbot.

Der Portier musterte mich indigniert. »Eine Pizzabestellung?«, wiederholte er in einem Tonfall, als liefere ich Sondermüll an. »Davon weiß ich nichts.«

Ich zuckte mit den Schultern. Ich war nur der Bote und hatte es einfach nur eilig. »Tja. Is' aber so.« Ich schob ihm die Rechnung der Pizzeria hin, die ich mit einem Kugelschreiber zu einer, wie ich fand, überzeugend wirkenden Bestellung ergänzt hatte. »Hier. Johannson, neunter Stock, Firma Rütlipharm.«

Der Mann hinter der Teakholztheke ging noch einmal seine kurze Anmeldeliste durch, die natürlich keinen entsprechenden Vermerk enthielt, genauso wenig wie eine Minute zuvor, als er sie das letzte Mal durchgegangen war. »Ich kann ja mal anrufen«, kam ihm die geniale Idee.

»Wenn's geht, schnell«, nickte ich patzig. »Pizzen werden nämlich nicht wärmer mit der Zeit.«

Er hob den Hörer ab, wählte, erklärte jemandem die Sachlage, hörte eine Weile zu, legte dann auf und sagte: »Da hat niemand Pizza bestellt.«

»Klar hat da jemand Pizza bestellt«, sagte ich und hielt ihm wieder die Rechnung hin. »Hier steht es doch. Ein Johansson.«

»Sie sagen, nein.«

Ich setzte ein Gesicht auf, das keinen Zweifel daran lassen konnte, dass ich im Begriff stand, einen Tobsuchtsanfall zu bekommen. »He, he, he«, grollte ich. »So geht das nicht. Erst Pizza bestellen und mich durch die Stadt hetzen und dann nichts mehr davon wissen wollen? Ich sag Ihnen mal was: Ich hab genau sechsundsiebzig Kronen zu kriegen für eine Pizza

Campagniola, und ich geh hier nicht weg, ehe ich die nicht habe.«

Meine größte Sorge war gewesen, der Portier würde, um den hohen Herrschaften von Rütlipharm allen Ärger vom Hals zu halten, anbieten, mir die Pizza selber abzukaufen. Für den Fall hatte ich mir etwas zurechtgelegt, von dessen Wirksamkeit ich allerdings nicht hundertprozentig überzeugt war. Zum Glück blieb es mir erspart, es auszuprobieren, denn der Portier hob nur indigniert die Augenbrauen und meinte: »Dann schlage ich vor, Sie fahren hinauf und machen das mit den Leuten im neunten Stock selber aus.« Er drückte auf einen Knopf und deutete auf die Aufzüge. »Nehmen Sie die Nummer drei.«

Eine Minute später stand ich vor dem Empfang der schwedischen Niederlassung des Rütlipharm-Konzerns. Die halbe Etage war ein durch halshohe Trennwände unterteiltes Großraumbüro, von dessen Fenstern aus der Blick über die Stadt ging – man sah den Sergels Torg und eine Ecke des Königlichen Schlosses von Gamla Stan –, die andere Hälfte wies richtige Wände und Flure und verschlossene Türen auf. Dazwischen saß eine Empfangsdame mit aristokratischen Gesichtszügen vor einer Telefonanlage, die aussah, als könne man damit notfalls einen Weltkrieg kommandieren.

»Ich habe eine Pizzalieferung«, erklärte ich ihr und wies meine brüchige Styroporbox vor. »An einen Herrn Johansson.«

Sie spitzte unamüsiert die Lippen. »Ich habe bereits am Telefon gesagt, dass hier niemand Pizza bestellt hat.«

»Wieso, gibt es bei Ihnen niemanden, der Johansson heißt?«, stellte ich mich dumm.

»Doch, sogar zwei Herren, aber das heißt ja nichts. Johansson ist einer der häufigsten Namen in Schweden.«

Richtig. Genau deshalb hatte ich ihn auf meine Pizzarechnung gekritzelt.

»Aber das ist hier doch die Firma Rütlipharm, oder?« Ich setzte mein debilstes Gesicht auf, während ich mich umsah und mir die Anordnung der Flure und Türen einprägte, den Standort des Kopierers und der Toiletten, die Machart der Büroschränke. Es gab etliche abschließbare Aktenschränke aus schwarz lackiertem Stahl. Interessant. Und ein offenes Briefkorbsystem, in das die Post für die Mitarbeiter verteilt wurde. Lecker.

»Vielleicht können Sie die Herren ja mal fragen, ob einer von ihnen Pizza bestellt hat«, schlug ich vor.

»Das habe ich natürlich bereits getan«, erklärte sie gelangweilt. Im Hintergrund klingelten Telefone. Neben einem Wasserspender surrten zwei große Laserdrucker nervtötend vor sich hin. »Sie sagen beide, dass sie Pizza nicht einmal *mögen*.«

In einem der Flure wurde eine Tür aufgerissen, jemand rief etwas, das klang wie »…mit den Zahlen des letzten Quartals vergleichen…«, dann knallte die Tür wieder zu und verschluckte den Rest. Ah, interessant: Am Ende des Flurs führte eine sicherheitsverglaste Tür zur Feuertreppe.

»Wie kann man Pizza nicht mögen?«, wunderte ich mich und ließ meinen Blick streifen. Keine sichtbaren Überwachungskameras. Die Klimaanlage stammte, dem Design der Blenden nach zu urteilen, aus den späten Siebzigern. Keine Stolperfallen auf dem Boden; alle Kabel waren sauber unter Bodenleisten verlegt. »Ich verstehe das nicht«, setzte ich hinzu.

»Egal ob Sie das verstehen oder nicht, ich kann Ihnen nur sagen, dass hier ein Irrtum vorliegen muss. Um ganz offen zu sein«, fuhr die Sekretärin hochnäsig fort, »es ist in unserem Hause *nicht üblich*, Pizza von irgendwelchen Bringdiensten zu bestellen. Schon gar nicht am Nachmittag.«

Stimmt, die Zeiger, die auf der großen Uhr hinter ihr das dezente Rütlipharm-Firmenlogo umkreisten, hielten straff auf drei Uhr zu. Die Styroporschachtel in meinen Händen war inzwischen warm geworden, und der Geruch nach Oregano, heißen Tomaten und Knoblauch, der davon aufstieg und mir um die Nase wehte, begann allmählich mein Beobachtungsvermögen zu beeinträchtigen. Himmel, hatte ich einen Hunger! Kein Wunder, schließlich hatte ich seit meinem verunglückten Frühstück nichts mehr gegessen.

»Na schön«, erklärte ich, hoffentlich unübersehbar verärgert, riss die Rechnung an mich, faltete sie mit heftigen Bewegungen zusammen und verstaute sie in einer Tasche meines Overalls. »Dann esse ich die Pizza eben selber. Aber«, ich fuchtelte mit dem Zeigefinger, »das merke ich mir. Ihre Firma kommt bei uns auf die schwarze Liste. Sagen Sie das Ihren Leuten. Wenn Sie je wieder Pizza bestellen, brauchen Sie es bei uns nicht mehr zu versuchen.«

Damit schnappte ich mir die heiße, duftende Styroporbox, klemmte sie unter den Arm und marschierte grimmig davon, direkt in den Flur hinein, an dessen Ende die Tür zur Feuertreppe lag.

»Halt!«, rief mir die Sekretärin nach. »Das ist der Notausgang! Da können Sie nicht raus.«

Ich tat, als hörte ich sie nicht. Es waren nur noch ein paar Schritte, und ich musste das Sicherungssystem unbedingt aus der Nähe sehen.

»So hören Sie doch…!«

Sie kam mir nachgerannt. Ich hatte die Tür erreicht, packte den Türgriff und rüttelte daran. Verschlossen, aha. Ein Notöffner unter einer Glasabdeckung, vor dem Schloss ein Alarmgerät. »Was ist hier los?«, polterte ich und bückte mich, um die Beschriftung auf dem Gerät zu lesen. Von der Aufschrift auf diesem rot-weiß gestrichenen Metallkasten hing eine Menge ab.

Da stand die Empfangsdame schon neben mir, heftig atmend, das Gesicht apart gerötet, dampfte schweres, sinnliches Parfüm aus und klopfte auf ein eigentlich unübersehbares Warnschild. »Sagen Sie mal, können Sie nicht lesen?«, rief sie. »Da geht es zur Feuertreppe. Das ist nur für den Notfall.«

Ich richtete mich auf und schnaubte entrüstet. »Kommen Sie mir bloß nicht so! Ich kann sehr wohl lesen. Zum Beispiel kann ich deutlich lesen, dass auf meiner Bestellung ›*High Tech Building*‹ steht und ›Rütlipharm‹ und ›Johansson‹.«

Ihr Busen wogte sinnverwirrend. »Ich meinte doch nur... da drüben, da sind die Aufzüge! Hier können Sie nicht raus.«

»Schwarze Liste!«, rief ich und hielt ihr noch einmal drohend den Zeigefinger unter die Nase. »Sagen Sie das Ihren Herren Johannson.«

Damit ging ich.

Fünfzehn Minuten später saß ich auf einer Bank in der großen Halle der *Centralstationen*, die Pizzaschachtel neben mir, eine Flasche Cola, an einem der Kioske gekauft, in der Hand, und mampfte voller Hochgenuss. Schnurrbart und Kartoffelschnitze hatte ich weggeworfen und mir in einer U-Bahn-Toilette die dunkle Haut halbwegs hell gewaschen. Den Rest würde ich in der Dusche der Pension erledigen und noch ein paar Stunden schlafen, ehe es losging. War mein Auftritt bei Rütlipharm übertrieben gewesen? Hoffentlich nicht. Auf jeden Fall wusste ich nun, was ich tun würde.

Nachdem ich das dritte Stück Pizza verdrückt hatte, rief ich Hans-Olof an. »Falls du mir immer noch die Daumen drücken willst«, ließ ich ihn kauend wissen, »dann tu es heute Nacht.«

»Um wie viel Uhr?«

»Es bleibt dabei, um zwei Uhr nachts geh ich rein.«

»Und wie lange wirst du brauchen, was denkst du?«

»Eine Stunde mindestens, vielleicht zwei. Höchstens.«

»Ich werde im Bett sitzen und von eins bis vier die Daumen drücken.«

»Brich sie dir nicht«, meinte ich und trennte die Verbindung wieder. Ich war guter Laune.

KAPITEL 23

Als ich das nächste Mal im Empfang des *High Tech Buildings* auftauchte, war es kurz vor sieben Uhr abends. Ich trug den schwarzen Trainingsanzug, darüber die bunte, bauschige Jacke, hatte einen dicken Wollschal um den Kiefer gewickelt, und man konnte von weitem sehen, dass mir jede Bewegung wehtat.

Der Pförtner erkannte den Pizzaboten nicht wieder. »Tut mir Leid, ich muss noch einmal nachfragen«, meinte er entschuldigend, nachdem ihn mein Gebrummel das zweite Mal ratlos gelassen hatte. »Wie war der Name?«

»Lindeblad«, artikulierte ich erstmals verständlich. »Ich habe einen Zahnarzttermin für neunzehn Uhr.«

»Das habe ich mir gedacht«, nickte der weißhaarige Mann und fuhr mit dem Finger auf seiner Liste abwärts. »Ah, da stehen Sie ja.« Der Knopfdruck, auf den ich gewartet hatte. »Achter Stock, vom Aufzug aus links.«

Als ich im achten Stock ankam, war der Schal verschwunden, ebenso meine leidende Miene und der erschöpfte Gang. Ich warf einen kurzen Blick auf die Übersichtstafel an der Wand gegenüber den Aufzügen und wandte mich dann nach rechts.

Die drei Praxen auf diesem Stockwerk hatten ihre Warteräume in die Flure verlagert. Rechts und links des Eingangs gab es Stühle, Zeitschriften und Licht, das zu schlecht war, um gut lesen zu können. Um diese Uhrzeit war kaum noch etwas los. Vor der gynäkologischen Praxis wartete eine hochschwangere Frau, vor der Tür des Neurologen ein stumpf vor sich hin blickender Mann und vor der Zahnarztpraxis ein nervöser Junge.

Ich setzte mich auf einen Stuhl, der etwas abseits stand, als sei das hier meine tägliche Routine, und blätterte ohne zu lesen in einer Gesundheitszeitschrift. Die Luft roch abgestanden, nach Schweiß, Angst und Langeweile. Man hörte die Aufzüge in ihren Schächten auf und ab surren, und alle paar Minuten erklang in den benachbarten Etagen der Glockenton, der anzeigte, dass ein Aufzug ankam, und der einem schon nach kurzer Zeit auf die Nerven ging.

Die Schwangere hielt sich den dicken Bauch, starrte die kahlen Wände an und verzog immer wieder das Gesicht, als trüge sie kein werdendes Kind aus, sondern ein Krokodil, das sie von innen her auffraß. Als sie merkte, dass ich sie beobachtete, erklärte sie: »Kein Sex der Welt ist das wert, was ich mitmache, glauben Sie mir. Absolut keiner.« Es klang, als müsse sie sich rechtfertigen.

Ich wusste nicht, was ich sagen sollte, brachte nur ein schiefes Lächeln und ein Kopfnicken zustande, und zum Glück wurde sie in diesem Moment aufgerufen. Offenbar war meine Fähigkeit, Leute unauffällig zu beobachten, in den Jahren im Gefängnis merklich eingerostet.

Der nervöse Junge kam an die Reihe. Die Sprechstundenhilfe, die ihn hereingerufen hatte, sah sich stirnrunzelnd auf dem Gang um. Nicht schwer zu erraten, dass sie nach Herrn Lindeblad Ausschau hielt.

Der dumpf dreinblickende Mann wartete, wie sich herausstellte, auf eine ältere, grauhaarige Frau, die mit einem Gesicht, als hätte sie Zahnschmerzen, herauskam. Er stand wortlos auf, nahm sie am Arm, und sie gingen. Kurz darauf kamen zwei junge Frauen aus der Tür des Zahnarztes, die Sprechstundenhilfen vermutlich. Noch während sie auf den Aufzug warteten, beendete auch das kaum ältere, größtenteils männliche Personal der neurologischen Praxis die Arbeit, und man fuhr unter Gelächter und anzüglichen Bemerkungen gemeinsam hinab.

Der Gynäkologe, ein behäbiger Mann mit einem Eskimogesicht, kam zusammen mit seiner letzten Patientin heraus und schüttelte ihr zum Abschied die Hand. Nachdem sie bittersüß lächelnd im Aufzug verschwunden war, ging er daran, die Lichter hinter sich auszuschalten und die Tür abzuschließen.

Als er mich bemerkte, stutzte er. »Sie wollten aber nicht zu mir, oder?« Einen Moment schien er die Möglichkeit ernsthaft in Erwägung zu ziehen, eine Patientin in seinen Untersuchungsräumen vergessen zu haben.

Ich schüttelte den Kopf. »Nein, meine Frau ist da drüben«, gab ich mit entschuldigendem Lächeln und einem Kopfnicken in Richtung auf die Zahnarztpraxis zurück. »Sie haben bloß die besseren Zeitschriften.«

»Ach so.« Er wirkte erleichtert und schien meine Anwesenheit im nächsten Moment vergessen zu haben. Gedankenverloren schlüpfte er in einen abgetragenen Wintermantel, schob die Schlüssel ein, ging leise summend zu den Aufzügen und entschwand, ohne mich eines weiteren Blickes zu würdigen.

Nun glomm nur noch unter der Tür zur Praxis von Doktor Ubbesen Licht. Ich schob die Hand in die Tasche und ließ meine Finger erwartungsvoll über das Leder meiner Werkzeugtasche streichen. So musste sich ein Pianist fühlen, der nach Jahren zum ersten Mal wieder an ein Klavier darf: brennend vor Sehnsucht, zu spielen – und zugleich besorgt, es vielleicht nicht mehr zu können.

Fünfzehn Minuten später kam er aus der Tür. Er sah mir fast ein bisschen ähnlich, der Zahnarzt Doktor Henrik Ubbesen. Dieselbe Statur – hoch gewachsen, etwas zu mager –, dasselbe dunkelblonde Haar. Nur trug er eine dicke Brille.

Er hielt inne, als er mich bemerkte. »Sie sind nicht zufällig Erik Lindeblad?«, fragte er, mit dem Schlüssel vor dem Schloss verharrend.

Ich schüttelte den Kopf und sagte wahrheitsgemäß: »Nein.«

»Eigenartig«, murmelte er, zögerte mit dem Abschließen. »Das war ein neuer Patient, deswegen frage ich. Normalerweise kenne ich meine Patienten natürlich. Dieser machte es furchtbar wichtig, hatte wohl eine Geschäftsreise vor sich oder so etwas, und meine Sekretärin hat ihm extra noch den Abendtermin gegeben. Und nun ist er gar nicht gekommen.«

»Manche Menschen sind wirklich rücksichtslos«, pflichtete ich ihm bei.

Der Zahnarzt nickte. »Na ja, aber länger warte ich nicht mehr. Neunzehn Uhr war der Termin, und jetzt ist fast acht.« Er schob den Schlüssel ins Schloss.

»Mehr kann man wirklich nicht verlangen«, bekräftigte ich, damit er ihn endlich auch herumdrehte.

Aber nein, er zog ihn wieder heraus, um sich damit am Kinn zu kratzen. »Wissen Sie, manche Leute überlegen es sich vor der Tür zur Praxis noch einmal anders. Aber ob das gut ist, ist sehr die Frage. Wunderheilungen sind in unserem Metier eher selten.« Endlich, der Schlüssel zurück im Schloss. »Sie warten noch auf Ihre Frau?«

Ich nickte. »Auch der letzte Termin.«

»Seltsam«, meinte der Zahnarzt, während er zuschloss, einmal, zweimal. Er deutete auf die Tür zur Praxis des Gynäkologen. »Ich dachte, ich hätte ihn abschließen hören. Es ist ein schrecklich hellhöriges Gebäude, wissen Sie? Man hört die Leute in den Räumen nebenan beinahe denken.«

»Er hat noch mal aufgeschlossen«, erwiderte ich kaltblütig. »Wir waren ein bisschen spät dran. Kinder im Mutterleib haben einfach noch keinen Sinn für Termine.«

Zahnarzt Doktor Henrik Ubbesen lachte trocken auf und schob den Schlüssel ein. »Ja, da haben Sie wohl Recht. Na, alles Gute jedenfalls«, meinte er, winkte mir linkisch zu und ging zu den Aufzügen. Dort stand er, versunken in die Betrachtung der Liftanzeigen, bis es schließlich *Ping!* machte und einer der Fahrstühle ihn aufnahm.

Das Signal über der Fahrstuhltür erlosch, und ich hatte das achte Stockwerk des *High Tech Building* endlich, endlich für mich alleine.

Lange Zeit meines Lebens ist das Zylinderschloss mein Feind gewesen, mein unbesiegbarer Gegner. Wenn ich zur Strafe im dunklen Keller des Waisenhauses eingesperrt wurde – und das wurde ich oft –, war es das Zylinderschloss an der Tür, das mich daran hinderte zu entkommen. Hielt ich es nachts vor Hunger nicht mehr aus und schlich zur Speisekammer, vereitelte ein anderes Zylinderschloss, dass ich mir den Bauch vollschlagen konnte. Ich besaß einen Haken, mit dem ich einfache Schlösser öffnete und schloss, die Spinde der anderen etwa oder die Schubladen in der Küche, in denen man manchmal auch etwas zu essen fand. Aber an Zylinderschlössern biss ich mir die Zähne aus.

In der Nacht, als Inga und ich flohen, um nie wiederzukommen, stand uns ebenfalls ein Zylinderschloss im Weg, an der Haustüre. Aber da hatte ich mir schon ein Stemmeisen verschafft, das es mir ermöglichte, seine Macht mit Gewalt zu brechen.

Doch das befriedigte mich nicht. In dem kleinen, einsam im tiefsten Wald von Småland gelegenen Ferienhaus, in dem Inga und ich den herrlichsten Sommer und den bittersten Winter unseres Lebens verbrachten, fand sich auch eine kleine, gut ausgestattete Werkstatt, in der ich mich daranmachte, das Geheimnis des Zylinderschlosses zu enträtseln.

In das Haus waren wir durch ein schlecht gesichertes Fenster eingedrungen, und Inga hatte darauf bestanden, die abgeschlossene Vordertür unbeschädigt zu lassen. Schlüssel dazu fanden sich aber nirgends, sodass wir immer das Fenster benutzen mussten, wenn wir hinaus- oder hereinwollten. Lästig.

Ich begann damit, dass ich auf meinen Raubzügen durch andere Sommerhäuser nicht nur Lebensmittel stahl, sondern auch sämtliche Zylinderschlösser, deren ich habhaft wurde. In mühsamer Kleinarbeit sägte ich sie in der Werkstatt auseinander, starrte sie stundenlang an und versuchte, hinter das Geheimnis ihrer Funktionsweise zu kommen – und herauszufinden, wie man sie ohne Schlüssel öffnen konnte. Ich erfand zuerst Methoden, die nur das Schloss zerstörten, die Tür aber intakt ließen. Dann, als ich begriff, was die Kerben eines Schlüssels mit den Zuhaltungen im Zylinder anstellten, fertigte ich mir die ersten Werkzeuge – aus einfachem Draht zunächst, der sich jedoch als zu weich erwies, später aus den stählernen Borsten eines Straßenbesens, was Werkzeuge ergab, mit denen es mir zum ersten Mal glückte, ein im Schraubstock festgespanntes Zylinderschloss zu öffnen.

Ich verfeinerte meine Kunst in den dunklen Monaten eines Winters, in dem meine Finger klamm wurden, mein Atem weiße Wolken machte, die lange über der Werkbank schwebten, und mein Magen vor Hunger schmerzte. Durch Zufall verfiel ich von Anfang an auf das Material, das ich bis auf den heutigen Tag für am geeignetsten halte, um daraus Picks zu schmieden: Fahrradspeichen. Mit Hammer und Zange, Meißeln verschiedener Größe und einer altersschwachen Lötlampe fertigte ich mein erstes Pickset, das mir lange Jahre treue Dienste leistete.

Ich habe die Kunst, Zylinderschlösser zu öffnen, also selbst erfunden. Dass andere diese Fertigkeit vor mir entwickelt hatten, entdeckte ich erst viel später, zu einem Zeitpunkt, als es nur noch wenig gab, das mir jemand hätte beibringen können.

Das Grundprinzip des Zylinderschlosses ist simpel: Der Schließzylinder, also der runde Kern in der Mitte, weist eine Anzahl von Bohrungen auf, die zu Bohrungen in dem ihn umgebenden Gehäuse passen. In diesen Kanälen befinden sich passgenaue Stifte, die von Federn hinabgedrückt werden, und jeder dieser Stifte ist an einer bestimmten Stelle durchtrennt. Wird der richtige Schlüssel ins Schloss geschoben, hebt er alle Stifte genau so weit an, dass ihre Trennstellen exakt entlang des Umfangs des Schließzylinders liegen, und dadurch lässt sich dieser drehen.

Der springende Punkt ist, dass man einem Zylinderschloss von außen nicht ansieht, welcher Stift wo geteilt ist und wie hoch man ihn anheben müsste. Es gelang mir zwar relativ rasch, die erste Hürde jedes Schlosses zu nehmen – das Profil des Schlüssels quer zur Längsachse, das eine Vorauswahl trifft, welche Schlüssel sich überhaupt in das Schloss hineinschieben lassen, unabhängig davon, ob sie es öffen können oder nicht – und mit Hilfe eines geeignet gebogenen Drahtes die Stifte anzuheben, aber das Schloss zu öffnen gelang mir nur, wenn ich den Draht anhand der Schlüsselkontur formte, den Schlüssel also kannte. Kannte ich den Schlüssel nicht, war es ein Ding der Unmöglichkeit, das Schloss durch bloßes Ausprobieren zu knacken, dazu gab es einfach zu viele mögliche Kombinationen.

Daran verzweifelte ich, bis ich eines Tages – ich glaube mich zu erinnern, dass es der Tag vor Weihnachten war – entdeckte, dass sich die Situation völlig verändert, wenn man von Anfang an eine drehende Kraft auf den Schließzylinder ausübt. Sobald man das tut, spielen einem drei Dinge in die Hände: Die Gesetzmäßigkeiten der Geometrie von Kreis und Zylinder, die natürliche Elastizität von Metallen sowie die Tatsache, dass jedes Schloss innerhalb bestimmter Toleranzen zwangsläufig winzige Fertigungsfehler aufweist.

Die Bohrung ist, geometrisch betrachtet, ein Zylinder, der einen anderen, nämlich den Schließzylinder, im rechten Winkel schneidet. Die Kreisgeometrie gebietet, dass es eine Übergangszone gibt, innerhalb deren der geteilte Stift das Schloss freigibt, selbst wenn die Teilung nicht hundertprozentig exakt sitzt. Dieser Umstand bewirkt, dass, versucht man den Schließzylinder eines ungeöffneten Schlosses mit der richtigen Kraft zu drehen, die Stifte in den Bohrungen leicht verkanten. Die richtige Spannkraft ist diejenige, die die Stifte zwar verkantet, es aber trotzdem noch erlaubt, sie mit einem geeigneten Werkzeug, einem so genannten *Pick*, hochzuschieben.

Aufgrund von Fertigungstoleranzen weicht ein wirkliches Schloss unweigerlich vom theoretischen Ideal ab. Auch wenn man mit bloßem Auge nichts sieht, sind die Bohrungen doch nie exakt auf einer Linie. Das heißt, dass die Stifte unterschiedlich stark verkanten und einem auf diese Weise jedes Schloss sozusagen eine Art natürlicher Reihenfolge anbietet, in der die Zuhaltungsstifte anzuheben sind.

Und schließlich sind alle Metalle elastisch. Wenn man das erwähnt, stutzen die meisten. Tatsächlich sind Metalle zwar nicht weich, aber elastischer als zum Beispiel Gummi: Lässt man je eine Kugel aus Stahl und eine aus Gummi von demselben Gewicht auf eine harte Unterlage fallen, hüpft die Stahlkugel deutlich höher als die Gummikugel. Dieser Elastizität ist es zu verdanken, dass jedes Mal, wenn man einen Stift mit einem geeigneten Werkzeug so weit hochgeschoben hat, dass die Trennungslinie die Grenze zwischen Schließzylinder und Gehäuse erreicht, man einen feinen, aber mit entsprechendem Fingerspitzengefühl deutlich tastbaren Ruck verspürt. Dieser rührt daher, dass sich Kernteil und Gehäuseteil des Stiftes voneinander getrennt haben. Und das Wichtigste: Wenn man die Scherspannung beibehält, *bleiben* sie es.

Mit anderen Worten: Auf diese Weise ist es nicht erforderlich, alle Stifte *gleichzeitig* in die richtige Position zu bringen. Man kann es nacheinander tun. Und sobald der letzte Stift richtig sitzt, lässt sich das Schloss öffnen, ohne dass man ihm hinterher etwas ansieht.

Das ist das Grundprinzip. Es klingt einfach, doch man braucht die Ausdauer eines überdrehten Jugendlichen, um das dazu nötige Fingerspitzengefühl zu entwickeln. Ich war damals dreizehn und besessen von dem Ziel, meinen mechanischen Erzfeind ein für alle Mal niederzuringen. Ich übte, bis mir die Finger bluteten. Ich träumte wochenlang von sich bewegenden Stiften und Zylindern. Inga musste mich immer öfter zum Essen zwingen, und vielleicht war es dieses Fieber, in das ich mich hineinsteigerte, das sie zu der Entscheidung veranlasste, dass wir nach Stockholm gehen und versuchen würden, uns in der Stadt durchzuschlagen.

Aber als wir gingen, gingen wir durch die Vordertür, und ich schloss hinter uns ab. In unserer Zeit in der Stadt habe ich keine einzige Fensterscheibe mehr einschlagen müssen. Ich hatte das Sesam-öffne-dich gefunden. Man schrieb die frühen Achtziger, und keine Tür war mir verschlossen. Meine Laufbahn als Einbrecher war vorgezeichnet.

Und wie schon erwähnt, unsere moderne vollelektronische Zeit ist auf meiner Seite. Konventionelle mechanische Schließanlagen sind heutzutage kein lohnendes Geschäft mehr. Selbst hochwertigste Schlösser taugen immer weniger. Und das Schloss an der Tür zur Praxis von Doktor Henrik Ubbesen war alles andere als hochwertig. Ich brauchte nicht einmal hinzusehen. Spannen, harken, und fünf Sekunden später war es auf.

Eine gute Aussicht hatte man von hier oben. In meiner Rolle als verärgerter Pizzabote heute nachmittag hatte ich sie kaum angemessen würdigen können, aber jetzt, nach Einbruch der Dunkelheit, aus einem gleichfalls dunklen Büro heraus, war der Anblick der in orangerotes und gelbes Licht getauchten Stadt überwältigend.

Ich habe oft Momente wie diesen erlebt. Die Phase, bevor es ernst wird. Stunden, die man in einem Versteck zubringen muss, ehe man es wagen kann, wieder zum Vorschein zu kommen. Ich habe schon zusammengekauert in Aktenschränken gehockt, auf Klobrillen balanciert, mich in stickigen Heizungsräumen versteckt gehalten oder reglos unter Schmutzwäsche in einem Rollwagen ausgeharrt. In dieser Phase gilt es, Ruhe zu bewahren, die Zeit teilnahmslos vorüberstreichen zu lassen und bereit zu werden für den Augenblick des Handelns.

Ich stand reglos, atmete durch den halb geöffneten Mund. Die Ruhe bewahren, darum ging es. Ich ließ die Augenlider sinken, lauschte in die Stille. Die Heizkörper rauschten leise, einer machte ein tröpfelndes Geräusch. Und dieses Knacken, woher kam das? Ich öffnete die Augen wieder, sah mich um, bis mir klar wurde, dass es die Außenverkleidung des Hochhauses sein musste, die sich in der anziehenden Kälte der Nacht verformte.

Fünf weitgehend gleich gebaute Hochhäuser erhoben sich zwischen der Sergelgatan und Sveavägen. Das Gebäude, in dem ich mich befand, spiegelte sich in dem Mosaik der dunklen Scheiben des Nachbargebäudes. So konnte ich erkennen, dass im Stockwerk über mir noch Licht brannte.

Ich drehte mich um und schritt bedächtig die dunklen Räume der Praxis ab. Eine gute Übung. Als ich hereingekommen war, hatte es durchdringend nach Desinfektionsmitteln gerochen; die Art von chemischem Geruch, die man unauslöschlich mit Zahnarztpraxen verbindet und die einem binnen Sekundenbruchteilen all die schrecklichen Stunden wieder ins Gedächtnis ruft, die man unter dem Bohrer zugebracht hat. Doch man gewöhnte sich daran. Ich war mir sicher, dass sich an dem Geruch nichts geändert hatte, trotzdem nahm ich ihn nicht mehr wahr.

In jedem Raum hing eine Uhr an der Wand, schön groß und mit dicken Zeigern, die auch in dem herrschenden Halbdunkel gut ablesbar waren. Ich musste mich zwingen, nicht jede Sekunde hinzusehen. Die Zeit verging langsam, und das zerrte an den Nerven.

Ruhe? Es war illusorisch, Ruhe finden zu wollen. Das hier war kein normaler Auftrag wie in den guten alten Zeiten. Hier ging es um Leben und Tod. Wenn ich heute Nacht auf eine Spur stieß, die Rütlipharm mit der Entführung meiner Nichte verband, würden über kurz oder lang Menschen sterben. Und Kristina leben. Und was mit mir selber geschehen würde, musste sich erst noch zeigen.

Ich holte meine dünnen Lederhandschuhe hervor und zog sie mit bedächtiger Sorgfalt an. Es konnte nichts schaden, schon ein wenig zu üben.

Ich fingerte über die Schreibtische, zog Schubladen heraus, fächerte Karteikarten auf, blätterte durch Akten und Unterlagen. Doktor Ubbesen war ein ordentlicher Mensch. Es gab eigene Hängeregister für Tankquittungen, Rechnungen für Büromaterial und Restaurantbelege. In der untersten Schublade verwahrte er ein Hemd, sorgsam zusammengelegt, in einer Tüte der Reinigung in der Sergelgatan. Daneben fanden sich zwei schauerliche Krawatten, eine Reservebrille und Unmengen von Visitenkarten.

Ich blätterte neugierig in den Patientenakten, gab es aber bald auf, weil ich zu wenig von den Notationsgewohnheiten der Zahnheilkunde verstand, um mit Kürzeln wie *B4*, *GKr* oder *fem+6m* etwas anfangen zu können.

Ein paar schmale Schränke im Vorraum, versehen mit noch lächerlicheren Schlössern als die Eingangstür, weckten mein Interesse. Es waren aber, wie sich herausstellte, nur die Spinde der Sprechstundenhelferinnen. Die erste schien eingetrocknete Kondensmilchdosen zu sammeln, jedenfalls hatte sie ein ganzes Arsenal davon in einem ihrer Fächer stehen. Die zweite verwahrte ein komplettes Kostüm für festliche Anlässe im Schrank, sorgsam in Plastikfolie verpackt, komplett mit hochhackigen Schuhen, Make-up-Täschchen und rasanter spitzenbesetzter Unterwäsche. Was wohl der Grund dafür sein mochte? Auf der Innenseite des dritten Schranks klebten Fotos von Babys; von lauter verschiedenen, wie es aussah. Nun ja.

In jedem Raum hingen weiße Kittel an Haken, jede Menge davon. Ich filzte die Taschen – Menschen pflegen oft aktuell wichtige Dinge mit sich herumzutragen, und für einen Eindringling ist es bisweilen aufschlussreich zu sehen, welche Dinge aktuell wichtig sind –, doch sie waren leer. Keine Schlüssel, keine Notizzettel, nichts.

Zurück ans Fenster. Atmen. Zeit vorübergehen lassen.

Mein Herz donnerte.

Ich würde dort hinaufgehen und das Unterste zuoberst kehren, ohne Rücksicht auf Verluste. Rütlipharm steckte hinter Kristinas Entführung, das stand außer Diskussion. Die Frage war nur, wie sie es organisiert hatten. Ich hatte wohlweislich Hans-Olof gegenüber keine Bedenken durchblicken lassen, aber dass der Chef der Entführer nur Englisch sprach, und ein gebrochenes noch dazu, gefiel mir ganz und gar nicht. Die entsprechenden Kontakte und genügend Geld vorausgesetzt, kann man heutzutage problemlos Halunken mieten, die international operieren und vor keiner Untat zurückschrecken. Wenn wir Pech hatten, wurde die Aktion von der Konzernzentrale aus gesteuert, und dann wusste die Niederlassung hier von gar nichts.

Aber irgendwo musste ich schließlich anfangen. Und es eilte, wie es noch nie geeilt hatte.

Da. Im Spiegelbild auf der Glasfront des benachbarten Hochhauses sah ich, wie das Licht im Eckbüro über mir ausging. Ich lauschte, mit weit geöffnetem Mund, um lautlos zu atmen. Die Schritte mehrerer Männer, die schräg über meinen Kopf hinweg gingen. Der Zahnarzt hatte Recht gehabt, es war wirklich ein sehr hellhöriges Gebäude. Man hörte eine Aufzugskabine heraufkommen. Ein gedämpftes *Ping*, ein Surren abwärts, dann war es plötzlich, als träte jetzt erst wirkliche Stille ein. Das Knacken der Außenverkleidung hatte aufgehört. Die Heizung gurgelte nicht mehr, war wahrscheinlich auf Nachtbetrieb übergegangen. Es würde kalt werden, bis ich fertig war.

Ich nahm meine Jacke von dem Haken, an den ich sie beim Hereinkommen gehängt hatte. Es war eine Wendejacke. Als ich das Gebäude betreten hatte, hatte ich sie mit der auffallend bunten Seite nach außen getragen. Im Aufzug hatte ich sie gewendet und war im achten Stock in dezentes Hellbeige gekleidet ausgestiegen. Obwohl die Jacke mächtig bauschte und einen warm hielt, bestand sie aus einem dieser hochmodernen Materialien – *High Tech* eben, passend zum Tatort –, das man mühelos so weit zusammendrücken konnte, dass sie sich in einer ihrer eigenen Taschen unterbringen und mittels eines Spanngurts um die Hüfte tragen ließ. Ich kontrollierte mein Werkzeugset. Alles da, auch die Taschenlampe. Sie verfügte über eine Halterung, um sie an der Brust zu befestigen und so eng begrenzte Helligkeit und trotzdem zwei freie Hände zu haben.

Ein Blick zur Uhr. Mitternacht vorüber.

Ich hörte den Glockenton des Aufzugs, langsame, schwere Schritte auf dem Gang. Der Wachmann. Ich glitt mit angehaltenem Atem neben einen der Schränke, bereit, mich darin zu verstecken – nicht besonders originell, ich weiß, aber ausreichend, falls er Anweisung hatte, einmal pro Runde den Kopf in jedes Büro und jede Praxis zu stecken.

Doch die hatte er entweder nicht, oder er ignorierte sie. Er schlurfte den Gang entlang und wieder zurück, und der Aufzug surrte weiter.

Ich holte eine schwarze Skimütze aus der Tasche und zog sie über den Kopf. Es war die dünnste gewesen, die ich in dem Sportgeschäft hatte finden können, aber es wurde trotzdem rasch unbequem warm darunter. Doch sie war unabdingbar. Dass ich heute Nachmittag im Büro von Rütlipharm keine Videokameras gesehen hatte, hieß nicht notwendigerweise, dass es keine gab. Es konnte genauso gut heißen, dass sie sehr klein waren. Und ich wollte nach wie vor nicht auf irgendwelchen Bändern zu erkennen sein, wenn das hier vorüber war.

Ich starrte hinaus in die Nacht, bis die Uhr eins zeigte. Dann setzte ich mich in Bewegung. Ab jetzt musste ich meinen Instinkten vertrauen.

KAPITEL 24

Ich glitt aus der Tür der Zahnarztpraxis und ans Ende des Ganges, wo der Zugang zur Feuertreppe lag, einem düsteren, von dickem Beton umschlossenen Treppenhaus.

Wie bei Feuertreppen üblich, war auch diese mit Einwegtüren ausgestattet. Das bedeutet, dass die Zugangstüren nur außen mit Türgriffen versehen sind. Dadurch ist gewährleistet, dass man zwar die Etage, auf der man sich befindet, verlassen, nicht aber vom Treppenschacht aus in andere Stockwerk gelangen kann. Es sei denn, man hat einen Schlüssel. Oder, wie in meinem Fall, die Möglichkeit, Türschlösser zu umgehen.

Da es sich bei der Feuertreppe um eine Einrichtung für den Notfall handelte, waren an den Zugängen unübersehbare Warnungen angebracht, sie auch nur in einem solchen zu benutzen. Ferner war jeder Türgriff mit einem Gerät verbunden, das automatisch Alarm auszulösen versprach, sobald man den Griff drückte und die Tür öffnete.

Es gibt unterschiedliche Ausführungen dieser Art Geräte von einer ganzen Reihe verschiedener Hersteller. Bei dem Gerät, das im *High Tech Building* installiert war, handelte es sich um einen lackierten Metallkasten, der oberhalb des Schlosses montiert war und aus dessen unterer Seite eine Kabelschlaufe kam, die straff über den Türgriff gespannt war. Ein dezenter Aufdruck verriet, dass ich es mit einem *Reynolds SureAlarm Professional SEC-1001* zu tun hatte.

Beeindruckender Name, nicht wahr? In Wirklichkeit ist die Firma Reynolds, ansässig in Sussex, England, eine große Hilfe für unseren Berufsstand, und die äußere Gestaltung ist so ungefähr das Professionellste an ihren Geräten. Es ist das Geschäftsprinzip dieser Gesellschaft, Produkte renommierter Firmen zu imitieren, wobei sie sich jedoch darauf beschränkt, nur die Funktionen nachzuahmen, die ein Kunde auch überprüfen kann. Das komplizierte Innenleben, das nur dazu gedacht ist, Leuten wie mir das Leben schwer zu machen, wird ersatzlos gestrichen. Die Branche der Alarm- und Sicherheitsanlagen ist für eine derartige Geschäftsphilosophie ein dankbares Betätigungsfeld, denn die weitaus meisten Sicherungen, die man verkauft, kommen ohnehin nie zum Einsatz, sondern werden irgendwann gegen neue ausgetauscht. Und wenn doch einmal etwas passieren sollte, haben so viele Faktoren dabei eine Rolle gespielt, dass man sich entweder herausreden oder bis ans Ende aller Tage darüber prozessieren kann. Selbst gelegentliche außergerichtliche Vergleiche einkalkuliert, erlaubt diese Strategie es der Firma Reynolds, viel billiger anzubieten als die Konkurrenz, die so dumm ist, gut durchdachte, schwierig bis überhaupt nicht zu knackende Sicherungen zu entwickeln, und da der Außendienst von Reynolds dank exorbitanter Provisionssätze – die sich die Firma angesichts geradezu obszöner Gewinnspannen problemlos leisten kann – die aufdringlichsten Verkaufsprofis anzieht wie ein Scheißhaufen die Fliegen, steigt der Marktanteil von Jahr zu Jahr. Wie schon erwähnt, die Zeit arbeitet für mich.

Das Gerät, das ich vor mir hatte, würde zweifellos Alarm auslösen, wenn ich heftig an der Kabelschlaufe zog oder versuchte, sie zu entfernen oder durchzuschneiden. Doch man musste es nur einmal in der Hand gehabt haben, um zu wissen, dass es nichts taugte. Es war die Nachbildung anderer, wirklich solider Geräte, wie sie bei Reynolds nur im Gepäck der Vertreter zu finden waren: anonym gekauft, umlackiert und neu beschriftet als Demonstrationsobjekt für Kunden. Die Anlagen, die schließlich tatsächlich geliefert und installiert wurden, hatten schon einmal nicht wirklich ein Stahlgehäuse, sondern eines aus metallisiertem Plastik, wie es bei

Badezimmerarmaturen der billigsten Sorte Verwendung findet. Innen waren sie so gut wie hohl, folglich auch deutlich leichter, weswegen streng darauf geachtet wurde, dass sie nur von Reynolds-»Fachpersonal« installiert wurden. Und falls noch ein Einbrecher in Schweden lebte, der nicht wusste, dass man dieses Gerät mucksmäuschenstill bekam, indem man einfach einen einigermaßen starken Magneten auf halber Höhe anbrachte, konnte es nur ein menschenscheuer Analphabet aus dem Hinterland sein.

Es gab ein leises Knacken im Innern, als ich mein Magnetpad mit Klebeband befestigte und das Magnetfeld die lausigen Teile des Auslösemechanismus miteinander verklemmte. In aller Ruhe konnte ich die Schleife aufziehen und vom Türgriff lösen. Ich bevorzuge, wo es möglich ist, zerstörungsfreies Eindringen, weil es einem viel mehr Möglichkeiten bietet, seine Spuren zu verwischen.

Im Treppenhaus war es kalt, und es roch muffig wie in einem Pharaonengrab. Ich huschte einen Stock höher und ging vor der Nottür ins Stockwerk von Rütlipharm auf die Knie.

Das Alarmgerät war praktischerweise direkt auf das drahtdurchzogene Sicherheitsglas aufgeklebt worden, sodass mein Magnet auch von der Rückseite aus seine segensreiche Wirkung entfalten konnte. Ich presste das Ohr gegen die frostige Glasscheibe, während ich ihn anbrachte, und hörte auch hier das deutliche Klicken des sich verhakenden Auslösemechanismus. Das Schloss zu öffnen war noch eine Angelegenheit von etwa dreißig Sekunden, dann war ich drin.

Stille und der aufregende Geruch eines verlassenen Büros umfingen mich. Unmerkliche Reste kalten Rauchs mischten sich mit den ozonigen Ausdünstungen von Kopiergeräten, dem Duft von Kaffee und ungespültem Geschirr und dem Aroma verbrannten Staubes, das die Lüfter der Computer den ganzen Tag über produziert hatten. Ich machte rasch die Runde durch alle Räume, um sicherzustellen, dass ich wirklich allein war: noch eine Gewohnheit eines misstrauischen Menschen. Ich hatte sie angenommen, nachdem ich einmal in einem Büro unvermutet jemandem gegenübergestanden hatte, der an seinem Schreibtisch eingeschlafen und erst nachts von meinem Rumoren wieder aufgewacht war. Ich hatte ihn niederschlagen und fesseln müssen; etwas, das zu tun ich hasse.

Diese Gefahr drohte hier nicht; ich war tatsächlich alleine. Vielleicht war es nicht so anstrengend, für Rütlipharm zu arbeiten. Ich zog im Durchgehen rasch Mappenschränke auf, überflog die Rückenschilder der Aktenordner in den Regalen und ließ meine Taschenlampe über herumliegende Unterlagen funzeln, einfach aus Gewohnheit und um einen ersten Eindruck zu bekommen. Ich erwartete nicht, eine Akte »Erpressung Nobelkommitee« zu finden oder einen Stadtplan mit einem Kreuz und der Aufschrift »Versteck Kristina Andersson«, und ich fand auch nichts dergleichen.

Schließlich machte ich Ernst und bewegte mich in Richtung Chefbüro.

Das Büro des Chefs ist in jedem Gebäude relativ einfach zu finden: Aus Gründen, die ich nicht verstehe, die aber anscheinend unumstößlich sind, befindet es sich immer in der *Ecke* eines Stockwerks, und falls mehrere davon zur Verfügung stehen, in der des obersten. Es ist keine Frage der Aussicht, die oft anderswo besser wäre, sondern es muss ein tief verwurzelter Instinkt sein – die Architektur der Macht sozusagen –, die diese Wahl vorgibt. Wie auch immer sich das erklären lässt, mir erleichtert es jedenfalls die Arbeit. Das Chefbüro zu identifizieren, wenn man einmal darin ist, ist natürlich ein Kinderspiel, denn es ist nicht nur größer als die übrigen Büroräume, es ist auch immer deutlich anders ausgestattet, in der Regel aufwändiger.

Das Hause Rütlipharm war keine Ausnahme. Neben der Tür zum Eckbüro prangte der Name *Dr. Reto Hungerbühl* auf einem auswechselbaren Schild, was ich sehr vorausschauend fand, denn vielleicht würde es tatsächlich bald ausgewechselt werden müssen. Das Büro selbst bot eine unspektakuläre

Aussicht über Sveavägen, außerdem einen Perserteppich und eine Polstersitzgruppe in schwedischem Design der gehobenen Preisklasse. Wenn man sich an den großen, aufgeräumten Schreibtisch setzte, hing einem ein grauenhaftes Ölgemälde im Nacken.

Und hinter einer schmalen Schranktür fand sich die Front eines kleinen Panzerschranks.

Panzerschränke öffnen zu können, wenn möglich spurenfrei, gehört auch zu den in meinem Beruf unabdingbaren handwerklichen Fertigkeiten, ist allerdings in Ermangelung geeigneter Übungsmöglichkeiten im Zivilleben so gut wie nicht auf eigene Faust zu erlernen. Ich habe die Grundprinzipien während meines ersten, damals noch recht kurzen Gefängnisaufenthaltes von einem Zellengenossen eingehend erklärt bekommen. Nach meiner Entlassung bin ich eine Woche lang jede Nacht bei demselben kleinen Gebrauchtwagenhändler eingebrochen, bis ich seinen Tresor endlich aufbekam. Ich habe nicht eine einzige Öre mitgehen lassen; es war nur zu Studienzwecken gedacht gewesen.

Hier hatte ich es mit einem Schweizer Modell zu tun. In der Schweiz werden nicht nur berühmte Uhren hergestellt, auch was Panzerschränke anbelangt, macht diesem wehrhaften Bergvolk so schnell keiner etwas vor. Hinzu kommt, dass Panzerschränke zu öffnen wirklich schwierig ist. Anders als bei Zylinderschlössern beißt man sich an manchen Safes die Zähne aus. Und das hier war so ein Kandidat.

Der Tresor, den ich vor mir sah, war ein WA-60 Forte EN3, ein Produkt der Waldis Tresore GmbH in Rümlang, deren Kleintresore zu den widerstandsfähigsten der Welt gehören. Das Kürzel EN 3 steht für die Widerstandsklasse nach europäischen Normen, die die älteren und mir vertrauteren Klassifizierungen nach VDMA oder VDS abzulösen im Begriff war: Zumindest für Tresore dieser Größe war das die zweithöchste Güteklasse.

Mit anderen Worten: Er hatte wirklich etwas zu verbergen, der Herr Doktor Reto Hungerbühl.

Aber es muss nicht immer das Innere eines Safes sein, das die entscheidenden Geheimnisse enthält. Terminplaner etwa, Agenden, Telefonnotizen und bekritzelte Schreibtischunterlagen aus Papier sind oft wahre Fundgruben, was Namen, Telefonnummern oder Stichworte angeht. Ich hatte auch schon tolle Sachen in Computern aufgestöbert, und soweit ich die Entwicklung in dieser Richtung hatte verfolgen können, waren meine diesbezüglichen Aussichten in den letzten Jahren eher gestiegen: Inzwischen war so ein Ding selbst auf einem Chefschreibtisch unabdingbar, und die Suchfunktionen heutiger Betriebssysteme waren wie für Leute meiner Branche gemacht.

Mit diesen Hintergedanken schaltete ich Reto Hungerbühls PC ein und auch den seiner Sekretärin. Auch an ihrem Schreibtisch filzte ich Unterlagen, Kalendarien und so weiter. Ich fand es interessant, was für eine Sammlung von Vitamintabletten, Ginsengkapseln und medizinischen Tees die Frau in ihren Schubladen beherbergte: Kein einziges dieser Mittelchen stammte aus dem Hause Rütlipharm.

Interessant, aber belanglos. Auch ihre Kalendarien enthielten nichts, was mir weiterhalf oder meinen Argwohn in eine konkrete Richtung lenkte. Als der Bildschirm hell wurde, wandte ich mich dem PC zu, der ein Passwort verlangte, wie es aussah für die Anmeldung an einem zentralen Server.

Das kannte ich natürlich nicht. Ich sah an den üblichen Stellen nach, an denen Menschen Passworte aufschreiben, die ihrem Gedächtnis misstrauen – an der Unterseite der Tastatur, auf einem Zettel im obersten Schubfach, unter der Schreibtischunterlage, im Adressregister neben dem Telefon und so weiter –, fand aber nichts.

Das war ärgerlich, aber nicht überraschend. Sekretärinnen haben im Allgemeinen ein zu gutes Gedächtnis, als dass sie auf solche Tricks angewiesen waren. Wenn überhaupt, würde ich am PC des Chefs fündig werden.

Doch auch da hatte ich kein Glück. Reto Hungerbühl war, wie es schien, ein vorsichtiger Mensch.

Ich bin, wie schon erwähnt, von Haus aus kein Hacker. Trotzdem kenne ich mich mit Computern gut genug aus, um auch in einem solchen Fall noch nicht verzagen zu müssen. Der Server interessierte mich ohnehin nicht besonders; mein Interesse galt der Festplatte von Hungerbühls PC. Die Anmeldung im Netzwerk war nur ein lästiges Hindernis auf dem Weg dahin.

Ich zog die Diskette hervor, die ich in meinem kleinen Werkzeugkästchen verwahrte: eine Systemdiskette mit dem Betriebssystem MS-DOS 5.0, klein, altmodisch und bootfähig. Ich hatte die Systemprogramme so weit ausgedünnt, dass noch ein Suchprogramm darauf gepasst hatte, das zwar bei weitem nicht so komfortabel war wie moderne Suchfunktionen, aber nicht weniger brachial. Alles, was ich zu tun hatte, war, den Rechner mit meiner Diskette im Laufwerk neu zu starten, und kein Geheimnis darauf würde mir verborgen bleiben.

Doch zu meiner grenzenlosen Verblüffung *besaß* dieser Computer überhaupt kein Diskettenlaufwerk. Auch kein Laufwerk für CD-ROMs, was das anbelangte.

Ich konnte es kaum glauben. Wie um alles in der Welt bekamen diese Leute hier irgendwelche Daten in ihre Geräte hinein? Ich ging die umliegenden Büros ab; es war überall dasselbe. Das Internet, begriff ich. Sie kommunizierten nicht nur über das bürointerne, sondern auch über das weltweite Netz. Man verschickte heutzutage keine Disketten mehr mit der Post. Der einzige Computer, der über Laufwerke verfügte, war vermutlich der Server, der wer weiß wo stehen mochte. Es spielte auch keine Rolle; den Zugang zu einem Server zu knacken überstieg meine Fähigkeiten als Hacker sowieso bei weitem.

Verdammt. Ich schaltete den Rechner wieder ab und sackte auf dem weichen Ledersessel in mich zusammen, starrte die diversen gerahmten Familienfotos auf dem blank polierten Schreibtisch an und merkte nach einer Weile dumpfen Grübelns, wie sehr ich Lust hatte, eines davon gegen die Wand zu knallen.

Also doch der Safe. Zumindest versuchen musste ich es, wenn ich schon einmal hier war.

Ich ließ mich ohne viel Hoffnung im Schneidersitz vor dem Schrankfach nieder, das den Tresor umschloss. Angesichts geistig anspruchsvoller Aufgaben ist es wichtig, auf ermüdungsarme Körperhaltung zu achten, erst recht in Fällen, in denen die Aufmerksamkeit durch grundlegende Zweifel geschwächt ist. Der Panzerschrank wies eine spaltfrei schließende Tür auf, deren Scharnierseite zusätzlich gesichert war, bot also keinen Angriffspunkt für Stemmeisen oder andere Aufbrechwerkzeuge. Das Schloss war zudem ein fingerdick vorstehendes elektronisches Zahlenkombinationsschloss. Mit dem guten alten Stethoskop würde ich hier nichts ausrichten. Und noch einmal hierher zurückzukommen, mit schwerer Ausrüstung, war riskant, selbst wenn es mir gelingen sollte, alle Spuren zu verwischen. Zumal ich besagte schwere Ausrüstung im Augenblick nicht besaß.

Ich hätte es fast übersehen. Hätte ich nicht auf dem Boden gesessen, hätte ich überhaupt keine Chance gehabt, es zu entdecken. Aber auch so fiel mein Blick nur durch Zufall auf die dünne Kante eines kleinen Stücks Papier, das oben auf dem Tresor lag, in dem schmalen Schlitz zwischen der Oberseite des Stahlschranks und der Unterseite des Regalbretts darüber.

Bingo. Ich fischte es heraus und ahnte dabei schon, was ich finden würde. Meine Ahnung trog nicht: Es war der Code des Safes, notiert auf der Rückseite einer Visitenkarte vermutlich des Technikers, der ihn montiert hatte.

Nicht nur die Zeit ist auf meiner Seite, die Bequemlichkeit der Menschen ist es auch.

Der Safe enthielt allerhand Papier von teilweise nicht gleich einsichtiger Bedeutung. Warum zum Beispiel verwahrte Doktor Reto Hungerbühl einen ganzen Stapel von Kreditkartenabrechnungen in seinem Safe? Es waren fast alles Hotelrechnungen, immer nur für eine Nacht, ungefähr im Abstand von zwei Wochen, immer in Uppsala. Eine heimliche Geliebte?

Jede Wette. Jemand in dieser Position war es sich schuldig, eine Geliebte zu haben. Wahrscheinlich ein hübsches, junges Ding, das sich von einem Titel und einer dicken Brieftasche beeindrucken ließ. Wozu sonst war eine solche Stellung gut?

Andere Mappen enthielten Interna: Bewertungen der Mitarbeiter etwa, teilweise mit bissigen Kommentaren versehen, Gehaltslisten, Korrespondenz mit der Zentrale in Basel, Personalfragen und Budgets betreffend. Das war schon interessanter. Ich prüfte die Unterlagen genau, aber so dreist, Kristinas Entführer direkt auf die Gehaltsliste zu setzen, war man dann doch nicht gewesen; ausnahmslos jeder Name auf der Liste fand sich auch im offiziellen Organigramm. Ich würde schon ein bisschen tiefer bohren müssen.

Eine andere Mappe, eine aus gediegenem grünem Leder, enthielt vertrauliche Mitteilungen der Konzernzentrale an ihre Niederlassungsleiter. Oha. Ich rückte die auf meiner Brust hängende Taschenlampe zurecht und richtete mich auf eine interessante Lektüre ein.

Wie nicht anders zu erwarten gewesen war, beschäftigte sich der größte Teil der Schriftstücke mit dem Umstand, dass eine der Wissenschaftlerinnen des Konzerns mit dem diesjährigen Nobelpreis in Medizin ausgezeichnet werden würde. Es klang, als sei das alles völlig überraschend über Rütlipharm hereingebrochen und als habe niemand auch nur im Entferntesten mit einer solchen Entscheidung gerechnet.

Nun ja. Ich hätte es an deren Stelle auch so aussehen lassen.

Eine Reihe von Schreiben beschäftigte sich in von Woche zu Woche zunehmender Detailliertheit mit den Feiern, die der Konzern nach der Preisverleihung in Stockholm für seine Preisträgerin zu veranstalten gedachte. Es würde ein Fest für die Firmenvertreter geben, zu dem bekannte Popstars engagiert werden würden; ferner festliche Empfänge, zu denen Größen aus Wirtschaft und Politik geladen wurden – die üblichen Selbstbeweihräucherungsrituale der Herrschenden eben.

Ein von der Aufmachung her auffallendes Blatt schilderte Leben und Werk von Frau Professor Doktor Sofía Hernández Cruz und war wohl als eine Art Spickzettel für Niederlassungsleiter gedacht, die eine Pressekonferenz zum Thema Nobelpreis durchzustehen haben würden. Richtig: Ein zweites Blatt ganz ähnlicher Machart listete Fakten und Daten zum Nobelpreis selbst auf. Unter anderem wurde auch das Vergabeverfahren genau erläutert.

Interessant, dass derlei nötig war. Ich legte die Blätter auf den Stapel der Unterlagen, die ich zwecks eingehenderen Studiums mitzunehmen gedachte. Es würde vielleicht aufschlussreich sein, festzustellen, was darin erwähnt wurde – und was *nicht!*

Viele Mitteilungen befassten sich auch einfach nur mit medizinischen und firmenstrategischen Fragen – welche Versuchsreihen welche Erfolge gezeitigt hatten, welches neue Medikament wann und wie auf dem Markt eingeführt werden sollte, in welchen Ländern es Schwierigkeiten mit den Gesundheitsbehörden gab und für welche Mittel neue Nebenwirkungen gemeldet worden waren. Teilweise waren die Texte herrlich unverblümt; da wurden Erfolge der Konkurrenz genauestens durchleuchtet, Gegenmaßnahmen erläutert, und nicht selten hieß es warnend »Diese Information ist *nicht* für die Öffentlichkeit bestimmt«, und das, obwohl jede einzelne Seite sowieso in der Kopfzeile den rot gedruckten Vermerk trug, ihr Inhalt sei vertraulich.

Ich liebe es, derartige Papiere zu lesen, insbesondere, wenn sie *nicht* für mich bestimmt sind.

Eine Frage, die mich seit Hans-Olofs plötzlichem Auftauchen im Gefängnis bewegte, wurde allerdings auch durch die Lektüre dieser internen Rundschreiben nicht beantwortet. Diese Frage lautete: Was bedeutete der Nobelpreis für Rütlipharm? Abgesehen von Ruhm und Ehre und der allgemeinen Steigerung des Ansehens und des Börsenwerts, Dinge, über die sich natürlich jedes pharmazeutische Unternehmen gefreut hätte – warum hatte es ausgerechnet *dieser* Nobelpreis sein müssen, und warum *jetzt*? Was war so *dringend* gewesen, dass man derart drastische Maßnahmen für notwendig gehalten hatte? Nichts von dem, was ich las, beantwortete diese Fragen.

Vielleicht gab es ja noch geheimere Informationen als diese vertraulichen Rundschreiben? Von »vertraulich« bis »streng geheim« sind schließlich etliche Steigerungsstufen denkbar. Ich wühlte den Stapel durch und stieß auf zwei stabil kartonierte FedEx-Umschläge, deren Aufschrift zu entnehmen war, dass sie per Kurier transportiert worden waren – von Basel nach Stockholm eine schier unbezahlbar teure Beförderungsmethode – und ausschließlich dem Adressaten persönlich, gegen Vorlage eines Identitätsnachweises, auszuhändigen waren.

Ich kannte diese Art Kuriere; ich hatte mehrmals vergeblich versucht, einen von ihnen zu bestechen. Diese Erfahrung machte die beiden Umschläge umso interessanter.

Ich öffnete den einen und holte den Inhalt – zwei zusammengeheftete Stapel von je etwa zwanzig Seiten – heraus. Als ich sie näher in Augenschein nahm, musste ich grinsen. Wie es schien, hatte Rütlipharm seinerseits die Dienste eines Industriespions in Anspruch genommen, um den großen Konkurrenten Pfizer auszuspionieren.

Pfizer ist einer der größten Pharmakonzerne der Welt. Nach einem langen, satten Leben in der Anonymität abseits der Öffentlichkeit geriet die Firma vor einigen Jahren durch die eher zufällige Erfindung des ersten wirklich wirksamen Potenzmittels ins Rampenlicht: Viagra. Ich überflog den Text. Es ging darin um Versuche mit einer Reihe neuer Medikamente, die mit den Codenamen RASPUTIN-1 bis RASPUTIN-92 bezeichnet waren. Allerhand Nebenwirkungen waren aufgelistet, einige davon hatte jemand mit Rotstift unterstrichen und mit Ausrufezeichen am Rand markiert. Ausführlichen Raum nahmen neurologische Befunde ein, die ich nur halb verstand. Auf diesem Gebiet musste sich in den letzten sechs Jahren allerhand getan haben, das an mir vorbeigegangen war.

Egal, die Papiere kamen auf jeden Fall mit. Ich legte sie zu den anderen auf den Stapel. Ein guter Anlass, wieder einmal etwas für meine Bildung zu tun.

Es folgten etliche eng bedruckte Seiten, die auf den ersten Blick wie Sonderdrucke aus medizinischen Zeitschriften aussahen. Auf den zweiten erkannte ich, dass die Texte nur entsprechend formatiert worden waren; offenbar waren sie noch unveröffentlicht. Es ging um etwas, das *JAS* oder *Juveniles Aggressions-Syndrom* genannt wurde.

Davon hatte ich noch nie etwas gehört, also wanderten auch diese Unterlagen auf den Stapel.

Außerdem fand sich zu meinem nicht geringen Erstaunen noch eine Diskette in dem Umschlag. Eine ganz normale 3 ½-Zoll-Diskette, ein Noname-Produkt, auf deren Etikett mit Bleistift »JAS« gekritzelt stand. Was fing jemand in einem Büro ohne Diskettenlaufwerk mit einer Diskette an? Rätselhaft und auf jeden Fall ein Beutestück.

Der andere Umschlag war – leer.

Das war einigermaßen verstörend. Ich drehte ihn um, kontrollierte das Datum. Danach war dieser Brief Ende September angekommen, gut zwei Wochen vor der Entführung Kristinas. Wenn das nicht zu Argwohn Anlass gab, dann wusste ich nicht, was sonst.

Ich vergewisserte mich noch einmal, dass ich jedes Blatt Papier, das sich im Safe befand, in Händen gehabt hatte, starrte das ganze Chaos dann noch eine Weile an und überlegte, was ich tun sollte. Weil mir nichts einfiel, beschloss ich, zunächst einmal die bisherige Beute einzustecken. Ich faltete die Kopien zusammen und wollte sie unter das Oberteil meines Trainingsanzugs schieben, wo ich in weiser Voraussicht eine große Tasche für derlei Dinge befestigt hatte.

Allerdings hatte ich dabei offenbar ein wenig hastig gearbeitet, denn eine der Sicherheitsnadeln hatte nicht richtig gegriffen, wodurch eine der oberen Ecken nach unten umgeknickt war, ohne dass ich es bemerkt hatte. Ich stand auf, um meine Kleidung geradezuziehen und den Schaden zu beheben. Und wie ich da so stand und unter dem Brustteil meines Trainingsanzuges herumnestelte, kam mir die unspektakuläre Aussicht über Sveavägen auf unerwartete Weise zugute.

Ich sah ein Polizeiauto um die Ecke biegen.

Das hätte mich nicht weiter beunruhigt; es ist schließlich normal, dass die Polizei des Nachts durch Stockholms unsichere Straßen patrouilliert.

Aber ihm folgte ein zweites.

Beide hielten unter mir, keine zwanzig Schritte vom *High Tech Building* entfernt. Und ein dritter unverkennbar blau-weiß lackierter Wagen bog um die Ecke; die Aufschrift *POLIS* war sogar von hier oben lesbar.

Scheiße. Ganz, ganz große Scheiße.

KAPITEL 25

Einen Moment lang war ich wie gelähmt. Nicht, weil sie dabei waren, mich zu umzingeln – noch hatten sie mich nicht. Das Spiel war noch in vollem Gang. Ich hatte ähnliche Situationen schon oft erlebt, durchaus einige Male *zu* oft, und es war nicht immer gut für mich ausgegangen. Aber manche Male eben schon. Nein, nicht dass die Polizei anrückte, verwirrte mich – sondern dass sie *erst jetzt* kam.

Konnte es sein, dass ich trotz aller Vorsicht und aller Tricks einen stillen Alarm ausgelöst hatte, ohne es zu bemerken? Natürlich konnte es sein. Ich war seit sechs Jahren raus aus dem Geschäft; es mochten neue Technologien üblich geworden sein, von denen ich noch nie gehört hatte.

Doch wenn dem so war – warum kamen sie erst jetzt? Ich sah auf die Uhr. Es war kurz vor drei. Ich war seit fast zwei Stunden zu Gange, eine gute Stunde hatte ich allein vor dem geöffneten Safe verbracht. Falls ich beim Betreten der Räume oder beim Öffnen des Tresors Alarm ausgelöst hatte, war es ausgesprochen skandalös, dass die Polizei erst jetzt angerückt kam.

Wie auch immer, Rückzug war angesagt. Allerdings bestand kein Grund zu übertriebener Hektik. Ich verstaute meine Beute vor der Brust, legte ein paar Dinge so zurück an ihren Platz, dass der Schreibtisch unberührt aussah, und schloss die Safetür wieder, wobei ich, gehässig wie ich sein kann, die Visitenkarte mit der Kombination mit einschloss. Dann steckte ich die Taschenlampe ein und kehrte ans Fenster zurück, um mir die Bescherung anzusehen.

Es waren insgesamt vier Polizeiwagen, und das waren nur die, die ich sehen konnte. Ohne Zweifel näherten sie sich dem Hochhaus von allen Seiten. Ich jedenfalls hätte das getan.

Ich hätte allerdings auch nach einem Alarm nicht stundenlang gewartet.

Das Ärgerliche an einem Hochhaus ist, dass es in der Regel nur einen Ausgang hat oder jedenfalls nur eine sehr überschaubare Anzahl davon. Eine Hand voll Leute genügt in den meisten Fällen, sie alle abzuriegeln und jedem, der heraus- oder hineinwill, peinliche Fragen zu stellen. Von anderem ganz zu schweigen.

Ich warf einen neiderfüllten Blick auf das große Baugerüst, das an der Vorderfront eines Versicherungsgebäudes auf der gegenüberliegenden Straßenseite aufgebaut stand. Gestänge, schmale Leitern, das Ganze eingehüllt von schwerer Plastikfolie, die hier und da in dem Wind flatterte, der Sveavägen entlangpfiff. Von der obersten Plattform des Gerüsts, das konnte man im gelblichen Licht der Straßenbeleuchtung erkennen, ging ein dickes schwarzes Stromkabel weg, führte hinaus über die Straßenschlucht und verschwand in der Dunkelheit. Einen Moment lang überlegte ich, ob das Kabel wohl zum Dach des *High Tech Building* führte und ich entkommen könnte, indem ich mich daran hinüber auf die andere Straßenseite hangelte. Waren ja nur schätzungsweise achtzig Meter.

Doch natürlich war das eine absolut hirnverbrannte Idee. Eine von der Sorte, die nur in Kinofilmen funktionieren, nicht in der Wirklichkeit. An einem Kabel über eine viel befahrene Straße hangeln, in fünfunddreißig Metern Höhe und bei Eiseskälte? Ich tat gut daran, diese Idee so schnell wie möglich zu vergessen und mir etwas Durchführbares auszudenken.

Überhaupt, diese Fenster – ließen die sich eigentlich öffnen? Sah nicht so aus. Ich schaute hinunter auf das Glasdach über der Passage, sechs oder sieben Stockwerke unter mir. Sich an der Außenwand hinabzulassen war nicht grundsätzlich utopisch; das hatte ich schon gemacht, öfter sogar. In manchen Fällen ist das eine Standardtechnik, um irgendwo einzudringen. Allerdings braucht man dazu etwas mehr Ausrüstung, als ich sie im Augenblick bei mir trug oder auch nur mein Eigen nannte. Ein ausreichend langes und vertrauenswürdig stabiles Seil etwa, um nur ein Beispiel zu nennen.

Ein Blick in die Runde, aber ohne wirkliche Erwartung. Solche Dinge fand man nicht in Büros.

Ich huschte nach vorn in den Empfangsbereich. Der lag im Dunkeln; nur ein paar Leuchtdioden glommen rot und grün irgendwo auf Tischen und an Geräten. Die Stockwerkanzeigen über den Fahrstühlen leuchteten in ruhigem, fahlem Weiß. Und sie hatten sich bis jetzt noch nicht bewegt, immerhin. Aber es konnte sich nur noch um Minuten handeln, bis die Zahlen anfangen würden hochzuzählen.

Die reglosen Ziffern im Blick zückte ich den Schraubenzieher. Ein paar Minuten blieben mir noch; wahrscheinlich war man noch dabei, den Hausmeister aus dem Bett zu holen oder dergleichen.

Eine realistische Fluchtmöglichkeit – man glaubt es kaum – ist bisweilen tatsächlich das Belüftungssystem. Wie im Film. Je nach Größe, Bauart und Baujahr eines Gebäudes sind Belüftungsschächte mitunter in der Tat groß genug, dass ein ausgewachsener Mensch darin herumkriechen kann. Sie sind es nicht, um unsereinem das Leben zu erleichtern, sondern weil sie so groß sein *müssen*, aus simplen technischen Gründen: Je größer ein Gebäude ist, desto mehr Luft muss man hineinpumpen, und je mehr Luft durch eine Leitung strömt, desto größer muss sie sein, wenn man allerlei Phänomene vermeiden will, die mit abrupten Druckänderungen einhergehen. Luft, die in einer Leitung unter Druck steht und daraus entströmt, macht beispielsweise Geräusche, die man unter Garantie nicht von morgens bis abends hören will. Außerdem kühlt sie sich dabei ab, und zwar heftig – nicht umsonst beruht die Funktionsweise von Kühlschränken auf diesem Prinzip. Wenn man es darauf anlegt, ein Gebäude zu heizen, ist das todsicher kein gewünschter Effekt. Deshalb gibt man Belüftungsschächten einen Querschnitt, der so groß ist, dass sich die Luft darin gemächlich und geräuschlos bewegen kann.

Ich schob einen Tisch an die Wand, stieg darauf und schraubte das Gitter zum Lüftungsschacht ab. Groß war es, schön breit, und die vier Schrauben an den Ecken leisteten keinen Widerstand. Doch als ich es aus den Halterungen hob und neben mir abstellte, bot sich meinen Blicken ein metallener Schacht dar, der deutlich enger war, als ich erwartet hatte. Nicht völlig unpassierbar, aber doch irgendwie... *unkomfortabel*. Ich zückte die Taschenlampe und leuchtete in die dunklen Tiefen, aus denen mir kühle Luft entgegenströmte. Weiter hinten sah es gar nicht gut aus. Jede Menge Umlenkbleche, an denen kein geräuschloses Vorbeikommen war; man hätte sie abschrauben müssen. Und dahinter, wie es aussah, ein steiler Fallschacht. Für den fehlte mir wieder ein verlässliches Seil.

Und wenn ich mich einfach im Luftschacht versteckte? Mucksmäuschenstill abwartete, bis sie wieder das Weite suchten? Das Gitter ließ sich von innen einhängen, die fehlenden Schrauben würden nicht ohne weiteres auffallen... Aber falls sie einen Suchhund mitbrachten, war es eine denkbar schlechte Idee, sich ausgerechnet im Zustrom der gesamten Luft dieses Stockwerks aufzuhalten.

Nein, das hatte keinen Zweck. Die Frage war, was die Polizisten wussten. Wussten sie definitiv, dass jemand im Gebäude war? Oder handelte es sich nur um einen Verdacht, einen Alarm, dessen Auslöser erst noch festgestellt werden musste?

Ein Glockenton, ganz, ganz weit entfernt, aber trotzdem lauter als mein Herzschlag, ließ mich aufsehen. Tatsächlich, einer der Aufzüge hatte sich in Bewegung gesetzt, und jetzt folgte ihm ein zweiter.

Hatten die keine Angst, dass hier jemand warten könnte, der entschlossen war, sich den Weg freizuschießen?

Ich gab die Idee mit dem Lüftungsschacht auf – sie hatte

mir ohnehin nicht besonders gefallen – und hängte das Gitter wieder ein. Dann hüpfte ich vom Tisch, schob ihn an seinen alten Platz und die Schrauben in die Hosentasche und war wie der Blitz am Notausgang und im Treppenhaus.

In weiser Voraussicht hatte ich ein Holzstück in die Tür geklemmt und sie so am Zufallen gehindert. Ich brauchte sie einfach nur zu öffnen und hinter mir zuzuziehen, ohne mich um das Alarmkabel über dem Türgriff kümmern zu müssen. Während ich unten schon die Schritte von wenigstens fünf Männern hörte, die die Treppe zu Fuß hochkamen, zog ich den Magneten ab, huschte ins Stockwerk darunter, nestelte hinter mir das Alarmkabel wieder über den Griff, entfernte den Magneten ebenfalls und suchte in der Praxis von Doktor Henrik Ubbesen Zuflucht, die ich eigentlich nie wieder zu betreten vorgehabt hatte.

Und diesmal dauerte das Öffnen des Schlosses nicht einmal fünf Sekunden.

Mein Plan war eine Variante der Sache mit dem Lüftungsschacht: mich verstecken und warten, bis sie wieder abzogen. Hochhäuser sind schnell abgeriegelt, sie zu durchsuchen aber ist denkbar aufwändig. Erst recht, wenn die Suche gründlich vonstatten gehen soll und der Gegenstand der Suche es darauf anlegt, nicht gefunden zu werden. Spätestens wenn morgen früh die ersten Angestellten an ihre Arbeitsplätze zurückwollten, würden sie aufhören müssen. Und dann würde ich es irgendwie schaffen, ungesehen zu verschwinden.

Ich setzte mich neben der Tür auf den Boden, mit dem Rücken zur Wand, lehnte den Kopf nach hinten, schloss die Augen und lauschte. Wieder einmal warten. Die Zeit verstreichen lassen. Nicht daran denken, dass es nicht nur mein eigenes Leben war, das ruiniert sein würde, wenn sie mich fanden.

Ich schreckte hoch, als ich Geräusche hörte, und sah auf die Uhr. Anderthalb Stunden waren vergangen, ohne dass ich es bemerkt hatte.

Ich lauschte. Es klang nicht gut, was ich hörte. Sie waren

immer noch da, und so, wie es sich anhörte, durchsuchten sie das Gebäude allen Ernstes Stockwerk für Stockwerk, Raum für Raum. Ich konnte hören, wie sie ein paar Wände weiter Schranktüren öffneten und wieder schlossen. Es war wirklich ein sehr hellhöriges Gebäude, und mir kam flüchtig der Gedanke, dass der Aufmarsch der Polizei vielleicht damit etwas zu tun haben mochte. Dass noch jemand im Gebäude gewesen sein konnte, der mich gehört hatte.

Türen wurden wieder abgeschlossen. Schwere Schritte im Gang. Und sie näherten sich der Zahnarztpraxis.

Jetzt musste mir etwas einfallen.

KAPITEL 26

Björn Orrenius hasste es, Nachtschicht zu haben. Insbesondere hasste er es, sie mit sinnlosen Aktionen anstatt mit einer Zeitung und einer Kanne Kaffee verbringen zu müssen. Der Typ war doch längst weg, jede Wette. Falls nicht bloß irgendjemand Halluzinationen gehabt hatte. Aber der Chef wollte mal wieder Eindruck schinden. Deshalb mussten sie sich zu viert mit diesem schwerfälligen Hausmeister Stockwerk für Stockwerk durch das Gebäude arbeiten, alle Etagen bis hoch zum Dach. Unten standen sich welche von der Bereitschaft die Beine in den Bauch, und aller Voraussicht nach würde sich das Ganze bis in die Morgenstunden hinziehen.

Kein Wunder, dass seine Ehe in die Brüche gegangen war. Seine Ex hatte inzwischen einen Neuen, einen Verwaltungsangestellten. Der musste bestimmt keine Nachtschichten schieben, verdammt. Immerhin brauchte sie jetzt auch keinen Unterhalt mehr von ihm, das war immerhin etwas. Bloß wann er selber jemand Neues hätte kennen lernen sollen, das hätte er gerne mal gewusst.

Der achte Stock. Lauter Arztpraxen, Grundgütiger, und das in einem Gebäude, das es mit *High Tech* hatte! Der wabbelige Hausmeister war unermüdlich, den hatte der Chef wohl tierisch beeindruckt. Machte jede einzelne Tür auf. Na gut, schauten sie eben auch in die Schränke. *Gefahr im Verzug?* Wenn er sich da mal nur nicht schnitt, der Chef. Wenn einer von den Mietern das mitbekam, dass sie die Räume ohne richterlichen Durchsuchungsbefehl gefilzt hatten, und klagte – Junge, Junge! Vor allem, falls sie niemanden fanden.

Eine noch, eine Zahnarztpraxis. Unverkennbar, selbst wenn es nicht auf dem Türschild gestanden hätte. Man musste nur die Tür aufmachen und einmal tief Luft holen. Grauenhaft, dieser Gestank! War das wirklich nötig, um zu desinfizieren? Oder benutzten sie das Zeug nur, um Kindern Angst einzujagen? Orrenius bemühte sich, flach zu atmen.

Wahrscheinlich hatte dieser hier auch hunderttausend Schränke, wie alle Ärzte. Aber statt sich an die Arbeit zu machen, damit sie schnell wieder rauskamen, blieb der Hausmeister dick in der Tür stehen, drehte sich um und meinte: »Ich fürchte, hier stören wir.«

Er wollte kehrtmachen und die Tür zuziehen, aber Orrenius bremste ihn. »Halt mal. Was soll denn das jetzt heißen?«

Der Hausmeister gab den Blick frei. »Schauen Sie doch.«

Orrenius schaute. Oha! Man brauchte in der Tat kein Team der Spurensicherung, um zu wissen, was sich hier abgespielt hatte. Sie sahen den Tatort einer heftigen Entkleidung ohne Rücksicht auf die beteiligten Kleidungsstücke. Teile eines eleganten weinroten Kostüms lagerten, achtlos weggeworfen, über hastig abgestreiften Schuhen. Eine zusammengeknüllte schwarze Hose umschlang eine zerknitterte Bluse. Socken, lange Strümpfe und die Unterhose eines Mannes lagen wie Konfetti in der Gegend verstreut, und über der Schreibtischlampe hing ein hellblauer, spitzenbesetzter Büstenhalter.

»Junge, Junge«, sagte Orrenius.

»Und hören Sie das?«, fragte der Hausmeister.

»Was denn?«

»Na, *das!*«

Orrenius horchte. Hoppla. Entweder war es das, wonach es sich anhörte, oder er hatte einen durch Hormonstau verursachten Hörschaden. »Doch. Höre ich.«

»Das ist doch ein Pärchen, oder?«

»Denke ich auch.«

»Die ... die treiben es gerade, würde ich sagen.«

»Hört sich ganz so an.« Junge, Junge, bestimmt war das eine

Nummer auf dem Zahnarztsessel. Irgendwas Perverses. »Doch, hört sich wirklich ganz so an.«

»Wir sollten besser gehen, ehe sie mitkriegen, dass wir hier reingekommen sind.«

»Nicht doch«, meinte Orrenius und hatte zum ersten Mal an diesem Abend Spaß an der Arbeit. »Nicht so schnell. Der Chef hat gesagt, *alles* kontrollieren. Mit besonderer Betonung auf ›alles‹. Oder? Da können wir nicht eigenmächtig irgendwas auslassen, würde ich sagen.«

»Na ja, aber Sie können doch nicht... ich meine, wollen Sie jetzt da reingehen und...?«

Orrenius winkte ab. Mann, war der Typ verklemmt. »*Hej*, ganz ruhig. Wir lassen sie erst mal fertig machen. Und dann wird sich alles Weitere finden. Vielleicht gibt es ja auch noch ein bisschen was zu sehen, oder? Kann doch nicht schaden.« Er drehte sich zu den anderen um, die auch grinsten, als wäre schon Weihnachten. »Oder?«

»Unbedingt«, nickte der Dicke von der Streife.

»Anweisung ist Anweisung«, bekräftigte der Dunkle mit dem Ohrring, der heute Nacht noch gar nichts gesagt hatte.

»Oh, Mann!«, ächzte der Dritte, der jung und frisch bei der Truppe war und schon ganz rote Ohren hatte.

»Tja«, grinste Björn Orrenius den Hausmeister an, »Sie sehen, das Pflichtgefühl hat gesiegt. Wir warten.«

»Na, wenn Sie meinen«, erwiderte der und nestelte an seinem engen grauen Kragen.

»Immer locker«, meinte Orrenius und malte sich aus, wie das wohl sein mochte, auf einem Zahnarztstuhl zu vögeln.

Sie warteten. Die Frau kam langsam auf Touren. Manchmal blieb ihr die Luft weg oder so was, und dann hörte man einen Moment den Mann keuchen. Dann fiel sie wieder ein, keuchte »ja, ja, ja« oder quiekte, dass einem der Hammer in der Hose wuchs, verdammt noch mal. Orrenius biss sich auf die Lippen.

Endlich kam sie.

Dann er. Gurgelte, als wäre er am Ersticken.

Und dann war Stille, so plötzlich wie ein Schlag mit einem nassen Handtuch. Orrenius sah sich um und blickte in peinlich berührte Gesichter. Der Junge sah fast drein, als sei ihm einer abgegangen, mitten in die Uniformhose. Scheiße. Anweisung war Anweisung, das stimmte immer noch. Und der springende Punkt beim Durchsuchen war, nichts auszulassen.

Er räusperte sich. Das war jetzt ja wohl sein Job. Scheiße, hoffentlich gab das keinen Ärger. »Hallo?«, rief er. »Ist da jemand? Hier ist die Polizei.«

Ein erschrockener, spitzer kleiner Schrei war zu vernehmen, dann einen Moment lang nichts. Dann hörte man ein paar nackte Füße auf nacktem Boden näher kommen.

»Warten Sie!«, rief eine reichlich verdattert klingende Stimme. »Ich komme schon.«

Ein nackter Mann tauchte in der Tür auf, der gleichzeitig mit einer dunklen Hornbrille und einem weißen Arztkittel kämpfte und mit beidem vor Nervosität nicht zurechtkam. Er war mager, beinahe drahtig, hatte einen feinen Haarflaum auf der knochigen Brust und – Scheiße, sein Schwanz glänzte noch *tropfnass!*

»Was ist los? Polizei? Wieso Polizei? Ist was passiert? Hören Sie«, sagte der Mann und schaffte es einfach nicht, mit der Hand in den Ärmel seines weißen Kittels zu kommen, der unrettbar verdreht um ihn herumhing, vorne weit aufklaffte und ihnen diesen verschrumpelten, glänzend nassen Schwanz präsentierte. »Hören Sie, ich bin, also, na ja... *verheiratet*. Ich meine, es ist doch sicher nicht nötig, dass meine Frau von diesem... *Vorfall* hier... also, Sie sind doch nicht gezwungen, das irgendwie zu Protokoll zu nehmen oder so, oder?«

Björn Orrenius riss den Blick von dem Geschlechtsteil seines Gegenübers los und versuchte die Vorstellung zu vertreiben, wo dieser schlaffe Pimmel gerade eben noch dick und pochend tätig gewesen war. Er versuchte auch die Frage zurückzustellen, was um alles in der Welt eine Frau, die derartige Spitzenwäsche trug, an einem mageren, unansehnlichen Typen wie dem da finden mochte...

»Ähm, ja«, sagte er und rieb sich die Hände. Immer aufs Gesicht schauen, ermahnte er sich, da kann man nichts falsch machen. »Also, wir suchen einen Einbrecher. Er ist oben im neunten Stock gesehen worden, von einem der Nachbarhäuser aus, und wir haben das Gebäude abgeriegelt; er muss also irgendwo im Haus sein.«

»Sie haben nicht zufällig irgendetwas bemerkt?«, fragte der Hausmeister hastig mit immer noch hochrotem Gesicht.

Endlich hatte der Mann das mit dem Kittel auf die Reihe gekriegt und seine Blöße bedeckt. Er wickelte sich in den weißen Stoff, fingerte an seiner Brille herum, sah sie mit schiefem Grinsen an und sagte: »Also, ehrlich gesagt... Nein. Ich war, ähm... abgelenkt.«

»Verstehe. Ja, klar«, nickte der Hausmeister eifrig.

Orrenius legte seinem Begleiter die Hand auf den Arm. Der Mann schien vergessen zu haben, wer hier der Polizist war. »Wir müssen Sie trotzdem bitten, sich auszuweisen«, sagte er.

»Oh! Ich verstehe. Warten Sie.« Der Mann drehte sich einmal um sich selbst, sein Blick suchte den Boden ab, wahrscheinlich nach einem bestimmten Kleidungsstück. Währenddessen fingerten seine Hände durch die Taschen seines Kittels und kamen plötzlich triumphierend mit ein paar Visitenkarten heraus. Er reichte Orrenius eine davon. »Erst mal für den Moment. Henrik Ubbesen ist mein Name, das hier ist meine Praxis und so weiter...«

Björn Orrenius drehte die Karte unschlüssig in der Hand, sah den Mann und den hellblauen Spitzen-BH auf der Schreibtischlampe und dann wieder den Mann an. Das wurde alles immer peinlicher. »Tut mir Leid, aber ich fürchte, das genügt nicht«, sagte er und hatte das Gefühl, dass ihm die sachlichneutrale Stimmlage, zu der man sie in der Polizeischule immer ermahnt hatte, allmählich entglitt. »Eine Visitenkarte ist kein Dokument.«

»Natürlich, verstehe«, nickte der halb nackte ehebrecherische Zahnarzt fahrig. »Er muss hier irgendwo sein, mein Ausweis, Moment...«

»Und alle anderen Personen, die Sie da im Hintergrund verstecken, müssen wir ebenfalls bitten sich auszuweisen.«

Der Typ, dieser Henrik Ubbesen, verschluckte sich fast an seiner eigenen Zunge. »Bitte«, flehte er, »nur das nicht. Machen Sie sich nicht unglücklich, ich bitte Sie.« Er fuhr hastig und in fast nicht zu verstehendem Flüsterton fort von wegen, die »Dame« stamme aus einflussreichsten Kreisen, und wenn das hier irgendwie publik würde, gäbe es einen Skandal, Köpfe würden rollen, Karrieren enden... So, wie er sich benahm, konnte man fast meinen, er habe die Kronprinzessin da drin auf seinem Stuhl. *Und jetzt die Beine spreizen und laut ›ja, komm‹ sagen.*

Orrenius' Blick fraß sich wieder an dem hellblauen BH mit den Spitzen fest. Er schluckte unbehaglich. *Skit*, womöglich stand sie gar nicht auf den Zahnarzt, sondern auf den Geruch der Praxis? Es gab die merkwürdigsten Besessenheiten.

Der Mann im weißen Kittel plapperte immer noch, während er auf seinem Schreibtisch herumwühlte. »Ich meine, auf der Visitenkarte, da haben Sie meine Telefonnummer und alles. Sie können mich zum Beispiel morgen erreichen, und wenn Sie nur einen Moment warten, irgendwo muss mein Ausweis doch *sein*...«

Orrenius wandte sich an den Hausmeister. »Sie kennen ihn, nehme ich an?«

Der blies die Backen auf. »Na ja...Vom Sehen. Also: Das Gesicht kommt mir bekannt vor. Aber schauen Sie, ich bin für alle fünf Häuser hier zuständig, und wann begegnet man sich schon? Einmal im Jahr vielleicht.« Er warf dem halb nackten Mann einen verlegenen Blick zu und sah gleich wieder weg. »Außerdem hat er normalerweise was anderes an.«

Der nervöse Zahnarzt hatte endlich etwas in seinen Schubladen gefunden und streckte es Orrenius ruckartig hin. Einen

Lichtbildausweis der Universitätsbibliothek. Er zeigte einen deutlich jüngeren Henrik Ubbesen, aber man konnte ohne viel Phantasie in ihm den Mann erkennen, der halb nackt vor ihnen stand.

»Ja, ja«, meinte Orrenius unleidig, gab ihm den Ausweis zurück und winkte ab. »Schon gut. Ich würde sagen, das genügt uns.« Er stieß den Hausmeister an und scheuchte seine Kollegen mit ein paar Handbewegungen hinaus. »Kommt, wir haben noch ein paar Stockwerke vor uns.«

Das entscheidende Detail, dessen bin ich mir sicher, ist mein feucht glänzender Penis gewesen. Es ist den Männern vielleicht nicht bewusst geworden, aber das war der Grund, warum sie mir die Geschichte abgekauft haben. Ich hatte es an ihren Blicken sehen können, diesen teils amüsierten, teils peinlich berührten, teils neiderfüllten Blicken. Zweifellos hätten auch sie lieber Sex gehabt, als nach einem Einbrecher zu fahnden. Und zweifellos hätten sie darauf bestanden, die Frau zu sprechen, wenn ihnen mein nasses Glied nicht aufgefallen wäre.

Die Frau, die es nicht gab.

Denn es war einfach nur Spucke gewesen. Ich hatte mich eilig ausgezogen, eine ordentliche Menge Speichel in den hohlen Händen gesammelt und meinen Penis gründlich damit eingerieben, ehe ich nach dem weißen Kittel und der Brille gegriffen hatte und, dramaturgisch wirkungsvoll mit beidem ringend, hinausgegangen war.

Zugegeben, meine akustische Darbietung eines weiblichen Orgasmus hat auch ihren Teil dazu beigetragen. Diesbezüglich kann ich auf langjährige Übung zurückblicken, wobei ich in meiner Kindheit, dank anderer Stimmlage, sogar noch echter geklungen haben dürfte. Ich habe regelmäßig das ganze Waisenhaus damit amüsiert, mit Ausnahme seines Leiters natürlich, dessen nachmittägliche »schwache Stunden«, wie ich es ihn einmal habe formulieren hören, Vorbild und Lehrstück meines Keuch- und Japsdramas waren. Er verbrachte diese

Nachmittage mit einer drallen, älteren Frau, die eigens mit dem Auto aus der Stadt gefahren kam und danach stets gleich wieder ging. Soweit ich mich erinnere, gehörte sie dem Aufsichtsgremium des Waisenhauses an; jedenfalls hat sie nie irgendwelche Einwände dagegen erhoben, dass ich die Nächte im kalten Keller verbringen musste, weil ich ihre nachmittäglichen Lustschreie so täuschend echt imitiert hatte.

Ich zog mich, nachdem sie gegangen waren, so schnell wie möglich wieder an, räumte die entliehenen Kleidungsstücke zurück in den Schrank und beseitigte, was sich an Spuren beseitigen ließ. Dann verließ ich die Praxis des Zahnarztes und versteckte mich in der des Gynäkologen, von deren Fenster aus ich die weiteren Aktivitäten der Polizei verfolgte, bis sie gegen fünf Uhr endlich abzog.

KAPITEL 27

Ich schlief bis kurz nach zehn, dann wälzte ich mich aus dem Bett, hielt den Kopf unter kaltes Wasser, bis ich wieder klare Gedanken fassen konnte, und rief als Erstes Hans-Olof an.

»Hallo, Schwager.«

»Oh. Na so was. Du? Das ist ja...« Er schien maßlos verblüfft zu sein, meine Stimme zu hören. Oder ich hatte ihn in einem ungünstigen Augenblick erwischt.

»Störe ich gerade? Bist du in einer Sitzung oder so?«

»Nein, nein, kein Problem. Ich sitze bloß hier am Schreibtisch und schiebe Papier von rechts nach links.« Er stieß einen tiefen Seufzer aus. »Aber es ist nett, dass du dich mal von dir aus meldest. Ich habe, ehrlich gesagt, kaum ein Auge zugetan heute Nacht.«

»Ah, ja? Frag mich mal.«

Pause. »Das klingt nicht gut«, sagte Hans-Olof behutsam.

»Nein. Ist es auch nicht besonders.«

Er schluckte tapfer. »Verstehe. Du hast also nichts herausgefunden.«

»So kann man es auch sagen. Mitten in der Arbeit ist Polizei aufgetaucht, lastwagenweise. So ungefähr das einzig Positive ist, dass sie sich so auffällig benommen haben, dass ich sie rechtzeitig bemerkt habe. Sonst würde ich dich jetzt vermutlich aus einer Zelle anrufen und bitten, dass du mir einen Anwalt besorgst.«

Er gab einen unartikulierten Laut von sich, der mich einen Moment lang rätseln ließ, ob das eine Herzattacke war oder ob ihn jemand strangulierte. »*Skit*«, ächzte er schließlich. »Das darf nicht wahr sein. Verdammt.« Er atmete ein paarmal durch. »Wie hat das passieren können?«

»Das frage ich mich seit inzwischen sieben Stunden auch. Und ich habe keine Ahnung. Ich meine, es war kein schwer gesichertes Büro, wirklich nicht. Selbst mit dem rechten Arm in Gips hätte ich es schaffen müssen, ohne Alarm rein- und wieder rauszukommen.«

»Aber Polizei kommt doch nicht einfach so, oder? Nicht in Mannschaftsstärke.«

»Ist mir klar, ja. Angeblich bin ich vom Nachbargebäude aus gesehen worden. Aber ich würde jede Wette halten, dass es so nicht gewesen ist. Ich mache so was ja nun wahrhaftig nicht zum ersten Mal.«

»Und dann? Ich meine, wie bist du entkommen?«

»Oh«, meinte ich zögernd, »das ist eine lange Geschichte. Und nicht sonderlich ruhmreich.« Nein, beschloss ich, das würde ich ihm nicht erzählen. Nicht dem Vater meiner Nichte. »Ich fürchte, da musst du warten, bis ich meine Memoiren geschrieben habe.«

»So, wie die Dinge stehen, werde ich das nicht mehr erleben.«

»Und ich sie nie schreiben.«

Ein eigenartig zittriger Laut schlich sich in seine Stimme. »Das wollte ich jetzt nicht hören.«

Um ein Haar hätte ich mich bei ihm entschuldigt. Ich konnte mich gerade noch bremsen, indem ich an Inga dachte und daran, dass er sie im Suff an den Baum gefahren hatte. »Ich bleibe weiter dran, falls du das meinst«, sagte ich.

»Entschuldige, mir ist eben ganz flau geworden. Es war also haarscharf, oder? Gunnar, du bist Kristinas letzte Hoffnung, vergiss das nicht!«

»Das ist mir völlig gegenwärtig, darauf kannst du Gift nehmen.«

»Und was willst du jetzt unternehmen?«

Ich betrachtete das Fenster, das so trübe und staubig war, als sei es seit Jahren nicht mehr geputzt worden. »Ich weiß es noch nicht genau. Auf jeden Fall darf ich es nicht noch einmal so überstürzt angehen.«

Pause auf der anderen Seite. »War es das? Überstürzt?«

»Wäre kein völlig unpassendes Wort, glaube ich. Ja.«

»Und *lag* es daran? Dass die Polizei gekommen ist, meine ich?«

»Nein«, musste ich zugeben. »Mir wäre wohler, wenn es so wäre. Dann wüsste ich wenigstens, was ich falsch gemacht habe.«

»Ich meine nur... Meine Güte, ich darf gar nicht darüber nachdenken. Gunnar, ich bitte dich! Für Kristina zählt jeder Tag, jede Stunde. Da kannst du nicht auf einmal streng nach Vorschrift und Lehrbuch vorgehen.«

Die Vorstellung eines Lehrbuches für Industriespione hatte in dem Moment etwas so Absurdes, dass ich unwillkürlich lachen musste. »Das müsste erst noch jemand schreiben, beruhige dich. Die einzige Vorschrift, die ich kenne, ist die, dass man sich nicht erwischen lassen darf. Besonders ich nicht. Wenn ich den Rest meiner Tage im Bau verbringe, nütze ich niemandem, Kristina nicht und dir auch nicht.«

»Um mich geht es hier nicht.«

»Für dich würde ich mich auch nicht so ins Zeug legen, wenn du es genau wissen willst.« Das war gemein, aber es tat gut. »Ich muss einfach vorsichtig sein. Es gibt bei der Polizei bestimmt einige, denen es stinkt, dass ich schon draußen bin, und die nur darauf warten, dass ich was falsch mache, gegen eine Bewährungsauflage verstoße oder –« Da fiel mir etwas ein. »*Skit!* Was haben wir heute? Mittwoch?«

»Ja.«

Ich fischte nach meiner Uhr. Knapp viertel vor elf. »Ich muss in einer halben Stunde bei meinem Bewährungshelfer antanzen. Und Fahlander kann scheißgemein werden, wenn er nüchtern ist. Also, schieb weiter Papier, ich melde mich, wenn's was Neues gibt.« Ich unterbrach die Verbindung und stürzte mich in meine Kleidung.

Seit ich ihn kannte – und ich kannte ihn schon lange – war Per Fahlander immer der beste Kunde vom SYSTEMBOLAGET gewesen. Um einigermaßen normal zu wirken, brauchte er Alkohol in Mengen, die jeden anderen tot umfallen lassen hätten. Richtig betrunken hatte ich ihn allerdings nie erlebt. Ich glaube, das hat er immer in der Abgeschiedenheit seiner Wohnung erledigt.

Natürlich verdiente er als Sozialarbeiter nicht annähernd genug dafür. Deshalb erpresste er seine Klienten, und entwickelte eine erstaunliche Geschicklichkeit darin, es nicht so aussehen zu lassen, als sei es Erpressung. Er hatte mir zum Beispiel nie offen gedroht, falsche Verstöße zu erfinden und mich damit zurück in den Knast zu schicken. Ich kenne auch niemanden, dem er so gekommen ist. Aber mir war immer klar gewesen, dass er das tun konnte und auch tun würde, wenn ich Widerstand leistete.

Widerstand leisten wollte ich aber sowieso nicht. Ich war siebzehn, als ich das erste Mal mit ihm zu tun hatte, und die Welt der Betriebsspionage, in die er mich hineinlotste, faszinierte mich von Anfang an maßlos. Und dass er seinen Anteil einstreichen wollte, hatte mir stets eingeleuchtet.

Auch bei anderen Schützlingen hatte er es in ähnlicher Weise verstanden, deren besondere Fähigkeiten einträglichen, allerdings selten legalen Nutzungsmöglichkeiten zuzuführen. Logischerweise hatte Per Fahlander die schlechteste Rückfallquote aller Bewährungshelfer weit und breit. Allein dadurch hätte auffallen müssen, dass etwas nicht stimmt, und wahrscheinlich war es auch aufgefallen – bloß hatte es keine Konsequenzen. Denn das System redet zwar viel von Sorge und Unterstützung, doch in Wirklichkeit sind ihm die Schicksale offenkundig nutzloser Menschen gleichgültig; es umsorgt und unterstützt nur sich selbst.

Ich kam vier Minuten zu spät, was er nicht weiter kommentierte. Sein Büro war immer noch dasselbe wie vor zwanzig Jahren, ein enges, kleines Gelass mit sinnlos hohen Wänden und einem Blick auf graue Gebäude mit grauen Fenstern, hinter denen vermutlich ähnliche Gelasse lagen. Doch zu meiner Verblüffung waren die dunklen, abgeschabten Möbel verschwunden, die zu Fahlander gehört hatten wie der ewige Geruch von Pfefferminzpastillen, und hellem, leicht wirkendem Mobiliar gewichen. Auf dem Fensterbrett standen sogar einige Pflanzen, die kein bisschen vertrocknet aussahen; dass Fahlander mit Wasser umgehen konnte, war mir neu.

»Ich hätte nicht gedacht, dass ich dich so schnell wiedersehe«, meinte Fahlander, als wir saßen und er meine beträchtliche Akte aus dem Schrank gekramt hatte.

»›Schnell‹ ist nicht unbedingt das Wort, das mir einfallen würde, wenn es um einen Zeitraum von sechs Jahren geht«, erwiderte ich.

»Ja, okay. Mir ist halt kein anderes eingefallen.«

Er hatte sich verändert. Er hatte sein Haar immer zu einem Pferdeschwanz gebunden getragen, und als ich ihn das letzte Mal gesehen hatte, waren erste graue Strähnen darin gewesen. Inzwischen war er völlig ergraut, und er trug es kurz geschnitten, was ihn paradoxerweise sogar jünger wirken ließ. Fahlander war die Art auffällige Erscheinung, an die sich jeder erinnert, egal wo. Kein Wunder, dass er sich Hilfskräfte hatte heranziehen müssen; auf sich allein gestellt, wäre er für jede kriminelle Karriere ungeeignet gewesen.

Wir brachten das Meldetechnische hinter uns. Er notierte meine neue Adresse, heftete das Blatt in den Ordner ein, sah auf und bemerkte meinen abwartenden Blick. Er winkte ab. »Vergiss es. Ich bin nicht mehr in dieser Branche tätig.«

Klar. Und der Mond bestand neuerdings aus Käse. »Ich glaub dir kein Wort.«

»Dann lass es bleiben.« Er streckte und dehnte die Schultern, als seien sie verspannt. »Auch wenn du dir das vielleicht nicht vorstellen kannst, das gibt es, dass Menschen in sich gehen und versuchen, ihr Leben zu ändern. Sich selbst zu ändern. Ihre Einstellung den Dingen gegenüber.«

»Und was genau ist passiert? Hat die Stimme des Herrn zu dir gesprochen?«

Fahlander schüttelte müde den Kopf. »Es ist nichts Besonderes passiert. Ich hatte eben eine Einsicht. Was für ein Scheißleben ich lebe. Und dass ich selber dafür verantwortlich bin. Und wenn du eine wirkliche Einsicht hast, dann bleibt das eben nicht ohne Folgen.« Er wies auf die neuen Möbel, die das Büro doppelt so groß wirken ließen, als ich es in Erinnerung gehabt hatte. »Ich bin seit fast zwei Jahren trocken, falls es dich interessiert.«

Ich hob die Augenbrauen. »Das nenne ich allerdings mal eine Neuigkeit.«

»Du brauchst nicht krampfhaft nach einer witzigen Bemerkung zu suchen, ich kenne sie inzwischen alle.« Er zog einen anderen, rot eingebundenen Ordner hervor. »Machen wir uns lieber an die Arbeit. Wir müssen einen Job für dich finden. Und diesmal muss es was Legales sein.« Er schlug den Ordner auf. Es waren ungefähr drei oder vier Blätter darinnen, obwohl Platz für hundertzwanzig gewesen wäre, wie mir meine berufliche Erfahrung mit dem Fassungsvermögen von Aktenordnern sagte.

»Bemüh dich nicht«, winkte ich ab. »Du hast bestimmt Klienten, die so eine überwältigende Auswahl nötiger haben als ich.«

Fahlander blickte gekränkt drein. »Das sind lauter reelle Sachen, keine Scheißjobs.«

»Danke. Ich habe zurzeit noch ein paar Dinge zu erledigen und bin damit eigentlich erst mal ausgelastet.«

»Hmm«, machte er und lehnte sich mit einem Gesichtsausdruck äußerster Skepsis in seinem Sessel zurück. »Ich hoffe, es ist nicht das, was ich denke, dass es ist.«

»Ist es nicht.« Ich war schließlich neuerdings im Entführungsbekämpfungsgeschäft; absolutes Neuland für mich. »Und Per, bitte – gib jetzt nicht den fanatischen Streiter für Recht und Gesetz, ja? Nicht du.«

»Das sei mir fern. Ich wollte nur zu bedenken geben, dass du, so wie ich die Sachlage sehe, dir nichts mehr erlauben darfst. Nicht das Geringste. Du bist auf Bewährung draußen, das heißt, erst mal würden die sechs Jahre Altlast fällig, dazu die neue Strafe, die selbst im optimistischsten Fall mindestens so hoch würde wie die vorige; damit wären wir schon bei achtzehn Jahren. Und die müsstest du absitzen bis auf die letzte Minute; noch mal Bewährung ist nicht drin. Sprich, du wärst an die sechzig, wenn du freikämst. Wahrscheinlicher aber ist, dass du eine höhere Strafe wegen Uneinsichtigkeit und womöglich Sicherheitsverwahrung aufgebrummt bekämst. Mit anderen Worten, wenn man dich noch einmal mit den Fingern in einer Akte erwischt, die dich nichts angeht, verlässt du die Haftanstalt erst im Sarg wieder. Ich nehme an, das ist dir klar?«

»Sonnenklar. Ich werde ungefähr dreimal pro Tag von fürsorglichen Menschen daran erinnert.«

»Kein Grund zum Spott, wenn du mich fragst.«

»Ich spotte nicht. Oder denkst du, ich bin scharf darauf, gleich wieder dort zu landen, wo ich gerade herkomme?«

Fahlander gab einen missmutigen Grunzlaut von sich. »Ich habe noch nie gewusst, was du denkst, und ich bin zu alt für Ratespiele. Also, im Moment kein Bedarf für eine Arbeitsstelle, habe ich das richtig verstanden?« Auf mein Nicken zuckte er mit den Schultern und schob die Unterlagen wieder zusammen. »Tja, dann sind wir schon fertig. Das übliche Seelenklempner-Geschwafel können wir uns, glaube ich, sparen. Das kennst du alles, und mir hängt es auch zum Hals raus.«

Ich blieb sitzen. »Ich habe noch eine Frage, die du mir beantworten könntest.«

Er hielt mitten im Aufstehen inne und musterte mich skeptisch. »Kommt darauf an.«

»Habe ich jemals für Rütlipharm gearbeitet?«

Fahlander schob die Augenbrauen zusammen, sodass die steile Falte auf seiner Stirn wieder entstand, die früher ständig zu sehen gewesen war. »Nein.«

»Die Sache damals in England? Wann war das? 1991, glaube ich. Im August. Bei Glaxco. Auch ein Pharmariese.«

Fahlanders Gesicht blieb ausdruckslos. »Mag sein. Aber das war der Auftrag einer Computerfirma. Es ging um die Angebote für ein neues Firmennetzwerk, wie du dich vielleicht erinnerst.«

Es fiel mir in dem Moment wieder ein, als er es sagte. Ich nickte. »Ja, richtig.« Und noch etwas anderes fiel mir ein. »Im Jahr darauf habe ich eine kleine belgische Firma durchleuchtet. Bilanzen, versteckte Belastungen, Mitarbeiterprofile, Rezepturen und so weiter. Und ein paar Monate später ist sie von Rütlipharm gekauft worden.«

Fahlander holte ein Taschentuch hervor und schnäuzte sich gemächlich. »Zufall«, sagte er dann.

Ich lehnte mich zurück. »Du würdest mich natürlich nie belügen.«

»Würde ich dich belügen?«, wiederholte er und sah einen Moment sinnend vor sich hin, als sei das durchaus näherer Überlegung wert. »Ich weiß es nicht, aber auf jeden Fall hab ich dich nie belogen. Ich hab dir vielleicht nicht immer alles gesagt. Das ist was anderes. Aber belogen hab ich dich nie.«

Das stimmte, das musste ich zugeben. Er hatte mich auf eine kriminelle Laufbahn dirigiert und eine Menge Geld mit mir verdient, aber angelogen hatte er mich tatsächlich nie. Über die Auftraggeber meiner Jobs hatte er stets geschwiegen, doch das verstand sich von selbst. Schließlich hatte er im Geschäft bleiben wollen.

»Okay«, sagte ich. »War nur eine Frage, die mich beschäftigt hat.«

»Na, freut mich, dass ich zu deinem Seelenfrieden beitragen konnte.« Fahlander klappte den obersten Mappendeckel unentschlossen auf und zu. »Wie wollen wir das Bürokratische handhaben? Nächste Woche wieder? Selbe Zeit?«

Nächste Woche um dieselbe Zeit wollte ich mindestens zwei Leute umgebracht und ein vierzehnjähriges Mädchen aus ihren Klauen befreit haben. »Muss das sein?«

Er seufzte matt. »Du weißt doch. Ich muss meinen Haken auf die Liste machen – erschienen, Gespräch stattgefunden und so weiter. Und du hast Anrecht auf einen ganzen Strauß staatlicher Hilfen, nicht zu vergessen.«

Ich sagte zu, der Möglichkeiten eingedenk, die Fahlander hatte, falls ich ihm die Laune verderben sollte. Er gab mir noch ein paar warme Worte mit auf den Weg, dann konnte ich endlich gehen.

Auf dem Rückweg ging ich durch Vasaparken und fand eine einsame Bank, kalt und wenig einladend. Ich setzte mich trotzdem und zog mein Notizbuch heraus: Einst ein Informationsspeicher von unschätzbarem Wert, in Jahren sorgsamer Pflege herangezüchtet, war sein Inhalt inzwischen vermutlich weitgehend veraltet. Ich blätterte darin, bis ich die Telefonnummer von jemandem fand, der wissen mochte, was aus Dimitri geworden war. Dann zückte ich mein Telefon und rief ihn an. Praktische Sache. Ich hatte in alle Richtungen wenigstens fünfzig Meter freie Sicht und konnte sicher sein, nicht belauscht zu werden.

Der Mann hieß Leonid und war ein sesshafter Mensch, zumindest war er noch unter seiner alten Nummer zu erreichen. Er war erst misstrauisch. Ich musste ein paar Fragen über Dimitri beantworten, über die nur dessen engster Bekanntenkreis Bescheid wissen konnte, bevor er mit Informationen herausrückte. Dimitri habe untertauchen müssen, erzählte er, weil die Fahndung nach ihm wieder verstärkt worden sei. Lange Jahre hatte Ruhe geherrscht, weil die russische Polizei mit anderen Dingen zur Genüge ausgelastet gewesen war. Aus irgendwelchen Gründen hatte man sich aber vor nicht allzu langer Zeit wieder seiner erinnert und ein Ersuchen um Amtshilfe an die schwedischen Behörden gerichtet, das diese mit wildem Eifer erfüllte, als seien ähnliche Ersuche in die andere Richtung noch nie sang- und klanglos versickert oder schlicht ignoriert worden.

»Aber er ist doch garantiert noch in Schweden, oder?«, fragte ich.

»Bestimmt«, sagte Leonid. »Aber wir wissen nicht, wo. Er hat sich seither nicht mehr gemeldet.«

Dimitri wurde in Russland wegen eines Computerdelikts mit politischen Dimensionen gesucht. Er war nach Schweden geflüchtet, erstens weil Schweden in Sachen Flüchtlingspolitik und Asyl seit jeher einen guten Ruf genoss, und zweitens und eigentlich, weil er rettungslos auf den skandinavischen Frauentyp stand. Eine Zuneigung, die meines Wissens nur unbefriedigend erwidert wurde. Trotzdem war Dimitri aus Schweden nicht wegzukriegen; im Gegenteil. Allem Ärger zum Trotz träumte er mit bewundernswerter Hartnäckigkeit von einer Ehefrau mit langen, blonden Haaren.

»Es ist auch besser, er meldet sich nicht«, fuhr Leonid fort. »Wir merken immer wieder, dass wir überwacht werden. Sie scheinen es diesmal ziemlich ernst zu meinen.«

»Hmm«, machte ich. Es konnte gut sein, dass diese Geschichte in Russland nicht der wirkliche Anlass war. Ich wusste ein paar Sachen über Dimitri, die Leonid wahrscheinlich nicht wusste. Seit er in Schweden lebte, hatte er ja nicht aufgehört, mit Computersystemen Dinge anzustellen, die gegen Gesetze verstießen. Von irgendwas hatte er schließlich leben müssen. Und einige dieser Aktionen waren sehr dazu geeignet gewesen, den Unmut staatlicher Organe zu erregen.

Ich beendete das Telefonat, starrte in den grauen Novembertag und fluchte erbittert vor mich hin. Dimitri war der beste Hacker, den ich je kennen gelernt hatte. Genial geradezu. Ich hätte seine Hilfe verzweifelt gut brauchen können.

Doch natürlich war er verschwunden. Wie schon so oft in meinem Leben stand die Welt gegen mich.

Eine Weile saß ich unentschlossen da und hing meinen trüben Gedanken nach, als mir aus irgendeinem Grund der Name Reto Hungerbühl wieder einfiel. Der hatte ganz schön schräge Dinge in seinem Safe gehabt, wenn man es recht überlegte. Da konnte man sich doch die Frage stellen, was eigentlich noch über diesen Mann bekannt war.

Ich zückte das Telefon, aber dann fiel mir ein, dass es vielleicht doch sicherer war, diesen Anruf von einer Telefonzelle aus zu tätigen. Zeitungsredaktionen pflegen Telefonanlagen jeweils neuester Technik zu besitzen, und ich hätte jede Wette gehalten, dass die Aufzeichnung von Rufnummern inzwischen längst zu deren Standardumfang zählte.

Ich fand sogar eine Telefonzelle, in der das Telefonbuch nicht gestohlen worden war. Was keine Rolle spielte, denn die Nummer des AFTONBLADET war immer noch dieselbe.

»Das Zeitungsarchiv bitte, Anders Östlund«, verlangte ich, als sich die Zentrale meldete.

Ich wurde verbunden, doch die Stimme, die ich ans Ohr bekam, war weder die Östlunds noch die seiner faulen, vollbusigen Praktikantin. »Anders Östlund arbeitet nicht mehr hier«, erklärte mir eine brummige Frauenstimme.

»Das kann nicht sein«, sagte ich. »Ich habe ihn gestern Mittag besucht, und da hat er noch gearbeitet.« Was Anders Östlund eben so unter Arbeit verstand.

Sie hustete ausgiebig. »Also, ich weiß nur, dass er zum Jahresende gekündigt hat und Resturlaub abfeiert. Gestern war sein letzter Arbeitstag.«

Gekündigt? Anders Östlund, der nur noch ein paar Jahre bis zur Rente hatte? Das konnte nur eine Lüge sein, wenn ich jemals eine gehört hatte.

Ich hängte mit dem deutlichen Gefühl auf, dass das kein Zufall war.

KAPITEL 28

Als ich zurück in die Pension kam, war der Flur erfüllt von Fernsehlärm aus der Küche. Ich schloss die Wohnungstür hinter mir. Mit Fernsehen kann ich nichts anfangen; es macht mich nervös und lässt mich unruhig schlafen. Wahrscheinlich muss man die raschen Bilderwechsel von Kindesbeinen an gewöhnt sein, und mir geht diese Art Training eben ab. Ich wollte mich gerade in mein Zimmer verdrücken, als aus dem Strom der Worte ein Name heraustach: »Professor Hernández Cruz...«

Nun musste ich doch zumindest nachschauen.

Anders als ich erwartet hatte, saß nicht die Vermieterin am Küchentisch und starrte in den kleinen Schwarzweißfernseher auf dem Kühlschrank, sondern ein magerer Mann mit dunkelbraunem, wallendem Vollbart. Er hatte ein weißes Hemd mit gefälteter Brust an, wie man es allenfalls zum Smoking trägt, und aß mit spitzen Fingern etwas, das ich erst auf den zweiten Blick und anhand des Geruchs als in Stifte geschnittene Kohlrabi identifizierte.

»Die Nobelpreisträgerin«, sagte er an Stelle einer Begrüßung und deutete auf den Bildschirm.

»Ah ja?«, meinte ich und betrachtete das Bild auf der Mattscheibe. Ein Moderator, der mir vage bekannt vorkam, und eine dunkelhaarige, hoch gewachsene und nicht mehr ganz junge Frau saßen sich an einem dreieckigen Tisch gegenüber und führten eine Unterhaltung auf Englisch. Sie war schwedisch untertitelt, fand also offenbar nicht live statt.

»Haben Sie sich schon einmal gefragt«, führte die Frau gerade mit einer gelassen wirkenden Geste aus, »wie eigentlich sexuelle Attraktion entsteht?«

Verkehrte Welt. War es nicht Aufgabe des Interviewers, Fragen zu stellen, und die des Interviewten, sie zu beantworten? Der Moderator grinste aber nur anzüglich und spielte das Spiel mit.

»Also, natürlich kann ich da nur aus eigener Erfahrung sprechen, aber bei mir fängt sexuelle Attraktion immer damit an, dass mir eine schöne Frau begegnet...«

Gelächter brandete im Studio auf.

Der Bärtige am Küchentisch wischte sich die Hand an der Hose ab und streckte sie mir hin. »Sie sind der neue Mieter, nicht wahr? Mein Name ist Tollar. Ich habe das Zimmer neben ihnen.«

Ich zögerte, schlug dann aber ein. »Gunnar Forsberg.« Ich nickte zum Bildschirm hin. »Um was geht's da?«

»Ein altes Interview.« Tollar griff nach dem nächsten Stück Kohlrabi. »Vor fünf Jahren oder so hat sie eine Auszeichnung in England bekommen. Von damals ist das. Nächste Woche kommt sie nach Stockholm.«

»Verstehe«, meinte ich.

»Das glaube ich Ihnen aufs Wort«, lächelte die dunkelhaarige Frau, als das Gelächter im Publikum versiegte, »aber ich will auf etwas anderes hinaus. Ich meine, haben Sie sich schon einmal gefragt, wie sexuelle Attraktion *in Ihr Leben tritt*? Denken Sie an Ihre Kindheit. Als Sie noch ein Kind waren, da fanden Sie Mädchen hässlich. Der Anblick einer nackten Frau war allenfalls befremdlich, vielleicht sogar abstoßend. Der bloße Gedanke an einen Zungenkuss hat Sie geekelt. Sie haben sicherlich schon damals die Erfahrung gemacht, dass sich Ihr Glied ab und zu versteifte, doch die Vorstellung, es in diesem Zustand in den Körper eines anderen Menschen zu stecken, wäre Ihnen höchst widerwärtig gewesen. Wie gesagt, das war, als Sie acht Jahre alt waren oder vielleicht zehn. Ein paar Jahre später dagegen hat alles ganz anders ausgesehen...«

»Ja«, nickte der Moderator grinsend, »jetzt erinnere ich mich wieder ganz deutlich.« Er bekam vereinzelte Lacher. Sonderlich ernst schien er das Gespräch nicht zu nehmen.

»Nicht wahr?«, fuhr Sofía Hernández Cruz fort. »Und nun frage ich Sie: Was ist passiert?«

»Es hat mit den Hormonen zu tun, nehme ich an.«

»Ohne Zweifel, aber *wie* genau? Wie funktioniert das? Nicht wahr, die Frage ist doch, auf welche Weise genau diese Hormone unser *Denken* beeinflussen – denn nichts anderes tun sie. Die Pubertät setzt ein, und auf einmal finden wir Personen des anderen Geschlechts, die noch ein Jahr zuvor Luft für uns waren, interessant, faszinierend, unwiderstehlich – und zwar *weil* sie dem anderen Geschlecht angehören! Aber wie funktioniert das? Wie bringt uns ein chemischer Stoff dazu – denn nichts anderes ist ein Hormon: ein kompliziert aufgebauter chemischer Stoff –, *völlig neue Gedanken zu denken*? Völlig neue Bedürfnisse zu entwickeln? Und was sagt uns das über die Natur unseres Bewusstseins? Das ist der Gegenstand meiner Arbeit.«

»So, wie Sie Hormone beschreiben, klingt das fast, als sprächen wir über irgendwelche gefährlichen Drogen.«

Sofía Hernández Cruz lehnte sich zurück und lächelte vielsagend, so, als amüsiere sie sich darüber, dass ihrem Gegenüber endlich ein Licht aufgegangen war. »Ja«, sagte sie, »nicht wahr?«

Tollar sprang auf und drehte den Ton leiser, als dazwischengeschaltete Werbung anfing. »Was halten Sie davon?«, wollte er wissen.

»Interessant«, sagte ich und musste an die Papiere denken, die ich im Tresor von Reto Hungerbühl gefunden hatte.

»Weiter nichts?«

»Was erwarten Sie denn?«

»Sie haben das Schicksal der Menschheit vor Augen, und alles, was Ihnen dazu einfällt, ist ›interessant‹?«

»Ist das Schicksal der Menschheit etwa nicht interessant?«,

fragte ich zurück. Er hatte ohne Frage einen Sprung in der Schüssel; mir war nur noch nicht klar, wo genau der verlief. Auf alle Fälle hielt ich es für angebracht zu verschweigen, dass mir das Schicksal der Menschheit herzlich gleichgültig war. Das Schicksal eines ganz bestimmten Menschen war alles, was mich interessierte.

Er nickte zu dem stummen Bildschirm hin und meinte heftig kauend: »Ich kenne das Interview. Sie haben es schon ein paar Mal gesendet, seit sie den Nobelpreis zugesprochen bekommen hat. Sie wird jetzt gleich erklären, wie sie gearbeitet hat. Dass sie ahnungslosen Studenten Hormonspiegel und Hirnaktivitäten gemessen hat, während sie ihnen Pornographie zeigte.«

»Klingt auf jeden Fall wie ein amüsantes Experiment.«

»Es ist ein Experiment mit dem menschlichen Bewusstsein. Das ist es, worum es geht. Mit Hilfe sexualmagischer Praktiken soll das menschliche Bewusstsein unter Kontrolle gebracht werden.« Tollar fing an, heftiger zu atmen und heftiger zu kauen. Er fuchtelte mit der Hand in Richtung Bildschirm. »Was die Leute hier beklatschen ist nichts anderes als Satanismus.«

»Ah ja?«, meinte ich. Solche Offenbarungen lähmen mich immer regelrecht. Es war ihm anzusehen gewesen, dass er einen mächtigen Dachschaden hatte, aber dessen konkrete Ausformung kennen zu lernen machte mich erst einmal sprachlos.

»Nur damit ich das richtig verstehe«, fragte ich nach einer Weile, »die Art von Bekleidung, in der manche Frauen durch die Stadt laufen, sobald die ersten warmen Tage im Jahr anbrechen – ist das auch Satanismus?«

Seine Augenbrauen hoben sich. Was für eine Grimasse er eventuell außerdem zog, war unter dem wild wuchernden Bart nicht zu erkennen. »Sie spotten«, stellte er fest. »Sie machen sich lustig, weil Sie den Plan dahinter nicht verstehen.«

»Sie verstehen ihn aber, nehme ich mal stark an.«

»Das ist ja nun wirklich nicht schwer. Schließlich macht Satan sich einen Spaß daraus, seine Absichten unmissverständlich anzukündigen. Wozu er übrigens verpflichtet ist, denn wenn er uns täuscht, gilt nachher nicht, was er erreicht hat. Sehenden Auges müssen wir in unser Verderben rennen, damit ihm unsere Seelen gehören.«

Offenbar gehörte er zu der Sorte Verrückter, die ein veritables System in ihre Verrücktheit gebracht haben. Ich zog einen Küchenstuhl heran und setzte mich. »Dann erzählen Sie mir, wie der Plan aussieht. Das wollte ich schon immer mal wissen.«

Er schob mir den Teller mit dem Kohlrabi hin und bedeutete mir, zuzugreifen. Vermutlich ein enormer Vertrauensbeweis. Ich nahm das kleinste Stück, weil ich lügen müsste, wenn ich behaupten wollte, roher Kohlrabi gehöre zu den von mir geschätzten kulinarischen Genüssen.

»Sie erwähnten die leichtbekleideten Frauen«, erklärte Tollar mir die Welt. »Aber überlegen Sie mal – wer bekleidet sie? Die Modemacher. Immer kürzer die Röcke, immer tiefer die Ausschnitte, immer aufreizender die Erscheinung. Der Plan dahinter ist, die Gesellschaft zu sexualisieren. Warum? Einmal, um unsere tierische Natur zu stärken, damit wir uns mehr wie Tiere benehmen – das ist etwas, das Satan immer gefällt.« Tollar sah beim besten Willen nicht so aus, als habe er im Leben überhaupt schon einmal Sex gehabt, von weitergehenden Erfahrungen ganz zu schweigen. »Und zweitens, um Experimenten wie diesem den Boden zu bereiten. Unsere Gesellschaft wird seit Jahrzehnten sexualisiert. Unsere Werte sind völlig verkommen. Deshalb hat man dieser Frau sogar den Nobelpreis zugesprochen, anstatt sie für ihre Versuche davonzujagen!«

»Dahinter steckt am Ende auch Satan?«, mutmaßte ich.

»Natürlich. Was die Gesellschaft anbelangt, ist das sozusagen die Heiligsprechung dieser Frau. Nun kann sie ihre Experimente mit dem Segen aller fortsetzen und ausbauen, und Satan ist seinem Ziel, das menschliche Bewusstsein zu beherrschen, so nahe gekommen wie noch nie.«

»Und wieso ist ihm das so wichtig? Ich meine, offenbar hat er die Welt doch schon ganz gut im Griff. Wird es nicht viel langweiliger werden, wenn er keine Intrigen mehr spinnen muss, sondern bloß noch auf den Knopf zu drücken braucht?«

»Das ist eine zu menschliche Sichtweise. Wir wollen immer Unterhaltung, Entertainment, *Action* – und damit sind wir auch immer leicht zu kriegen. Doch Satan will erreichen, dass wir uns für ihn entscheiden, ganz bewusst – und wenn wir das tun, dann gehören wir ihm für alle Zeit. Dann hat er gewonnen.«

»Oha«, meinte ich. »Dann steht ja richtiggehend was auf dem Spiel.«

Tollar nickte mit einem ernsten Gesicht jener Art, wie es sonst allenfalls ein engagierter Versicherungsvertreter an den Tag legt. »Alles, Nachbar«, sagte er. »Alles steht auf dem Spiel.«

Eine solche Fülle welterschütternder Einsichten wollte erst einmal verdaut sein, dafür hatte Tollar vollstes Verständnis. Als ich ihm erklärte, mich in mein Zimmer zurückziehen und nachdenken zu wollen, lächelte er nur wissend und entließ mich mit gnädigem Kopfnicken.

Nachdenken musste ich in der Tat. Ich holte die Beute der Nacht hinter dem Schrank hervor, wo ich die Unterlagen, misstrauisch, wie ich nun einmal war, versteckt hatte, breitete alles auf dem Bett aus und versuchte, daraus schlau zu werden. Aber irgendwie konnte ich mich nicht konzentrieren. Ich hatte zu wenig geschlafen, den ganzen Tag noch nichts gegessen, und es gingen mir allerlei andere Dinge durch den Kopf.

Zum Beispiel musste ich wieder an die Zeit mit Lena denken. Vor allem an die Nächte mit ihr. Wenn schon die ganze Zeit von Sexualisierung die Rede gewesen war: Ja, mein Körper lechzte danach, seiner tierischen Natur endlich mal wieder freien Lauf zu lassen. Es tat weh, so sehr brannte er darauf. Und dann las ich, dass die Versuchsreihen unter der Projektbezeichnung RASPUTIN zum Ziel gehabt hatten, ein Mittel nicht zur Steigerung der Potenz, sondern zur Steigerung der sexuellen Erregbarkeit zu entwickeln. Wie konnte jemand auf die hirnrissige Idee kommen, ein Mittel entwickeln zu wollen, das einen *noch* geiler machte, als man von Natur aus war? War es nicht die Erlösung vom sexuellen Drang, den man suchte, immer wieder und wieder? War die sexuelle Anziehung zwischen den Geschlechtern nicht etwas, das uns plagte und quälte, ausgenommen während jener wenigen Gelegenheiten, zu denen wir dem Drang nachgeben konnten?

Es war unmöglich, vernünftig über diese Dinge nachzudenken; erst recht unmöglich, durch Nachdenken etwas an dem Zustand ändern zu wollen, in dem ich mich befand. Auf diffuse Weise und obwohl mir klar war, dass es mit Lena und mir auf Dauer nicht hätte gut gehen können, wünschte ich mir, es wäre alles anders gekommen. Wünschte ich mir, sie wäre da. Wünschte ich mir... irgendetwas, von dem ich nicht hätte sagen können, was es war.

Ich zog mein Notizbuch hervor und stöberte darin die Nummer einer alten Freundin von Lena auf, die auch da war und mich noch kannte und mir bereitwillig Lenas neue Nummer gab. »Sie heißt jetzt Novitzky und hat einen dreijährigen Sohn, Sven.«

»Und wie geht es ihr?«

Sie zögerte. »Ehrlich gesagt haben wir uns ein bisschen aus den Augen verloren. Ihre Familie und so, das Kind nimmt sie ziemlich in Anspruch... Falls du sie anrufen willst, mach es am besten zwischen vier und fünf. Vorher ist sie meistens mit dem Kleinen unterwegs, danach kommt ihr Mann nach Hause, da ist dann keine Zeit mehr.«

Ich versuchte es trotzdem sofort. Unter der Nummer meldete sich ein Anrufbeantworter. Eine unsympathische Männerstimme erklärte, es handle sich um den Anschluss der Familie Novitzky. Novitzky, was war das überhaupt für ein Name?

Ich las über das Leben der Nobelpreisträgerin Professor Sofía Hernández Cruz, konnte mich nicht konzentrieren, nahm eine Dusche, las weiter, konnte mich immer noch nicht konzentrieren. Ich sah dem Stück Plastikfolie im Fenster zu, wie es sich blähte und wieder schlaff wurde und sich wieder blähte...

Kristina fiel mir ein. Sie saß vielleicht jetzt gerade auch in so einem Loch wie diesem. Bei ihr war es bloß schlimmer, weil ich jederzeit aufstehen und gehen konnte und sie nicht.

Und irgendwie mussten mich diese Papiere auf ihre Spur bringen.

Ich nahm mir den nächsten Packen vor. *Juveniles Aggressions-Syndrom*, abgekürzt *JAS*. Davon hatte ich noch nie gehört, aber es klang beeindruckend und rief allerhand Erinnerungen an meine Kindheit wach, auf die ich gut hätte verzichten können. Nicht nur heute, sondern auch für den Rest meines Lebens. Erbitterte Schlägereien auf steinigen Plätzen, geführt mit mörderischer Verbissenheit. Höhnisches Grinsen in den Gesichtern von Jungs, die größer und stärker waren als man selbst und die es einen spüren ließen. Messer, die gezückt wurden, im Sonnenlicht glänzten, die jähe Angst, die einem durch und durch ging, die Angst vor dem, was einem am Ende des Tages noch bevorstehen mochte.

Die Kindheit ist, wenn man alle nachträgliche Verklärung weglässt, eine schreckliche Zeit. Der grässlichste Abschnitt des Lebens. Ein Angebot, wieder zwanzig Jahre alt zu sein, würde ich mir durch den Kopf gehen lassen. Aber noch mal zwölf? Noch mal acht? Nie wieder.

Der Papierstapel enthielt die Entwürfe mehrerer Artikel zu dem Thema *JAS*, voller Fachwörter, Fußnoten, Formeln, Grafiken und verschlungener Sätze. Soweit ich verstand, hatten neuere Forschungen ergeben, dass die Aggressivität bestimmter männlicher Heranwachsender nichts mit deren Charakter oder Lebensumständen zu tun hatte, sondern eine Krankheit war, ausgelöst durch hormonelle Ungleichgewichte. Ob diese sich im Körper eines pubertierenden Jungen ausgleichen konnten oder nicht, war genetisch festgelegt. Diejenigen, bei denen sie bestehen blieben, litten an JAS und bedurften einer entsprechenden medikamentösen Therapie.

Das Ganze war offenbar eine relativ neue Entdeckung. Was ich vor mir hatte, war der Plan, auf welche Weise die Welt mit dieser Entdeckung bekannt gemacht werden sollte.

Jemand hatte einen Kalender des kommenden Jahrs fotokopiert und handschriftlich Termine für die Veröffentlichung der diversen Artikel eingetragen, dann jedoch wieder durchgestrichen oder mit Fragezeichen versehen. In einem auf den 20. Oktober datierten Schreiben lud die Firma Rütlipharm zu einem Symposium über das Thema JAS nach Acapulco ein und versprach, für Kost, Logis und Reisekosten aufzukommen. Der freie Rand des etwas blass geratenen Ausdrucks war mit Vermerken zu einem Telefonat vom 16. Oktober voll gekritzelt, bei dem es anscheinend darum gegangen war, die Veranstaltung abzusagen.

Zwischen all den Ausdrucken lag ein schlichtes Blatt von einem Notizblock, hellgelb mit zarten roten Linien, auf dem jemand – man durfte vermuten, Reto Hungerbühl – auf Deutsch eine Art *To-Do*-Liste erstellt hatte.

JAS!!!
P einschärfen, dass wir RK bei Laune halten müssen.
Ergebnisse Juli – September:
– unbefriedigend, nicht trennscharf genug
– überlegen: anderes Testverfahren? wo? wie?
– wie lasse ich Basel außen vor bis zuletzt?
F soll SHC einen Abend übernehmen, P und ich fahren zu RK
Termine SHC klären!

Ich las diese Notizen mit jenem vertrauten wohligen Kribbeln im Bauch, das ich so lange vermisst hatte. Handschriftliche Vermerke fremder Menschen: Es gibt nichts Faszinierenderes. Es ist, als könne man einen Blick direkt in ihr Denken werfen.

Diese Notizen hatte Hungerbühl nur für sich selbst gemacht, um seine Gedanken zu ordnen, in dem Bemühen, nichts zu vergessen und die Prioritäten seiner Entscheidungen richtig zu setzen. Dass ich als Außenstehender kaum verstand, worum es ging, machte den Anblick nur noch faszinierender.

P, F, RK und so weiter waren Abkürzungen für Namen, klar. Ich könnte ein Handbuch über das Entziffern solcher privater Notizen schreiben, und einer der ersten Lehrsätze wäre, dass Personennamen fast immer mit Großbuchstaben abgekürzt werden.

JAS hieß *Juveniles Aggressions-Syndrom*. Offenbar hatte Reto Hungerbühl, Leiter der schwedischen Niederlassung von Rütlipharm, diesbezüglich Testreihen laufen, mit denen er unzufrieden war. Und offenbar durfte die Konzernzentrale nichts davon erfahren. Er hatte Geheimnisse vor seinem obersten Chef, das stand mal fest.

Und *SHC*, dämmerte mir, konnte fast nichts anderes sein als die Initalien der Nobelpreisträgerin Sofía Hernández Cruz.

Sie störte ihn. Ich hätte nur gern den Schimmer einer Ahnung gehabt, wobei.

Inzwischen war vier Uhr vorbei. Ich versuchte es noch einmal bei Lena.

»Novitzky?«, meldete sich ihre Stimme.

Ich hätte beinahe aufgelegt, doch dann sagte ich: »Hallo, Lena. Ich bin's, Gunnar.«

Ich hörte sie Atem holen. »Gunnar?« Es klang, als zittere sie. »Gunnar, na so was... Von wo rufst du an?«

»Ich bin wieder draußen. Seit vorgestern.«

»Schön. Schön für dich. Ich... Du weißt Bescheid, oder? Dass ich geheiratet habe und so weiter?«

»Es war nicht zu überhören«, sagte ich und spürte etwas in meiner Stimme schwingen, das hoffentlich nicht zu hören war. »Sag mal... Können wir uns trotzdem mal treffen? Kurz?«

»Treffen?«, wiederholte sie. »Ich weiß nicht. Das kommt ein bisschen plötzlich...« Im Hintergrund war ein Krachen und

Knallen zu hören, dann quengeliges Kindergeschrei. »Sven?«, rief Lena nach hinten. »Was machst du da?« Sie gab ein Ächzen von sich, aus dem Erschöpfung sprach. »Einen Moment, ja?«

Ich ließ mich hintenüber auf die Matratze fallen und hörte zu, wie sie im Hintergrund auf ihren brüllenden Sohn einredete. Was sollte das werden? Sie würde nicht mit mir ins Bett gehen. Nicht Lena. Sie hatte die Familie, die sie immer gewollt hatte; um nichts in der Welt würde sie die riskieren.

Eine Tür schlug zu und dämpfte das Kindergeschrei. Schritte, dann war sie wieder am Apparat. »Gunnar? Bist du noch dran?«

»Lass mich raten. Dein Mann wäre dagegen.«

»Ja. Nein. Doch, natürlich«, seufzte sie. »Aber es geht grade sowieso nicht. Sven ist krank, und ich muss mit ihm das Haus hüten. Sonst hätte ich gesagt, wir könnten uns einfach tagsüber irgendwo treffen, in einem Café oder so... Weißt du, normalerweise ist er pflegeleicht. Wenn ich mich mit einer Freundin treffe und ihn dabeihabe, braucht er bloß ein Bilderbuch und einen Schnuller und ist das liebste Kind von der Welt.«

Ich verzog das Gesicht. Was war ich doch für ein Idiot! Sie *dachte* überhaupt nicht mehr in den Bahnen, die mir vorschwebten. Und die Zeit, mit verflossenen Liebschaften und ihren mehr oder weniger pflegeleichten Kleinkindern in Cafés herumzusitzen, hatte ich nun wahrhaftig nicht.

»Schon gut« sagte ich, nur noch bemüht, das Gespräch zu Ende zu bringen. »War bloß so ein blöder Gedanke von mir. Was einem halt so einfällt, wenn man zwei Tage aus dem Knast draußen ist und sich ein bisschen verloren fühlt.«

»Mmh, ja, verstehe«, murmelte sie, schien dabei aber mit den Gedanken woanders zu sein. »Gunnar, mir fällt ein, dass ich ja noch deine Zeitschriften habe. Soll ich dir die vielleicht jetzt schicken? Das könnte ich machen.«

Ich stutzte. »Was für Zeitschriften?«

»Na, deine ganzen Abonnements«, erwiderte Lena verwundert, und in dem Moment fiel es mir auch wieder ein, wie eine Erinnerung an etwas, das hundert Jahre her war.

Ich hatte Lena, als meine Inhaftierung abzusehen gewesen war, nicht nur wegen des Schließfachs zur Bank geschleppt, sondern sie auch gebeten, die Abonnements meiner Fachzeitschriften für Sicherheits- und Überwachungstechnik weiterzuführen. Es handelte sich um ein deutsches und zwei amerikanische Magazine, an die schwer heranzukommen ist und die keine Bibliothek in Schweden führt, abgesehen vielleicht von der Bücherei der Kriminalpolizei. Ältere Ausgaben waren praktisch nicht mehr zu kriegen, aber gerade auf die kam es oft an. Damals hatte ich mir überlegt, dass ich mit Hilfe dieser Zeitschriften wieder rasch zum Stand der Technik aufschließen und fit werden könnte für die neuen Herausforderungen meines Berufs.

»Die hast du echt alle aufbewahrt?«

»Na ja, so viele sind es ja nicht. Vier Hefte im Jahr bei denen aus Amerika, und ziemlich dünn, wenn man den Preis bedenkt.«

»Aber du hast geheiratet und ein Kind gekriegt und so weiter...« Ich stammelte beinahe.

Ihre Stimme war leise, fast sanft. »Gunnar«, sagte sie, »ich hatte es dir versprochen.«

»Ja«, sagte ich und hatte etwas im Auge.

»Es ist bloß ein Karton voll, Gunnar. Wenn du mir deine Adresse gibst, schick ich ihn dir.«

Ich war so verblüfft, dass ich einwilligte. Ja, sie solle mir die Zeitschriften schicken. Vage war mir zwar klar, dass ich im Moment nicht die Zeit haben würde, sie zu lesen, aber egal, wie auch immer... Ich gab ihr die Adresse meiner Pension durch, sie schrieb sie auf und wiederholte sie zur Sicherheit noch einmal, und keine der Warnlampen im Hinterkopf eines gewohnheitsmäßig misstrauischen Mannes ging an.

Nach dem Gespräch saß ich noch eine ganze Weile da,

starrte das Mobiltelefon in meiner Hand an und versuchte zu ergründen, was in mir vorging.

Keine Ahnung. Ich griff wieder nach den Papieren aus Hungerbühls Tresor, blätterte darin und fing an, vor mich hin zu fluchen. Verdammt, ich brauchte zusätzliche Informationen! Ich brauchte Dimitri!

Und ich brauchte etwas zu essen. Mein Bauch fühlte sich völlig ausgehöhlt an. Am besten, ich sprang mal eben zu dem Chinaimbiss, den ich zwei Straßen weiter gesehen hatte, und holte ein paar Portionen von irgendwas mit Reis und etwas zu trinken dazu. Ich wollte gerade aufstehen und nach meinem Geldbeutel greifen, als das Telefon wieder klingelte.

Ich schnappte den Apparat. »Was gibt's?«

Hans-Olof, natürlich. Völlig durch den Wind. Keuchte, ächzte, brabbelte irgendetwas.

»Du, ich verstehe kein Wort«, unterbrach ich ihn. »Noch mal von vorne, und langsamer bitte.«

»Kristina hat gerade eben angerufen«, schrie er. »Sie steht in einer Telefonzelle in Södertälje! Ich soll sie abholen!«

KAPITEL 29

Abholen? Kristina?«, schrie ich unwillkürlich auf. »Soll das heißen, sie ist frei?«

»Ja!«, schluchzte Hans-Olof. »Sie ist frei. Sie ist ihnen entkommen!« Er keuchte. Im Hintergrund schlugen Türen, knirschten Schritte auf Kies. »Was soll ich denn jetzt machen? Ich fahre nach Södertälje raus, oder? Sie ist in der Telefonzelle Persikagränd Ecke Högloftsvägen. Ich muss auf dem Stadtplan nachschauen ... Soll ich dich noch vom Hotel abholen?«

»Ich bin nicht mehr im Hotel«, erwiderte ich geistesabwesend. Die Heftigkeit meiner körperlichen Reaktion auf diese Wendung der Dinge überraschte mich selbst. Mein Herz hämmerte, als wolle es mir die Rippen brechen. In meinen Ohren rauschte es. Mein Hirn war Schauplatz eines Verkehrschaos zwischen Gedanken und Gefühlen.

»Nicht mehr im Hotel?«, echote Hans-Olof. »Wieso das denn?«

Die lauteste Stimme in dem ganzen Tohuwabohu war die des Misstrauens. Wie war das möglich? »Hans-Olof, ich verstehe das nicht. Ich verstehe nicht, was das zu bedeuten hat.«

»Sie ist frei, Gunnar!«, rief er aus. Eine Autotür schlug zu, seine Stimme kam übergangslos aus dem gedämpften Innenraum eines Autos. »Kristina wartet auf mich! Sie wartet, dass ich sie hole und der Albtraum ein Ende hat.«

Aber wieso sollten ihre Entführer sie freilassen, ausgerechnet jetzt? Was ging da hinter den Kulissen vor sich? Oder hatte sie es tatsächlich geschafft zu fliehen? In dem Fall ...

»Fahr so schnell du kannst«, sagte ich. »Schnapp sie dir, setz sie ins Auto, und dann fahr mit ihr irgendwohin. Nicht nach Hause! Hörst du, Hans-Olof? Fahr auf keinen Fall direkt mit ihr nach Hause.«

»Was?«

»Wenn sie geflohen ist, werden sie sie verfolgen, verstehst du? Wartet irgendwo, bis ich zu euch stoße.«

»Ach so. Gut, mache ich. Und wo?«

»Egal. Irgendein Hotel; was weiß ich. Wir telefonieren uns zusammen. Jetzt fahr los, Mann!«, drängte ich, weil ich immer noch kein Motorgeräusch hörte.

Er ließ den Motor an, ich hörte Reifen auf Kies knirschen. »Und du? Kommst du nicht dorthin?«

»Doch, aber begreif doch, man darf uns auf keinen Fall zusammen sehen. Vielleicht ist alles nur ein Trick. Vielleicht ahnen sie etwas. Wahrscheinlich wissen sie, dass jemand letzte Nacht bei Rütlipharm eingebrochen ist.« Und möglicherweise wussten sie mehr über Hans-Olofs Verwandtschaft, als uns lieb sein konnte.

Möglicherweise wussten sie es von Kristina, fiel mir ein.

»Ach so«, meinte Hans-Olof unbehaglich. »Du, es ist viel Verkehr. Ich glaube, ich muss aufhören zu telefonieren.«

»Ja, bau jetzt bloß keinen Unfall. Fahr hin, und schnapp sie dir.« Mir fiel noch etwas ein. »Sag mal, hast du ihr deine Mobilnummer gegeben?«

Hans-Olof kam ins Stottern. »Ähm ... nein. Daran habe ich nicht gedacht.«

»Gut«, sagte ich. »Gut, dass du nicht daran gedacht hast.«

Er schien zu kapieren, wie ich das meinte. Ich trennte die Verbindung.

Jetzt rächte es sich, dass ich mir nicht schon längst einen Wagen besorgt hatte.

Ich sprang in meine Schuhe. Ein Taxi, überlegte ich, während ich die Schnürsenkel band. Was konnte das kosten? Södertälje, das waren gut zwanzig Kilometer. Fünfhundert Kronen, wenn nicht mehr. Bestimmt waren auch die Taxipreise nicht mehr dieselben wie vor meiner Zeit im Knast. Ich stopfte die Unterlagen hastig zurück in ihr Versteck und holte stattdessen eine Hand voll Geld heraus, an die zweitausend Kronen in Hundertern und Fünfhundertern.

Wie der Blitz war ich draußen auf der Straße. Es war längst dunkel. Ein eiskalter Wind trieb ein paar verirrte Schneeflocken durch die Straßenschluchten, die in den Lichtkegeln der vorbeidrängenden Autos aufleuchteten wie tanzende Insekten. Mir schauderte bei dem Gedanken an Kristina, die womöglich jetzt gerade irgendwo in Kleidung herumstand, die für die Verhältnisse von Mitte Oktober gedacht war, und auf ihren Vater wartete. Dann kam mir wieder einmal zu Bewusstsein, dass ich sie mir als achtjähriges Mädchen mit Pferdeschwanz vorstellte. Aber sie war inzwischen vierzehn Jahre alt; vielleicht würde ihr einfallen, irgendwo Schutz zu suchen.

Kein Taxi, nirgends. Ein Strom von metallenen Leibern, röhrend, stinkend, aber kein Taxi unter ihnen. Ich rannte die Rosenlundsgatan entlang, hielt Ausschau, fluchte vor mich hin. Da war ein Taxistand, aber leer. Zwei Männer mit Aktenkoffern warteten mit hochgeschlagenen Mantelkragen.

Das konnte ich vergessen. Inzwischen waren es nur noch ein paar Schritte bis zur *Södra*-Station. So, wie der Verkehr hier vorwärts kam, war ich selbst zu Fuß schneller aus Stockholm draußen – und mit der *Lokalbana* allemal.

Während ich einen Fahrschein löste, hörte ich unten schon das metallische Schleifen des einfahrenden Zuges. Ich stürzte die Treppen hinab und sprang in letzter Sekunde in den letzten Wagen, dessen hinterer Teil sogar leer war. Das allerdings lag an einem einsam schnarchenden Penner, der sich derart eingenässt hatte, dass unter ihm eine Lache von Urin schwappte, deren bestialischem Geruch man nicht entging, sobald sich die Türen geschlossen und der gut geheizte Zug sich wieder in Bewegung gesetzt hatte. Ich zog es vor, mich ebenfalls in die Wagen weiter vorn zu drängeln, die mit streitenden Paaren, aggressiven Jugendlichen und keifenden Alten überfüllt waren.

Sobald der Zug aus dem Tunnelsystem ins Freie kam, leerte er sich bei jedem der nervtötend vielen Halte, die er einlegte, ein wenig mehr. Irgendwann fand ich einen Sitzplatz am Fenster, konnte in die Dunkelheit hinausstarren und zusehen, wie das aus dem vorbeifahrenden Zug fallende Licht über schneebedeckte Hänge und dürre Kiefern huschte. Alle paar Minuten vergewisserte ich mich, dass mein Telefon eingeschaltet war, dass es Empfang hatte, dass keine Nachricht vorlag, die Hans-Olof auf die Mailbox gesprochen hatte, während ich durch einen Tunnel gefahren war. Ich würde ihn nicht anrufen, jedenfalls jetzt nicht. Vielleicht steckte er noch im Stau. Wenn nicht, war er beschäftigt. Nein, jetzt nicht. Obwohl sie schon praktisch waren, diese Dinger, für Gelegenheiten wie diese. Wenn man versuchte, seine Nichte aus den Klauen von Entführern zu befreien, die mit der Polizei im Bunde stehen.

Kurz vor Rönninge klingelte es in meiner Tasche, und ich hatte das Gerät schneller am Ohr, als ein Revolverheld je seine Waffe gezogen hat. »Ja?«

Es war, natürlich, Hans-Olof. »Hallo«, sagte er mit Grabesstimme.

»Was ist?«

»Ich weiß nicht, was ich machen soll.«

»Wieso? Was ist los?«

Es war ein eigenartiges Beben in seiner Stimme. »Ich halte es nicht mehr aus. Ich ertrage das nicht. Gunnar, bitte...«

Während er das sagte, stieg ein grässliches Bild vor meinem inneren Auge auf, ein Zeitungsfoto, das ein kleines Mädchen in einer Blutlache zeigte, grässlich zugerichtet. *Sie ist kein kleines Mädchen mehr!*, mahnte ich mich, aber es fiel mir schwer, still zu sitzen und nicht zum Beispiel mit der Faust auf die Wand einzudreschen. Ich holte tief Luft und bemühte mich, wie ein Psychiater zu klingen, als ich sagte: »Hans-Olof? Bitte sag mir jetzt, was los ist. Hast du sie gefunden?«

Pause.

»Nein«, sagte er.

Etwas in mir hatte gehofft, merkte ich jetzt, hatte gegen alle Vernunft Hoffnung geschöpft und war jetzt am Boden zerstört. »Wo bist du?«, fragte ich matt.

»Aber sie war da«, sagte er.

»Was?«

»In der Telefonzelle. Sie ist da gewesen.« Er klang schrecklich. Er schien dicht davor zu stehen, die Kontrolle zu verlieren.

»Hans-Olof, wo bist du? In Södertälje?«

Ein Moment der Stille, der mich schon glauben ließ, die Verbindung sei unterbrochen, dann sagte er: »Ja.«

Er klang nicht gut. Vielleicht musste ich mir nicht nur um Kristina Sorgen machen, sondern auch um ihren Vater. »Ich komme mit der *Lokalbana*«, sagte ich. Es war ein Risiko und ein Verstoß gegen meine eigenen Sicherheitsvorschriften, aber es musste sein. »Kannst du zum Bahnhof kommen?«

Seine Antwort kam von ganz weit weg, und ich hätte nicht sagen können, ob es ein technisches Phänomen war. »Ja. Bahnhof. Alles klar.«

Die Bahn fuhr umso langsamer, je näher sie Södertälje kam, zumindest erschien es mir so. Ich stand längst an der Tür und spähte durch das kalte Fenster hinaus, versuchte in der von Straßenlaternen durchstanzten Dunkelheit etwas zu erkennen. Manches kam mir bekannt vor, vieles auch nicht. Es war alles so lange her. Ich war diese Strecke oft gefahren, damals, als Inga und ich hier gewohnt hatten. Oft hatte ich richtig viel Geld in der Brusttasche meines Parkas gehabt, und dann hatte ich es die letzten Kilometer auch nicht mehr ausgehalten auf dem Sitz. Meistens war ich den ganzen Tag in Stockholm unterwegs gewesen, war in allerlei Wohnungen eingebrochen – etwas, das man tagsüber viel unverdächtiger tun kann als bei Nacht – und hatte die Beute bei einem Hehler verkauft. Eine primitive Methode, zu Geld zu kommen, aber damals wusste ich es eben nicht besser. Ich hatte mich mit silbernem

Besteck, gefährlich großen Gemälden und banalen Kofferradios abgeschleppt, nicht ahnend, dass ich, wenn ich statt des Schmucks der Frau den Terminkalender des Mannes mitgenommen und an den richtigen Interessenten verhökert hätte, leicht das Hundert- oder Tausendfache hätte erzielen können.

Ich war jung gewesen und entschlossen, mein Glück zu machen. *Unser* Glück. Heute wusste ich, dass damals die beste Zeit meines Lebens gewesen war. Ich wollte, ich hätte das damals auch gewusst.

Die Vorstellung, Kristina, meine Nichte und letzte lebende Verwandte, könnte von allen Orten Schwedens ausgerechnet an diesem gefangen gehalten werden, beschmutzte meine Erinnerungen regelrecht. Allein dafür, schwor ich mir, würde jemand büßen.

Endlich: Der Zug rollte in den Bahnhof ein. Ich war der Erste, der ausstieg, und befremdet, als ich mich umsah. Ich war lange nicht mehr hier gewesen, klar, aber dass sich so viel verändert hatte, dass ich mich auf den ersten Blick ganz fremd fühlte, hatte ich nicht erwartet. Das Endgleis war von einem großen, gekiesten Platz umgeben, frisch gepflanzte Bäume kämpften gegen die beißende Kälte, und vom alten Bahnhof war nur noch das kleine weiße Stationshäuschen übrig, wo es wahrscheinlich immer noch Karten zu kaufen gab und ein paar Sitzbänke für Wartende. Ich hob den Blick und sah hinüber auf die gegenüberliegende Talseite, von der man nichts mehr sah außer Straßenlaternen. Dort drüben irgendwo war es gewesen, unser Haus. So hatten wir es genannt, obwohl wir nur die kleine Dachwohnung darin gehabt hatten, drei Zimmer, Küche und Bad. Ich versuchte, nicht daran zu denken, dass Inga nach ihrer Heirat nur noch ein einziges Mal dorthin zurückgekommen war.

Der graue Volvo stand eigenartig still am Straßenrand unweit des Stationshäuschens. Hans-Olof sah kaum auf, als ich einstieg. Er saß hinter dem Steuer und hatte etwas in der Hand, etwas aus Stoff.

Ein Stirnband, erkannte ich, als sich meine Augen an das Dämmerlicht gewöhnt hatten. Zwei stilisierte Elche waren darauf gestickt.

»Kristinas?«, fragte ich.

Hans-Olof nickte. »Lag in der Telefonzelle.«

»Und Kristina?«

Er rang mit den Tränen, wollte den Kampf mit ihnen um alles in der Welt nicht verlieren. »Weg. Nicht da. Ich bin zu spät gekommen.«

Ich fuhr mir mit den Händen über das Gesicht. Das fehlte noch, dass er jetzt durchdrehte. »Das kannst du nicht wissen. Das Ganze war vielleicht nur ein Trick der Entführer, weiter nichts.«

Hans-Olofs Kopf ruckte herum. »Denkst du?«

»Es macht keinen Sinn, Kristina jetzt freizulassen. Und dass sie ausgerechnet jetzt fliehen kann, nach zwei Monaten in der Gewalt der Entführer, will mir auch nicht in den Kopf.«

Hans-Olof hob das Stirnband. »Und das?«

»Ich verstehe es auch nicht«, gab ich zu. Ich spähte hinaus, musterte die anderen Passanten, die mit eingezogenen Köpfen vom Bahnhof wegstrebten. »Offen gestanden bin ich völlig verblüfft.«

Er musterte mich mit einem Blick, den ich nicht deuten konnte. »Ich bin die Straßen dort abgelaufen«, sagte er, »habe Leute gefragt, an Türen geklingelt...« Er zögerte. »Ich habe etwas gefunden, das du dir ansehen solltest.«

»Was denn?«

Er ließ den Motor an. »Es ist nicht weit.«

Mehr war ihm nicht zu entlocken. Ich müsse es mit eigenen Augen sehen. Also hörte ich auf, weiter nachzufragen. Er fuhr auf eine angespannte Art, die mich nervös machte, bog aber in eine Richtung ab, die wegführte von »meinem« Södertälje, was mich wiederum auf eine unvernünftige Art beruhigte. Es ging nach Västergård, wo hohe Hecken die Straßen säumten und praktisch keine Menschenseele unterwegs war.

»Man darf uns auf keinen Fall zusammen sehen«, erinnerte ich ihn.

»Schon klar«, sagte er.

Wir kamen an einen kleinen Park, eigentlich eher ein freies Stück Wiese. Es gab eine verlassene Bushaltestelle, die nur aus einem Schild bestand, und eine Telefonzelle.

»Hier war es«, erklärte Hans-Olof grimmig. »Ecke Högloftsvägen.«

Er fuhr daran vorbei und noch ein kurzes Stück den Hügel hinauf bis zu einer schmalen Straße namens Äppelgränd. Dort hielt er am Straßenrand, schaltete Motor und Scheinwerfer aus und deutete auf ein dreiteiliges Reihenhaus auf der Straßenseite gegenüber. Es lag zum Hang hin und bot zweifellos einen schönen Blick auf den Måsnaren-See südlich von Södertälje. Und es war von einer wenigstens zwei Meter hohen Backsteinmauer umgeben. Für schwedische Verhältnisse also eine Festung.

»Da. Siehst du den Eingang?«

»Ja.«

»Geh mal hin, und lies die Klingelschilder«, meinte Hans-Olof. »Aber sei vorsichtig.«

Ich war vorsichtig. Ich stieg aus, ging ein paar Schritte in die entgegengesetzte Richtung, überquerte die Straße an einer Stelle, an der sie vom Licht der weit auseinander stehenden Straßenlaternen verschont blieb, und schlenderte auf der anderen Seite abwärts, so gemächlich, wie ich es fertig brachte, bis ich an dem Haus mit der Mauer anlangte. Vor dem Eingang bückte ich mich und tat, als gäbe es etwas an meiner Hose zu richten. Die Klingelschilder waren von hinten beleuchtet und deutlich beschriftet. Drei Stück. Drei ausländische Namen.

Einer davon lautete Reto Hungerbühl.

KAPITEL 30

Hans-Olof schien das Lenkrad mit bloßen Händen zerbrechen zu wollen. Seine Fingerknöchel schimmerten wächsern, und ich bezweifle, dass das allein am Licht der Straßenbeleuchtung lag.

»Was denkst du, was das bedeutet?«, hatte er gefragt, mit angehaltenem Atem, wie es mir vorkam, und die Frage schien im dunklen Inneren seines Wagens zu schweben und nicht verschwinden zu wollen. Und ich hatte den Eindruck, als atme Hans-Olof noch immer nicht.

»Keine Ahnung«, sagte ich schließlich.

»Sie ist da drin, nicht wahr?«

Ich knurrte unwillig. »Unsinn. Reto Hungerbühl ist Chef der Niederlassung eines internationalen Konzerns. Selbst wenn er etwas mit der Sache zu tun hat, ist er höchstens einer der Drahtzieher. Aber er versteckt doch nicht ein entführtes Mädchen bei sich *zu Hause!*«

»Und wieso nicht?«, schnappte Hans-Olof zurück. »Ist das nicht immer deine Rede gewesen? ›Wenn jeder so denkt‹? Wenn jeder so denkt wie du, dann ist es das beste Versteck, das es gibt.«

Ich musterte ihn verdutzt. Das Letzte, was ich in diesen Tagen erwartet hätte, war, dass Hans-Olof meine eigenen Argumente gegen mich verwenden würde. Er hatte Recht, ja. Eigentlich war ich auch nur deshalb so zögerlich, weil ich mich beschissen fühlte. Ich hatte den ganzen Tag nichts gegessen, war so müde, dass es wehtat, und mein Schädel pochte, als wäre ein Bataillon Zwerge mit Presslufthämmern darin zugange.

»Du hast Recht«, stimmte ich zu und nickte, eine Kopfbewegung, die ich im gleichen Moment bereute. »Zumindest nachsehen müsste man.«

Hans-Olof blickte starr geradeaus, und an seinem Hals bewegte sich etwas, das womöglich Muskeln unter schwabbeligem Fettgewebe waren. »Wenn du es nicht tust, mache ich es selber.«

Ich versuchte, mir meinen übergewichtigen Schwager vorzustellen, wie er, eine schwarze Skimaske über dem bebrillten Gesicht, die Mauer erklomm, und musste auflachen. »Du? Wie willst du das denn machen?«

Er beugte sich zu mir herüber, riss das Handschuhfach auf und holte einen in graues Tuch gewickelten Gegenstand heraus. Er hielt ihn mir hin. »Damit zum Beispiel.«

»Was ist das?« Eine dumpfe Ahnung verriet es mir schon, aber ich weigerte mich, dumpfen Ahnungen zu glauben.

Hans-Olof bewegte die Hand einmal kurz, sodass der Stoff zur Seite glitt und glänzenden Stahl entblößte. Es war eine Pistole. Verdammt noch mal, er hatte ein verfluchtes Schießeisen.

Ich schluckte. »Hans-Olof«, flüsterte ich. »Mach keinen Scheiß.«

»Ich werde mir nicht nachsagen lassen, dass ich nicht alles getan hätte, um Kristina freizubekommen. Auch von dir nicht.«

»Mann!« Er hielt die Waffe immer noch etwas unschlüssig in der Hand, und aus einem Impuls heraus nahm ich sie an mich.

Es mag verwundern, aber obwohl ich in einem Bereich außerhalb des Gesetzes arbeite, hatte ich noch nie zuvor eine Schusswaffe in der Hand gehabt. Ich war überrascht, wie schwer sie war. Sie roch nach Öl, eine schwere, kalte Maschine mit zahllosen Kratzern im Metall. Sie sah alt aus, abgenutzt.

»Woher hast du die, um alles in der Welt?«

Hans-Olof nestelte unschlüssig mit dem Tuch herum, in

dem sie eingewickelt gewesen war. »Ich dachte... Na ja, falls ich es nicht schaffe, dass du freikommst; für den äußersten Notfall... Ich wollte irgendetwas haben, irgendetwas tun können, damit sie Kristina und mich nicht einfach nur... *abschlachten.*«

»Aber woher? Woher hast du sie?«

»Gekauft.«

»Man kann in Schweden Schusswaffen nicht einfach kaufen.«

»Es war auch nicht einfach.« Er sank in seinem Sitz zusammen. »Ich war am Hafen, in einer dieser grauenhaften Bars dort. Ich habe herumgefragt. Wahrscheinlich habe ich mich wie ein Idiot benommen und viel zu viel bezahlt, aber das ist mir egal. Ich meine, was sind schon vierzigtausend Kronen?«

»Du bist in eine Bar gegangen, und jemand hat dir einfach eine Knarre verkauft?« Vierzigtausend war in der Tat zu viel. Für so viel Geld bekam man in einschlägigen Kreisen nicht nur eine Kanone, sondern auch gleich die Hand dazu, die sie auf die gewünschte Person abfeuerte.

»Ich war mehrmals dort. Ich habe den Mann hinter der Theke gefragt, und irgendwann hat er gemeint, ich solle am nächsten Tag zu einer bestimmten Uhrzeit wiederkommen und das Geld mitbringen. Das habe ich gemacht und bin schon auf dem Parkplatz von einem Mann angesprochen worden, der Bescheid wusste. Keine Ahnung, welcher Nationalität er war. Jugoslawe, denke ich. Oder wie immer man da heute dazu sagt.«

Ich drehte die Pistole hin und her. Sie lag beunruhigend gut in der Hand. »Funktioniert sie?«

»Ich glaube schon.«

»Was heißt das? Hast du sie ausprobiert oder nicht?«

»Ich war draußen im Wald, in einem alten Steinbruch... Dreimal habe ich geschossen, dann war es mir zu laut. Zu... schrecklich.« Er stopfte das Tuch ins Handschuhfach zurück, blickte die Waffe an und dann mich. »Nimm du sie. Du hast Recht, ich bin für solche Sachen nicht gemacht. Ich kann das nicht. Ich kann meine Tochter nicht mit einer Waffe in der Hand verteidigen. Wenn du es nicht tust, dann weiß ich nicht weiter.«

Ich betrachtete die Pistole genauer. An der Seite des Laufs war ein kleiner, fünfzackiger Stern eingeprägt, und oberhalb des Griffs glaubte ich ein paar kyrillische Buchstaben zu erkennen. Daneben war ein Hebel, vermutlich die Sicherung; ich ließ ihn, wie er war, in der Hoffnung, dass es die sichere Position war. Ich schaffte es, das Magazin herauszuziehen; es waren noch siebzehn Patronen darin. Ich schob die Waffe in die Innentasche der Jacke, wo sie schwer am Stoff zog. Auf einmal begriff ich, wozu es Halfter gab.

»Also gut«, sagte ich. »Ich gehe rein und sehe nach. Aber nicht jetzt; erst heute Nacht.« Wenn ich etwas aß, ein Aspirin einwarf und ein paar Stunden Schlaf bekam, würde ich vielleicht zu einer solchen Aktion imstande sein; im Augenblick war ich es mit Sicherheit nicht.

»Du weißt nicht, was sie mit Kristina da drin machen«, sagte Hans-Olof mit zittriger Stimme.

»Dasselbe wie in den letzten Wochen und Monaten auch, schätze ich. Es muss sein, Hans-Olof. Sie hat so lange gewartet; sie wird auch noch ein paar weitere Stunden verkraften.«

Er nickte gefasst. »Wie du meinst. Was hast du vor?«

Eines vor allem hatte ich ganz bestimmt *nicht* vor, nämlich Hans-Olof in Details einzuweihen. Dass er sich ein Schießeisen besorgt hatte, auf eigene Faust und ohne mir etwas davon zu sagen, hieß für mich, dass ihm buchstäblich jede Dummheit zuzutrauen war. Da musste ich ihm nicht auch noch Anregungen oder gar Unterricht erteilen.

»Was soll ich schon vorhaben? Ich komme heute Nacht wieder, gehe rein und sehe mich um«, sagte ich.

»Ich will dabei sein.«

»Völlig überflüssig.«

»Bitte! Ich könnte Schmiere stehen oder wie man das nennt. Ich kann sowieso nicht schlafen, wenn ich weiß, dass du so etwas unternimmst.«

»Dann solltest du mich vielleicht nicht immer so ausfragen«, schlug ich vor und überlegte. Vielleicht war es gar keine so schlechte Idee, Hans-Olof draußen stehen zu haben, für alle Fälle. Zum Beispiel für den Fall, dass ich Kristina fand, befreite und irgendjemanden in Schach halten musste: Dann konnte sie schon hinausrennen und sich in Sicherheit bringen, während ich noch mit der Waffe herumfuchtelte und den wilden Mann markierte.

»Also gut«, sagte ich. »Du stellst dich genau hier wieder hin. Um, sagen wir, exakt vier Uhr morgens. Ich gehe kurz vorher rein. Falls du irgendwann Kristina herauskommen siehst, rast du los, schnappst sie dir und fährst mit ihr davon, so schnell es geht, okay? Kümmere dich nicht um mich, schnapp dir nur Kristina, und fahr mit ihr irgendwohin. Hauptsache, nicht nach Hause. Klar?«

Er blinzelte und nickte. »Ja. Klar.«

»Ich meine das ernst. Wenn ich mitkriege, dass du auch nur eine Sekunde auf mich wartest, dreh ich dir den Hals um.«

Hans-Olof schluckte. »Okay. Das habe ich verstanden.«

»Lass uns die Uhren vergleichen.« Ich schob den Jackenärmel zurück. »Ich habe es eine Minute vor halb sieben.«

»Ich eine Minute später«, sagte Hans-Olof und korrigierte seine Uhr entsprechend. »Wann soll ich dich abholen?«

»Überhaupt nicht. Ich komme allein.«

»Und wie?«

»Ich miete mir nachher ein Auto. Mach dir keine Gedanken; bis jetzt bin ich immer dorthin gekommen, wo ich hinwollte.« Ich wackelte mit dem Handgelenk. »Du solltest dich auch beeilen, um pünktlich zu sein.«

Er nickte. »Verlass dich drauf. Punkt vier steh ich hier.«

»Nein, ich meine *jetzt*. Es wird Zeit, nach Hause zu fahren. Vielleicht rufen sie wieder an. Gerade heute.«

Er musterte mich mit großen Augen und brauchte eine bedenkliche Weile, bis der Groschen fiel. »Ach so. Ja. Die Entführer könnten anrufen. Das meinst du.«

Ich befühlte die Waffe in meiner Jacke. »Setz mich einfach an irgendeiner Bahnstation ab.«

Er setzte mich in Rönninge ab. Auf der Fahrt nach Stockholm telefonierte ich ein paar Nummern aus meinem Notizbuch ab. In meinen guten Zeiten hatte ich etliche Autovermietungen gekannt, die keine überflüssigen Fragen stellten, und wie sich herausstellte, war eine davon noch im Geschäft. Ich ging hin und mietete das unauffälligste Auto, das sie dahatten, einen dunkelroten japanischen Kleinwagen mit Kastenaufbau, ein Fahrzeug, wie es Handwerker gerne benutzen. Ich fuhr damit nach Södermalm zurück, suchte einen Parkplatz in der Nähe der Pension und fand einen vor einem türkischen Imbiss. Ein Wink des Himmels. Ich ging ohne zu zögern hinein, orderte den größten Dönerteller mit Pommes frites und Krautsalat und allem, was die Theke sonst noch hergab, dazu ein sündhaft teures Bier, und vertilgte alles restlos und mit nicht zu beschreibendem Wohlgefühl. Als ich den Teller von mir schob und den Bodensatz aus dem Bierglas schlürfte, merkte ich, dass ich wohlig schwer wurde und die Kopfschmerzen nachließen. Ich bezahlte und ging nach Hause.

Es war ein wenig lästig, dass sich der dritte Mieter ausgerechnet diesen Abend ausgesucht hatte, um wieder einmal Gebrauch von seinem Zimmer zu machen. Zu sehen bekam ich ihn nicht, aber er und die Frau, die er dabeihatte, waren sowohl unüberhörbar als auch beneidenswert ausdauernd bei der Sache.

Ich stellte den Wecker auf viertel vor drei Uhr und legte mich ins Bett. Die Frau kam mit spitzen Schreien, die wahrscheinlich das halbe Stadtviertel aus dem Schlaf rissen. Anschließend hörte man ihn etliche Male schnauben wie einen angestochenen Stier, dann war endlich Stille.

Im nächsten Augenblick war ich weg wie ausgeschaltet.

Und zum ersten Mal im Leben – verschlief ich.

In stockdunkler Nacht fuhr ich hoch, mit dem deutlichen Gefühl, dass etwas nicht stimmte, dass etwas ganz und gar schief gegangen war. Ich weiß nicht, was mich geweckt hat; es war völlig still, nicht einmal auf der Straße war ein Laut zu hören. Ich tastete nach dem Lichtschalter, sah auf die Uhr und wusste, was nicht stimmte: Die Zeiger standen auf zehn vor vier. Mehr als eine Stunde zu spät. Ich hatte geschlafen wie ein Toter. Ich konnte mich nicht einmal daran erinnern, dass der Wecker überhaupt geklingelt hatte, aber aus irgendeinem Grund war der Knopf eingedrückt, der Alarm also abgeschaltet worden.

War das dramatisch?, überlegte ich mit laut schlagendem Herzen. Ja, es war dramatisch. In zehn Minuten würde mein sich am Rande des Wahnsinns befindlicher Schwager in Södertälje Position beziehen und mit brennender Unrast darauf warten, dass ich aus dem Haus des Rütlipharm-Managers zum Vorschein kam, möglichst mit seiner einzigen Tochter in den Armen.

Die nahe liegendste Sache der Welt wäre gewesen, ihn auf dem Mobiltelefon anzurufen und Bescheid zu sagen. Zumindest wäre sie nahe liegend gewesen für jemanden, der nicht die letzten sechs Jahre in einem Gefängnis fernab der technischen und sonstigen Entwicklung verbracht hatte. Was mich betraf, war das Wissen um die Existenz und die Nutzungsmöglichkeiten von Mobiltelefonen in den drei Tagen seit meiner Entlassung noch nicht tief genug in meinen Geist eingesickert, als dass es mir in dieser Situation eingefallen wäre, Hans-Olof anzurufen. Meine Reaktion bestand ganz altmodisch darin, mit einem ebenso aussichts- wie atemlosen »Jetzt aber schnell!« aus dem Bett und in meine Kleidung zu springen und drei Minuten später zur Wohnungstür hinaus- und die Treppe hinunterzurennen.

Im Laufen vergewisserte ich mich, dass ich alles dabeihatte: Werkzeugtasche, Autoschlüssel, Pistole. Groß und schwer schlug sie mir im Takt meiner Schritte gegen die Brust. Verdammt, das war so... *amateurhaft*. Und das schon gleich zu Beginn des wahrscheinlich riskantesten Einbruchs meiner Laufbahn! Aber ich hatte nur dieses Bild vor Augen: Hans-Olof hinter dem Steuer seines Wagens wartend, während sich die Minuten zu Ewigkeiten dehnten, verbissen das Lenkrad umklammernd... Bestimmt stand er schon da, war früher von zu Hause losgefahren, unter Garantie. Wie lange würde er es ertragen zu warten? Wie lange würde er es aushalten, dass sich nichts rührte? Da wir nicht ausgemacht hatten, uns vorher zu treffen, würde er glauben, ich sei längst drinnen. Dabei hatte ich gerade erst das Auto erreicht. Als die Uhr auf vier sprang, raste ich mit riskant hoher Geschwindigkeit die Hornsgatan entlang und hoffte, dass nicht ausgerechnet in dieser Nacht Geschwindigkeitskontrollen stattfanden und eine Polizeistreife auf mich aufmerksam wurde.

Als ich Stockholm hinter mir hatte und legal Gas geben konnte, war ich wieder so wach, dass mir das Mobiltelefon einfiel. Ich zog es aus der Tasche, schaltete es ein und betätigte die Taste, die automatisch Hans-Olofs Nummer wählte. Das kam mir geradezu halsbrecherisch vor: Ich war seit Jahren nicht mehr Auto gefahren, schon gar nicht so schnell, und beim Autofahren telefoniert hatte ich noch nie im Leben.

Eine synthetisch klingende Frauenstimme ließ mich wissen, dass *der gewünschte Gesprächspartner gerade telefonierte oder aus anderen Gründen nicht erreichbar* war und bot mir an, eine Nachricht auf seiner *Mailbox* zu hinterlassen. *Piep!*

Auch das noch. Was hatte mein Schwager um diese Zeit zu telefonieren? Vielleicht bedeutete das, dass er umgekehrt gerade in diesem Moment versuchte, *mich* zu erreichen. Das war zwar alles andere als abgesprochen, und mir gruselte bei dem Gedanken an ein Telefon, das in der Hosentasche klingelte, während ich des Nachts durch ein fremdes Gebäude schlich, aber zuzutrauen war es ihm in seinem derzeitigen Zustand allemal. Ich musste bei Gelegenheit noch einmal ein ernstes Wort mit ihm reden, damit er begriff, was ging und was nicht.

Da ich keine Ahnung hatte, wie geduldig mir diese *Mailbox* zuhören würde, schrie ich Hans-Olof die wesentlichen Fakten aufs Band: dass ich verschlafen hatte, dass ich in der Anfahrt auf Södertälje begriffen sei und gerade Fittja passiere und dass er nichts Unüberlegtes tun solle. Dann unterbrach ich die Verbindung und legte das Telefon eingeschaltet neben mich, für den Fall, dass er zurückrief. Ich hatte keine Ahnung, wann er meine Nachricht hören würde. Aus der Lektüre des Handbuchs war mir so etwas in Erinnerung, dass ihn sein Gerät informieren würde, dass eine Mitteilung eingegangen war, sobald er das augenblickliche Gespräch beendete oder jedenfalls wieder auf Empfang war.

Die Straße war stellenweise glatt, hier und da trieben ein paar Schneeflocken durch die Lichtkegel meiner Scheinwerfer, trotzdem fuhr ich wie der Teufel. Kein Rückruf. Ich hatte auch nicht den Nerv, es noch einmal zu probieren; es kam mir wie Zeitverschwendung vor. Da war schon Salem, und Södertälje stand angezeigt, endlich. Nur noch Minuten. So lange würde Hans-Olof doch Geduld haben. Das Ortsschild. Widerstrebend ging ich mit der Geschwindigkeit herunter, durchquerte den stillen Ortskern, nahm die Straße Richtung Västergård. Nur noch Augenblicke. Geduld, Schwager.

Doch ich sah schon von weitem, dass etwas schief gegangen war. Blaulicht ist in der Nacht ziemlich weit sichtbar, und es war verdammt viel Blaulicht, das da zwischen den Bäumen und Häuserwänden zuckte.

KAPITEL 31

Ich hielt, stieg aus und näherte mich zu Fuß dem, was sich wie eine Katastrophe anfühlte. Es war so schneidend kalt, dass meine Kopfschmerzen schon nach ein paar Schritten zurück waren. Aber das registrierte ich nur am Rande; all meine Gedanken kreisten mit fiebriger Besessenheit um die Frage, was um alles in der Welt Hans-Olof angestellt haben mochte, wo er sich befand, was zum Teufel passiert war. Dieser Idiot! Auch wenn er meine Nachricht nicht bekommen hatte, selbst wenn er es nicht mehr ausgehalten hatte vor Ungeduld: Er hätte doch davon ausgehen müssen, dass ich schon im Gebäude war und dass alles, was er unternahm, sowohl mich als auch eventuell Kristina unweigerlich in Gefahr brachte.

Und *was* konnte er unternommen haben? Die Pistole hatte ich ihm weggenommen – ich tastete unwillkürlich danach, um mich zu vergewissern. Was also war ihm an Hilfsmitteln geblieben? Ich vermochte mir keinen Reim darauf zu machen, erst recht nicht mit diesem dumpfen Pochen in der Stirnhöhle und einer Nase, die so stark lief, dass mir die Augen tränten.

Ich blieb in sicherer Entfernung hinter einer Hecke stehen und betrachtete die Szenerie. Die Polizei hatte, wie immer, wenn es um einen Reichen und Mächtigen ging, mit anderen Worten, um einen wirklich wichtigen Menschen, das volle Programm aufgeboten: eine Armada von Einsatzfahrzeugen, die das Viertel in Blaulicht ertränkten. Überall Absperrungen mit Stellböcken und flatternden Plastikbändern. Scheinwerfer. Hunde. Scharfschützen mit Schutzhelmen und kugelsicheren Westen. Das ganze Theater eben. Es schien mir nicht ratsam, näher heranzugehen mit einer illegalen Pistole in der Jacke.

Das Haus, auf dessen Klingelschild ich den Namen von Reto Hungerbühl gefunden hatte, war hell beleuchtet. Licht brannte in allen Fenstern, die Türen standen offen, davor hatten sich Menschen in Pyjamahosen und Wintermänteln versammelt und debattierten aufgebracht mit den Uniformierten. Was war da los? Ich blinzelte, schniefte, versuchte mir ein Bild zu machen. Wo war Hans-Olof? Es sah nicht so aus, als würde in einem der Einsatzwagen jemand verhört. Zwei Krankenwagen standen abseits, aber soweit man das durch die halb mattierten Seitenscheiben erkennen konnte, war darin nichts los: Die weiß gekleidete Besatzung hockte einträchtig gähnend in den warmen Führerhäusern und harrte der Dinge, die da kommen mochten oder auch nicht.

Mittlerweile wurden die ersten Menschen aus dem Haus und zu bereitstehenden Polizeibussen geführt. Es wirkte nicht wie eine Gefangennahme, eher wie eine Evakuierung. Vermummte Männer mit eifrig schnüffelnden Schäferhunden an der Leine machten sich um das Haus herum zu schaffen.

Meine Phantasie produzierte wildeste Vorstellungen. Hatte Hans-Olof sich außer einer illegalen Pistole auch noch eine weitaus illegalere Pump-Gun besorgt? Hatte er sich, laut schreiend um sich schießend, Zutritt zum Haus verschafft und sich mit Geiseln in der Wohnung des Rütlipharm-Managers verschanzt?

Völliger Blödsinn, sagte ich mir. Nicht mein Schwager. Hans-Olof Andersson war ein Feigling durch und durch, und nicht einmal die größte Sorge um seine Tochter würde etwas daran ändern. Von Sorge um mich ganz zu schweigen, ich existierte für ihn eigentlich überhaupt nicht.

Ein Wagen rollte an mir vorbei und hielt unmittelbar vor der ersten Polizeiabsperrung. Zwei Männer in wattierten Jacken stiegen aus, denen man den Beruf des Reporters auch ohne die umgehängten Utensilien angesehen hätte: Eilig und dreist, aber zugleich im Grunde höchst gelangweilt, marschierten sie auf das Haus zu und ließen sich von einem Uniformierten mit Panzerweste nur widerwillig bremsen. Ein Mikrofon wurde gezückt, der Polizist winkte ab, deutete auf irgendjemand im Hintergrund. Die beiden Männer trennten sich. Der mit dem Mikrofon machte sich vermutlich auf die Suche nach jemandem, von dem er ein Statement bekommen würde, der andere zog eine Kamera und fing an, Bilder vom Schauplatz des Geschehens zu machen, von Leuten, die frierend zwischen Autos standen und weiße Wolken in die Nacht atmeten, von Männern mit Schusswaffen, die abwartend dastanden und finster dreinblickten.

Ohne Unterlass fotografierend, ging er immer weiter rückwärts die Straße hoch, vermutlich in dem Bemühen, die Szenerie in Gänze einzufangen. Ich trat aus dem Dunkel der Hecke an den Straßenrand und in den Lichtkegel einer der Straßenlaternen, sodass er mich bemerken musste.

»Hallo«, sagte er mit einem kurzen Seitenblick. »Sagen Sie, wissen Sie, was hier los ist?«

»Keine Ahnung«, erwiderte ich. »Aber wenn Sie es nicht wissen, erfahre ich es morgen früh aus der Zeitung wohl auch nicht, oder?«

Er hörte auf zu fotografieren. »Morgen früh sowieso nicht, die Morgenzeitungen sind schon in der Auslieferung. Frühestens in den Abendblättern. Falls es was Wichtiges ist.«

»Und wann wissen Sie, ob es was Wichtiges ist?«

»Deswegen frage ich ja«, meinte er. Er wirkte breitschultrig, was aber auch an der Jacke liegen konnte, und sein Gesicht war voller Lachfalten. »Wohnen Sie hier in der Gegend? Bisschen früh für einen Spaziergang, oder? Und kalt.«

»Die Kälte macht mir nichts. Ich wohne da drüben.« Ich machte eine vage Handbewegung auf das Zentrum von Södertälje hin und behauptete: »Ich habe früher als Bäcker gearbeitet. Seither wache ich immer Punkt halb drei auf, ich kann machen, was ich will.«

»Na, das ist ja lästig«, meinte er desinteressiert, während er an seiner Kamera herumhantierte. »Die Polizei behauptet, es gehe um eine Bombendrohung. Was meinen Sie, stimmt das?«

Ich sah genauer hin, was er da machte. Zu meiner Verblüffung sah ich, dass sein Gerät den alten Traum aller Fotografen wahr werden ließ, geschossene Bilder sofort ansehen zu können, und zwar auf einem winzigen Bildschirm in der Kamerarückwand. Eine Digitalkamera. Davon gehört hatte ich, aber noch nie eine mit eigenen Augen gesehen.

»Eine Bombendrohung?«, wiederholte ich schließlich. »Seltsam. Ich meine, das ist hier doch eine ganz normale Wohngegend.«

Er packte seine Kamera mit unzufriedenem Gesichtsausdruck weg und musterte mich beiläufig. »Wie man's nimmt«, meinte er. »In dem Haus wohnt ein Manager des Schweizer Pharmakonzerns, der die diesjährige Nobelpreisträgerin in Medizin stellt. Vielleicht ist es jemandem ein Dorn im Auge, dass die morgen nach Stockholm kommt.«

»Ach so?«, meinte ich trottelig. »Aber die Preisverleihung ist doch erst in einer Woche.«

»Klar, aber wenn man den Nobelpreis gewinnt, will man das schließlich auskosten. Die Preisträger kommen immer ein paar Tage vorher an.«

»Verstehe.« Ich nickte mit dämlichem Grinsen. »Eine Party nach der anderen. Würde ich auch so machen.« Ich sah ihn stirnrunzelnd an. »Aber was soll da eine Bombe?«

Der Journalist schlug den Kragen seiner Jacke hoch. »Gute Frage, nicht wahr?« Vom Auto unten winkte der andere, der mit dem Recorder. »Falls ich was rausfinde, lesen Sie's spätestens übermorgen im DAGBLADET. Gute Nacht!« Damit eilte er davon.

Ich ging ihm langsam nach, die Hände in den Jackentaschen. Mit der einen Hand hielt ich die Pistole in der Innentasche gegen die Brust gedrückt, damit sich ihre Konturen nicht durch den Stoff abzeichneten. Nach wie vor war die Straße erfüllt von sinnverwirrendem Geflimmer aus zuckendem Blaulicht, dem Widerschein von Autoscheinwerfern und gelben Blinklichtern, und als ich die Einmündung einer Seitengasse passierte, blinkte mich daraus auch noch etwas an. Ich sah genauer hin – und erkannte Hans-Olofs Wagen!

»Gott sei Dank«, kam seine jammernde Stimme aus dem Dunkel, als ich mich im Zustand höchster Verwunderung dem Auto näherte. »Ich dachte schon, jetzt ist alles aus.«

In der Dunkelheit erkannte ich nur einen fahlen runden Fleck hinter einer heruntergekurbelten Seitenscheibe. »Danke der Nachfrage, mir geht's beschissen«, erwiderte ich schniefend. »Ich hoffe, du hast gut geheizt.«

Natürlich verfügte sein Wagen über eine Standheizung, und natürlich hatte er sie auch laufen. Die Polizei sei etwa zwanzig Minuten nach vier aufgetaucht, ganz plötzlich und einfach so, erzählte Hans-Olof, während ich auf dem Beifahrersitz auftaute. Am liebsten hätte ich mich in den warmen Fußraum verkrochen.

»Ich habe vorne an der Straße gewartet, da, wo wir gestern Abend gestanden sind«, berichtete er. »Alles war dunkel und still ... Und auf einmal sind sie von überall her gekommen, aus allen Straßen, mit Blaulicht und Sirene und allem.« Er holte vernehmlich Luft. »Ich dachte, jetzt haben sie dich. Dass du eine Alarmanlage ausgelöst hast, die direkt die Polizei ruft.«

Ich schüttelte unwillig den Kopf. »Ich war überhaupt nicht drin.« Ich erzählte ihm, dass ich verschlafen hatte. »Ich habe versucht, dich von unterwegs anzurufen, aber du hast gerade telefoniert.«

»Telefoniert? Ich habe nicht telefoniert.« Er zog sein Gerät aus der Tasche und warf einen Blick auf das Display. »Ich habe bloß kein Netz hier, das war es wahrscheinlich. Verdammt.« Er steckte es wieder weg. »Ich wusste nicht, was ich machen sollte. Ich habe mit dem Wagen hierher zurückgesetzt und ... Na ja, ich habe einfach gewartet, ob du entkommst oder so.

Und dann hast du plötzlich da vorne an der Straße gestanden und mit jemandem gesprochen. Einem Reporter, oder?«

»Ja. Er meinte, das Ganze sei eine Bombendrohung.«

Hans-Olof riss die Augen auf. »Eine *Bomben*drohung? Das erklärt natürlich einiges.«

»Das erklärt überhaupt nichts, wenn du mich fragst«, erwiderte ich unwillig. In meinem Kopf pochte es, als bohrten sich kleine Männchen einen Weg aus dem Inneren ins Freie. Trotzdem wusste ich auf einmal, was zu tun war.

»Kannst du dich morgen krankmelden und zu Hause bleiben?«, fragte ich. Krankmelden. Ich hätte mich am liebsten auch krankgemeldet, wenn das gegangen wäre.

»Wieso?«, wunderte er sich.

Ich massierte meine Schläfen, was die bohrenden Männchen dahinter etwas zu beruhigen schien. »Wir müssen die Sache systematisch angehen. Ich komme zu dir, sobald ich mich als Heizungsmonteur oder so was verkleidet habe.«

Hans-Olof blinzelte. »Und wozu? Was hast du vor?«

»Ich schätze, gegen elf bin ich bei dir«, sagte ich und langte nach dem Türgriff. »Lass dir nichts anmerken.« Ich hatte keine Lust auf weitere Diskussionen und erst recht nicht darauf, den Seelendoktor für Hans-Olofs diverse Angstzustände zu spielen. Also stieg ich kurzerhand aus und ging.

In Stockholm kurvte ich eine Weile auf der Suche nach einer Apotheke mit Notdienst herum, die mir etwas Stärkeres verkaufte als Aspirin, und kam völlig erledigt in die Pension zurück. Ich hätte gern zwanzig Stunden am Stück geschlafen statt der zwei oder drei, die von dieser Nacht noch übrig waren. Ich hätte mich gerne nicht so fiebrig, erschöpft und aufgedreht gefühlt. Aber lieber als all das hätte ich gern einen ruhigen Moment gehabt, um einmal gründlich nachzudenken, statt von einem Alarm zum nächsten zu hetzen.

Als ich die Tür aufschloss, sah ich noch eine nackte Frau von der Toilette quer über den Flur huschen und im dritten

Zimmer verschwinden. Zurück blieb ein leises, erschrockenes »*Förlåt!*« und ein durchdringender Geruch nach Sex.

Irgendwie war es dieser Geruch, der meine Kopfschmerzen vollends zum Durchdrehen brachte. Ich warf ein, was ich hatte, stellte den Wecker ein Stück weiter vom Bett weg und verkroch mich unter die Decke. Die Klamotten behielt ich an, denn die Decke war dünn, und die Heizung kam nicht gegen das abgeklebte Loch in der Scheibe an, das die ganze Wärme auf die Straße entweichen ließ. Diesmal war es ein unruhiger Halbschlaf voller Polizeisirenen, Blaulicht und Hunden, die nach Sprengstoff schnüffelten, aus dem ich schweißgebadet erwachte.

Allerdings war es nicht mein Wecker gewesen, der mich geweckt hatte, sondern ein lautstarker Streit draußen auf dem Flur. Eine keifende Frauenstimme, eine jammernde Männerstimme, und es nahm kein Ende. Ich äugte auf das Zifferblatt. Verdammt, das waren keine zwei Stunden Schlaf gewesen! Ich zog mir die Decke über den Kopf, was überhaupt nichts half. Schließlich wälzte ich mich übellaunig aus dem Bett und tappte – angezogen war ich schließlich noch – hinaus auf den Flur.

Doch es waren gar nicht die beiden Sexakrobaten, die miteinander stritten. Als ich die Tür öffnete, stand ich genau zwischen Frau Granberg, der Vermieterin, und Tollar, meinem bärtigen Zimmernachbarn mit dem totalen Durchblick, was die Pläne Satans anbelangte.

»Entschuldigung«, sagte ich, und da das nichts half, hob ich die Hand und wiederholte es noch einmal, nur lauter.

Himmel, diese Kopfschmerzen!

Die beiden Streithähne hielten inne. Das tat gut. Ich fragte, worum es ginge und ob es unbedingt hier und jetzt ausgetragen werden müsse.

»Es tut mir Leid, Herr Forsberg«, sagte die Vermieterin unerbittlich, »aber es wird erst vorbei sein, wenn Herr Liljekvist hier seine Sachen gepackt und meine Pension verlassen hat.«

»Aber wo soll ich denn *hin*?«, jaulte Tollar auf. Seine Augen rollten wild und gaben ihm zusammen mit seinem Bart ein geradezu rasputinhaftes Aussehen.

»Ah ja?«, meinte ich, mir die Schläfen massierend. »Warum das denn?« Ich verstand überhaupt nichts mehr. War *er* es am Ende gewesen, der heute Nacht…?

Glücklicherweise gab mir Frau Granberg unverzüglich das Vertrauen in meine Menschenkenntnis zurück. »Herr Liljekvist schuldet mir die Miete für inzwischen vier Wochen. Vier Wochen. Es tut mir Leid, aber was zu viel ist, ist zu viel. Ich bin kein Wohlfahrtsunternehmen. Ich bin auf das Geld angewiesen.«

Ein neuer Mieter? Das war das Letzte, was ich jetzt gerade brauchen konnte. Zu allem Überfluss ging in diesem Moment mein Wecker los, was meine Kopfschmerzen wieder auf Touren brachte.

Ich ging den Wecker ausschalten, schnappte mir rasch ein paar Geldscheine und kehrte in den Flur zurück. »Um welchen Betrag geht es?«, fragte ich. Normalerweise bin ich gut im Kopfrechnen, aber nicht, wenn mein Schädel dröhnt und pocht.

»Sie wollen doch nicht am Ende für diesen Menschen bezahlen?«, wunderte sich die Vermieterin. »Ich sage es Ihnen, das Geld sehen Sie nie wieder.«

»Danke für den Hinweis. Also, wie viel schuldet er Ihnen?«

Sie schnaubte unwillig. »Wie gesagt, vier Wochenmieten. Das sind fünfzehnhundert Kronen.«

Ich zählte ihr den Betrag hin und legte noch vier Hunderter dazu. »Für die kommende Woche.« In einer Woche war die Nobelfeier. Bis dahin wollte ich meine Ruhe. Was danach geschah, interessierte mich nicht.

Frau Granberg zögerte, nahm das Geld aber schließlich. »Sie werden es bereuen«, murrte sie. Offenbar wäre sie ihn lieber losgeworden.

Tollar sah mich mit großen Augen an. »Danke«, hauchte er. »Das wird Gott Ihnen vergelten, glauben Sie mir.«

»Schon gut«, ächzte ich und winkte ab, als er weiterreden wollte. Ich hatte nicht den Nerv, ihm zu erklären, wohin er sich seinen Gott stecken konnte. »Ich würde jetzt gerne einfach nur ins Bad gehen, wenn das machbar ist«, sagte ich stattdessen.

Ich duschte ausgiebig, und als ich das Bad wieder verließ, lag die gesamte Wohnung still und verlassen. Was mir nicht unlieb war. Immer noch müde, nahm ich in der Küche ein Frühstück zu mir, das aus zwei trockenen Brötchen mit Honig und aus so viel Kaffee bestand, wie ich hinunterkippen konnte, ehe der Magen anfing zu protestieren. So grauenhaft sich mein Bauch danach auch anfühlte, meinem Kopf schien es dadurch besser zu gehen, und das war es, worauf es im Moment ankam. Ich zog wieder den roten Overall an, schnappte mein Werkzeug, einen Packen Geld und die Autoschlüssel und ging. Einem Impuls folgend, nahm ich auch noch die Diskette aus Hungerbühls Tresor mit. Die Pistole ließ ich, wo ich sie – etwas unoriginell – versteckt hatte: unter der Matratze.

Bei einem meiner Telefonate am Abend zuvor hatte ich herausgefunden, dass ein ganz bestimmter Elektronikladen in Stuvsta immer noch existierte. Da er erst um halb zehn öffnete, war es vertretbar, einen Umweg über Södertälje zu fahren und sich den Schauplatz der nächtlichen Ereignisse bei Tageslicht noch einmal anzuschauen.

Wobei das mit dem Tageslicht so eine Sache war. Die Sonne lugte müde und grau über den Horizont, während ich die E20 hinausfuhr, und ein paar Schneeflocken sanken unentschlossen herab, um sich unter Autoreifen zermalmen zu lassen. Zu wenig, um den Scheibenwischer zu beschäftigen, zu viele, um ihn auslassen zu können. Ich drehte die Heizung auf, so weit es ging. Mir war kalt, und ich war zum Umfallen müde.

Im Radio kam etwas über die Bombendrohung. Sie habe *offenbar dem Leiter der schwedischen Niederlassung des Pharmakonzerns gegolten, der sich jedoch zur fraglichen Zeit im Ausland aufgehalten hatte.* Interessant. Das konnte eigentlich nur bedeuten, dass Hungerbühl in die Schweiz geflogen war, um die Nobelpreisträgerin höchstpersönlich nach Schweden zu begleiten.

Mit anderen Worten: Mit einiger Wahrscheinlichkeit hatte er noch gar nicht bemerkt, dass ihm Unterlagen fehlten.

Umso besser. Meine Laune stieg. Nicht viel, dazu wären andere körperliche Voraussetzungen nötig gewesen, aber immerhin.

Im Äppelgränd flatterten immer noch die Absperrbänder, und ein Polizeiauto mit zwei Beamten darin stand vor dem Haus. Einer gähnte so ausgiebig, dass ich nicht hinschauen konnte, der andere nippte mit verkniffenem Gesicht an einem Kaffee. Ich fuhr langsam an ihnen vorbei bis ans Ende der Straße, wendete und hielt ein Stück hinter ihrem Wagen, so, dass ich das Haus im Blick hatte. Mit heruntergedrehter Seitenscheibe – um hören zu können, was draußen vor sich ging – blätterte ich in meinem Notizblock und tat, als telefoniere ich.

Die Bewohner des Hauses schienen zurückgekehrt zu sein. Hinter einigen Fenstern brannte Licht, man sah Bewegungen. Im ersten Stock glaubte ich für einen Moment eine Frau zu erkennen, die mir in der Nacht aufgefallen war, eine Blondine mit einer unglaublich hellen, langen Mähne. Oder war es eine Halluzination, verursacht durch Hormonüberschuss? Heute Morgen um halb fünf hatte sie einen neongrünen Morgenmantel angehabt, der ihre sonstigen Vorzüge so deutlich zur Schau gestellt hatte, dass er unmöglich sehr warm gewesen sein konnte. Ich wartete ein paar Minuten, den Blick unverwandt auf das Fenster gerichtet, doch sie kam nicht wieder zum Vorschein.

Sollte ich versuchen, von den Polizisten unter einem Vorwand mehr zu erfahren? So tun, als sei ich ein Handwerker auf der Suche nach einer Adresse? Riskant. Nach der Bombendrohung lagen die Nerven wahrscheinlich blank. Die Männer brauchten bloß meinen Ausweis sehen zu wollen, dann war ich geliefert. Immerhin hielt ich mich außerhalb von Stockholm auf; eine eindeutige Verletzung meiner Bewährungsauflagen. *Nein*, beschloss ich. Auch wenn ich nicht in das Gebäude hineinkam: Falls Kristina je hier gewesen sein sollte, inzwischen war sie es bestimmt nicht mehr.

Ich kurbelte die Scheibe wieder hoch und fuhr weiter.

Auf dem Weg durchs Zentrum kam ich an einem Computergeschäft vorbei, das gerade öffnete. Ein junger Kerl mit dürrem Kinnbart und einem verwaschenen IBM-T-Shirt war dabei, die Gitter vor den voll gestopften Schaufenstern hochzudrehen.

Ich parkte etwa fünfzig Meter weiter, vergewisserte mich, dass ich die Diskette und meine Werkzeugtasche einstecken hatte, stieg aus und marschierte in den Laden.

»Hej«, begrüßte er mich. Ich war der erste und bisher einzige Kunde, und so, wie er mich ansah, hatte er so früh am Tag noch nicht mit störender Kundschaft gerechnet. »Brauchen Sie was Bestimmtes?«

»Nej«, erwiderte ich und versuchte so auszusehen, als habe ich alle Zeit der Welt, geradezu Langeweile. »Ich will mich nur mal umsehen. Vielleicht finde ich was, was ich mir zu Weihnachten wünschen kann.«

»Okay. Wenn Sie was wissen wollen, ich bin im Büro.« Er deutete auf einen schmalen Durchgang hinter der Kasse, der in ein Gelass führte, das kaum größer als eine Telefonzelle und bis in die Ritzen mit Papieren und Ordnern voll gestopft war. Ach ja, und ein Bildschirm flimmerte auch. Und das, was da flimmerte, sah aus wie eine nackte Frau.

Das musste dieses berühmte Internet mit seinen Millionen von Sexangeboten sein, von dem ich die letzten Jahre so viel gehört hatte. Offenbar störte ich den Mann bei einem vormittäglichen Vergnügen.

»Alles klar«, erwiderte ich und nickte in Richtung der eingeschalteten Computer. »Ich würde gern ein bisschen herumspielen, gucken, wie schnell die Programme laufen, solche Sachen...«

»Klar. Sie brauchen sich bloß einzuloggen, das Passwort ist auf allen Rechnern ‹Kunde›.«

Er schien froh zu sein, dass ich mich mit einem knappen Nicken zwischen die Regalreihen verzog, und ich war zufrieden, dass er mich in Ruhe ließ. Wie alle Computergeschäfte hatte auch dieses jemand ohne den geringsten Sinn für Ästhetik eingerichtet. Ich suchte mir einen Computer in der hintersten, uneinsehbarsten Ecke aus und nestelte unterdessen einen Pick aus meinem Ledertäschchen.

Computerhändler hatten es schon zu meiner Zeit nicht gern gesehen, wenn ihre Kunden Disketten mitbrachten und in die Laufwerke ihrer Rechner steckten, und es war nicht davon auszugehen, dass sich daran inzwischen etwas geändert hatte. Auf so einer Diskette kann schließlich alles Mögliche drauf sein, illegale Software, Viren, irgendwelcher Unfug eben. Und tatsächlich, das Diskettenlaufwerk war abgesperrt: Mit einem Stück Plastik, das im Schlitz steckte und gegen Herausziehen durch ein Schloss gesichert war, das ich mit einer Hand und ohne hinzusehen knackte.

Ich loggte mich ein, und während allerhand bunte Bildchen nervend über den Bildschirm flimmerten, legte ich Reto Hungerbühls Diskette ein. Es hieß warten. Das war mir schon in den Computerkursen im Gefängnis aufgefallen: Jeder erzählte einem die tollsten Storys, um wie vieles schneller die neuesten Geräte seien, aber in Wirklichkeit wurden sie nur immer bunter, und von dem Moment an, in dem man sie einschaltete, dauerte es immer länger, bis man endlich anfangen konnte zu arbeiten.

Endlich war es so weit. Ich musste ein bisschen herumsuchen, bis ich zurechtkam und mir anschauen konnte, was auf der Diskette war. Es war genau eine Datei, die den nahe liegenden Namen *JAS.DOC* trug. Ich klickte sie an, ein Programm startete – und forderte mich zur Eingabe eines Passwortes auf.

Skit, wie lästig. Hackerzeugs. Ich probierte ein bisschen mit den üblichen Passwörtern herum. Das häufigste Passwort überhaupt ist »*password*«, phantasievollere Menschen wählen ihren eigenen Nachnamen oder Vornamen, viele auch die Namen von Ehegatten, Kindern, Enkeln oder Haustieren. Dafür wusste ich nun natürlich zu wenig über das private Umfeld Reto Hungerbühls. Ich versuchte ein paar andere Passwörter, die mir in meiner Laufbahn besonders häufig aufgefallen sind – »geheim«, »topsecret«, »start«, »root«, »Admin« und so weiter –, doch das brachte alles nichts. Na schön, dann eben nicht. Ich brach das Programm ab und suchte nach einem anderen, einem Editor, der imstande war, Dateien ohne lästige Umwege direkt anzuzeigen. Ich fand auch einen, aber der Inhalt von JAS.DOC bestand nur aus Kauderwelsch. Die Datei war tatsächlich verschlüsselt und auf die Schnelle nicht zu knacken. Von mir schon gar nicht.

Ich nahm die Diskette wieder an mich, loggte mich aus und ging. Der Typ in seinem Kabuff sah nicht mal hoch. Fünf Minuten später war ich auf der E20 und unterwegs nach Stuvsta.

Der Laden dort, in dem ich in meinen guten Zeiten viel Geld gelassen hatte, lag an der Ecke eines Häuserblocks, hatte riesige Fenster und hätte sich so, wie er gebaut war, besser für ein Café oder dergleichen geeignet. *Bedarf für Hobbyfunker und Elektronikbastler* stand auf dem Firmenschild. Von der Straße aus waren nur Metallregale zu sehen, die bis zur Decke reichten und mit technischem Krimskrams so voll gestopft waren, dass fast kein Tageslicht ins Innere drang. Die Innenbeleuchtung brannte selbst im Sommer den ganzen Tag.

Das Einzige, was sich geändert hatte, war der Inhaber. Der Sohn des alten Besitzers, den ich noch als rotzfrechen Teenager in Erinnerung hatte, stand verblüffend erwachsen und beflissen hinter der Theke. Immerhin erinnerte er sich an mich, denn als ich mich vorbeugte und ihm zuraunte, ich hätte *besonderen Bedarf*, nickte er, ohne eine Miene zu verziehen, in genau der gleichen Weise wie einst sein Vater und bat mich in die hinteren Räumlichkeiten.

Die abgeschabten, abschließbaren Schränke dort waren auch noch die alten. Neu war nur der Videoschirm, mit dem er den Laden überwachte, während ich meine Wahl traf. Sein Vater hatte sich einzig auf sein Gehör verlassen.

Eine halbe Stunde später verließ ich, etliche Tausend Kronen ärmer, den Laden mit einem großen, neutralen Karton und dem Gefühl, besser gerüstet zu sein gegen die übermächtigen Gefahren dieser Welt.

Mein nächstes Ziel war eine Autowerkstatt mit eigener Lackiererei in Enskede, die ich mir beim Frühstück aus den Gelben Seiten herausgesucht hatte.

Auf dem Weg dorthin hielt ich an Fotogeschäften, Copyshops und ähnlichen Läden, bis ich einen mit einem Automaten fand, der Visitenkarten druckte. Fünf Minuten später war ich im Besitz von zwanzig frisch gedruckten, erstaunlich gut aussehenden Karten, denen zufolge ich *Mats Nilsson* hieß und *Production Designer* einer Filmgesellschaft namens *Columbia-Warner Entertainment* mit Sitz in Beverly Hills, Los Angeles, war.

»Das muss absolut vertraulich bleiben«, erklärte ich dem Chef der Automobilwerkstatt kurze Zeit später, nachdem ich ihm eine der Karten überreicht hatte. Meinem Tonfall war, so hoffte ich, eine gewisse drängende Eile anzumerken. »Wir drehen Außenaufnahmen für den neuen James-Bond-Film, draußen vor der Stadt –«

Der Mann riss die Augen auf. »Der neue Bond? Echt?«

»Bitte«, mahnte ich und zeigte Nervosität. Was mir nicht schwer fiel, denn seine Reaktion ließ ahnen, dass ich mit meiner Story ausgerechnet auf einen Fan gestoßen war, der über James-Bond-Filme vermutlich hundertmal mehr wusste als ich. »Wenn etwas durchsickert, bin ich meinen Job los.«

»Sagen Sie, wer spielt den Bond?«

»Was denken Sie denn?«

»Pierce Brosnan doch, oder?«

Der Name sagte mir nichts, aber ich hob die Augenbrauen. »Das haben Sie gesagt, nicht ich.«

»Und er ist in Stockholm? Jetzt, in diesem Augenblick?«

»Muss er ja wohl«, nickte ich und nutzte den Moment der Verblüffung, um einzuhaken: »Wir haben bloß gerade ein Problem, und ich hoffe, Sie können uns helfen. Um ehrlich zu sein: Wenn nicht, ist der komplette Dreh in Gefahr.«

»Ich?« Er rang um Fassung. »Ich soll *James Bond* helfen?«

Offenbar lebte er ein Stück weit in einer anderen Welt, was mir nur recht sein konnte. Ich nickte. »Sehen Sie, unser Problem ist, dass bei den Requisiten, die mit dem Schiff aus den Staaten angeliefert worden sind, ein Fahrzeug fehlt. Wie es aussieht, hat man vergessen, es einzuladen.« Ich deutete durch das Fenster auf meinen dunkelroten Kastenwagen. »Wir haben auf die Schnelle ein ähnliches Auto gekauft, bloß bräuchten wir noch eine bestimmte Beschriftung darauf – und es muss bis heute zwölf Uhr einsatzbereit sein.«

Mein Gesprächspartner nahm Haltung an. »Wird Mister Bond dieses Auto fahren?«

»So ist es.«

»Sagen Sie mir, was Sie brauchen.«

Ich sagte ihm, was ich brauchte. Gleich darauf stürmte er hinaus, als stünde das Schicksal der freien Welt auf Messers Schneide, und trommelte seine Leute zusammen. »Lasst alles stehen und liegen! Das hier hat absoluten Vorrang.«

Es dauerte keine halbe Stunde. »Können Sie die Rechnung an die Adresse auf meiner Karte schicken?«, fragte ich, höchst zufrieden mit dem Anblick, den der Toyota bot.

Der Mann winkte ab. »Ach was, dafür will ich doch kein Geld.« Ein Glitzern trat in seine Augen. »Aber wenn Sie ein Autogramm von Pierce Brosnan für mich organisieren könnten, das wäre großartig.«

»Na klar«, sagte ich. Ich zückte meinen Kugelschreiber. »Geben Sie mir Ihre Karte. Ich werde dafür sorgen, dass Sie nicht nur ein Autogramm kriegen, sondern auch eine Einladung zur Premierenvorstellung, sobald der Film in Schweden anläuft.«

»Echt? Au, Mann! Wird Pierce Brosnan etwa auch da sein?«

»Ich wette, er wird Ihnen die Hand schütteln wollen«, erklärte ich, was ihn vollends aus der Fassung brachte. Er verabschiedete mich buchstäblich mit Tränen in den Augen, und als ich davonfuhr, ohne die leiseste Absicht, auch nur eines meiner Versprechen zu halten, winkte er mir nach, bis ich außer Sicht war.

Ich staune immer wieder über die Magie von Visitenkarten.

KAPITEL 32

Es war zwölf Uhr dreißig, als ich Sundbyberg erreichte. Die müde schwedische Wintersonne war schon wieder im Sinken begriffen, als ich vor dem Anwesen der Familie Andersson parkte, einem freistehenden, hellbraun gestrichenen Haus mit zwei Schornsteinen. Eine Giebelfront zeigt zur Straße, mit zwei Fenstern im Obergeschoss und einer breiten, dunklen Haustür unten, womit das Ganze ein wenig wie ein erstauntes Gesicht aussieht. Auf dem Dach lag Schnee, und eine alte, windschiefe Kiefer ragte dahinter auf.

Hans-Olofs heimliche Überwacher sahen zweifellos von irgendwoher zu, aber sie hatten keinen Grund, mich für etwas anderes zu halten als für das, was die neue Beschriftung auf meinem Wagen nahe legte, nämlich für einen Heizungstechniker, der zu einem Notfall kam.

Ich war kaum ausgestiegen, da öffnete Hans-Olof mit einem Blick die Tür, als sähe er mich zum ersten Mal im Leben. Ich hatte ihn unterwegs angerufen und instruiert, und anders als befürchtet spielte er seine Rolle erstaunlich gut.

»Na endlich!«, rief er. Es klang wahrhaftig ungehalten. »Man hat mir gesagt, Sie kämen um elf Uhr. Jetzt ist schon zwölf vorbei.«

Na schön, das konnte ich auch. »Beim letzten Kunden hat es länger gedauert«, sagte ich. »Das hat man manchmal nicht im Griff.«

Wir gingen hinein. Das Haus wirkte düsterer, als ich es in Erinnerung hatte. Als ich zuletzt hier gewesen war, hatte Inga noch gelebt. Jetzt hingen die Wände voll mit gerahmten Fotos von ihr, vergrößerte Urlaubsbilder, auf denen sie lachte oder Grimassen schnitt. Es tat weh, sie so wiederzusehen.

Nein, halt mal! Ich sah genauer hin. Das war nicht immer Inga auf den Fotos. Auf manchen war sie viel zu... jung!?

Kristina?, fragte ich lautlos, auf eine Gruppe von Bildern deutend. Hans-Olof nickte, die Lippen zusammengekniffen.

Kristina. Unglaublich, wie ähnlich sie ihrer Mutter geworden war. Auf einmal war es doppelt unerträglich, sie in den Händen von Verbrechern zu wissen. Es war, als träte zu der Angst um meine Nichte die Sehnsucht nach meiner verlorenen Schwester hinzu. Ich spürte ein Zittern im Kiefer. Wut wahrscheinlich.

Ich trat von der Wand weg und versuchte, die Fassung zurückzugewinnen. Solange ich das Haus nicht untersucht hatte, mussten wir davon ausgehen, dass Hans-Olofs Überwacher nicht nur alles hörten, was drinnen gesprochen wurde, sondern uns auch sehen konnten.

»Auf meinem Auftragszettel steht ›Heizungsgeräusch‹«, sagte ich also, in einem gelangweilt-professionellen Tonfall, wie ich hoffte. »Was ist denn damit gemeint?«

Hans-Olof nickte grimmig. »Bei Tag fällt es kaum auf, aber nachts macht es mich wahnsinnig«, sagte er und wirkte dabei absolut nicht so, als hätte ich ihm seinen Dialog erst vor einer knappen Stunde eilig ins Ohr geflüstert. Im Gegenteil, wer ihn sah, musste glauben, dass ihn das Problem seit Tagen plagte. »Hören Sie es nicht? Dieses Knacken und Zischen? Überall, als würde das Haus demnächst auseinander brechen.«

Ich betrachtete die stummen, stillen Wände und überlegte, wo ich Wanzen unterbringen würde, wenn ich müsste. Ich konnte mich einer gewissen Bewunderung für die Art, wie Hans-Olof meine dürren Vorgaben umsetzte, nicht erwehren. Man musste fast *hoffen*, dass jemand zusah, damit so viel Schauspielkunst nicht verschwendet war.

»Ja, jetzt höre ich es«, behauptete ich. »Hmm. Wie alt ist denn das Haus?«

»Ich glaube, es ist um 1960 gebaut worden.«

»Verstehe. Also, ich sage es Ihnen gleich: Es kann sein, dass ich eine Wand aufschlagen muss.«

»Machen Sie keine Witze.«

»Ich sagte, *kann* sein. Muss nicht. Erst mal muss ich an alle Heizkörper«, sagte ich. »Und vorher was an Ausrüstung aus dem Wagen holen.« So, Ende der Vorstellung. Damit war meine Anwesenheit im Haus Andersson für eventuelle Lauscher hoffentlich hinreichend begründet. Ich holte den großen, neutralen Karton aus dem Elektronikladen in Stuvsta und fing an, auszupacken.

Das große, faszinierende Fachgebiet des Abhörens ist mir natürlich alles andere als fremd. Grob geschätzt die Hälfte meiner Einbrüche galt nicht der Beschaffung von Dokumenten, sondern den Vorbereitungen eines »Lauschangriffs«, wie man das in Fachkreisen nennt.

Es versteht sich von selbst, dass gerade ein solcher Einbruch absolut spurenfrei vonstatten gehen muss. Es darf morgens, wenn der Pförtner aufschließt, nicht einmal nach Arbeit *riechen*, auch wenn eine derartige Aktion natürlich mit nicht wenig davon verbunden ist. Das Büro des Vorstandsvorsitzenden muss aussehen wie an jedem anderen Morgen auch. Im Besprechungszimmer der Direktoren darf nicht der kleinste Krümel darauf hinweisen, dass irgendetwas anders sein könnte als bisher. Die Schreibtische in der Entwicklungsabteilung sollten genauso unverdächtig wirken. Und so weiter.

Das häufigste Ziel ist natürlich das Belauschen vertraulicher Gespräche, und das wichtigste Hilfsmittel hierzu ein landläufig als »Wanze« bezeichnetes Gerät. Wanzen sind Kombinationen aus winzigen Mikrofonen mit Sendern, die das, was die Mikrofone auffangen, an Empfangsgeräte weiterleiten, die imstande sind, es aufzuzeichnen. Dabei stellen Entfernungen von bis zu einem halben Kilometer zwischen Wanze und Empfänger kein Problem dar. Ich habe mir für solche Aufträge meist ein Zimmer in der Nachbarschaft des betreffenden Firmengebäudes gemietet oder, wenn so etwas nicht verfügbar war, einen unauffälligen Kleinbus verwendet, den ich natürlich jeden Tag woanders parken musste.

Wanzen können praktisch überall versteckt werden. Die Mikrofone sind so empfindlich, dass sie auch durch Abdeckungen hindurch funktionieren und selbst Gespräche in größerer Distanz mit erstaunlicher Tonqualität auffangen. In der Praxis ist jedoch nicht die Unterbringung der Wanze das Problem, sondern ihre Stromversorgung. Wanzen mit Batteriebetrieb sind größer, und sie halten nur begrenzte Zeit. Deswegen bringt man sie gerne dort an, wo Strom zur Verfügung steht – in Lampenfüßen, im Inneren von Steckdosen, wo massenhaft Platz ist, oder geradezu klassisch in Telefonen. Allerdings sind das auch die Stellen, an denen ein Fachmann vom Sicherheitsdienst als Erstes nachsehen wird.

Eine weitere Überlegung ist die Nutzung von Resonanzböden. Ein Mikrofon unterhalb einer großen Tischplatte oder in einem Türblatt anzubringen verstärkt dessen Wirkungsgrad noch einmal erheblich.

Einen Raum auch visuell zu überwachen ist schon schwieriger, zumindest für jemanden ohne Zugriff auf die Arsenale eines Geheimdienstes. Zwar gibt es auf dem freien Markt Videokameras in allen Größen zu kaufen, aber richtig kleine Geräte sind sündhaft teuer – und für die meisten Zwecke trotzdem nicht klein genug. Eine Kamera, die dafür gedacht ist, unauffällig herauszufinden, ob der Babysitter die Kinder schlägt, sobald man aus dem Haus ist, ist unbrauchbar, wenn es darum geht, ein Besprechungszimmer zu beobachten.

Hier muss man sich mit einem Trick behelfen: Man gibt vor, eine Privatklinik gründen zu wollen, und bestellt im medizinischen Fachhandel endoskopische Ausrüstung, ein völlig unverdächtiger Vorgang. Endoskope sind Instrumente zur optischen Untersuchung des Körperinneren, entweder unter Verwendung natürlicher Körperöffnungen oder durch winzige Einschnitte hindurch. Für die Belange von uns Industriespionen interessant sind vor allem die seit einiger Zeit verfügbaren biegsamen und hochgradig manövrierbaren fiberoptischen Endoskope. Ihre Optiken sind kaum größer als die Spitze eines Kugelschreibers. Man kann sie in Türrahmen, Deckenpaneele, Lampen oder Rauchmelder einbauen, durch eine Ritze zwischen Fußleisten oder durch das Gitter einer Belüftungsanlage spähen lassen. Die eigentliche Kamera samt Sendeanlage sitzt am anderen Ende des flexiblen Schlauchs aus Tausenden feinster Glasfasern, weit außerhalb der Reichweite normaler Detektoren. Sie muss nur klein genug sein, um in ihrem Versteck Platz zu haben, und angesichts der Bauweise moderner Gebäude ist das kein Problem.

Mikrofone von Wanzen dagegen sind ausreichend winzig, um unauffällig zu sein. Fünf Millimeter Durchmesser sind heutzutage schon geradezu grobschlächtig. Ich hatte schon in meiner aktiven Zeit von Abhöreinrichtungen gelesen, die komplett im Inneren einer Scheckkarte untergebracht werden können und imstande sind, Gespräche im Umkreis von mehreren Metern selbst durch Brieftaschenleder und Anzugstoff hindurch zu belauschen. Allerdings ist derartige *High-Tech*-Domäne der Geheimdienste und für jemanden wie mich, der es nur mit arglosen Normalbürgern zu tun hat, auch unnötig.

Womit wir bei einem in diesem Zusammenhang nicht ganz unwichtigen Gesichtspunkt angelangt wären, nämlich der Beschaffung derartiger Spielzeuge. Sie selber zu bauen übersteigt die Fähigkeiten der meisten selbstständigen Kriminellen – auch die meinen, wie ich zugeben muss. Nicht einmal große Organisationen wie die Mafia, die Yakuza oder die Triaden betreiben meines Wissens so etwas wie eine technische Entwicklungsabteilung. Sie müssen es auch nicht, denn – wunderbare Welt der Geldgier – man kann fast alle diese Geräte heutzutage einfach kaufen. In den USA schicken einem spezialisierte Versandhäuser unbekümmert alles, was das Herz begehrt. In England gibt es sogar Ladengeschäfte für Spionageartikel, in denen man völlig anonym einkauft. Theoretisch zumindest. In der Praxis darf man davon ausgehen, dass man in diesen Etablissements mit genau der Technik überwacht wird, die man käuflich erwerben will.

Dieser Gesichtspunkt war deswegen wichtig, weil ich dadurch wusste, nach welcher Art Geräten ich suchen musste. Die großen Geheimdienste, allen voran der CIA, konnten natürlich mit Technik aufwarten, gegen die ich keine Chance gehabt hätte. Aber mit der hatten wir es hier nicht zu tun. Wir hatten es mit Gangstern zu tun, die in den gleichen Läden einkauften wie ich.

Das erste Gerät, das ich auspackte, war ein so genannter *Sweeper*. Es sah ein bisschen wie ein Minensuchgerät aus, und es funktionierte auch so ähnlich, nur dass es nicht auf Metall ansprach – da hätte es viel zu tun gehabt. Ein Sweeper ist dazu da, Halbleiter zu orten, unverzichtbare Bestandteile von Sendeanlagen jeder Art.

Ich begann im Flur. In einem Karton auf der Hutablage fand ich eine Menge an Kristina adressierte, mit Aufklebern verzierte Briefe, Postkarten und bunt verpackte kleine Geschenke, zweifellos von ihren Klassenkameraden. Wanzen allerdings fand ich keine. Ich machte im Wohnzimmer weiter – auch nichts. Küche: ebenfalls Fehlanzeige.

Das war seltsam. Mein erster Verdacht war, dass der Sweeper nicht funktionierte. Ich holte eine kleine Schachtel aus der Kiste. *Versteck das hinter irgendeinem Buch*, kritzelte ich auf die Lasche des Kartons, zog das Gerät heraus, das darin war, und reichte beides Hans-Olof.

Er riss die Augen auf, nahm dann meinen Kugelschreiber und schrieb *Was ist das?* darunter.

Eine Wanze, schrieb ich. Ich hatte gleich für alle Eventualitäten eingekauft.

Hans-Olof nickte verstehend und machte sich am Regal zu schaffen. Danach ging ich mit meinem Sweeper die aufgereihten Bücher entlang – bis auf ein paar medizinische Fachbücher, ein zweibändiges Lexikon und einen Weltatlas waren es fast nur Krimis, Hunderte davon – und fand die Wanze auf Anhieb.

»Merkwürdig«, konstatierte ich und packte sie wieder weg. Die Rückseite einer Montageanleitung bot Platz für die Fortsetzung unserer schriftlichen Unterhaltung. *Es sieht so aus, als würden sie dich überhaupt nicht abhören.*

Kann das sein?

Sein kann alles. Ich ging am Heizkörper auf die Knie, als würde ich ihn untersuchen, sah dabei aber hinaus auf die Straße. Nichts. Alles lag verlassen. Nirgends ein unauffälliger Lieferwagen. Ich griff nach dem Stift. *Es kann heißen, dass sie dir nicht viel Widerstand zutrauen.*

Es konnte allerdings auch noch etwas anderes heißen. Es gibt Methoden, ein Haus abzuhören, ohne darin Wanzen installieren zu müssen. Es gibt Richtmikrofone mit einer Empfindlichkeit jenseits von allem, was man sich vorstellen kann, Mikrofone, mit denen man aus hundert Metern Entfernung durch geschlossene Fenster hindurch lauschen kann. Es gibt so genannte Körperschallmikrofone, die in Wände eingebaut sind und diese als Resonanzboden nutzen. Es gibt völlig phantastische Methoden wie zum Beispiel jene, einen unsichtbaren Laserstrahl schräg auf eine Fensterscheibe zu richten, sodass er reflektiert und dabei elliptisch verformt wird. Diese Reflektion wird mit einem speziellen Gerät aufgefangen. Unterhält sich nun jemand in dem Zimmer hinter diesem Fenster, wird die Scheibe von dem Schall minimal vibrieren, und die Vibrationen übertragen sich auf den Laserstrahl, der dadurch zu wackeln anfängt. Aufgrund seines elliptischen Querschnitts kann das Empfangsgerät diese Auslenkungen in Lautsprecherschwingungen umsetzen. Und schon hört man, was hinter dem Fenster gesprochen wird.

Und so weiter. Bloß sind das alles Geheimdienstmethoden. Mit solchen Techniken belauscht der CIA einen KGB-Agenten oder umgekehrt.

Ich schrieb weiter. *Hast du in der Zeit vor Kristinas Entführung Besuch gehabt? Hat dir jemand etwas geschenkt oder irgendeinen Gegenstand bei dir vergessen?* Das waren beliebte Methoden, um Wanzen einzuschmuggeln: in Kugelschreibern, Taschenrechnern, Bildern, Blumenvasen und dergleichen.

Hans-Olof dachte nach und schüttelte dann den Kopf. Er konsultierte seinen Terminkalender, um sicherzugehen. *Ich bekomme sowieso nicht viel Besuch,* krakelte er auf das leere Blatt des heutigen Tages.

Ich beschloss, auf Nummer sicher zu gehen. Gewohnheit eines misstrauischen Mannes. Ich holte mein Werkzeug und begann, die Lampen, Steckdosen und so weiter im Wohnzimmer einzeln zu überprüfen. Nichts. Auch das Telefon war sauber. Nichts unter dem Tisch, nichts in den Türen, nichts hinter den Bildern.

Dein Arbeitszimmer, gab ich die Stoßrichtung vor. *Dann Kristinas Zimmer.*

Hans-Olofs Arbeitszimmer war, sofern das überhaupt möglich war, noch ordentlicher und aufgeräumter, als ich es in Erinnerung hatte. Der Mann war ein Pedant, wenn ich jemals einen gesehen habe. Der überflüssigste Gegenstand im ganzen Raum war der Papierkorb. Hans-Olof warf nichts weg. Alles wurde aufbewahrt, verschwand in sinnreich beschrifteten, ordentlichen Hängemappen, Aktenordnern oder Heftern. Jeder Archivar, dessen Wirkungsstätte ich jemals einen nächtlichen Besuch abgestattet hatte, hätte von meinem Schwager noch eine Menge lernen können.

Wie sich zeigte, war sein Arbeitszimmer nicht nur im Hinblick auf Staub und Papierstapel sauber.

Kristinas Zimmer war hart. Das Zimmer einer Vierzehnjährigen, die seit zwei Monaten in der Gewalt von Männern war, die sie wer weiß wo eingesperrt hielten und wer weiß was mit ihr anstellten. Ihr Bett war gemacht, der Schreibtisch aufgeräumt. Der erste Raum im Haus ohne ein Foto von Inga. Dafür hingen Poster an den Wänden, auf denen verträumt dreinblickende junge Popsänger abgebildet waren, die ich noch nie gesehen hatte, oder Pferde. Eine skurrile Mischung.

»Normalerweise ist nicht so aufgeräumt«, sagte Hans-Olof leise. Er stand in der Tür und sah mir zu, wie ich alles mit dem Sweeper abging, und er flüsterte mit zerbrechender Stimme. »Ich war das. Sie ist sehr unordentlich. Wir haben oft deswegen gestritten. Ich glaube, das Letzte, was ich zu ihr gesagt habe, war, dass sie endlich ihr Zimmer aufräumen soll.« Er hielt inne, starrte den Türrahmen an, kratzte mit dem Fingernagel daran herum. »Ich hab sie deswegen angeschrien. Das letzte Mal, als ich sie gesehen habe.«

Ich räusperte mich. »Es bringt nichts, wenn du dich quälst.« Leichtsinn, so zu reden, ehe wir wegen der Wanzen hundertprozentig sicher waren.

Er nickte, presste die Lippen zusammen, hörte fast nicht mehr auf zu nicken. Endlich drehte er sich um und ging die Treppe hinunter.

Ich musste mich setzen. Mein Blick fiel auf ein kleines Foto, das gerahmt über dem Schreibtisch hing und ein ochsenblutrot gestrichenes Holzhäuschen in einem blühenden Garten zeigte. Ich hätte gerne gewusst, was Kristina bewogen hatte, ausgerechnet dieses Bild zu rahmen und aufzuhängen anstatt eines ihrer Mutter.

Eigentlich, so musste ich mir eingestehen, kannte ich sie überhaupt nicht.

Ich kannte ein kleines Mädchen, das seinen Puppen und Stofftieren Verbände anlegte und Fieber maß. Ich kannte ein kleines Mädchen, das auf Bäume kletterte und beim Tollen im Garten über die Stränge schlagen konnte. Ich kannte ein kleines Mädchen, das Angst hatte, im Dunkeln einzuschlafen, und dem vom Autofahren schlecht wurde. Aber wie viel davon war in der vierzehnjährigen Kristina noch zu finden? Vierzehn, du lieber Himmel! Auf den Fotos unten im Flur war zu erkennen gewesen, dass sie schon einen beachtlichen Busen entwickelt hatte. Wahrscheinlich hatte sie längst angefangen, sich zu schminken und die Jungs in ihrer Klasse verrückt zu machen.

Ich schaltete den Sweeper wieder ein und machte weiter, obwohl ich wusste, dass ich auch hier nichts finden würde.

Es war mehr Verzweiflungstat als sinnvolles Handeln. Wie auch immer diese Sache ausging, nur ein Wunder konnte Kristina ihr normales Leben zurückgeben. Und ich glaubte nun mal nicht an Wunder.

Ich suchte alle Räume des Hauses ab. Inzwischen war es fast zwei Uhr, und draußen wurde es schon wieder so dunkel, dass man, ohne verdächtig zu wirken, die Rollläden herunterlassen konnte. Keine Wanze. Keine Kamera. Nichts. Nach meinem fachlichen Urteil – auf das ich mir einiges zugute halte – war das Haus Andersson sauber. Ich stand vor einem Rätsel.

»Es kann sein«, formulierte ich die letzte Hypothese, die mir einfiel, »dass sie sich damit begnügen, dein Telefon abzuhören. In dem Fall kann die Wanze überall entlang der Leitung sitzen. In einem Schaltkasten, was weiß ich. Das kann ich nicht feststellen, ohne dass es jemandem komisch vorkommt, der das Haus im Blick behält.«

Hans-Olof nickte ergeben. »Und was hast du jetzt vor?«

Ich ging zu meinem Pappkarton und holte einen Kassettenrecorder und ein wenig elektronischen Schnickschnack. »Ich werde das hier an dein Telefon anschließen. Sobald Kristinas Entführer wieder anrufen, brauchst du nur auf die Taste zu drücken, und das Gespräch wird aufgezeichnet.« Ich zückte meinen Schraubenzieher und begann, die Schrauben zu lösen, die die Verkleidung des Telefonapparats hielten.

Hans-Olof sah mir skeptisch zu. »Und wozu soll das gut sein?«

»Wenn man mit geeigneten technischen Mitteln die Stimme dämpft und die Hintergrundgeräusche verstärkt«, erklärte ich, »kann man unter Umständen etwas heraushören. Etwas, das uns einen Hinweis darauf gibt, wo Kristina festgehalten wird.«

»So etwas kannst du?«

»Ich nicht. Aber ich kenne jemanden, der es kann.«

»Ach so.« Hans-Olof schien beeindruckt. Die Information, dass derjenige, der so etwas konnte, gegenwärtig wie vom Erdboden verschwunden war, ersparte ich ihm.

Während ich den elektronischen Schnickschnack in die Innereien des Telefons hineinpfriemelte und das Tonbandgerät mit dem elektronischen Schnickschnack verband, kamen wir irgendwie auf Sofía Hernández Cruz zu sprechen. Ich sagte ganz arglos und nebenbei, ich verstünde immer noch nicht, was genau sie eigentlich erforscht habe.

Das hätte ich besser gelassen, denn Hans-Olof fing sofort an zu sprudeln wie ein Loch in einer Staumauer. Zuerst erklärte er mir den Aufbau des Gehirns so lang und breit, als vermute er in mir jemanden, den man gerade erst aus dem Urwald gelockt hatte. Dann fiel ihm wohl ein, dass ich nicht ganz verblödet war, und er fing an, mir Fachwörter wie *Thalamus*, *Hypothalamus* und *Amygdala* um die Ohren zu hauen und in hochgradig lateinhaltigen Sätzen von Lernprozessen zu faseln, die da irgendwo stattfänden. »Es gibt keine gefühlsmäßig neutrale Wahrnehmung«, schloss er endlich, »weil alle Wahrnehmungen zuerst die Amygdala und den Thalamus passieren, ehe sie weiterverarbeitet werden.«

»Sag bloß«, meinte ich, während ich die Leitungen des Telefons so umlegte, dass alle Anrufe zuerst meine Mithöreinrichtung passierten, ehe sie im Telefon weiterverarbeitet wurden.

»Man weiß schon lange«, fuhr Hans-Olof fort, »dass das Gehirn so in den Körper eingebunden ist, dass es keinen Sinn macht, es unabhängig davon zu betrachten. Es gibt einerseits das autonome Nervensystem, *Sympathicus* und *Parasympathicus*, die wesentliche Körperfunktionen steuern; umgekehrt steht die Funktion der Neuronen in Wechselwirkung mit hormonalen Vorgängen im Körper.« Er hielt inne, wahrscheinlich, weil er mal wieder atmen musste, was ja auch keine ganz unwesentliche Körperfunktion ist. »Und das hat Sofía Hernández erforscht.«

»Was? Die Hormone?«, fragte ich zurück.

»Nicht die Hormone selbst, sondern die Art und Weise, wie sie mit dem Nervensystem in Wechselwirkung treten. Früher kannte man nur die übergeordneten Zusammenhänge. Wenn zum Beispiel der Adrenalinspiegel im Blut hoch ist, wird man reizbar und gerät leicht in Wut. Solche Dinge. Aber wie *genau* das vor sich geht, wo das Hormon angreift, was es tut und so weiter, das wusste man nicht.«

Es sah aus, als müsse alles funktionieren, also begann ich, das Gehäuse des Telefons wieder aufzusetzen. »Man hört immer, ihre Versuche seien so umstritten gewesen. Wieso eigentlich?«

»Weil sie nicht die Funktionsweise des Adrenalins erforscht hat«, sagte Hans-Olof und hüstelte, »sondern die Funktionsweise der Sexualhormone.«

»Klingt lustig«, meinte ich und schob den Schraubenzieher in die Vertiefung, die der Designer für die Gehäuseschrauben vorgesehen hatte.

»Ausgerechnet im katholischen Spanien. Vor über zwanzig Jahren. Es war ein Skandal.«

»Und wie«, fragte ich, die Schrauben andrehend, »muss ich mir das vorstellen? Hat sie Orgien veranstaltet und den Leuten dabei Blutproben genommen, oder was?«

Hans-Olof hüstelte wieder, rieb sich das Kinn und die Nase und suchte dabei nach Worten. Es schien ihm selber nicht ganz geheuer zu sein. »Ich schätze«, meinte er schließlich, »ich muss dir erst einmal erklären, wie die Versuchsanordnung aussah.«

»Nur zu«, sagte ich, drehte die letzte Schraube fest und stellte das Telefon wieder an seinen Platz. Es sah gut aus. Man musste es natürlich noch testen, aber es sah gut aus.

»Sofía Hernández verwendete die *PET*, das ist die Abkürzung für *Positronen-Emissions-Tomographie*. Diese Messmethode erlaubt Messungen im Millimeter-Bereich und in zeitlichen

Abständen von weniger als einer Minute, was sehr gut ist. Aber sie erfordert, dass der Schädel der zu untersuchenden Person fixiert ist. Die Versuchsperson sitzt in einem Sessel, die ganze Messapparatur – ein Koloss von Gerät – steht dahinter, und der Kopf ist eingespannt wie in einem Schraubstock. Man kann ihn keinen Millimeter rühren.«

Ich versuchte, mir das vorzustellen. Aus irgendeinem Grund fiel mir unser Gefängnisfriseur ein; der hätte bestimmt auch gern so ein Ding gehabt. Er hatte sich immer entsetzlich aufgeregt, wenn man den Kopf im falschen Moment bewegte.

»Okay«, sagte ich, »und dann?«

»Normalerweise stellt man bei solchen Versuchen einen Bildschirm vor die Versuchsperson hin, auf dem beispielsweise Wörter erscheinen, die sie auswendig lernen soll. Während sie das tut, misst man die Aktivitäten in ihrem Gehirn. Das hat man schon oft gemacht, und offiziell waren die Versuchsreihen, die Sofía Hernández durchführte, Ergänzungen zu einer entsprechenden Vorlesungsreihe. Tatsächlich aber hat sie eine Messanlage gebaut, die nicht die Vorgänge im Großhirn registrierte, sondern die tiefer liegenden Prozesse im Kleinhirn, im Thalamus, im limbischen System und in der Amygdala.«

»Kommt mir immer noch nicht verwerflich vor.«

»Die Messungen, auf die es ihr ankam, nahm sie vor, während sie angeblich die Messsonden auf dem Kopf der betreffenden Person ausrichtete.« Hans-Olof knetete seine Hände. Es schien ihm in der Tat peinlich zu sein. »Du musst dir das so vorstellen, dass sie mit dem jeweiligen Studenten allein war. Solche Messungen macht man in Kellerräumen, die gegen alle möglichen Störungen isoliert sind. Der Student sitzt in dem Sessel, den Kopf fest eingespannt, sodass er nicht viel Auswahl hat, wohin er blicken kann. Vor ihm, wie gesagt, der Bildschirm, auf dem Buchstabenkombinationen erscheinen. Es scheint loszugehen, aber nach ein paar Minuten sagt Sofía Hernández, dass irgendwas nicht stimmt und sie die Sonden nachjustieren muss. Sie kommt hinter der Maschine hervor, um sich an der Messanlage zu schaffen zu machen, und dabei beugt sie sich so über den Studenten, dass der ihr zwangsläufig in den Ausschnitt ihres Laborkittels schauen muss.« Er hielt inne.

»Und?«

»Sie hatte darunter nichts an.«

Ich starrte Hans-Olof an, wartete darauf, dass er zugab, einen Witz gemacht zu haben, aber er schien es völlig ernst zu meinen.

»Ist nicht wahr«, meinte ich.

Er hob die Schultern. »Neben dem Kopf des Studenten war eine winzige Kamera und ein Monitor montiert. Sie konnte genau sehen, was in seinem Blickfeld lag, und ihre Bewegungen danach steuern.«

Ich schüttelte den Kopf. »Und für so was bekommt man den Nobelpreis?«

»Die Ergebnisse waren phänomenal. Es gibt Videoaufzeichnungen, auf denen man gleichzeitig die Vorgänge im Labor und die Aktivitäten im Thalamus sehen kann. Man kann genau sehen, wie in dem Moment, in dem sie sich über den Studenten beugt, chemische Prozesse stattfinden, wie sich Hormonsystem und Nervensystem gegenseitig in einen Erregungszustand hochschaukeln.«

Ich musste unwillkürlich lachen. »Ja, das glaube ich unbesehen. Und was hat sie mit Student*innen* gemacht?«

»Nichts. Sie hat den Versuch nur an männlichen Studenten durchgeführt.«

»Aber die müssen doch begeistert gewesen sein.«

Hans-Olof rieb sich das Kinn. »Na ja, wie man's nimmt. Weil der Versuch natürlich von der Überraschung lebte, hat sie vor allem diejenigen Studenten ausgesucht, die ihrer Einschätzung nach eher verklemmt waren, in der Hoffnung, dass sie das nicht sofort weitererzählen würden. Bei sechsunddreißig ging alles gut, aber der siebenunddreißigste marschierte zum Rektor und zur Presse, und der Skandal war perfekt. Sofía Hernández Cruz wurde gefeuert.«

»Und ging in die Schweiz.«

»Über ein paar Umwege. Es war wahrscheinlich keine leichte Zeit für sie.«

Ich versuchte mir das alles bildlich vorzustellen. »Ich kann nicht glauben, dass siebenunddreißig schlüpfrige Versuche reichen, um auch nur für den Nobelpreis nominiert zu werden.«

Hans-Olof winkte ab. »Ihr Experiment ist natürlich an vielen anderen Instituten wiederholt worden, in den USA, in Japan, in Europa... Nicht mit ihrer Art Körpereinsatz, zugegeben. Meistens hat man die Versuchspersonen einfach mit erotischen Bildern überrascht, aber die Ergebnisse waren trotzdem vergleichbar. Dank der Hernández-Cruz-Versuche ist die Verschaltung von hormonalem und neuronalem System heute weitgehend geklärt.«

Ich schüttelte den Kopf und griff nach meinem Werkzeug. »Das ist einfach verrückt, wenn du mich fragst.« Irgendwie bekam ich dieses Bild nicht aus dem Kopf. Eine Wissenschaftlerin im weißen Kittel – und nichts sonst –, die sich über einen heißblütigen jungen Spanier beugt... Das löste auch bei mir ganz schöne Prozesse aus, musste ich zugeben. Das hätte ich ihr allerdings auch ohne alle Messgeräte sagen können.

Eine Idee kam mir. »Sagt dir eigentlich die Abkürzung *JAS* etwas? Wie *Juveniles Aggressions-Syndrom*?«

Hans-Olof blinzelte irritiert, grübelte einen Moment vor sich hin. »Kommt mir vage bekannt vor, aber ehrlich gesagt, es gibt heutzutage so viele Syndrome – jeder erfindet sein eigenes... Wieso, was ist damit?«

»Bei Rütlipharm habe ich ein paar Artikel dazu gefunden. Scheint, als interessierten die sich ziemlich dafür.«

»Hmm.« Löste offenbar nichts aus bei ihm. »Klingt auf jeden Fall eher nach Pädiatrie, allenfalls nach Psychopharmakologie. Dazu kann ich wenig sagen, das ist nicht mein Gebiet.«

»Wieso? Du bist doch Pharmakologe, oder?«

Er hüstelte. »Na ja, aber das ist heutzutage ein weites Feld.

Ich arbeite jetzt seit fünf Jahren über Schmerzentstehung und Schmerzleitung. Und über Schmerzmittel natürlich. Da verliert man die Entwicklungen auf anderen Gebieten einfach aus den Augen.« Er grübelte noch mal, schüttelte aber schließlich den Kopf. »Nein, sagt mir nichts.«

»War nur so eine Frage.« Ich deutete auf das Telefon. »Das sollten wir noch ausprobieren. Ich weiß bloß nicht, wie. Mit den Mobiltelefonen anzurufen empfiehlt sich nicht, glaube ich.«

Hans-Olof stierte den Apparat an. »Ach so. Ja.« Offenbar war er auch nicht ganz bei der Sache.

»Ich melde mich nachher von einer Telefonzelle aus«, meinte ich schließlich. Ich erklärte ihm, was er tun musste, wenn das Telefon klingelte. Es ging alles auf Knopfdruck. »Danach rufe ich dich über das mobile an, ob es geklappt hat.«

Hans-Olof nickte missmutig. Es schien ihm nicht recht zu sein, dass ich ihn aus der Sphäre wissenschaftlicher Arbeit in die bedrückende Realität zurückholte.

»Was hast du jetzt vor?«, wollte er wissen.

»Grundlagenforschung«, erwiderte ich. »Mir ist immer noch nicht klar, wozu Rütlipharm diesen Nobelpreis so dringend braucht. Was die schlaue Theorie von deinem Freund Bosse Nordin anbelangt, dass sie mit dem Nobelpreis eine Übernahme abwehren wollten: Blödsinn. Geschwätz von Amateurbörsianern. Dazu ist das viel zu langfristig angelegt. Wenn eine Übernahme droht, muss man innerhalb von Tagen, höchstens Wochen handeln, sonst ist alles vorbei. Außerdem steht Rütlipharm nach allen Zahlen, die ich bisher gesehen habe, blendend da. Nein, hinter dieser Sache muss etwas völlig anderes stecken, als wir vermuten.«

Hans-Olof sah mich unsicher an. »Wenn du nach Basel fliegen willst, um dich in der Zentrale umzusehen... Ich gebe dir das Geld für den Flug.«

Das war gar keine so dumme Idee. Eine Idee, auf die ich selber hätte kommen sollen. »Geld ist nicht das Problem«, sagte ich langsam. Basel. Dort war ich schon seit mindestens zwölf Jahren nicht mehr gewesen. »Du hast Recht. Vielleicht finde ich dort die Antworten.« Ein Umweg über die Schweiz, um ein Mädchen zu finden, das in Schweden verschwunden war? Gut möglich, dass es nur so ging.

»Du musst nicht alles von deinem Geld bezahlen«, sagte Hans-Olof. Er bettelte beinahe. »Kristina ist schließlich meine Tochter.«

Ich musterte ihn. »Ich komme vielleicht auf dein Angebot zurück.« Ich packte alles wieder in meinen großen, neutralen Karton. »Ich muss nur erst noch ein paar Dinge erledigen.« Zum Beispiel den Inhalt der Diskette entschlüsseln. Wie ich das ohne Dimitri schaffen sollte, war mir zwar nicht klar, aber er konnte ja nicht der einzige Hacker in Schweden sein.

»Es ist nicht mehr viel Zeit.« Hans-Olofs Stimme bebte. »Nicht mal mehr eine Woche.«

»Ich weiß«, sagte ich.

Es war kurz vor drei, als ich das Haus verließ. Der Himmel hing nachtschwer über mir, die Straßenbeleuchtung tauchte alles in blasses, gelbes Licht. Es hatte aufgehört zu schneien, aber ein scharfer, kalter Wind blies.

Als Hans-Olof die Tür hinter mir schloss, hatte ich auf schwer zu beschreibende Weise das Gefühl, dass er froh war, mich los zu sein. So, als sei *ich* die Bedrohung, nicht Kristinas Entführer. Offenbar begann er ebenfalls den Blick für die Realität zu verlieren. Obwohl ich ihn nicht leiden konnte, würde ich auf ihn aufpassen müssen. Irgendwie. Sonst stand zu befürchten, dass Kristina, selbst wenn das Wunder geschah und ich sie fand und befreite, keinen Vater mehr haben würde, zu dem sie zurückkehren konnte.

Ich war zum Sterben müde, als ich ins Auto einstieg.

KAPITEL 33

Von der nächsten Telefonzelle aus rief ich Hans-Olof noch einmal an, um meine Installation zu testen.

»Ja, hallo«, schauspielerte ich brummelnd für eventuelle Lauscher, »hier ist noch mal Johannson, der Heizungstechniker von eben. Ich habe was vergessen, vielleicht können Sie da mal nachschauen... Bei dem Gerät, das ich angebracht habe, müsste jetzt eine weiße und eine rote Taste gedrückt sein. Können Sie da einen Blick draufwerfen?« Das war eine Beschreibung des Tonbandgeräts. Dass Hans-Olof mitspielen würde, bezweifelte ich nicht mehr, aber war er intelligent genug, um zu kapieren, was ich meinte?

Er war es. »Ja«, sagte er, ohne zu zögern. »Sind beide gedrückt.«

»Da müsste jetzt ein grünes Lämpchen leuchten«, fuhr ich fort.

»Tut es.«

»Gut«, sagte ich. »Dann ist hoffentlich alles in Ordnung. Auf Wiederhören.«

Ich hängte ein, zückte mein Mobiltelefon und rief an, um mir die Aufnahme unseres Gesprächs vorspielen zu lassen. Es hatte tatsächlich alles funktioniert. »Gib mir Bescheid, sobald sie wieder angerufen haben, okay?«, sagte ich. Hans-Olof versprach es.

Danach stand ich in der Telefonzelle und dachte nach, während mir die Kälte von unten her in die Beine kroch. War das mit Basel eine gute Idee? Dafür musste ich mindestens drei Tage einkalkulieren. Hinflug, Auskundschaften der Gegend,

Rückzugswege sichern und so weiter. Riskant. Extrem riskant. Ich würde nicht alles an Ausrüstung im Flugzeug mitnehmen können, was ich brauchte. Ich würde vieles vor Ort besorgen müssen, und das Wochenende stand bevor. Und selbst wenn ich etwas herausfand, war ich weit weg von Schweden.

Das wollte gut überlegt sein. Trotzdem schob ich die Telefonkarte noch einmal in den Apparat und rief den Flughafen an. Von einer genervt klingenden Frau ließ ich mir die nächsten Verbindungen nach Basel durchgeben, beginnend morgen, Freitag, den fünften Dezember.

Mit dem Zettel in der Hand verließ ich die Zelle, tappte zum Auto zurück und musste das lang gestreckte gelbe Backsteingebäude auf der anderen Seite der Straße ewig lang anglotzen, ehe ich begriff, wo ich gelandet war. Das war die Bergströmschule. Kristinas Schule. Irgendwo auf dem Weg zwischen diesem düsteren Portal dort vorne und dem kaum achthundert Meter entfernten Haus mussten sie ihr aufgelauert und sie in einen Wagen gezerrt haben, am helllichten Tage und ohne dass jemand etwas bemerkt hatte.

Na ja. Gut möglich, dass jemand etwas bemerkt, sich aber nicht weiter darum gekümmert hatte.

Etliche der Fenster waren hell erleuchtet, die Kinder emsig bei der Arbeit. Seltsam, wenn man von außen in eine Schule hineinschaut, sieht es immer so aus, als seien alle aufrichtig interessiert an dem, was der Lehrer erzählt.

Ich warf einen prüfenden Blick in das schmale Rückenfach meiner Werkzeugtasche. Alles noch da, was ich brauchen würde.

Dass es klingelte, während ich auf die Schule zuging, und mir Horden befreiter Kinder entgegenströmten, als ich mir den Weg ins Innere bahnte, kam mir gerade recht. Ich fragte mich zur Klasse 8A durch, und eine verkniffene alte Hexe meinte schließlich: »Die da. Das ist die Klassenlehrerin.«

Die da war eine junge, schmale Frau mit braunen Locken, die nicht nur völlig unschwedisch wirkte, sondern vor allem endlos naiv. »Ja, bitte?«, fragte sie, als ich sie ansprach, und dabei schaute sie mich mit weit aufgerissenen Augen an, die noch nicht viel gesehen haben konnten vom wirklichen Leben.

Ob ich sie wohl einen Moment sprechen könnte, fragte ich und fügte hinzu: »Unter vier Augen?«

»Ja, klar«, plapperte sie fröhlich. Sie zog den Schlüsselbund hervor, mit dem sie das Klassenzimmer gerade abgeschlossen hatte. »Das haben Sie gut erwischt, ich habe im Moment Schluss. Wir haben also alle Zeit der Welt. Gehen wir hier rein, wenn es Ihnen recht ist?«

Ich versicherte ihr, dass mir jeder Ort recht sei, an dem wir ungestört reden konnten. Sie schloss wieder auf, vornübergebeugt, sodass ich ihren Hintern zu sehen bekam. Es war ein fester, apfelförmiger Hintern in einer eng anliegenden Hose. Einen Moment lang schoss mir die lendengesteuerte Vorstellung durch den Kopf, diesen Hintern mit beiden Händen zu packen, nackt, und... nun ja. Das Positronen-Dings von Sofía Hernández Cruz hätte in diesem Augenblick zweifellos allerhand interessante Prozesse in meinem Gehirn gemessen.

Im Klassenzimmer roch es nach Staub, Kreide und etwas, das Parfüm oder auch Schweiß sein mochte, ein eigenartiger Geruch, der Erinnerungen wachrief. Die Tische waren zu Vierergruppen zusammengestellt, und an einer davon nahmen wir Platz. Ich hatte einst auch an solchen Tischen und auf solchen Stühlen gesessen, aber ich hatte sie größer in Erinnerung.

»Nun, worum geht es?«, fragte sie mit einem Lächeln, als gäbe es nichts Böses auf der Welt. »Ich versuche die ganze Zeit, mich an Ihren Namen zu erinnern, aber ich komme nicht drauf. Sie waren noch nie bei einem Elternabend, oder?«

»Nein«, sagte ich und zog die in Plastik eingeschweißte Karte hervor, die ich vorhin aus meiner Werkzeugtasche in meinen Geldbeutel umgesiedelt hatte. »Sie kennen mich nicht. Mein Name ist Gunnar Nilsson.«

»Nilsson? Aber Sie sind nicht der Vater von Lars. Den kenne ich.«

Ich schob die Karte über den Tisch vor sie hin. »Erschrecken Sie jetzt nicht«, sagte ich in meinem besten Verschwörertonfall. »Das ist mein Ausweis. Ich bin Privatdetektiv. Kristina Anderssons Vater hat mich beauftragt, nach seiner Tochter zu suchen.«

»*Privatdetektiv?*« Ihre ohnehin großen Augen wurden noch größer, als sie den Ausweis in die Hand nahm. Sie hatte übrigens auch beachtliche Brüste.

»Ja«, sagte ich. »Es gibt diesen Beruf wirklich.« Ich glaube, ich kann diesen Spruch inzwischen wirklich überzeugend bringen. So, als wäre ich ein echter Privatdetektiv, dem die Reaktionen der Leute längst zum Hals heraushängen.

Dabei bin ich mir selber nicht einmal sicher, ob es außerhalb von Krimis und Filmen wirklich Privatdetektive gibt. Ich jedenfalls habe noch keinen getroffen. Selbstredend war auch mein Ausweis nicht echt. Wie alle falschen Ausweise, die ich benutzte, stammte auch dieser von einer thailändischen Firma, die völlig legale falsche Dokumente herstellt und gegen geringe Gebühr in alle Welt verschickt – Personalausweise nicht existierender Staaten, Mitgliedsausweise nicht existierender Organisationen, Prüfungsurkunden für Berufe, die man ohne jede Prüfung ausüben darf, und so weiter. Ausweise angeblicher Reporter, Privatdetektive oder Geheimagenten gehören noch zu den preiswertesten Angeboten. Trotzdem sehen sie wirklich beeindruckend aus.

Sie reichte mir die Karte zurück, und es war deutlich zu spüren, dass sie mich auf einmal mit ganz anderen Augen betrachtete. Ein Phänomen, das man mit diesen Ausweisen häufig erlebt. Wenn man es richtig anstellt, kann es bei einer Verführung enorm nützlich sein.

»Kristina suchen?«, wiederholte sie. »Ich verstehe das nicht. Uns hat man gesagt, Kristina habe Krebs und sei im Krankenhaus. Seit über acht Wochen inzwischen.«

Ich nickte mit ernster Miene. »Nun, das stimmt nicht. In Wirklichkeit ist sie einfach verschwunden, und wir denken, dass sie nicht alleine ist.« Damit hatte ich zum ersten Mal, seit wir zusammensaßen, nicht gelogen.

Sie schlug die Hand vor den Mund. Ihre Augen waren wirklich unglaublich. Riesig, glänzend, tiefbraun wie polierter Palisander. Sie holte mehrmals tief Luft, an der Hand vorbei, ehe sie wieder etwas herausbrachte. »Verschwunden? Kristina? Mein Gott, mein Gott. Was für eine Erleichterung! Ich meine, gut, ihr Vater macht sich Sorgen, aber es ist doch immer noch besser als Krebs. Bei einem so jungen Mädchen, meine Güte...«

Ich behielt den Ausweis in der Hand, spielte damit herum. Ein erprobter Kniff. »Zweifellos«, sagte ich. »Aber ihr Vater hat schon lange nichts mehr von ihr gehört. Er hat Angst, dass ihr etwas zugestoßen ist.«

Sie nickte heftig. »Ich verstehe. Ja, ich glaube, ich würde sterben vor Angst...« Einen Moment lang starrte sie mit glasigen Augen vor sich hin, war mit den Gedanken sichtbar woanders. Dann schüttelte sie unwillig den Kopf. »Aber warum um Gottes willen hat er behauptet, Kristina sei todkrank? Wie kann man so etwas tun? Das war für uns alle ein ungeheurer Schock.«

Ich nickte voller Verständnis. »Das hat er sich zweifellos nicht sehr gut überlegt. Das habe ich ihm auch gesagt. Aber wissen Sie, er wollte einfach keinen Skandal. Die einzige Tochter, womöglich mit jemandem durchgebrannt... und das in seiner Position... Nun, und als Mediziner liegen gewisse Ausreden eben besonders nahe.«

Sie nickte sinnend, schien aber überhaupt nicht richtig zuzuhören, sondern mit den Gedanken noch immer ganz woanders zu sein. Ich bemerkte, dass ihr Blick an dem Ausweis hing, den ich in meinen Händen drehte, und auf einmal kam mir der Gedanke, ob ich nicht tatsächlich versuchen sollte, sie ins Bett zu kriegen. Sie war nicht unbedingt mein Typ, aber irgendwie sexy. Wenn sie nur halb so naiv war, wie sie wirkte, konnte es nicht allzu schwer sein. Und mir würde es unter Garantie gut tun.

»Durchgebrannt?«, wiederholte sie nachdenklich. »Kristina? Das ist irgendwie...« Sie sah mich forschend an. »Ich nehme an, Sie wissen über ihre Mutter Bescheid?«

Ich tat erstaunt. »Nein, wieso?« Mich interessierte, was sie wusste. Und woher.

Sie lehnte sich etwas zurück, was nebenbei ihre Brüste besser zur Geltung brachte. Sie trug keinen BH, das war unter dem Stoff ihres dünnen Pullovers deutlich zu erkennen. Und ihre Brustwarzen hatten die Größe von Örestücken.

»Dass sie tot ist, wissen Sie, nehme ich an? Vor fünf Jahren, glaube ich. Ein Autounfall.«

Ich nickte nur.

»Aber als junges Mädchen ist Kristinas Mutter auch durchgebrannt«, erzählte sie mit einfältig wirkender Begeisterung. »Sie ist zusammen mit ihrem Bruder aus dem Waisenhaus geflüchtet, in dem die beiden aufgewachsen sind. Und damals war sie so alt wie Kristina heute. Eigenartig, finden Sie nicht?«

»Sie meinen, es liegt in den Genen?«

»Ich weiß nicht, ob so etwas in den Genen liegt.« Sie strich sich eine Locke aus dem Gesicht und schien das alles lustig zu finden. »Falls ja, sehe ich schwarz für Sie. Denn nach dem, was Kristina mir erzählt hat, sind die beiden nie ins Waisenhaus zurückgekehrt. Sie haben sich bis ins Erwachsenenalter alleine durchgeschlagen, stellen Sie sich das vor.«

Das konnte ich mir zweifellos besser vorstellen als sie. Es war Zeit, zur Sache zu kommen. »Interessant«, sagte ich, »aber ich denke, dass dieser Fall anders liegt. Was ich gerne wissen würde ist, ob Ihnen in den Tagen vor Kristinas Verschwinden etwas aufgefallen ist. Ob sie irgendwie ungewöhnlich wirkte. Ob sie mit jemand Fremdem geredet hat. Ob vielleicht ein Mann auf sie gewartet hat.«

»Ein Mann?«, staunte sie. »Denken Sie, dass Kristina sich mit einem erwachsenen Mann eingelassen haben könnte?«

»Aus ermittlungstechnischen Gründen kann ich nur sagen, dass wir Grund zu der Annahme haben«, erklärte ich. »Tut mir

Leid, dass ich das so formulieren muss.« Plötzlich kam mir das Ganze sinnlos vor. So unbedarft, wie diese Frau war, hatte sie unter Garantie nichts bemerkt, das mir weiterhelfen würde.

Ich sollte sie wirklich flachlegen, dachte ich. *Das könnte ihrem Realitätssinn nur gut tun.*

Sie furchte die Stirn. »Lassen Sie mich mal nachdenken...« Es klang, als täte sie das nicht besonders oft.

In dem Moment klapperte es an der Tür, und ein dunkelhäutiger Mann mit einem Kehrwisch in der Hand streckte den Kopf herein. »Noch nich' aus?«, fragte er mit kehligem Akzent.

Kristinas Klassenlehrerin schreckte hoch. »Wie? Oh, doch, ja. Einen Moment, warten Sie...« Sie drehte sich zu mir. »Sagen Sie, Herr Nilsson, ich weiß nicht, wie es Ihnen geht, aber ehrlich gesagt, mir hängt der Magen in den Kniekehlen. Und zu Hause habe ich frischen Julkuchen. Hätten Sie nicht Lust, auf einen Kaffee mit zu mir zu kommen? Ich wohne gleich da drüben, in dem Hochhaus vorn an der Kreuzung. Keine fünf Minuten. Das ist morgens oft sehr praktisch«, fügte sie kichernd hinzu.

Ich sah sie verdutzt an. Diejenigen Neuronen, die zu den stammesgeschichtlich eher älteren Teilen meines Gehirns gehören, hätten, wenn man sie gelassen hätte, eine Antwort formuliert, die ungefähr so geklungen hätte: *Ja, genial, und dort fick ich dich dann, da kannst du machen, was du willst.* Doch die Neuronen meines Großhirns waren in entbehrungsreichen Jahren der Sozialisation auf die Spielregeln der menschlichen Gesellschaft kalibriert und mit der Notwendigkeit zielstrebiger Heuchelei vertraut gemacht worden, und ihr Votum besaß höheres Gewicht. Deshalb bestand meine Reaktion nur in einem dezenten Nicken und in der Antwort: »Ja, warum nicht? Gern.«

Es lief auf alle Fälle super, fand ich, als wir aufstanden.

Auf dem Weg hinüber zu den Hochhäusern erfuhr ich ihren Namen. »Birgitta Nykvist. Ich bin die Klassenlehrerin der 8 A und unterrichte Mathematik. Eigentlich. Vor ein paar Wochen musste ich die Klasse außerdem in Schwedisch übernehmen, weil eine Kollegin in den Mutterschutz gegangen ist«, plapperte sie munter, während wir die leicht ansteigende Straße hinaufstapften. »Auf die bin ich wirklich ärgerlich, das können Sie mir glauben. Wissen Sie, was die gemacht hat? Stapelweise Aufsätze einfach liegen lassen. Teilweise seit Monaten, in allen Klassen, die sie hatte. Das heißt, ich darf jetzt Aufsätze aus über zwei Monaten korrigieren, stellen Sie sich das vor. Ich habe keine Ahnung, wann ich das überhaupt machen soll.«

Ich gab nur ein nichtssagendes Brummen von mir. Sorgen eines behüteten Daseins. Den Luxus, mir über solche Nichtigkeiten den Kopf zu zerbrechen, hätte ich auch gern einmal gehabt.

Es waren zwei olivgrüne Hochhäuser, die da am Hang gegenüber der Schule standen, sechs Stockwerke hoch und umlagert von dürren, schlanken Kiefern. Wie sich herausstellte, wohnte Birgitta im obersten davon. Und es gab keinen Aufzug.

»So, Feierabend«, verkündete sie, als wir endlich oben waren und sie die Wohnungstür aufschloss. Im Gegensatz zu mir atmete sie nicht einmal tiefer. Mit einem Handgriff, der von Gewohnheit kündete, zog sie ihr Mobiltelefon aus der Jackentasche, schaltete es aus und steckte es in eine Ladestation auf einer Kommode gleich neben der Wohnungstür.

Gute Idee. Ich griff in die Tasche und schaltete mein Telefon ebenfalls ab. Bei meinem Glück rief Hans-Olof sonst genau in dem Moment an, in dem ich die Hand in ihr Höschen schob.

Die Wohnung war klein und strahlte die Atmosphäre eines Jungmädchenzimmers aus. Jede Wand war in einem anderen Pastellton gestrichen, alles furchtbar romantisch, adrett und sauber. Zeit, um Fotos von Schulausflügen zu rahmen und die freien Stellen an ihren Wänden damit zu pflastern, hatte sie offenbar mehr als genug. Es gab ein schmales Regal mit Büchern und ein paar Aktenordnern neben einem knapp bemessenen Schreibtisch, dessen Arbeitsfläche größtenteils von schiefen, krummen und schlecht lackierten Tonvasen voller Bleistifte und Kugelschreiber in Anspruch genommen wurde. Auf den übrigen Regalen tummelten sich Teddybären, Stofftiere und anderer Tand.

Ein kurzer Rundgang durch Flur und Wohnzimmer. Eine Glastüre verriet, wo das Bad war, und die Tür, die ungeöffnet blieb, führte demnach ins Schlafzimmer. Gut zu wissen. Von der Küche aus ging der Blick auf die Schule, allerdings musste man dazu an einer Menge Strohsterne und anderem Weihnachtszeug vorbeischauen.

Sie wies mir einen Platz an dem kleinen Tisch vor dem Fenster zu und setzte Kaffeewasser auf. »Nehmen Sie Zucker?«, fragte sie, und als ich nickte, stellte sie ein lilafarbenes Keramiknilpferd mit einem Loch im Rücken hin, gefüllt mit braunem Zucker. Na klar, was auch sonst.

Auf einem Teller stapelten sich Unmengen dünner, brauner Pfefferkuchen, die gut aussahen und lecker dufteten. »*Lussekatter* habe ich leider noch keinen gebacken«, meinte sie, während sie mich mit Tassen, Tellern und Kuchengabeln umstellte.

»Macht nichts, ich habe es sowieso nicht so mit Rosinen«, erwiderte ich. Ich merkte, dass ich hungrig war. Sie offenbar auch, denn sie naschte schon an ihrem ersten Stück herum, während sie noch mit dem Aufbrühen des Kaffees beschäftigt war. Der Kaffeefilter schien die Wasseratome nur einzeln passieren zu lassen.

»Sie scheinen sich mit Kristina ziemlich gut zu verstehen, habe ich den Eindruck«, sagte ich, um das Gespräch wieder von dem *Kaffee?-Milch?-Zucker?*-Niveau wegzubringen.

Sie nickte dem Kaffeefilter zu. »Ja, ich glaube, ich habe einen ganz guten Draht zu ihr. Deswegen hat mich diese Geschichte mit ihrer Krankheit auch so umgehauen. Ich hatte Albträume, wirklich wahr. Na, ihrem Vater werde ich was erzählen, wenn ich ihn das nächste Mal sehe…«

Ich räusperte mich. »Es wäre mir sehr recht, wenn Sie das

noch eine Weile als Geheimnis bewahren würden. Vielleicht noch eine Woche«, sagte ich so ernst und eindringlich wie möglich. »Es ist zu Kristinas Sicherheit.«

Sie sah mich mit gerunzelter Stirn an, während sie wieder ein paar Tropfen heißes Wasser nachgoss. »Das verstehe ich nicht. Was hat das mit Kristinas Sicherheit zu tun?«

»Sie werden es zu einem späteren Zeitpunkt verstehen«, beharrte ich. Mir fiel selber keine plausible Erklärung ein, also konnte ich nur auf dieser Masche weiterreiten. Ich weiß etwas, was du nicht weißt.

Einen Moment herrschte Schweigen. Das muss man manchmal aussitzen, um zu gewinnen.

»Na schön«, meinte sie schließlich schulterzuckend und wandte sich wieder ab. »Von mir aus.«

Ich betrachtete ihren Rücken, während sie da am Herd stand und den Kaffeefilter mit Wasser fütterte. Sie hatte wirklich eine gute Figur. Klein, aber schlank. Drahtig irgendwie. Ein Körper, der sich kraftvoll um einen schließen konnte... Ich merkte, wie meine Unterhose bei dem Gedanken anfing zu spannen. Zum Glück sah man das unter dem roten Overall nicht. Mein Hormonsystem war jedenfalls auf vollen Touren, und offensichtlich interagierte es mit dem limbischen System, dass Sofía Hernández Cruz ihre helle Freude daran gehabt hätte.

»Wir waren bei Kristina«, versuchte ich meine Gedanken in nützlichere Bahnen zurückzusteuern.

Birgitta Nykvist nahm den Filter ab und schenkte ein. »Richtig«, sagte sie. »Ja, was soll ich sagen? Ich rede gern mit ihr. Sie ist ein umgängliches Mädchen. Sehr selbstbewusst für ihr Alter. Ungewöhnlich.«

»Wissen Sie Näheres über den Tod ihrer Mutter?«

Sie stellte uns die vollen Tassen hin. »Das war eine schreckliche Geschichte. Ein Autounfall. Ein Laster hatte Öl verloren, in einer Kurve auch noch. Die Straße soll spiegelglatt gewesen sein, und das nachts. Es hat mir sehr Leid getan für die Familie. Ich kannte Kristinas Mutter, wissen Sie?«

»Das muss doch ein schwerer Schlag für Kristina gewesen sein.«

Sie setzte sich mir gegenüber und begann, nachdenklich Milch in ihren Kaffee zu rühren. »Ja. Damals war ich Vertrauenslehrerin an der Schule, also gewissermaßen von Amts wegen zuständig für die Nöte der Kinder. Kristina und ich haben damals viel miteinander geredet. Sie war auch oft bei mir zu Hause.«

Ich hob unwillkürlich die Augenbrauen und sah mich um. »Hier?«

Sie schüttelte den Kopf, und ein melancholisches Lächeln glitt über ihr Gesicht. »Nein, nicht hier. Damals habe ich noch ... woanders gewohnt.«

Es war etwas Merkwürdiges in der Art, wie sie das sagte. Als hätte ich ein Thema berührt, das sie verbergen wollte. Ich nahm mir vor, bei Gelegenheit darauf zurückzukommen. »Was hatten Sie für einen Eindruck? Ist sie darüber hinweg?«

»Ich denke schon. Kristina hat eine bewundernswerte innere Kraft, wissen Sie? Ganz, ganz erstaunlich. Ich glaube, das verdankt sie ihrer Mutter. Das wird ihr auch keiner mehr nehmen können, diese innere Stärke und Unbeirrbarkeit.«

Ich hieb meine Zähne in den Kuchen, um nicht schreien zu müssen. Diese Frau hatte doch keine Ahnung vom Leben und von dem, was passieren konnte. Es gibt nichts, das einem ein anderer nicht nehmen könnte. Nichts.

Runterschlucken. Tief atmen. Sie meinte es nicht böse. Sie war nur naiv, das war alles. »Wenn Sie sagen, dass Sie ihre Mutter gut kannten«, fragte ich, »was war sie für ein Mensch?«

Sie dachte nach, die Tasse vor dem Gesicht. Ich musste an Inga denken und wie wir tagelang durch den Wald geirrt waren, hungrig und schmutzig, aber verbissen in unserem Entschluss, uns nicht einfangen zu lassen, nicht zurückzugehen, niemals wieder. Und wir hatten es geschafft. Wir waren nicht zurückgegangen. Wir hatten, nachdem unser Proviant aufgebraucht gewesen war, von Wasser aus Waldbächen gelebt, von

Beeren und von dem, was wir in Mülleimern von Parkplätzen fanden, aber wir waren nicht zurückgegangen.

Was konnte eine Frau, deren Vorstellung von Unglück es war, ein paar Stapel Hefte zusätzlich korrigieren zu müssen, von solchen Dimensionen des Lebens wissen? Nichts.

»Hmm«, machte Birgitta und nippte an ihrem Kaffee. »Wenn ich es in einem Satz ausdrücken müsste, würde ich sagen, sie war glücklich. Eine sehr glückliche Frau. Irgendwie... gelöst. Schwer zu beschreiben. *Dankbar dem Leben gegenüber*, das trifft es vielleicht am besten.«

Verblüffend. Ja, so war Inga zuletzt gewesen. Und hatte mich damit vor ein Rätsel gestellt, das ich bis auf den heutigen Tag nicht gelöst hatte.

Ich räusperte mich. »Und Kristinas Vater? Kennen Sie ihn auch?«

»Ja, sicher. Er ist oft zu den Elternabenden gekommen, schon vor dem Tod seiner Frau.«

»Wie ist er so?« Das war jetzt interessant.

»Ein bisschen eigenartig, wenn ich ehrlich sein soll. Sie wissen sicher, dass er Professor am Karolinska-Institut ist?«

Ich nickte.

Sie hob die Hände. »Na ja. Und oft ist er so, wie Professoren eben sind. Nicht ganz bei der Sache. Geistesabwesend. Auch ziemlich verkrampft, würde ich sagen. Sehr...« – sie suchte nach dem passenden Wort – »verbissen. Und der Tod seiner Frau hat ihn schwer getroffen. Sie war bestimmt so etwas wie ein belebendes Element in seinem Dasein. Er hat sich sehr verändert seither, und er ist sicher noch nicht darüber weg. Man hat auch nicht das Gefühl, dass er daran denkt, wieder zu heiraten oder wenigstens neue Bekanntschaften zu schließen.«

»Und wie ist er seiner Tochter gegenüber?«

»Streng.« Sie nahm sich ein weiteres Stück Kuchen, bot mir auch eines an. »Viel zu streng, wenn Sie mich fragen. Zum Beispiel verbietet er ihr alle Freundschaften mit Jungs. Ich meine, das ist heutzutage doch wirklich altmodisch. Einmal hat sie einen Jungen mit nach Hause gebracht, völlig harmlos, einen Klassenkameraden. Sie war damals zehn Jahre alt und wollte ihm nur irgendwelche Musik vorspielen... Aber ihr Vater muss regelrecht ausgerastet sein. Es gab jedenfalls einen Riesenkrach, und von da an hat Kristina ihre Freundschaften mit Jungs sorgfältig vor ihm geheim gehalten.« Sie grinste. »Was nicht so schwer gewesen sein kann.«

Ich horchte auf. War das eine denkbare Spur? »Hat es Ihres Wissens zuletzt jemanden gegeben, den man als festen Freund bezeichnen könnte?«

Sie schüttelte den Kopf. »Nein, nicht dass ich wüsste. Ich glaube, Kristina ist in der Hinsicht eher reserviert. Sie kam mir auch immer völlig unempfindlich gegenüber dem Druck vor, dem sich Mädchen in diesem Alter ausgesetzt sehen. Dieser Gruppendruck, dass man bestimmte Erfahrungen machen müsse. Dass man mit soundso viel Jahren schon einen Jungen geküsst haben muss zum Beispiel. Solche Dinge hat sie immer ignoriert.«

Sie leckte sich dabei über die Lippen, ein Anblick, der mir durch und durch ging wie ein elektrischer Schlag. Verdammt, ich fühlte mich wie eine scharfe Sprengladung, die jeden Moment losgehen konnte. Da saß diese Frau keinen Meter von mir entfernt und ahnte nicht, dass bedeutende Teile meines Denkvermögens nur mit der fiebrigen Vorstellung beschäftigt waren, ihr die Kleider vom Leib zu reißen.

Ich musste machen, dass ich fortkam. Abgreifen, was noch an Informationen da sein mochte, das Gespräch beenden und sehen, dass ich Land gewann.

Andernfalls würde ich für nichts mehr garantieren können.

»Sie lebt allein mit ihrem Vater«, versuchte ich den Gesprächsfaden wieder aufzunehmen. Die Kaffeetasse anschauen. Den Kuchenteller. Die Tischdecke. »Kommt sie damit zurecht? Was für einen Eindruck hatten Sie?«

»Also, soweit ich da Einblick habe, haben die beiden sich arrangiert. Sie respektiert ihn, aber sie lebt ihr Leben und er seines. Ich glaube allerdings nicht, dass da sonderlich viel Wärme ist. Früher eher, vor dem Tod ihrer Mutter. Da war ihr Vater auch noch umgänglicher.« Sie lehnte sich zurück, strich die Haare mit beiden Händen nach hinten und verschränkte die Arme hinter dem Kopf. Eine Körperhaltung, die bei Frauen waffenscheinpflichtig sein sollte, so, wie sie den Busen betont.

Wusste diese Frau eigentlich, was sie tat? Konnte jemand so weltfremd sein? Ich spürte meinen Mund trocken werden, griff nach der Kaffeetasse, versuchte den Blick von diesen beiden Brüsten abzuwenden, die sich da überdeutlich durch den dünnen Stoff ihres hellbraunen Pullovers abzeichneten und deren Warzen im Anschwellen begriffen waren.

»Umgänglich?«, krächzte ich, einfach um irgendwas zu sagen. Ich war eine Gefahr für diese Frau. Ich musste sie, ja, ich musste sie beschützen vor mir, vor diesem Verbund aus Hormonen und Neuronen, der jeden Moment durchdrehen konnte.

»Kristinas Vater war bei allen Schulfesten und so weiter dabei, was man weiß Gott nicht von allen Vätern behaupten kann. Einmal hat er sogar ein Theaterstück für eine Schulaufführung geschrieben, stellen Sie sich vor, ein Professor der Medizin! Und es kam richtig gut an, muss ich sagen. Wenn es auch für meinen Geschmack etwas zu krimimäßig war.«

Ich verstand. So herum tickte sie. Wir machen die Augen zu, und die böse Welt hört auf zu existieren.

Nun, sie würde sich gleich mit der lehrreichsten Überraschung ihres Lebens konfrontiert sehen.

»Sie mögen keine Krimis?«, fragte ich.

»Krimis sind mir zu gewalttätig.«

»Aber die Welt *ist* nun mal voller Gewalt.«

»Schon, ja.« Jetzt rückte sie den Stuhl ein Stück nach hinten, sodass sie mit dem Rücken zur Wand saß, und zog einen Fuß zu sich auf den Sitz. Sie schien nicht einmal zu bemerken, dass sie mir so außer ihrem Busen auch noch ein Konturrelief ihres Beckens und ihres Schritts präsentierte. »Aber Krimis verzerren alles. Dass hin und wieder hässliche Dinge geschehen, heißt doch nicht, dass die ganze Welt so ist.«

Ich beugte mich vor. In meinen Adern kochte das Blut. »Sind Sie deshalb Lehrerin geworden? Weil die Schule so eine Art Reservat ist?«

»Was?« Sie riss die Augen auf.

Es hielt mich nicht länger auf dem Stuhl. »Sie sind naiv, Birgitta Nykvist. Sie lügen sich eine freundliche Welt zurecht, weil Sie Angst haben vor der Wirklichkeit und ihren Schrecken.«

»Ich bin nicht naiv«, widersprach sie mit funkelnden Augen. »Ich weigere mich nur, mir die Freude am Leben kaputtmachen zu lassen.«

»Sie sind naiv. Sie sind so naiv, dass Sie eine Gefahr für sich selber darstellen«, versetzte ich. Hart, ja, nur harte Schläge konnten hier noch helfen. »Schauen Sie sich doch an, was Sie da gerade tun. Sie haben mich hierher eingeladen, einen fremden Mann, über den Sie nichts wissen. Ich habe Ihnen gesagt, ich sei Privatdetektiv, und Sie haben es geglaubt, nur weil ich Ihnen einen Ausweis gezeigt habe, dessen Echtheit Sie überhaupt nicht überprüfen können. Und jetzt? Jetzt sind wir hier. Allein. Ein starker Mann und eine schwache Frau. Ich könnte jetzt mit Ihnen machen, was ich will, ist Ihnen das nicht klar?«

Sie sah zu mir hoch, die Augen endlos tief, endlos weit geöffnet, die Lippen glänzend. »Ich vertraue Ihnen«, sagte sie schlicht. »Sie werden mir nichts tun.«

An den Rändern meines Wahrnehmungsvermögens begann es zu flimmern. »Sie vertrauen dem Falschen«, zischte ich sie an. »Ich bin kein Detektiv. Ich bin ein Sträfling. Ich bin vor drei Tagen aus dem Gefängnis gekommen, und ich habe seit sechs Jahren keinen Sex mehr gehabt.«

Unwillkürlich war ich auf sie zugetreten. Sie rührte sich immer noch nicht, doch sie atmete tiefer, und ihre Augenlider flatterten.

»Sechs Jahre?«, hörte ich sie wispern. »Das ist lang…«

Sie streckte die Hand aus, berührte mich. Mit einer raschen, unbeschreiblichen Bewegung glitt sie von ihrem Stuhl, stand vor mir und griff nach dem Reißverschluss meines Overalls. »Wenn hier jemand naiv ist«, hauchte sie dabei, »dann bist du es, wenn du glaubst, dass ich dich mit zu mir genommen habe ohne jeden Hintergedanken...«

KAPITEL 34

In dem Augenblick, in dem sie meine Brust berührte, brachen meine Dämme, brannten meine Sicherungen durch. Eine Kraft, die stärker war als ich, brach über mich herein, eine Gewalt, die jenseits meiner Kontrolle war, ergriff Besitz von mir wie ein Dämon. Ich riss sie an mich, umschlang sie, hatte auf einmal hundert Hände, die ihren Körper erkundeten, packten, vereinnahmten. Da war ihr Haar und ihr Duft, da waren Lippen und Wimpern, und sie japste überrascht auf und sagte: »Oh!« Da war festes Fleisch, Wärme. Meine Hände fanden weiche Haut, warme Haut, unbeschreibliche Haut. Ich zitterte.

»Nicht«, stöhnte sie, und ich merkte, eines der vielen Geräusche war das reißenden Stoffs.

»Nicht kaputtmachen.« Sie flüsterte es hastig. »Wir haben doch Zeit, wir haben doch Zeit...«

»Ja«, sagte ich oder weinte ich oder so ähnlich, meine Stimme war ein Keuchen, ein Zittern, ein Erdrutsch. Meine hundert Hände zerrten an ihr, an ihrer Kleidung, Geschirr klapperte, als der Pullover herunter war und irgendwo landete. Und sie zog an mir, an den Ärmeln meines Overalls, half mir heraus, als er sich um meine Knöchel schlang und ich fast stolperte, weil ich nicht von ihr lassen konnte. Und sie trug wahrhaftig keinen BH, nur ein Hemd, und das flog auch davon, und etwas fiel herunter und klapperte metallen, und vor mir hingen diese Brüste, überwältigend, allmächtig, so schön, dass man an Gott hätte glauben mögen.

»Komm«, sagte ich, oder sagte sie es? Wir zogen einander

aus dem Zimmer. Der Flur. Die andere Tür. Dahinter Dunkelheit bis auf einen messerscharfen fahlgelben Strich Straßenlaternenlicht an der Wand. Es roch nach ihr, nach Schlaf, nach Verheißung. Meine Knie stießen an ein Polster. Ich spürte sie an mir heruntergleiten und nach meiner Unterhose fassen, die beinahe zerriss vor Anspannung.

Leider ist zu berichten, dass alle Herrlichkeit in diesem Moment jäh endete. Birgitta hatte kaum den Gummizug über die Spitze meines Glieds gehievt, als es unvermittelt losging, ein regelrechter Sturzbach, der sich pulsierend ins Leere ergoss und fast nicht mehr aufhören wollte.

Aber dann hörte es doch auf, und alles wurde kalt und schlaff, und eine zeitlose Sekunde lang herrschte völlige Stille. Wir verharrten reglos in der Dunkelheit wie zwei Schaufensterpuppen in einem absurden Lagerraum.

»Wow«, hörte ich sie schließlich sagen. »Was für eine Ladung.«

Ich war mir sicher, dass sie sich ekelte, aber sich zugleich bemühte, es mich nicht merken zu lassen.

Am liebsten wäre es mir gewesen, die Erde hätte sich in diesem Moment aufgetan und mich verschlungen, aber mir war klar, dass die Chance dafür hier oben im sechsten Stock denkbar gering war. Blieb nur Flucht, um der Peinlichkeit ein Ende zu setzen. Ich beugte mich hinab und griff nach meiner Unterhose, um sie hochzuziehen. Einfach schnell machen, anziehen, gehen, fertig. Gut, dass ich ihr nicht meinen richtigen Namen verraten hatte. Ich würde ihr sowieso nie wieder über den Weg laufen.

Aber sie ließ mich nicht. »Warte«, sagte sie. »Lass. Wir legen uns hin und warten eine Weile. Bestimmt geht es in ein paar Minuten wieder.«

Ich wollte widersprechen, aber mein Körper verriet mich. Auf einmal war die bodenlose Müdigkeit wieder da. Bis in die letzte Faser war ich erfüllt von einem unbändigen Verlangen, doch ich hätte nicht sagen können, ob es dem Sex galt oder schlicht der Aussicht, mich hinzulegen. Ich sank auf die Bettkante. Sie streifte mir die restliche Kleidung ab, die Socken, die Unterhose, und ich ließ es geschehen.

Sie zog auch noch etwas aus, das ich übersehen haben musste, und rutschte von mir fort. Ich folgte ihr, ihre Konturen mehr erahnend als erkennend, ertastete das Kopfkissen. Sie zog eine schwere, warme Decke über uns. Das Bett war schmal für zwei Personen.

»Du könnest den Arm um mich legen«, schlug sie vor.

Ich bin kein sonderlich begabter Umarmer, was von den Frauen, mit denen ich es zu tun hatte, oft beklagt worden ist. Bei meinen diversen Abenteuern hatte ich es immer vorgezogen, rasch das Weite zu suchen, sobald vorbei war, worauf ich es abgesehen gehabt hatte. Die Frauen, mit denen ich länger zusammen gewesen war, hatten es ebenfalls nicht besonders geschätzt, dass ich ein Bett für mich alleine brauchte, um einschlafen zu können.

Doch hier und heute schien es das Selbstverständlichste der Welt zu sein. Ich legte den Arm um sie, und unsere Körper passten ineinander wie zwei Teile eines Puzzles. Ihre Haut war weich, in den letzten Minuten aber kalt geworden.

Und ich hatte ja schließlich nicht vor, einzuschlafen.

»Übrigens«, sagte sie nach einer Weile, »das war toll.«

Ich blinzelte. Ich war nicht am Einschlafen, nein, ich hatte nur kurz an etwas anderes gedacht. »Toll? Was denn?«

»Wie du über mich hergefallen bist. Mein lieber Schwan, so stürmisch ist in meinem ganzen Leben noch niemand auf mich los.«

Ich sagte erst mal nichts. Dachte nach, nichts Bestimmtes. Ich horchte in mich hinein, aber in meinen Lenden rührte sich nicht das Geringste. »Na ja«, meinte ich. »War vielleicht ein bisschen *zu* stürmisch.«

»Ich fand's trotzdem toll.«

Ich gab nur ein unbestimmtes Brummen von mir, weil ich nicht wusste, was ich sagen sollte. Überhaupt war mein Gehirn auf einmal wie abgeschaltet. Genau wie mein Schwanz. Lag das womöglich am Alter? Immerhin war ich inzwischen siebenunddreißig. Das war schon fast vierzig, und von da an ging es ja angeblich abwärts mit der Manneskraft. Jedenfalls, früher hatte es nie länger als eine Viertelstunde gedauert, ehe ich wieder fit für eine zweite Runde gewesen war. Allerhöchstens zwanzig Minuten.

»Sag mal«, begann sie wieder und rieb meinen Arm, »schläfst du?«

»Ich? Nein. Ich hab nur an was gedacht.«

»An was denn?«

»Wie lange es her ist, dass ich das letzte Mal mit einer Frau geschlafen habe.«

»Sechs Jahre, dachte ich.«

»Ja, schon. Aber was das für eine lange Zeit ist. Darüber habe ich nachgedacht.«

»Ach so. Ja. Das ist eine lange Zeit.«

Ich betrachtete den schmalen Strich orangegelben Lichts. Wie ein Schnitt durch die Dunkelheit sah er aus. Er flimmerte ein wenig, jedenfalls kam es mir so vor.

»Wie heißt du eigentlich wirklich?«, kam auf einmal die Frage, eine Frage, die beantwortet sein wollte, und ich sagte: »Gunnar. Gunnar Forsberg. Kristina ist meine Nichte.«

Ein Laut des Erstaunens. Ihre Haut fühlte sich wieder warm an, schien mit meiner zu verschmelzen.

»Dann bist du der Bruder? Der mit Kristinas Mutter zusammen aus dem Waisenhaus geflohen ist?«

»Ja.«

»Ehrlich?«

»Ja.«

Sie bewegte sich ein wenig, aber mein Arm war tonnenschwer und hielt sie gefangen. »Weißt du, was ich mich immer gefragt habe? Wie ihr das mit den Ausweisen und so weiter gemacht habt. Ich meine, normalerweise können doch zwei Kinder nicht einfach eine Wohnung mieten und da wohnen, in die Schule gehen, studieren... Ohne die richtigen Papiere geht das doch alles nicht.«

Oh, in Wirklichkeit geht so viel, von dem man denkt, es geht nicht. Die Wohnung war überhaupt kein Problem gewesen. Unsere Dachwohnung in Södertälje, im Minnesvägen in Grusåsen, mit den schrägen Fenstern und der Einbauküche und den abgewetzten Möbeln und der blau gekachelten Dusche, die uns vorkam wie das Himmelreich. Kein Mensch hatte Papiere sehen wollen. Wir hatten Geld gehabt, Bargeld, und das war alles, was den Vermieter interessierte. Dass es so etwas wie polizeiliche Meldepflicht gibt, hatten wir nicht einmal gewusst. Wir hatten uns nicht darum gekümmert, und niemand hatte sich um uns gekümmert.

Inga hatte darauf bestanden, dass wir beide zur Schule gehen. *Wenn man nichts lernt, kommt man nicht gut durchs Leben*, hatte sie gesagt.

Dafür, ja, hatten wir Papiere gebraucht.

»Ich bin allen nachgeschlichen, die in der Stadtverwaltung gearbeitet haben, und habe ausspioniert, was sie arbeiten und wo sie wohnen und so weiter«, erzählte ich. »Einer hatte eine Geliebte. Den habe ich erpresst. Er hat uns alle Papiere und Einträge verschafft, damit keiner mehr was von uns wollte.«

»Und ihr habt wirklich von Diebstählen gelebt?«

Türschlösser öffnen. Schräg gestellte Fenster, kinderleicht auszuheben. Auf Alarmanlagen achten und schnell machen, das war das Geheimnis. Zack, zack, Schubladen auf, Silberbesteck, Fotoapparate, alles, was Geld brachte, rein in die Tasche und raus. »Ich war das. Ich bin nachmittags in die Stadt gefahren und habe reichen Leuten irgendwelchen Plunder gestohlen, damit wir zu essen und was zum Anziehen kaufen konnten«, sagte ich mit Worten, die schwer und weich aus meinem Mund kamen. »Und die Miete, die mussten wir auch bezahlen. Und wir haben sie immer bezahlen können. Wir haben immer alles bezahlen können, was wir bezahlen mussten.«

Ja. Wir hatten es gut gehabt, Inga und ich. Und sie hatte

Kinderärztin werden wollen. Und sie war tot. Und es war warm, und ich war schwer, und ich lag im Dunkeln mit dem Arm um einen anderen warmen, schweren Körper, sodass ich nicht versehentlich einschlafen würde.

Ich erwachte davon, dass sanfte, entschlossene Hände über meine Flanken strichen, meinen Bauch und mein Geschlecht streichelten, und von einer Erregung so jäh wie ein aufspringendes Klappmesser. Eine Frau glitt an mir entlang, ein grauer Schatten in einer ersten Ahnung nahender Dämmerung. Ihre Haare kitzelten auf meiner Brust, ihre Lippen hauchten heiß über meine Haut. Und dann, endlich, erhob sie sich, stieg über mich und nahm mein Glied in sich auf.

Ich brauchte eine Weile, bis mir ihr Name wieder einfiel: Birgitta.

Sie glitt auf und ab, langsam zunächst, als müsse sie den Eindringling zuerst genau abtasten. Mit einem leisen, wehenden Seufzer sank sie schließlich vornüber und krallte beide Hände in meinen Brustkorb, dass ich blaue Flecke kriegen würde. Ihre Bewegungen wurden schneller, und nach einer Weile fiel sie in einen stetigen, fast maschinenhaften Rhythmus.

Ich betrachtete sie seltsam unbeteiligt. Es war, als sähe ich bei etwas zu, das nur eine Angelegenheit zwischen ihr und meinem Glied war und das mit mir nicht das Geringste zu tun hatte. Sie hielt die Augen geschlossen, schien nur in sich hineinzuspüren, völlig konzentriert zu sein auf die Lust, die sie sich an mir verschaffte.

Ihre Brüste wippten rhythmisch mit, die Warzenhöfe schimmerten tiefschwarz in einem Halbdunkel, das noch nicht Licht war und nicht mehr Nacht. Es war dieser Anblick, der die Interaktion zwischen meinem hormonalen und neuronalen System auf Touren brachte. Ich griff danach, was sie mit einem grunzenden Stöhnen quittierte. Hieß das, dass es ihr gefiel? Ich wusste es nicht, ging aber bis auf weiteres davon aus. Mir gefiel es jedenfalls, endlich diese enormen, prallen Nippel in den Fingern zu haben, und dass mir das gefiel, schien mein Glied dazu zu bewegen, mich an der sich anbahnenden Lust zwischen ihren Schenkeln teilhaben zu lassen.

Sie fing an, am ganzen Körper zu zittern, und kam aus dem Rhythmus. Ich umkrallte ihre Hüften, versuchte meinerseits den Takt zu bestimmen, doch da schaltete sie schon in einen anderen Gang, beschleunigte keuchend, hämmerte ihr Becken in irrem Tempo gegen das meine und kam schließlich, mit unerhörter Energie und gutturalen Schreien, und hörte gar nicht auf zu kommen, bis ich endlich auch explodierte.

Dann sank sie auf mir zusammen, keuchend, nass geschwitzt, und blieb einfach so liegen. Ich streichelte sie, frei von jedem Gedanken in meinem Gehirn.

Schließlich sah sie auf, betrachtete mich forschend, schnellte nach vorn, um mir einen winzigen, spitzen Kuss auf die Nase zu geben. Dann erhob sie sich mit einem etwas verkrampften Lächeln und entschwand ohne ein weiteres Wort. Gleich darauf hörte ich die Dusche.

Inzwischen war das Nahen des Tages unübersehbar. Mit sanftem Schrecken wurde mir bewusst, was das hieß: *Ich hatte die ganze Nacht geschlafen!* Kein Wunder eigentlich, wenn man bedachte, wie ich die Nächte davor verbracht hatte. Und ich war immer noch müde. Besser gesagt, jetzt erst recht, nach diesem Ritt.

Ich wälzte mich auf die andere Seite und wickelte mich in die Decke. Dabei fiel mein Blick auf ein Bild, das über dem Kopfende des Bettes hing. Das einzige im Schlafzimmer, soweit ich sehen konnte: das großformatige Schwarzweißfoto eines blonden Mannes Anfang dreißig, der eigentümlich verstört dreinblickte.

Was hatte *das* zu bedeuten?

Ich muss über dieser Frage selig weggedämmert sein, denn ich erwachte, als Birgitta, frisch geföhnt und fertig angezogen, mir einen Kuss auf die Stirn gab. »In der Thermoskanne auf dem Tisch ist frischer Kaffee«, erklärte sie, als wäre nichts gewesen. »Und wenn du gehst, bitte die Tür fest hinter dir zuziehen, okay?«

Ich blinzelte. »Wieso, wohin gehst du?«

»Ich bin Lehrerin, Schätzchen. Ich muss arbeiten.«

Ich deutete auf das Bild. »Wer ist denn das da?«

Ein Ausdruck glitt über ihr Gesicht, den ich nicht zu deuten vermochte. »Mein Ex-Mann«, sagte sie nur und sah auf ihre Armbanduhr. »Ich muss. Mach's gut.«

Damit ging sie. Ich hörte, wie die Wohnungstür ins Schloss fiel, noch ein paar Schritte im Treppenhaus, dann war Stille. Ich drehte mich um, betrachtete das Gesicht des Mannes auf dem Foto und versuchte zu ergründen, was hier eigentlich vor sich ging. Ihr *Ex-Mann*? Wieso hatte sie das Bild eines Mannes über ihrem Bett hängen, von dem sie geschieden war? War das ein bizarrer Racheakt? *Schau ruhig zu, wie ich mit anderen Männern ins Bett gehe?*

Ich stieg aus dem Bett mit dem unguten Gefühl, nur benutzt worden zu sein.

KAPITEL 35

Aber wie sagt man so schön? Selbst schlechter Sex ist guter Sex. Ich fühlte mich gut, als ich geraume Zeit später zurück in die Stadt fuhr, geduscht und mit einem Frühstück im Bauch. Es hatte mir trotz aller seltsamen Begleitumstände gut getan – der Sex, und vielleicht noch mehr, dass ich endlich einmal wieder richtig lang geschlafen hatte.

Es hatte aufgehört, unentschlossen zu schneien. Dafür war es deutlich kälter als die Tage zuvor. Die Heizung des Autos lief auf vollen Touren, kam aber nicht gegen die hereinkriechende Kälte an. Ein gleichmäßiger, unerbittlicher Wind pfiff in den Straßen, zerrte an den dürren Gerippen der Alleebäume und blies einem die Wärme aus dem Leib.

Dass es an dem Wind lag, hätte ich nicht beschwören können, aber auf alle Fälle fühlte ich mich wie frisch durchlüftet.

Und mir war eine Idee gekommen, wo ich eine Spur von Dimitri finden konnte.

Die russisch-orthodoxe Kirche von Stockholm befindet sich in der Birger-Jarlsgatan, und man muß schon wissen, wonach man sucht, sonst übersieht man sie. Es war Jahre her, dass ich Dimitri einmal hier abgesetzt hatte, deswegen wusste ich es, aber ich musste die Straße trotzdem zweimal auf und ab fahren, ehe ich sie wiederfand.

Besagte Kirche befindet sich nämlich im Keller eines Wohnhauses, das zwischen einem Fahrradgeschäft und einem Zeitschriftenladen liegt. Es gibt einen Zugang vom Gehweg her, ein armseliges, hölzernes Portal mit einem hellgrünen Gitter davor, kleiner als der eigentliche Hauseingang und verzweifelt an eine hergerichtete Kohlenschütte erinnernd. Darüber hat man das komplizierte orthodoxe Kreuz in Gold auf blauem Grund auf den Verputz gemalt, und neben dem Zugang hängt ein Schaukasten mit Bekanntmachungen der Gemeinde und den Terminen der Gottesdienste.

Ich wollte auf dem Behindertenparkplatz direkt davor parken, aber jemand kam mir zuvor, der genauso wenig behindert war wie ich selbst. Nun ja, die Welt ist schlecht. Und die Parkplatznot groß, jedenfalls musste ich weit fahren, ehe ich mein Auto stehen lassen durfte.

Dimitri, das war mir wieder eingefallen, war nämlich unheilbar religiös. Selbst wenn er untergetaucht war, würde er trotzdem das Bedürfnis haben, sonntags in die Kirche zu gehen. Mit anderen Worten, es bestand die Chance, dass ich hier seine Spur fand oder zumindest eine Möglichkeit, ihm eine Nachricht zukommen zu lassen.

Es gelang mir, den Priester herauszuklingeln, einen asketisch wirkenden Mann mit Segelohren und einem löchrigen, aber vermutlich beruflich unabdingbaren Vollbart. Ich erklärte ihm mein Anliegen. Ja, meinte er nach einigem Zögern und mit deutlichem russischem Akzent, er erinnere sich gut an Dimitri. Aber er wollte ihn schon seit langem nicht mehr gesehen haben.

Wie lange genau, fragte ich. Das wisse er nicht, behauptete der fromme Mann, aber auf mein Nachbohren rückte er schließlich doch mit einer Zeitangabe heraus, die ungefähr mit dem übereinstimmte, was Leonid mir erzählt hatte.

»Ich muss Dimitri unbedingt sprechen«, erklärte ich. »Es ist eine Frage von Leben und Tod.« Wahrscheinlich deckte der Priester ihn, jedenfalls gingen seine bronzenen Augen die ganze Zeit unruhig hin und her und schienen das grobe Pflaster des Gehwegs höchst interessant zu finden.

»Aber ich *weiß* nicht, wo er ist«, wiederholte er. Er hatte eine irritierende Art, sich mit dem Daumen der einen Hand den Handteller der anderen zu reiben. Wollte er womöglich bestochen werden?

»Vielleicht können Sie ihm eine Nachricht zukommen lassen?«, schlug ich vor. Ich holte einen Fünfhundert-Kronen-Schein aus der Tasche, den ich ihm hinhielt. »Für eventuelle Auslagen. Porto und so.«

Der Priester erstarrte in der Bewegung, sah den Geldschein an, als habe er noch nie einen über diesen Betrag gesehen.

»Oder für wohltätige Zwecke«, fügte ich hinzu. »Wie Sie wollen.«

Er nahm mir den Geldschein mit spitzen Fingern aus der Hand, faltete ihn bedächtig und schob ihn ein. »Es tut mir sehr Leid«, erklärte er dann. »Ich würde Ihnen sehr gerne helfen, aber ich habe wirklich keinen Kontakt zu Dimitri.«

Na, toll. »Kann es sein, dass er den Gottesdienst woanders besucht?«, fragte ich. »In einer anderen orthodoxen Kirche?«

»Möglich«, räumte der Priester widerwillig ein. Offenbar missfiel ihm der Gedanke an die Konkurrenz.

Ob er eine Vorstellung habe, in welche?

»Nein.« Er wandte sich ab. »Bitte entschuldigen Sie, aber ich habe mit meiner eigenen Kirche genug zu tun. Von anderen Kirchen weiß ich nichts.«

Ich zog rasch mein Notizbuch aus der Tasche, kritzelte meinen Namen, die Adresse der Pension und die Nummer des dortigen Telefonanschlusses auf ein Blatt und riss es heraus. »Hier, bitte. Falls sich Dimitri doch blicken lassen sollte, könnten Sie ihm das geben? Es ist wirklich sehr, sehr wichtig.«

Er nahm den Zettel und nickte. »Gut. Das kann ich machen. Wenn er kommt.«

»Genau.«

Auf dem Weg zurück stellte ich fest, dass der große, rote, markante Ziegelbau an der Ecke Birger-Jarlsgatan und Odengatan die *griechisch-orthodoxe* Kirche war! Unmöglich, dass der russische Pfaffe die nicht kannte; sie war keine dreihundert

Meter von ihm entfernt. Warum hatte er dann behauptet, er wisse nichts von einer anderen orthodoxen Kirche?

Einen Moment lang war ich versucht, zurückzugehen und ihn deswegen zur Rede zu stellen. Doch dann sagte ich mir, dass das nichts bringen würde. Wenn Dimitri sich in der russisch-orthodoxen Kellerkirche nicht mehr sicher fühlte, würde er wohl kaum stattdessen in diesem praktisch nicht zu übersehenden Gotteshaus in der gleichen Straße Zuflucht suchen.

Wäre ja auch zu einfach gewesen.

So war ich also, nach einem kurzen Ausflug in die herrlichen Gefilde schöner Träume, wieder auf dem schmutzigen Boden der Realität angelangt. Verflucht aber auch. Ich ging bei Rot über die Straße und wurde trotzdem nicht überfahren, nur angehupt, na schön, auch recht. Fick dich selber. Ich ging weiter, einfach drauflos, am Auto vorbei, der Nase nach. Sollten sie doch gucken, die Leute in ihren Pelzmänteln, in ihren dicken Plastik-Winterparkas, sollten sie mich anstieren in meinem dünnen roten Overall, durch den der Wind schnitt. Scheiße, ja, es war kalt. Die Oberfläche meiner Haut schien zu gefrieren. Es ging mir durch und durch, aber ich konnte einfach nicht aufhören zu gehen, die Straßen entlangzustapfen, getrieben von einer Wut, die in mir brannte, die die Kälte außen *brauchte*, damit ich nicht in Flammen aufging. Eine unbändige Wut auf diese Welt, die mich unterkriegen wollte, in der sich alle verschworen hatten, mich auszulöschen, mich und meine Familie. Mit Inga hatten sie es schon geschafft. Weg war sie, verscharrt, und niemand war schuld. Was Kristina anbelangte, waren sie schon gut dabei. Nur ich war noch übrig. Ich allein.

Aber ich würde es ihnen schwer machen. Mich würden sie nicht kriegen, oder jedenfalls nicht so leicht. Nicht ohne selber zu bluten. Ich würde ein paar von ihnen mitnehmen, das stand fest.

Und irgendwann, o Wunder des Unbewussten, stand ich

im Humlegården, dem Park vor der alten königlichen Bibliothek. Entlang der Längsseite der schneebedeckten Grünfläche verlief die Sturegatan, die Straße also, in der die Nobelstiftung ihren Sitz hat.

Das war ja mal interessant. Unwillkürlich musste ich lächeln. Es tat gut zu spüren, dass ich mich auf meinen Instinkt noch verlassen konnte. Zweifellos wollte mir dieser scheinbare Zufall etwas sagen. Ich schlang die Arme um mich, rieb meine Schultern und ging Richtung Straße.

Bilder des Hauses, in dem die Nobelstiftung ihren Sitz hat, hatte ich natürlich schon gesehen. Wer nicht? Ein großes, schmales Gebäude in grauem Stein, klassizistisch und ehrwürdig. Aber ich war noch nie im Leben hier gewesen, hatte noch nie davor gestanden. Eigentümlich, wie viel weniger beeindruckend es wirkte, wenn man es in Wirklichkeit sah.

Sturegatan 14. Kein Schild, nur Nobels Kopf und ein Fahnenmast über dem prachtvollen Eingang. Links davon ein knallbuntes marokkanisches Reisebüro und weiter die Straße hoch ein großes, in Rottönen gehaltenes Kino namens *Park*. Rechts ein kleines Geschäft für Herrenmoden, daneben ein Etablissement, das sich *Crazy Horse Club* nannte. Diese Umgebung bekam man in den Prospekten und den alle Jahre wiederkehrenden Fernsehsendungen und Zeitungsartikeln natürlich nie zu sehen.

Ich ging näher an das Gebäude der Nobelstiftung heran, nahm den Eingang genauer in Augenschein. Eine massive Tür, schwarz, ein Codefeld in der Nähe des Schlosses und etliche Schilder, die erklärten, dass das Gebäude ständig überwacht wurde und welcher Sicherheitsdienst zuständig war. Ein paar Treppenstufen, davor ein schmiedeeisernes Gitter, ebenfalls mit Codeschloss.

Mein Blick wanderte nach oben. Fünf Stockwerke, ausgebautes Dach. Scheinwerfer, die die Fassade bei Nacht anstrahlten.

Unwillkürlich atmete ich ein, als ich begriff. Die kalte Luft schnitt in die Lunge, kühlte den Schreck der Erkenntnis. Basel war ein Irrweg. Viel zu weit weg, viel zu unsicher, viel zu unergiebig. Hier, das war es. Hier hinein musste ich. Ich musste meine Nachforschungen im Sekretariat der Nobelstiftung selbst fortsetzen, das war es, was meine Intuition mir hatte sagen wollen.

Ich atmete langsam wieder aus, eine dichte weiße Wolke. Das würde nicht leicht werden.

Ich sah mir das Gitter, die wuchtige Tür, die Codeschlösser noch einmal an, diesmal mit meinem berufsmäßigen Blick. Karte und Code. Das war in der Zeit, die mir blieb, nicht zu schaffen. Ich hatte so was schon gemacht, ja, natürlich. Aber das erforderte langwierige Beschattungen des Personals, viel Zeit, hohen Aufwand. Man musste herausfinden, wer alles in dem Gebäude arbeitete, musste denjenigen herauspicken, der die Schwachstelle darstellte, sich auf diese Person konzentrieren. Ihr folgen. Oft hatte sie einen schwachen Code, nur eine Ziffer mehrmals hintereinander, ihr Geburtsdatum, die Jahreszahl, geometrische Muster, aufsteigende und absteigende Zahlen oder was immer sich Leute so einfallen ließen, um es jemandem wie mir leichter zu machen. Manchmal konnte man den Code einfach an der Tastatur ablesen. Beispielsweise wenn bestimmte Tasten abgewetzt waren – bei der miesen Qualität, die die meisten Firmen produzierten, brauchte es dazu nur den Fingerschweiß eines Dutzend Angestellter und ein paar Monate Zeit. Wo nicht, ließ sich mit einer Videokamera und einem richtig starken Teleobjektiv von einem geeigneten Versteck aus die Kombination ermitteln. Die Karte musste man natürlich stehlen. Das hieß, zwei Einbrüche statt nur einem, aber der erste Einbruch galt einer Privatwohnung und zählte daher als Spaziergang.

Von derartigen Schwachstellen war hier allerdings nichts zu entdecken. Die Tasten glänzten frisch und metallisch, Wertarbeit, für die Ewigkeit gemacht.

Manchmal halfen auch Manipulationen am Schloss selber.

Manche Codeschlösser kann man problemlos zerlegen und durch Verbinden der richtigen Kabel zum Öffnen der Tür veranlassen. Die meisten dieser Dinger sind Spielzeuge, als Sicherheitstechnik verkleidet.

Die hier allerdings sahen anders aus. Ich kannte das Fabrikat nicht, was schon mal ein schlechtes Zeichen war. Zudem machte die Lage Manipulationen schwierig. Wann hätte man das tun sollen? Tagsüber verbot es sich von selbst. Und nachts? Die Straße war belebt und gut beleuchtet. Passanten und fließender Verkehr, das war ein wirkungsvollerer Schutz, als es jedes Gerät gewesen wäre.

Nein, von vorne war kein Eindringen möglich.

Aber ein Haus hat ja nicht nur eine Vorderfront. Ich sah an den Stockwerken aus grauem Stein empor und fragte mich, was dahinter sein mochte. Das Gebäude der Nobelstiftung war Teil eines Häuserblocks, aber was umschloss der? Einen Innenhof? Gab es Hintergebäude? Ich setzte mich in Bewegung, die Sturegatan hinab, spähte in das Schaufenster des Herrenausstatters, studierte die Speisekarte des Clubs, schlenderte weiter, um den Block herum.

Ich kam an einem Geschäft für Designküchengeräte vorbei, gleich darauf, wie passend, an der Niederlassung einer Sicherheitsfirma, einer anderen, aber mit eigener, gepanzerter Ausfahrt. Es gab ein paar Restaurants, Zugänge zu Büros und so fort. Um die nächste Ecke, in der Brahegatan, spähte ich durch Haustüren in dunkle Flure voller Briefkästen. Hinten führten Treppen hinauf, und manche dieser Treppenhäuser hatten Fenster – bloß sah man leider nur winzige Ausschnitte, Stromleitungen, Mauern, Dachfirste oder den verhangenen Himmel. Aber es schien einen Innenhof zu geben. Wenn überhaupt, dann musste ich mir von dort aus den Weg ins Innere der Stiftung bahnen.

Weiter die Brahegatan hoch stand ein Hoftor offen. Jemand fuhr mit einem Lieferwagen heraus und davon und ließ es, wie es war. Ich ging hinein, setzte für alle Fälle schon mal mein doofstes Gesicht auf. Wenn mich jemand anhielt, würde ich nach der Schreinerei Johansson suchen, ganz einfach.

Ich kam auf einen Parkplatz. Ich betrachtete die Häuser ringsum. Sie hatten Balkone, auf denen teilweise Wäsche zum Trocknen hing – mitten im Winter, man denke! – und versuchte mich zu orientieren. War ich hinter dem Kino? *Wohnte da noch jemand oben drin?* Auf jeden Fall gab es hier einige Hintergebäude, die senkrecht zu den vorderen Häusern standen und mehr oder minder befenstert in den Innenhof hineinragten. Das Gebäude der Stiftung war jedoch nicht mehr auszumachen, dazu war ich schon zu weit weg.

Niemand sprach mich an, niemand hielt mich auf, es begegnete mir nicht einmal jemand. Die Schreinerei Johansson wanderte zurück in den Fundus allzeit bereiter Ausreden. Ich umrundete den Block vollends, und gerade als ich von oben her kommend wieder vor der Stiftung anlangte, sah ich etwas, das meinen Instinkt »Klick« machen ließ. Das Haus mit dem marokkanischen Reisebüro wies noch einen weiteren Zugang auf, eine schmale, dunkle Tür, direkt neben der Fassade der Nobelstiftung. Das Schloss sah sehr gewöhnlich aus. Eine verblichene Aufschrift, halb verdeckt von Graffitis und den Resten aufgeklebter Plakate, entzifferte ich als *TILL KÖKET*, »zur Küche«.

Das hatte etwas zu sagen, ich wusste nur noch nicht, was. Meine klammen Finger angelten nach einem Pick. Ein beiläufiger Blick umher: Niemand beachtete mich, soweit man das sehen konnte. Das Schloss sah nicht nur gewöhnlich aus, es war es auch – ich hatte es im Nu offen.

Die Tür quietschte, als ich sie aufmachte. Es roch abgestanden und muffig. Ein Flur führte in den Hintergrund des Hauses. Ein Lichtschalter an der Wand bewirkte nichts. Vor einem Schaltkasten hing ein großes Spinnennetz, das schon Staub angesetzt hatte. Wie es aussah, war der letzte rege Verkehr durch diese Tür lange her.

Gut. Vielleicht ließ sich herausfinden, wie dick die Wand

zum Nachbargebäude war. Ich schloss die Tür wieder und brachte ein wenig Distanz zwischen mich und den künftigen Tatort. Das war alles sehr inspirierend. Ein paar fehlende Informationen, und natürlich ein Sack voll Gerätschaften, die ich besorgen musste, aber dann... Diese Phase liebe ich am meisten. Sie ist intellektuell am reizvollsten: Wenn sich der Plan formt, wenn man Möglichkeiten im Geiste durchspielt, an kniffligen Problemen tüftelt und herausfindet, wie unüberwindliche Hindernisse doch zu überwinden sind.

Hans-Olof, fiel mir ein, musste das Gebäude der Stiftung kennen. Zwar war die Stiftung nach dem, was er erzählt hatte und was ich über den Auswahlprozess wusste, kein ständiger Treffpunkt, nicht einmal ein regelmäßiger, aber immerhin war mein Schwager einer von nur fünfzig Abstimmungsberechtigten für den Medizin-Nobelpreis. Da würde man ihn ohne Zweifel das eine oder andere Mal in die Räume hinter dieser Fassade eingeladen haben...

Aber nein, das war zu riskant. Hans-Olof war inzwischen mit den Nerven am Ende. Der Nobelpreis war immer sein Heiligtum gewesen, sein Glaubensinhalt, sein Gral. Ein Vorhaben wie das, in die heiligsten Hallen seiner heiligsten Institution einzudringen, konnte genau der Tropfen sein, der das Fass zum Überlaufen brachte. Das durfte ich nicht riskieren. Wenn ich das durchziehen wollte, musste ich es vor Hans-Olof verheimlichen.

Ach je, da fiel mir ein... Hans-Olof!

Ich fasste in die Tasche, holte das Telefon heraus. Ich hatte völlig vergessen, es wieder einzuschalten. Mit klammen Fingern drückte ich daran herum, langsam, um bei der Eingabe der PIN-Nummer nichts falsch zu machen. Ich war eben immer noch ein Fossil, ein Überbleibsel aus einer grauen Urzeit, in der nicht jeder seinen eigenen Telefonanschluss in der Hosentasche gehabt hatte.

Na klar, wie ich befürchtet hatte. Es lägen 24 Mitteilungen auf meiner Mailbox vor, teilte mir das Display zur Begrüßung mit. Die Mailbox – wie rief man die noch mal ab? Das Handbuch lag natürlich in meinem Nachtisch in der Pension. Ich tastete mich frierend durch die Menüs und versuchte, daraus schlau zu werden, bis mir einfiel, was das für ein Blödsinn war: Es konnte ohnehin niemand anders als Hans-Olof angerufen haben.

Also drückte ich die Kurzwahltaste und lauschte dem fernen Klingelton. Er klang selbst ganz gefroren, als würden sogar die Funkwellen allmählich unter der Kälte leiden.

Hans-Olof ging sofort ran, und er war völlig aufgelöst. »Gunnar, endlich! Um Himmels willen, wo warst du, verdammt? Ich habe bestimmt hundert Mal versucht, dich zu erreichen, den ganzen Morgen schon ... Wieso schaltest du dein Telefon aus?«

»Reg dich ab«, sagte ich, bemüht, jene Ruhe und Zuversicht auszustrahlen, die ich selber gern verspürt hätte. »Und übrigens waren es nur vierundzwanzig Mal, also übertreib nicht immer so. Was gibt es? Sie haben angerufen, nehme ich an?«

»Ja!«, jammerte Hans-Olof. »Deswegen wollte ich dich doch so dringend sprechen. Wo warst du?«

»Beschäftigt.« Das würde ich ihm gerade auf die Nase binden, dass ich die Klassenlehrerin seiner Tochter gebumst hatte. »Hat es mit dem Aufnehmen geklappt?«

Einen Moment lang war ein eigentümliches Geräusch in der Leitung, fast so, als hyperventiliere Hans-Olof. Dann war er wieder da, mit bebender Stimme. »Das ist es ja gerade. Sie haben nicht zu Hause angerufen, Gunnar. Sie haben *hier* angerufen, hier im Büro. Ich glaube, sie können jede Bewegung sehen, die ich mache. Sie haben nichts gesagt, aber ich bin sicher, sie haben hier im Büro angerufen, weil sie von dem Tonbandgerät zu Hause wissen!«

KAPITEL 36

Diese Vermutung war unbegründet, sagte ich mir, aus der Angst eines Mannes um seine einzige Tochter geboren. Trotzdem war es, als hiebe mir jemand die geballte Faust in die Magengrube. Für einen Moment musste ich die Augen schließen, und der Lärm der vorbeirasenden Autos, der Gestank ihrer Abgase, das Hupen und Brausen und das Stimmengewirr der Passanten, all das brandete an mir hoch wie eine Sturmflut an einer Kaimauer.

»Mach dir nicht ins Hemd, Hans-Olof«, sagte ich so langsam und beruhigend wie möglich. »Wie sollen sie davon wissen?«

Sehr ruhig konnte das nicht klingen. Auf einmal überfiel mich das ausweglose Gefühl, versagt zu haben. Ich hatte die Dinge nicht im Griff. Ich redete es mir ein, ich tat so als ob, aber im Griff hatte ich nichts, überhaupt nichts! Ich war ein alt gewordener Sträfling, ein Relikt aus einer vergangenen Zeit, ich stolperte durch eine Welt, die ich nicht verstand und die inzwischen anderen, schnelleren, noch brutaleren Regeln folgte als denen, die ich gekannt hatte.

Ich machte die Augen wieder auf. Das Grau um mich herum, diese farblose Welt, das konnte kein normaler schwedischer Winter mehr sein. Die Kälte, die in meinen Körper drang und mein Herz umschloss, das war nicht mehr die Kälte von außen, die gute alte Kälte eines skandinavischen Winters, das war eine metaphorische Kälte, die der Grausamkeit der Menschen entsprang, die einander die ärgsten Feinde waren, die es gab.

Was ich in mir spürte, war ein Abgrund. Ein Abgrund, der seit undenklichen Zeiten da gewesen sein musste und den ich bisher nur nie wahrgenommen hatte. Nun war der Schleier gelüftet. Ich hatte das Gefühl, mich entsetzlich, entsetzlich zu irren.

Das Gefühl, keine Chance zu haben. Absolut keine.

Luft holen. Alles Schimären. Das waren Albträume – schrecklich, ja, aber nur Träume. Bedeutungslos. Ratio bitte. Nachdenken. Den Verstand klären.

Hans-Olof jammerte. Ich hatte nur mit halbem Ohr zuhören können. Ich hätte versprochen, Kristina zu retten, etwas zu unternehmen, ich hätte ihm Hoffnung gemacht, und nun mache ich überhaupt nichts, verschwinde nur... »Ich hab nichts mehr von ihr gehört«, heulte er mir ins Ohr, »verstehst du? Nicht ein Wort von Kristina seit dem Anruf aus Södertälje...«

»Stopp!«, rief ich in die kalte Winterluft. »Hans-Olof, halt. Das hat keinen Sinn so. Eins nach dem anderen. Lass mich nachdenken.«

Er hielt inne, keuchend, grummelnd. »Gunnar, ich fürchte, vom Nachdenken kommt Kristina nicht zurück. Wir müssen irgendetwas tun. Du hast gesagt, du würdest etwas unternehmen.«

»Das heißt aber nicht, dass ich blindlings in etwas hineinstürme, das eine Falle sein könnte. Ehe ich etwas tue, pflege ich zu überlegen, was ich tue und was es bringen soll.«

»Eine Falle? Wieso eine Falle?« Der Gedanke schien ihm völlig neu zu sein. Er war eben doch ein weltfremder Wissenschaftler.

»Wenn Kristinas Entführer von dem Tonband wüssten«, erklärte ich also mit aller Geduld, zu der ich imstande war, »dann würden sie dir das um die Ohren hauen, darauf kannst du Gift nehmen. Die würden dir die Hölle heiß machen, wenn sie nur den geringsten Verdacht hätten.« Es tat gut, zu überlegen, selbst wenn man es während des Sprechens tun musste.

Man kommt doch auf die eine oder andere gute Idee, wie zum Beispiel, zu fragen: »Was haben sie überhaupt genau gesagt?«

Hans-Olof zögerte. Er schien es sich ungern ins Gedächtnis zurückzurufen. »Na ja, es war der, der immer anruft. Mit diesem komischen Geräusch in der Kehle. Aber er klang heute seltsam, wie dicht vor dem Durchdrehen. Wollte wissen, ob ich mich noch schön an die Abmachung halte. Ich habe gesagt, ja, und dass ich hoffe, dass sie sich auch daran halten.«

»Ich weiß nicht, was du hast. Du kannst ziemlich fies werden, wenn es sein muss«, grinste ich unwillkürlich. »Was hat er denn geantwortet?«

Hans-Olof ächzte. »Angeblafft hat er mich. Rumgeschrien. Ich sei nicht in der Position, Forderungen zu stellen, und so weiter. Ich solle an meinem Schreibtisch sitzen bleiben und aufpassen, dass niemand misstrauisch wird... Ich frage dich, woher wusste er, dass ich am Schreibtisch sitze?«

»Hans-Olof, ich bitte dich. Wo sollst du denn sonst sitzen, wenn dich jemand in deinem Büro anruft? Das hat er geraten, ganz einfach.«

»So klang das aber nicht. So klang das ganz und gar nicht, glaub mir.«

Er stand dicht vor dem Durchdrehen, das war mal klar. »Von wo aus sprichst du überhaupt gerade?«, fiel mir ein zu fragen.

Hans-Olof klang irritiert. »Das habe ich dir doch auf die Mailbox gesprochen. Ich habe mich in der Besuchertoilette im obersten Stock eingeschlossen und die ganze Zeit gewartet, dass du dich endlich meldest.«

»Ah«, meinte ich unangenehm berührt. »Die Mailbox, ja. Das muss ich mir noch mal in Ruhe genauer anschauen, wie das geht...« Zeit, das Thema zu wechseln. »Hast du ihn eigentlich auch nach Kristina gefragt?«

Tiefes Luftholen. »Natürlich. Aber er hat bloß gesagt, im Augenblick gehe es nicht. Das war alles.«

»Und warum es nicht geht, hat er dazu nichts gesagt?«

»Nein. Er hat gesagt, er meldet sich wieder, und aufgelegt.«

Ich sah auf, musterte den Humlegården um mich herum, die kahlen Bäume und den verschneiten Rasen und die feuchten Sitzbänke, sah hinüber zum Gebäude Sturegatan 14, in das ich einzubrechen gedachte, und mein Gehirn fühlte sich an, als habe es sich im Kopf verkantet. »Ehrlich gesagt, so richtig Sinn ergibt das alles nicht für mich.«

»Sinn?«, wiederholte Hans-Olof mit dem Anflug eines irren Lachens. »Danach frag ich überhaupt nicht mehr. Ich will bloß noch, dass es endlich irgendwie vorbei ist…«

Ich horchte auf. Ich bin nun wahrlich kein Telefonseelsorger, aber das klang selbst für meine Ohren nicht gut. Um nicht zu sagen, nach Suizidgefahr. Vielleicht war es besser, ich kümmerte mich erst mal um ihn.

»Möglicherweise hast du Recht«, sagte ich bedächtig. »Es könnte Wanzen in deinem Büro geben.« Quatsch. Wenn zu Hause keine waren, gab es in seinem Büro erst recht keine. »Bloß kann ich das unmöglich auch noch untersuchen. Verstehst du, dein Haus beobachten sie unter Garantie. Wenn aber der Heizungsmonteur, der gestern bei dir zu Hause war, heute in deinem Büro auftaucht – das würde sie stutzig machen. Und wir können nicht riskieren, sie stutzig zu machen.«

Er brauchte eine Weile, das zu verarbeiten. »Gut«, meinte er. »Ich kann ja auch einfach an meinem Schreibtisch sitzen bleiben. Was soll es noch. Wenn du nur endlich irgendwas machst. Was ist mit Basel? Fliegst du jetzt?«

Besser, ich machte ihm diesbezüglich nichts vor. »Nein. Ich hab es mir überlegt, aber das bringt nichts. Ich kann die Sprache dort nicht, ich kenne niemanden mehr in Basel… Selbst wenn alles ideal laufen würde, wäre ich nicht vor Montag zurück. Da könnte ich hier praktisch nichts mehr ausrichten.«

Er heulte wieder auf. »Aber irgendwas *musst* du doch tun, Gunnar, ich bitte dich!«

»Ja, beruhige dich. Ich habe schon was im Auge.«

»Und was? Gunnar, wir hatten vereinbart, dass du mich über alles informiert hältst!«

»Ist mir nicht entfallen. Ich gebe dir Bescheid, sobald die Sache spruchreif ist.«

Telefonseelsorger war entschieden nicht mein Beruf. Hans-Olof klang eher noch niedergeschmetterter als zu Beginn unseres Gesprächs. »Ich weiß auch nicht«, meinte er matt. »Ich glaube, ich bin einfach am Ende. Ich weiß nicht, was ich noch tun soll. Ich will bloß noch, dass es endet, irgendwie, egal wie...«

Es half nichts, ich würde zu ihm fahren müssen. Selbst wenn es das war, was Kristinas Entführer hatten erreichen wollen. Das roch alles nach einer Falle. »Pass mal auf, wegen deinem Büro«, sagte ich und setzte mich in Richtung Auto in Bewegung. »Mir kommt da gerade eine Idee. Wir könnten uns doch irgendwo bei euch auf dem Gelände treffen, in irgendeinem anderen Gebäude, wo wir ungestört sind. Sie können ja nicht alles verwanzt haben.«

»Und wozu?«

»Ich könnte dir meinen Sweeper bringen. Das Gerät zum Aufspüren von Wanzen, das ich gestern benutzt habe. Es findet auch versteckte Videokameras.«

»Ach so? *Ich* soll... Aber damit kann ich doch nicht umgehen.«

Aber du wärst erst mal beschäftigt, dachte ich und sagte: »Ach was, das ist nicht halb so schwierig wie das, was du jeden Tag machst. Ich zeig dir, wie es geht.«

Er sprang darauf an. »Gut. Wenn du meinst. Warte.« Er überlegte. »Wir könnten uns in einem unserer Labors treffen. Da gibt es einen Besprechungsraum, den praktisch niemand benutzt.«

Ich nickte. »Klingt gut. Jetzt musst du mir nur noch erklären, wie ich da hinkomme.«

Auf dem Weg zurück zum Auto wurde die Kälte übermächtig. Aus einem spontanen Impuls heraus betrat ich ein Farbengeschäft, erstens, um mich aufzuwärmen, zweitens, um eine Spraydose mit roter Farbe zu erstehen. Ich ließ mir so lange Zeit vor den Regalen, bis ich das Gefühl hatte, nicht mehr unterkühlt zu sein.

Auf der untersten Ebene einer Tiefgarage, wo es warm war, kaum ein Auto stand und niemand unterwegs war, übersprühte ich die Aufschrift, die ich am Tag zuvor hatte anbringen lassen. Es gelang mir nicht besonders gut, der Farbton war der falsche, überhaupt war es eine andere Art Lack – na gut, das würde Probleme machen, wenn ich das Fahrzeug zurückgab, aber im Moment war es mir verdammt egal.

Ich fand die Zufahrt zum Karolinska, die Hans-Olof beschrieben hatte, auch das Gebäude und den Parkplatz. Der Bau sah aus wie eine Lagerhalle, ein Klotz aus rot lackiertem Wellblech, nur dass man im Erdgeschoss durch eine Fensterreihe in ein paar Labors und Büros sah, auf Mikroskope, weiße Tische, Edelstahlspülen, Computer und Regale voller Ordner. Und da war die Tür. Schwarz, mit der Aufschrift »E1«. Genau richtig.

Ich ließ nur die Suchausrüstung im Karton, doch als ich damit vor der Tür stand und klingelte, öffnete nicht wie vereinbart Hans-Olof, sondern ein schlecht rasierter junger Mann mit Brille, der einen weißen Laborkittel trug. »Ja, bitte?«, fragte er und musterte mich irritiert.

»Kurierdienst«, sagte ich spontan. »Ich soll hier einen Professor, ähm ...« – ich tat, als müsse ich einen Aufkleber ablesen, den es allerdings gar nicht gab – »Andersson treffen.«

Mein Gegenüber schüttelte entschieden den Kopf. »Da sind Sie hier falsch. Professor Andersson hat sein Büro im Eulersvägen.« Er trat einen Schritt heraus und deutete die Straße entlang. »Wenn Sie dort vorne rechts abbiegen –«

Verdammt noch mal, das war jetzt unnötig wie nur was, dass dieser Knilch mich sah! Jemand, der Professor Andersson kannte.

»Entschuldigen Sie«, unterbrach ich ihn, »aber man hat mir ausdrücklich gesagt, er wäre hier.«

Er musterte mich, wie er sonst vermutlich Krankheitserreger unter dem Mikroskop musterte. »Das wundert mich aber. Warten Sie, dann rufe ich schnell mal an.«

»Kann ich vielleicht schon mal reinkommen? Ich frier mir hier sonst noch was ab.«

»Tut mir Leid, aber das ist Laborbereich«, beschied er mich frostig. »Zutritt nur für autorisiertes Personal.« Er wollte nach dem Hörer greifen, hielt plötzlich inne, den Blick ins Dunkel hinter sich gerichtet, und sagte: »Na so was, da kommt er ja...«

Hans-Olof tauchte auf, ebenfalls weiß bekittelt, mit maskenhaft starrem Gesicht. Er begrüßte mich erneut, als habe er mich noch nie im Leben gesehen, beschied seinen eifrigen Zerberus mit »Das hat schon seine Richtigkeit« und sagte zu mir: »Können Sie es mir grade bis nach vorn bringen?«

»Gehört zum Service«, erwiderte ich. »Ich brauch dann nur noch eine Unterschrift.«

»Kriegen Sie«, nickte Hans-Olof und hielt mir die Tür auf.

Ich folgte ihm in ein dunkles Labyrinth aus schmalen, hohen Gängen. Alle paar Schritte gingen Türen rechts und links ab, auf denen Zettel klebten mit Aufschriften wie *Labor 15/ Fredholm* oder *Laser – kein Zutritt, wenn Warnlampe leuchtet.* Es war totenstill bis auf ein tiefes, weit entferntes Maschinengeräusch.

»Freitagnachmittag ist hier nie was los«, erklärte Hans-Olof verhalten, als er endlich eine der Türen für uns öffnete. »Da sind alle schon im Wochenende.«

Wir kamen in einen kahlen, fensterlosen Raum, in dem nur ein paar Tische und Stühle standen. Auf einer weißen Wandtafel prangten chemische Formeln, von denen ich lediglich die der Ascorbinsäure erkannte.

»Der eifrige Wachmann da vorne offenbar nicht«, erwiderte ich, nachdem die Tür wieder zu war. »Wer war denn das?«

Hans-Olof ließ sich auf einen Stuhl sinken. Die Maske fiel von ihm ab, zum Vorschein kam ein zu Tode erschöpfter

Mann. »Einer meiner Doktoranden«, sagte er. »Seine Frau hat gerade ein Kind gekriegt, seither ist er aus dem Institut kaum wegzukriegen.«

»Wie edel.« Ich stellte den Karton auf einen Tisch und musterte die Wände. Dünne weiße Raumteiler, nicht besonders vertrauenerweckend. Wenn jemand nebenan war, brauchte er keine Wanze, um alles mitzuhören, was wir sagten. »Gibt es noch mehr solch glückliche Familienväter hier?«

Hans-Olof schüttelte den Kopf. »Sonst ist niemand hier. Hier hört uns keiner.«

»Hoffen wir's.« Ich fing an, auszupacken. »Also, das geht im Grunde ganz einfach. Du musst –«

»Sie haben noch einmal angerufen«, sagte Hans-Olof.

Ich hielt inne, legte das Endstück des Sweepers wieder zurück und sah ihn an.

»Und?«

»Ich soll nicht an der Nobelfeier teilnehmen, sondern zu Hause bleiben und auf Anweisungen warten.«

»Oha«, meinte ich. Daran hatte ich gar nicht gedacht. Als Mitglied der preisverleihenden Akademien nahm Hans-Olof natürlich normalerweise an den Feierlichkeiten teil und hatte, wenn ich mich recht entsann, sogar einen Platz auf der Bühne.

»Und«, fügte Hans-Olof zittrig hinzu, »sie sagten, das sei der letzte Anruf vor nächstem Mittwoch.«

Ich hatte auf einmal ein ganz ungutes Gefühl. »Dann hätten wir uns die Aktion mit dem Tonband also sparen können?«

»Ja«, bestätigte er geistesabwesend. »Meinst du, Kristina lebt überhaupt noch?«

Das war die große Frage. Vielleicht hatten sie sie schon umgebracht. Oder sie war ihnen doch entwischt, versteckte sich irgendwo, und sie suchten sie verzweifelt? Nein, idiotische Hoffnung. Wenn es so gewesen wäre, hätte sie sich gemeldet.

»Das sollte sie besser«, knurrte ich. »Andernfalls werden die

Verantwortlichen eines grausamen Todes sterben, so wahr ich Gunnar Forsberg heiße.« Ein blöder Spruch. Pfeifen im Walde. Es klang selbst in meinen Ohren schal.

Hans-Olof starrte ins Leere. Ich sah, wie ein Muskel in seinem Gesicht nervös zuckte. Auf einmal kam es mir so kindisch vor, wie ich ihm Hoffnungen gemacht hatte. Wie selbstsicher ich anfangs dahergekommen war. Als sei das alles nur ein Problem weniger Stunden, lösbar mit ein paar geknackten Schlössern, ein paar Fausthieben und einem Revolver in der Hand, wenn man ein richtiger Mann war.

Dabei verstand ich in Wirklichkeit von Erpressungen genauso wenig wie er. Im Grunde hatte auch ich nur darüber gelesen. Nur weil mein Beruf zufällig strafbar war, machte mich das noch lange nicht zu einem Experten für andere strafbare Handlungen.

Inzwischen, so musste ich mir eingestehen, war mir völlig schleierhaft geworden, was in den Köpfen von Kristinas Entführern vor sich gehen mochte. Das meiste von dem, was seit meiner Entlassung aus dem Gefängnis passiert war, widersprach allen Erwartungen, die ich gehabt hatte. Zumal dies keine normale Entführung war. Es ging nicht um Lösegeld, also bestand nicht die Hoffnung, wenigstens bei dessen Übergabe in direkten Kontakt mit den Gangstern zu kommen.

»Mir ist noch etwas eingefallen«, sagte Hans-Olof in meine trüben Gedanken hinein. »Ich weiß nicht, ob es wichtig ist... Als ich Bosse Nordin damals von dem Bestechungsversuch erzählt habe, hat er irgendetwas gemurmelt wie ›ich muss ihn anrufen‹. Ich habe das nicht verstanden, aber ich glaube inzwischen, er meinte den Mann mit den Fischaugen. Den Polizisten, du erinnerst dich?«

Ich nickte. »Steht klar und deutlich und in Farbe vor meinem inneren Auge. Du meinst, dein bester Freund Bosse Nordin hat engeren Kontakt zu den Kerlen, als er dir gegenüber zugegeben hat?«

Hans-Olof fuhr sich mit der Hand über das Gesicht. »*Du*

hast das immer gesagt«, meinte er. »Dass die Welt schlecht ist. Dass man niemandem trauen kann.«

»Du siehst es allmählich ein«, sagte ich. Es war ein schaler Triumph. Und einer, der zu spät kam.

Hans-Olof starrte blicklos ins Leere. »Ich wollte es nicht wahrhaben. Bosse...? Ich habe ihn für einen Freund gehalten. Wir haben so viel über unsere Kinder gesprochen. War das alles hohles Gerede?«

»Das Geld, Hans-Olof«, sagte ich. Meine Augen fühlten sich schmerzhaft trocken an. Lag sicher an der Klimaanlage. »Geld verändert die Menschen. Wenn Geld ins Spiel kommt, hören alle Freundschaften auf.«

Er nickte langsam. »Ich war blind, so blind...« Er sah mich an. »Weißt du, was ich glaube? Das ist keine kleine Bande. Das ist ein Sumpf, ein stinkender Morast. Die stecken alle unter einer Decke. Solche Aktionen wie ein Tonband zu installieren, Daten zu sammeln, sich langsam an die heranzutasten – das wird nichts bringen. Dazu sind die zu gut abgesichert.«

»Ja«, sagte ich. Er hatte Recht. Und ich hätte das von Anfang an genauso sehen müssen.

»Man müsste etwas Überraschendes tun. Etwas, womit sie nicht rechnen.«

Ich spürte meinen Mund trocken werden. Ich betrachtete ihn mit einem schmerzhaften Gefühl in der Brust. Als sei die Innenseite meines Körpers eine Wunde und das, was er sagte, Säure, die darüber hinwegrann.

»Ich setze immer noch meine ganze Hoffnung in dich, Gunnar«, sagte Hans-Olof, aber er sah dabei aus, als zweifle er mittlerweile daran, dass diese Hoffnung berechtigt war.

Ich nickte nur. Woher kam bloß diese elende Verzweiflung? Sie stieg in mir auf wie giftiger Dampf aus einer tiefen Höhle.

»Kristina ist nicht nur meine Tochter«, fuhr Hans-Olof flüsternd fort. »Sie ist auch deine Nichte. Das einzige Kind deiner Schwester.«

Ich holte Luft, ballte die Fäuste, vertrieb das lähmende Gefühl mit einem entschlossenen Kopfschütteln. »Bosse Nordin ist im Urlaub, entsinne ich mich da richtig?«

Hans-Olof nickte. »Er kommt Dienstagabend zurück. Gerade rechtzeitig für die Nobelfeier am nächsten Tag.«

»Mit anderen Worten, wenn ich mich zum Beispiel morgen Abend bei ihm umsehen will, könnte ich das völlig ungestört tun, oder?«

»Wieso erst morgen Abend?«

»Weil ich mir das Haus und seine Umgebung vorher zumindest einmal bei Tageslicht anschauen muss. Außerdem muss ich noch ein bisschen einkaufen. Sachen, die man nicht im nächsten Supermarkt bekommt.« Dass ich jetzt von Ausrüstung redete, die ich für den Einbruch in die Nobelstiftung brauchen würde, musste ich ihm ja nicht auf die Nase binden. Zwei Aktionen waren auf jeden Fall besser als eine. Ich zückte mein Notizbuch. »Sag mir doch mal seine Adresse.«

Er sagte sie mir, und ich schrieb sie auf. Bosse Nordin wohnte in Vaxholm, sieh an. Ziemliche Strecke, aber vermutlich beste Lage, teuer, direkt am Meer.

»Bei Adresse fällt mir ein«, meinte Hans-Olof, »du könntest mir doch auch mal deine neue Adresse geben. Für alle Fälle.«

Ich klappte das Notizbuch zu und schob es ein. »Nein. Besser, du weißt sie nicht. Ist auch belanglos.« Ich sah den Karton mit dem Wanzenaufspür-Equipment an. »Was machen wir damit? Ist es noch wichtig, ob in deinem Büro eine Wanze ist?«

Er schüttelte den Kopf. »Nimm's wieder mit.«

»Vielleicht besser so.« Ich legte alles wieder hinein und schloss den Deckel. »Kann auch gut sein, dass ich es selber noch brauche.«

»Ich begleite dich hinaus.« Er stand auf. Und natürlich blieb die unvermeidliche Hans-Olof-›Ich muss alles unter Kontrolle haben‹-Andersson-Frage nicht aus: »Du gibst mir Bescheid, ehe du zu Bosses Haus aufbrichst?«

Er mochte von Angst gebeutelt sein, er ging mir trotzdem auf den Wecker. »Ich kann dir den Zeitplan auch schon verraten«, sagte ich säuerlich. »Morgen Abend, zwei Stunden nach Mitternacht, stehe ich bei Professor Bosse Nordin im Arbeitszimmer. Und ich wäre dir verbunden, wenn du mich in der Zeit *nicht* vierundzwanzigmal anrufen würdest. Ein klingelndes Mobiltelefon in der Tasche stört enorm beim Einbrechen.«

»Schon gut«, erwiderte Hans-Olof konsterniert. »Es ist ja nur, weil ...«

»Weil es abgemacht ist, schon klar. Du könntest mir die Türe öffnen und vorangehen.«

Das Labyrinth war immer noch dunkel, still und menschenleer. Doch als wir uns dem Eingang näherten, durch den ich hereingekommen war, hörte man eine Stimme. Der Doktorand von vorhin, der lautstark mit jemandem telefonierte.

Ich blieb stehen. »*Skit*. Hans-Olof! Der ist ja immer noch da.«

Mein Schwager drehte sich um. »Ich hab doch gesagt, der ist praktisch nicht mehr von hier fortzukriegen.«

Ein paar Fetzen des Gesprächs waren zu verstehen.

»... wichtiger Versuch; ich muss bleiben, bis ...«

»... wird alles besser, wenn ich erst die Prüfung ...«

»... natürlich liebe ich dich, was hat denn das damit ...«

Der Herr Doktorand telefonierte mit seiner Frau und erfand Ausreden, um nicht nach Hause kommen zu müssen, wo das Baby schrie und es nach vollen Windeln stank.

Ich schüttelte den Kopf. »Ich will nicht, dass der mich nochmal sieht. Es wird ihm komisch vorkommen, dass ein Kurier über eine halbe Stunde lang bleibt und dann das, was er gebracht hat, wieder mitnimmt.«

Hans-Olof furchte die Stirn. »Na und? Was spielt das für eine Rolle, was er denkt oder nicht?«

»Es ist ein unnötiges Risiko. Ich vermeide unnötige Risiken nun mal gern, besonders zurzeit, wo ich genügend *nötige* Risiken eingehe.« Ich machte ein paar Schritte rückwärts. »Ich schätze, es gibt noch einen anderen Ausgang, durch den ich hinauskann, oder?«

Er wirkte nicht so recht überzeugt. »Ja, gut, wenn du meinst...« Wir gingen zurück, er bog in eine andere Richtung ab, kramte im Gehen seinen Schlüsselbund hervor und schloss schließlich eine kahle, zweiflüglige Tür auf. »Hier durch.«

In dem Raum dahinter war es dunkel. Es roch eigenartig, nach Stall, nach Pissoir, nach Chemie. Und die Dunkelheit war erfüllt von einem unheimlichen, vielstimmigen Atmen, als lauere irgendwo ein vielköpfiges Ungeheuer.

»Warte. Ich mach Licht.«

Ich blieb mit meinem Karton stehen, während Hans-Olof nach dem Lichtschalter tastete, und spürte eine Gänsehaut, die nicht von der Kälte kam.

Endlich flackerten drei lange Reihen von Neonröhren hoch über uns auf. Sie beleuchteten drei lange Reihen von Labortischen voller wirrer Versuchsanordnungen aus metallenen Gestängen, Glaskolben und bunten Kabeln. Die Tür nach draußen lag am anderen Ende des Raumes, dieselbe Art Tür wie vorn bei dem familienflüchtigen Doktoranden.

»Okay, ich hoffe, ich habe den Schlüssel dabei...« Hans-Olof marschierte, seinen Schlüsselbund absuchend, auf die Tür zu.

Ich sah noch einmal hin. Mit einem Mal begriff ich, woher das Geräusch rührte, das ich eben gehört hatte.

Da waren *Tiere* in den Versuchsanordnungen!

Ich ging die Tische entlang wie in Trance, meinen Karton in Händen, als sei er das Letzte auf Erden, an dem ich mich festhalten konnte. Ich sah Mäuse, die man auf gelochten Aluminiumblechen aufgespannt hatte, die Pfoten abgespreizt, mit Messingschellen festgeschraubt, den Schwanz mit Klebstreifen festgeklebt, reglos, wie gekreuzigt. Sie hatten Wunden im Rücken, ekelhaft glänzende, nasse Stellen, wo das Fleisch zu Tage lag. In den Wunden steckten spitze Metallnadeln, an denen Kabel befestigt waren, die zu summenden Geräten führten.

Auf andere zerfleischte Rücken tropften helle Flüssigkeiten aus Pipetten, die aus großen, randvoll gefüllten Kolben gespeist wurden. Jeder Tropfen zischte, wenn er auf das rohe Fleisch traf, und ließ die Tiere zucken. Ihre Barthaare bebten, ihr Atem ging hektisch, und was in ihren kleinen roten Augen zu sehen war, konnte nur Verzweiflung sein.

»Hans-Olof, um Gottes willen...«, hauchte ich. »Was ist denn *das*?«

»Oh, das...« Hans-Olof drehte sich um, immer noch mit seinem Schlüsselbund beschäftigt, und blickte flüchtig über das grausige Folterkabinett auf den Tischen. »Ja, sieht ein bisschen seltsam aus, schätze ich. Das sind unsere Versuchsreihen zur Schmerzleitung.«

»Schmerzleitung«, echote ich.

»Nur ein Teilaspekt, zugegeben, aber ich habe mit meinen Mitarbeitern eine Herangehensweise entwickelt, von der wir uns viel versprechen. Das wissen viele Leute gar nicht: Schmerz ist noch ein weitgehend unverstandenes Phänomen. Wie entsteht er? Wie wird er wahrgenommen? Und vor allem: Wie kann man ihn messen? Wenn man Schmerz messen könnte, das wäre ein großer Fortschritt. Heute kommt jemand zum Arzt und sagt, er hat Schmerzen, aber man kann das nicht nachprüfen und vor allem nicht mit dem Schmerzempfinden anderer vergleichen. Das begrenzt die Sicherheit der Diagnose enorm, weil es die Gewichtung der Symptome rein subjektiv werden lässt, verstehst du?« Er tätschelte einen Metallkasten, auf dessen Flüssigkristalldisplay Zahlen im Sekundentakt wechselten. »Aber wenn wir die neurophysiologischen Grundlagen der Schmerzleitung erst einmal verstanden haben, sind wir einen guten Schritt weiter.«

Ich starrte in ein eckiges Spülbecken aus weißem Emaille, in dem kleine, blutige Skalpelle lagen. Einer der Wasserhähne tropfte, und jeder Tropfen wurde, sobald er unter den Klingen hindurch zum Abfluss rann, zu einem dünnen, rotbraunen Streifen.

»Ich würde jetzt gerne gehen«, sagte ich.

»Ach so, ja. Natürlich.« Hans-Olof räusperte sich, ging zur Tür und schloss klappernd auf. Ein kalter Windstoß fegte herein, als er sie öffnete, und von den Tischen rechts und links hörte ich einen ganzen Chor von Mäusestimmen jämmerlich fiepen.

»Du sagst Bescheid?«, fragte Hans-Olof, als ich mit meinem Karton in den dunkel werdenden Nachmittag hinaustrat.

»Ja«, sagte ich matt. Dann ging ich zum Auto. Ich kam gerade noch vom Gelände des Karolinska-Instituts herunter, dann musste ich am Straßenrand halten und mich übergeben.

KAPITEL 37

Ich war völlig erledigt, als ich wieder in der Pension ankam. Mein Verstand riet mir, etwas zu essen. Ich hatte den ganzen Tag nichts zu mir genommen, nur ein Stück Weihnachtskuchen zum Frühstück, in Birgittas Wohnung, und selbst das lag jetzt in einem Straßengraben im Tomtebodavägen. Aber ich hatte keinen Appetit mehr, trotz des hohlen Gefühls im Bauch.

Birgitta, großer Himmel. Erst heute Morgen war das gewesen? Es kam mir schon vor wie in einem anderen Leben. Und gestern hatte ich ihr von der Schlechtigkeit der Welt gepredigt, ohne deren wahres Ausmaß auch nur zu ahnen.

Zuallererst nahm ich eine Dusche, brühheiß und so lange, wie ich es aushielt. Ich hatte das unbändige Bedürfnis, mir den Ekel abzuwaschen, die Verderbtheit aus dem Leib zu spülen, die in mich hineingekrochen war bei dem, was ich gesehen und gehört hatte. Ich stand unter dem heißen Strahl, der meine Haut rötete, sie fast kochte, und wäre am liebsten nie wieder darunter hervorgetreten. Als ich, halb bewusstlos von der Hitze und dem Dampf, aus der Wanne trat, hätte ich um ein Haar den Duschvorhang mitgerissen. Ich musste mich am Waschbecken festhalten und eine Weile auf dem Badewannenrand sitzen bleiben, ehe die schwarzen Schleier vor meinen Augen wieder schwanden.

In meinem Zimmer drehte ich die Heizung voll auf, aber sie wurde trotzdem nur lauwarm, und das half natürlich überhaupt nichts gegen den Zug durch das Fenster und das lächerliche Stück Plastikfolie. Ich zog alles an, was Wärme zu geben versprach, hüllte mich in die Decke und setzte mich auf das Bett, ohne die geringste Ahnung, was ich jetzt tun sollte.

Ich zog Hungerbühls Unterlagen hervor, begann ziellos zu lesen, sah nur graue Linien und sinnlose Buchstaben, ließ alles wieder sinken. Das hatte keinen Zweck. Ich war außerstande, irgendetwas aufzunehmen.

Ich hatte mich übernommen. Was war ich großspurig gewesen im Gefängnis, als Hans-Olof mit seiner Geschichte angekommen war! Ich hatte im Ernst geglaubt, ich müsse nur hinausgehen und losmarschieren, und schon würde ich ihnen das Handwerk legen! Wie lächerlich! Diejenigen, die hinter alldem steckten, waren viel zu mächtig, und sie waren daran gewöhnt, mächtig zu sein. Man konnte ihnen nichts anhaben. Sie waren eine geheime Bruderschaft, die den ganzen Planeten im Griff hielt wie eine millionenarmige Krake. Es gab kein Entkommen. Es gefiel ihnen, den Schein aufrechtzuerhalten, nur deshalb lebte Hans-Olof noch, nur deshalb lebte vielleicht sogar Kristina noch. Aber wenn der Zweck erfüllt war, würden sie die beiden zerquetschen wie lästige Wanzen. Und ich, ich würde genau nichts dagegen machen können.

Es klopfte an der Tür, und ohne eine Aufforderung abzuwarten, kam Tollar Liljekvist hereingeschlüpft, mein verrückter Zimmernachbar. Ich konnte die Papiere gerade noch unter der Matratze verschwinden lassen.

Er hatte die Augen weit aufgerissen. Er sah aus wie ein Kind, das sich seit Wochen auf Weihnachten gefreut hat und endlich den geschmückten Baum zu sehen bekommt.

»Ich habe noch keine Gelegenheit gehabt, mich zu bedanken«, flüsterte er, während er die Tür leise hinter sich schloss. Er trug irgendetwas bei sich, ein großes Buch oder so. »Vielmals zu bedanken, dass Sie es mir erspart haben, auf der Straße zu landen. Wissen Sie, für jemanden wie mich ist es nicht leicht, und Ihre Hilfe kam wirklich in letzter Minute. Ich muss mich bedanken, vielmals bedanken bei Ihnen.«

Auch das noch! Gerade jetzt, wo ich nichts so dringend

brauchte wie meine Ruhe. »Schon gut«, winkte ich ab, »das war doch nicht der Rede wert. Ich kann es mir leisten, wissen Sie? Ich... Es geht mir gerade nicht so gut, und ich würde lieber...«

Aber irgendwie kam ich nicht gegen seine manische, wilde, überströmende Energie an. Er schüttelte den Kopf, wischte meine Einwände mit wedelnden Händen beiseite und trat näher. Er bewegte sich heftig, ausladend, zuckend beinahe. Allein ihm zuzusehen verursachte mir Kopfschmerzen.

»Nein, nein, ich habe es bemerkt«, zischelte er. »Sie haben mich erkannt. Sie hätten das nicht getan, wenn Sie nicht erkannt hätten, wer ich eigentlich bin. So viel Geld haben Sie nicht, dass Sie es sinnlos verschwenden könnten, dass Sie es vergeuden würden an einen Unwürdigen. Sie würden nicht hier wohnen, wenn Sie so viel Geld hätten.«

Und schon saß er neben mir auf dem Bett, auf *meinem* Bett. Das, was er mitgebracht hatte, war ein Album, wie man es für Familien- und Babyfotos verwendet.

»Hier«, sagte er, schlug es auf und legte es mir auf den Schoß. »Das ist meine Arbeit. Meine Studien. Wichtige Arbeit für die Menschheit, aber das sehen nur wenige, ganz wenige, leider.«

Es war eine Sammlung von Zeitungsausschnitten über grausame Morde, Folterungen, Vergewaltigungen. Frau erschlägt ihre drei Kinder mit Axt. Mann ertränkt neugeborenen Sohn. Liebespaar am Strand grausam ermordet und zerstückelt aufgefunden. Ehepaar foltert pubertierende Tochter mit Peitschen, brennenden Zigaretten und Stacheldraht.

Ich schob ihm das Album wieder zurück. Draußen auf der Straße hupte jemand laut und wild. »Schon gut. Danke. Aber das ist nicht das, was ich im Moment brauchen kann.«

»Nein, nein, Sie müssen es sich genau ansehen«, beharrte er und schob es mir zurück. Seine Stimme war aufgeregt. Er haspelte die Worte hervor, als habe er sie seit gestern Morgen unablässig wiederholt und könne es kaum erwarten, sie loszuwerden. »Ganz genau! Sie müssen die Verbindungen sehen. Verstehen, was all das bedeutet.«

Weitere Seiten. Zwölfjährige Kinder erwürgen alte Frau in ihrer Wohnung, um an Geld fürs Kino zu kommen. Frau vergiftet ihre Schwiegertochter mit Rattengift, weil sie nicht in die Kirche geht. Mann köpft seinen Vater im Streit. Und zwischen all den Morden, so, als gehörten sie in die gleiche Kategorie, tauchten Statistiken über Seitensprünge auf, Meldungen über die Eröffnung einer Schwulenbar in Stockholm, die Affären eines Rockmusikers oder die Entwicklung von neuen Potenzmitteln.

»Und?«, fragte ich. »Was bedeutet es?«

Er roch nach altem Schweiß und rohem Kohlrabi. Ich bin in solchen Dingen nicht kleinlich, aber sein krauses Haar und sein Bart hätten eine Wäsche dringend nötig gehabt. Er fuchtelte mit den Händen über die Seiten. »Die Verbindungen! Es gibt immer zwei Geschichten, die äußere, scheinbare, und die innere, wahre. Sie verstehen nur, wenn Sie die Absicht hinter allem entdecken. Kennen Sie die Kabbala? Numerologie? Ich habe den Code entschlüsselt, sehen Sie. Das war meine Arbeit in den letzten zehn Jahren.«

Ich betrachtete die Seiten noch einmal. Erst jetzt fiel mir auf, dass Tollar die eingeklebten Artikel bearbeitet hatte, mit Kugelschreiber, Bleistift und einer Vielzahl von Buntstiften. Er hatte Wörter eingerahmt, meist die Namen von Orten und Städten und jeweils das Datum des jeweiligen Ereignisses, hatte von da Linien an den Rand oder zu anderen Artikeln gezogen und lange, komplizierte Berechnungen angestellt aus Quersummen aller Art, wilden Additionen und Subtraktionen, hatte Rechenschritte durchgestrichen, übermalt, korrigiert und, wenn es völlig unübersichtlich wurde, kleine Zettel dazugeklebt, die nur an der Kante befestigt waren und aufgeklappt werden konnten.

Das Ergebnis jeder Seite, eingerahmt und unterstrichen, lautete 666.

»Die Zahl des Tiers«, raunte er. »Sehen Sie? Überall. Wenn man den Code kennt, erschließt sich einem die Bedeutung. Man darf nur nicht verblendet sein, dann sieht man, was das alles zu bedeuten hat. Es bedeutet, dass die Welt in den Händen Satans ist.«

»Ah«, meinte ich. Ich war so müde. Fast willenlos blätterte ich weiter, tastete über das dünne, vergilbte Papier der Zeitungsausschnitte, die teilweise schon alt waren, zehn Jahre und älter.

Es war eine geballte Ladung Wahnsinn. Tollars religiöser Wahnsinn und der Wahnsinn der Welt dazu. Er musste an dieser Sammlung mit kaum nachvollziehbarer Hingabe gearbeitet haben; jede Seite war bis auf den letzten Quadratzentimeter vollgekritzelt mit Berechnungen, mit Sätzen, die sich wie Bibelzitate lasen, mit seltsamen astronomischen und anderen Symbolen, die bedeutungsvoll aussahen, mir aber nicht das Geringste sagten.

Da. Auf der vorletzten Seite war ein Artikel über zwei Männer, die ein vierzehnjähriges Mädchen entführt und sie, während sie die Familie mit Anrufen und Lösegeldforderungen hinhielten, mehrere Wochen lang so brutal vergewaltigt hatten, dass sie schließlich an den zugefügten Verletzungen gestorben war. Und sie wären nicht einmal aufgeflogen, hätte nicht einer der beiden Fotos von ihren Heldentaten gemacht und bei einem kleinen Fotogeschäft zum Entwickeln gegeben, das noch von Hand arbeitete.

Ich ließ das Album sinken. Ich musste an das Labor meines Schwagers denken, an seine gekreuzigten Mäuse und die Säure, die in der Dunkelheit auf sie herabtropfte, die ganze Zeit über, auch jetzt, während ich hier saß. Ich sah die Skalpelle im Abfluss wieder vor mir und ahnte auf einmal, dass es einen Ekel vor den Menschen gab, der einem das Sterben leicht machte.

»Sie haben Recht«, sagte ich. »Die Welt ist wirklich in den Händen Satans.«

Tollar geriet ganz aus dem Häuschen. »Ja, ja, ja! Ich habe es gewusst. Sie haben mich erkannt, nicht wahr, Sie haben mich erkannt?«

Ich sah ihn an. Für einen Moment fragte ich mich, was für eine Geschichte sich wohl hinter seiner traurigen Existenz verbarg, was ihn dazu getrieben haben mochte, sich in diese fiebrige Weltsicht zu verbohren.

Zugleich tröstete es mich auf abartige Weise, nicht allein mit meinem Entsetzen zu sein. Die Welt war in den Händen Satans. Ich wäre nie darauf gekommen, diese Symbolik zu verwenden, aber sie drückte im Grunde genau das aus, was ich zeit meines Lebens empfunden hatte.

Trotzdem musste ich ihn jetzt loswerden.

Ich klappte das Album andächtig zu und reichte es ihm. »Ich habe Sie erkannt, Tollar Liljekvist. Aber es ist besser, wenn wir nicht darüber reden und man uns nicht zusammen sieht. Die Wände haben Ohren, die Spione des Feindes sind überall. Jeder von uns muss seinen Kampf auf seine Weise führen.«

Er sah mich mit weit aufgerissenen Augen an, presste sich das Album vor die Brust und nickte dann, über das ganze Gesicht strahlend. »Sie haben Recht«, hauchte er. »Sie haben *absolut* Recht. Darüber habe ich noch nie nachgedacht, aber jetzt... ja, ja... genau.« Er hob den Finger. »Jeder auf seine Weise. Ja, genau.«

Und mit einem letzten, verschwörerischen Blick stand er auf, ging zur Tür und verschwand, wie er gekommen war.

Ich schloss die Augen und ließ mich hintenüber aufs Bett sinken. Für einen Augenblick herrschte vollkommene Stille, sogar draußen auf der Straße.

Ich fand es schon immer einfach, mit Leuten zurechtzukommen, die eine Macke haben – was besonders im Gefängnis viel wert ist, wo es von Leuten mit Macken nur so wimmelt. Im Grunde ist es nicht schwierig. Je besessener einer von irgendetwas ist, desto berechenbarer funktioniert er nämlich. Man muss nur herausfinden, auf welchen Tonfall, auf welches

Wort, auf welche Vorstellung hin er in welche Richtung losgeht, dann kann man ihn regelrecht steuern. Wenn man im richtigen Moment die richtigen Knöpfe drückt, gibt es überhaupt keine Probleme mehr.

Doch gerade jetzt wäre ich mir weniger verloren vorgekommen, wenn das einzige Wesen, das mein Lebensgefühl je in Worte gefasst hatte, ein richtiges menschliches Gegenüber gewesen wäre, jemand, mit dem man hätte reden können – und nicht ein von zwanghaften Vorstellungen beherrschter Roboter.

Die Wärme, die mich einhüllte, die mir den ganzen Tag gefehlt hatte, ließ mich schwer und müde werden. Ich machte die Augen gar nicht erst wieder auf, sondern überließ mich einem köstlichen Halbschlaf, in dem ich jedes Zeitgefühl verlor. Die winterliche Dunkelheit draußen vor den Fenstern, das trübe Licht der alten Glühbirne unter der Decke, das Brummen des Verkehrs auf der Straße und das ungleichmäßige *rsch-rsch-KNACK!* der aufgeklebten Folie, wenn ein Windstoß sie ausbeulte, verwoben sich zu einem Kokon der Gleichförmigkeit, in dem Stunden vergehen mochten, Tage oder auch nur Minuten – ich hätte es nicht sagen können.

Ein Mensch... ein Gegenüber... Das ging mir nicht aus dem Kopf. Ich musste an Birgitta denken, an heute Morgen und an gestern, wie wir an dem kleinen Tisch in ihrer kleinen Küche beisammengesessen hatten. Heute hätte ich ihr ganz andere Dinge zu erzählen gehabt über die Schlechtigkeit der Welt, die sie nicht wahrhaben wollte, vor der sie die Augen verschloss, so fest sie konnte.

Und mein Körper erinnerte sich an ihren Körper, wusste noch, wie sie sich angefühlt hatte, spürte noch ihre Berührungen, die Weichheit ihrer Brüste...

Ich riss mich aus meinem Halbschlaf, setzte mich auf, angelte nach dem Telefon. Natürlich hatte ich, ehe ich Birgittas Wohnung verlassen hatte, ihre Telefonnummer aufgeschrieben. Gewohnheit eines berufsmäßigen Informationsbeschaffers. Geh nie ohne irgendeine Information. Verlasse nie mit leeren Händen einen Ort, an dem du zum ersten Mal bist. Nimm etwas mit, das es dir erleichtert, zurückzukommen.

Es klingelte lange. War sie am Ende noch nicht da? Ich sah auf die Uhr. Die Schule musste längst aus sein, zumal an einem Freitag.

Da, sie hob ab, meldete sich mit einem gut gelaunten »*Hej?*«.

Und im Hintergrund hörte ich einen Mann lachen, tief, dröhnend und selbstbewusst.

Mir stockte der Atem, als hätte mir jemand die Faust in den Solarplexus gehämmert. *Das* ging ja schnell bei ihr! Keine zwölf Stunden, und schon war sie wieder dabei, dem Bild ihres Ex-Mannes etwas zu sehen zu geben.

Kein Wunder, dass ihre Kollegin so geringschätzig gewirkt hatte. Im Biotop einer Schule blieb so ein Lebenswandel bestimmt nicht unbemerkt.

»Hallo? Wer ist denn da?«

Ich horchte, reglos, unfähig, auch nur einen Laut von mir zu geben. Sie fragte noch einmal, dann legte sie verärgert auf.

Ich ließ das Telefon sinken, drückte die rote Taste. Was hatte ich denn erwartet? Die Welt war in den Händen Satans.

KAPITEL 38

Ich hielt es drinnen nicht mehr aus, musste hinaus in die Nacht. Zumal sich mein Hunger wieder meldete. Mein Körper war noch am Leben, klammerte sich, unbekümmert um alle Moral, ans Dasein.

Der türkische Imbiss hatte wegen eines Todesfalls geschlossen, also ließ ich mich auf der Suche nach einem anderen Futterplatz ziellos treiben. Es war kalt, es roch nach Schnee, und außer mir waren nur noch Gestalten aus dem Horrorkabinett unterwegs. An einer Ecke stand eine Säuferin, schwankend, eingepackt in einen schmuddeligen Parka, der einmal babyrosa gewesen sein mochte, und schrie in Minutenabständen mit kehliger Stimme hinaus, dass alles Scheiße sei. Ein ausgezehrter Mann, ein Junkie vielleicht, keine dreißig, trat aus einem Häuserschatten auf mich zu, ob ich nicht zehn Kronen hätte. Er stank nach Kot, und ich gab ihm zwanzig, um ihn los zu sein. Ich überholte ein streitendes Paar; sie war dick, trug einen unvorteilhaften Mantel und heulte, dass ihr die Wimperntusche die Wangen hinablief. Er, ein magerer Wicht in Lederjacke, redete in giftigem Tonfall auf sie ein: »Du bist *fett*. Du bist *hässlich*. Du bist *dumm*. Du bist…« Mehr hörte ich nicht mehr, und mehr wollte ich auch nicht hören.

Ich fand einen vietnamesischen Imbiss, stopfte mir den Bauch mit irgendeiner billigen Mischung aus Reis, Gemüse und Fleisch voll und trank zwei Dosen Cola dazu, während neben mir ein paar verlebt aussehende Typen voreinander lautstark mit ihren angeblichen jüngsten Eroberungen prahlten. Der Fernseher lief, brachte das Neueste aus der Welt, die in den Händen Satans war: Terroranschläge, Bestechungsaffären, Krieg. Und dann, auf einmal, eine elegante, dunkelhaarige ältere Frau, die auf dem Arlanda Airport aus dem Flugzeug stieg, begleitet von einem verkniffen dreinblickenden Mann mit Halbglatze: »Unter großen Sicherheitsvorkehrungen ist heute die diesjährige Nobelpreisträgerin für Medizin, Frau Professor Sofía Hernández Cruz, in Stockholm eingetroffen. Begleitet wurde sie vom Leiter der schwedischen Niederlassung des Pharmakonzerns Rütlipharm, in dessen Forschungsabteilung sie seit Jahren tätig ist. Die erhöhte Alarmstufe gilt aufgrund einer anonymen Bombendrohung in der Nacht auf Donnerstag.«

Dann kamen schon die nächsten Meldungen, über die Affäre eines Tennisspielers, die scheiternde Ehe eines Fußballstars, das Wetter. Ich machte, dass ich weiterkam.

Rütlipharm. Ich verspürte den Impuls, mir das *High Tech Building* noch einmal anzuschauen. Nachzusehen, ob im neunten Stock Licht brannte. Hungerbühl war wieder im Lande, das hieß, inzwischen konnte er gemerkt haben, dass sich jemand aus seinem Safe bedient hatte.

Falls er ihn ohne die Kombination auf der Visitenkarte aufbekommen hatte.

Bei der nächsten U-Bahn-Station, Medborgarplatsen, stieg ich hinab. Es war wenig los, Bahnen in beide Richtungen waren eben abgefahren, und ich vertrieb mir die Zeit damit, die roten Kästen mit den aufgerollten Löschwasserschläuchen an den Wänden anzustarren.

Eine stadtauswärts fahrende *Tunnelbana* Richtung Skarpnäk kam herein, mäßig besetzt, und hielt. Ich betrachtete die Leute, die darin saßen. Verhärmt dreinblickende, mit offenem Mund dösende, gelangweilt aussehende, sich unterhaltende…

Na so ein Zufall. Da saß die Blondine, die mir in Hungerbühls Haus aufgefallen war. Die Frau mit der hellen, unglaublichen Mähne. Sie war es, kein Zweifel. Sie hielt die Hände eines Mannes, der ihr gegenübersaß, sprach lebhaft auf ihn ein, schien regelrecht angetörnt zu sein.

Das Signal ertönte, die Türen schlossen sich krachend. Die Bahn fuhr an. Ich trat zwei Schritte näher, weil mich jetzt doch interessierte, wie ein Typ aussah, der eine solche Frau antörnen konnte.

Im Vorbeifahren erhaschte ich einen Blick auf sein Gesicht. Zu meiner maßlosen Verblüffung kannte ich den Mann. Mehr noch, ich hätte ihn auch unter weit ungünstigeren Umständen überall und jederzeit wiedererkannt.

Es war Per Fahlander.

Ich konnte es nicht glauben. Mein Betreuungshelfer, der sich einst in Alkohol förmlich konserviert hatte? Stimmt, er wohnte in Björkhagen, aber... aber wie kam er zu *so* einer Freundin? Oder Geliebten, oder was auch immer? Ich kannte ihn nur als Mönch, als einzig dem Rausch ergebenen Asketen.

Hatte ich wirklich gesehen, was ich gesehen hatte? Ich starrte den dunklen Schacht an, in dem die Waggons verschwunden waren, und fand keine Antwort.

Mit metallischem Kreischen fuhr meine Bahn ein. Ich ging auf eine der Türen zu, doch ehe ich sie erreichte, wurde sie von innen geöffnet. Leute kamen heraus. Im Hintergrund stand ein Mädchen mit langen, blonden Haaren, das vierzehn, fünfzehn Jahre alt sein mochte und ein besticktes Stirnband trug. Sie sah aus wie Kristina, zumindest für einen Augenblick, lange genug, um mich erstarren zu lassen. Dann wandte sie den Kopf, und ich sah, dass es nicht Kristina war, natürlich nicht, aber ich konnte nicht mehr einsteigen.

Nein. Ich durfte keine Zeit mehr vergeuden. Ich musste handeln, jetzt, sofort.

Eine Viertelstunde später saß ich in meinem Auto und war unterwegs nach Vaxholm.

Früher hatten mich Aufträge bisweilen in andere Länder geführt, und dort hatte ich in Wohngebieten größere und prunkvollere Villen gesehen, doch für schwedische Verhältnisse war Bosse Nordins Haus ohne Zweifel ein Palast. Obwohl man von der Straße aus wenig sah, weil das meiste hinter hohen, dichten, immergrünen Büschen versteckt war, schrie das gesamte Anwesen deutlich hinaus, dass hier *Geld! Geld! Geld!* war, und zwar richtig viel davon.

Das war nicht das Heim eines Universitätsprofessors, so viel stand fest.

Ich fuhr die Straße einmal ab und parkte schließlich in der dunkelsten Ecke, die ich finden konnte: Unnötig, dass eventuelle Passanten meine Nummernschilder lasen. Dann stieg ich aus, blieb erst einmal stehen und lauschte.

Nichts. Die Straße lag leer und verlassen. Es war kalt, wenn auch nicht mehr ganz so schneidend wie in Stockholm, und es roch nach Meer.

Ich schlug den Kragen meiner Jacke hoch und setzte mich langsam in Bewegung, am Zaun des Nordin'schen Anwesens entlang. In dem dunklen Garten jenseits der Hecke standen Spielgeräte, eine Schaukel, eine Rutsche und ein schwarzes Etwas, das ein Sandkasten sein mochte. Alles sauber aufgeräumt, verlassen, seit Jahren verwaist. Auf den Pfosten der Hofeinfahrt prangten steinerne chinesische Löwen mit drohend aufgerissenen Mäulern, und von der völlig im Dunkeln liegenden Haustür her war das Klingeln eines Windspiels zu vernehmen. Auf dem Briefkasten stand *Nordin*, sonst nichts.

Ich sicherte nach allen Seiten, tat, als suche ich etwas in meinen Taschen. Niemand, der mich beobachtete. Auch die übrigen Häuser dieser Gegend, kaum weniger beeindruckend, schienen leer und verlassen. Eine Geisterstraße. Kein Problem, hier noch ein bisschen zu stehen und nach Zugängen und Fluchtwegen Ausschau zu halten.

Die Dunkelheit war in dieser Hinsicht schon eher ein Problem. Ich sah von der Straße aus nicht einmal bis zur Haustüre, konnte nicht einmal erkennen, ob die Fenster vergittert waren oder nicht. Es wäre nur vernünftig gewesen, morgen früh wiederzukommen, irgendwann in der kurzen Zeitspanne, in der sich die winterliche Sonne am Himmel blicken ließ.

Doch mir war nicht vernünftig zumute. Ich war hier, und wozu eigentlich sollte ich warten? Warum nicht handeln, jetzt und sofort?

Es gab natürlich gute Argumente dagegen. Das wichtigste: Das Risiko war nicht abschätzbar. Normalerweise sind Privatwohnungen so schlecht gesichert, dass man problemlos einbrechen kann. Das gilt jedoch nicht für Villen. Dort sind oft Schätze zu sichern, wertvolle Gemälde oder andere Sammlungen, Safes mit Dokumenten, Gold und dem kostspieligen Schmuck der Frau des Hauses – lauter Dinge, die Hersteller von Alarmanlagen, Schließvorrichtungen und Lichtschranken sowie Betreiber von Sicherheitsdiensten in Lohn und Brot setzen.

Doch spielte das noch eine Rolle? Ich hatte ohnehin nichts mehr zu verlieren. Noch ein paar Tage bis zur Nobelfeier, mit der jeder Grund entfallen würde, Kristina und Hans-Olof weiter am Leben zu lassen. Zudem hatte es seit Tagen kein Lebenszeichen von Kristina gegeben, was im schlimmsten Fall heißen konnte, dass sie schon tot war und man Hans-Olof mit einem fadenscheinigen Manöver dazu bewegen wollte, bis zuletzt stillzuhalten. Dass man darauf Wert legte, war nachvollziehbar; immerhin waren drei Mitglieder des Nobelkommitees wenige Tage vor der entscheidenden Abstimmung ums Leben gekommen. Der Tod eines weiteren Mitglieds wenige Tage vor der Verleihung des Preises mochte auffallen. Es mochte dazu führen, dass Fragen gestellt wurden, die die Drahtzieher im Hintergrund nicht gestellt sehen wollten.

Gut. Genug überlegt. Ich ging zurück zum Auto. Mein Instinkt hatte mich eine Lampe und mein Werkzeug in den Kofferraum legen lassen. Worauf sollte ich mich denn noch verlassen, wenn nicht auf meinen Instinkt?

Das schmiedeeiserne Gartentor hatte ein simples Zuhalteschloss und war meinem einfachen Dietrich wehrlos ausgeliefert. Ich überprüfte kurz, ob Lichtschrankenelemente oder dergleichen auszumachen waren, aber ich entdeckte nichts. Also, Schloss aufsperren und hinein.

Und bloß nicht schleichen! Schleichen ist verdächtig. Man darf auf feindlichem Gelände niemals ohne Not schleichen, sondern muss sich entspannt bewegen, zielstrebig, so selbstverständlich, als habe man hier zu tun, als gehe man nur seinem mäßig geliebten Job nach. Ich konnte ein Wachmann sein, ein Bote, irgendjemand, der einfach etwas vor die Haustür zu legen hatte.

Mit dieser Haltung war ich einmal sogar von einem großen Firmengelände entkommen, obwohl schon ein von mir versehentlich ausgelöster Alarm in vollem Gange gewesen war. Überall drehten sich gelbe Warnlichter, heulten Signalhupen, doch ich spazierte gelassenen Schrittes am Pförtnerhaus vorbei und brachte es fertig, den Pförtner verwundert zu fragen, was denn da los sei. Er wusste es auch nicht, wünschte mir aber noch einen schönen Tag.

Die Haustür war ausnehmend stabil und mit einem hochwertigen Zylinderschloss versehen. Dieses war zudem nach Vorschrift mit großem, umlaufendem Schlüsselschild montiert und so, dass man mit Werkzeug nicht von außen an die Rosette herankommen konnte. Ich musste mich hinknien, die Taschenlampe zwischen den Zähnen, und hatte wenigstens zehn Minuten lang mit mehreren Picks zu tun, ehe sich der Riegel endlich zurückschieben ließ.

Im Flur erwartete mich – ärgerlich, aber im Grunde nichts, was mich hätte überraschen dürfen – eine hektisch blinkende rote Leuchtdiode. Sie saß in einem Stahlkasten mit Ziffernblock, an dem eine LCD-Anzeige rückwärts zählte, von 30, wie zu vermuten war. Das war Standard in solchen Situationen: Man hatte nach Betreten des Hauses dreißig Sekunden Zeit, einen ansonsten drohenden Alarm abzuschalten.

21 Sekunden hatte ich noch. Normalerweise wäre nun rascher Rückzug angesagt gewesen, weil ich es mit einem Fabrikat zu tun hatte, dem man nicht innerhalb so kurzer Zeit beikam, schon gar nicht mit den paar kleinen Zangen und Schraubenziehern, die ich bei mir trug. Doch zu meinem Glück hing an

der Wand daneben ein Zettel mit der Aufschrift: »*Liza! Pflanzen im Arbeitszimmer nicht vergessen. Kombination: 397**«.

Liza war, wie man vermuten durfte, eine Haushälterin, die alle paar Tage vorbeikam, um die Blumen zu gießen. Ich gab den Code ein, das rote Blinken erlosch, ebenso die rückwärts zählenden Ziffern. Stattdessen glomm ein grünes Lämpchen beruhigend auf.

Regelmäßig zu lüften gehörte offenbar nicht zu Lizas Aufgaben, es roch reichlich muffig. Ich zog die Handschuhe fester und begann, Zimmertüren zu öffnen. Die Bewohner des Hauses pflegten einen ausgesuchten, kostspieligen Geschmack in Sachen Möbeln und hatten zudem ein erkennbares Faible für asiatische Keramik und Seidenmalerei. Im Wohnzimmer stand ein Monstrum von Fernseher. Die Küche war riesig, das Esszimmer bot Platz für wenigstens zwölf Personen. Alles war peinlich aufgeräumt, sodass ein Katalog für Goldschmuck aller Art, der auf einer Kommode im Flur lag, richtig auffiel.

Auch das Arbeitszimmer konnte sich sehen lassen. Es war in schwarzem Tropenholz gehalten, mit schweren Vorhängen an den Fenstern, die ich zuzog, ehe ich die Schreibtischlampe anknipste. Die vergoldet war, wie es schien, genau wie die Ablage für Bleistifte, Kugelschreiber und einen teuren Füllhalter. Es herrschte eine für einen Wissenschaftler höchst untypische pedantische Ordnung. In den Regalen prangten ledergebundene Buchrücken, auf einem Tisch neben einem schweren Ledersessel lagen naturwissenschaftliche Fachzeitschriften in verschiedenen Stadien der Durcharbeitung, amerikanische Zeitschriften über Zellphysiologie, aber natürlich auch das Übliche, »Nature« und »Science«.

Hinter dem wuchtigen Schreibtisch zu sitzen war, als steuere man einen Ozeandampfer. Man versank regelrecht im Schreibtischsessel. Professor Bosse Nordin gehörte erfreulicherweise zu den Menschen in gehobener Stellung, die es fertig bringen, ohne ihren Terminplaner in den Urlaub zu fahren. Das gute Stück lag rechter Hand, ein gewichtiges Teil, in Hirschleder gebunden, wenn ich mich nicht irrte: Einen ähnlichen Planer hatte ich zuletzt in Händen gehalten, als ich dem Vorstandsvorsitzenden eines deutschen Automobilkonzerns einen Besuch abgestattet hatte.

Ich blätterte das Telefonnummernverzeichnis durch, zückte mein eigenes Notizbuch und notierte Namen, Nummern und Adressen, die ich nachprüfen wollte. Natürlich waren auch die Kontonummern interessant, insbesondere die ausländischen. Praktischerweise hatte Professor Bosse Nordin gleich daneben alle notwendigen Geheimnummern, Passwörter und PIN-Codes vermerkt. So etwas freut uns berufsmäßige Informationsbeschaffer immer ganz besonders.

Einen Moment erwog ich, einfach den ganzen Terminkalender mitzunehmen, aber mein Instinkt riet mir ab. In den kommenden Tagen mochte viel, wenn nicht alles davon abhängen, ob die Hintermänner von Kristinas Entführung Verdacht schöpften oder nicht.

Nachdem ich den Adressteil durch hatte, widmete ich mich dem Kalender. Er enthielt das Übliche – Besprechungstermine, zu besorgende Dinge, Seminare, Einladungen zu Symposien, hastig hingekritzelte Hoteladressen, Namen von Ansprechpartnern, Nummern von Flügen. Ich blätterte rückwärts, suchte in der Zeit um Kristinas Entführung herum nach verdächtigen Einträgen. Doch ausgerechnet da war der Kalender eigentümlich lückenhaft. So war beispielsweise die Trauerfeier überhaupt nicht eingetragen; an dem fraglichen Tag stand *Vasamuseet mit F., 14 Uhr* im Tagesplan. Ich fand auch keinen Eintrag zu der Verabredung mit Hans-Olof, die dieser erwähnt hatte, stattdessen fehlte das betreffende Kalenderblatt völlig.

Rätselhaft. Ich starrte den Kalender an und versuchte, mir einen Reim darauf zu machen. Aber ich hatte nicht den Schatten einer Ahnung, was das alles zu bedeuten haben mochte.

Weiter. Die Schubladen. Ich fing rechter Hand an. Die meisten Leute sind Rechtshänder, und für die ist die rechte oberste Schublade ihres Schreibtisches die wichtigste.

Diese hier enthielt einen Ablagekorb mit allerlei Belegen in verschiedenen Klarsichthüllen, auf denen Etiketten mit Nummern klebten. Obenauf lag eine Reiserechnung, gebucht und bezahlt mit Kreditkarte. Es ging nach Thailand. Herr und Frau Nordin waren in einem Hotel in Bangkok eingebucht, ferner standen drei »Spezial-Erlebnis-Rundfahrten« auf dem Programm.

Ich legte die Rechnung zurück und horchte in mich hinein, wo eine Art Alarmglocke angefangen hatte, erste zaghafte Töne von sich zu geben. Gut, Bosse Nordin hatte es mit Asien, das sah man an der Wohnung, aber trotzdem klingelte da etwas bei mir. Da roch etwas nach Rauch, nach brennender Lunte ...

Draußen fuhr ein Auto vorbei, dessen Reifen ein knirschendes Geräusch machten, das mich alarmierte. Ich ging zum Fenster, spähte hinaus. Das Auto war vorübergefahren, aber ich sah etwas anderes: Es hatte zu schneien begonnen, und wie! Dicke Flocken fielen, ein Schneeeinbruch, wie er im Buche stand. Ich musste mich beeilen. Zumindest musste ich das Haus verlassen, ehe der Schnee *aufgehört* hatte zu fallen, sonst würde man prächtigste Spuren von mir finden, was nun wirklich unnötig war.

Ich kehrte zurück an den Schreibtisch, ging die Schubladen darunter durch. Ich fand flüchtig korrigierte Manuskripte von Fachaufsätzen, eine chaotische Zettelsammlung, die schon eher nach wirklicher Wissenschaft aussah und der ich mich normalerweise mit höchster Akribie gewidmet hätte, aber eine Unrast, die über die Sorge um das Wetter hinausging, trieb mich weiter.

Andere Seite. Oberste Schublade. Meine innere Alarmanlage schrillte in höchsten Tönen, als ich mit spitzen Fingern einen großen weißen Pappkarton herauszog, auf dem Fotos von kleinen Kindern aufgeklebt waren, ordentlich in Reih und Glied, einundzwanzig Stück an der Zahl.

Es waren ausnahmslos Mädchen, und bis auf zwei, die südamerikanisch wirkten, hatten sie alle asiatische Gesichtszüge. Keines war älter als sieben Jahre.

Unter jedem Foto stand ein Datum. Es konnte nicht das Geburtsdatum sein, dazu lag es noch nicht lange genug zurück, meist nur ein oder zwei Jahre. Jedes Datum fiel entweder in den November oder den Dezember.

Und darunter waren Strichlisten ...

Mit einem würgenden Gefühl in der Kehle legte ich den Karton vor mich hin, sah in die Augen der Mädchen, die größtenteils verschreckt in die Kamera geblickt hatten.

Das also war das Hobby des Professor Bosse Nordin. Ich hatte seine »Sammlung« gefunden.

Die Welt war in den Händen Satans.

Ich versuchte, mir vorzustellen, wie er hier sitzen mochte, ein Glas des teuren Cognacs in der Hand, den ich im Wohnzimmer hatte stehen sehen, die Trophäen seiner perversen Leidenschaft vor sich. Wie er in Erinnerungen an seine Abenteuer in Asien schwelgte, an tropische Nächte, an kleine Körper, gekauft für ein paar Dollar ... Und wie es aussah, war seine Frau mit von der Partie. Gaben sie sich gemeinsam fiebriger Vorfreude hin bei dem Gedanken an den nächsten Herbst, die nächste Reise, die nächsten »Spezial-Erlebnis-Rundfahrten« ...?

Mir war plötzlich so übel, dass ich mich zurücklehnen und die Augen schließen musste und abwarten, dass es vorbeiging. Die Welt war in den Händen Satans, ganz genau! Und wer war ich, gegen den Fürsten der Finsternis anzutreten?

Der Geruch nach Leder, Staub und abgestandener Luft ließ mich auf einmal würgen. Ich schob den Karton mit den Fotos zurück, legte auch alles andere an seinen Platz und machte, dass ich davonkam, hinaus in die kalte Nacht, in der ein Gebirge aus Schnee auf Schweden herabsank.

Während ich zurück nach Stockholm fuhr, kochte rotglühende Wut in mir hoch, eine solche Woge brennender Energie, dass ich mich nur wunderte, dass die Scheiben nicht von innen beschlugen und die Sitzpolster nicht im Flammen aufgingen.

Es ist die Kälte draußen, flüsterte eine irre Stimme in mir. Draußen herrschte Dunkelheit. Nur im Lichtkegel der Scheinwerfer tanzten dicke, weiße Flocken, maßlos vom Himmel fallend, sich aufhäufend, alles zudeckend. Man sah keine Markierungen mehr, keine Richtungspfeile, nichts. Es war mehr ein Rutschen als ein Fahren, immer wieder kam ich an Autos vorüber, die hilflos blinkend vornüber in Schneewehen steckten. Riesige Räumfahrzeuge donnerten vorbei, hell beleuchtet wie Weihnachtsbäume, und schleuderten den Schnee zu meterhohen Wänden rechts und links der Fahrbahn auf.

Ich hielt das Lenkrad mit verbissener Energie umklammert, fest entschlossen, nicht klein beizugeben, mich nicht unterkriegen zu lassen, weder vom Wetter noch von all denen, die dachten, die Welt und alles darauf sei ihr persönlicher Besitz. Ich würde dreinschlagen, mit aller Kraft und ohne Rücksicht auf Verluste. Ich hatte nichts zu verlieren, weiß Gott nicht, ich würde sie alle... töten? Nein, das war viel zu gnädig. Aber ich würde sie drankriegen, alle, die in diese Sache verwickelt waren. Ich würde sie drankriegen, und wenn es das Letzte war, was ich tat in diesem Leben.

Und während ich so im Schritttempo zurück nach Stockholm schlidderte, durch eine nicht endende Nacht voll tanzender Irrlichter, verdichtete sich all diese blindwütige, heißglühende Energie in mir, fokussierte sich auf einen einzigen Punkt.

Die Nobelstiftung. Ich würde hineingelangen, und dort würde ich alle Antworten finden, die noch fehlten.

Diese Woge der Entschlossenheit trug mich auch am nächsten Morgen, steuerte mich wie eine Cruise Missile durch die Vorbereitungen meines Schlages. Es gelang mir trotz aller Wut zu schlafen, sogar auszuschlafen, was schon mal ein guter Anfang war. Ich hatte daran gedacht, mein Mobiltelefon auszuschalten, und als ich es nach dem Frühstück wieder einschaltete, war keine einzige Nachricht von Hans-Olof darauf. Er lernte dazu.

Während ich duschte, hörte ich es aus dem Zimmer des mir immer noch unbekannten dritten Mieters zweistimmig kichern und wenig später, als ich mich abtrocknete, stöhnen. Offenbar war ein langes Liebeswochenende geplant.

Frau Granberg stellte mir mit ihrer üblichen desinteressierten Mattigkeit mein Frühstück hin. Ansonsten saß sie auf ihrem Dauerplatz am Küchentisch, den Blick hypnotisiert auf die Mattscheibe des unentwegt laufenden Fernsehers gerichtet. Doch als wolle mir das Schicksal zeigen, dass es auf meiner Seite sei, kam etwas überaus Interessantes, nämlich eine kleine Reportage über die Nobelpreisträger, wie sie nach und nach angereist kamen, mit leuchtenden Augen in die Kameras glotzten und völlig aufgekratzt Fragen von Journalisten beantworteten. Man sah, wie sie am Flughafen ausstiegen oder im Grand Hotel eincheckten, und dabei wurde erklärt, welches Programm sie erwartete. Heute, am Samstagnachmittag, würden die Laureaten und ihre Begleiter mit Hilfe einer Videovorführung in einem Saal des Grand Hotel mit dem Zeremoniell der Preisverleihung bekannt gemacht werden. Einige der Preisträger würden zuvor noch den Samstag für Einkäufe nutzen, etwa um gute Schuhe oder Anzüge zu kaufen. Der Sonntag würde der Abend der Nobelpreisreden sein: Detailliert wurde erläutert, wer wann wo auftrat, im Festsaal der Börse, dem Sitz der Schwedischen Akademie, am Karolinska-Institut...

Ich lächelte in meine Kaffeetasse. Alle, alle würden sie am Sonntagabend beschäftigt sein, bis zum letzten Mann und zur letzten Frau. Damit stand der Zeitpunkt meines Besuchs im Sitz der Nobelstiftung fest.

Für meine eigenen Besorgungen in der Stadt benutzte ich die *Tunnelbana*. Nicht nur, weil der Verkehr immer noch gegen den Schnee kämpfte, sondern auch, weil ich in der Nacht einen Parkplatz direkt vor der Pension gefunden hatte, der ideal sein würde, wenn es am Sonntagabend in die Sturegatan losging.

Die Woge trug mich immer noch, weiter und weiter. Ich fand alles, was ich suchte, und ich fand es auf Anhieb. Die Welt mochte in den Händen Satans sein, aber ich spürte auf einmal, dass auch noch andere Kräfte im Spiel waren.

In einem Geschäft für Motorradzubehör erstand ich eine schwarze Gesichtsmaske sowie ein paar weitere Kleidungsstücke, die nützlich sein würden. Ein Laden für Bergsteiger- und Campingbedarf war eine Fundgrube für Seile, Haken, Rollen und dergleichen. Ein *vi har alt*-Elektronikshop schließlich bot so erstaunliche Dinge feil, dass ich weit mehr kaufte, als ich ursprünglich vorgehabt hatte. Ich hatte nur noch etwas mehr als zweihundert Kronen in der Tasche, als ich mit meinem randvoll gepackten Rucksack aus der U-Bahn stieg und Richtung Pension marschierte.

Doch dann stand da auf der Straße vor dem Haus plötzlich Tollar vor mir, mein wahnsinniger Zimmernachbar, eingewickelt in einen riesigen graugrünen Parka, eine dicke Stofftasche vor der Brust umklammernd.

»Geh nicht hoch«, raunte er mir zu, ohne mich anzusehen. »Da ist überall Polizei!«

KAPITEL 39

Er packte mich am Arm und zog mich mit sich. Verdattert wie ich war, ließ ich es geschehen.

»Nicht hinschauen«, mahnte er, aber natürlich musste ich es trotzdem tun, und ja, tatsächlich, die Straße war voller Beamter in Zivil. Es ist schwer zu beschreiben, woran man Zivilfahnder erkennt – es ist eine charakteristische Mischung aus gewollter Unauffälligkeit, ernsten Mienen, wachsamen Blicken und einer dem Ort und der Tageszeit unangemessenen Muße: Wann und wo stehen schon einmal so viele Männer aus einem anderen Grund einfach so herum? Trotzdem, sie machten ihre Sache verdammt gut. Hätte Tollar mich nicht gewarnt, wäre ich zu tief in Gedanken versunken gewesen, um sie zu bemerken, und ihnen in die Falle gegangen.

Ich spürte, wie mein Herz anfing, schneller zu schlagen. Wie um alles in der Welt hatten sie mich gefunden?

»Was ist passiert?«, fragte ich. »Haben sie gesagt, warum sie kommen? Irgendeinen Grund genannt?« Wem hatte ich meine Adresse überhaupt gegeben? Dem russischen Priester, war es das? Oder Lena? Nein, nicht Lena, das konnte nicht sein. Fahlander! Der musste die Anschrift eines unter Bewährungsauflagen entlassenen Strafgefangenen herausgeben, wenn die Polizei ihn danach fragte.

Aber *warum*? Welchen Anlass hatte die Polizei gehabt, ihn zu fragen?

»Komm«, sagte Tollar nur und zog mich weiter.

Wieso waren sie hinter mir her? Fieberhaft ließ ich die letzten Tage Revue passieren und suchte nach einem Vorfall, der sie auf meine Spur gesetzt haben konnte. Hatte es mit Hungerbühls Rückkehr zu tun? Hatte ich eine Kamera übersehen? War in Bosse Nordins Haus eine versteckte Videokamera installiert gewesen? Aber ich hatte dort keinen Alarm ausgelöst; wieso hätte jemand die Aufzeichnungen kontrollieren sollen?

Als wir hinter die nächste Hausecke gebogen waren, blieb Tollar stehen und ließ mich los.

Ich setzte meinen großen schwarzen Rucksack voller belastendem Material ab, dessen Riemen mir Furchen in die Schultern drückten. »Okay«, sagte ich, »der Reihe nach. Was ist passiert? Wann sind sie aufgetaucht? Was haben sie gesagt? Sie müssen irgendeinen Grund angegeben haben.«

War es am Ende irgendetwas Banales? War ich auf dem Weg nach Vaxholm in eine Radarfalle geraten? Hatte eine Routineüberprüfung den Verdacht ergeben, dass ich meine Bewährungsauflagen nicht erfüllte?

Oder wussten *sie* inzwischen schlicht und einfach Bescheid über mich und waren gekommen, um mich aus dem Verkehr zu ziehen?

Tollar wartete, bis zwei ältere Frauen an uns vorbei waren, dann beugte er sich zu mir herab. Es war mir nie aufgefallen, um wie viel größer als ich er eigentlich war. In der Pension war er immer nur verkrümmt und gebückt herumgelaufen.

»Jeder von uns«, erklärte er, »muss seinen Kampf gegen die Mächte Satans auf seine Weise führen.« Sein Blick suchte unruhig die Umgebung ab, während er in die Stofftasche griff. »Hier, das habe ich aus deinem Zimmer gerettet.« Er holte meine Mappe mit den Unterlagen heraus, die ich unter der Matratze verwahrt hatte.

»Oh«, entfuhr es mir. Offenbar war ich, als er am Tag zuvor bei mir hereingeplatzt war, doch nicht so flink gewesen, wie ich gedacht hatte. »Danke.« Ich sah den Inhalt durch. Wie es schien, war alles dabei, sogar die Diskette.

Allerdings – weitaus nötiger hätte ich Geld gebraucht. Hinter der Nachttischschublade wären noch wenigstens fünfzehntausend Kronen in bar gewesen. Auch der Schlüssel zu meinem Schließfach lag dort.

Tollar griff ein weiteres Mal in seinen Beutel. »Und das«, sagte er fast feierlich, »wirst du auch brauchen.«

Und zu meinem Entsetzen reichte er mir, eingewickelt in eine meiner frischen Unterhosen, Hans-Olofs Pistole.

Damit ließ er mich stehen, drehte sich wortlos um und ging davon, ein großer, graugrüner Rasputin. Heilige Scheiße! Ich steckte das schwere, weiße Bündel ein und versetzte dem nächsten Schneehaufen einen wütenden Tritt.

Eine Bahnhofshalle ist ein guter Ort, um mit einem dicken Rucksack zwischen den Knien dazusitzen und nachzudenken. Ich hatte einen guten Platz neben dem Springbrunnen aus rotem Marmor, wo ich den anderen Reisenden in ihren unterschiedlichen Stadien der Eile oder Muße zusehen und dabei meine Gedanken sortieren konnte. Der einzige Nachteil war der Kaffeeduft, der von dem nahen Café herüberwehte. Ich hätte jetzt einen *Cappuccino stor* brauchen können, aber der kostete sechsundzwanzig Kronen, was beim augenblicklichen Stand meiner Barschaft indiskutabel war.

Mit einem einzigen Schlag hatte sich meine Situation drastisch verändert. Nicht nur, dass ich kein Dach mehr über dem Kopf hatte, ich besaß auch praktisch kein Geld mehr und hatte ohne den Schlüssel zu meinem Schließfach darüber hinaus keine Aussicht, an meine Reserven zu gelangen. Auch mein Auto musste ich bis auf weiteres abschreiben: Als ich mich noch einmal bis an die Straßenecke gewagt und nachgesehen hatte, hatten zwei Beamte direkt daneben Wache gestanden.

Was war mir verblieben? Immerhin meine Freiheit, einstweilen jedenfalls. Ein Rucksack voller Ausrüstung für einen Einbruch in ein schwedisches Nationalheiligtum. Zum Glück hatte ich auch mein Werkzeugtäschchen einstecken; die gute

Taschenlampe allerdings lag noch im Handschuhfach. Und dann hatte ich noch, nicht zu vergessen, das Telefon, den heißen Draht zu meinem halb wahnsinnigen Schwager.

Wenig genug.

Ich rief ihn an und sagte anstatt einer Begrüßung: »Schlechte Neuigkeiten.«

»Was?« Ich konnte ihn förmlich zusammenzucken hören. Wenn das so weiterging, würden Kristinas Entführer es nicht nötig haben, überhaupt Hand an ihn zu legen: Nach der Nobelfeier würde ihn einfach der Schlag treffen.

Ich legte den Kopf in den Nacken und betrachtete das weite, graue Tonnengewölbe über mir. »Wie es aussieht, wissen sie jetzt, dass es mich gibt«, erklärte ich und berichtete ihm kurz, was vorgefallen war, wobei ich Tollars Rolle nicht erwähnte, sondern so tat, als hätte ich die Lunte selber gerochen. Vielleicht, dachte ich, half es ihm, wenn er mich noch eine Weile für schlau und gerissen hielt.

Hans-Olof ächzte und schnaubte und brauchte etliche Minuten, bis er das alles verdaut hatte. »Und jetzt?«, fragte er endlich. »Heißt das, du kannst heute Abend nicht in Bosse Nordins Haus?«

»Da war ich zum Glück schon gestern Nacht«, erwiderte ich und spürte wieder die Wut in mir aufkochen. »Wusstest du, dass dein bester Freund ein Päderast ist?«

»Ein *was?*«

Ich erzählte ihm so ausführlich wie nötig, was ich vorgefunden hatte in der feinen Villa in dem feinen Vaxholm. Hans-Olof konnte es nicht glauben.

»Du denkst, dass diese Fotos bedeuten, dass Bosse die Mädchen … na ja …?«

Ich knurrte unduldsam. »Aufwachen, Hans-Olof, dies ist die böse Wirklichkeit. Was denn sonst? Das Datum ist ein Vermerk, wann er das Mädchen gekauft hat oder wie auch immer das vor sich geht. Und was die Strichliste anbelangt, ist ja wohl klar, was die bedeutet.«

Er hustete keuchend. »Du meine Güte. Ich fasse es nicht.« Dann, nachdem er sich beruhigt hatte: »Was wirst du jetzt unternehmen?«

»Das muss ich mir erst überlegen«, log ich. »Hat sich Kristina noch mal gemeldet?«

»Nein.«

»War sonst irgendetwas?«

»Nein.« So, wie er das sagte, klang es, als sei er der ganzen Sache überdrüssig. Wahrscheinlich flüchtete er sich jetzt endgültig in seine Arbeit. Was hieß, dass jede Menge weiterer Mäuse dran glauben mussten.

Eine Hilfe würde er mir jedenfalls nicht mehr sein.

»Okay«, sagte ich, »ich melde mich, wenn's bei mir was gibt. *Hejdå*.«

Ich kappte die Verbindung. Als ich das Telefon ausschaltete, fiel mir ein, dass ich ihn um Geld hätte bitten können.

Na ja, das war jetzt auch egal.

Gegen vier Uhr stand ich schließlich mit Sack und Pack bei Birgitta vor der Wohnung. Sie war zu Hause, aber alles andere als begeistert, mich zu sehen.

»Was soll das werden?«, maulte sie. »Bildest du dir jetzt irgendwas ein, bloß weil wir mal miteinander geschlafen haben?«

Ich hob die Hände. Die Geste der Wehrlosigkeit. Nie schlecht in solchen Situationen. »Es ist nur für ein paar Tage. Ich bin in der Pension rausgeflogen, in der ich war, und muss irgendwo unterkommen.«

»Und jetzt sag bloß, dass du außer mir niemanden kennst in Stockholm, dann glaub ich das auch noch.«

»Niemanden, zu dem es mich zieht.«

Sie öffnete die Tür einen Spalt weiter, verschränkte aber abwehrend die Arme. »Meine beste Freundin arbeitet in einem Gebäude, das nennt man ›Hotel‹. Schon mal gehört? Das ist für genau solche Fälle wie den deinen gedacht.«

»Glaube ich nicht«, entgegnete ich. »Ich habe nämlich keine zweihundert Kronen mehr in der Tasche.«

»Auch das noch.«

»Birgitta, gib deinem Herzen einen Stoß«, sülzte ich. »Es ist für einen guten Zweck.«

Sie nahm die Arme auseinander, stemmte sie in die Seiten. Gutes Zeichen. »Aber bilde dir nichts ein. Du schläfst auf der Klappcouch im Wohnzimmer. Die Schlafzimmertür bleibt verriegelt.«

»Ich bin für alles offen«, versicherte ich ihr, »für einsame Nächte genauso wie für die Möglichkeit, dass mehr daraus wird…«

»Schlag dir das aus dem Kopf!«, versetzte sie heftig. Dann seufzte sie. »Entschuldige. Weißt du, ich finde dich attraktiv und so weiter, aber ich kann unmöglich eine Beziehung mit jemandem anfangen, der so negativ drauf ist wie du.«

»…und außerdem«, fügte ich hinzu, »muss ich dir jetzt die Wahrheit sagen.«

KAPITEL 40

Nachdem ich ihr alles erzählt hatte, war sie erst einmal völlig fertig.

Wir saßen wieder in ihrer kleinen Küche, an ihrem kleinen Tisch, die Platte mit dem seit vorgestern arg dezimierten Beständen an Julkuchen zwischen uns. Draußen herrschte eine trübe, vom Widerschein der verschneiten Grasflächen und dem gelblichen Licht der Straßenbeleuchtung gefärbte Dämmerung, und der Heizkörper unter dem Fenster bullerte kräftig gegen die Kälte an.

»Entführt? Kristina?«, wiederholte sie, als hätte ich daran irgendwelche Zweifel gelassen.

»Seit zwei Monaten«, sagte ich also noch mal.

»Um den Nobelpreis zu erpressen?«

»In Medizin.«

Sie strich sich fahrig durchs Haar. »Wer hat den überhaupt gekriegt? Ich kümmere mich da nie groß darum...«

»Eine gewisse Sofía Hernández Cruz. Eine Spanierin, die aber in der Schweiz lebt und für einen Pharmakonzern namens Rütlipharm AG arbeitet.«

»Und die haben ihr den Nobelpreis sozusagen gekauft?«

»Sieht ganz so aus.«

»Das ist doch an sich schon ein Skandal.«

Ich schüttelte den Kopf. »Skandale interessieren mich nicht. Mich interessiert nur das Leben meiner letzten lebenden Angehörigen.« Meine Zweifel, ob sie überhaupt noch lebte, erwähnte ich für den Moment lieber nicht; Birgitta war auch so schon sichtlich fertig mit den Nerven.

Sie sprang auf. »Die muss ich sehen. Ich muss mir dieses Weib anschauen.« Damit eilte sie hinaus und hinüber ins Wohnzimmer. Ich hörte, wie der Fernseher anging und sie durch die Programme zappte.

Nach einer Weile kam sie zurück. »Nichts. Man könnte meinen, es gäbe überhaupt keinen Nobelpreis.«

Sie setzte sich wieder, furchte die Stirn, starrte vor sich auf den Tisch und schüttelte den Kopf. »Ich kann das nicht glauben«, sagte sie. Als wäre es das Dringendste auf der Welt, holte sie Teller für jeden von uns. »Ich kann das einfach nicht glauben«, wiederholte sie währenddessen. »Kristina ist ... Sie ist so ... also, weißt du, ich traue ihr zu, dass sie erkennt, wenn jemand hinter ihr her ist. Und dass sie sich wehrt. Vor allem das. Kristina würde sich wehren, mit Händen und Füßen und aller Kraft.«

Sie legte mir ein Stück Kuchen hin und warf mir einen kurzen, prüfenden Blick zu, wie um festzustellen, ob das, was sie sagte, überhaupt Eindruck auf mich machte. »Die Kinder kriegen bei uns an der Schule ein Selbstbehauptungstraining, weißt du? Wir bringen ihnen bei, dass sie sich nichts gefallen lassen müssen.«

»Mag sein«, stimmte ich zu. »Aber es ist eine Sache, sich gegen einen Onkel oder sonstigen Verwandten zu wehren, der unsittliche Absichten hat, und eine völlig andere, sich gegen Profis zur Wehr zu setzen. Da hat ein Kind keine Chance. Auch du hättest keine Chance. Es ist sogar fraglich, ob jemand wie ich eine Chance hätte.«

Birgitta schluckte. Sie brach etwas von ihrem Pfefferkuchen ab, aber sie aß es nicht, sondern zerkrümelte es in immer kleinere Stücke. »Kristina würde sich in so einem Fall an die Polizei wenden. Da bin ich mir sicher.«

»Gut, bloß bleibt dazu wenig Gelegenheit, wenn man vom Bürgersteig in ein Auto gezerrt wird. Abgesehen davon steckt die Polizei in der Verschwörung mit drin.«

»So ein Quatsch!«

»Tut mir Leid, wenn ich dein Bild von der heilen Welt störe.«

»Gunnar, wir leben in *Schweden*. Nicht in Kolumbien.«

»Schweden, ja sicher. Zufällig das Land, in dem man ungestraft den Ministerpräsidenten umbringen kann.« Ich aß etwas von dem Kuchen. Ich hatte Hunger, merkte ich. »Erinnerst du dich an die Ermittlungen damals? Wie viel da verschlampt und vertuscht worden ist? Das stank alles förmlich nach Verschwörung. Olof Palme war einigen einflussreichen Leuten im Weg. Leuten, die er unterschätzt hat. Und glaubst du, die Netze und Seilschaften, die damals so bequem einen lästigen Politiker losgeworden sind, haben inzwischen einfach aufgehört zu existieren? Wunschdenken. Das ist heute alles zementiert, eine unangreifbare gesellschaftliche Festung. Die da drin, wir hier draußen. So läuft das.«

Birgitta sah mich entsetzt an, bleich wie eine getünchte Wand. Es tat mir Leid, sie so durcheinander bringen zu müssen, aber ich konnte nicht anders. Das war die Gelegenheit, sagte ich mir, sie aufzuwecken, ihre Illusionen von der friedlichen, im Grunde freundlichen Welt, die sie da in ihrem Reservat Schule hegte, zu verscheuchen und sie wachsam zu machen für das, was sich hinter den hübschen Kulissen abspielte.

Und was von dort drohen konnte.

»Nimm einen anderen Fall«, fuhr ich fort. »Belgien. Dieser Kerl, der jahrelang einfach Mädchen von Spielplätzen oder von der Straße entführt hat. Er hat sie in seinem Keller versteckt, an perverse Kunden verkauft oder eben verhungern lassen, wenn sie ihm lästig wurden. Die Fragen, die das Gerichtsverfahren offen ließ, würden ein ganzes Buch füllen. Beispielsweise ist nie geklärt worden, wer diese Kunden eigentlich waren. Wen der Typ beliefert hat. Stattdessen wurde auf Befehl von ganz oben ein Staatsanwalt abberufen, der sich geweigert hat, sich in seine Ermittlungen reinreden zu lassen. Wichtige Zeugen sind unter ungeklärten Umständen ums Leben gekommen. Und so weiter. Man muss schon beide Augen fest zudrücken, um nicht zu sehen, dass höchste Kreise Belgiens in diese Angelegenheit verwickelt sind.«

Sie starrte mich an wie ein hypnotisiertes Kaninchen und sagte kein Wort. Vor sich auf dem Teller hatte sie nur noch einen großen Haufen Krümel.

»Von den Machenschaften der Ölkonzerne, der Waffenhändler und so weiter will ich gar nicht erst anfangen. Wenn etwas Geld oder Macht oder beides bringt, gibt es kein Halten mehr. In meinem Job habe ich das oft genug gesehen. In der Forschungsabteilung eines Nahrungsmittelkonzerns habe ich Rezepte fotografiert, wie man aus Rinderblut etwas macht, das man als Schokoladencreme verkaufen kann. Bei einem Müllentsorger habe ich Pläne gefunden, giftiges Altöl mit Hühnerfutter zu vermischen, um es billig loszuwerden. Ich habe Protokolle gelesen von Absprachen aller europäischen Hersteller von Vitaminen, hundertfach überhöhte Preise zu verlangen. Und und und.«

Birgitta schüttelte widerspenstig den Kopf. »Das sind trotzdem alles nur Ausnahmen. Klar, kann sein, dass man in bestimmten Bereichen mehr Erfolg hat, wenn man rücksichtslos ist. Aber die, die auf diese Weise nach oben steigen, sind doch am Schluss wieder unter ihresgleichen! Wenn du in deren Büros herumschnüffelst, ist es bloß logisch, dass du den entsprechenden Schmutz findest. Davon kannst du nicht auf den Rest der Menschheit schließen. Gewöhnliche Menschen, die Leute, mit denen ich tagtäglich zu tun habe, die sind nicht so. Normale Menschen sind mittelmäßig. Die lieben ihre Familien, so gut sie können, schlagen sich mit einem Job durchs Leben, so gut es geht, und das ist es dann. Die sind nicht böse. Die suchen einfach ihr kleines Glück, und dabei stellen sie sich oft reichlich blöd an. Fertig, aus. Das ist die ganze Geschichte.«

Ich hob die Augenbrauen. »Deinem Tonfall entnehme ich, dass du wirklich glaubst, was du da sagst.«

»Allerdings«, bekräftigte sie. »Und ich *glaube* es nicht nur, es ist meine *Erfahrung*.«

Es war einer jener Zufälle, die man kaum glaubt, wenn man

sie nicht selber erlebt hat, dass es ausgerechnet in diesem Augenblick an ihrer Wohnungstür klingelte. Zweimal kurz, und das genügte, um Birgitta zusammenzucken zu lassen.

»Ach herrje!«, entfuhr es ihr. Sie hielt den Zeigefinger vor die Lippen. »Pst, leise.«

»Wieso, wer ist das?«

Es klingelte noch mal. Wieder zweimal kurz, auf schwer zu beschreibende Weise ziemlich aufdringlich.

»Mist«, zischte Birgitta. »Bestimmt hat sie mich schon gehört. Die geht jetzt nicht mehr weg.«

»Von wem, bitte, redest du?«, fragte ich noch einmal.

»Das ist meine Nachbarin von unten. Ich hasse das. Die leiht sich immer meinen Staubsauger, wenn ich es absolut nicht brauchen kann. Und nicht genug, dass sie ihn wochenlang nicht wiederbringt, sie macht auch noch jedes Mal den Beutel randvoll.«

»Warum leihst du ihr ihn dann überhaupt?«

»Keine Ahnung. Ich bringe es einfach nicht fertig, nein zu sagen.«

Ich musste unwillkürlich grinsen. »Kein Problem«, sagte ich und stand auf.

Sie brauchte eine Schrecksekunde, ehe sie begriff. Ich war schon im Flur, als sie aufsprang. »Halt, Gunnar! Nein! Das geht dich überhaupt nichts an. Hörst du?« Sie kam mir nachgerannt, um im Flüsterton auf mich einzureden. »Du kannst dich doch nicht einfach in meine Angelegenheiten einmischen! Dir gefällt das vielleicht, dich als starker Mann aufzuspielen, aber ich muss mit der Frau auskommen, verstehst du? Ich begegne ihr jeden Tag im Treppenhaus, muss sie grüßen und so weiter.« Sie stellte sich mit dem Rücken zur Wohnungstür, in dem armseligen Versuch, sie zu blockieren. »Du wirst nicht, ich wiederhole, *nicht*...«

Ich packte die Klinke. »Du kannst zuschauen, wenn du willst«, bot ich an. Es klingelte ein drittes Mal, noch unduldsamer als zuvor. Ich drückte die Klinke, und Birgitta tauchte mit einem letzten wütenden Blick unter meinem Arm weg und huschte in die Küche.

Vor der Tür stand eine langbeinige Frau mit gebleichten, wild frisierten Haaren, schlechter Haltung und langen Fingern mit Unmengen von Ringen daran. Sie hatte dunkle, eingefallene Augen, aus denen sie mich verwundert musterte.

»Guten Tag«, sagte ich. »Sie wünschen?«

»Ähm«, räusperte sie sich. »Ich wollte Birgitta fragen, ob sie mir mal kurz ihren Staubsauger leiht.«

»Nein«, erwiderte ich. »Wird sie nicht. Birgitta hat Ihnen ihren Staubsauger oft genug geliehen. Es ist jetzt Zeit, dass Sie sich einen eigenen kaufen. Klar?«

Sie riss die Augen auf, warf den Kopf zurück und rümpfte die spitze Nase. »Was? Das ist aber ein sehr unfreundlicher Ton. Wer sind Sie überhaupt?«

»Unfreundlich? Ich?« Ich beugte mich vor. »Ich habe noch gar nicht *angefangen*, unfreundlich zu sein. Richtig unfreundlich werde ich erst, falls Sie es wagen sollten, Birgitta noch einmal wegen ihres Staubsaugers zu belästigen. Dann, Verehrteste, werden Sie mich so richtig kennen lernen.«

Ihr Mund ging auf und wieder zu, aber es war mir offenbar gelungen, sie so zu schocken, dass sie sprachlos war. Mit einem unartikulierten Laut, der vermutlich Empörung war darüber, dass jemand es wagte, sein Eigentum behalten zu wollen, drehte sie sich um und stapfte davon. Ich schloss die Tür und spazierte zutiefst befriedigt zurück in die Küche.

»Siehst du?«, sagte ich. »Es ist im Großen genau so wie im Kleinen. Du musst dich wehren in dieser Welt, sonst wirst du untergebuttert.«

Birgitta saß reglos da und starrte durch das Fenster hinaus in die Dunkelheit.

»Ich kann es trotzdem nicht glauben«, sagte sie nach einer langen Weile und sah mich an. In ihren Augen stand ein Entsetzen, das zu sehen mir wehtat. »Ich kann nicht glauben, dass das wahr ist.«

Dass die Welt in den Händen Satans ist? Ich spürte plötzlich die trübe Gewissheit, dass selbst dieses zerstrittene Zusammensein mit Brigitta nur ein Moment vergänglichen Glücks war. Nicht einmal so viel würde bleiben. War es eine Ahnung? Ich sah sie nur an, ihre großen, braunen Augen, ihr verschrecktes Gesicht, das den Tränen nahe war, und fragte mich, was sein würde, wenn am elften Dezember ein totes Mädchen gefunden und als Kristina Andersson identifiziert werden würde. Oder wenn sie niemals wieder auftauchte? Wie sollte ich dann weiterleben?

Das kann ich nicht, dachte ich. Wir schwiegen, ich dachte an Inga und an die Pistole auf dem Grund meines Rucksacks. Ich glaubte auf einmal zu wissen, dass ich sie noch brauchen würde.

Ich musste später doch nicht auf der Klappcouch im Wohnzimmer schlafen. Birgitta klammerte sich an mich wie eine Ertrinkende, war unersättlich, schien alles vergessen zu wollen in immer neuen Anläufen auf die körperliche Lust.

Danach lagen wir wieder Bauch an Rücken, und wieder passten unsere Körper zusammen wie zwei Teile eines Puzzles. Sie stellte der Dunkelheit tausend Fragen. Im Gegensatz zu mir war sie hellwach.

Ob ich nie daran gedacht hätte, selber zu heiraten, eigene Kinder zu kriegen? Eine eigene Familie zu gründen?

»Doch«, sagte ich. »Manchmal schon.« Ich spürte den Erinnerungen nach, die sich mit diesen Gedanken verknüpften. Lena. Mit ihr war ich diesem Leben am nächsten gekommen. Mit ihr zusammenzuziehen war so etwas wie eine Reaktion auf Ingas Heirat gewesen. »Aber ich habe es nie wirklich gewagt. Das wäre in meinem Job schlecht gegangen.«

»Industriespion«, murmelte sie und strich mir über den Arm. »Ich musste gerade daran denken, dass wir Lehrer in der ersten Klasse immer fragen, was die Eltern von Beruf sind. Ich glaube, den meisten Kindern wäre es peinlich, wenn sie ›Industriespion‹ sagen müssten.«

»Erst recht, wenn der Vater gerade im Gefängnis sitzt.«

Es war seltsam bedrückend, darüber nachzudenken, was hätte sein können, aber nicht war. Die ganzen letzten Tage hatte ich nur bis zum zehnten Dezember gedacht.

Doch angenommen, ich überstand das alles irgendwie lebend, was dann? Um weiter arbeiten zu können, würde ich Schweden verlassen müssen. Mehr noch, ich würde ein Land finden müssen, das nicht an Schweden auslieferte, und ich hatte den dunklen Verdacht, dass ein solches Land so weit von den Zentren der globalen Wirtschaft entfernt lag, dass ich einen ernsthaften Mangel an Kundschaft zu befürchten hatte.

»Wie sind eure Eltern eigentlich gestorben?«, fragte Birgitta. Anderes Thema. Leichter.

»Ein Betriebsunfall. Hat man uns zumindest gesagt, aber ich glaube, dass es stimmt. Sie haben beide in einem Chemiewerk in Helsingborg gearbeitet, *Helsingkemi*, falls dir das was sagt; die Firma existiert seit den achtziger Jahren nicht mehr. Jedenfalls ist da im Oktober 1969 ein Werksteil auf spektakuläre Weise explodiert. Es gab hundertvierzig Tote, darunter unsere Eltern.«

»Wie furchtbar.« Sie drückte meinen Arm an sich. »Und ihr seid ins Heim gekommen.«

»Ja. Ich war drei Jahre alt, Inga vier.«

»Erinnerst du dich überhaupt noch an deine Eltern?«

Das habe ich mich oft gefragt. Da ist ein Duft in meiner Erinnerung, eine schattenhafte Gestalt, die sich über mich beugt, der Druck einer Hand... »Eigentlich nicht. Ich habe ein paar Bilder im Kopf, aber ich bin mir nicht sicher, wie viel ich davon erfunden habe aufgrund von dem, was Inga mir erzählt hat. Sie hat sich erinnert.«

»Und in dem Waisenhaus war es so schlimm, dass ihr fliehen musstet?«

»Geflohen sind wir, weil Inga es sagte. Ganz einfach. Ich weiß nicht genau, warum sie das beschlossen hatte. Damals dachte ich im Ernst, dass der Heimleiter uns umbringen will und wir deshalb gehen müssen. Später hat sie das Thema immer gemieden. Ich glaube, sie wollte in Wirklichkeit den Nachstellungen der älteren Jungs entkommen. Es muss in dem Heim viele Vergewaltigungen gegeben haben, denn der Heimleiter überließ die meiste Zeit alles sich selbst. Das hieß, dass die großen Kinder die kleinen bis aufs Blut tyrannisierten und jeder Tag ein Kampf ums Überleben war. Und wenn Kohlström seinen Rappel kriegte – was ungefähr einmal im Monat der Fall war, immer so für zwei bis drei Tage –, war es nicht besser. Dann setzte es Strafen für alles und jedes, und da waren entwürdigende und ungesunde Dinge dabei wie nackt in der Ecke stehen, Küchenabfälle essen oder ohne Bettdecke schlafen.«

Ich spürte, wie sie sich versteifte. »Kohlström? Hieß der Heimleiter so?«

»Ja. Rune Kohlström.«

»Rune Kohlström... Kann es sein, dass der ein Buch geschrieben hat? Über Kindererziehung?«

Ein Erinnerungsfetzen. Eine dicke Frau in einem blauen Mantel, die vor der Tür zu Kohlströms Haus stand und etwas rief wie: *In Ihrem Buch haben Sie so schön gesagt...* »Kann sein. Aber wenn, kann es kein besonders nützliches Buch gewesen sein, denn von Kindererziehung verstand er rein gar nichts. Jedenfalls zu unserer Zeit nicht.«

»Nein, das muss ein ziemlich altes Buch sein. Sechziger Jahre, spätestens.«

Ich rechnete träge. »Viel früher kann es auch nicht gewesen sein. Kohlström müsste heute Anfang sechzig sein. Falls er noch lebt und ihn keiner der anderen Jungs inzwischen erschlagen hat, was ich, ehrlich gesagt, hoffe.«

»Könnte sogar sein, dass das bei uns in der Lehrerbibliothek steht. Wir haben eine Menge grausliger alter Schmöker. Ein Geschenk unseres alten Rektors, und solange der noch lebt, können wir sie nicht wegschmeißen.«

Ich grunzte schläfrig. »Schon klar. Ihr seid alle wahnsinnig nett und freundlich zu jedermann und erst recht zu einem alten Rektor, der euch seinen Abfall andreht.«

Birgitta gab mir einen Klaps auf den Handrücken. Einen netten und freundlichen kleinen Klaps natürlich, und dazu sagte sie: »Ich will jetzt keinen Streit, hörst du?«

»Höre ich«, brummte ich. »Wie wäre es, wenn wir endlich schlafen würden?«

Das ignorierte sie einfach. Wie sie alles ignorierte, was ihr nicht gefiel. »Wieso musstet ihr überhaupt in ein Waisenhaus damals? Gab es keine Verwandten, die euch hätten aufnehmen können? Damals waren die Familien doch um einiges größer; ich kann mir kaum vorstellen, dass weder dein Vater noch deine Mutter keine Verwandte gehabt haben – Geschwister oder so...«

Sie rang erstaunlich zäh darum, sich die Welt zu einem schönen, sicheren Ort umzudenken. »Im Jahre 1987«, sagte ich, »haben sich die Behörden aus Anlass meiner ersten Inhaftierung ausgiebig mit meinen Familienverhältnissen beschäftigt, und kurz darauf aus Anlass von Ingas Heiratsplänen gleich noch einmal. Du kannst davon ausgehen, dass wir tatsächlich allein auf der Welt standen.«

Birgitta räkelte sich unter meinem schweren Arm. Sie schien in regelrechte Tratschlaune zu geraten. »Weißt du, warum ich das frage? Das muss ich dir erzählen. Meine Freundin Maja – das ist die, die im Hotel arbeitet –, also, sie und ihr Mann waren gestern zum Abendessen da. Dabei hat sie eine komische Geschichte erzählt, die Anfang der Woche passiert ist. Dazu musst du wissen, dass sie ein Morgenmensch ist und morgens so voller Energie, dass sie nicht zu bändigen ist. Völlig unvorstellbar für mich. Jedenfalls, aus Versehen hat sie einem Frühstücksgast den Tisch abgeräumt, obwohl der am Büffet stand und sich bloß noch was holen wollte. Das hat ihr jemand von der Crew nachher erzählt und auch, dass der Mann ziemlich verärgert gewesen sein musste. Sie selber hat es überhaupt nicht bemerkt.«

»Ah ja?«, meinte ich nur, verblüfft darüber, wie klein die Welt sein konnte.

»Ja, und am selben Tag hat jemand das Hotel verlassen, ohne auszuchecken. Hat einfach die Schlüsselkarte auf den Tresen gelegt und ist gegangen, obwohl das Zimmer für drei Tage gebucht und bezahlt war. Das hat man erst am Donnerstag bemerkt, stell dir vor. Und nun fragen sich alle, ob das womöglich der Mann war, dem Maja den Tisch abgeräumt hat. Und das Komische ist, dass der auch Forsberg hieß, genau wie du – ein Doktor Forsberg aus Göteborg. Und da habe ich mich gefragt, ob das vielleicht ein Verwandter von dir sein könnte, von dem du nichts weißt?«

Ich starrte in die Nacht und ließ mir Zeit mit der Antwort. »Nein«, sagte ich schließlich einfach. »Das war kein Verwandter von mir.«

»Ich dachte nur«, murmelte sie. Alle Redseligkeit schien verpufft. Auf einmal klang sie schläfrig, während ich hellwach war. »Hätte ja sein können...«

Sie schlief in meinen Armen ein. Ich versuchte mich zu erinnern, wann zuletzt jemand in meinen Armen eingeschlafen war, und konnte es nicht. Ich starrte in die Dunkelheit und war so aufgekratzt, als hätte ich eine ganze Kanne Espresso getrunken.

Die Geschichte mit dem Frühstück im Hotel... Das wollte mir irgendetwas sagen. Ich kam nur nicht darauf, was.

KAPITEL 41

Am nächsten Morgen schliefen wir lange und frühstückten spät. Es hatte über Nacht noch einmal geschneit, alles war weiß, still, ein täuschend friedlicher Sonntagmorgen. Man saß im Warmen, sah hinaus zum Fenster und hätte alle Sorgen für Schimären halten können.

Ich war seltsam ratlos, was ich mit dem Tag anfangen sollte. Gut möglich, dass es der letzte Tag meines Lebens war, den ich in Freiheit verbrachte, aber das machte es nicht einfacher. Ich wusste immer noch erbärmlich wenig über das Gebäude der Nobelstiftung. Mit anderen Worten, ich würde heute Abend improvisieren müssen. Dass dabei etwas schief ging, war atemberaubend wahrscheinlich.

Andererseits, was half es, mir Sorgen zu machen? Ich hatte keine andere Wahl. Vielleicht konnte ich mir das Gebäude noch einmal bei Tageslicht anschauen. Nachher.

Ich rief Hans-Olof an und fragte, ob er etwas von Kristina gehört hatte. Hatte er nicht. Von den Entführern auch nicht. Er klang fatalistisch, matt, resigniert. »Ich mache mir beinahe Sorgen um den Scheißkerl«, sagte ich, weil mich Birgitta so fragend ansah, als ich das Telefon wegsteckte.

»Du tust ihm unrecht«, meinte sie. »Hans-Olof Andersson ist ein phantasievoller Mann. Es ist ganz natürlich, dass er größere Ängste hat als normale Leute.«

»Na, da bin ich aber froh, dass ich nur ein Klotz Holz bin«, erwiderte ich. »Sonst wäre es ja nicht auszuhalten.«

»So habe ich das nicht gemeint«, maulte sie. Die vordergründige morgendliche Harmonie zwischen uns bekam erste Risse.

Im nächsten Moment sprang sie auf, den Blick auf die Küchenuhr gerichtet. »Ah, ich wollte doch... Um elf! Genau, da kam was...« Und schon war sie draußen. Gleich darauf hörte ich im Wohnzimmer den Fernseher angehen.

Ich folgte ihr. Eine zerlesene Programmzeitschrift in der einen und die Fernbedienung in der anderen Hand, stand sie mitten im Zimmer, und im gleichen Augenblick, in dem ich durch die Tür kam, tauchte das Gesicht von Sofía Hernández Cruz auf der Mattscheibe auf.

»Das ist ein Frauenmagazin«, erklärte Birgitta. »Ich habe gestern gesehen, dass sie ein Interview mit ihr bringen.«

»Aha«, meinte ich.

Es war ein Interview auf erschütternd banalem Niveau, ungefähr dem der üblichen Frauenzeitschriften entsprechend. Wir erfuhren, dass Sofía Hernández Cruz ein Appartement mit Blick über den Rhein bewohnte, das von einer tüchtigen Haushaltshilfe in Ordnung gehalten wurde, dass sie die Pflanzen auf ihrem Balkon selber pflegte und abends am liebsten am Kamin saß, ein Glas spanischen Rotwein trank und las. Was denn ihre Lieblingsbücher seien, wollte die Interviewerin gnadenlos wissen. Krimis. Ich überlegte angeödet, ob ich das Hans-Olof erzählen sollte oder lieber nicht. Lasen am Ende alle Mediziner gerne Krimis? Und wenn ja, warum wohl?

Falls sich die Nobelpreisträgerin an der Belanglosigkeit der Fragen störte, ließ sie es sich jedenfalls nicht anmerken. Im Gegenteil, sie schien das Gespräch höchst erfreulich zu finden. Ich betrachtete sie genauer. Sie wirkte elegant, trug irgendetwas Blau-Schwarzes, war gut frisiert und zurückhaltend geschminkt. Dass sie nicht mehr die Jüngste war, sah man deutlicher als in dem alten Interview, das ich in der Küche der Pension mitbekommen hatte.

Birgitta sah und hörte wie gebannt zu, schien den Bildschirm mit ihren Blicken durchbohren zu wollen und alles um sich herum vergessen zu haben. Ich ließ mich seufzend auf die Couch sinken. Lang konnte es ja nicht mehr dauern.

Mit der Frage, was sie an der Erforschung des Sex besonders interessiert habe, ging es abrupt auf berufliches Terrain.

»Eigentlich nichts«, erwiderte die Hernández schmunzelnd.

»Nichts?«, wunderte sich die Interviewerin. Sie hatte eine Frisur, die außerhalb eines Fernsehstudios lachhaft gewirkt hätte, und trug ein plastikhaftes Lächeln zur Schau. »Aber Sie haben vor vielen Jahren Ihren ersten Lehrstuhl in Spanien aufgeben müssen, und das wegen einer Forschungsarbeit über sexuelle Reaktionen, die in den Augen der Öffentlichkeit zu weit ging. Eine der Arbeiten, für die Sie kommenden Mittwoch den Nobelpreis erhalten.«

»Ja«, nickte die Professorin. »Aber mein Ziel war die Erforschung der Verschaltung unseres Hormonsystems mit unserem Nervensystem. Einen sexuellen Reiz habe ich nur eingesetzt, weil ich eine möglichst *starke* hormonelle Reaktion brauchte.« Sie faltete bedächtig die Hände. »Mein eigentliches Forschungsgebiet war damals die Funktionsweise der Narkose.«

Davon hatte die Interviewerin ganz offenbar noch nie gehört. »Narkose?«, wiederholte sie, klimperte mit den Augendeckeln und fing an, ihre Karteikarten durchzublättern. »Das ist aber doch denkbar weit weg von Sex, möchte ich meinen, oder etwa nicht?«

Die Hernández neigte den Kopf ein wenig zur Seite. »Das hängt von der Betrachtungsweise ab. Wenn Sie sich nur fragen, warum ein Narkosemittel bewusstlos macht, ja.« Sie wirkte beeindruckend souverän, musste ich eingestehen. Sie hätte eine gute Königin abgegeben. »Aber ich stelle mir eine völlig andere Frage. Ich frage: Wie kommt es überhaupt, dass wir *wach* sind? Das ist die fundamentalste Frage, die es gibt. Und erst wenn wir verstehen, was Wachheit ist, werden wir auch verstehen, was Narkose ist.«

Die Moderatorin lächelte unsicher. »Ah ja. Einleuchtend.« Dann beschloss sie offenbar, dass der Zielgruppe damit genug Nachdenken zugemutet worden war. »Darf ich Ihnen zum

Schluss noch eine persönliche Frage stellen?«, fuhr sie fort, als hätte sie die ganze Zeit etwas anderes getan.

»Bitte«, erwiderte die künftige Nobelpreisträgerin.

»Glauben Sie bei alldem eigentlich noch an die Liebe? Oder ist Liebe für Sie nur ein Spiel der Hormone?«

Sofía Hernández Cruz hob die Augenbrauen, und ein feinsinniges Lächeln umspielte ihre Lippen. »Ja«, sagte sie mit einem sanften Nicken. »Ich glaube an die Liebe. Was ich erforsche, ist nur, wie sie sich in unserem Körper manifestiert.«

»Ein schönes Schlusswort«, freute sich die Interviewerin und drehte sich, sichtlich erleichtert, der Kamera zu. »Damit, liebe Zuschauerinnen...«

Birgitta schaltete den Ton ab. »Sie weiß es nicht«, erklärte sie ebenso kategorisch wie rätselhaft.

»Wer?«, fragte ich, als auch nach beträchtlichem Schweigen keine weitere Aufklärung folgte. Man sah Sofía Hernández Cruz im Hintergrund des Bühnenbilds mit einem Techniker plaudern, der ihr das Mikrofon von ihrem beachtlichen Busen entfernte. »*Wer* weiß *was* nicht?«

»Sie. Die Wissenschaftlerin. Sie hat nicht die geringste Ahnung von dem ganzen Komplott.«

»Meinst du?«

»Eine Frau spürt so etwas«, behauptete Birgitta und sah mich kämpferisch an, mit jedem Zoll ihres Körpers ausdrückend: *Wage es nicht, anderer Meinung zu sein!*

Aber ich war gar nicht anderer Meinung. »Kann gut sein. Sie ist auch nur eine Figur in einem Spiel, bei dem es um etwas ganz anderes geht.«

Birgitta tippte sich nachdenklich mit der Fernbedienung gegen das Kinn. »Hast du dir mal überlegt, mit der ganzen Geschichte zu einer Zeitung zu gehen? Ich meine, was würde passieren, wenn der ganze Skandal morgen früh auf allen Titelseiten stünde?«

»Die Entführer würden Kristina umbringen und verscharren und alle Spuren beseitigen, damit ihre Auftraggeber alles dementieren können«, erwiderte ich. »Abgesehen davon ist das nicht so einfach, wie du dir das vorstellst. Es hat schon einmal ein junger Journalist versucht, in diese Richtung zu ermitteln, und kurze Zeit später war er tot.« Ich erzählte ihr in knappen Worten die Geschichte von Bengt Nilsson, dem Reporter des SVENSKA DAGBLADET.

Birgitta schaltete den Fernseher mit einer zornigen Bewegung der Fernbedienung aus. »Das kann doch nicht sein«, rief sie. »Es kann nicht sein, dass die *alle* Zeitungen unter Kontrolle haben. Stell dir doch mal vor, was das für ein Aufwand wäre! Dazu die Fernsehsender, all die Radiosender, die es gibt... Und was ist mit dem Internet? Heutzutage kann jeder alles, was er will, ins Internet stellen. Weltweit verbreiten. Verdammt, du kannst den Stundenplan meiner Schule von Honululu aus abfragen, wenn du willst.«

»Wenn jeder alles veröffentlichen kann, wird die einzelne Mitteilung untergehen, schätze ich«, sagte ich und hob, als sie zu einer Erwiderung ansetzen wollte, die Hände. »Okay, zugegeben. Ich kenne mich damit nicht aus. Die schwedische Krone will nicht, dass Knackis E-Mails schreiben und nach Belieben umhersurfen oder wie man das nennt. Im Gefängnis geht es darum, die Freiheiten des Einzelnen einzuschränken, nicht wahr? Also, lassen wir das. Es streut sowieso nur Salz auf meine Wunden.«

Weil sie mich daraufhin so merkwürdig ansah, erzählte ich ihr von Dimitri und meinen Versuchen, ihn ausfindig zu machen. Der russische Pope kam dabei schlecht weg, fürchte ich.

»Orthodoxe Kirche?«, wiederholte Birgitta und kniff die Augen zusammen. »Wenn mich nicht alles täuscht, gibt es in Stockholm aber noch andere orthodoxe Kirchen.«

Ich horchte auf. Einer dieser Momente, in denen das innere Minensuchgerät anschlägt. »Bist du sicher? Ich hätte gewettet, dass es nur russisch-orthodox oder griechisch-orthodox gibt.«

»Nein, nein. Wir hatten da mal eine Schülerin...« Sie ging

zum Schreibtisch, zog ein dickes Buch hervor und fing an zu blättern.

»Im Telefonbuch findest du nichts«, meinte ich. »So schlau war ich selber schon.«

»Nein, das ist ein Verzeichnis kultureller, religiöser und sonstiger Einrichtungen. Speziell für Lehrer. Hier«, sagte sie. »Es gibt noch eine syrisch-orthodoxe Kirche. In Hallonbergen.«

Fünf Minuten später war ich schon unterwegs.

Hallonbergen gehört noch zu Sundbyberg, liegt aber an einem anderen Ast der blauen *Tunnelbana*, die sich nördlich von Västra Skogen verzweigt. So musste ich sechs Stationen mit der U-Bahn fahren, obwohl es Luftlinie höchstens ein Kilometer war.

Dafür fand ich die Kirche auf Anhieb. Man brauchte nur aus der U-Bahnstation auf den Vorplatz zu treten, dann lag sie auf der anderen Seite, ein unübersehbarer großer Bau aus weißen Ziegeln. *Syrisch-orthodoxe Kirche St. Peter* stand in großen Bronzelettern darauf.

Es war Sonntag, doch der Gottesdienst war schon vorbei. Ich strich um das Gebäude, spähte durch schießschartenartige Fenster ins Innere, sah jedoch nichts und traf auch niemanden, den ich nach Dimitri hätte fragen können. Sollte ich klingeln? Ich beschloss, vorsichtig zu sein und erst einmal die Umgebung genauer in Augenschein zu nehmen.

Aus der U-Bahn-Station gelangte man in ein Einkaufszentrum, das *Hallonbergen Centrum*, in dem am Sonntag natürlich nicht viel los war. Trotzdem schaute ich es mir genauer an. Es verriet allerhand über die soziale Struktur des Stadtteils: Die in den Schaufenstern ausgestellten Waren wirkten entweder wie billige Massenprodukte oder waren hinter schweren Gittern gesichert oder beides. Es gab ein arabisches Reisebüro, auch der Supermarkt war außer auf Schwedisch auf Arabisch beschildert, und die meisten der Menschen, denen ich begegnete, hatten dunkle Hautfarbe.

Eine Gaststätte im ersten Stock hatte geöffnet. Ein paar Tische standen davor, an einem davon saß Dimitri in seinem uralten längs gestreiften Pullover und seiner abgeschabten Felljacke und machte kugelrunde Augen, als er mich kommen sah.

»*Da njet!* Was machst *du* denn hier?«, rief er aus und schaute völlig verwirrt immer wieder auf seine Uhr. »Und welches Jahr schreiben wir?«

Keine halbe Stunde später hockten wir in Dimitris Bude. Er bewohnte eine Zweizimmerwohnung fünf Minuten vom Einkaufszentrum und der Kirche entfernt, in einer großen Wohnanlage, auf deren Klingelbrett kein einziger schwedisch klingender Name stand.

Wie ich es nicht anders erwartet hatte, wurde sein Wohnzimmer von einem guten Dutzend dicker Computer mit Beschlag belegt, die alle eingeschaltet waren, einen Höllenlärm machten und ordentlich Wärme produzierten. Neben den Tischen mit den Computern bestand das Mobiliar aus einem Bücherregal, einem löchrigen Polstersessel in der Ecke und einem dicken Bürostuhl auf Rollen. Dimitris Platz. Ich musste auf Schaumstoffkrümeln und Brotresten sitzen.

»Für Heizung und so zahlst du sicher fast nichts, oder?«, meinte ich.

»Schön wär's. Das geht pauschal, und die Wohnungsgesellschaft bescheißt alle Mieter gleichmäßig. *Swolotsch!*«

Auf jedem Bildschirm lag, fein säuberlich ausgebreitet, aber seit Monaten nicht entstaubt, ein Spitzendeckchen und darauf je ein Bergkristall. Für Dimitri war die gesundheitsfördernde Wirkung von Kristallen gesicherte Tatsache. An der Wand darüber hingen seine Ikonen: Jesus in Blau auf Gold, die heilige Maria in Rot auf Gold, vielleicht auch umgekehrt. Er hat es mir unzählige Male erklärt, aber ich habe es mir nie merken können, und die Gesichter auf den Ikonen sehen für meine atheistischen Augen alle gleich aus.

Es roch einigermaßen muffig, nach schlechter russischer Küche, Kartoffeln und Kraut und einer undefinierbaren Ingredienz, von der ich nie herausgefunden hatte, was es war. Inzwischen legte ich auch keinen Wert mehr darauf, es je herauszufinden.

»Du könntest ab und zu lüften«, schlug ich vor.

»Hast du eine Ahnung«, maulte er, damit beschäftigt, die unvermeidliche Flasche Wodka samt Gläsern zur Begrüßung hervorzuholen. »Dann kommen Abgase herein, ich kriege Lungenkrebs und sterbe. Da lasse ich die Fenster lieber zu.«

»Vielleicht solltest du aufhören zu rauchen, wenn du Angst vor Lungenkrebs hast.«

»Ich werd drüber nachdenken, sobald ich Zeit habe«, versprach er und schenkte die Gläser voll. Es waren sogar zwei gleiche Gläser. Alles in allem hatte er sich deutlich verbessert, seit ich ihn das letzte Mal gesehen hatte.

»Das ist noch gar nichts«, winkte er nach unserem ersten Glas ab und schenkte wieder voll. »Ich habe inzwischen sogar ein Auto. Einen alten Saab. Macht hundertvierzig Kilometer pro Stunde und braucht vierzehn Liter. Vielleicht auch umgekehrt, so genau habe ich das noch nicht ausprobiert. *Nazdarowje!*«

Ich weiß nicht, was die Russen an Wodka finden. Grauenhaftes Zeug.

»Du hast doch gar keinen Führerschein«, wandte ich ein.

»Na und? Ich habe ja auch keinen Ausweis. Also darf ich mich sowieso nicht erwischen lassen. Wozu dann ein Führerschein?«

Ich winkte ab, als er zum dritten Mal voll schenken wollte. Immerhin hatte ich heute noch vor, einzubrechen, und ich durfte mich auch nicht erwischen lassen. »Und wie bist du an das Auto gekommen? Ich meine, so was muss man doch anmelden, versichern und so weiter.«

»Läuft alles auf eine gute Bekannte. Wohnung, Auto, Telefon – alles.«

»Eine Bekannte. So, so.«

Er hob die Finger zum Schwur. »Bei allen Heiligen, nur eine Bekannte. Ich habe sie in der Kirche kennen gelernt.« Unnötig, dass er das erwähnte. Dimitri lernte alle Leute, mit denen er zu tun hatte, in der Kirche kennen. »Sie wäre auch gar nicht mein Typ. Eine kleine, dralle Dunkelhaarige. Sie ist Libanesin oder Syrerin, ich weiß nicht genau. Jedenfalls, sie lebt bei ihrem Freund, und ihre Eltern dürfen nichts davon wissen. Also muss sie offiziell in dieser Wohnung hier wohnen bleiben. Unsere Bedürfnisse ergänzen sich bestens: Ich zahle ihr die Miete und darf nur niemandem die Tür aufmachen und nicht ans Telefon gehen. Aber dazu habe ich sowieso keinen Grund; bei mir geht alles übers Internet. Noch einen?« Er hob die Flasche.

»Nein. Wirklich nicht.«

»Wie du willst.« Er stellte sein Teufelszeug samt Gläser weg. »Dann erzähl mal.«

Ich erzählte, und ich war schnell fertig damit. Von Kristinas Entführung brauchte er nichts zu wissen. Ihm von der Erpressung zu erzählen wäre höchst leichtsinnig gewesen. Meine vorzeitige Entlassung stellte ich als Verwaltungsakt dar, der für mich selber überraschend gekommen war. Und dann erzählte ich ihm von der Diskette und dem geheimnisvollen JAS-Projekt.

»Ja, ich habe auch gehört, dass der Platz in den Gefängnissen knapp wird«, bestätigte Dimitri. »Leider hindert sie das nicht, weiter nach Leuten zu suchen, die sie hineinstecken können.«

»Mach dir keine Hoffnungen«, sagte ich. »Dich würden sie im Handumdrehen nach Russland abschieben. Mehr als eine Nacht in den überheizten Anstalten König Carls XVI. Gustaf ist für dich nicht drin.«

Er wiegte bekümmert das Haupt. »Das ist wahr. Es war dumm von mir, den Bogen zu überspannen, nachdem so lange alles so gut gelaufen ist. Zugegeben, ich habe ein paar Dinger gedreht, die waren einfach zu viel... Tut mir Leid, dass ich nicht da war. Wenn ich geahnt hätte, dass du früher rauskommst, hätte ich natürlich jemandem Bescheid gesagt, damit du mich findest.« Er gab seinem Sessel einen Stoß und rollte zu einem der Computer, griff nach der Maus und startete ein Programm. »Hast du die Diskette dabei?«

Ich zog sie aus der Hemdtasche und reichte sie ihm. »Nicht, weil ich ernsthaft damit gerechnet hatte, dich zu finden, sondern weil ich keinen anderen Platz habe, an dem ich sie lassen könnte.«

»Ich kenne das«, meinte er und schob sie in einen angekokelt aussehenden Schlitz. Es gab ein Geräusch, als würde sie dahinter in Scheiben gehäckselt. »*JAS.DOC*, ist das die Datei?«

»Siehst du eine andere?«

»Weiß man nie.«

»Du bist der Fachmann, nicht ich. Mach einfach alles lesbar, und wir werden keinen Streit kriegen.«

Er versuchte zuerst, die Datei auf normalem Wege zu öffnen, scheiterte aber genauso wie ich damals in dem Computergeschäft in Södertälje. »Mit Passwort versehen«, nickte er. »Kein Problem...« Er startete irgendwelche Programme, fing an, mit den Knien zu wippen und auf seiner Oberlippe zu kauen und stieß nach einer Weile unartikulierte Grunzlaute aus.

»Doch ein Problem?«, fragte ich.

»Ich habe gewöhnliche Passwortknacker für Standardsoftware, aber die funktionieren nicht. Ungewöhnlich, kommt aber vor. Was heißt, dass wir mit *un*gewöhnlichen Passwortknackern weitermachen müssen.« Er bedachte mich mit einem flüchtigen Grinsen. »Als hätte ich's geahnt – erst neulich habe ich so ein geiles Teil heruntergeladen, von ein paar jungen Indern programmiert. Die sind fit, die Jungs da unten, das kannst du mir –«

Ein kurzer, zweistimmiger Brummlaut aus dem Lautsprecher ließ ihn erstarren. Ich konnte förmlich zusehen, wie die Welt um ihn herum versank, wie er alles vergaß, mich eingeschlossen, und nur er und der Bildschirm übrig blieben. Wahnsinnig interessante Dinge mussten da stehen, aber ich blieb sitzen, wo ich war, denn ich war mir sicher, dass ich nicht das Geringste davon kapieren würde.

Dimitri war älter geworden, hatte sich aber kaum verändert. Immer noch wirkte er, als verhindere etwas in seinem Körper, dass Nährstoffe höher als bis zum Brustbein stiegen: Alles darüber schien verkümmert und am Verhungern. Seine Schultern waren schmal, auf den Schläfen blühten Pickel, und seinen Bartwuchs konnte man nur als kümmerlich bezeichnen.

Er kehrte mit einem russischen Kraftausdruck in die Welt der Materie zurück. »Heiß«, war sein Kommentar. »Höllisch heiß. Das ist mit einem echten Profitool verschlüsselt. Ich kann mich nicht erinnern, dass ich das schon einmal gesehen habe. Nicht bei Businessleuten. Ich weiß nicht, wer diese Datei angelegt hat, aber er muss echt was zu verbergen haben.«

Das war nicht genau das, was ich zu hören gehofft hatte. »Und was heißt das? Kriegst du sie geknackt oder nicht?«

»Geduld, *moj drug*«, brummte er und ließ die Finger über die Tastatur tanzen. »Das kann ich jetzt noch nicht so genau sagen. Aber wenn es jemanden in diesem Land gibt, der hinter das Geheimnis von JAS.DOC kommt, dann wird es Dimitri Kurjakow sein.«

Die Bildschirme der übrigen Computer erwachten zum Leben. Fenster gingen auf, Programme starteten, Festplatten fingen an zu rattern, und gleich darauf zuckten farbige Balken auf, wechselten Beschriftungen in irrem Tempo, erfüllte auf einmal elektronische Hektik den Raum.

»Darf man wissen, was du da machst?«

»Das nennt man eine *brute-force*-Attacke, parallel verteilt«, sagte Dimitri, als sei damit alles gesagt. »Sollte die Lösung finden. Aber – es kann dauern.«

»Dauern, aha. Und wie lange?«

Schulterzucken. »Ein, zwei Tage? Ein, zwei Wochen? Ein, zwei Jahre? Keine Ahnung. Das kann man nicht vorhersagen.«

»Ich habe keine zwei Wochen Zeit. Ich habe nicht mal zwei *Tage* Zeit.«

Dimitri nickte und zündete sich eine Zigarette an. »Weiß ich. Aber man muss der Sache eine Chance geben. Es hängt davon ab, wie raffiniert das Passwort gewählt ist. Ob es aus großen und aus kleinen Buchstaben besteht oder nur aus einer Sorte. Ob es auch Sonderzeichen und Ziffern enthält.« Er sah auf die Uhr an der Wand. »Ein Passwort aus sechs Kleinbuchstaben wäre jetzt schon geknackt.« Er deutete mit dem Daumen auf den Rechner, vor dem er saß. »An dieser Kiste probiere ich nebenher aus, was sich mit Köpfchen erreichen lässt. Falls dich das beruhigt.«

»Ich weiß nicht, ob mich das beruhigt«, sagte ich. Mir war in der Zwischenzeit wieder eingefallen, womit ich mir die Nacht um die Ohren schlagen wollte. So vage wie möglich und so genau wie nötig umriss ich, was ich vorhatte.

Dimitri schnappte nach Luft. »Du willst in die Nobelstiftung? Bist du noch zu retten?«

»Es muss sein«, sagte ich, ohne weiter auszuführen, warum. So genau wusste ich das schließlich selber nicht. Ich deutete auf seinen Rechner. »Kannst du an Grundrisse von dem Gebäude kommen? Ich würde gern vorher einen Blick hineinwerfen, damit ich eine Vorstellung habe, was sich wo befindet.«

»Kinderkram«, sagte Dimitri. »Das hättest du in jedem Internetcafé haben können.«

Ich runzelte die Stirn. »Was ist ein Internetcafé?«

»Ach ja. Das habe ich vergessen, verzeih. Du kommst ja aus der Steinzeit.« Er zog noch einmal kräftig an seiner Zigarette und legte sie auf den Rand eines überquellenden Aschenbechers, auf dem sie langsam glimmend vollends in Rauch aufgehen würde. Mit ein paar Klicks startete er ein Programm, das ich nach einem Lichtbildervortrag, den man uns Knastbrüdern hatte angedeihen lassen, als Internet-Suchprogramm wieder erkannte. »Na also, wie ich es mir gedacht habe«, meinte Dimitri. »Schau, hier. Die Nobelstiftung hat unter der Adresse *www.nobel.se* eine hübsche Homepage. Wenn mich nicht alles täuscht, was natürlich immer sein kann... Nein, hier, schau: Virtueller Rundgang durch die Stiftung. Das können wir uns jetzt einmal anschauen.«

Mit kaum zu beschreibender Verblüffung verfolgte ich, wie ein Fenster aufging, in dem die Nobelstiftung höchstselbst mir alles bot, wonach ich gesucht hatte. In der oberen Hälfte zeigte ein Bild die Vorderfront des Gebäudes, aber man brauchte es nur anzuklicken, um einen Blick ins Innere werfen zu können. Am unteren Rand wurden, wie praktisch, gleich die Grundrisse des Erdgeschosses und des ersten Stocks gezeigt. Ich erfuhr, dass das Gebäude 1920 von dem Architekten Ragnar Hjort erbaut und 1970 von einem gewissen Peter Celsing erneuert worden war: Solche scheinbar belanglosen Angaben sind in meiner Laufbahn schon oft Gold wert gewesen, wenn es darum ging, genauere Informationen über ein Firmengebäude einzuholen. Mehr als einmal bin ich zur Vorbereitung des eigentlichen Einbruchs in die Büros der Architekten eingedrungen, um dort die zugehörigen Baupläne zu studieren.

Hinter der Vordertür begann ein langer, an ein Pharaonengrab erinnernder Flur. Man ging an vier Mauernischen mit Statuen darin vorbei – aus Bronze, wie ein begleitender Text beflissen erklärte – und stand am Ende vor einer großen Marmorbüste Alfred Nobels, der einen mit jenem ernsten, depressiven Gesichtsausdruck ansah, den man aus den Büchern kennt. Linker Hand ging ein Treppenhaus in den ersten Stock hoch, das eigentliche Büro der Nobelstiftung.

»Geh noch mal zurück«, sagte ich. »In den Flur. Da, was ist das?« Man konnte die Bilder durch Anklicken und Ziehen dazu bringen, zur Seite zu schwenken, so, als steuere man eine imaginäre Videokamera. »Diese Türen da, wo führen die hin?«

Entlang der linken Wand des Flurs reichten drei schmale Fenster bis zum Boden, und mindestens eines davon war, wie man sehen konnte, eine Tür in einen Innenhof. Dimitri klickte darauf, und schon wechselte der Blick nach »draußen«. Ein Teil des nicht sehr großen Hofes wurde von einem Springbrunnen beansprucht, in einer sonnigen Ecke standen grüne Gartenmöbel. Das Bild war natürlich im Hochsommer aufgenommen worden, und in der Zeit, verriet der Text, war das bei den Angestellten der Stiftung ein beliebter Platz für die Kaffeepausen.

Mir gefiel er auch immer besser, je länger ich das Bild studierte.

»Kannst du das vergrößern?«, fragte ich und deutete auf eine verwaschene, dunkle Stelle an der Tür. »Ich würde gern aus der Nähe sehen, was das für ein Schloss ist.«

»*Da*«, nickte Dimitri und klickte ein bisschen, ohne dass sich etwas tat. »Das geht nicht so einfach. Aber warte.« Ich verstand nicht genau, was er machte; er schien das Bild mit Hilfe eines anderen Programms aus dem Internetbrowser herauszunehmen, um es in einem dritten Programm – dessen Menüleiste kyrillisch beschriftet war – nachzubearbeiten: Teile des Bildes vergrößern, Helligkeit, Farben und Schärfe verbessern und so weiter. »Die Software hat mir ein guter alter Freund geschickt, der bei *RSC Energija* angestellt ist. Damit bearbeiten sie die Bilder nach, die die Raumsonden liefern. Die Algorithmen darin sind besser als alles, was die Amis haben«, erklärte er kichernd.

Das Programm holte in der Tat Erstaunliches aus dem kleinen Bild heraus. Die Vergrößerung wurde nicht so scharf, dass man den Namen des Herstellers hätte lesen können – die guten Codeschlösser tragen ohnehin keinen –, aber scharf genug, dass ich das Fabrikat wieder erkennen konnte. Ich blies unwillkürlich die Backen auf. Ganz offensichtlich spielte Geld für die Nobelstiftung keine Rolle, wenn es um Sicherheitstechnik ging. Das Ding zu knacken würde nicht leicht sein.

»Ja, denke ich auch, dass die nicht sparen müssen«, stimmte Dimitri mir auf meine diesbezügliche Bemerkung hin zu. Er schaltete auf eine andere Internetseite der Nobelstiftung. »Bitte sehr, der Finanzbericht.«

Ich traute meinen Augen nicht. Tatsächlich, haarklein stand da für jedermann zu lesen, wie hoch der augenblickliche Marktwert des investierten Kapitals war – 3,59 Milliarden Kronen –, der Wert der diversen Portfolios in Aktien und anderen Wertpapieren und so weiter, wie die Erträge ausgefallen und welche Kosten in welchen Bereichen entstanden waren und, natürlich, wie hoch die Nobelpreise dotiert waren: zehn Millionen Kronen jeder einzelne von ihnen.

»Okay«, meinte ich schließlich und bedeutete ihm, dass er die Seite wieder schließen konnte. »Dass sie Geld zu verschenken haben, ist ja eigentlich allgemein bekannt.«

»Und? Bist du kuriert von deinem Plan?«, fragte Dimitri. »Oder sehe ich dich wieder erst in sechs Jahren?«

Ich schüttelte den Kopf. »Sechs Jahre? Damit komme ich das nächste Mal nicht davon. Aber es hilft nichts, ich muss da rein. Heute.«

»Wer zahlt so viel, dass sich dieses Risiko lohnt? Sag mir das, wenn du mein Freund bist. Für den würde ich auch gern arbeiten.«

»Es geht nicht um Geld«, sagte ich.

»Sondern? Eine Wette? Ein Rekordversuch?«

Ich deutete auf den Bildausschnitt mit dem Codeschloss. »Das kriege ich auf. Und wie ich in den Hof komme, weiß ich auch. Da sieht mich um Mitternacht niemand, und ich kann in aller Ruhe arbeiten.«

»Okay, dann schau dir mal das hier an.« Er rief ein anderes Bild auf, eines aus den Innenräumen, vergrößerte einen anderen Ausschnitt. »Ich hätte eigentlich gedacht, dass dir das schon längst aufgefallen wäre. Wenn es selbst mir ins Auge sticht, einem Amateur.«

Ich starrte den Bildschirm an und hatte ein seltsam hohles, bodenloses Gefühl im Bauch. »Oh-oh«, hörte ich mich sagen. »Das sieht nicht gut aus.«

»Eben. Ein Bewegungsmelder, wenn ich irgendetwas gelernt habe von einem gewissen Gunnar Forsberg«, konstatierte Dimitri. »Das Haus ist voll davon. Mach einen Schritt hinein, und der Alarm geht los.«

KAPITEL 42

Ich packte meinen schwarzen Rucksack gegen zweiundzwanzig Uhr. Auf dem Rückweg hatte ich an einer Tankstelle eine neue Taschenlampe gekauft, nichts Besonderes, aber es würde gehen. Seither hatte ich mehr oder weniger gerade noch genug Geld für die U-Bahn.

Birgitta sah mir schweigend beim Packen zu. Sie war verstimmt. Die dicke Luft war förmlich mit Händen zu greifen.

Als ich von Dimitri zurückgekommen war, hatte sie schon ein Abendessen im Topf gehabt, klassische *köttbullar* mit Kartoffelpüree, Preiselbeeren und Essiggurken. Vermutlich alles aus Dosen, Gläsern oder Tiefkühlpackungen herausgezaubert, aber sie hatte den Tisch aufwändig gedeckt, und es schmeckte gut. Danach hatte ich ihr erklärt, was ich vorhatte, und zu erklären versucht, warum. Letzteres war mir nicht befriedigend gelungen, nicht zuletzt, weil ich es selber nicht wusste. Eigentlich war es Wahnsinn. Eigentlich hatte ich keinen Grund. Ich wusste nicht einmal, was ich zu finden hoffte, und falls ich etwas fand, wusste ich nicht, was ich damit machen würde.

Wahrscheinlich war ich inzwischen durchgeknallt, ohne es zu merken. Aber mir das zu sagen half auch nichts.

»Was ist?«, fragte ich, als der Rucksack geschnürt war.

»Nichts«, sagte sie. »Alles bestens.« Sie sagte es in jenem Tonfall, den nur Frauen draufhaben und der besagt, dass *nichts* auch nur *annähernd* in Ordnung ist, geschweige denn bestens.

Ich sah sie an, aber wie jeder Mann in einer solchen Situation wusste auch ich nicht, was ich tun sollte; nicht einmal, was ich eigentlich verbrochen hatte. Und weil mir nichts anderes einfiel, sagte ich: »Gut. Ich gehe dann los.«

»Ja«, sagte sie. »Klar.«

»Ich komme wahrscheinlich erst in den Morgenstunden wieder.«

»Kein Problem.«

Ich zögerte noch einen Moment, aber sie sagte nichts mehr. Sie stand nur da, mit verschränkten Armen und steinernem Gesicht, und wartete, also ließ ich sie nicht länger warten, sondern schulterte meinen Rucksack und ging.

Meine Haltestelle war Östermalmstorg, aber als ich mich eine Station vorher zum Aussteigen bereitmachte, stiegen unvermittelt zwei Securityleute ein, vor meiner Nase. Ich stand neben ihnen an der Tür, als der Zug weiterfuhr, und fühlte mein Herz bis in die Fingerspitzen schlagen. Ich hätte sie anfassen können.

Es waren zwei junge Leute, ein Mann und eine Frau in grauen Uniformjacken, wobei der Junge nur ein Funkgerät, einen Schlagstock und ansonsten leere Gürtelschlaufen hatte, also eindeutig der Lehrling war. Die Frau, klein und stämmig, in der Jacke beinahe dick wirkend, war dagegen voll bepackt, trug eine mächtige Taschenlampe und dicke Schlüsselbunde am Gürtel und ein klotziges Mikrofon auf der Brust. Mit dem Mikrofon war sie schwer beschäftigt. Es schien nicht richtig zu funktionieren; sie sprach mit irgendjemandem, der nach einer Zentrale klang, und musste sich dabei jedes Mal verrenken, weil sie das eigentliche Funkgerät auf dem Rücken trug. Der Junge fummelte an dem Spiralkabel herum, das vom Mikrofon dorthin führte, bekam es aber auch nicht hin. Augen für ihre Umgebung hatten sie jedenfalls nicht, und dass sie unmittelbar neben einem Mann standen, der womöglich Kriminalgeschichte zu schreiben im Begriff war, würden sie nie erfahren.

Bis Östermalmstorg hatte sich mein Kreislauf wieder beruhigt. Ich stieg mit ihnen aus, als ob nichts wäre, und nahm auf dem Bahnsteig dann die Richtung, in die sie nicht gingen. Mit jedem Schritt, der mich von ihnen entfernte, stieg der Grad meiner Erleichterung: Unsinn, sagte ich mir. Die beiden waren unterwegs, um in den U-Bahnen für Ordnung zu sorgen, hatten es auf Graffitisprayer, Besoffene und vielleicht den einen oder anderen jugendlichen Drogendealer abgesehen. Für das, was ich vorhatte, bedeutete diese Begegnung nicht das Geringste.

Ein runder Saal mit hoher, brauner Kuppel. Ein Gang, ein Kiosk, ein Blumengeschäft, vor dem Rollgitter heruntergelassen waren. Die letzten beiden Läden vor dem Aufgang zur Straße waren aufgegeben, die Schaufenster beschmiert, und die Rolltreppe klopfte einen Rock'n'-Roll-Rhythmus. Es roch nach Urin und Zigarettenrauch, aber man näherte sich der Oberfläche, die Kälte der Nacht drückte herunter, biss in die Schleimhäute der Nase und betäubte alle Geruchsempfindungen.

Oben musste ich mich erst orientieren. Wenn ich aus einer U-Bahn-Station steige, weiß ich nie, wo welche Himmelsrichtung ist. Ein großer Platz, eine Kirche, von orangefarbenen Scheinwerfern angestrahlt, ein großes Schaufenster mit Bädern, Bettwäsche und Nachthemden. Ich wollte zur Linnégatan, die geradeaus zur Sturegatan führt, und mich der Stiftung von oben her nähern. Passanten gingen um mich herum, nahmen keine Notiz von einem Mann mit einem schwarzen Rucksack, der Straßenschilder las.

Es war Nacht, es war dunkel, und die Straßenbeleuchtung war allenfalls gut gemeint zu nennen: Trotzdem schienen die wenigen Farben, die ich in den Leuchtreklamen ausmachte, an Hauswänden und in Fenstern, regelrecht von innen heraus zu leuchten, geradezu zu glühen. Alle Geräusche, die an mein Ohr drangen, waren von kristalliner Schärfe: das Knistern des Schnees unter den Reifen vorüberfahrender Autos, das Rollgeräusch auf dem Kopfsteinpflaster darunter, die Stimmen und das entfernte Gelächter. Das Zuschlagen einer Autotür: ein

Laut von donnernder Wucht. Und ich spürte jede Faser meines Körpers, fühlte jeden Muskel arbeiten, jedes Gelenk sich bewegen. Was war mit mir los?

Einen Moment erwog ich ernsthaft die Möglichkeit, dass Birgitta mir irgendeine Droge ins Essen gemischt hatte. So ähnlich musste es sein, wenn man *high* war, zumindest den Beschreibungen nach, die ich gelesen hatte.

Gut, ich war bei meinen nächtlichen Aktionen immer in einem Zustand besonderer Wachheit gewesen, aber das hier fühlte sich anders an. War es, weil dies ohne weiteres meine letzten Stunden in Freiheit sein konnten, meine letzten Schritte als freier Mann durch Stockholm? Ich blickte in die leeren Erdgeschossfenster von Investmentfirmen und glaubte, gigantische Aquarien zu sehen. Ich hörte das Klappern eines Schlüsselbundes, mit dem jemand die Tür eines Büros abschloss, und meinte das Rasseln von Ketten zu hören. Der Adrenalinschub von eben hatte mir den Rest gegeben, wie es aussah.

Endlich, die Sturegatan. Der Humlegården war ein Spielfeld dunkler Schatten, die Königliche Bibliothek hell angestrahlt, kahle Bäume standen vor nächtlich-düsterem Schnee. Auch die Front der Nobelstiftung war ausgeleuchtet, strahlte eindrucksvoll bis hoch zur Dachtraufe.

Es ging los. Vorbei an dem Schaufenster mit Lobpreisungen des Urlaubslandes Marokko, das Pickset griffbereit. Helles Lachen, zwei Paare mittleren Alters, die mir entgegenkamen, mich aber keines Blickes würdigten. Ich öffnete die schmale, dunkle Tür in der Ecke, auf der TILL KÖKET stand, zog sie hinter mir zu und blieb erst einmal atemlos in der Dunkelheit stehen.

Der Lichtschalter. Er bewirkte immer noch nichts, also die Taschenlampe. Ich leuchtete die Wände ab, den Boden, die Decke, während ich langsam weiterging. Ein Fahrrad war hier abgestellt und, wie es schien, vergessen worden: Sein Sattel war verstaubt, seine Reifen luftleer, und die Speichen setzten Rost an. Ein paar Kartons daneben, schlampig aufeinander gestapelt, die untersten in sich zusammengesunken und an den Kanten angefressen. Die Tapete des Flurs wies umso mehr Stockflecken auf, je weiter ich nach hinten kam.

Zwei Türen gab es hier. An der linken Wand eine breite, mit Mennige gestrichene Stahlschiebetür zu einem größeren Raum im Hintergrund des Hauses – vermutlich die auf der Vordertür erwähnte *köket*, die sicher längst nicht mehr als Küche diente. Die am Boden montierte Führungsschiene wies jedenfalls deutliche Rostspuren auf, die ein regelmäßiger Gebrauch der Schiebetür abgeschliffen hätte. Genauso vergessen wirkte die hölzerne Türe, die geradeaus in den Hinterhof führte. Sie war mit einem ungeheuren Vorhängeschloss gesichert, und es weckte nostalgische Erinnerungen, mal wieder so was zu öffnen. Das hatte mir schon als Achtjährigem keine Probleme mehr bereitet. Ich glaube, jeder im Waisenhaus hat das gekonnt; anders wäre man verhungert.

In der geöffneten Tür blieb ich erst einmal stehen, lauschte und beobachtete mit aller Geduld, die ich aufzubringen imstande war. Ein Innenhof. Innenhöfe, insbesondere wenn die umliegenden Häuser bewohnt sind, stellen für jemanden wie mich die denkbar unangenehmste Umgebung dar. Aus Fenstern und von Balkonen herab kann man buchstäblich von hundert Augen gesehen werden, ohne es auch nur zu bemerken, denn selber sieht man rein gar nichts.

Aber es war Sonntagabend, es war Winter, und es war kalt. Ich konnte darauf zählen, dass die meisten Besseres zu tun haben würden, als aus ihren Fenstern zu schauen oder auf Balkons herumzustehen...

Hoppla! Wenn man vom Teufel spricht... Ich hatte auf halber Höhe der konturlosen Rückfront des Hauses gegenüber einen aufglimmenden, rötlichen Punkt in der Dunkelheit ausgemacht. Das glühende Ende einer Zigarette. Dahinter stand zweifellos ein Raucher, den seine Frau zur Ausübung seines Lasters auf den Balkon geschickt hatte. Zweifellos fror er, und langweilig war es ihm sicher auch. Ich wartete weiter, bis der

Punkt noch ein letztes Mal aufglühte und dann in einem weiten Bogen abwärts fiel. Und dann noch einmal eine halbe Minute.

Nicht schleichen, dieser Grundsatz galt natürlich auch hier. Ich trat ins Freie, versuchte, in meinen Bewegungen ruhig und routiniert zu wirken, zog die Tür hinter mir zu – sie schabte ein wenig am Boden, was dafür sorgte, dass sie auch unverriegelt geschlossen bleiben würde – und ging dann gemessenen Schrittes geradeaus, um das Hinterhaus der Nobelstiftung herum. Alle Fenster des Gebäudes, registrierte ich zu meiner Beruhigung, waren dunkel. Genau, wie ich es erwartet hatte.

Am hinteren Ende gab es zwei Parkplätze, der eine davon belegt, der andere frei, aber für eine Firma namens *FitPack* reserviert. Hinter dem Parkplatz bot sich das ärgerliche Hindernis einer etwa zwei Meter hohen Mauer. Es gab kein Tor, keine Tür, keinen Weg darum herum. Ärgerlich, weil ein über eine Mauer kletternder Mann immer verdächtig wirkt, aber was half es? Das musste ich riskieren. Ich bemühte mich, es schnell und leise hinter mich zu bringen.

Noch einmal zwanzig Meter durch den Schnee. Die Fußspuren waren auch ärgerlich, aber ebenfalls nicht zu vermeiden. Und zum Glück nicht die einzigen. Dann stand ich im Innenhof, der genauso wie auf den Bildern im Internet aussah, nur eben dunkel und verschneit. Die Topfpflanzen fehlten, der Springbrunnen war abgeschaltet und lag voller Schnee, und die grünen Gartenstühle hatte man in der Ecke zusammengeschoben und mit einer Plane bedeckt.

Immer noch alles dunkel über mir. Ich trat an die Tür mit dem Codeschloss, legte die behandschuhten Finger gegen das Glas und spähte ins Innere. Alles war still. Die Mitarbeiter der Nobelstiftung, die Verwalter des Vermögens und Organisatoren der Preisverleihung standen in diesem Augenblick ausnahmslos auf irgendwelchen Empfängen herum, die im Anschluss an die Vorträge der Laureaten gegeben wurden, balgten sich um Häppchen vom kalten Buffet, balancierten Sektgläser und machten *Smalltalk*.

Und ahnten nichts von mir, der ich nur noch durch fünf Millimeter Glas von ihrem Heiligtum getrennt war.

Bewegungsmelder sind aus der Sicht von jemandem mit meinem Job geradezu heimtückisch wirkungsvolle Sicherheitseinrichtungen. Technisch sind sie nahezu unüberwindbar. Wenn man sich ihnen nähert, lösen sie Alarm aus. Wenn man ihnen den Strom abschaltet, lösen sie gleichfalls Alarm aus. Eigentlich ist nicht einzusehen, warum es überhaupt noch Einbrüche gibt, seit Bewegungsmelder erfunden worden sind. Wo dieses Gerät installiert ist, hat nicht einmal eine Maus eine Chance, unentdeckt zu bleiben.

Das ist, anbei bemerkt, der Schwachpunkt des Systems und damit der Ansatz, um es auszuhebeln. Denn es gibt nun mal Mäuse, und zwar mehr, als die meisten Menschen sich träumen lassen. In jeder Großstadt leben zehnmal mehr Mäuse als Menschen. Ein Großraumbüro, ein Museum oder gar eine Lagerhalle zuverlässig von Mäusen freizuhalten ist praktisch unmöglich. Da die Empfindlichkeit eines Bewegungsmelders nur innerhalb bestimmter Grenzen einstellbar ist und sich mit Temperatur, Luftfeuchtigkeit, Luftdruck und so weiter ändert, kommt es nicht selten vor, dass ein kleines Tier, das quer über den Boden rennt, Alarm auslöst. (Wenn allerdings eine Stubenfliege, eine verirrte Hummel oder gar eine Spinne Alarm auslösen, hat derjenige, der die Sensoren einstellt, tatsächlich Mist gebaut.)

Mit anderen Worten: Sicherheitskräfte, die solchen Alarmen nachgehen müssen, sind daran gewöhnt, dass mit Bewegungsmeldern ausgestattete Systeme häufig Fehlalarme auslösen.

Das kann man ausnützen, um das System zu schlagen. Ein Beispiel aus der Praxis: Man gehe während der regulären Öffnungszeiten in das fragliche Gebäude – notfalls »verirrt« man sich und dankt den Wachleuten, die einen hinausbegleiten, für die Hilfe – und verstecke bei der Gelegenheit ein kleines, fernsteuerbares Spielzeugauto unter einem Büroschrank. In den folgenden Nächten postiere man sich mit der zugehörigen Fernsteuerung in der Umgebung des Gebäudes und lasse das Auto ab und zu herausfahren, bis Alarm ausgelöst wird, und lenke es dann wieder zurück in sein Versteck. (Da man das Spielzeug meist von draußen nicht sehen kann, muss man es allerdings blind steuern, was schwierig ist und viel Übung erfordert.) Spätestens nach einer Woche – vor allem, wenn man das Auftreten des Alarms an irgendwelche auffallenden äußeren Ereignisse koppeln kann, an vorüberdonnernde Züge, startende Flugzeuge oder dergleichen – kommt der Sicherheitsdienst zu der Überzeugung, dass etwas mit den Sensoren nicht stimmt, schaltet sie ab und informiert den Servicetechniker. Außerdem wird er sich vornehmen, den Rest der Nacht besonders gut aufzupassen, diesen Vorsatz nach etwa einer Stunde vergessen – und der Weg ist frei.

Das hätte auch hier funktionieren können. Nur hatte ich keine Woche mehr Zeit.

Es gibt noch andere Methoden, auf die ich an dieser Stelle lieber nicht eingehen möchte. Es sei nur so viel gesagt, dass sie in meiner Situation ebenfalls nicht anwendbar gewesen wären.

Zum Glück war ich auch nicht auf sie angewiesen.

Alles, was ich zu tun brauchte, war, mein Mobiltelefon zu zücken, Dimitris Nummer zu wählen und zu sagen: »Ich bin jetzt so weit.«

Ich hatte die Abbildung auf dem Bildschirm des Computers bestimmt fünf Minuten lang angestarrt, und Dimitri hatte mich schweigend dabei beobachtet. Währenddessen hatten die Umrisse eines wahrhaft tollkühnen Plans Gestalt angenommen.

»Ich könnte übers Dach kommen. Ich könnte mich von oben abseilen und im ersten Stock reingehen«, sagte ich und deutete auf die entsprechende Stelle des Grundrisses. »Hier. Im

Konferenzraum. Dem Grundriss nach muss das Eckzimmer daneben das Büro des Stiftungsvorsitzenden sein. Siehst du? Das hier ist das Vorzimmer mit seiner Sekretärin. Der kleine Raum am Ende des Ganges ist eine Teeküche, ein Kopierraum oder so was in der Art. Ganz typische Konstellation; kann gar nicht anders sein.«

»Mmmh«, meinte Dimitri nur.

»Also, ich breche mit Schwung durch das Fenster, durchquere den Raum, öffne den Durchgang zum Chefbüro: alles in allem höchstens dreißig Sekunden. Der Weg zurück zum Seil sind zehn Sekunden, dann an der Wand hoch bis aufs Dach: Sagen wir, fünfzig Sekunden. Insgesamt also anderthalb Minuten.« Ich zückte mein Notizbuch und blätterte. »Unten am Eingang stand der Name der Sicherheitsfirma auf einem der Schilder. Hier, *SECURITAS*. Wo deren nächste Wachstation ist, sollte sich herausfinden lassen. Dann kann ich abschätzen, wie lange es dauert, bis sie da sind. Sie müssen aufschließen und so weiter, aber das lasse ich unberücksichtigt, das ist mein Puffer. Angenommen, sie brauchen fünf Minuten, dann bleiben mir dreieinhalb Minuten im Büro. Dreieinhalb Minuten, das kann eine lange Zeit sein...«

»Gunnar!«, ächzte Dimitri. »Du bist wahnsinnig.«

Ich sah ihn an und hatte das Gefühl, dass er damit verdammt Recht hatte. »Hast du eine bessere Idee?«

»*Jede* Idee ist besser als das, was du da gerade redest.«

»Ich bin ganz Ohr.«

Dimitri schüttelte seufzend den Kopf. »Warum *fragst* du mich nicht einfach? Zufällig habe ich nämlich nicht bloß eine Idee, sondern eine Lösung.« Er verscheuchte mich von seinem Computer und rief irgendwelche Programme auf, die mir nichts sagten. »*SECURITAS*. Die haben 1998 ihr Computersystem checken lassen, ob es Jahr-2000-sicher ist. Damals gab es einen enormen Mangel an Fachkräften, also hat die Softwarefirma, die das gemacht hat, auf externe Kräfte zurückgegriffen. Genauer gesagt, auf mich.«

Ich merkte, dass mein Unterkiefer Anstalten machte, haltlos herunterzuklappen. »Ist nicht wahr.«

Dimitri grinste. »Das war *die* Gelegenheit! Alle hatten Angst, dass ihre Computer am 1. Januar 2000 den Geist aufgeben. Die IT-Firmen waren bis über den Kopf ausgebucht mit Aufträgen. Die haben Programmierer aus den Altersheimen geholt, kannst du dir das vorstellen? Ich konnte mir aussuchen, für wen ich arbeiten will. Und dass ich so was ausnütze und mich auf strategisch interessante Firmen spezialisiere, kannst du dir denken.« Das Logo der Firma, das ich auch auf dem Schild gesehen hatte – ein schwarzes Rechteck mit dem Schriftzug und drei roten Punkten darunter –, erschien auf dem Schirm. »Und wie ich das nun mal gerne mache, habe ich mir bei dieser Gelegenheit immer kleine, private Hintereingänge eingebaut. Für alle Fälle.«

»Ich ... weiß nicht, was ich sagen soll«, bekannte ich.

Dimitris Finger flogen über die Tasten. Er ist der schnellste Tipper, der mir je im Leben begegnet ist. »Du könntest meine Genialität preisen, beispielsweise. Du könntest die Daumen drücken, dass der Zugang noch funktioniert ... ah, nicht mehr nötig. Ich bin drin, siehst du? Jetzt noch ein Mausklick, und alle Alarme aus der Nobelstiftung laufen ins Leere.«

KAPITEL 43

Keine Namen!«, quengelte Dimitris Stimme aus dem Hörer. Er war, was Telefone und mögliche Lauscher anbelangte, womöglich noch paranoider als ich.

»Habe ich einen Namen gesagt?«, flüsterte ich zurück. Ich hatte den Rucksack vor mir abgesetzt und die obere Klappe geöffnet. Vor mir lag der batteriebetriebene Handbohrer und das teure elektronische Entschlüsselungsgerät, das man in Schweden legal besitzen, kaufen und verkaufen, aber nicht benutzen durfte.

»Nein. Aber du bist offensichtlich verrückt, also warne ich lieber einmal zu oft.«

»Danke. Also, was ist? Kann ich an die Arbeit?« Das Codeschloss stammte meiner Einschätzung nach entweder von der Firma *WST – Wang Security Technologies,* ansässig in Los Angeles und einer der größten Lieferanten für Gefängnisschließsysteme – oder, was wahrscheinlicher war, von *muTronic,* einem holländisch-deutschen Hersteller hochwertiger Sicherheitsanlagen, die mir schon öfter das Leben schwer gemacht hatten. Um beiden Möglichkeiten gerecht zu werden, würde ich zunächst an der linken Seite, etwas oberhalb der Taste 7, ein Loch bohren und mit Hilfe eines kleinen Hakens nach einem bestimmten vieladrigen Kabel fischen. Mit dem würde sich dann das Entschlüsselungsgerät auf illegale Weise befassen.

»Moment, warte...«, kam es aus dem Äther. Sekunden verstrichen in zähem Schweigen. »Okay. Ich bin drin. Und jetzt sollte der Alarm auf stumm geschaltet sein.«

»Danke«, sagte ich und wollte schon abschalten, doch Dimitri rief: »Warte! Ich habe noch etwas für dich.«

»Ja?«

»Die haben das System erweitert. Es gibt jetzt ein Feld namens *Aktueller Zugangscode*. Willst du den mal ausprobieren, ehe du Sachbeschädigung begehst?«

»Her damit.« Er schien davon auszugehen, dass ich Lust und Zeit zu endloser Telefonplauderei hatte.

»Der Code lautet 5-2-3-8 und dann die Raute.«

Ich drückte die entsprechenden Tasten. Nichts geschah. Wäre ja auch zu schön gewesen. »Negativ«, sagte ich. »Der gilt sicher nur für das Codekartenschloss vorne am Haupteingang. Ohne die Karte nützt mir das aber –«

»Halt, ich sehe grade, die letzte Ziffer ist gar keine Acht. Die haben bloß eine seltsame Schrifttype verwendet. Das ist eine Null. Probier noch mal. 5-2-3-0, Raute.«

Ich probierte es noch einmal, und …

»Bingo«, sagte ich. Mit einem dezenten Klicken war die Tür aufgesprungen. Angenehme Wärme kam mir entgegen. »Du bist ein Genie.«

»Wissen wir doch. Ich wünsche noch viel Spaß und eine ruhige Nacht!« Damit schaltete er ab.

Ich schaltete mein Telefon auch aus und verstaute es in meiner Jacke. Behutsam schob ich die Glastür ein Stück weiter auf. Ich wischte die Unterseite meines Rucksacks mit einem Tuch ab und stellte ihn innen auf den Boden. Dann schlüpfte ich aus meinen Schuhen, trat ebenfalls auf den kühlen Steinboden, zog eine Plastiktüte hervor, wickelte die Schuhe darin ein und verstaute sie anschließend im Rucksack. Unnötig, Spuren zu hinterlassen, wenn es mir so glücklich gelungen war, spurlos einzudringen.

Ich vergewisserte mich, dass sich die Tür von innen problemlos öffnen ließ, und drückte sie zu.

Das ist der Moment, in dem man erst einmal stehen bleiben und mit allen Sinnen in die Dunkelheit lauschen sollte.

Ein paar Sekunden genügen, um ein Gespür für das Gebäude zu bekommen, seine Mauern, die Räume, die sie umschließen, die Atmosphäre darin, für mögliche Gefahren. Alle Sinne aufs Äußerste angespannt, ein Raubtier in feindlicher Umgebung: So muss man die ersten Schritte tun.

Am Ende des Ganges konnte ich es mir nicht verkneifen, die Büste mit der Taschenlampe kurz anzuleuchten. Alfred Bernhard Nobel sah leidend drein, beinahe erschrocken. Ich schaltete das Licht wieder aus, ehe meine Augen sich zu sehr daran gewöhnten, und wandte mich nach links.

Ein schmiedeeisernes Gitter, verschlossen. Zwei Minuten Arbeit mit den Picks, dann konnte ich es behutsam beiseite schieben. Ich öffnete es vollständig und ließ es so: ein bewährter Kniff. Falls wider Erwarten doch jemand hereinkam, würde er höchstens denken, dass der Letzte, der das Haus verlassen hatte, einfach vergessen hatte, auch das Gitter abzuschließen. Ein halb offen stehendes Gitter oder eines, das unverschlossen angelehnt war, würde dagegen Argwohn wecken. Es gibt Situationen, in denen dieser kleine Unterschied entscheidend sein kann.

Die Treppe hinauf, eine weitere Tür, dahinter der Flur des altehrwürdigen Büros. Es roch nach Zigarrenrauch, und der Erste am Morgen würde zweifellos erst einmal kräftig lüften müssen. Ich leuchtete die Wände ab, das vordere Ende der Taschenlampe mit meinen behandschuhten Fingern so umschließend, dass nur ein bleistiftdünner Strahl herausdrang. Massenhaft gerahmte Fotos, alte Stiche, Bleistiftzeichnungen hinter Glas. Entlang der Wände standen neoklassizistische Möbel in dunklen Holztönen; Wandtische und Stühle, die ich als Laie dem gustavianischen Stil zugeordnet hätte. Alles war so penibel aufgeräumt und sauber wie ein Museum.

Ich ging den Flur entlang, der geradeaus in den quer dazu verlaufenden Gang des Vordergebäudes mündete, und dort nach links. Die Schilder an den Türen bestätigten meine Einschätzung des Grundrisses. Das Schloss an der Tür zum Büro des *Executive Director* hielt mich fast zwanzig Minuten lang auf, dann war ich endlich drin im Allerheiligsten.

Doch die Durchsuchung des Schreibtisches und der Akten ergab nichts, das in irgendeiner Weise verdächtig gewesen wäre. Die meisten Papiere beschäftigten sich mit Details der Investition des Stiftungskapitals, der Rest betraf die Unterbringung der Laureaten im Grand Hotel: Dienstpläne und Ausweise für die dortigen Sicherheitsleute, Hotelrechnungen, eine Liste mit Datum, Uhrzeit und Flugnummern der Rückflüge und dergleichen mehr. Nichts, was nicht in den Zusammenhang gepasst hätte. Nicht der geringste Hinweis, dass die Stiftung in irgendeiner Form in Kristinas Entführung verwickelt war.

Eine Weile saß ich reglos im Dunkeln und fragte mich, ob Dimitri Recht hatte und ich tatsächlich verrückt war. Was hatte mich hierher getrieben? Im Grunde hatte ich nie ernsthaft damit rechnen können, hier irgendeine Spur zu finden. Denn wenn die Stiftung an der Verschwörung beteiligt gewesen wäre, hätte es keinen Grund für Kristinas Entführung gegeben.

Nein. Die Nobelstiftung war genauso ein Opfer jener, die das alles geplant und durchgeführt hatten. Das hätte ich von Anfang an wissen können.

Was also hatte mich hierher gezogen? Mein Instinkt schwieg. Ich stand auf, kehrte zu der Vitrine zurück, in der die Urkunden und die Schatullen mit den Medaillen lagen. Ich stellte die Taschenlampe auf die Oberseite der Vitrine, holte eine der schweren, ledernen Mappen heraus und schlug sie auf. Es war einer der Nobelpreise in Physik, den sich dieses Jahr zwei Wissenschaftler teilten, einer aus den USA und einer aus Japan. Dies war die für den Japaner bestimmte Urkunde, groß, von einem Kalligraphen farbenprächtig gestaltet, mit dem Nobelsiegel und zwei Unterschriften versehen. Noch drei Tage, bis er diese Mappe aus der Hand des Königs entgegennehmen würde.

Ich legte sie zurück und öffnete eine der großen, dunkelroten Schatullen. Die goldene Medaille darin zeigte Alfred Nobel im Profil sowie sein Geburts- und sein Sterbejahr in römischen Zahlen. Das war er also, der Heilige Gral der Wissenschaften. Kein Stäubchen und kein Fingerabdruck verunzierte das blank polierte Bild.

Ich nahm die Medaille heraus, was mit Handschuhen nicht gerade einfach ist, und drehte sie um. Die Rückseite zeigte eine Frauengestalt mit einem Buch auf dem Schoß, die in einer Schale Wasser aus einer Quelle sammelte, wohl um den Durst eines kranken Mädchens zu stillen, das sie im anderen Arm hielt. Die Inschrift entlang des Randes lautete *Inventas vitam juvat excoluisse per artes*. Latein gehört nicht zu den Sprachen, die man in meinem Beruf braucht, aber Hans-Olof hatte nicht versäumt, mir zu erklären, dass das ein Zitat aus der *Aeneis* Vergils ist, das wörtlich übersetzt heißt: »Erfindungen verbessern das Leben, das durch die Künste verschönert wird.«

Auf einer kleinen flachen Stelle am unteren Rand war ein Name eingraviert. Ich drehte die schwere, große Scheibe aus nahezu reinem Gold im Licht der Taschenlampe, um ihn entziffern zu können, und hätte sie beinahe vor Überraschung fallen lassen, als ich den Namen *Sofía Hernández Cruz* las. Ich hielt die Medaille in der Hand, die für *sie* bestimmt war!

Was für ein Zufall. Ich starrte die kleinen Buchstaben an, die fast nicht genug Platz hatten, und konnte es kaum glauben, obwohl der Zufall so groß nun auch wieder nicht war.

Ein Gedanke kam mir. *Was, wenn ich die Medaille stahl?* Was würde geschehen?

Nichts. Wahrscheinlich lagen Medaillen in Reserve, und ein Name war schnell eingraviert. Selbst wenn nicht, würde man ihr die Medaille einfach später zukommen lassen – so, wie man es bei der ersten Preisverleihung 1901 gemacht hatte, weil die Medaillen damals nicht rechtzeitig fertig geworden waren. Ich legte die schwere Goldscheibe zurück an ihren Platz und stellte die Schatulle weg.

Nein, das war es auch nicht, was mich hierher gelockt hatte.

Einem Impuls folgend, öffnete ich die Tür, die vom Büro des Stiftungsvorsitzenden in den daneben liegenden Konferenzraum führte. Von der Innenseite war dazu nur eine Verriegelung zu lösen. Ich trat hindurch und machte Licht. Möglich, dass mich jetzt jemand von draußen sah und sich wunderte, aber das war mir egal. Ich musste ihn mir noch einmal genau anschauen, diesen Alfred Nobel, dessen Vermächtnis Anlass für all dies hier war.

In diesem Raum war er allgegenwärtig. Ein Porträt hing neben der Tür zum Flur, ein weiteres, größeres über dem Kamin. Alles, was ich jemals über diesen Mann gehört hatte, kam mir wieder in den Sinn – und wenn man ein Mitglied eines Nobelkomitees zum Schwager hat, bleibt es nicht aus, dass man *eine Menge* über Alfred Nobel hört. In dieser Nacht und an diesem Ort schien es auf einmal eine Geschichte von mythischer Wucht zu sein, eine Sage, wie sie die alten Griechen nicht merkwürdiger hätten erfinden können.

Ausgerechnet mit Sprengstoff hatte er sein immenses Vermögen gemacht! Nobel hatte nach Experimenten mit Nitroglycerin, bei denen sein jüngerer Bruder ums Leben gekommen war, schließlich das Dynamit erfunden, den ersten sicher zu handhabenden Sprengstoff, ohne den die großen Bauvorhaben seiner Zeit nicht möglich gewesen wären. Er hatte an Tunnelbohrungen verdient, am Bau von Überlandstraßen und Eisenbahnlinien, für die Felsen und Bergrücken zu durchbrechen waren – aber natürlich auch an Kriegen und an der Produktion von Waffen. Er war ein Erfinder gewesen und ein cleverer Geschäftsmann, doch er hatte sein Leben einsam verbracht, hatte nie geheiratet, keine Familie gegründet, keine Kinder gezeugt, und einsam war er auch gestorben. Am 10. Dezember 1896, jenem Tag, der heute *Nobeltag* heißt. Etwa ein Jahr zuvor hatte er das letzte, entscheidende Testament aufgesetzt, in dem er seine Verwandtschaft quasi enterbte und stattdessen jenen Preis begründete, der heute unauslöschlich mit seinem Namen verknüpft ist.

Der Konferenztisch in der Mitte schimmerte rötlich. Ich versuchte, mir vorzustellen, was für Gespräche hier stattgefunden haben mochten. Wann war an diesem Tisch der Name *Sofía Hernández Cruz* das erste Mal erwähnt worden? Die Nobelstiftung organisierte nur die Verleihungszeremonie und stellte das Geld für die Prämien zur Verfügung; mit der Wahl der Preisträger selbst hatte sie nichts zu tun. Wahrscheinlich war dieser Name erst nach der Wahl gefallen und ohne dass jemand ahnte, dass skrupellose Geschäftemacher dabei ihre Finger im Spiel gehabt hatten.

Noch zwei weitere Porträts hingen über einer Glasvitrine, in der einige Gerätschaften Nobels und ein Faksimile seines Testaments ausgestellt waren. Das eine zeigte Bertha von Suttner, eine österreichische Friedensaktivistin, mit der er jahrzehntelang in Briefkontakt gestanden hatte und ohne deren Einfluss ihm der Gedanke, einen Preis für den Frieden zu stiften, vielleicht gar nicht gekommen wäre. Das andere stellte Ragnar Sohlman dar, den von Nobel bestimmten Testamentsvollstrecker, dem die Institution Nobelpreis ihre Existenz nicht weniger verdankt als dem Vermächtnis des Stifters selbst. Sohlman war es gewesen, der die Verwandten Nobels davon abbrachte, dessen Testament anzufechten – was sie mit einiger Aussicht auf Erfolg hätten tun können, denn sie hatten die Rechtslage auf ihrer Seite gehabt.

Hier stand ich also, sozusagen im Angesicht dreier Menschen mit hohen Idealen, und wusste nicht mehr weiter. Beseelt von dem Wunsch, ihren Mitmenschen zu helfen, hatten sie sich dafür eingesetzt, die Welt zu verbessern, sie zu einem lebenswerteren Ort zu machen. Das Wohl der anderen hatte für sie so viel gezählt wie ihr eigenes.

Doch wie hatte man es ihnen gedankt? Ich ging vor der Vitrine in die Knie, las das Testament in der Handschrift Nobels. *Das Kapital soll einen Fonds bilden, dessen jährliche Zinsen als Preise denen zuerteilt werden, die im verflossenen Jahr der Menschheit den größten Nutzen gebracht haben.* Ich überflog die Zeilen, in denen die Kategorien festgelegt wurden – Physik, Chemie, Medizin, Literatur und Frieden. Der Abschnitt endete mit jenem Satz, der zu Nobels Zeit ungeheuerlich gewesen war: *Es ist mein ausdrücklicher Wille, dass bei der Preisverleihung keine Rücksicht auf die Zugehörigkeit zu irgendeiner Nation genommen wird, sodass der Würdigste den Preis erhält, ob er nun Skandinavier ist oder nicht.*

Einen Vaterlandsverräter hatte man Nobel dafür geschimpft.

Ich spürte ein Beben in mir, ein Zittern, das aus namenlosen Tiefen in mir aufstieg, und es gab nichts, das es dort unten hätte halten können. Ich musste mich setzen, ließ mich einfach auf den Boden sinken. Was war das, um Himmels willen, was war das?

Tränen. Ich hörte mich auf einmal schluchzen und begriff erst nicht, dass ich das selber war. Mein Blickfeld verschwamm, feucht lief es über meine Wangen, und ein uralter Schmerz schien mir das Herz zu zerreißen. Ich weinte um meine Eltern, die ich nie gekannt hatte. Ich weinte um Inga, die mich so plötzlich und viel zu früh verlassen hatte. Ich weinte um Kristina, die nichts mehr von mir hatte wissen wollen. Ich weinte um mich selbst, und ich weinte um Alfred Nobel, den Mann, der sein Leben lang traurig und einsam gewesen war und schließlich all das, was er niemandem hatte geben dürfen, der Menschheit insgesamt dargebracht hatte in einem der großartigsten Vermächtnisse aller Zeiten.

Einer Menschheit, die es ihm schlecht dankte. Einer verdorbenen, rücksichtslosen, gewalttätigen Bande von Zweifüßern, die vor nichts zurückschreckten, auch nicht davor, Nobels Andenken in den Dreck zu trampeln, wenn es nur ihren Zwecken diente.

Die positiven Kräfte hatten tapfer gekämpft, doch sie waren zu schwach gewesen. Das Böse hatte gesiegt. Die Welt war in den Händen Satans.

Es klingt absurd, und es kommt mir eigentümlich vor, es hinzuschreiben, aber ich glaube wirklich, ich musste in die Nobelstiftung einbrechen, um dort zu weinen.

Ich weiß nicht, wie lange ich da auf dem Boden gesessen

habe. In meiner Erinnerung ist es eine Zeitspanne, die genauso gut Minuten wie Stunden gedauert haben könnte. Ich weiß nur, dass es irgendwann vorbei war und dass ich mich danach innerlich völlig leer fühlte. Gereinigt, aber zugleich zerbrechlich. In dem Moment, in dem ich aufstand, hatte ich aufgegeben zu kämpfen. Ich würde Kristina nicht wiedersehen. Sie würde sterben, Hans-Olof würde sterben, und auch ich würde sterben, und dann hatte aller Schmerz ein Ende.

Im Aufstehen streifte mein Blick das Porträt Ragnar Sohlmans, des eigentlichen Begründers der Stiftung, und dabei fiel mir ein, dass der gegenwärtige Stiftungsvorsitzende Michael Sohlman hieß und sein Enkel war. Wie vorbeiziehende Nebelschwaden passierte der Gedanke meinen Kopf, ihm einen Brief zu schreiben. Ich kannte ihn nicht, hatte nur von ihm gehört, und sein Name stand auf dem Türschild. In einer anderen Verfassung als der, in der ich war, hätte es mich interessiert, wie der für das Erbe und Andenken Alfred Nobels Verantwortliche reagiert hätte, wenn er morgen früh sein Büro aufgeschlossen und mitten auf seinem Schreibtisch einen Brief von einem Unbekannten vorgefunden hätte, der den größten Skandal in der Geschichte des Preises schilderte. Hätte er es vertuscht? Oder wäre er damit an die Öffentlichkeit getreten?

Aber wenn, mit welchen Folgen? Wie hätte der Filz reagiert, die Reichen, die Clique der Strippenzieher, die heimlichen Machthaber der Gesellschaft?

Es würde Kristina nicht retten. Nichts, was ich tun konnte, würde sie noch retten. Also ließ ich es bleiben.

In der Rückschau glaube ich jedoch, dass in jenem Moment – ohne dass ich mir dessen bewusst gewesen wäre – die Idee keimte zu dem, was ich später tatsächlich unternahm.

Ich verließ das Gebäude der Nobelstiftung kurz nach drei Uhr nachts auf demselben Weg, auf dem ich es betreten hatte und, wie ich hoffte, ohne Spuren hinterlassen zu haben. Am Stureplan erwischte ich einen Nachtbus der Linie 96, der Richtung Odenplan fuhr, stieg an der *Stadsbiblioteket* aus und musste über eine halbe Stunde in der Kälte auf den Anschluss warten, einen Bus der Linie 595, der mich nach Sundbyberg brachte. Als ich Birgittas Wohnung erreichte, kam ich mir vor wie Tiefkühlfleisch. Sie schreckte auf, als ich zu ihr ins Bett kroch, schmiegte sich schlaftrunken an mich, doch dann spürte sie wohl die Kälte, jedenfalls zuckte sie zusammen, rutschte von mir weg und rollte sich ein wie ein Embryo. Ich ließ sie in Ruhe, drehte mich auf die andere Seite und schlief ein.

KAPITEL 44

Beim Erwachen stellte ich mit nicht geringer Verwunderung fest, dass Birgitta es geschafft hatte, aufzustehen, ohne mich zu wecken. Das hatte noch nie jemand fertiggebracht; ich schlafe normalerweise leicht wie ein Vogel und wache beim kleinsten Anlass auf, der irgendwie beunruhigend sein könnte. Das Schicksal eines misstrauischen Mannes, nehme ich an.

Aber das Bett neben mir war leer, und die dunklen, blutroten Ziffern des Weckers zeigten kurz vor zehn Uhr. Vielleicht wurde ich alt. Ich wuchtete mich hoch, schlurfte ins Bad, spritzte ein wenig mit Wasser umher und ging weiter in die Küche.

Heute war nicht gedeckt; nur Birgittas gebrauchtes Geschirr stand auf dem Tisch. Kaffee war noch da, aber nicht in der Thermoskanne, sondern im Glaskrug der kleinen Kaffeemaschine. Die wiederum war ausgeschaltet, und der Kaffee kalt. Auch Kuchen war keiner mehr da; wie es aussah, hatte sie die letzten Reste zum Frühstück gegessen.

Ich sah mich um, suchte nach einem Zettel, einer Notiz, nach irgendwas, aber da war nichts. Es schien ganz so, als habe sie völlig vergessen, dass ich da war.

Eigenartig. Ich machte ein paar Schranktüren auf und zu, fand löslichen Kaffee und altes Knäckebrot, das sich schon fast biegen ließ, dazu ein Glas Multbeermarmelade, die so typisch für Schweden sein soll und die ich trotzdem nicht besonders mag. Aber gut, ein Frühstück war es allemal. Ich setzte Wasser für einen Kaffee auf, räumte Birgittas Geschirr in die Spüle, deckte neu auf und fischte die aktuelle Zeitung aus der Ablage, während ich darauf wartete, dass der Kessel kochte. Es war nichts Besonderes los da draußen, soweit flüchtiges Durchblättern das erkennen ließ. Ein Sonderteil berichtete über die Nobelvorlesungen am Sonntagabend, zitierte aus den Vorträgen, natürlich auch aus dem von Sofía Hernández Cruz. Die war sogar abgebildet, eine hagere Gestalt von professoraler Würde hinter dem weißen Rednerpult. Machte was her, die Frau.

Das Wasser kochte, der Kaffee bildete Klumpen, die Milch im Kühlschrank war am Umkippen. Na ja. Der erste Schluck schmeckte nicht nur scheußlich, er verbrannte mir auch die Zunge. Ich beschloss, mich in Geduld zu üben, holte mein Mobiltelefon und rief Hans-Olof an.

»Du!«, ächzte der bloß anstatt einer Begrüßung.

Irgendwie waren heute alle besonders nett zu mir. Ich fragte, ob er etwas von Kristina gehört habe.

»Nein«, sagte er knapp. »Nichts. Absolute Funkstille. Genau, wie sie es gesagt haben.«

»Und sonst?«

»Auch nichts.«

Ich überlegte, ob ich ihm von meiner Besichtigungstour zu später Stunde erzählen sollte, aber er fragte nicht nach, und so beschloss ich, dass ich es ihm nicht auf die Nase binden musste. »Wir sollten uns allmählich Sicherheitsmaßnahmen für dich überlegen«, meinte ich.

Einen Moment lang herrschte Schweigen. »Was?«, kam dann. »Was für Sicherheitsmaßnahmen?«

»Ich habe mir gedacht, am besten tauchst du einfach erst mal unter. Ich behalte das Haus und so weiter im Blick und versuche herauszufinden, wie hartnäckig die sind. Im schlimmsten Fall müssen wir dich außer Landes schaffen. Ich habe für beides Kontakte, aber ich muss erst überprüfen, was die noch wert sind.«

»Vergiss es«, schnaubte er. »Ich gehe nirgends hin.«

Oha! Was war das denn?« »Sobald die Nobelfeier gelaufen ist, bist du Freiwild«, sagte ich. »Ist dir das klar?«

»Ach was. Ist mir scheißegal.«

Offenbar war er am absoluten Tiefpunkt angelangt. Ich sah aus dem Fenster, in einen graublauen Montagmorgen unter pergamentenem Himmel, und hatte auf einmal das Gefühl, dass es meine Pflicht war, meinem wenig geliebten Schwager Hoffnung zu machen, auch wenn ich selbst keine hatte. »Es ist noch nicht alles verloren«, sagte ich also und erzählte ihm, dass ich Dimitri aufgespürt hatte und dass er dabei sei, die Diskette zu entschlüsseln. »Es muss einen Grund geben, dass die Datei so aufwändig verschlüsselt ist. Und dass Hungerbühl sie in einem Tresor aufbewahrt hat.«

Ich hörte Hans-Olof eine Weile atmen. »Wer ist Dimitri?«, wollte er dann wissen.

Ich schilderte ihm Dimitri Kurjakow in den leuchtendsten Farben. Ein Computerhacker von Gottes Gnaden, ein Mann mit magischen Händen und dem überragenden Intellekt russischer Mathematiker, jemand, der jedes Computersystem in die Knie zu zwingen imstande war. War es nicht geradezu ein Gütesiegel, dass die Polizei Russlands, der USA und noch eines halben Dutzends weiterer Länder ihn steckbrieflich suchte? Nicht nur das, selbst die schwedische Ausländerpolizei, die ja bestimmt nicht leicht in Bewegung zu setzen war, fahndete nach ihm und schien sogar gewillt, ihn auszuliefern.

»Und du hast ihn gefunden? Obwohl er untergetaucht war?« Hans-Olof klang skeptisch. Ich verstand, warum: Er fragte sich, was es brachte, unterzutauchen, wenn man anscheinend trotzdem leicht aufgestöbert werden konnte.

»Ich hatte Kontaktadressen, und ich kenne ihn ziemlich gut«, sagte ich also rasch. »Anders wäre es unmöglich gewesen.« Das war ein bisschen übertrieben. Tatsächlich neigte Dimitri – abgesehen von seiner Telefon-Paranoia – dazu, verheerend unvorsichtig zu sein. Aber ich hatte das Gefühl, dass es nicht schaden konnte, ein bisschen zu übertreiben.

Hans-Olof klang dennoch nicht überzeugt. »Ich weiß nicht. Vielleicht hat die Diskette mit Kristinas Entführung gar nichts zu tun.«

»Das werden wir wissen, sobald Dimitri sie entschlüsselt hat.«

»Hmm«, meinte Hans-Olof.

Das schien ihn alles nicht besonders aufzubauen. Was konnte ich ihm noch sagen, das ihn davor bewahren würde, durchzudrehen? »Wenn du nicht abtauchen willst«, erklärte ich, »dann werde ich dir am Mittwoch Gesellschaft leisten.«

»Gesellschaft? Bei was?«

»Vor dem Fernseher. Wenn die Nobelfeier übertragen wird. Und danach neben dem Telefon.«

»Ach so.« Hans-Olof klang müde. »Okay. Von mir aus.« Er zögerte. »Lass uns jetzt Schluss machen. Ich erwarte jeden Moment einen Doktoranden. Ich glaube, ich höre ihn schon auf dem Gang.«

»Alles klar«, meinte ich. Immerhin schien er nicht mit der Schnapsflasche in der Gosse zu sitzen. »Ich melde mich, sobald ich was Neues weiß.«

»Ja, tu das.« Damit unterbrach er die Verbindung.

Der Kaffee hatte inzwischen Trinktemperatur erlangt, schmeckte aber immer noch nicht gut. Während ich die alten Knäckebrote kaute, las ich den Bericht über den Vortrag der künftigen Nobelpreisträgerin in Medizin.

Immerhin war interessant, einmal ihre ganze Geschichte zu erfahren. Die Sex-Experimente in Alicante waren gar nicht so entscheidend gewesen, nur aufsehenerregend. Forschungen über die Wirkungsmechanismen von Narkosemitteln hatten in der Tat am Anfang gestanden, doch relativ bald schon hatte Sofía Hernández Cruz angefangen, sich ihre berühmte Frage zu stellen: Was ist das eigentlich, was all die verschiedenartigen Mittel dämpfen, regulieren, ausschalten – was ist diese *Wachheit?*

Zunächst ist Wachheit nicht dasselbe wie Bewusstsein. Denn

wir träumen, und dabei sind wir nicht wach, aber wir sind sehr wohl bei Bewusstsein, wenngleich in einem anderen Zustand desselben. Doch auch wenn wir wach sind, sind wir es in unterschiedlichem Maße.

Schmerzen machen uns weniger wach, hatte sie in ihrem Vortrag gesagt. *Sexuelle Erregung macht uns weniger wach. Selbst Erinnerungen machen uns weniger wach. Alles, was unser Gehirn dazu zwingt, Impulse aus unserem eigenen Inneren zu verarbeiten, vermindert den Grad unserer Wachheit.*

Ich schaute angewidert auf das Gebräu in der Tasse, das mich wach machen sollte. Die Milch schien doch auszuflocken. Ich stand auf und schüttete alles weg. Müdigkeit. Sie hatte Müdigkeit vergessen, die kluge Frau. Was den Grad unserer Wachheit vor allem anderen verminderte, war schlicht und einfach Müdigkeit.

In Basel (man stelle sich vor: in *Basel!*) hatte sie indische Yogis vor ihre Tomografen gesetzt, hatte die Vorgänge in ihren Gehirnen fotografiert, während sich jene bei vollem Bewusstsein lange Nadeln durch Zungen, Backen, Oberarme und andere Körperteile stachen. Diese Muster hatte sie mit den Mustern in den Gehirnen normaler Menschen verglichen, solchen in den vier verschiedenen Stadien der Narkose nach Guedel – die, wie dem geneigten Leser erklärt wurde, *Analgesie*, *Excitation*, *Toleranz* und *Asphyxie* genannt werden –, aber auch hellwachen, aufgeregten, gelangweilten, schläfrigen, Karten spielenden, grübelnden, sich amüsierenden Menschen und so weiter, darunter eben auch jene Versuchspersonen, die durch unvermittelte Einblicke in sexuelle Erregung versetzt worden waren. Das hatte sie zu allerhand Schlussfolgerungen über die Natur von Wachheit und ihrer Beziehung zum Phänomen des Bewusstseins geführt, die der Verfasser des Artikels übersprang, um mit einem Zitat zu schließen, das für ihn wohl die Quintessenz des Ganzen darstellte: *Wahrhaft wach sind wir in dem Moment, in dem unser Geist still und unbewegt ist und imstande, die Welt um uns herum ohne selbstgeschaffene Verzerrungen ab-*

zubilden. *Das uralte Zen-Wort vom Geist, der wie ein Spiegel sein soll, findet auf der neuronalen Ebene eine verblüffend genaue Entsprechung.*

Na toll, dachte ich. Ich legte die Zeitung weg. Dann starrte ich träge in den trüben Morgen hinaus und grübelte darüber nach, was ich noch in den voraussichtlich letzten zweieinhalb Tagen meines Lebens unternehmen sollte. Ich kam zu keinem vernünftigen Schluss und merkte nicht, wie derweil die Zeit verrann.

Bis ich plötzlich hörte, wie der Schlüssel ins Schloss gerammt und mit einer harten, zornigen Bewegung umgedreht wurde.

Birgitta!

Meine Reaktion hätte Frau Professor Hernández Cruz zweifellos interessiert: Mit einem Schlag war ich hellwach.

Birgitta war geladen. Man hörte es aus ihren Schritten im Flur, und man sah es in ihrem Gesicht, als sie die Küche betrat. Ich konnte nur nicht ganz nachvollziehen, warum sie mich so hart, so entschlossen, so bitter ansah.

»Hallo«, sagte ich in möglichst ruhigem Ton. »Schule schon aus?«

»Nein«, erwiderte sie. »Nur eine Freistunde.« Sie wuchtete die Ledertasche auf den Tisch, die sie dabeihatte und die schwer zu sein schien, jedenfalls verursachte sie ein schweres, dumpfes Geräusch. Ein Geräusch wie ein niedergehendes Fallbeil. »Gunnar, ich bin vorbeigekommen, um etwas zu regeln.«

Ich sah sie an. Ich war hellwach. Frau Professor Hernández Cruz wäre begeistert gewesen. »Etwas, was mich betrifft, nehme ich an?«

»Ja.« Birgitta schob die Schultern nach vorne, sah mir in die Augen. »Ich möchte nicht mehr, dass du hier wohnst. Bitte pack deine Sachen und geh.«

Ich war, gelinde gesagt, konsterniert. Ich tat, was Männer in solchen Situationen tun: Ich versuchte mich zu erinnern, was ich angestellt haben mochte. »Wieso denn auf einmal?«

Ihr Blick war pures Eis, gefrorene Wut. »Du predigst doch die ganze Zeit, dass die Welt gemein ist, oder? Also gut, soll keiner sagen, ich sei nicht lernfähig. Ich bin ab jetzt auch gemein. Und ich sage: Raus! Verschwinde!«

Sie schrie es fast, und im gleichen Augenblick brach ihre mühsam aufrecht erhaltene Angriffslust auch schon wieder in sich zusammen. Tränen liefen ihre Wangen hinab. »Vielleicht ist es ja tatsächlich so, wie du sagst, und ich verstecke mich bloß in einem Reservat«, schniefte sie und wischte sich mit der Hand die Augen ab. »Von mir aus. Aber dann will ich da auch meine Ruhe haben. Dann verstecke ich mich eben. Gut, ich gebe es zu. Ich kann nicht leben in so einer Welt. Wenn alles nur Heimtücke und Gemeinheit und Verrat und Gewalt ist, dann will ich damit nichts zu tun haben.«

Ich war aufgestanden. Es ist riskant, sich Frauen körperlich zu nähern, die sich in einem solchen Zustand befinden, aber ich versuchte es trotzdem, versuchte sie zu umarmen. Wie nicht anders zu erwarten, entwand sie sich mir. »Nicht! Bitte.«

»Okay«, sagte ich. »Kein Problem. Wenn es dir lieber ist, dann gehe ich.« Ich hatte keine Ahnung, wohin, aber das spielte auch keine Rolle mehr. »Aber warum jetzt auf einmal?«

Sie drehte sich mit einer heftigen Bewegung um, öffnete den Verschluss der Aktentasche, zog einen Stapel Schreibhefte hervor. »Hier. Das habe ich heute bekommen. Die Schwedisch-Aufsätze, die ich noch korrigieren muss. Kristinas Heft ist auch dabei! Großer Gott...« Sie stieß die Hefte zurück und ließ sich auf den Stuhl sinken. »Ich kann das nicht«, murmelte sie, ohne mich anzusehen. »Bitte geh, Gunnar. Geh und lass mir meine friedliche Welt.«

Es war einer dieser Momente, in denen man spürt, dass etwas zu Ende geht, unwiderruflich zerbricht. Ich stand hilflos zwischen Herd und Spüle und sah zu, wie Birgitta mit einer entsetzlich müden Bewegung die Arme über ihrer Aktentasche verschränkte und den Kopf darauf bettete. Ich begriff, dass das keine Laune war, die vergehen würde. Ich hatte ihr wehgetan. Mein Ehrgeiz, sie mit den Realitäten der Welt zu konfrontieren, war falsch gewesen.

Ich ging ins Wohnzimmer, wo noch mein Rucksack stand. Mehr als die Ausrüstung und das, was ich auf dem Leib trug, besaß ich ohnehin nicht mehr. Selbst die Zahnbürste im Bad gehörte Birgitta. Ich nahm meine Habe mit in den Flur, schlüpfte in die schwarze Jacke und zog die Schuhe an.

Sie kam in den Flur, schlurfend, mit verschleiertem Blick, und umarmte mich schweigend. Ich blieb erst reglos stehen, um schließlich ebenfalls die Arme um sie zu legen. »Du fühlst dich so gut an«, murmelte sie in das dicke Futter meiner Jacke.

»Du dich auch«, erwiderte ich leise und hoffte einen Moment lang, dass alles doch nur eine Laune gewesen sein mochte.

Doch sie ließ mich los, trat einen Schritt zurück und schüttelte den Kopf. »Aber es geht nicht. Ich kann so nicht leben.« Sie wich meinem Blick aus, sah nur zu Boden. »Bitte geh. Und komm nicht wieder, okay?«

»Okay«, sagte ich und ging.

Ich kam bei Dimitri unter, der sich beinahe zu freuen schien, mich zu beherbergen. Als wäre es das Allerdringlichste, bereitete er mir, obwohl es erst früher Nachmittag war, sofort ein Nachtlager auf einer Klappliege in seinem Schlafzimmer, das dadurch noch enger wurde, als es ohnehin war. Ich bekam ein dickes Kopfkissen und eine dünne Decke, die er in eine geblümte Bettwäsche hüllte, die ich als in Schweden unverkäuflich eingeschätzt hätte. Ich fragte mich, woher er sie hatte. Ich fragte mich überhaupt, wofür er das ganze Geld ausgab, das er doch zweifellos verdienen mußte, und steuerfrei dazu.

»Schau ins Wohnzimmer, da steht mein ganzes Vermögen«, entgegnete er grinsend auf meine entsprechende Frage. »Solche Computer kannst du nicht im Laden kaufen. Das sind

Hochleistungsmaschinen. Die stecken alles, was es sonst gibt, in die Tasche.«

Auch im Schlafzimmer war es staubig. Auf dem Boden lagen leere Weingummi-Tüten und ein paar Erdnussschalen herum. Nicht viele, gerade genug, damit es ungemütlich wirkte. Auch egal. Noch zwei Tage, dann war ohnehin alles vorbei.

Überhaupt, was hatte ich mir über seine Vermögensverhältnisse den Kopf zu zerbrechen? Ich selber besaß nach der U-Bahn-Fahrt noch knapp dreißig Kronen. In jahrelanger Arbeit hatte ich Hunderttausende verdient, und nun war mir auch nichts mehr geblieben. Das Geld in meinem Zimmer hatte die Polizei sicher längst beschlagnahmt, und herauszufinden, zu welcher Bank und welchem Schließfach der Schlüssel im Nachttisch gehörte, konnte auch kein Problem gewesen sein.

»Siehst du, sie rennen alle noch«, meinte er und schritt die Phalanx seiner Computer voller Besitzerstolz ab. »Hämmern mit voller Wucht gegen die Mauer um deine Datei.«

Ich nickte anerkennend. »Und? Irgendwelche Fortschritte?«

»*Kanjeschno!* Jede Sekunde kennen wir ein paar tausend Kombinationen mehr, mit denen es nicht funktioniert.«

»Und wie lange wird es dauern, *bis* es funktioniert?«

Dimitri zuckte mit den Achseln. »Das kann man bei *brute-force*-Attacken schwer sagen. Im Prinzip kann es jeden Moment so weit sein. Glückssache.«

»Verstehe.« Von meinem Glück erwartete ich allerdings nicht mehr viel.

Er machte uns einen Kaffee, guten diesmal, und wir saßen da und redeten über die alten Zeiten. Das heißt, im Grunde redete Dimitri, der froh zu sein schien, wieder einmal ein Gegenüber zu haben. Ich erfuhr von einer gewissen Mona, mit der er fast ein Jahr zusammen gewesen war. Einundzwanzig war sie gewesen und blond, platinblond, die Haare »so lang«, wie er mit der Hand auf Höhe seiner Lendenwirbel andeutete. Auch den Umfang ihrer Brüste veranschaulichte er mit begeisterten Gesten. Aus einem Grund, über den er sich nicht weiter ausließ, war es aber zu Ende gegangen, ein paar Wochen, bevor er ohnehin hatte untertauchen müssen.

»Kochen konnte sie auch«, seufzte Dimitri schicksalsergeben. »Sogar *Bliny* und *Piroggen* hat sie für mich gemacht, stell dir vor. Ja, es war schon eine schöne Zeit.« Er nickte sinnend vor sich hin, den Blick auf zwei Ikonen gerichtet, die natürlich auch in der Küche nicht fehlen durften. »Weißt du was?«, kam ihm plötzlich die Idee. »Lass uns was kochen. Das Teigzeug kann ich leider nicht, aber wir können einen guten *Borschtsch* machen. Zur Feier des Tages.«

Ehe ich etwas einwenden konnte, zum Beispiel, dass kein Anlass zum Feiern in meinem Leben erkennbar und *Borschtsch* außerdem noch nie mein Fall gewesen war, war er schon am Kühlschrank und inspizierte dessen Inhalt. »Wie immer, nichts im Haus«, konstatierte er nach einem kurzen Blick. »Ich gehe schnell einkaufen. Bin gleich zurück.«

Womm, weg war er. Ich blieb in der Küche sitzen, trank meinen Kaffee aus und behielt die Zeiger der Uhr im Auge. Wenn die Dinge so weiterliefen wie bisher, wurde er wahrscheinlich ausgerechnet hier und heute verhaftet, und dann? Keine Ahnung. Es brachte auch nichts, darüber nachzudenken.

Die Zeit verging, draußen waren die Straßenlaternen wieder an und längst heller als der Himmel, und er war immer noch nicht zurück. Obwohl es bis zum Einkaufszentrum nur fünf Minuten waren. Ich ging ins Wohnzimmer, sah den Computern zu, über deren Bildschirme Kolonnen von Zahlen und Buchstaben rasten, schneller als ein Auge erfassen konnte. Ein beeindruckender Anblick, in der Tat.

Während ich den rasenden Computern zusah, kam mir zum ersten Mal zu Bewusstsein, wie eigenartig diese Situation war. Ich besaß die Information doch schon! Sie war da, befand sich auf der Diskette, die ich gefunden hatte! Und trotzdem konnte ich nichts damit anfangen, weil die Abfolge von Bits und Bytes, von Buchstaben und Zahlen auf undurchschaubare Weise durcheinander gewürfelt worden war. Da war keine

Mauer, kein Gitter, kein Sperrzaun – mit all diesen Dingen wäre ich fertig geworden. Nein, es war ein Rätsel in sich, unlösbar ohne den richtigen Code.

Schließlich kam Dimitri mit zwei großen Tüten bepackt zurück. »Keine Rote Beete«, erklärte er, noch außer Atem von der Treppe. »Diese schwedischen Supermärkte sind furchtbar. So ein reiches Land, und die Abteilungen mit dem Gemüse immer so ein trauriger Anblick.« Er trug die Tüten in die Küche. »Wir machen was anderes«, rief er von dort. »*Soljanka*, was hältst du davon?«

»Ist mir recht«, gab ich zurück.

Wir verbrachten die nächste Stunde damit, Zwiebeln und Salzgurken in Streifen zu schneiden, Schinken zu zerkleinern und Oliven zu vierteln. Jeweils auf Dimitris Kommando kamen die Sachen in den Topf, in dem schon ein großer Brocken Suppenfleisch in Brühe vor sich hin simmerte. Und damit die Arbeit leichter von der Hand ging, gab es zwischen den Arbeitsgängen jeweils ein Gläschen Wodka.

Zum ersten Mal seit Ingas Tod war mir die Aussicht, mich zu betrinken, sympathisch.

Und es roch immer besser in der Küche, das musste man zugeben.

»Mein Freund«, sagte Dimitri, während er unsere Gläser wieder einmal auffüllte, »es bedrückt dich etwas. Ich spüre es.«

»Das Leben«, erwiderte ich ausweichend. »Die Welt. Alles ist eine Verschwörung, und wir stehen auf der falschen Seite.«

Er schüttelte entschieden den Kopf. »Das ist ein alter Hut. Wissen wir alles schon. Da muss noch etwas anderes sein. Mein Freund Gunnar, du bist nämlich heute nicht einfach finster, wie es deine Art ist – du bist ein Schwarzes Loch. Ein Schatten in der Dunkelheit. Schwärzer als die Nacht. Dein Herz ist verzweifelt, ich kann es bis hierher spüren.« Er hob das Glas. »Erzähle es mir, was immer es ist.«

Ich zögerte, aber schließlich erzählte ich ihm alles. Im Gegensatz zu Birgitta hörte mir Dimitri einfach nur zu, unterbrach mich nicht und ersparte mir ungläubige Zwischenrufe, sodass ich schneller fertig war, obwohl ich ihm den Sachverhalt weit ausführlicher darlegte.

Danach waren wir beide wieder nüchtern.

Dimitri pfiff durch die Zähne. Dann murmelte er eine Beschwörung, die, soweit mein Russisch reicht, irgendetwas mit der Mutter Gottes zu tun hatte. »Was für Verbrecher es gibt«, meinte er dann. »Ich fasse es nicht. Die Welt ist wirklich vollkommen wahnsinnig.« Sein Blick suchte eine der Ikonen und verharrte einen Moment darauf, wie immer, wenn er Trost finden wollte.

Ich nickte. »Die Welt ist in den Händen Satans.«

»Nein!« Dimitri schüttelte entschieden den Kopf. »Diesen Namen will ich in meiner Umgebung nicht hören. Außerdem stimmt es nicht. Glaub mir.«

»Ich bin heute nicht in der Stimmung, über Glaubensfragen zu diskutieren«, erwiderte ich.

»Das bist du nie.«

»Also heute auch nicht.«

»Von mir aus«, meinte er und drehte die Herdplatte ab. »Dann lass uns essen.«

Wir aßen. Es gab Sauerrahm darauf, und es schmeckte gut, ungeachtet des Zustands der Welt. Wir kauten und hingen unseren Gedanken nach, bis Dimitri sich räusperte und nachfragte: »Habe ich das richtig verstanden? Die Polizei ist da hinein verwickelt?«

Ich nickte kauend.

»Und was heißt das? Es kommt immer vor, dass einmal ein Polizist Geld nimmt und dafür die Augen zumacht ...«

»Ich hab dir erzählt, dass sie den Reporter abgemurkst haben, der ihnen auf der Spur war«, sagte ich. »Offiziell war es ein Unfall. Und was hältst du davon: Am Freitagnachmittag landet Hungerbühl in Stockholm. Am Samstagmittag stürmt die Polizei mein Zimmer. Jetzt sag du mir, dass das Zufall ist.«

»Scheiße«, meinte Dimitri. »Dann kann man ja nicht einmal mehr den Verbrechern trauen.«

Er erklärte mir, dass er in der letzten Zeit vorwiegend für verschiedene Organisationen der Unterwelt gearbeitet hatte – die russische Mafia, die chinesischen Triaden, afrikanische Gangs, kolumbianische Kokainschmuggler, baltische Autoknackerbanden, jugoslawische Schutzgelderpresser, mit Heroin dealende Kosovo-Albaner und so weiter. »Keine großen Sachen. Die machen das meiste immer noch mit Fäusten und Kanonen. Ab und zu beschaffe ich ein paar Daten, oder ich bearbeite ein Foto digital, damit jemand ein Alibi hat. So was in der Art. Aber wenn die die Polizei gekauft haben, dann braucht bloß jemandem meine Rechnung nicht zu passen, dann nehmen die mich hoch.«

Ich schüttelte den Kopf. »Glaube ich nicht. Diese Banden, das ist alles Bodensatz. Das sind die ganz unten. Die Verbrecher, mit denen wir es hier zu tun haben, das sind die ganz oben. Die Leute, denen die Welt gehört.«

»Meinst du?« Dimitri schöpfte sich den Teller wieder voll und tat einen Löffel Sauerrahm dazu – dann noch einen und noch einen, häufte sich gedankenverloren den Teller damit voll.

Ich packte sein Handgelenk, als er zum fünften Mal aus dem Becher löffeln wollte. »Hallo? Wird das ein neues Rezept?«

Er ließ den Löffel los, sah mich an. »Weißt du noch? Ich bin euch mal in Gamla Stan über den Weg gelaufen, Kristina und dir? Sie war ein kleines blondes Ding, schrecklich ernsthaft. Hatte eine riesige Eistüte in der Hand. Damals war sie – na? – vielleicht vier Jahre alt oder fünf. Wie alt ist sie jetzt?«

»Vierzehn«, sagte ich.

»Vierzehn? Unglaublich. Wie die Zeit vergeht.«

Ich erinnerte mich nicht an diesen Vorfall. Wahrscheinlich weil ich, nachdem einige anfängliche Verstimmungen mit der Familie Andersson beigelegt worden waren, recht oft mit Kristina unterwegs gewesen war. Ich hatte Babysitter gespielt, ihr vorgelesen – was man eben so als Onkel macht, der zwischen zwei Aufträgen viel Zeit hat. Trotzdem kamen mir meine Erinnerungen an sie heute seltsam unglaubwürdig vor, eher so, als hätte mir jemand nur von ihr erzählt. Ich hatte sie vor sechs Jahren das letzte Mal gesehen. Kristina war ein Gesicht auf Fotos geworden, mehr ein Symbol für meine Familie als ein wirklicher Mensch.

»Sag mal«, fragte Dimitri, während er versuchte, seine mit zu viel Rahm verunstaltete *Soljanka* durch Nachschöpfen aus dem Kochtopf zu retten, »was ist eigentlich mit Kristinas Mobiltelefon?«

Ich runzelte die Stirn. »Was soll damit sein? Keine Ahnung. Ich weiß nicht mal, ob sie eines hat.«

»Natürlich hat sie eins. Jedes Kind in ihrem Alter hat heutzutage eins.«

»Ja, und? Sie werden es ihr wohl kaum gelassen haben.«

»Schon klar«, seufzte Dimitri. »Ich will auf was anderes hinaus.«

Und er erklärte mir, wie Mobiltelefonsysteme funktionieren.

Das eigentliche Mobilfunknetz besteht aus zahllosen Sende- und Empfangsmasten, die überall im Land – inzwischen eigentlich überall auf der Welt – aufgestellt sind. Der Weg eines Telefongesprächs verläuft immer von einem Telefon zum nächstgelegenen Funkmasten, von dort aus über ganz normale Telefonkabel zu dem Funkmasten, in dessen Gebiet sich das andere Telefon befindet. Nur auf diese Weise ist es möglich, Geräte mit so geringer Sendeleistung einzusetzen, dass sie tragbar bleiben und in unmittelbarer Nähe des Körpers ohne ernste Gefahr für die Gesundheit benutzt werden können.

Sobald ein Mobiltelefon eingeschaltet wird, sucht es als Erstes nach dem nächsten Funkmasten in Reichweite, nimmt mit ihm Kontakt auf und meldet sich im System an. Wählt nun jemand die Nummer dieses Telefons, stellt das System fest, bei welchem Funkmasten es angemeldet ist, und leitet die

Verbindung dorthin. Zudem wird, wenn sich eines der Telefone vom Empfangsbereich eines Mastes in den eines anderen bewegt, die Verbindung zu diesem umgeschaltet, und zwar so schnell, dass die Gesprächsteilnehmer das in der Regel nicht einmal bemerken.

»Ein irrer Aufwand«, sagte ich. Ich kapierte immer noch nicht, worauf er hinaus wollte.

»Für irre aufwändige Prozesse hat man Computer erfunden«, meinte Dimitri und winkte ab. »Ich will dir sagen, was der springende Punkt ist. Diese Vorgänge werden aufgezeichnet. Nicht nur die hergestellten Verbindungen – die natürlich sowieso, denn man muss sie ja abrechnen. Nein, es werden alle Anmeldungen gespeichert, jeder Übergang von einem Funkbereich in einen anderen, alles. Auf den Computern der Mobilfunknetze sind kilometerlange Listen, und wenn man die auswertet, kann man die Bewegungen aller eingeschalteten Mobiltelefone nachvollziehen.«

Ich riss die Augen auf. »Das heißt, man könnte feststellen, in welchem Funkbereich Kristinas Mobiltelefon zuletzt angemeldet war!«

»Genau.«

»Und du hast womöglich Zugang zu diesen Daten?«

»Sonst würde ich nicht so dumm fragen. Alles, was ich brauche, ist Kristinas Telefonnummer.«

Es war, als hätte mir ein gewaltiger elektrischer Schlag alle wodkaselige Benommenheit zu den Poren hinausgetrieben. Ich zog mein eigenes Telefon aus der Tasche. »Wie groß ist so ein Funkbereich?«, fragte ich, während ich Hans-Olofs Nummer wählte.

»Ziemlich groß«, sagte Dimitri, »aber das spielt keine Rolle. Die Sende- und Empfangsantennen sind richtungsempfindlich, und das System rechnet sich aus der Zeit, die das hin und her gehende Signal braucht, die Entfernung des Telefons zum Funkmast aus. In der Praxis kann man ein Mobiltelefon auf hundert Meter genau lokalisieren.«

»Genial.« Ich wartete ungeduldig, bis Hans-Olof sich meldete. »Hallo, ich bin's. Sag mal, wie lautet die Nummer von Kristinas Mobiltelefon?«

Mein Schwager seufzte abgrundtief. »Du meine Güte. Denkst du, dass ich das noch nicht probiert habe? Es ist natürlich abgeschaltet.«

»Sag mir einfach die Nummer, okay?«

Er brummte etwas, dann war Stille.

»Hallo?«, rief ich. »Bist du noch da?«

»Ich finde sie nicht«, meldete sich Hans-Olof raschelnd wieder. Er atmete schwer, als wäre er mal eben kurz rund ums Haus gerannt.

»Was heißt das, du findest sie nicht? Du wirst doch die Telefonnummer deiner Tochter kennen?«

»Ja, ich hab sie auf einer Karte notiert, die eigentlich im Geldbeutel sein müsste, aber da ist sie nicht. Ich verstehe auch nicht, was du damit willst. Das Telefon ist nicht erreichbar, glaub mir.«

»Glaub ich dir, Schwager«, erwiderte ich. »Aber der Mensch, von dem ich dir erzählt habe, der russische Computerhacker mit den magischen Händen« – Dimitri grinste breit – »hat Zugang zum Computersystem des Mobilfunknetzes und glaubt, dass er den Weg rekonstruieren kann, den das Telefon *vor* dem Ausschalten zurückgelegt hat. Da ich neu in diesem Jahrhundert bin, war mir das nicht geläufig, aber anscheinend ist ein Mobiltelefon so eine Art Peilsender, den man freiwillig mit sich herumträgt... Was ist?«, unterbrach ich mich, als eigenartige Geräusche von Hans-Olofs Seite erklangen. Geräusche, die sich anhörten, als habe ihm eben jemand einen schweren Sandsack direkt in die Hoden gerammt.

»Schon gut«, flüsterte Hans-Olof. »Ich musste mich bloß gerade setzen. Mein Kreislauf macht nicht mehr so richtig mit.«

Es war soweit: Ich machte mir Sorgen um ihn. Was mich nicht wenig ärgerte. »Mach jetzt nicht schlapp. Das könnte die erste echte Spur zu Kristina werden.«

»Schon gut.« Seine Stimme klang matt und Lichtjahre entfernt. »Soll ich nach Hause fahren und die Karte suchen?«

»Wäre hilfreich, ja«, stimmte ich grimmig zu.

Dimitri sagte etwas dazwischen von wegen Vertragsunterlagen, die es geben müsse. »Hast du gehört?«, fragte ich.

»Ja, richtig«, schnaufte Hans-Olof. »Bloß, ob ich die in ihren Sachen finde …? Aber ich werd's probieren, auf alle Fälle. Ich melde mich dann.« Es klang nicht sehr zuversichtlich.

»Das wird nichts«, prophezeite ich grübelnd, nachdem ich die Verbindung gekappt hatte.

»Er ist ein zerstreuter Professor, was?«, meinte Dimitri.

»Ihre Freundin müsste die Nummer wissen«, fiel mir ein. Ich versuchte mich an den Namen zu erinnern. Hans-Olof hatte ihn erwähnt … »Wiklund. Sylvia Wiklund. Hast du ein Telefonbuch?«

Natürlich hatte Dimitri kein Telefonbuch. Stattdessen schleppte er mich zu seinem Computer, ging ins Internet und dort auf eine Seite, auf der man nach Telefonnummern aus ganz Schweden suchen konnte. »Nach Mobilfunknummern auch?«, fragte ich und deutete auf einen entsprechenden Eintrag.

Dimitri wiegte zweifelnd das Haupt. »Nur, wenn jemand seine Nummer ausdrücklich bekannt gegeben hat«, meinte er und tippte *Kristina Andersson* und *Stockholm* in die Suchfelder. »Wir können es ja mal versuchen.«

Es gab 43 Kristina Anderssons in Stockholm, von denen keine meine Nichte war. Wiklunds gab es mehr als 250; erst als wir die Abfrage auf Sundbyberg eingrenzten, wurde eine vernünftige Liste daraus. Ich rief die Nummern der Reihe nach an, aber niemand hatte eine Tochter namens Sylvia, schon gar keine, die in die Bergströmschule ging. »Wahrscheinlich wohnt sie in einem anderen Stadtteil«, mutmaßte Dimitri. »Das kannst du vergessen; da telefonierst du bis morgen früh.«

Birgitta! Sie war die Klassenlehrerin. Sie musste eine Liste mit den Telefonnummern aller Eltern haben. »Leg nicht auf, es ist wichtig«, sagte ich rasch, als sie sich meldete. »Ich bin's, Gunnar.«

Sie gab ein unwilliges Geräusch von sich. »Als ich gesagt habe, komm nicht wieder, meinte ich damit natürlich auch, dass du nicht anrufen sollst, ist das klar?«

»Es geht nicht um mich, es geht um Kristina«, sagte ich und erklärte ihr in kurzen Worten, wozu ich Kristinas Mobilnummer brauchte und wie ich sie zu erfahren hoffte.

»Wenn es weiter nichts ist«, meinte sie kühl, »die kann ich dir auch geben.«

»Du hast sie?«

»Ich organisiere in jeder Schulklasse eine Telefonkette für Notfälle«, erklärte sie. »Warte...« Es raschelte im Hintergrund. Ich bedeutete Dimitri, dass ich etwas zu schreiben brauchte.

Sie gab mir die Ziffernfolge durch, die ich auf dem Rand eines Werbezettels vom Supermarkt mitschrieb. »Du darfst mich auf dem Laufenden halten, was mit Kristina ist«, meinte sie dann. »Aber das ist alles, okay?«

»Ja, schon gut. Danke jedenfalls.« Ich trennte die Verbindung und rief Hans-Olof zurück. »Entwarnung. Wir haben die Nummer, du kannst dir die Mühe sparen.«

»Was?«, schnappte er. »Ihr habt...? Woher?«

»Von Kristinas Schule.« Ich hatte nicht vor, ihm weitere Details zu erläutern.

»Die Schule!« Hans-Olof keuchte. »Die hatten ihre Nummer? Na so was. Das wusste ich gar nicht...«

»Wo bist du?«

»Ich war auf dem Weg zum Auto. Das kann ich jetzt ja bleiben lassen, oder?« Seine Stimme klang etwas verzerrt. »Und? Könnt ihr sie schon anpeilen?«

»Moment, von anpeilen war nicht die Rede. Wir hoffen, die letzten bekannten Aufenthaltsorte des Geräts zu ermitteln, das ist alles.«

»Und wie lange dauert so was?«

Ich gab die Frage an Dimitri weiter, der sich bereits des Notizzettels bemächtigt hatte und die Telefonnummer aufmerksam studierte. »Spätestens morgen Vormittag.«

»Du hast es gehört«, sagte ich. »Also, drück uns die Daumen.«

»Mach ich«, antwortete Hans-Olof. Er klang nicht, als mache er sich wirklich Hoffnungen.

Ich kappte die Verbindung und fragte: »Wieso erst morgen? Dauert das so lange?«

»Eigentlich nur fünf Minuten. Aber das da ist das *BlueCom*-Netz.« Dimitri tippte auf die Vorwahl der Telefonnummer. »Da liegt mein geheimer Zugang auf einem Rechner, der um diese Zeit abgekoppelt ist. Der macht jetzt Reorganisationsläufe und wird erst morgen früh wieder dazugeschaltet, in der Rush Hour. Ab acht Uhr oder neun Uhr, je nachdem.« Er sah mich vorwurfsvoll an. »Du hättest mir das alles gestern schon erzählen sollen. Sonntags habe ich freien Zugang bis Mitternacht.«

Ich zuckte mit den Achseln und schob mein Telefon wieder ein. »Hätte ich wissen müssen, dass du zaubern kannst?«

»Ja. Hättest du.«

»Also gut, hätte ich. Ich bin ein bisschen aus der Übung, okay?«

»Du bist vor allem entsetzlich misstrauisch«, brummte Dimitri. »Das wird noch mal dein Verhängnis.« Er schien beinahe ernsthaft verstimmt zu sein.

»Bis zum Beweis des Gegenteils«, erwiderte ich, »werde ich davon ausgehen, dass ich meinem Misstrauen mein Leben verdanke.«

Mitten in der Nacht kam der Überfall. Ein ohrenbetäubendes Krachen, als würde die Tür, ach was, als würden *zehn* Türen mit einem Rammbock zertrümmert, Geschrei aus hundert Kehlen, hallendes Stiefelgetrappel ...

Ich war im Bruchteil einer Sekunde hellwach und auf den Beinen. Trotz der erstickenden Dunkelheit fand ich meinen Rucksack mit einem Griff und hatte gleich darauf die Pistole in der Hand.

»Oh, Scheiße«, hörte ich Dimitri schlaftrunken murmeln.
… Stiefelgetrappel eines ganzen Regiments, Fanfarenstöße. *Fanfaren?*

Das Licht ging an. »Beruhige dich«, sagte Dimitri, auf der Bettkante hockend und sich die Augen reibend. »Das sind bloß die Computer. Sie haben die Datei geknackt.«

KAPITEL 45

Mit all dem überflüssigen Adrenalin im Blut in das dunkle Wohnzimmer zu kommen, mit all den Computerbildschirmen voller irrlichternder Zahlenkolonnen, dem vielstimmigen Brummen der Lüfter und dem Knattern der Festplatten war, als betrete man die Kommandozentrale eines Flugzeugträgers. Ich machte Licht und blinzelte zu der Uhr an der Wand. Fünf vor zwei.

Einer der Bildschirme irrlichterte nicht mehr. Stattdessen blinkte darauf ein rot unterlegtes Feld. Es sah aus, als verkünde es das Nahen von Atomraketen, in Wirklichkeit zeigte es einfach das gefundene Passwort an.

Es lautete *vv-rütag07*.

»Sieht aus, als ob es irgendwas bedeutet«, brummelte Dimitri, während er sich die magere Brust unter dem Unterhemd kratzte. Genau wie ich hatte er in der Unterwäsche geschlafen. »Aber wie hätte man darauf kommen sollen? Da hätte ein Wörterbuchangriff nichts gebracht.«

Ich hatte keine Ahnung, wovon er redete. Ich war schon froh, dass mir klar war, wie ich hieß und wo ich war. Ich war den Wodka offensichtlich nicht mehr gewöhnt, jedenfalls nicht in russischen Mengen. Wann war uns eigentlich wieder eingefallen, dass diese Wohnung auch über Betten verfügte? Keine Ahnung. Alles, woran ich mich erinnerte, war, dass sich das Haus zu dem Zeitpunkt schon in heftigem Seegang befunden hatte.

Dimitri ging reihum, stoppte die Codebrecherprogramme und fuhr die Rechner herunter. Die Stille, die auf diese Weise nach und nach entstand, hatte etwas Ohrenbetäubendes. Schließlich war nur noch ein Computer an, das siegreiche Gerät. Dimitri zog seinen Sessel davor, legte die Hand auf die Maus und warf mir einen kurzen Blick zu. »Soll ich?«

»Klar«, erwiderte ich. Mein Mund war trocken. Vor Aufregung oder vom Alkohol.

»Hoffentlich ist es nicht bloß eine Sammlung von schmutzigen Witzen. Das hatte ich auch mal.«

Ich hatte immer noch den Revolver in der Hand. Behutsam legte ich ihn auf einen der leise knackenden Monitore, neben das Spitzendeckchen. »Mach nicht lang rum. Schau einfach nach, okay?«

»Ich meine ja bloß.« Er öffnete die Datei. Ich sah ihm dabei über die Schulter und hätte wer weiß was darum gegeben, wenn sich die Watte aus meinem Hirn verflüchtigt hätte.

Immerhin, der Anblick des Dokuments schien einige Gehirnzellen zum Leben zu erwecken.

»Was ist das für eine Sprache?«, wollte Dimitri wissen. »Deutsch?«

»Ja«, sagte ich. »Das habe ich mir gedacht. Hungerbühl ist Schweizer; aus Basel.« Deutsch, das war gut. Deutsch ist dem Schwedischen angenehm verwandt. Selbst in meinem derzeitigen Zustand würde es mir keine Probleme machen, es zu lesen.

Die geheime Datei umfasste beinahe hundert Seiten. Dimitri druckte alles aus, was auf seinem Höllengerät von Drucker nur Minuten dauerte, und reichte mir dann den Stapel. Ich verzog mich auf den krümeligen Sessel und begann zu lesen.

Es war keine Sammlung schmutziger Witze. Es war die Planung eines schmutzigen Komplotts.

Reto Hungerbühl war offensichtlich ein sehr weit und sehr methodisch vorausdenkender Mensch. Das Dokument war in mehrere Abschnitte unterteilt, und der erste davon war der Entwicklung einer Art Anklageschrift gegen den Vorstandsvorsitzenden der Rütlipharm AG, Felix Herwiller, gewidmet. Eine seitenlange Liste zählte Verfehlungen auf, falsche Einschätzungen, verpasste Chancen und schlechte Entscheidungen und enthielt dazwischen immer wieder ausformulierte Sätze oder ganze Redepassagen. Das Ganze sah aus, als beabsichtige Hungerbühl eines schönen Tages aus diesem Material eine Rede zu destillieren, mit der er eine Aktionärsversammlung dazu bringen wollte, seinen Konkurrenten abzusetzen und ihn an dessen Stelle zu wählen.

Auf einem weiteren Blatt waren auch gleich die voraussichtlichen Termine dieser Aktionärsversammlungen aufgelistet, auf mehrere Jahre hinaus. Ein Datum war mit drei Ausrufezeichen versehen.

»Ich weiß, was das Passwort bedeutet«, sagte ich.

Dimitri hob nur auffordernd die Augenbrauen.

»Der oberste Boss einer Aktiengesellschaft, nach amerikanischem Sprachgebrauch der CEO, heißt auf Deutsch *Vorstandsvorsitzender*, was manche zu VV abkürzen.« Ich hob den Papierstapel leicht an. »Das Passwort *vv-rütag07* besagt einfach, dass Reto Hungerbühl im Jahre 2007 Vorstandsvorsitzender der Rütlipharm AG werden möchte. Das ist der große Plan.«

Dimitri nickte müde. »Und was hat das mit deiner Nichte zu tun?«

»Bis jetzt nichts«, musste ich zugeben. Ich spürte meine Laune in sich zusammenfallen wie ein Ballon, in den jemand eine Nadel gestochen hatte. Gut möglich, dass mir dieses Dokument letztlich auch nicht mehr nützte, als es eine Sammlung schmutziger Witze getan hätte.

Der nächste Abschnitt beinhaltete den Plan, wie Hungerbühl seine Machtergreifung vorzubereiten gedachte. Vorwürfe gegen den gegenwärtigen Konzernchef zu sammeln war nur einer der Punkte auf der Aktionsliste. Ein anderer war, Verbündete in anderen Teilen des Unternehmens zu suchen. Die Namensliste möglicher Kandidaten war zwei Seiten lang, und die einzelnen Namen waren markiert, mit ein bis drei Pluszeichen – oder aber mit Fragezeichen.

Vor allem aber gedachte Reto Hungerbühl, dem Unternehmen einen großen, neuen, profitträchtigen Markt mitzubringen. Als Brautgabe sozusagen.

Genauer gesagt: Er hatte vor, diesen Markt zu *erschaffen*. Denn die neu entdeckte Krankheit JAS, das *Juvenile Aggressions Syndrom*, war Reto Hungerbühls ureigene Erfindung.

Die Pharmaindustrie, räsonierte er in einer Notiz, säge durch die Entwicklung immer wirksamerer Medikamente und Therapien zusehends an dem Ast, auf dem sie sitze. Um auch in Zukunft wirtschaftlich überleben zu können, gelte es, aktiv daranzugehen, die Grenze zwischen gesund und nicht gesund zu verschieben. Man müsse ein allgemeines Bewusstsein dafür schaffen, dass viele Dinge, die man bisher als zum Leben gehörig ertragen hat – Haarausfall, Jetlag, nachlassende Potenz, Cellulitis, der Kater nach einer durchzechten Nacht, ja selbst schlechte Laune –, bereits heute therapierbar seien oder es in naher Zukunft sein würden.

Bisher ordneten sich Menschen in eine der drei folgenden Kategorien ein: momentan gesund, momentan krank oder dauerhaft krank. Tatsächlich aber sei Gesundheit eine Illusion. Durch die Verbreitung von ausreichend tief gehenden Untersuchungsmethoden und vor allem durch die strengere Definition von Grenzwerten lasse sich Gesundheit zu einem in der Praxis nicht erreichbaren Ideal umdefinieren, was umgekehrt alle Menschen therapiebedürftig und damit zu Kunden der Pharmaindustrie mache.

Als vorbildliches Beispiel vermerkte er die in zahlreichen Ländern erfolgte Neudefinition dessen, was als gesunder Blutdruck galt: Das habe ohne die geringsten tatsächlichen Veränderungen im Gesundheitszustand der Bevölkerung den Markt für blutdruckregulierende Mittel jeweils enorm vergrößert.

Ziel müsse sein, die Konsumenten dazu zu bringen, nicht mehr von *Medikamenten* zu reden und sich *Heilung* zu erhoffen, sondern Pharmazeutika als Mittel einer gewohnheitsmäßigen *chemischen Steuerung des Lebens* zu begreifen, so alltäglich wie der Griff zu Nahrungsmitteln im Supermarkt oder das Auftanken des Autos.

Nach einigen Absätzen Marketing-Blablas (so vermerkte er beispielsweise, dass es nicht genüge, die Beseitigung von Haarausfall oder Übergewicht in Aussicht zu stellen, da viele Menschen derlei nicht als gravierend empfänden; vielmehr müsse der Betroffene sich außerdem dem Druck seiner Umwelt ausgesetzt sehen, etwas dagegen zu tun) folgte eine Liste mit denkbaren neuen Pharmazeutika.

Hungerbühls Lieblingsidee war ein Medikament, das, vor und während einer Schwangerschaft eingenommen, verhindern würde, dass das Kind später homosexuelle Neigungen entwickelte. *Zielgruppe vor allem Männer* hatte er in Klammern vermerkt, und *Kernproblem Marketing: Homophobie ansprechen, ohne homosexuelle Bevölkerung gegen sich aufzubringen.* Er dachte eben an alles, der ehrgeizige Herr Hungerbühl. Auch daran: *Machbarkeit im Moment fraglich. Medizinische Grundlagen unklar.*

»Ich glaube, du hast Recht«, knurrte ich missmutig. »Das hat tatsächlich nichts mit Kristinas Entführung zu tun.«

Dimitri rieb sich gähnend die Oberarme. »Scheiße. Und kalt ist mir auch.« Er betastete den Heizkörper unter dem Fenster, spähte hinaus. »Ich glaube, es fängt an zu schneien. Richtig viel Schnee.«

Nach einigen weiteren Ideen – etwa ein Mittel, das sexuelle Lust auslöste oder eines, mit dem man sein Schlafbedürfnis regeln konnte – kam Hungerbühl auf die Idee, dass die Vorstellung der *chemischen Steuerung* bereits in jungen Jahren in den Köpfen verankert werden müsse. Warum nicht ein Mittel speziell für Schüler entwickeln, mit dem diese sich vor Prüfungen in den optimalen Zustand versetzen konnten – entspannt, hellwach, konzentriert? Waren Wirkstoffe denkbar, die das Lernen, also das Verankern von Inhalten im Gedächtnis, erleichterten? Oder zwei Pillen eigens für frisch eingeschulte Kinder – eine, die den Bewegungsdrang dämpfte, sodass es keine Mühe machte, die Stunden im Klassenzimmer ruhig auf dem Stuhl sitzen zu bleiben, und eine andere, die diesen Drang wieder weckte, damit die Kinder sich nachmittags richtig austobten.

Den Notizen war richtiggehend anzumerken, wie Hungerbühl bei der Niederschrift dieser Vorstellungen auf die Idee für das *Juvenile Aggressions Syndrom* verfallen sein musste. Ich sah ihn förmlich vor mir: spätabends, ungestört in seinem Büro, das still, dunkel und verlassen lag, den Laptop vor sich, verbissen über den Fortgang seiner Karriere grübelnd. Und plötzlich – *die* Idee! Plausibel wirkend. Medizinisch machbar. Profitabel aussehend. »Das Wort *Syndrom* klingt nach wie vor beeindruckend in den Ohren des Normalbürgers«, hatte er notiert. Tatsächlich bestand sein Plan einfach darin, die Tatsache, dass Raufereien und Aggression seit jeher zum Alltag an Schulen gehörten, zum Krankheitssymptom umzudefinieren und anschließend Behandlungsmöglichkeiten dafür zu verkaufen.

Im darauf folgenden Abschnitt führte er diese Überlegungen weiter aus und brachte sie in eine geordnete Form. Zuerst galt es, angesehene Mediziner dafür zu gewinnen, in Fachzeitschriften Artikel über die neu entdeckte Krankheit zu veröffentlichen – Texte, deren Inhalte mit Hungerbühl abzusprechen waren oder gleich von ihm kommen würden. Hungerbühls Zugehörigkeit zu einem konzerninternen »Lenkungskreis Forschung«, an der auch seine Versetzung nach Stockholm nichts geändert hatte, verschaffte ihm die Möglichkeit, ein Symposium zum Thema *JAS* zu veranstalten und dafür nahezu beliebig viel Geld auszugeben. Dort würden dann auch Soziologen zum Thema »Gewalt an Schulen« referieren, man würde außer handverlesenen Medizinern auch Journalisten aus allen wichtigen Industrieländern einladen, mit erlesenem Essen und schauerlichen Prognosen füttern und auf diese Weise eine globale *JAS*-Hysterie lostreten.

Zu dem Zeitpunkt würde das vergleichsweise winzige Labor, das Rütlipharm in Schweden unterhielt und das unter

Hungerbühls Leitung stand, bereits sowohl mit einem Testverfahren als auch mit einer Therapie aufwarten. Und sowohl das eine als auch das andere war als glatter Betrug geplant. Der Test sollte so konzipiert werden, dass er etwa dreißig Prozent aller männlichen Jugendlichen als JAS-positiv diagnostizieren würde. Was dabei tatsächlich getestet würde, war Hungerbühl egal. *Vielleicht das Testosteron-Level*, hatte er notiert und sich anschließend Gedanken darüber gemacht, dass sich die Zulassungsbehörden mit einem Test auf genetischer Basis vielleicht doch leichter austricksen ließen: *Man könnte irgendwelche Rezeptoren auf der Zellwand zur Grundlage des Tests machen.*

Der entscheidende Vorteil der JAS-Theorie war, dass sie die Möglichkeit von vornherein einschloss, dass manchmal kreuzbrave, stille Duckmäuser JAS-positiv sein würden: In dem Fall konnte man einfach behaupten, die Anlagen seien zwar da, aber eben nicht zum Ausdruck gekommen. Und das dann mit einem imposant klingenden lateinischen Begriff belegen. »So was wie *vegetative Dystonie* oder wie die Verlegenheitsdiagnosen sonst so lauten«, hatte Hungerbühl notiert. Die Therapie schließlich bestand einfach darin, den betreffenden Kindern einen geeigneten Mix aus Psychopharmaka zu verabreichen, der ihnen die Lust an Schlägereien nehmen sollte.

»Das ist alles eine einzige große Schweinerei«, sagte ich, nachdem ich Dimitri bis hierher in groben Zügen über den Inhalt des Dokuments aufgeklärt hatte, »bloß für Kristina bringt das überhaupt nichts. Wäre ein gefundenes Fressen für die Zeitungen, wenn die nicht alle gekauft wären, aber ansonsten...«

»Mann, Mann«, sagte Dimitri und stand schwerfällig auf. »Ich muss wieder ins Bett. Oder mir was anziehen. Es ist scheißkalt.« Trotz seiner Ankündigung blieb er stehen. Offenbar überforderte ihn diese Entscheidung.

Ich blätterte weiter, überschlug Seiten. Weiter hinten stieß ich auf so etwas wie ein fortlaufendes Tagebuch des Projektes. Am elften Oktober hatte Hungerbühl notiert: *Mist – der Nobelpreis geht ausgerechnet an eine unserer Forscherinnen! Kein gutes Timing. Aufmerksamkeit der Presse zu befürchten. Wir müssen die Versuchsreihen im Kinderheim unterbrechen, mindestens bis Jahresende. Kohlström wird sauer sein, nachdem wir gerade erst angefangen haben.*

»Kohlström?«, stutzte ich. »Was für ein Kohlström?«

»Was?«, brummelte Dimitri, der sich mit starrem Blick auf eine seiner Ikonen geistesabwesend die Schultern rieb.

»Die machen schon irgendwelche Versuche an Kindern, und irgendjemand heißt in dem Zusammenhang so wie der Leiter des Waisenhauses, in dem ich aufgewachsen bin«, erklärte ich, während ich wieder zurückblätterte und hastig die Seiten nach mehr Informationen über dieses Kinderheim absuchte. Hungerbühl war doch ein Pedant, er hatte es todsicher irgendwo aufgeschrieben ...

»Na, der wird es ja wohl kaum sein«, meinte Dimitri.

»Zutrauen würde ich es ihm jederzeit«, sagte ich. »Kohlström war genau der Typ dafür. Der hat damals so was sogar auf eigene Faust mit uns probiert; irgendwelche Pillen, die wir nehmen sollten, damit wir brav sind. *Brav!* Wie ich dieses Wort hasse.«

»Ich weiß. Das hast du schon mindestens hundert Mal erzählt«, seufzte Dimitri geduldig. »Aber so ein Zufall ist unmöglich.«

Ich hörte kaum hin. Ich beugte mich vor, rutschte vom Sessel auf die Knie, breitete die gedruckten Seiten vor mir auf dem Fußboden aus, fuhr die Textzeilen in der fremden Sprache hastig suchend mit den Fingern ab. Irgendwo musste es stehen. Hungerbühl hatte alles aufgeschrieben, über alles Buch geführt, jeden Gedanken und jedes Ereignis protokolliert.

»Gunnar ... Du verrennst dich vielleicht. Kohlström ist kein so seltener Name.«

Ich hörte überhaupt nicht hin. Ein Waisenhaus war es, der Begriff fiel mehrmals. Aber welches? Wo?

»Also, ich zieh mir jetzt was an. Scheißkälte.«

Ich spürte das Blut in meinen Adern pochen. Mein Instinkt

war wach geworden, hatte das Kommando übernommen, hatte allen Wodka aus meinem Körper verdampft und durch Adrenalin ersetzt. Hier. Ein Eintrag, fast ein Jahr alt. *Interessanter Kontakt: Heute früh den Freund meiner Haushälterin kennen gelernt. Bewährungshelfer. Habe eher scherzhaft gesagt, da hätte er ja von Berufs wegen gute Kontakte zur Unterwelt. Seine Antwort: Ja, ob ich einen bestimmten Bedarf hätte? Schien es ernst zu meinen. Er heißt Per Fahlander und wohnt in Björkhagen.*

»Dieser Hund«, stöhnte ich unwillkürlich. »Dieser verfluchte Hund ...«

Konnte das wahr sein? Ich las es noch einmal und noch einmal, blinzelte, um das Gefühl zu vertreiben, dass ich das alles nur träumte. Per Fahlander! Da stand es, schwarz auf weiß. Und bei Namen gibt es keine Übersetzungsprobleme.

»Es ist kein Zufall«, sagte ich zu Dimitris leerem Wohnzimmer.

»Was?«, kam es von draußen.

»Ich sagte, es ist kein Zufall.« Ich raffte die Blätter zusammen und stand auf. Alles tat mir weh. Ja, es war wirklich kalt. Draußen pfiff ein scharfer Wind, und die Kälte drückte durch die Ritzen. Ich pfefferte den Papierstapel auf den Sessel, schnappte mir die Pistole und wankte hinüber ins Schlafzimmer.

»Es ist kein Zufall«, wiederholte ich und erklärte Dimitri, was ich entdeckt hatte. »Per Fahlander kennt natürlich meine ganze Lebensgeschichte, schließlich betreut er mich schon seit zwanzig Jahren. Ich habe ihm über das Waisenhaus mehr erzählt als sonst irgendjemandem auf der Welt.«

»Aber trotzdem, das ist doch ein irrer Zufall, oder?«, meinte Dimitri skeptisch, der inzwischen seine Hose an hatte, aber noch mit seinem halb umgedrehten Pullover kämpfte. »Ausgerechnet dein Bewährungshelfer ist ausgerechnet mit der Haushälterin von diesem Rütlipharm-Typen befreundet, und dann auch noch ...«

In meinen Ohren pochte ein Herzschlag wie aus dem Hammerwerk, und in meinem Kopf schoben sich die Puzzleteile mit dröhnender Unausweichlichkeit zusammen. »*Deshalb* hat die Polizei die Pension gestürmt. Hungerbühl ist aus der Schweiz zurückgekommen, hat natürlich von dem Einbruchsalarm gehört, hat in seinem Büro in den Tresor geschaut und festgestellt, dass die Sicherungsdiskette seines wichtigsten Projektes verschwunden ist. Das will er nicht an die große Glocke hängen, aber ihm ist sein Kontaktmann zur Unterwelt eingefallen, Per Fahlander. Der wiederum hat sich daran erinnert, dass ich nach Rütlipharm gefragt hatte, ich, Gunnar Forsberg, Einbrecher und Industriespion. Sie zählen eins und eins zusammen und setzen die Polizei in Marsch.«

Dimitri blinzelte. »Puh. Wenn du mich fragst, das klingt abenteuerlich.«

Puzzleteile. Klick. Rums. Und mein Instinkt schlug Alarm, Alarm, Alarm. »Kristina ist in dem Waisenhaus«, konstatierte ich. Es war keine logische Überlegung, es war reiner Instinkt. Nie in meinem Leben war ich mir einer Sache so sicher gewesen. »Wenn Kohlström der Helfershelfer für Rütlipharm ist, dann ist sie dort. Jede Wette. Womöglich steckt sie im gleichen Loch, in dem ich schon gesessen habe. Oder sie ist zumindest dort gewesen…« Jede Zelle meines Körpers signalisierte Zustimmung. Jede Zelle meines Körpers bebte vor Wut, vor Angst, vor Entschlossenheit.

Heute konnte es geschehen, dass ich jemanden tötete.

»Dimitri«, sagte ich mit pumpenden Lungen, »ich brauche dein Auto. Unbedingt. Sofort.«

»Ja, klar«, sagte Dimitri. »Du kriegst es. Und du kannst das Schießeisen woandershin halten, du kriegst es trotzdem.«

KAPITEL 46

Als ich aus dem Haus kam, lag die Siedlung still und dunkel da und begann, im Schnee zu verschwinden. Ein ganz typischer Geruch erfüllte die Luft. Es würde einer jener Schneeeinbrüche werden, die das Land unter sich begraben, als leere oben jemand riesige Kipplaster aus.

Kein Grund, innezuhalten. Meine Wut würde alles wegschmelzen, das stand außer Frage.

Ich fand einen Saab an der Stelle, die Dimitri beschrieben hatte, der Schlüssel passte, und innen stank es nach seinen Zigaretten: Es musste sein Wagen sein. Alles, was ich anfasste, war schmutzig und eiskalt, aber der Motor sprang an, nachdem ich ihn durch hinreichend häufiges und nachdrückliches Drehen des Zündschlüssels davon überzeugt hatte, dass ich nicht aufgeben würde. Und, o Wunder, der Tank war voll.

Der Schneesturm wartete, bis ich Stockholm hinter mir hatte, ehe er mit voller Wucht zuschlug. Auf einmal war um mich herum nur noch jenes schäbige Grau-Weiß, das aus zu viel Schnee, zu viel Nacht und zu wenig Scheinwerferlicht entsteht, und ich spürte, wie die Reifen zu rutschen anfingen und der Wagen zu tänzeln begann. Langsamer. Andere blieben ganz stehen. Ich fuhr an einem guten Dutzend Autos vorbei, die am Straßenrand angehalten hatten, darunter mindestens drei dieser alten, panzerartigen Volvos, die sonst vor nichts zurückschrecken.

Noch langsamer. Was mir jetzt um keinen Preis der Welt passieren durfte, war ein Unfall. Die Polizei suchte nach mir, und wenn ich ihnen außerhalb Stockholms in die Hände fiel, würden sie mich zurück ins Gefängnis verfrachten, höchst dankbar, dass ich ihnen mit der Verletzung meiner Bewährungsauflagen einen hübsch vorzeigbaren Grund dafür geliefert hatte, und so rasch es die Verkehrslage zuließ.

Mit anderen Worten: Wenn ich in den Graben fuhr, war Kristina tot.

So etwas motiviert zu höchster Aufmerksamkeit.

Irgendwann ging es nur noch im Schritttempo vorwärts. Die Scheibenwischer rackerten sich ab, *flipp-flapp, flipp-flapp*, das Gebläse der Heizung dröhnte auf vollen Touren, und ich spürte den Schnee unter den Reifen knirschen. Ich hielt das Lenkrad umklammert, blieb mit dem Blick auf der Straße, zählte die Leitpfosten, die vorbeiglitten, dachte nur an die nächsten zehn Meter.

Ich war schlecht ausgestattet mit nichts als der Pistole in der Tasche, fiel mir ein. Was, wenn ich niemanden antraf, nur verschlossene Türen? Ein Brecheisen hätte ich brauchen können. So eines, mit dem man zur Not auch jemandem den Schädel einschlagen konnte.

Bis Norrköping ging es noch einigermaßen. Dann musste ich von der Autobahn herunter auf die 22. Ich verpasste beinahe die Ausfahrt. Auf der Ausleitung kam ich für ein paar endlose Sekunden ins Schlingern, mein Puls stieg auf unglaubliche Werte, und danach wurde es nicht besser.

Es war Wahnsinn. *Ich* war wahnsinnig, jetzt noch zu fahren. Die Straße war kaum mehr auszumachen, ein schmutziggraues Band vor einem schmutziggrauen Hintergrund. Nur die nächsten Meter überstehen, sagte ich mir, nur in der nächsten Kurve nicht ins Rutschen kommen. Ich war ein Seiltänzer auf einem vereisten Seil. Auf einem vereisten, dreihundertfünfzig Kilometer langen Seil. Und um mich herum tobte ein Sturm, geballte Fäuste aus Wind, die nach mir schlugen.

Wieso ausgerechnet jetzt? Wieso ausgerechnet heute? Die brennenden Augen starr geradeaus gerichtet, das Auto steuernd, das sich anfühlte, als habe ich Schmierseife unter mir, hatte ich auf einmal das Gefühl, dass auch das Wetter Teil der Verschwörung war. Der Himmel, die Wolken und der Winter hatten sich zu meinen Feinden gesellt, hatten meinen Tod beschlossen, den Hans-Olofs und den Kristinas. Auf jeder Brücke, die ich auf meinem verzweifelten Weg nehmen musste, versuchten sie mit neuer Gewalt, den Schlussstrich zu ziehen.

Auf einmal spürte ich, was ich seit Jahrzehnten nicht gefühlt, ja, was ich all die Jahre über völlig vergessen gehabt hatte: die Angst, die der ständige Begleiter meiner Kindheit gewesen war. Die wahnsinnige Angst. Angst vor den größeren Kindern, vor ihrem Spott, ihren Schlägen, ihren Gemeinheiten, vor allem aber Angst vor jenem großen, bärtigen Mann namens Rune Kohlström, dessen Launen, Wutausbrüche und Strafen einem völlig unvorhersehbaren Muster folgten. *Du kehrst den Hof, den ganzen Hof, und ich will kein Widerwort hören!* Egal ob man schnell ging oder langsam, ob man leise war oder laut, immer bestand die Gefahr, dass man *zu* langsam, *zu* schnell, *zu* leise oder *zu* laut war. *Du putzt heute die Toiletten! Wir wollen mal sehen, ob dir das Herumschreien nicht vergeht!* Bei jeder Mahlzeit hieß es schlingen, was hineinging, denn erstens gab es nie so viel, dass alle satt wurden, und zweitens wusste man nie, wann man wieder etwas bekommen würde. *Unartige Jungs wie du haben am Tisch nichts verloren! Raus mit dir! Draußen vor dem Fenster kannst du zuschauen, und wehe, du rührst dich von der Stelle!* Und natürlich konnte man auch in Verbüßung einer Strafe noch etwas falsch machen, eigentlich gerade dann. Dann setzte es Schläge, mit der flachen Hand, mit dem Ledergürtel, mit dem großen Lineal, mit allem, was greifbar war. Schläge, die wehtaten, weil sie nicht nur mit erbitterter, gemeiner Kraft ausgeführt wurden, sondern auch, weil sie so *ungerecht* waren.

Ab und zu hatten uns die »Gesellschaftsdamen« besucht, fein gekleidete Frauen, die, wie man uns gesagt hatte, das Waisenhaus mit Geld unterstützten, und ich, zehn Jahre alt, war vor sie hingetreten und hatte entrüstet erzählt, dass der Hausvater mich verprügelte. Ich hatte mein Hemd hochgehoben und ihnen die blauen Striemen präsentiert, ehe sie etwas erwidern konnten.

Damit hatte ich mir Rune Kohlström zum Todfeind gemacht. Nach diesem Tag hatten die wirklich gemeinen Strafen angefangen. *Nackt in die Ecke! Alle sollen deine Schande sehen! Friss ihn leer, den Kübel, du verdienst nichts Besseres!* Ich hatte nachts ohne Decke schlafen müssen, und keiner von den anderen hatte mir geholfen, mich zu sich schlüpfen lassen, keiner. Hätte ich nicht damals schon die simplen Schlösser an den Zimmertüren öffnen und mich zu meiner Schwester schleichen können, ich wäre erfroren.

Sie hatten alle gewusst, dass ich die Wahrheit gesagt hatte, doch sie hatten nichts unternommen, nichts gesagt, mir nicht geholfen. Die Gesellschaftsdamen. Ich hatte sie fast noch mehr gehasst als Kohlström. Aber natürlich bekam ich nie wieder die Gelegenheit, ihnen zu begegnen.

Nach diesem Vorfall verlegte ich mich auf Guerillataktiken. Ich habe die Guerilla sozusagen *erfunden*, ohne das Wort je gehört zu haben. Dinge verschwanden oder gingen kaputt, wenn ein Schloss zwischen ihnen und mir mein Alibi war. Rune Kohlström bekam enorme Probleme mit seinem Auto. Immer wieder stank es entsetzlich in dem Haus, das er etwas abseits von unserem Bau mit den Schlafräumen, der Küche und dem Speisesaal bewohnte. Ab und zu lagen tote Tiere in seinem Briefkasten oder in seinen Gummistiefeln, wenn er so unachtsam war, sie draußen stehen zu lassen.

Besonders das mit den toten Tieren brachte ihn in Rage. Dann donnerte er immer durch die Gänge, ein schnaubender Koloss, ein furchterregendes schwarzes Ungetüm, vor dem wir uns in Ecken und Winkel duckten. *Wehe dem, der das getan hat!*, schrie er ein ums andere Mal. *Wehe, wenn ich den erwische!*

Die bloße Erinnerung an diese Zeit ließ meine Handflächen feucht werden und meinen Puls schneller gehen. Himmel, ich hatte immer noch Angst vor diesem Mann! Mein Körper erinnerte sich genau, und er fürchtete sich. Mein Körper wollte nicht an diesen Ort zurückkehren. Der Schneesturm war sein Verbündeter.

Der erbitterte Wind, gegen den ich anfuhr, war so stark, als wolle er mich nach Stockholm zurückschieben. Dicke weiße Flocken kamen mir in einem hypnotisierenden Strom entgegen und schienen zu sagen: »Falsche Richtung!« Ich fuhr auf einer Straße, auf der mein Wagen nur geduldet war.

Egal, sagte ich mir. Trotzdem. Ich würde nicht anhalten. Ich würde weiterfahren, das Waisenhaus von Kråksberga erreichen und Kohlström gegenübertreten. Oder ich würde sterben bei dem Versuch.

Es war ein heißer Schwur, an das Universum selbst gerichtet. Und als habe es klein beigegeben und sende ein Zeichen, erstarb das Schneegestöber schlagartig, und vor mir bog ein Räumfahrzeug aus einer schmalen Querstraße, als habe es auf mich gewartet. Eine weiße Fontäne zur Seite schleudernd und Salz nach allen Richtungen sprühend, brauste es vor mir her, und ich brauchte ihm nur zu folgen.

Endlich ging es voran. Bis Oskarshamn war vom Schneeeinbruch kaum noch etwas zu spüren. Es begann zu dämmern. Je weiter ich landeinwärts kam, desto weniger Schnee lag auf der Straße. Als ich Kråksberga und schließlich das Waisenhaus außerhalb davon erreichte, war ich mindestens zwanzig Kilometer durch eine normale schwedische Winterlandschaft gefahren, und die Sonne stand schon bleich und müde über dem Horizont. Die Uhr auf dem Armaturenbrett zeigte acht Uhr und fünfzig Minuten, als ich vor dem Gebäude hielt, das ich vor fast einem Vierteljahrhundert zum letzten Mal gesehen hatte. Ich war beinahe sechs Stunden ohne Pause gefahren, und der Tank war so gut wie leer.

Ich hatte all die Jahre versucht, die Erinnerungen aus meinem Gedächtnis zu streichen, aber sie waren noch da, und das, was ich sah, sah noch genauso aus wie damals. Nur kleiner. Und der Hof, der damals einfach aus festgetretener Erde bestanden hatte, war nun asphaltiert. Die breite Treppe zur Eingangstür im inneren Winkel des großen, L-förmigen Haupthauses besaß jetzt ein Geländer. Überhaupt, das Gebäude schien frisch gestrichen, und auf dem Dach entdeckte ich eine Satellitenschüssel.

Ich war müde bis in die Knochen und zugleich so voller Wut, dass mir das Adrenalin wahrscheinlich aus den Haarspitzen tropfte. Mit anderen Worten, ich war nicht mehr zurechnungsfähig.

Die denkbar beste Voraussetzung für das, was ich vorhatte.

Ich holte die Pistole unter dem Sitz hervor und steckte sie griffbereit in meine Jackentasche, dann stieg ich aus. Ich hatte auf der Straße neben der Zufahrt geparkt, die von zwei aus Ziegeln gemauerten Pfosten begrenzt wurde. Zu meiner Zeit waren es noch windschiefe braune Holzbalken gewesen.

Doch abgesehen von derlei Kosmetik war alles unverändert. Da war der Hauptbau, der mit seinem weit hinausragenden Dach den Hof wie ein großes, hungriges Maul überschattete und dessen Fenster so stumpf und blind wie eh und je glänzten. Rechter Hand das Haus des Hausvaters, klein, windschief, verwittert, und der Garten zur Straße hin, genauso verwahrlost wie früher auch. Das Fenster zum Schlafzimmer, unter dem ich Rune Kohlströms Affäre mit einer der Gesellschaftsdamen so lange belauscht hatte, bis ich die einschlägige Geräuschkulisse täuschend echt wiederzugeben imstande war. Ich sah zum Hauptbau hinüber, suchte das Fenster, hinter dem mein Bett gestanden hatte. Das dritte von rechts. Die Jungs hatten im Erdgeschoss geschlafen, die Mädchen unter dem Dach. Ich konnte die anderen noch sehen, wie sie hinausspähten, während ich unter dem offenem Fenster saß und wartete, bis sie mir das Zeichen gaben, dass Kohlström mit seiner Geliebten heraus auf den Hof kam...

Was wohl aus ihnen geworden war?

Ich ging ein paar Schritte weiter, sah mich um. Es war still. Montag neun Uhr morgens hätte eigentlich Schule sein müssen, aber die Fenster waren dunkel. Im nächsten Moment wurde mir klar, dass die Zeiten, als Schüler aller Altersstufen gemeinsam in einem einzigen Klassenzimmer unterrichtet wurden, auch hier längst vorbei sein mussten. Wahrscheinlich kam morgens ein Bus, der die schulpflichtigen Kinder zu einer Schule im nächstgrößeren Ort brachte.

Umso besser.

Auf dem Klingelschild stand unverändert *Rune Kohlström, Waisenhaus Kråksberga*, in ungelenken Buchstaben, von Hand geschrieben und im Lauf der Jahre verblasst. Ich klingelte.

Nichts rührte sich. Auch nicht, als ich es noch einmal versuchte.

Ich musste an die Brechstange denken, die ich nicht dabeihatte, und taxierte den Zustand der Haustür. Auf keinen Fall würde ich mich heute damit abgeben, Schlösser aufzufieseln. Hier und jetzt war rohe Gewalt das Mittel der Wahl. Zweifellos war die Tür durch einen kräftigen Stiefeltritt aufzusprengen, doch so etwas ist laut und auffällig und in ungünstigen Situationen so gut wie ein ausgelöster Alarm.

Vielleicht fand sich hinten in den Ställen ein geeignetes Werkzeug. Ich trat von der Tür weg, ging um das Haus herum. Da, die alte Garage, immer noch durch eine Kette und ein Vorhängeschloss gesichert, das selbst ein Zehnjähriger mit einem Stück Draht aufbekam. Doch die Ställe, in denen wir früher Ponys, Ziegen, Hühner, Kaninchen und so weiter gehabt hatten, waren nicht mehr da. An ihrer Stelle befand sich ein Unterstand voller Fahrräder und eine Art Spielplatz, soweit das unter dem Schnee auszumachen war.

Und hier war jemand. Ein gebückt gehender, weißhaariger Mann kam mir entgegen. Er trug einen dünnen, braunen Mantel.

»*God dag*«, knurrte er. »Sie wünschen?«
»Ich suche Rune Kohlström«, sagte ich.
»Den haben Sie vor sich.«
Ich stutzte. Das sollte Rune Kohlström sein? Ein schmächti-

ges bebrilltes Männchen, das mir gerade bis zum Kinn reichte? Ich musterte ihn genauer: Ja, er war es, ohne Zweifel. Ich hätte das Gesicht jederzeit wiedererkannt – nur hatte ich es nicht auf einem so kleinen Körper erwartet.

Natürlich. Ich war gewachsen. Nicht nur das Heim, auch sein Leiter hatten dem kleinen Gunnar Forsberg wesentlich größer vorkommen müssen, als sie mir heute erschienen. Der Riese von damals war in Wirklichkeit ein Zwerg gewesen. Nicht zu fassen.

Die Abteilung meines Geistes, die sich mit dem Produzieren von Ausreden und Vorwänden befasste, wartete nicht, bis ich mich gefangen hatte. »Ich komme von Rütlipharm«, hörte ich mich sagen. »Von Herrn Hungerbühl.«

»Ah ja?« Ein erfreutes Lächeln huschte über sein Gesicht. »Geht es mit den Forschungsarbeiten weiter?«

Ich schüttelte den Kopf. »Nein«, sagte ich. »Ich komme wegen des Mädchens.«

Kohlström runzelte die Stirn. »Was für ein Mädchen?«

»Das Mädchen, das seit Anfang Oktober bei Ihnen untergebracht ist. Man hat mir gesagt, Sie wüssten Bescheid.«

»Bei mir sind eine Menge Mädchen untergebracht. Aber seit Anfang Oktober…?« Er musterte mich aus misstrauisch zusammengekniffenen Augen. Seine Augen hatten sich nicht verändert. Eine Gänsehaut kroch mir den Rücken hoch. »Sagen Sie,« fragte er, »wer sind Sie überhaupt?«

Okay, das reichte jetzt auch mit dem schleimscheißerischen Versteckspiel. Ich zog die Pistole, trat einen Schritt auf ihn zu und drückte ihm den Lauf in die Kehle, in einer einzigen sekundenschnellen Bewegung. »Liefern Sie mir nur den geringsten Anlass, Sie abzuknallen, dann werde ich es tun«, zischte ich. »Ich bin gerade in genau der richtigen Stimmung dafür.«

Der alte Heimleiter schnappte nach Luft. »Um Himmels willen. Was wollen Sie denn von mir?«

»Das habe ich Ihnen schon gesagt: das Mädchen.«

Ich sah Panik in seinen Augen. »Welches Mädchen denn?«

»Das, das hier gefangen gehalten wird.« Ich verstärkte den Druck der Pistolenmündung. »Und wehe, Sie schreien.«

Kohlström schluckte. »Sie müssen sich irren. Dies ist ein Waisenhaus. Hier werden keine Mädchen gefangen gehalten.«

Er wirkte sehr überzeugend. Sein Pech war, dass ich nicht die Absicht hatte, mich überzeugen zu lassen. »Wir gehen jetzt rüber zum Haupthaus und dort in den Keller«, befahl ich. »Wer ist noch auf dem Gelände? Köchinnen? Sonst jemand?«

»Niemand«, beeilte er sich zu versichern. »Die Kinder sind in der Schule, die Köchin ist einkaufen gefahren...«

»Was ist mit den Kindern, die noch nicht zur Schule gehen?«

Er wackelte mit dem Kopf. »Haben wir nicht mehr.«

»Umso besser.« Ich packte ihn am Kragen seines fadenscheinigen Mantels und stieß ihn in Richtung Haupthaus. Er leistete keinen Widerstand, schloss mit zitternden Händen auf, tat alles, was ich sagte.

Mein erstes Ziel war der Kellerraum, in dem ich ungezählte Stunden hatte verbringen müssen, auf einer schimmligen Matratze im Dunkeln, ohne Licht. Diesen Raum gab es noch, aber es war kein Verlies mehr, sondern ein weiß und hellgrün getünchter Tischtennisraum.

Na schön. Es gab noch jede Menge anderer Verstecke in diesem Haus, und ich klapperte sie alle ab, Rune Kohlström vor mir herdirigierend: das Kabuff hinter dem Heizungskeller, den Verschlag unter der Treppe, das fensterlose Gelass beim Kamin im Dachgeschoss, das man nur durch eine Klappe erreichte. Und die normalen Zimmer und Räume durchsuchte ich natürlich auch alle. Immerhin, der Standard hatte sich verbessert: Aus den alten, straflagerartigen Sechsbettzimmern waren gemütlich eingerichtete Jugendzimmer für je zwei Personen geworden, und unser ehemaliges Schulzimmer war heute ein Fernsehraum mit allem, was moderne Unterhaltungselektronik zu bieten hatte.

Doch von Kristina keine Spur.

»Wer sind Sie?«, fragte Kohlström bebend. Wir standen

am oberen Absatz der Treppe zum Dachgeschoss, und durch ein neu eingebautes Dachfenster schien die perlmuttfarbene Wintersonne herein. »Woher kennen Sie sich hier so gut aus? Waren Sie schon einmal hier?«

Ich winkte mit der Pistole. »Ihr eigenes Haus ist dran. Gehen wir.«

Er schien nichts zu hören, sah mich nur mit flackernden Augen an, die immer größer wurden. Sein Mund öffnete sich, schloss sich und öffnete sich wieder, und dann flüsterte er: »Gunnar...?«

Verflucht, das hatte mir gerade noch gefehlt. Ich trat einen Schritt zurück, ins Halbdunkel. »Die Treppe runter!«, befahl ich. »Los!«

»Du bist Gunnar... Gunnar Forsberg«, hauchte Kohlström mit einem eigenartigen Klang in der Stimme, von dem ich erst nicht begriff, dass es Rührung war – und Erleichterung. »Du lebst? O mein Gott, du lebst noch...«

Er hob die Hände, als wolle er mich umarmen. Ich riss die Pistole hoch und hielt sie ihm vor das Gesicht, was ihn stoppte.

»All die Jahre dachte ich, du seist tot, du und deine Schwester«, stieß er hervor. »Wochenlang haben wir nach euch gesucht. Ach was, Monate! Es ging durch alle Zeitungen, übers Fernsehen, und keine Spur, keine. Ihr wart wie vom Erdboden verschluckt.« Er ließ die Arme wieder sinken. »Inga. Wie geht es ihr?«

»Inga *ist* tot«, sagte ich.

Bestürzung in seinem Gesicht. »Tot? Wie das?«

»Ein Autounfall vor fünf Jahren, den ihr Ehemann verschuldet hat.«

»Ihr Ehemann? Sie war also verheiratet?«

»Ja.«

»Hatte womöglich Kinder?«

»Eine Tochter«, stieß ich widerwillig und zwischen zusammengebissenen Zähnen hervor. Ich hätte ihm nichts sagen müssen, nicht das Geringste, aber ich konnte nicht anders. »Sie ist das Mädchen, das ich suche.«

Ich durchkämmte auch noch Kohlströms Haus und seine Garage und fand nichts. Dann bekam Kohlström einen Schwächeanfall und musste sich setzen. So saßen wir an dem weiß lackierten Esstisch in seiner kargen, weiß gestrichenen Küche, und ich sah ihm zu, wie er ein Glas Wasser trank, kurzatmig und mit zitternden Händen. Dann wollte er wieder wissen, wieso uns die Suchtrupps seinerzeit nicht hatten finden können.

Also erzählte ich es ihm. Warum auch nicht. Ich hatte meine letzte Spur verloren, die wahrscheinlich nie eine Spur gewesen war, sondern bloß eine Wahnvorstellung. Ich hatte sogar alle Lust verloren, diesen erbärmlichen Mann zu töten. Ich erzählte ihm in Kurzfassung von unserer Flucht, wobei ich alles wegließ, was meine Einbrecherei betraf, und Kristinas Entführung natürlich mit keinem Wort erwähnte.

Und seltsam, erst da ging mir auf, wie sorgsam und von langer Hand Inga unsere Flucht vorbereitet haben musste. Mir fiel wieder ein, wie zielstrebig sie uns geführt und dass sie eine Landkarte gehabt hatte. Hatte sie von der Feriensiedlung am Storuttern-See gewusst und auch, dass um diese Jahreszeit niemand mehr dort sein würde? Sie hatte für Proviant gesorgt, was bei den Verhältnissen im Heim eine Glanzleistung für sich war, und ihn auf unserer langen Wanderung durch die Wälder sorgsam eingeteilt. Sie hatte darauf bestanden, Ansiedlungen und Begegnungen mit Menschen aus dem Weg zu gehen, und der Versuchung widerstanden, ein Stück mit dem Bus zu fahren: Ihr musste klar gewesen sein, dass man mit unseren Fotos in der Hand alle Busfahrer der Gegend befragen würde.

»Aber warum?«, fragte Kohlström. »Warum habt ihr das alles auf euch genommen, um Himmels willen?«

Ich sah ihn an, dieses kleine, verhutzelte Überbleibsel jenes Riesen, der einst den Abfalleimer vor mir auf den Boden geleert, mir einen Löffel in die Hand gedrückt und »*Iss!*« gebrüllt hatte. Und ich sah eine Bohlentür, hinten im Stall, sah den dicken Ole davor Wache stehen, breit grinsend, hörte die Schreie. »Manche von den größeren Jungs haben regelmäßig Mädchen vergewaltigt«, sagte ich. »Und Sie haben das einfach ignoriert.«

»Ach so«, meinte er. »Das ...« Er sank auf seinem Stuhl noch weiter in sich zusammen, fing an, Krümel mit dem Finger auf der Tischplatte umherzuschieben. »Ich bin nie damit zurechtgekommen, mit dieser Aggressivität, die manche Jungs an den Tag legen. Schon als Kind nicht. Ich bin oft von Älteren verprügelt worden, glaub mir, schrecklich oft. Und später dachte ich immer, es liegt an der Erziehung. Aber was ich auch probiert habe ...« Er seufzte. »Vor kurzem hat man entdeckt, dass es eine Krankheit ist. Erziehungsmaßnahmen nützen überhaupt nichts, man muss das medikamentös behandeln. Ein Schweizer Forschungsinstitut führt seit ein paar Monaten Untersuchungen bei uns durch. Noch ist alles in einem frühen Stadium, aber wenn es funktionieren sollte, wird Kråksberga ohne Zweifel in die Geschichte eingehen, zu einem Begriff werden, so wie Summerhill oder Montessori. Ich werde freilich nichts mehr davon haben, ich gehe nächstes Jahr in den Ruhestand ...«

Ich hob nur die Augenbrauen. Es wunderte mich nicht, dass er das *Juvenile Aggressions-Syndrom* für bare Münze nahm. Für Leute wie ihn war diese Krankheit erfunden worden.

»So sieht die Bilanz aus: Mein ganzes Leben war ein Fehler«, erklärte er mit trübsinniger Asche-auf-mein-Haupt-Stimme. »Ich muss es zugeben. Ich bin ungeeignet, mit Kindern umzugehen, war es immer. Ich habe als junger Mann den entsetzlichen Fehler gemacht, ein Buch über Erziehung zu schreiben, ein eingebildetes Buch voller Dummheiten. Und als die Mitglieder des Vereins, der dieses Waisenhaus gegründet hat, mir seine Leitung angetragen haben, weil sie von meinem Buch so begeistert waren, habe ich nicht abgelehnt, und das war mein zweiter Fehler. Ich dachte, ich würde aller Welt zeigen können, wie man es richtig macht. Wirklich, das dachte ich. Gott, ich war so jung! Ich hatte vom richtigen Leben überhaupt noch nichts gesehen! Und auf einmal saß ich hier in der Einöde, mit hundert Kindern, die mir jeden Tag aufs Neue bewiesen haben, dass ich keine Ahnung hatte...«

Ein Telefon klingelte, und es musste noch zweimal klingeln, ehe ich begriff, dass es das in meiner Tasche war. War ich wirklich so unvorsichtig gewesen, es angeschaltet zu lassen? Offensichtlich. Ich zog es heraus und meldete mich.

Es war Dimitri. »Sitzt du?«, wollte er wissen.

»Ja«, sagte ich.

»Ich habe Kristinas Telefon gefunden. Du wirst es nicht glauben: Es ist noch in Betrieb. Alle paar Tage wird es eingeschaltet, nur für ein, zwei Minuten. Zuletzt gestern Abend um 17 Uhr 13.«

Ich sprang auf. »Und *wo*? Wo befindet es sich?«

»Nicht am Telefon«, erwiderte Dimitri. »Komm einfach.«

Im nächsten Moment hatte er aufgelegt.

KAPITEL 47

Dimitri und seine verfluchte Paranoia! Ich tippte fluchend seine Nummer ein, aber er nahm nicht mehr ab, so lange ich es auch klingeln ließ.

Kohlström war vergessen. Ich stand einfach auf und ging, und noch im Gehen rief ich Hans-Olof an. »Wo steckst du? Kannst du reden? Ich habe Neuigkeiten, und es ist brandeilig.«

»Ich bin in einer Besprechung, warte...« Rascheln, hallende Schritte, eine Tür schlug zu. »Okay, jetzt.«

»Was war das für eine Besprechung?«

»Nichts weiter. Das letzte Palaver vor der Nobelfeier.«

»Verstehe.« Ich fischte die Autoschlüssel aus der Tasche. »Hör zu, ich habe gerade einen Anruf von Dimitri bekommen. Du weißt schon, mein russischer Computer-Wunderknabe. Er hat tatsächlich Kristinas Mobiltelefon aufgespürt, und wie es aussieht, ist es sogar noch in Betrieb.«

Er schnappte nach Luft. »Heißt das, ihr könnt es anpeilen?«

»Ja, so ähnlich.« Ich schloss mit der anderen Hand das Auto auf, blieb aber draußen stehen. Hans-Olof klang merkwürdig dünn und elektronisch; vielleicht würde ich drinnen keinen Empfang mehr haben. »Das Blöde ist, dass Dimitri extrem paranoid ist, was Telefonate anbelangt. Oder es hat einen anderen Grund, auf jeden Fall wollte er mir am Telefon nichts Genaueres verraten. Ich soll zu ihm kommen. Ich habe versucht, ihn zurückzurufen, aber er nimmt nicht ab.«

»Und was heißt das?«

»Das heißt, dass ich ihm verdammt noch mal nicht mehr sagen konnte, dass ich gerade dreihundert Kilometer weit weg in der Pampa stehe und ein verfluchter Schneesturm zwischen mir und Stockholm liegt.«

»Wieso? Wo bist du denn?«

»Unwichtig. Auf jeden Fall brauche ich Stunden, bis ich bei ihm bin, und womöglich stellt sich dann heraus, dass ich umdrehen und wieder hierher zurückfahren muss.« Ich musterte den Himmel, der hier draußen hell und luftig wirkte. Vielleicht war das Schlimmste schon überstanden. Trotzdem würde die Rückfahrt Zeit kosten, die ich nicht mehr hatte. »Pass auf, du musst zu Dimitri gehen und dir die Position zeigen lassen. Dann rufst du mich an und gibst sie mir durch.«

»Gut, klar, mache ich. Wo wohnt er?«

»In Hallonbergen, mitten im Zentrum.« Ich diktierte ihm die Adresse und ließ sie ihn zur Sicherheit noch mal vorlesen.

In Hans-Olofs Stimme war auf einmal so etwas wie Zuversicht zu hören. »Alles klar. Finde ich. Ich brauche nur ein paar Minuten, um mich hier loszueisen, dann fahre ich sofort hin.«

»Warte«, sagte ich, »so einfach ist das nicht. Dimitri macht nämlich nie auf, wenn es klingelt, und sein Name steht auch nirgends. Notfalls musst du bei jemand anders klingeln, um ins Haus zu kommen. Seine Wohnung ist im dritten Stock links, eine blaue Tür. Er kennt deinen Namen. Sag ihm, dass ich dich schicke. Und dass er ein blöder Hund ist!« Ich seufzte. »Nein, das sagst du ihm natürlich nicht.«

Ich überlegte, was sonst noch wichtig sein mochte, und dabei fiel mir auf, dass es merkwürdig still blieb in der Leitung. »Bist du noch dran?«, fragte ich.

Keine Antwort. Ich nahm das Telefon vom Ohr und betrachtete es. Das Display war grau und leer.

Was hieß das jetzt schon wieder? Ich schüttelte das Teil, drückte den Einschaltknopf. Für einen müden Moment, so schwach, dass es kaum lesbar war, erschien die Anzeige *Batterie erschöpft!* Dann war wieder alles stumpf und tot.

Auch das noch. Und das Ladegerät lag natürlich in der Pension.

Ich musste unterwegs eines kaufen. Spätestens in Oskarshamn würde ich einen entsprechenden Laden finden. Ich hatte irgendwo gesehen, dass es Ladegeräte gab, um ein Mobiltelefon an der Buchse des Zigarettenanzünders im Auto aufzuladen. So eines brauchte ich, und zwar so schnell wie –

Halt mal. Ich hatte ja überhaupt kein Geld mehr in der Tasche.

Und nicht nur das... Ich betrachtete Dimitris Wagen. Dessen Tank war praktisch auch leer.

Ich fluchte. Ich sah mich um, musterte die Einöde ringsum – nichts als Wald und Wiesen und eine schmale Straße –, überlegte fieberhaft, spürte die Zeit verrinnen und mein Herz schlagen. Ich fluchte noch einmal, stopfte das nutzlose Telefon in die tiefsten Tiefen meiner Tasche, sah auf den Fahrersitz hinab, rang mit dem Impuls, einfach einzusteigen und loszufahren, blindlings.

Dann atmete ich tief durch und wandte mich ab. Ich sah zu Rune Kohlströms Haus hinüber. Es half nichts. Um Kristinas willen würde ich nicht darum herumkommen, meinen alten Peiniger um Geld zu bitten.

Die Fahrt zurück nach Stockholm zog sich endlos hin. Der Sturm hatte aufgehört, die Straßen wurden geräumt, aber es herrschte viel mehr Verkehr als heute morgen, der aus unerfindlichen Gründen immer wieder ins Stocken kam.

Kohlström hatte überhaupt nicht bemerkt, dass ich schon im Gehen begriffen gewesen war. Als ich zurück ins Haus kam, saß er noch so da, wie ich ihn verlassen hatte. Ich bat ihn mühsam um Geld – ich weiß nicht mehr, was ich gesagt habe, wirres Zeug auf jeden Fall, das mir kaum über die Lippen wollte –, und er sprang sofort auf und gab mir alle Geldscheine, die er in irgendwelchen Schubladen, Zuckerdosen und Einmachgläsern fand, mehr als ich brauchte. Er schüttelte mir die Hand, versicherte mir, wie Leid es ihm tue wegen Inga, sie sei immer eine so gute Schülerin gewesen. Sogar dass sie sich besonders für Tiere und Pflanzen interessiert hatte, wusste er noch, und wiederholte ein ums andere Mal, wie es ihn erleichtere, dass wir damals nicht ums Leben gekommen seien. Jahrzehntelang habe das auf seiner Seele gelastet, jahrzehntelang.

Ich machte, dass ich fortkam.

Irgendwo am Weg fand ich eine Tankstelle, an der aller Fortschritt spurlos vorübergegangen war: drei rostige Zapfsäulen in einem engen Hof und eine missgelaunte Alte, die ungeachtet der Kälte in karierter Kittelschürze und Gummistiefeln durch den Schnee stapfte und darauf bestand, dass ich im Auto sitzen blieb. In Oskarshamn verschwendete ich gut vierzig Minuten damit, nach einem Laden für Telefonzubehör zu suchen, und als ich endlich einen gefunden hatte, hatten sie keine Ladegeräte vorrätig, die für mein Telefon gepasst hätten. Daraufhin versuchte ich, von einer öffentlichen Telefonzelle aus ein R-Gespräch anzumelden, doch als die Telefonistin mich nach der gewünschten Nummer fragte, merkte ich, dass ich die Telefonnummer von Hans-Olofs Handy nicht wusste: Ich hatte sie ja nie eintippen müssen, es hatte immer genügt, die Kurzwahltaste zu drücken, unter der sie gespeichert war! Und dort war sie ohne Strom in den Batterien unzugänglich.

Ich gab es auf. Musste ich eben doch zusehen, dass ich so rasch wie möglich nach Stockholm kam. Ich nahm mir vor, Dimitri die Hölle heiß zu machen, und fuhr so schnell es die Verhältnisse zuließen, was nicht sehr schnell war. Die Uhrzeiger rasten, der Kilometerzähler schlich, die Sonne sank. Als ich Hallonbergen endlich erreichte, war schon wieder dunkler Nachmittag, und bis zum Beginn der Preisverleihung waren nur noch fünfundzwanzig Stunden übrig.

Ich bog in die Straße ein, in der Dimitri wohnte, und hielt Ausschau nach Hans-Olofs Auto. Den blauen Kastenwagen mit der Aufschrift *POLIS* hätte ich fast übersehen.

Die Haustüre stand offen. Männer in Uniform schleppten Kisten und Computer heraus und verluden sie in den Wagen.

Das durfte nicht wahr sein. Ich rollte langsam vorbei, glotzte wie alle anderen auch, die auf der Straße herumstanden. Ich spähte hinauf zu den Fenstern der Wohnung... Da, im dritten Stock. Zwei Männer hinter einer Scheibe, und keiner der beiden sah auch nur entfernt wie Dimitri aus.

Ich parkte irgendwo, stieg aus, sah meinen Händen zu, wie sie den Wagen abschlossen, und marschierte wie betäubt den Weg zurück. Blieb irgendwann stehen, sah zu, was geschah, und konnte es nicht begreifen. Alles in mir fühlte sich wie tot an, abgestorben angesichts der Ungerechtigkeit des Schicksals.

»Ich glaube, ich habe mich geirrt«, wisperte plötzlich eine Stimme neben mir.

Ich zuckte zusammen und fuhr herum. Es war Hans-Olof. Besser gesagt, ein graues, erschöpftes Wesen, das entfernte Ähnlichkeit mit ihm hatte.

»Was die Abhörsicherheit von Mobiltelefonen anbelangt, meine ich«, fuhr er fort, mit einer leisen, matten Stimme, die ohne weiteres aus einer jenseitigen Welt hätte stammen können. »Ich bin zu spät gekommen. Sie haben einen Mann in Handschellen herausgeführt, gerade als ich angekommen bin. Ich nehme an, dass war er? Dieser Dimitri?«

Ich sah ihn an, nickte schließlich mit einem tauben Gefühl im ganzen Leib. »Ja.«

Hans-Olof gab einen Laut von sich, der der Versuch eines Seufzers sein mochte. »Ich war im Haus. Die Tür im dritten Stock war versiegelt. Und vor einer halben Stunde oder so sind dann die da aufgetaucht.« Er hustete in die hohle Hand. »Ich habe auf dich gewartet.«

»Es ging nicht schneller«, sagte ich.

»Ich wusste nicht, wie ich hineinkommen sollte. Ich hätte auch nicht gewusst, wonach ich hätte suchen sollen. Mit Computern kenne ich mich nicht besonders aus, und ...«

»Schon gut«, sagte ich.

»Ich habe versucht, dich anzurufen.«

»Meine Batterie ist leer.«

»Auch das noch.«

»Genau.«

Eine Weile sagte keiner von uns etwas. Wir sahen nur den Polizisten zu, wie sie noch einen Computer und immer noch einen aus dem Haus trugen.

»Und jetzt?«, hauchte Hans-Olof schließlich.

Ich horchte in mich hinein, aber da war nichts. Kein Plan mehr. »Keine Ahnung«, sagte ich. »Das ist das Ende von allem, nehme ich an.«

Dimitris Fund war die letzte Chance gewesen. Und wer würde je wissen, ob es überhaupt eine gewesen war?

Ich hatte versagt. So war das. Es führte kein Weg daran vorbei, mir diese Wahrheit einzugestehen. Ich war angetreten mit der wilden Zuversicht, der Joker im Spiel zu sein, der Trumpf aus dem Ärmel, derjenige, der alles herumreißen würde.

Nichts war mehr übrig von diesem Gefühl der Kraft. Ich steckte die Hände in die Taschen, befühlte das, was sich darin befand, überlegte.

»Könntest du mir Geld geben?«, fragte ich schließlich. Die Frage des Tages. Diesmal fiel sie schon nicht mehr so schwer.

Hans-Olof hob den Kopf. »Wie viel?«

»Was du entbehren kannst.«

Die Heckklappen der Polizeifahrzeuge wurden zugeschlagen. Ein Beamter zog die Haustür zu und bedeutete den Zuschauern, ihrer Wege zu gehen. Während der Konvoi anfuhr, zückte Hans-Olof seinen Geldbeutel.

»Zweitausend Kronen?«

»Okay.«

»Was hast du vor?«

»Ebenso einfach wie angemessen«, sagte ich und schob die Scheine ein. »Ich gehe mich besaufen.«

Er machte große Augen, und so ließ ich ihn stehen und ging. Er machte immer noch große Augen, als ich an ihm vorbeifuhr, und er sah immer noch aus wie ein Gespenst.

Ich hätte ihm unmöglich sagen können, was ich wirklich zu tun beabsichtigte. Ausgeschlossen. Ich war kaum imstande, es vor mir selber zuzugeben, und ganz bestimmt nicht vor Hans-Olof.

KAPITEL 48

Fünfundzwanzig Stunden später, am Mittwoch, dem zehnten Dezember kurz nach vier Uhr nachmittags kratzte ein Schlüssel im Schloss der Andersson'schen Haustüre. Die Tür ging auf, ein Mann kam hereingestapft, streifte hüstelnd die Schuhe ab...

Und hielt inne, als er die Geräusche im Haus hörte. Stimmen. Töne. Ein laufender Fernsehapparat!

»Hallo?«, rief Hans-Olof Andersson mit zittriger Stimme. »Ist jemand zu Hause?«

Keine Antwort.

Ohne den Mantel abzulegen, mit raschen, resoluten Schritten durchquerte Hans-Olof den Vorraum, riss die Tür zum Wohnzimmer auf und seufzte abgrundtief vor Erleichterung, als er mich auf dem Sofa entdeckte.

»Du!«, rief er aus. Es klang, als habe er jemand ganz anderen erwartet. »Meine Güte, hast du mir einen Schrecken eingejagt.«

»Wieso denn?« Ich blieb sitzen, wo ich war, hob nur die Fernbedienung, um den Ton abzustellen. Die Liveübertragung der Nobelfeier hatte schon begonnen, die Kameras zeigten vornehm gekleidete Menschen im Publikum und ab und zu auch mal das *Stockholm Konserthuset* von außen. »Ich habe doch versprochen, dass ich dir Gesellschaft leiste.«

»Ach ja. Richtig.« Er blinzelte, nestelte den Schal von seinem Hals und hielt mitten in der Bewegung inne. »Aber wie bist du denn hereingekommen?«

Ich verdrehe die Augen. »*Du* stellst Fragen!«

»Ach so, ja, richtig...« Das Kaleidoskop der Gefühle auf

seinem Gesicht war sehenswert. Trotz aller wissenschaftlichen Brillanz schien ihm erst jetzt, gute fünfzehn Jahre, nachdem er von mir und meinem Metier erfahren hatte, aufzugehen, was das eigentlich hieß: einzubrechen.

Schließlich ging er hinaus, um Mantel und Schal ordentlich an der Garderobe aufzuhängen. Er war einfach ein ordentlicher Mensch, mein Schwager. Als er zurückkam, hatte er sich wieder gefangen. Nicht nur das, er wirkte beinahe heiter. So, als sei das hier alles nichts weiter als ein netter Nachmittag im Kreis der Familie. Oder was eben davon übrig war.

»Ich habe gesagt, ich hätte Kopfweh«, erzählte er, während er allerhand Knabberzeug auf den Couchtisch stellte. »Jetzt freut sich jemand; ich hätte dieses Jahr nämlich einen Platz auf der Bühne gehabt, den nun natürlich ein anderer kriegt.« Auf dem Fernsehschirm war sie gerade in voller Pracht zu sehen, die Bühne. Dutzende älterer Herren in Smokings, auf eng gestellten Stühlen zusammengedrängt, nur vereinzelt eine Frau dazwischen. Es handelte sich, wie der Reporter mit gedämpfter Stimme erklärte, hauptsächlich um Mitglieder der stimmberechtigten Gremien, aber es waren auch einige Nobelpreisträger aus den vorigen Jahren darunter. Im Vordergrund links eine Reihe leerer, mit rotem Samt ausgeschlagener Sessel für die Laureaten, rechts die breiten, reich verzierten Sitzgelegenheiten, auf denen die königliche Familie Platz zu nehmen geruhen würde. Ungefähr in der Mitte stand das Rednerpult, und auf dem Balkon darüber, hinter einer blumengeschmückten Balustrade, drängte sich das Königlich Schwedische Philharmonische Orchester. »Möchtest du ein Bier?«

»Lieber nicht«, erwiderte ich.

Hans-Olof warf mir einen raschen Blick zu. »Ach so, du warst ja gestern Abend... Du scheinst es gut überstanden zu haben, wie es aussieht.«

Ich zuckte nur mit den Schultern.

Schlag halb fünf erklang der Trommelwirbel, der traditionell den Einzug der königlichen Familie begleitet. Alles im

Saal stand auf. Sie betraten die Bühne durch einen Seiteneingang – König Carl XVI. Gustaf, Königin Silvia, Kronprinzessin Victoria, Prinzessin Lilian, Prinz Carl Philip und Prinzessin Madeleine. Als sie vor ihren ausladenden Stühlen angekommen waren, ging der Trommelwirbel nahtlos in die Nationalhymne über.

Nächster Programmpunkt war der Einzug der Nobelpreisträger. Sie betraten die Bühne von hinten durch den Mittelgang zwischen den beiden halbrunden Sitzgruppen, und sie wurden von zwei jungen Mädchen geleitet, die Schärpen in den Farben Schwedens trugen.

Die Kamera schien besonderen Gefallen an Sofía Hernández Cruz zu finden, der einzigen Frau unter den Laureaten. Sie trug ein atemberaubendes schwarzes Abendkleid und den Kopf so stolz erhoben, wie das nur eine Spanierin kann und wie sie es anscheinend niemals verlernt, egal wie lange sie im Ausland lebt, und sei es in der Schweiz.

Hans-Olof beugte sich ruckartig vor, griff sich eine Hand voll Erdnüsse. »Meinst du, sie ahnt, wem sie ihren Preis in Wirklichkeit verdankt?«

»Sie weiß es«, sagte ich.

»Wieso bist du dir da so sicher?«

»Weil ich es ihr gesagt habe.«

Hans-Olof hielt im Kauen inne, sah mich mit einem halb geöffneten Mund voller halb zerkauter Erdnüsse und mit einem ausgesprochen dümmlichen Blick an, schluckte dann hastig alles hinunter und fragte: »Wie bitte?«

»In Wirklichkeit war ich gestern Abend nicht saufen«, erklärte ich. »Ich war im Grand Hotel. Ich bin in ihre Suite eingebrochen, habe auf sie gewartet und ihr die ganze Geschichte erzählt. Jede verdammte kleine Einzelheit.«

Hotels sind ein ergiebiges Terrain für Wirtschaftsspione aller Art. Auch ich habe in den schallgedämmten Zimmerfluchten teurer Edelherbergen schon reichen Fang gemacht.

Das Prinzip ist simpel. Ein paar Tage vor Beginn einer größeren Fachtagung lässt man sich von dem Hotel, in dem sie stattfindet, als Putzkraft, Hilfshandwerker oder dergleichen anstellen. Wichtig ist, dass es sich um einen Job handelt, der mit Zutritt zu den Gastzimmern verbunden ist, sprich, dass man einen Generalschlüssel bekommt. Sobald die Tagung begonnen hat und all die wichtigen Manager im Konferenzsaal versammelt sind, filzt man im Zuge seiner Tätigkeit ihre Zimmer, durchwühlt ihre Schreibtische, sichtet ihre Unterlagen, knackt ihre Aktenkoffer, kopiert Daten von ihren tragbaren Computern und so weiter. Und wenn man kaum noch laufen kann vor Beute, meldet man sich krank und geht. Es dauert etliche Tage, bis der Hotelverwaltung auffällt, dass man nicht wieder von sich hören lässt. Und bis sie schließlich dahinterkommt, dass etwas mit den Personalunterlagen nicht stimmt, ist man längst über alle Berge.

Ein einziger solcher Vormittag kann ertragreicher sein als zwei Monate normaler Arbeit. Es spottet jeder Beschreibung, wie leichtsinnig hoch bezahlte Manager mit Daten, Unterlagen und Informationen umgehen, an denen Wohl und Wehe ihrer Firmen hängt. Höchstens einer von zehn Aktenkoffern, denen ich in Hotelzimmern begegnet bin, war überhaupt verschlossen. In vielen Fällen liegen vertrauliche Memoranden, sensible Vertragsentwürfe oder interne Kalkulationen offen herum, nicht selten über Bett und Stühle verstreut oder neben dem Klo aufgestapelt. Die Zimmersafes – die zu knacken man in der Tat keine Zeit hätte, von dem damit verbundenen Aufwand und Lärm ganz zu schweigen – werden so gut wie nie benutzt. Gerechterweise muss man hinzufügen, dass derartige Safes für Juwelen und Brieftaschen gedacht sind. Für die im Wirtschaftsleben schützenswerten Dinge erweisen sie sich meist als zu klein.

Tragbare Computer, Laptops, Notebooks und so weiter haben die potenziell zu erbeutenden Informationsmengen und damit den Spaß noch einmal vervielfacht. Zwar sind solche

Rechner oft mit Sicherheitseinrichtungen verschiedenster Art ausgestattet – Passwortabfragen, Verschlüsselungen und so weiter –, aber kaum jemand benutzt sie. IBM verkaufte Anfang der Neunzigerjahre sogar einen bei leitenden Angestellten äußerst beliebten tragbaren Rechner mit einer ausklappbaren Tastatur. Die brauchte man nur anzuheben, um die darunter befindliche Festplatte mit einem Griff herausnehmen und bequem in die Jackentasche stecken zu können. Wenn man keine Spuren hinterlassen will, schließt man eines jener Geräte an, die auf dem Schwarzmarkt verkauft werden und mit denen sich der Inhalt kompletter Rechner in Minutenschnelle absaugen lässt. Bis man das Bad geputzt hat – flüchtig, schließlich will man kein Abschlusszeugnis, sondern nur unverdächtig wirken –, kann man die komplette Korrespondenz, die Kundendatei oder was auch immer davontragen.

Und wenn gar nichts anderes geht, stiehlt man eben das ganze Gerät.

Fachkongresse haben überdies den Vorteil, dass in der Regel die wichtigsten Leute ein und derselben Branche zusammentreffen. Man kann sie also alle bestehlen und anschließend jedem die Geheimnisse der anderen verkaufen: eine höchst lukrative Mehrfachverwertung, die man allerdings über einen Mittelsmann abwickeln sollte, falls man je wieder in dieser Branche arbeiten möchte.

Um zielsicherer vorgehen zu können, ist es nützlich zu wissen, wer wann in welchem Zimmer eingebucht ist – Informationen, die man sich rechtzeitig vorher durch einen Einbruch in eigener Sache beschafft. Ferner muss man, obwohl die Überprüfungen meist eher lax ausfallen, bei der Einstellung echt aussehende Papiere vorlegen; das ist eine Frage der richtigen Kontakte und des richtigen Honorars. Es empfiehlt sich ferner, so zu tun, als beherrsche man die Landessprache nur schlecht, was ein wenig Übung und sorgsam ausgewählte schlechte Kleidung erfordert, einem aber den Vorteil einbringt, dass man nahezu unsichtbar wird, eine Nichtperson, in deren

Gegenwart ungeniert vertrauliche Gespräche über brisanteste Themen geführt werden.

Das Grand Hotel Stockholm ist das teuerste und vornehmste Hotel Schwedens: ein großer brauner Kasten entlang des Södra Blasingholmshamnen, auf dessen grünspanbedecktem Dach immer ein Wald von Flaggen aller Herren Länder weht und dessen beste Zimmer Blick auf den Hafen, den königlichen Palast und die Altstadt von Gamla Stan haben. Seit es den Nobelpreis gibt, also seit über hundert Jahren, werden hier die Laureaten untergebracht, und anfangs fand in seinem *Spegelsalen* auch das Nobelbankett statt, ehe man 1930 aus Platzgründen damit ins *Stadshuset* umzog.

Dass das Grand Hotel schon ein altehrwürdiges Haus gewesen ist, als die Testamentsvollstrecker Alfred Nobels gerade dabei waren, den Preis ins Leben zu rufen, sollte einen nicht zu falschen Schlüssen verleiten. Ich kannte das Hotel von einigen Aufträgen her, die schwierig gewesen waren und geraume Zeit zurücklagen, und ich erinnerte mich noch deutlich an den schon damals sehr hohen Sicherheitsstandard. Keine billigen Schlösser, keine falschen Überwachungskameras, nichts dergleichen. Alles auf dem neuesten Stand der Technik und das Beste, was für Geld zu haben war. Im Gefängnis hatte ich in einer Zeitung gelesen, dass das Haus im Verlauf der Neunzigerjahre in vielfacher Hinsicht umgebaut, renoviert und erweitert worden war. Zudem wimmelte es im Hotel in der Nobelwoche von Sicherheitskräften. Also ging ich respektvoll erst einmal darum herum.

Der überraschend kleine Haupteingang auf die Strömkajen war immer noch derselbe: eine Drehtür unter einem Baldachin aus dunkel angelaufenem Metall, dahinter eine enge Treppe, die hinauf zum Empfang führt. Ein junger Schnösel in dunkelblauer Empfangsuniform mit goldenen Tressen saß auf einem Hocker davor und gähnte, dass ihm fast der Zylinder vom Kopf fiel. So weit alles wie gehabt.

Das Grand Hotel nimmt nicht den ganzen Block ein, nur

beinahe. Nebenan findet sich noch das Verwaltungsgebäude der SVENSKA NÄRINGSLIV, um die Ecke, in der Hovslagargatan, spähte ich in einen kleinen, verstaubten Tabakladen, während ein Mann daneben von einer am Straßenrand im Schnee stehenden Palette Kopierpapier in ein im Tiefgeschoss liegendes Büro hinabtrug. In der Stallgatan fand ich endlich den Personaleingang, und allmählich kamen mir Ideen, wie ich vorgehen konnte.

Seit ich den Veranstaltungsplan aus Reto Hungerbühls Safe gestohlen hatte, wusste ich, dass Sofía Hernández Cruz an diesem Abend, dem 9. Dezember, der Verleihung des *Right Livelihood Awards* beiwohnen würde, der gern auch als »Alternativer Nobelpreis« bezeichnet wird. Dessen Preisgeld von etwa zweihunderttausend Dollar stammt, äußerst symbolisch, nicht aus Geschäften mit Sprengstoff, sondern aus einer Stiftung, die der deutsch-schwedische Journalist Jakob von Uexküll 1980 begründete, indem er seine enorme Briefmarkensammlung verkaufte. Die Zeremonie fand, wie jedes Jahr seit 1985, im schwedischen Parlament statt, und anschließend war ein Essen vorgesehen. Ich konnte davon ausgehen, dass ich mindestens bis elf Uhr Zeit haben würde für das, was zu tun war.

Als ich, vor Dimitris Haus stehend, die Hand in meine Tasche gesteckt hatte, war mir der Blankoausweis in die Finger gekommen, das Einzige, was ich aus dem Büro der Nobelstiftung mitgenommen hatte. Auch das war eigentlich nur aus Gewohnheit passiert und ohne konkreten Plan. Auf dem Schreibtisch der Chefsekretärin hatte eine Mappe voller abgehakter Checklisten, Flugbestätigungen und ähnlichem gelegen und eben auch voller Ausweisvordrucke für Mitarbeiter der Festorganisation. Es hatte ausgesehen, als habe jemand sie eingesammelt, nachdem festgestanden hatte, dass man sie nicht mehr brauchen würde.

Mit Hilfe eines Passbildautomaten und einiger Utensilien aus der Schreibwarenabteilung von *Åhléns* hatte ich den Ausweis auf mich ausgestellt, unter einem falschen Namen natürlich. Ich fand, er sah äußerst überzeugend aus. Er trug ein Hologramm, das je nach Neigungswinkel entweder das Profil Nobels oder das aktuelle Jahr zeigte. So etwas war heutzutage wohl üblich, um Fälschern das Leben schwer zu machen.

Allerdings war damit nur eine von vielen Hürden genommen. Ich verstand genug von den Methoden der Sicherheitsdienste, um mir darüber im Klaren zu sein, dass der Ausweis allein nicht genügte.

Weil es noch zu früh war, zog ich mich in das nahe gelegene Operncafé zurück und bekämpfte meine abgrundtiefe Müdigkeit mit dem stärksten Kaffee, den sie hatten. Ich behielt die Uhr im Blick und bemühte mich, an nichts mehr zu denken. Um zwanzig Uhr dreißig zahlte ich und stand auf. Letzter Akt, letzte Szene.

Während ich die Strömgatan entlang auf das Grand Hotel zumarschierte, atmete ich bewusst tiefer ein als nötig, fühlte mich in meine Rolle hinein. Ich war der Kurier, der Mann für die dringenden Fälle, derjenige, der die tausend Kleinigkeiten reparieren muss, die bei der Organisation eines solch riesigen Ereignisses nun einmal unweigerlich schief gehen. Und ich war schon den ganzen Tag auf den Beinen und fertig mit den Nerven: Für diesen Part der Rolle brauchte ich mich nicht zu verstellen.

Das Grand Hotel. *Personalentré*. Die Tür hatte ein Codeschloss, und ich kannte den Code nicht, also klopfte ich, ungeduldig und heftig.

Ein Sicherheitsmann öffnete, der so breit wie hoch war und sein Haar so kurz geschnitten trug, wie man es schneiden kann, ohne glatzköpfig auszusehen.

»Sie müssen mir helfen«, sagte ich fahrig und hielt ihm meinen Ausweis unter die Nase. »Großes Problem, peinliches Problem, und ich habe allerhöchstens noch eine halbe Stunde Zeit, um es zu lösen.«

Er nahm den Ausweis und hielt ihn ins Licht. »Sölve Bergman«, las er halblaut vor. »Zutritt zu allen Bereichen. Interessant.«

Ich wollte ihm nicht die Zeit lassen, darüber nachzudenken, ob es diese Kategorie überhaupt gab. »Hören Sie«, sagte ich und winkte ihn heran, eine Geste, die er ignorierte, »das, was ich Ihnen jetzt erzähle, muss *absolut* unter uns bleiben. Wie heißen Sie?«

»Mats Almbrandt«, gab er widerwillig Auskunft.

»Also, Mats, wie gesagt, kein Wort zu irgendjemandem.« Ich faltete die Hände und sprach noch etwas leiser, sodass er endlich doch gezwungen war, sich zu mir vorzubeugen. »Frau Professor Hernández Cruz, die Nobelpreisträgerin in Medizin, sitzt in diesem Moment bei der Preisverleihung im Parlament. Und vor zehn Minuten ist ihr der BH gerissen.«

Jetzt hatte ich seine Aufmerksamkeit.

»Ich weiß nicht, ob Sie das Kleid gesehen haben, das sie trägt«, fuhr ich mit gefalteten Händen fort. »Es ist jedenfalls eine Katastrophe. Deshalb muss ich jetzt in ihr Zimmer hoch, einen ganz bestimmten BH, den man mir genau beschrieben hat, aus ihrem Kleiderschrank holen, und damit zurück im Riksdagshuset sein, ehe der Empfang beim Parlamentspräsidenten anfängt.«

»Hätte man da nicht besser eine Frau geschickt?«, fragte Mats Almbrandt. Mats Almbrandt war gar nicht so dumm.

»Erstens«, erwiderte ich, »hat mein Vater ein Geschäft für Damenwäsche; ich kenne mich also aus, danke der Nachfrage. Zweitens hat an einem solchen Abend keine Frau Schuhe an, mit denen man längere Strecken durch Schnee laufen kann, erst recht nicht schnell.« Ich bin selber immer wieder verblüfft, was für Ausreden meinem Gehirn von einem Moment zum anderen einfallen. »Und drittens kriege ich gleich einen Tobsuchtsanfall, wenn Sie mir jetzt nicht einen Generalschlüssel geben und den Weg freimachen.«

Er gab nach. Ich durfte hereinkommen, und er händigte mir eine Schlüsselkarte aus. Allerdings bestand er darauf, mich auf Waffen und andere böse Sachen zu durchsuchen und den Ausweis zu behalten, bis ich zurück war. Während er meinen

Namen in das Protokollbuch schrieb, war ich schon im Laufschritt unterwegs zum Personalaufzug.

Anders als viele glauben, gibt es nur eine einzige *Nobel Suite* im Grand Hotel von Stockholm. Sie liegt im siebten Stock, hat die Zimmernummer 702, und traditionell logiert dort der Literaturnobelpreisträger. Die übrigen Laureaten müssen mit einer der anderen 19 Suiten vorlieb nehmen, wobei sie, wenn es sich einrichten lässt, jedoch zumindest eine mit Blick auf den Hafen bekommen.

Sofía Hernández Cruz war in Suite Nummer 611 untergebracht. Ehe ich mich der entsprechenden Tür auch nur näherte, überprüfte ich die Anordnung der Videokameras, die den Flur überwachten, und drehte eine davon ein Stück zur Seite. Mit etwas Glück würde niemand die Änderung bemerken, mit etwas weniger Glück würde es zumindest eine Weile dauern, bis jemand kam, um nachzusehen, was los war.

Die Suite war, natürlich, eine Leistungsschau schwedischen Möbeldesigns. Ich öffnete rasch eine Schranktür nach der anderen, schnappte den erstbesten BH und stopfte ihn in eine Plastiktüte, die ich in die Tasche schob. Dann tat ich das, weswegen ich eigentlich gekommen war: Ich klebte ein Stück durchsichtigen Klebstreifen so über das Schloss, dass die Falle nicht mehr einrasten konnte. Die schwere Tür wurde von einer Feder zugedrückt; eine Weile sollte diese Manipulation unentdeckt bleiben.

Ich setzte noch rasch den Sensor an der Tür zum Treppenhaus außer Funktion, dann fuhr ich wieder nach unten. Mats saß an einem der mit grauenhaft gemusterten Wachstischtüchern gedeckten Tischen in dem kleinen Aufenthaltsraum neben dem Eingang, als ich zurückkam, und starrte Löcher in die Luft.

»Alles klar«, rief ich ihm zu und schwenkte die Plastiktüte mit dem BH darin. Dann sah ich demonstrativ auf die Uhr. »Könnte reichen.«

Er bequemte sich, aufzustehen, mir meinen Ausweis wieder auszuhändigen und meine Anwesenheit aus der Liste auszutragen. Ich gab ihm die Schlüsselkarte zurück und stellte dabei fest, dass er auch nicht mehr so richtig taufrisch war.

Mit der Hand an der Türklinke blieb ich noch einmal stehen. »Ach ja, Mats«, sagte ich und klopfte auf die Jackentasche, in der ich den BH verwahrte, »wenn davon irgendetwas durchsickert... Wenn irgendjemand eine Bemerkung der Professorin gegenüber machen sollte... Sie wissen, wem ich dann den Kopf abreiße?«

Er riss die Augen auf und beeilte sich zu nicken. »Schon klar. Ich nehme das mit ins Grab.«

»Danke«, sagte ich. »Ohne Leute wie uns wären die da oben ganz schön aufgeschmissen, was?«

Er nickte müde. »Das können Sie laut sagen.«

Ich ließ ihn zurück und marschierte stramm los, allerdings nicht zu der Brücke, über die ich nach Helgeandsholmen zum Parlamentsgebäude gelangt wäre. Stattdessen eilte ich zu meinem im Halteverbot stehenden Wagen und holte all die Sachen heraus, die bei der Leibesvisitation unangenehm aufgefallen wären. Dann kehrte ich zum Grand Hotel zurück und betrat es diesmal durch den Haupteingang.

Luxushotels sind durchaus an ungewöhnlich gekleidete Gäste gewöhnt. Trotzdem fiel ich mit meiner Lederjacke auf, zumindest trat sofort ein anderer Sicherheitsmann auf mich zu. Er sah etwas vorzeigbarer aus als Mats und erkundigte sich beflissen, ob er mir behilflich sein könne.

»Danke«, erwiderte ich leichthin, »aber ich warte bloß auf jemanden.«

»Soll ich den Betreffenden telefonisch verständigen?«

Ich grinste und zog mein nutzloses Mobiltelefon aus der Tasche. »Habe ich schon erledigt. Die Dame müsste jeden Moment aus dem Fahrstuhl kommen.«

»Verstehe«, nickte er.

»Aber«, fiel mir doch noch etwas ein, »Sie könnten mir einen Tipp geben, wo ich eine Toilette finde.«

Er wies, sichtlich froh, seine Nützlichkeit unter Beweis stellen zu dürfen, auf einen der marmornen Gänge. »Hier entlang, da vorne rechts, und dann sind es nur noch ein paar Schritte.«

»Wunderbar.« Ich nickte dankend und eilte los, verfiel, als ich außer Sicht war, in lockeren Schlenderschritt, fand die Tür zum Treppenhaus und machte mich an den Aufstieg in den sechsten Stock. Es war eine Menge los, eine Menge Frauen kamen ständig aus den Aufzügen, es herrschte ein Kommen und Gehen – der Wachmann würde, wenn er mich nicht wiedersah, davon ausgehen, dass ich meine imaginäre Begleiterin getroffen und mit ihr das Haus verlassen hatte.

Ich war überzeugt, dass Birgitta mit ihrer Einschätzung Recht gehabt hatte und Sofía Hernández Cruz tatsächlich nicht ahnte, wie sie zu ihrem Nobelpreis gekommen war. Doch das war in meinen Augen kein Grund, sie ungeschoren davonkommen zu lassen. Sie lebte in einer Illusion, die zweifellos angenehm war, aber heute Nacht enden würde.

Es war kurz nach elf Uhr, als sie zurückkehrte. Bei geöffneter Tür wechselte sie noch ein paar Worte mit jemandem auf dem Flur, doch als die Tür zufiel, war sie allein.

Sie zuckte nicht einmal zusammen, als im nächsten Moment ein Mann auf sie zutrat, der eine Waffe in der Hand hielt. Sie blieb nur stehen und hob die Augenbrauen.

»Wer sind Sie?«, fragte sie. »Und was wollen Sie hier?«

»Ihnen eine Geschichte erzählen«, sagte ich.

Hans-Olof starrte mich an, kreidebleich, das Gesicht ein Bild des Entsetzens, das ein Künstler ohne Zweifel festhaltenswert gefunden hätte.

»Bist du wahnsinnig?«, krächzte er.

»Ja«, sagte ich. »Ich war vollkommen wahnsinnig.«

Auf dem Fernsehschirm war die Zeremonie der Preisverleihung in vollem Gang. Getragene Musik, ein Redner in elegantem Frack am Pult, Trompetengeschmetter. Ein Mann, der seine Medaille und sein Diplom aus der Hand des Königs entgegennahm, sich verneigte und zu seinem Platz zurückging. Applaus, der im Saal aufbrandete, bis das Orchester erneut zu spielen begann.

Ich lehnte mich zurück, hakte meinen rechten Arm hinter das Rückenpolster des Sofas. »Ich wollte ihr den Preis verleiden. Und außerdem«, sagte ich, »war sie meine letzte Hoffnung.«

»Warum erzählen Sie mir das alles?«, fragte Sofía Hernández Cruz, als ich fertig war.

»Weil, falls Kristina noch lebt«, erwiderte ich, »Sie die Einzige sind, die noch eine Chance hat, sie zu retten.«

»Ah ja? Und wie sollte ich das Ihrer Meinung nach tun?«

»Indem Sie Öffentlichkeit herstellen.« Erst jetzt wurde mir bewusst, dass ich beim Erzählen die Pistole hatte sinken lassen. Ich steckte sie weg. Was immer noch geschehen mochte, ich würde sie nicht mehr brauchen. »Die Nobelfeier wird live übertragen. Die Kameras der Weltpresse und Millionen Augen werden auf Sie gerichtet sein. Wenn Sie den Preis in letzter Sekunde ablehnen ... Wenn Sie ans Mikrofon gehen und erklären, warum – das wird niemand totschweigen können. Damit würden Sie die Mauer des Schweigens durchbrechen, die die Verschwörung errichtet hat.«

Sie sah mich eisig an, die Lippen zu einem schmalen Strich zusammengepresst. »Sie erwarten von mir im Ernst, dass ich Ihnen so eine Geschichte einfach glaube? Ist Ihnen eigentlich klar, was Sie da verlangen?«

»Ja.«

»Nein. Ich denke nicht, dass Ihnen das wirklich klar ist.«

»Ich verlange von Ihnen, auf zehn Millionen Kronen und eine Medaille aus achtzehnkarätigem Gold zu verzichten zugunsten des Lebens eines vierzehnjährigen Mädchens, das Sie überhaupt nicht kennen.«

Sie schüttelte unwirsch den Kopf. »Ach was. Es geht doch nicht um Geld.«

»Sondern? Um Ihren Ruhm?«

Sofía Hernández Cruz lachte spöttisch auf. »Meinen Ruhm? Eine Woche nach der Preisverleihung hat die Öffentlichkeit die Namen der Nobelpreisträger doch schon wieder vergessen. Mir wird das nicht anders gehen. Wenn ich auf Ruhm aus wäre, *gerade dann* sollte ich tun, was Sie vorschlagen – damit würde ich wahrscheinlich regelrecht unsterblich.«

»Umso besser. Was hindert Sie dann?«

Sie schwieg einen Moment. »Herr Forsberg«, sagte sie dann, »ich bin Wissenschaftlerin. Wissenschaftler werden weder von der Aussicht auf Geld motiviert noch von der Aussicht auf diese billige Art von Berühmtheit. Was sie antreibt, ist vor allem anderen der Wunsch, zu *wissen*. Nach dem, was Sie mir über Ihre, ähm, *berufliche Tätigkeit* erzählt haben, denke ich, dass das etwas ist, was Sie nachvollziehen können. Das zweite Motiv verstehen Sie dagegen offenbar nicht richtig: Anerkennung. Wissenschaftler wollen die Anerkennung ihrer Kollegen. Das ist es, was den Nobelpreis so besonders macht: Er stellt das Maximum dessen dar, was einem Wissenschaftler in dieser Welt an Anerkennung zuteil werden kann.« Ihr Blick wanderte zum Fenster, hinter dem das nächtliche Stockholm funkelte. »Das ist die persönliche Seite. Daneben gibt es noch die Seite der Verantwortung, die man trägt. Der Nobelpreis ist der berühmteste, der angesehenste, der bedeutendste Preis der Welt. Er ist einzigartig. In der heutigen Zeit, in der wir keine Denkmäler mehr errichten, schafft er Helden, schafft Vorbilder, spornt andere, jüngere an, Höchstleistungen zu erbringen. Der Nobelpreis ist Ausdruck der Überzeugung, dass man etwas erreichen kann, wenn man es will, und dass die Anstrengung sich lohnt. So eine Insitution darf man nicht leichtfertig beschädigen.« Sie sah mich wieder an. »Und dann ist da noch der Umstand, dass ich eine Frau bin. Auch das begründet Verantwortung, nämlich allen anderen Frauen gegenüber, die sich in den Naturwissenschaften zu behaupten versuchen. Frauen, die für ihre wissenschaftliche Arbeit oft genug auf Kinder oder sogar einen Ehemann verzichten. In seinen ersten hundert Jahren wurde der Nobelpreis an 690 Männer verliehen, aber nur an 29 Frauen, davon gerade mal an 6 für Leistungen in meinem Gebiet, der Medizin und Physiologie. Wenn nun ausgerechnet ich der erste Preisträger in der Geschichte des Preises wäre, der die Verleihungszeremonie sprengt – was glauben Sie, wie lange es dauern würde, bis man es wieder wagt, den Preis einem dieser emotionalen, unberechenbaren Geschöpfe zuzuerkennen, einer *Frau?*«

Ich fühlte, wie etwas in mir dabei war, zu zerbrechen. Eine letzte Hoffnung, glaube ich. Der letzte Faden jedenfalls, der mich noch in dieser Welt hielt.

»Ich will das nicht glauben«, sagte ich mühsam. »Ich will nicht glauben, dass Sie einen Preis annehmen werden, an dem Blut klebt.«

Sie sah mich an, lange, schweigend, durchdringend. »Da haben Sie auch wieder Recht«, stimmte sie schließlich zu. »Das könnte ich tatsächlich nicht tun. Nicht, wenn auch nur der Hauch einer Möglichkeit besteht, dass es stimmt, was Sie sagen.«

Sie bat mich, auf dem Sofa Platz zu nehmen, holte einen dicken gelben Schreibblock und einen Kugelschreiber aus dem Schreibtisch und forderte mich auf, alles noch einmal zu erzählen. Während ich das tat, machte sie mit gerunzelter Stirn Notizen, fragte nach, wieder und wieder, wollte jedes Detail wissen. Nach dem dritten oder vierten Durchgang versank sie in Schweigen, blätterte ihre Aufzeichnungen vor und zurück und dachte nach.

Es war ein Nachdenken, wie es einem selten im Leben begegnet. Ich begriff, dass hier ein rasiermesserscharfer analytischer Verstand ein Problem anging, gegen den mein eigener sich ausnahm wie ein Kindermesser neben einem Samuraischwert. Um die Nobelpreisträgerin herum war auf einmal eine Konzentration spürbar, von der ich immer noch glaube, dass man sie hätte messen können wie ein Magnetfeld.

Schließlich lehnte sie sich zurück, legte den Block neben sich und den Kugelschreiber darauf.

»Herr Forsberg«, fragte sie, »haben Sie eigentlich mitbekommen, für welche Entdeckung ich den Nobelpreis bekommen soll?«

Ich sah sie an, irritiert. »Ich habe einiges gelesen. Aber ich könnte es jetzt nicht in ein paar Sätzen zusammenfassen.«

»Das könnte ich auch nicht. Doch wenn Sie schon etwas darüber gehört haben, werden Sie wissen, dass ich mich mit der Frage beschäftigt habe, wie unser Gehirn die Umwelt abbildet. Das menschliche Gehirn ist die komplexeste Struktur, die wir kennen, aber da sie ein Teil des Universums ist, kann sie natürlich nicht groß genug sein, um das Universum in seiner Gesamtheit zu erfassen. Die endgültige Wahrheit ist uns also unzugänglich, zumindest in unserer menschlichen Gestalt. Was das Gehirn macht, ist, dass es *Modelle* der Welt bildet, und was ich untersucht habe, ist, wie diese Modelle auf neurologischer Ebene aussehen. Es sind Komplexe von Neuronen, die über das gesamte Großhirn verteilt sein können, aber dennoch zusammengeschaltet sind, solange eine bestimmte Vorstellung in unserem Bewusstsein ist. Das Bemerkenswerte ist, dass die Anzahl dieser Neuronen stark schwanken kann. Je geringer sie ist, desto simpler, einfacher, vergröberter ist auch die zugehörige Vorstellung – das zugehörige Modell eines Aspekts der Welt, wenn Sie so wollen. Und, ganz wichtig, auch unser Bewusstsein verengt oder erweitert sich mit der Größe des jeweils aktiven Neuronenmusters, denn es gibt kein Bewusstsein an sich, es gibt nur Bewusstseins*inhalte*. Wenn wir uns mit einer Vorstellung identifizieren, die nur von einer geringen Anzahl von Neuronen dargestellt wird, haben wir auch eine verengte, vereinfachte, gewissermaßen eine falschere Sicht auf die Welt. Allerdings muss das nicht so bleiben, denn diese Neuronenmuster werden nie unverändert aktiviert; vielmehr wandeln sie sich ständig. Ein Moment der Erkenntnis, das habe ich zeigen können, ist immer damit verbunden, dass sich mehrere

Muster kommunizierender Neuronen, die vorher unabhängig voneinander waren, zu einem einzigen, größeren Muster verbinden. Das passiert im kleinen Maßstab Hunderte Male am Tag, aber manchmal passiert es auch in großem Maßstab: Das sind dann Momente, in denen sich buchstäblich unser Leben verändern kann.« Sie machte eine kurze Pause. »Mit einfachen Worten gesagt, der einzige Weg, auf dem wir uns der Wahrheit nähern können, ist der, die Zahl unserer Illusionen zu verringern.«

Ich wartete, aber es kam nichts mehr. Sie saß da, ihren Notizblock auf dem Schoß, und sah mich an.

»Klingt gut«, nickte ich. »Aber was genau wollen Sie damit sagen?«

»Ich will damit sagen«, erwiderte sie, »dass ich, wenn Sie mir noch eine letzte Frage zu meiner Zufriedenheit beantworten, tun werde, was Sie verlangen.«

Die Zeremonie war in vollem Gang. Das Stück, das das Orchester zu Ehren der Chemie-Nobelpreisträger gespielt hatte, verklang, und wieder trat ein Mann im Smoking an das Rednerpult, an dessen Vorderseite das Abbild Nobels prangte. Er begann mit einer Laudatio auf Sofía Hernández Cruz. Er sprach in einem eher launigen Ton, denn er hatte einen Saal voller teuer gekleideter Menschen vor sich, die von der wissenschaftlichen Leistung der Medizinerin praktisch nichts verstanden, aber dennoch unterhalten sein wollten.

Die Kamera fing die Laureatin ein, die sich in ihrem roten Sessel aufgerichtet hatte und mit einem etwas fragenden Gesichtsausdruck zuhörte. In der auf Schwedisch gehaltenen Ansprache verstand sie zweifellos nur ihren eigenen Namen und ein paar Fachausdrücke.

Sofía Hernández Cruz hatte, wie alle Nobelpreisträger, an einem der vorangegangenen Tage an einer Probe teilnehmen müssen, bei der jeder einzelne Schritt der Zeremonie eingeübt worden war. Sie wusste also, dass sie aufzustehen hatte, als der Sprecher sich ihr zuwandte und vom Schwedischen ins Englische wechselte. Er wiederholte die wichtigsten Punkte der Lobeshymne noch einmal, diesmal in feierlich-getragenem Ton, der Bedeutung des Moments angemessen, und schloss mit den traditionellen Worten: »Ich bitte Sie nun, vorzutreten und den Nobelpreis aus der Hand Seiner Majestät, des Königs von Schweden, entgegenzunehmen.«

Die Trompeten schmetterten die Fanfare, die allen verkündete, dass der König sich erhob, was hieß, dass alle anderen natürlich ebenfalls aufstehen mussten.

Großaufnahme. Die Spanierin lächelte ihr feines, ruhiges, souveränes Lächeln.

»Meine Güte«, murmelte Hans-Olof. »Meinst du, sie wird es tatsächlich tun?«

Ich sagte nichts, verfolgte nur, was auf dem Bildschirm geschah.

Feierlich schritt Sofía Hernández Cruz über den blaugrünen Teppich, genau der im Zeremoniell festgelegten Bogenlinie folgend, die bei ihrem Sessel begann und bei dem großen, schlichten, von einem Kreis umschlossenen N endete, dem Signet der Nobelstiftung und Mittelpunkt der Bühne.

Das Rednerpult mit den beiden Mikrofonen darauf, die an Schwenkbügeln hingen, war keine drei Schritte weit entfernt.

Carl XVI. Gustaf Folke Hubertus, König von Schweden, stand zwei Fußbreit außerhalb des golden schimmernden Kreises, die lederne Mappe mit der Urkunde und die Schatulle mit der Medaille in der Hand, und lächelte ebenfalls. Wie jedes Jahr war auch dieses Mal sein Haar wieder ein wenig schütterer, als man es vom Vorjahr in Erinnerung hatte.

Die Wissenschaftlerin näherte sich dem Signet auf dem Teppich. Der König trat ihr entgegen und streckte die Hand aus.

Sofía Hernández Cruz ergriff sie, ergriff auch die Mappe und die Schatulle, die er ihr überreichte.

»Nein!«, rief Hans-Olof aus.

Der König trat einige Schritte zurück, während sich die Nobelpreisträgerin verneigte, zuerst vor der königlichen Familie, dann vor der Kommission und schließlich vor dem Publikum. Das Protokoll sah normalerweise vor, dass weibliche Nobelpreisträger knicksten. Doch eine derartige Geste hätte zu Sofía Hernández Cruz nicht im Entferntesten so gut gepasst wie dieses dezente, fast nur angedeutete Neigen des Kopfes.

»Sie hat dich angelogen«, stieß Hans-Olof hervor. »Sie hat es nicht getan. Jetzt ist alles verloren.«

Er keuchte, schüttelte den Kopf, verfolgte gebannt, wie die Spanierin unter dem anbrandenden, frenetischen Beifall des Publikums zurück auf ihren Platz schritt.

»Weißt du«, sagte ich, »ich kann mich wirklich bloß wundern über dich.«

»Was?« Hans-Olof fuhr herum, sah mich an.

Und blickte in den Lauf seiner eigenen Pistole, die ich mitten auf seine Stirn gerichtet hielt.

KAPITEL 49

Gunnar...«, würgte Hans-Olof. »Das ist nicht witzig.«
»Mir ist auch nicht nach Witzen zumute.«
»Was ist los? Drehst du jetzt durch?«

Er sah mich an, sah die Pistole an, sah wieder mich an. Es war offensichtlich, dass er nicht wusste, was er von alldem zu halten hatte.

»Findest du nicht«, fragte er schließlich, »dass, *wenn* hier jemand das Recht hat, durchzudrehen, *ich* das bin?«

»Ich drehe nicht durch«, erwiderte ich. »Im Gegenteil, ich war in meinem ganzen Leben noch nie so klar im Kopf wie heute.«

»Schön. Dann erinnere dich bitte wieder daran, dass ich dein Schwager bin, und tu die Pistole weg.«

Ich rührte mich keinen Millimeter. »Ich erinnere mich an mehr, als du denkst. Genau deshalb kann es sein, dass ich dich gleich erschießen muss.«

»Gunnar, bitte...« Hans-Olof hatte immer noch nicht begriffen. Sein Tonfall war immer noch der eines Mannes, der es mit einem Irren zu tun hat. »Wir können über alles reden. Es gibt keinen Grund, irgendjemanden zu erschießen.«

Ich lehnte mich zurück, senkte die Hand mit der Waffe, die auf die Dauer einfach zu schwer war, ließ den Lauf aber auf ihn gerichtet.

»Gut, reden wir«, sagte ich und nickte zum Fernseher hin. »Sag mir eins: Hast du im Ernst erwartet, Sofía Hernández würde den Nobelpreis ablehnen?«

Hans-Olof musterte mich, wusste nicht, was ich für eine

Antwort erwartete, schluckte. »Sagen wir, ich habe es einen Moment lang gehofft.«

»Weißt du, warum sie es nicht getan hat?«

»Nein.«

»Sie hat es nicht getan, weil ich ihre letzte Frage nicht zu ihrer Zufriedenheit beantworten konnte.«

Seine Augen weiteten sich. »Was?«

»Ich konnte ihre Frage nicht einmal zu meiner eigenen Zufriedenheit beantworten. Genau genommen«, sagte ich, »konnte ich sie überhaupt nicht beantworten.« Ich sah kurz auf den Schirm. Das Orchester spielte irgendetwas Klassisches, und die Kamera zeigte das Gesicht von Sofía Hernández Cruz, das nun doch von Gefühlen überwältigt wurde. Sie lächelte jemandem im Publikum zu, und ihre Augen glänzten feucht. »Diese Frau verdient den Nobelpreis, wenn ihn irgendjemand verdient. Sie hat ein paar Minuten nachgedacht und dann genau die eine Frage gestellt, die ich mir schon seit zwei Wochen hätte stellen sollen, auf die ich aber einfach nicht gekommen bin. Die eine Frage, die alles zerlegt, was ich geglaubt habe, und es neu zusammensetzt.«

»Was denn für eine Frage?«

»Sie hat mich gefragt: ›Haben Sie einen Beweis dafür gesehen, dass Kristina tatsächlich entführt wurde?‹«

Hans-Olofs Gesicht zuckte. Er hob die Hand vor den Mund, hustete heftig. »Was soll denn das heißen? Was für einen Beweis? Was will sie denn, dass man da beweisen soll?«

»Interessant, nicht wahr? Geradezu unheimlich. Sie hat mir eine Frage gestellt, die dadurch, dass ich sie nicht beantworten konnte, auf einmal zu einer *Antwort* wurde auf ganz viele andere Fragen. Zum Beispiel auf die Frage, wieso auf einmal Polizei aufgetaucht ist, als ich im Büro von Rütlipharm war. An deren Alarmanlage kann es nicht gelegen haben, die war lachhaft. Und dass mich jemand aus einem der benachbarten Hochhäuser gesehen haben soll, glaube ich einfach nicht. Erstens habe ich aufgepasst, schließlich bin ich nicht ganz unerfahren in solchen Dingen, und zweitens spiegelt das Glas dazu viel zu stark, auch bei Nacht.«

»Das weiß ich auch nicht. Ich kenne mich mit so etwas nicht aus.«

»Bei genauerem Nachdenken«, fuhr ich finster fort, »stellt man fest, dass genau die Einbrüche schief gegangen sind, von denen *du* gewusst hast.«

»Ich?«, quiekte Hans-Olof. »Was soll denn das heißen?«

»Wenn ich in der Nacht auf Donnerstag nicht verschlafen hätte und zu spät nach Södertälje gekommen wäre, hätte die Polizei, die auf eine ominöse Bombendrohung hin angerückt ist, mich in Hungerbühls Haus auf frischer Tat ertappt. Als ich dagegen bei Bosse Nordin eingebrochen bin, blieb ich ungestört – vielleicht deshalb, weil ich eine Nacht früher gegangen bin, als ich dir gesagt habe? Und es ist auch nichts dazwischengekommen, als ich in die Nobelstiftung eingebrochen bin ...«

Seine Augen, ohnehin schon weit aufgerissen, weiteten sich noch einmal. »Du bist in die *Nobelstiftung* eingebrochen?«

»Eine Sightseeing-Tour. Rein, umgucken, raus. Völlig friedlich, ohne einen Kratzer zu hinterlassen. Alles, was ich mitgenommen habe, war ein Blanko-Ausweis. Den werden sie nicht vermissen.«

Hans-Olof fuhr sich mit den Händen über das Gesicht. »Du bist verrückt. Die Stiftung? Das ist ja nicht zu fassen ...« Er ließ sein Gesicht los, zerrte an seinem Hemdkragen. »Weißt du, das, was du gerade tust, das würde man bei uns in der Wissenschaft ›unzulässige Verallgemeinerung‹ nennen. Es ist in höchstem Maße unseriös. Du hast einen Einzelfall, und aus dem ziehst du viel zu weitreichende Schlussfolgerungen. Es war *ein einziger* Einbruch, bei dem wirklich etwas schief gegangen ist, und nun willst du mir ich weiß nicht was andichten, bloß weil deine übrigen Einbrüche ungestört geblieben sind? Das ist doch Unsinn.«

»Gut, anderes Thema. Kristina hat monatelang jeden zweiten Tag bei dir angerufen, doch ab dem Moment, in dem ich das Tonbandgerät installiert habe, kamen keine Anrufe mehr. So ein Zufall, oder?«

»Gunnar, bitte. Dafür kann *ich* doch nichts.«

»Tatsache bleibt, dass ich keinen Pieps von ihr mit eigenen Ohren gehört habe.«

Er bekam einen roten Kopf. »Was hätte ich denn tun sollen? Ihr deine *Telefonnummer* geben?«, schrie er. »Verdammt noch mal, jetzt leg endlich diese verfluchte Pistole weg.«

Ich hob die Pistole und drückte ab.

Es gab einen ohrenbetäubenden Knall. Die Kugel zerschmetterte eine Ecke des Wohnzimmerschranks und blieb in der Wand dahinter stecken.

Hans-Olof war dicht davor zu hyperventilieren. »*Skit!* Ich dachte schon... *Skit!* Das darf doch alles nicht wahr sein... Gunnar! Was *soll* das?«

»Ich wollte mich nur vergewissern, dass sie funktioniert«, sagte ich ungerührt. »Wir können es auch wissenschaftlicher angehen, wenn du willst. In der Wissenschaft ist es doch üblich, dass man eine Hypothese aufstellt, die alle beobachteten Fakten erklärt, und dann versucht, sie zu beweisen, oder?«

Hans-Olof bebte am ganzen Körper. »Genau genommen kann man sie höchstens falsifizieren«, flüsterte er, »aber schön, von mir aus. Wie du willst.«

»Ich habe mich gefragt, warum ich eigentlich bei Rütlipharm eingebrochen bin, noch dazu so Hals über Kopf und ohne eine Ahnung, was das überhaupt bringen sollte. Genau genommen war es nur aufgrund der wilden Geschichte, die du mir erzählt hast. Ich hatte nichts sonst. Und zufällig weiß ich, dass du im Erfinden von wilden Geschichten ziemlich gut sein sollst.« Mein Blick ging flüchtig über die Regale mit seinen Krimis. »Die Hypothese – die, wie gesagt, leider nicht von mir stammt – lautet: Alles, was passiert ist, waren nur Manöver, mich so schnell wie möglich wieder ins Gefängnis zu befördern, weil du Angst hattest, ich könnte herausfinden, dass Kristina in Wirklichkeit überhaupt nicht entführt worden ist.«

Er richtete sich auf, auf einmal käsebleich. Zum ersten Mal glaubte ich eine gewisse Ähnlichkeit zwischen ihm und den Mäusen zu bemerken, die er in seinem Labor quälte.

»So ein Quatsch!«, rief er aus. »Du *warst* doch schon im Gefängnis! Wozu hätte ich Himmel und Hölle in Bewegung setzen sollen, um dich herauszuholen, wenn ich nur vorgehabt hätte, dich wieder hineinzubringen? Ich hätte dich doch einfach lassen können, wo du warst!«

»War das so? Hast du Himmel und Hölle in Bewegung gesetzt?«

»Ich bin sozusagen vor Sjölander Ekberg auf den Knien gerutscht, wenn du es genau wissen willst.«

»Damit er mich freilässt oder damit er mich drinlässt?«

»Was? Natürlich, damit er deine Freilassung auf dem Gnadenweg erwirkt!«

»Warum fällt es mir so schwer, das zu glauben?« Ich griff wieder hinter das Sofa. An der Stelle, an der ich die Pistole bereitgelegt gehabt hatte, lag außerdem noch ein zusammengefaltetes Blatt Papier. »Vielleicht, weil ich, als ich heute Morgen dein Arbeitszimmer durchsucht habe, *das* hier gefunden habe? Übrigens sind deine Verstecke lächerlich. Du hättest früher besser zuhören sollen, wenn ich etwas erzählt habe.«

Ich sah ihn erstarren. Ich hätte mir Sorgen machen müssen, dass ihn nun endgültig der Schlag treffen würde, aber auch das gehörte zu den Dingen, die mir im Augenblick schwer fielen.

Ich schüttelte das Blatt, sodass es sich entfaltete, und hielt es so, dass Hans-Olof es sehen konnte. Es trug den Briefkopf des Justizministeriums und war an Herrn Professor Hans-Olof Andersson adressiert. »»Auf Anordnung der Ministerin für Justiz werden Strafgefangene, die wegen eines Delikts, das nicht mit der Ausübung körperlicher Gewalt verbunden war, zu einer Haftstrafe von mehr als zehn Jahren verurteilt wurden und mehr als die Hälfte dieser Strafe bereits verbüßt haben, zum ersten Dezember auf Bewährung aus der Haft entlassen‹«, las ich vor. »Und dein guter Freund Sjölander schreibt dazu: ›Das betrifft im *Stockholms Fängelse* deinen Schwager Gunnar Forsberg. Ich dachte mir, nach dem, wie erbittert er bei Ingas Beerdigung auf dich los ist, warne ich dich besser vor.‹ Es muss schön sein, so einen fürsorglichen Freund zu haben. Die Anordnung, habe ich mich erkundigt, wurde am ersten November erlassen, und der Brief hier datiert vom dritten November. Er hat dich also mehr als eine Woche *vor* deinem tränenreichen Besuch bei mir im Gefängnis erreicht.«

Ich ließ den Brief auf den Couchtisch fallen. Hans-Olof starrte darauf, klappte den Mund auf und zu wie ein Fisch, den eine unvermutete Woge an Land gespült hat. »Aber wie... woher...?«

»Nicht *du* hast mich freibekommen, nachdem ich es von dir verlangt hatte, sondern du wusstest, *dass* ich freikommen würde, und hast daraufhin angefangen, mir eine riesige Lügengeschichte vorzuspielen.« Ich hob die Pistole wieder, richtete sie auf meinen Schwager, dieses Arschloch. »Deshalb ist jetzt die Reihe an dir, Fragen zu meiner Zufriedenheit zu beantworten, sonst, so wahr ich hier sitze, verteile ich dein zerebrales Nervengewebe über deinen Wohnzimmerteppich. Und die erste Frage lautet: Wo ist Kristina? Und ich rate dir, sag mir jetzt nicht, dass sie tot ist.«

Hans-Olof atmete wie jemand, der am Verbluten ist. Seine Hände verkrallten sich ineinander, wurden bleich von der Gewalt, die er ihnen antat. Er starrte die Kante des Couchtischs an, den Brief, den faden braunen Wollteppich am Boden, das Fensterbrett mit den eingestaubten Pflanztöpfen, und kein Wort kam aus ihm heraus. Er keuchte nur, als gelte es, etwas zu Tage zu fördern, das unter ungeheuren Lasten verborgen lag, als sei das, was er herausbekommen wollte, mit seinen Knochen selbst verknotet und verwachsen.

»Ich hab ihr immer gesagt, lauf nicht so herum«, wisperte er schließlich.

Und schwieg wieder. Verkrallte seine Hände. Starrte. Keuchte. Das Schweigen wölbte sich rings um uns empor, als versänken wir in einem grundlosen Schlund.

»Ich hab ihr immer gesagt, zieh dir was an. Aber sie hat nicht auf mich gehört. Hat mich nur ausgelacht.« Ein schweres Ausatmen, das den Fluss der Worte in Gang zu bringen schien. »Sie ist schon immer gern nackt herumgelaufen, schon als kleines Kind. Inga hat sie sogar dazu ermutigt. Im Winter, im Sommer, das war ihr egal. Stärkt die Abwehrkräfte. Stimmt ja auch. Und zuerst war es harmlos, sie war ein Kind... Aber je älter sie wurde, desto ähnlicher ist sie ihrer Mutter geworden...«

Ein schluchzender Laut drang aus ihm heraus, der seinen ganzen Körper schüttelte. »Ich vermisse Inga so sehr, weißt du? Jeden Tag denke ich an sie. Jeden Morgen beim Aufwachen erschrecke ich, dass das Bett neben mir leer ist. Abends kann ich nicht einschlafen, weil sie nicht da ist, und manchmal zucke ich noch einmal hoch, wenn ich endlich am Wegdämmern bin, fahre hoch und denke, es stimmt etwas nicht, wo ist sie denn? Und ich verfluche mich selbst für meine Trinkerei damals, glaub mir, ich verfluche mich. Bis an mein Lebensende werde ich mir das nicht verzeihen können. Und inzwischen ist es mir egal, wann es zu Ende sein wird. Die Zeit mit Inga war die einzige Zeit, die gezählt hat in meinem Leben, die einzige...«

»Kristina«, sagte ich, und mir war, als spräche ich ein Wort aus Eis.

Hans-Olof hielt inne, erstarrte, sah aus glanzlosen Augen ins Leere. »Wie soll ich dir das erklären? Man kann es nicht erklären. Und entschuldigen kann man es schon gar nicht.«

Das Gefühl zu vereisen breitete sich immer weiter in meinem Körper aus. Bilder zuckten durch mein Hirn, blutige Visionen, würgende Hände, ein Mädchengesicht... Nein, nicht das! Nicht das. Mich ekelte, und der Finger, den ich am Abzug hatte, begann zu zittern.

»Es war wie eine Spannung, die gewachsen ist, langsam, jeden Tag ein bisschen. Ich habe Kristina angeschaut, aber ich habe Inga gesehen, immer nur Inga. Die Erinnerungen sind wieder gekommen, die Sehnsucht... so stark, dass es mich fast wahnsinnig gemacht hat...« Er keuchte, begann, mit dem Oberkörper vor- und zurückzuschaukeln, begann, schneller zu reden. »Es war Anfang Oktober. Eines Abends, ich... es war schon spät, zehn Uhr vielleicht oder elf, ich weiß es nicht mehr... Kristina war in ihrem Zimmer, ich war in meinem, und es ging mir im Kopf herum, wie ein Fieber, immer wieder diese Bilder, von damals und von Kristina... wie sie aus dem Badezimmer über den Flur geht, einfach so, ohne etwas an, und aussieht wie Inga... ich war schon im Schlafanzug, und dann, ich weiß nicht mehr, wie... Auf einmal war ich im Flur und bin zu Kristinas Zimmer gegangen...«

Er keuchte. Würgte. Schluchzte.

Ich musste die Pistole herunternehmen, weil mein Arm nachgab.

»Ich gebe es zu«, stieß Hans-Olof explosionsartig hervor. »Ich wollte Sex mit ihr. Mit meiner eigenen Tochter. Ich war in dem Moment entschlossen, sie notfalls zu zwingen, kannst du dir das vorstellen? Ich hatte nur diesen Gedanken im Kopf, nur diesen... *Drang*... Mir war alles egal! Was aus mir würde, was aus ihr würde... Ich war erregt. Sie ist meine Tochter, sagte ich mir. Sie gehört mir, was ist schon dabei, wahrscheinlich will sie es sowieso schon lange... Es heißt doch, alle Töchter wollen mit ihren Vätern schlafen...«

Er hielt inne, vergrub die verkrampften Hände im Schoß, kippte den Oberkörper langsam vornüber. »Ich ging in ihr Zimmer«, sagte er.

Ich sah ihn an, spürte, wie das Eis mein Herz umschloss.

»Ich ging in ihr Zimmer«, wiederholte er. »Sie lag schon im Bett. Das Licht auf ihrem Nachttisch war an. Sie hat gelesen. Ich habe irgendwas gesagt, ich weiß nicht mehr, was. Ich bin an ihr Bett gegangen, habe die Bettdecke hochgehoben ...«

Er schwieg, die Augen geschlossen. Schwieg und schwieg.

»Und dann?«, fragte ich.

Er öffnete die Augen nicht. »Sie hat mir derart zwischen die Beine getreten, dass ich bis zum Kleiderschrank geflogen bin. Sie hat mich angeschrien. ›Das machst du nie wieder!‹, hat sie gebrüllt, während ich dagelegen und nach Luft geschnappt habe. Sobald ich wieder aufstehen konnte, habe ich mich hinausgeschleppt, und sie hat hinter mir abgeschlossen.« Er holte pfeifend Atem. »Und am nächsten Tag war sie verschwunden. Spurlos. Nur eine Reisetasche fehlte, ihr Sparbuch und ein paar von ihren Kleidern, sonst nichts.«

Er richtete sich wieder auf, starrte ins Leere, redete ins Leere. »Ich wusste nicht, was ich tun sollte. Ich habe Kristina erst einmal in der Schule krankgemeldet und gehofft, dass sie vernünftig wird und zurückkommt. Dann habe ich den Zettel entdeckt, den sie mir hingelegt hatte.« Er holte seine Geldbörse hervor und entnahm ihr ein zusammengefaltetes Blatt, das offensichtlich vom Notizblock aus der Küche stammte. Er faltete es auf und reichte es mir.

Ich komme nicht zurück. Wenn du mich suchst, erzähl ich alles der Polizei. K. Es war Kristinas Handschrift, soweit ich sie noch kannte.

»Ich konnte doch unmöglich jemandem sagen, was passiert war. Wenn die Schule erfahren hätte, dass Kristina davongelaufen ist, hätte man mich gefragt, warum. Man hätte sie gesucht und gefunden, und alles wäre herausgekommen. Also habe ich gelogen. Ich wollte meine Stelle nicht verlieren, mein Ansehen, nur wegen einem einzigen schwachen Moment... Ich habe gelogen, immer weiter. Mit dem *Morbus Hodgkin* wollte ich mir für ein paar Monate Luft verschaffen, damit ich mir etwas überlegen konnte. Ich habe Aimée gekündigt, die auch nur Fragen gestellt hätte. Ich habe mich über Privatdetektive informiert, um wenigstens herauszufinden, wo Kristina war, und sicher zu sein, dass es ihr gut ging. Ich habe mich erkundigt, wie ich aus Stockholm wegziehen kann, ohne dass jemand etwas merkt, ohne dass die Schule nachfragt... Und gerade als ich dabei war, alles einigermaßen zu arrangieren, kam der Brief.«

Die Worte kamen immer schneller, so, als sei in seinem Inneren ein Damm gebrochen. »Ich hatte überhaupt nicht mehr an dich gedacht. Du warst im Gefängnis weit weg, ich war sicher vor dir. Nachdem du mich damals an Ingas Grab fast erwürgt hast, habe ich versucht, dich aus meiner und Kristinas Erinnerung zu streichen. Und nun solltest du freikommen, so früh schon, und ausgerechnet jetzt? Ich bin in Panik geraten. Du würdest nach Kristina fragen. Du würdest dich nicht davon abhalten lassen, sie zu suchen, egal, was ich dir erzählte. Du würdest sie finden, bestimmt, und sie würde dir erzählen, warum sie weggelaufen ist, und dann – dann würdest du mich umbringen, so, wie du es geschworen hast.«

Seine Hände waren unwillkürlich zum Hemdkragen gewandert, lockerten ihn. »Im Fernsehen kam etwas über das Flugzeugunglück von Mailand. Da ist mir die Idee gekommen, wie ich es machen könnte. Ich habe die Zeitungen nach allem durchgesehen, was sich noch verwenden ließ. Da war die Todesanzeige dieses Reporters, Bengt Nilsson. Das habe ich alles zu der Geschichte verarbeitet, die ich dir im Gefängnis erzählt habe.«

Er schüttelte den Kopf. »Meine einzige Sorge war, dass es dir auffallen würde, dass deine Freilassung, von der ich so tun musste, als hätte ich sie eingefädelt, ausgerechnet am ersten Dezember war. Aber das schien dir nicht seltsam vorzukommen. Du bist sofort auf Rütlipharm los, wie ich es erwartet hatte. Ich musste bloß die Polizei anrufen, als ich wusste, dass du drin bist, von einer Telefonzelle aus, und ich dachte, damit ist das Problem gelöst. Sie würden dich erwischen und zurück ins Gefängnis stecken, und ich würde wieder sicher vor dir sein, vielleicht für immer.«

»Aber ich bin entkommen«, sagte ich tonlos. An meiner Schläfe spürte ich eine Ader pochen.

»Ja«, nickte er. »Das ist mir bis heute unbegreiflich. Ich hatte mir das *High Tech Building* vorher angesehen. Ich war mir sicher, dass es daraus kein Entkommen gibt, wenn jemand in einem der oberen Stockwerke ist und die Polizei unten alles abriegelt. Und dann rufst du am Mittwochmorgen einfach an!«

Ich sagte nichts. Wartete nur. Horchte auf das Pochen.

»Mir ist fast das Herz stehen geblieben. Wir haben telefoniert, und ich dachte jeden Moment, ich fange an zu schreien. Es hat hundert Jahre gedauert, bis du endlich aufgelegt hast, und danach war ich so nass geschwitzt, dass ich nach Hause fahren musste, um zu duschen und neue Sachen anzuziehen.« Hans-Olof holte Luft, sein Brustkorb bebte hörbar. »Beim Duschen kam mir eine Idee, wie ich es noch einmal versuchen konnte. Eine verrückte Idee, etwas, mit dem du nicht rechnen würdest. Ich kenne das Haus, in dem der Niederlassungsleiter von Rütlipharm wohnt. Es gehört dem Konzern, und der Vorgänger Hungerbühls, der selber Pharmakologe war, hat mich vor Jahren einmal zum Essen eingeladen. Ich bin also statt ins Institut nach Södertälje gefahren, bin die ganze Gegend abgegangen, habe eine geeignete Telefonzelle gesucht, habe mir alles wieder und wieder durch den Kopf gehen lassen, bis ich überzeugt war, dass es diesmal bestimmt funktionieren würde. Dann bin ich nach Hause, habe eines von Kristinas Stirnbändern geholt und dich angerufen.«

»Und das hier?« Ich hob die Pistole wieder.

Hans-Olof hob müde eine Augenbraue. »Eine spontane Idee. Ich habe sie von meinem Vater, und der hat sie aus dem Krieg mitgebracht. Ich dachte, wenn ich es arrangieren kann, dass man dich mit einer Waffe in der Tasche erwischt, bin ich auf der sicheren Seite.« Er ließ die Augenbraue wieder sinken. »Nie im Leben hätte ich damit gerechnet, dass du *verschläfst!*«

Sein Blick wanderte eine Weile über den Couchtisch, ehe er weitersprach. »Ich war wie vor den Kopf gestoßen, als ich deine Nachricht auf der Mailbox abhörte. Wenn du nur eine Minute – *eine Minute!* – früher angerufen hättest, hättest du mich erreicht. Ich hätte mit meiner Bombendrohung noch warten können, bis du drin bist, und alles wäre gelaufen wie geplant! Es war wirklich nicht schwer, den Entnervten zu spielen, als du endlich aufgetaucht bist.« Er schüttelte den Kopf. »Ich hatte das Gefühl, dass mir die Sache über den Kopf wächst. Und dann bist du mit deinem Tonbandgerät angekommen! Was sollte ich machen? Ich konnte es nicht ablehnen, ich konnte aber auch keine Erpresseranrufe inszenieren – wie hätte ich das denn machen sollen? Schließlich bin ich auf die Lösung gekommen, die Erpresser im Büro anrufen zu lassen. Sie sagen zu lassen, dass sie sich erst nach der Preisverleihung wieder melden. Bis dahin musste mir eben etwas einfallen.«

Er sackte etwas in sich zusammen. »Dein geplanter Einbruch bei Bosse Nordin war meine letzte Hoffnung. Als das auch schief ging, habe ich kapituliert, die Dinge einfach laufen lassen...« Er sah mich finster an. »Die Bilder in Bosse Nordins Schreibtisch sind übrigens Fotos seiner Patenkinder, die er in aller Welt unterstützt. Seine vier Töchter sind alle adoptiert, drei stammen aus Vietnam und eine aus Mexiko. Bosse hat vor Jahren mit einer Erfindung einiges Geld gemacht, er kann es sich also leisten, und er unterstützt aus Prinzip nur Mädchen. Die Strichlisten zählen Briefe, die er ihnen geschrieben hat, und das Datum kennzeichnet, wann er sie das erste Mal besucht hat.«

Ich nickte nur. Mein Schädel fühlte sich an, als sei er versteinert und alle Gedanken mit ihm.

»Und dann hast du angerufen und mir den Rest gegeben«, fuhr er fort. »Dein Freund Dimitri hatte Kristinas Mobiltelefon angepeilt. Was hätte ich da tun sollen? Egal wie, du durftest keinen Kontakt mit Kristina bekommen. Also habe ich auf dem Weg nach Hallonbergen die Polizei verständigt.« Er rieb sich die Schläfen. »Und dann kamen sie ewig nicht. Ich stand in der Straße, wartete vor dem Haus, und nichts ist passiert. Ich war schon halb darauf gefasst, dass auch das wieder schief gehen würde, aber dann sind sie doch noch rechtzeitig aufgetaucht. Ich habe auf dich gewartet, damit du nicht auf die Idee kommst, jemanden von den Anwohnern zu fragen, was passiert ist.«

In meinem Schädel pochte es, nein, es krachte, als dresche jemand mit einem Vorschlaghammer auf eine Wand ein. Ich hätte mir um ganz andere Dinge Gedanken machen müssen – um Kristina, darum, dass mir Hans-Olof womöglich gerade schon wieder etwas vorlog und sie in Wahrheit tot war, um Dimitri –, aber ich konnte nur an eines denken: »Du wusstest es die ganze Zeit? Du wusstest immer, wie ich reagieren würde?«

Hans-Olof musterte mich mit milder Verwunderung. »Das ist ja nicht schwer. Wenn man dich ein bisschen kennt, weiß man genau, welchen Knopf man drücken muss.«

»Welchen Knopf? Ist das so? Dass man bei mir nur Knöpfe zu drücken braucht?«

»Was habe ich denn Großartiges gemacht? Ich habe dir doch bloß das erzählt, was du selber die ganzen Jahre gepredigt hast. Ein Stichwort, und schon ging es los. In der Hinsicht warst du immer berechenbar wie ein Wasserkocher.«

So war das also. Die Wand, die der Vorschlaghammer im Begriff war einzureißen, hatte ich eigenhändig errichtet. Hans-Olof hatte Recht, ich war berechenbar gewesen. Nur deshalb hatte er überhaupt eine Chance gehabt. Ich hatte geglaubt, der große Durchblicker zu sein, derjenige, der hinter die Kulissen schaut, der kapiert, wie das Spiel läuft. In Wirklichkeit hatte ich mich bloß geistig in die Ecke manövriert, mich in einem Labyrinth aus Verdächtigungen, Vermeidungen und Abwehrstrategien eingemauert und war auf diese Weise voraussagbar geworden. Einer von denen, die aufs Stichwort immer die gleiche Geschichte erzählen. Einer von denen, bei denen man immer schon weiß, was kommt. Einer von denen, hinter deren Rücken man die Augen verdreht und sich zuraunt, *er schon wieder*. Jeder hatte Bescheid gewusst, nur ich nicht.

Sind Sie jetzt verärgert? Aufgebracht? Dicht davor, das Buch in die Ecke zu pfeffern? Ich habe Sie betrogen. Ich habe den Anfang nicht so geschildert, wie er sich tatsächlich zugetragen hat, sondern so, wie ich ihn mir nach Hans-Olofs Schilderungen *vorgestellt* habe. Ich habe die Entführung so geschildert, dass Sie glauben mussten, das alles habe sich tatsächlich so zugetragen. Doch es war eine Lügengeschichte, von Anfang an. Den Mann mit den Fischaugen gibt es überhaupt nicht. Hans-Olof hat nie mit dem toten Journalisten gesprochen. Auch die Trauerfeier hat nie stattgefunden, weil bei dem Unglück von Mailand kein Angehöriger des Karolinska-Insituts ums Leben gekommen ist. Das hatte ich nicht nachgeprüft. Wozu auch, es hatte so viel anderes zu tun gegeben, so viel vermeintlich Dringenderes...

Die Angst, die Hans-Olof bei den Anrufen der Entführer empfunden haben wollte – ich hatte sie empfunden, als er davon erzählte. Auch die Hoffnung, mit der er angeblich nach der Abstimmung auf die Freilassung seiner Tochter gewartet hat. Die Verzweiflung, als ihn Bosse Nordin in die Verschwörung einweihte. Was dieser natürlich nie getan hat. Tatsächlich haben er und Hans-Olof relativ wenig miteinander zu tun; es war Professor Nordins Urlaub und seine Nichterreichbarkeit für eventuelle Fragen, die ihm einen Platz in Hans-Olofs Geschichte verschafft hatten.

Sind Sie jetzt verärgert? Aufgebracht? Fühlen Sie sich auf unverzeihliche Weise betrogen?

Dann wissen Sie, wie mir in dem Moment zumute war.

Nur, dass ich eine Waffe in der Hand hatte.

In meinem Kopf drehte sich alles. Belogen! Manipuliert! Eine Marionette war ich gewesen, und Hans-Olof hatte an meinen Fäden gezogen... Und ich hatte ihm *vertraut!* Nicht nur das, ich hatte ihn bedauert, hatte mir regelrecht Sorgen um ihn gemacht, hatte um seine seelische Gesundheit gefürchtet...!

»Du Schwein«, sagte ich. »Du feiges Schwein.« Ich hob die Pistole. »Du hattest das hier. Du hättest einfach vor dem Gefängnis auf mich warten und mich abknallen können. Wenn du ein Mann gewesen wärst und kein Feigling.«

Hans-Olof hob den Kopf. Ein ungläubiger Ausdruck trat in sein Gesicht.

»Du musst gerade reden«, flüsterte er. »Gerade du.«

Ich wollte etwas sagen, aber ein plötzlicher Schmerz wie ein Messerstich zwischen die Augen ließ mich verstummen. Auf einmal wusste ich, was *er* gleich sagen würde.

»Was hast du denn gemacht?«, fuhr er fort, immer noch in diesem wispernden, fassungslosen Tonfall. »Du bist aus dem Gefängnis gekommen, und Inga und ich haben dich aufgenommen. Uns um dich gekümmert. Wir haben eure alte Wohnung für dich hergerichtet. Was heißt wir... *Ich* war das. Ich habe deinen Kühlschrank aufgefüllt, eigenhändig, die Möbel zurechtgeschoben, die Böden gesaugt und das Bett bezogen; denn Inga war nach ihrer ersten Fehlgeburt endlich wieder schwanger und musste viel liegen... Und du? Was hast du gemacht?«

Ich sah ihn an. Der Presslufthammer in meinem Schädel dröhnte. Ich hatte Inga hereingelassen, als sie eines Spätabends vor der Tür gestanden hatte, mit einem Koffer in der Hand, heulend und im vierten Monat schwanger. Ich hatte ihr altes Bett bezogen und ihr einen heißen Tee gemacht. Ich hatte ihr gesagt, dass sie bleiben könne.

»Du hast bei uns gegessen und mit uns die Bilder von unserer Hochzeit angeschaut und hast immer wieder wissen wollen, wie wir uns kennen gelernt hatten. Man hat dir angesehen, dass es dir nicht recht war. Meinst du, ich habe nicht mitbekommen, wie oft du Inga gefragt hast, was sie an mir findet?

Du hast sie regelrecht bedrängt, wenn ich nicht da war. Sie hat es mir erzählt.«

Ich ließ die Hand mit der Pistole sinken. Hatte er es mir angesehen? Gut beobachtet. Er war mir damals schon wie ein alter Mann vorgekommen. Ich begriff bis auf den heutigen Tag nicht, wie meine Schwester, die ein bildhübsches Mädchen gewesen war, sich jemanden wie Hans-Olof hatte aussuchen können.

»Soll ich es dir sagen, was sie an mir gefunden hat? Sie wusste, dass ich ihr treu war. Sie wusste, dass ich niemals eine andere Frau ansehen würde. Sie wusste, dass sie sich auf mich hundertprozentig verlassen konnte. Das hat sie gesucht, und das konnte ich ihr geben. Wenn schon sonst nichts. Ich weiß, dass ich kein Mann bin, nach dem sich Frauen umdrehen; das habe ich auch schon gewusst, ehe du aufgetaucht bist. Inga hat mir vertraut. Sie hat keine Sekunde gezögert, mir den anonymen Brief zu zeigen. Sie hat kein Wort davon geglaubt. Die Schrift, die Wortwahl, das Briefpapier – es musste eine ältere Frau sein, und wir haben uns gemeinsam den Kopf darüber zerbrochen, wer. Wer, und warum jemand solche Gerüchte über mich in die Welt zu setzen versuchte.«

Aber Inga hatte mich trotzdem angerufen und mir davon erzählt. Ich hatte ihr gesagt, sie solle sich keine Sorgen machen; entweder sei es eine Verwechslung oder einfach eine verrückte alte Frau. So schön sei Hans-Olof ja nun wirklich nicht, dass an den Behauptungen etwas dran sein könne. Worauf mich Inga einen eifersüchtigen Idioten genannt hatte.

»Dann diese Anrufe. Erst eine Frau, die nach mir fragt. Eine unbekannte, ziemlich jung klingende Frau. Am Tag darauf, zur selben Zeit, ein Anruf, bei dem sich niemand meldet. Am nächsten Tag wieder. Es klingelt, man hört nur, wie jemand atmet und wortlos auflegt. Dreimal, dann war es vorbei.«

Daraufhin hatte Inga mich nicht angerufen. Aber ich hatte sie angerufen, um zu fragen, wie man Teerflecken aus einer Hose herausbekommt, und da hatte sie es erwähnt. Und sie hatte mir anvertraut, dass sie und Hans-Olof keinen Sex mehr hätten, seit sie schwanger war, weil sie Angst hatte, auch dieses Kind wieder zu verlieren. »Meinst du, das könnte ihm so viel ausmachen, dass er ... es woanders sucht?«

Ach was. So wichtig kann ihm Sex nicht sein, hatte ich gesagt, *schließlich ist er, bevor er dich getroffen hat, siebenunddreißig Jahre lang ohne ausgekommen.*

»Ich weiß nicht«, hatte Inga gesagt. »Es könnte auch sein, dass er Nachholbedarf hat.«

Ich hatte nachdenklich geschwiegen. Lange genug, damit ihr das, was ich danach sagte, wie Beschwichtigung vorkommen musste.

Hans-Olof barg das Gesicht in den Händen, fuhr sich durch das dünne Haar. »Und dann die Katastrophe. Ich komme nach Hause, nichts ahnend, nicht einmal, dass Inga schon da ist, dass sie einen Tag früher aus der Klinik zurückgekommen ist als geplant.« Er atmete schwer, überwältigt von unerwünschten Erinnerungen. »Wie sie dasteht und mich ansieht, wie sie mich noch nie angesehen hat. Wie sie mir dieses... *Ding* vors Gesicht hält, das Höschen, das sie in unserem Ehebett gefunden hat. Ein schwarzes, spitzenbesetztes Stück Stoff, zerknüllt und feucht ... und nach jemand anders riechend.«

Ich sagte nichts. Ich erinnerte mich. An diesem Abend war Inga zu mir zurückgekehrt. In unsere alte Wohnung in Södertälje. In *unser Haus*.

»Ich habe nicht begriffen, was überhaupt vor sich ging«, stieß Hans-Olof hervor. »Warum Inga einen Koffer gepackt hatte. Erst als das Taxi weg war, ist mir aufgegangen, was sie gedacht haben muss.«

Auf unserer alten Couch hatte sie losgeheult. *Er hat in unserem Ehebett eine andere Frau gevögelt! Während ich im Krankenhaus gelegen habe, um unser gemeinsames Kind nicht zu verlieren!* Ich hatte ihr einen Baldriantee gekocht und ihr gut zugeredet; ihr erklärt, dass wir niemanden brauchten; dass sie ihn einfach vergessen solle.

»Damals habe ich mit dem Trinken angefangen, an diesen Abenden, die wie Abgründe waren. Das wolltest du doch immer wissen, nicht wahr? Wieso jemand wie ich zum Säufer wird? Damals war das. Ich habe getrunken, um durch die Nächte zu kommen, und Tabletten genommen, um die Tage zu überstehen. Vier Monate lang war sie weg. Vier Monate lang, die mir wie vierhundert Jahre vorgekommen sind. Und als Inga zurück war, bin ich nicht mehr davon losgekommen.«

Eines Abends, als ich für eine kleine Observation unterwegs und Inga allein zu Hause gewesen war, hatte es geklingelt. Ich hatte den Fehler begangen, der Frau, die in meinem Auftrag die anonymen Anrufe gemacht hatte, zu verraten, wo ich wohnte. Nun stand sie vor der Tür und wollte noch mal Geld dafür, und als Inga sagte, sie solle verschwinden, hat sie ihr alles erzählt.

Als ich spätnachts zurückgekommen war, hatte Inga nur wissen wollen, von wem der Slip stammte. Ich gestand, dass ich ihn aus dem Wäschekorb einer dunkelhaarigen, breithüftigen jungen Frau im Nachbarhaus gestohlen hatte und das Parfüm, das schwer und sinnlich über dem vermeintlichen Tatort gelegen hatte, aus ihrem Schlafzimmer stammte. Es hatte alles schnell gehen müssen. Dank der Wanze in Ingas Wecker hatte ich erfahren, dass sie früher entlassen werden würde und nicht Hans-Olof, sondern eine Freundin angerufen und gebeten hatte, sie abzuholen, und von diesem Moment an hatte ich nur zwei Stunden Zeit gehabt, alles herzurichten.

»Ich weiß nicht, wie Inga dir das überhaupt verzeihen konnte«, sagte Hans-Olof.

Weil ich trotz allem ihr Bruder war. Und weil sie – aber das wurde mir erst in diesem Moment klar – sich eingestanden haben muss, dass sie, wenn sie Hans-Olof nicht zumindest ein wenig verdächtigt hätte, nie auf die Idee gekommen wäre, früher als angekündigt nach Hause zu kommen.

»Ich weiß nicht, wie ich es fertig gebracht habe, dir danach je wieder die Tür aufzumachen.«

Weil du schon immer ein Feigling gewesen bist. Ein Waschlappen.

»Wie ich es mit dir in einem Zimmer ausgehalten habe. Wie ich dir meine Tochter anvertrauen konnte. Ich glaube, es war nur Inga zuliebe und weil ich so froh war, sie zurückzuhaben. Schwamm drüber, habe ich mir gesagt. Ich habe mir eingeredet, dass es eine Überreaktion war, dass man Verständnis haben muss.« Er musterte mich mit einem zitternden Blick. »Aber ich habe es nicht vergessen. Ich glaube, wenn ich das nicht erlebt hätte, wäre ich überhaupt nie auf die Idee gekommen, dass man ein Problem auch so lösen kann.«

Das Pochen in meinem Schädel ließ nach. Vielleicht war der Vorschlaghammer mit seiner Arbeit fertig. Ich schaute umher, musterte die staubigen Zimmerecken, die schmierigen Stellen auf dem Vitrinenglas, den Zeitungsstapel neben dem Sessel. Ich hatte das Gefühl, das Wohnzimmer zum ersten Mal im Leben zu sehen. Als hätte ich vorher immer nur Fotos davon gekannt.

»Aber du hast dein Problem ja nicht gelöst«, sagte ich.

»Genauso wenig wie du deines.« Er gab einen schluchzenden Laut von sich. »Du hast immer geglaubt, damals bei dem Prozess nach dem Unfall hätten sie meine Blutalkoholuntersuchung unter den Tisch fallen lassen. Weil ich angeblich so ein hohes Tier bin. Aber die Untersuchung hat tatsächlich irrelevant niedrige Werte ergeben. Ich hatte an jenem Abend tatsächlich nicht viel getrunken.« Er hielt inne. Seine Lippen zitterten, bewegten sich lautlos, als tasteten sie nach noch nie gesagten Worten. »Aber ich hatte wie immer Benzodiazepin genommen, und das hat zusammen mit dem Alkohol meine Reaktionsfähigkeit vermindert. Darauf hat man mich nicht getestet. Man ist überhaupt nicht auf die Idee gekommen, dass da etwas sein könnte.«

Er sah mich mit waidwundem Blick an. »Es war ein Unfall, und ich will nicht behaupten, dass ich keine Schuld daran hätte. Aber du auch. Du trägst auch Schuld, Gunnar.«

Ich wollte etwas erwidern, etwas Wütendes, etwas Gerechtes, aber in diesem Moment blieb die Zeit stehen. Alles erstarrte, und ich sah auf einmal ein merkwürdiges, ehrfurchtgebietendes Muster aus Zusammenhängen und Verstrickungen. Oder bildete es mir ein. Oder meine Neuronen hatten für einen Augenblick durchgedreht und mich auf einen selbstproduzierten Trip geschickt.

Dann ging alles weiter, und ich saß immer noch auf dieser fleckigen Couch in diesem staubigen Wohnzimmer.

»Ich verstehe«, sagte ich zu niemand Bestimmtem.

Ich sah hinab auf die Pistole in meinen Händen. Ich sicherte sie und legte sie auf den Couchtisch, zwischen die Erdnüsse und die Kartoffelchips.

Dann nahm ich den Zettel, von dem Hans-Olof behauptet hatte, er stamme von Kristina, und stand auf.

Hans-Olof zuckte zusammen. Ich sah auf ihn hinab.

»Stell deine Putzfrau wieder ein«, sagte ich. »Dein Haus stinkt wie eine Gruft.«

Dann ging ich.

KAPITEL 50

Das Nächste, woran ich mich erinnern kann, ist, wie ich mit Dimitris Auto in Hallonbergen ankam und es wieder auf dem Parkplatz abstellte, auf dem ich es vorgefunden hatte. Wie ich von Sundbyberg hergekommen war: Keine Ahnung. Ich muss wie in Trance gefahren sein.

Ich wusste nicht, was ich mit dem Wagenschlüssel machen sollte; schließlich warf ich ihn einfach in den Briefkasten, von dem ich glaubte, dass er zu Dimitris Wohnung gehörte. Sollte sich jemand anders den Kopf zerbrechen.

Die Fahrt mit der *Tunnelbana* in die Stadt war nur Anfahren, Halten, Hell, Dunkel. Ich stand in dem Gedränge und Stimmengewirr und hörte doch nur Hans-Olofs Stimme. *In der Hinsicht warst du immer berechenbar wie ein Wasserkocher.* Ich sah mein Gesicht in den dunklen Scheiben und konnte nicht glauben, dass ich das war. Konnte Scham so brennen? Oder hatte ich Fieber? In meinem Gehirn ging alles durcheinander. Das war kein neuronales Muster mehr, das war nur noch Chaos.

Noch in der Nacht zuvor, während mir Sofía Hernández Cruz erklärte, was faul an dem klang, was ich ihr erzählt hatte, war ich völlig darauf fixiert gewesen, das Komplott entlarvt zu haben. Dass ich dazu fremde Hilfe gebraucht hatte, gut, das war weniger schön, aber immerhin, sie war eine Nobelpreisträgerin, einer der klügsten Menschen der Welt, da war die Schmach nicht so groß. Letztendlich zählte doch nur, dass es mir gelungen war, den Schwindel zu durchschauen, oder? Egal wie. Ich war stolz darauf gewesen. Den Rest der Morgenstunden hatte ich in fiebriger Rückschau verbracht, hatte mir alle Einzelheiten der letzten Wochen wieder ins Gedächtnis gerufen, alles unter der neuen Prämisse durchdacht und keine Widersprüche entdeckt. Es war schlüssig, es war einleuchtend. Alles, was ich noch gebraucht hatte, war ein Beweisstück gewesen. Dieses schließlich zu finden, hatte ich für einen Triumph gehalten.

Keine Sekunde lang hatte ich darüber nachgedacht, was das alles über mich selbst besagte. Hans-Olof war der Verdächtige, der Hauptschuldige, der Bösewicht gewesen.

Aber er hatte es nur sein können, weil ich im Lauf der Zeit ein vernagelter Hornochse geworden war. Meine Gewohnheiten, auf die ich mir so viel eingebildet hatte, die Gewohnheiten eines misstrauischen Mannes – sie waren nichts anderes gewesen als ein Gefängnis, das ich für mich selber erbaut hatte. Ja, ich war eine Marionette gewesen, und Hans-Olof hatte an meinen Fäden gezogen – aber das waren Fäden, die ich ihm selber in die Hand gegeben hatte; Fäden, die ich selber geflochten, in denen ich mich verfangen hatte im Lauf meines Lebens ...

Und Inga ... Was Hans-Olof zum Schluss gesagt hatte, schmerzte wie ein frisches Brandzeichen auf meiner Seele. Das Schlimmste war, dass ich wusste, dass er Recht hatte. Dass ich es im tiefsten Grunde immer gewusst hatte.

Obwohl ich unterwegs völlig die Orientierung verlor, gelangte ich irgendwie von der blauen in die rote Linie, erwischte sogar die richtige Richtung und kam in der Nähe der Pension wieder an die Oberfläche. Es regnete leicht, die Reifen der Autos machten in dem aufgeweichten Schnee schmatzende Geräusche, und das Licht der Scheinwerfer schien in der Dunkelheit zu ertrinken.

Ich merkte, wie meine Schritte langsamer wurden, als ich mich der Pension näherte. Mein Geist wusste nicht mehr, was er glauben sollte, aber das änderte nichts daran, dass mein Körper bis in die letzte Faser mit einem Misstrauen getränkt war, das sich völlig selbstverständlich anfühlte. Ich hatte mein Leben lang gekämpft, gelauert, hatte keinen Schritt getan, ohne mich umzusehen und nach allen Seiten zu sichern. Ich hatte gelernt, Gefahren zu wittern und Hinterhalten zu entgehen. Ich hatte in einer Welt gelebt, in der ich von Feinden umgeben war und in jeder Sekunde wachsam sein musste, wenn ich überleben wollte.

In der Deckung einer Haustür blieb ich stehen, sah mich um, hielt Ausschau nach Verfolgern und Fluchtwegen, eingefleischte Gewohnheiten eines misstrauischen Mannes. Wer sagte denn, dass das alles falsch gewesen war, was ich geglaubt hatte? Hans-Olof hatte ausgenutzt, dass er mich kannte, und es deshalb geschafft, mich hereinzulegen. War die Schlussfolgerung, die daraus zu ziehen war, nicht die, dass ich in Zukunft noch viel, viel besser aufpassen musste, wem ich mich anvertraute? Dass ich möglichst niemandem mehr etwas Persönliches erzählen durfte?

Ich schloss die Augen, hielt das Gesicht in den sacht fallenden Regen, spürte die Kühle auf der Haut. Es war, als verdampften die Tropfen, sobald sie mich berührten. Ich wusste nicht mehr, was richtig war. Andererseits, was hatte ich zu verlieren? Da war die Pension. Ich brauchte nur hinaufzugehen, und wenn die Polizei mich verhaftete, würde ich wissen, dass ich Recht gehabt hatte.

Also. Auf zur Wahrheit. Ich trat zurück auf die Straße, setzte mich in Bewegung, und verdammt noch mal, sie beobachteten mich, ich konnte es förmlich *spüren!* Wie Nadelstiche im Rücken. Ich widerstand dem Impuls, zu fliehen, der beinahe zum Schmerz wurde, als ich die Haustür erreichte.

Das Auto, das ich gemietet hatte, stand immer noch da, wo ich es vor fünf Tagen geparkt hatte. Fünf Tage? Sie kamen mir vor wie fünf Jahre, wie ein anderes geologisches Zeitalter.

Das Treppenhaus war still und leer und roch nach verbranntem Essen und Waschpulver. Einen Fuß vor den anderen. Ich würde das jetzt durchziehen. Meine Sohlen quietschten auf den steinernen Stufen. Ich zog den Schlüssel hervor, schloss die Tür auf.

Der miefige Geruch kam mir entgegen, als wäre nichts gewesen. In der Küche stand ein muskulöser junger Mann in einem rotgelb gestreiften Pullover und packte irgendwelche Einkäufe aus. Als er mich hereinkommen sah, rief er laut »Aha!«, ließ alles stehen und liegen und kam mir über den Flur entgegen. »Sie müssen Herr Forsberg sein, nicht wahr?«

»Ja«, gestand ich, mit hängenden Armen, damit mir niemand Gegenwehr unterstellen würde.

»Göran Lind.« Er reichte mir die Hand. »Ich bin der Neffe von Frau Granberg. Ich helfe hier immer aus, wenn sie im Krankenhaus ist.«

»Im Krankenhaus?«, wiederholte ich begriffsstutzig, während ich seine Hand schüttelte.

»Ich dachte mir schon, dass sie Ihnen davon nichts gesagt hat. Meine Tante leidet an Krebs. Kein sonderlich aggressiver, zum Glück, aber er kommt eben immer wieder, und deshalb muss sie sich alle paar Monate behandeln lassen. Ich nehme mir dann jeweils frei und schmeiße hier so lange den Laden.«

»Verstehe«, brachte ich heraus. Keine Handschellen. Es klang auch nicht so, als lauerten hinter den Türen Polizisten.

Er lächelte. Eine Frohnatur, wie es schien. »Sie waren ein paar Tage verreist, nicht wahr? Da haben Sie von dem Zirkus gar nichts mitbekommen, den wir letzten Samstag hatten.«

»Zirkus?«

»Ihr Zimmernachbar hat die Polizei gerufen. Hat denen erzählt, hier würden Sexfilme mit Minderjährigen gedreht, worauf die mit einem ganzen Kommando die Wohnung gestürmt haben.« Er lachte kopfschüttelnd auf. »Ich meine, dass dieser Tollar Liljekvist einen an der Waffel hat, war ja nichts Neues. Im Grunde ist er ein armes Schwein, völlig verbohrt in seine Wahnvorstellungen. Aber das war wirklich die Krönung. Er scheint etwas gegen den dritten Mieter gehabt zu haben, der hier immer nur mit diversen Freundinnen übernachtet. Der hatte zwar auch am Samstag eine dabei – bloß minderjährig war die beim besten Willen nicht mehr.« Er kicherte. »Ich glaube, die fühlte sich sogar geschmeichelt, als die Polizisten allen Ernstes ihren Ausweis sehen wollten.«

Ich traute meinen Ohren nicht. »*Tollar* hat die Polizei gerufen?«

»Hat sich nachher herausgestellt, ja. Sie haben ihn abends in irgendeinem Park aufgegriffen, wo er halb nackt herumgelaufen ist und wirre Reden gehalten hat von wegen die Welt sei in den Händen Satans, das Ende nahe und solches Zeug. Ein paar Anwohner haben sich Sorgen gemacht, weil er ein Kleidungsstück nach dem anderen ausgezogen hat und es doch so kalt war. Da fällt mir ein, wo ist denn mein Geldbeutel...?« Er hob den Zeigefinger und begann, sich suchend umzusehen. »Meine Tante hat mir aufgetragen, Ihnen Geld zurückzugeben. Sie haben Tollars ausstehende Miete bezahlt, nicht wahr, und für die laufende Woche auch? Wir haben das Zimmer aber am Sonntag schon wieder vermietet.«

Ich winkte ab. »Lassen Sie. Ist schon in Ordnung.«

»Ja? Na, da fang ich keinen Streit an«, grinste er. »Ach, übrigens, ein Päckchen ist für Sie angekommen. Auch am Samstag. Ich habe an Ihrer Stelle unterschrieben und es in Ihr Zimmer gelegt; ich hoffe, das war in Ordnung so?«

Ich spürte mein Herz übergangslos wieder bis zum Hals schlagen.

»Ein Päckchen?« Mir fiel beim besten Willen niemand ein, der mir etwas hätte schicken sollen. An diese Adresse, die niemand kannte außer...

Außer Fahlander.

Oha. Ich bewegte probehalber die Finger. Das hieß, doch noch mal Alarmstufe Rot. »Danke«, sagte ich mit belegter Stimme. Ich warf einen Blick auf die anderen Zimmertüren. »Wer wohnt denn nun hier?«

Göran Lind ging zurück in die Küche. »Das Zimmer neben Ihnen hat jetzt ein Journalist, aus Dänemark, glaube ich.

Berichtet über die Nobelfeiern, soweit ich weiß, und geht am Freitag wieder. Und er« – er deutete auf die Tür des dritten Mieters, den ich nie zu Gesicht bekommen hatte – »hat nur gelacht. Das ist so ein Typ, sage ich Ihnen.«

Ein Päckchen? Von Fahlander?

»Da scheine ich ja echt was verpasst zu haben.« Ich betrachtete die Tür zu meinem Zimmer und überlegte, was ich über Briefbomben wusste. Woran man sie erkannte.

Aber meine Gedanken liefen Amok, konstruierten Verbindungen, suchten Antworten. Kristina war immer noch verschwunden. War die Wahrheit womöglich *ganz* anders, als ich bis jetzt gedacht hatte? Fahlander. Was konnte er mit der Sache zu tun haben? Was verband ihn und Hans-Olof? Was steckte *wirklich* hinter allem?

»Ja, das waren aufregende Tage«, rief Göran aus der Küche. Er stand da, mit den Einkaufstaschen, und schien irgendetwas zu vermissen. »Der Kaffee!« Er ließ die Taschen fallen und schnappte seinen Schlüsselbund.

»Der Kaffee muss noch im Kofferraum liegen«, vertraute er mir an, während er in eine dicke Winterjacke schlüpfte. »Und ich habe mein Auto hundert Kilometer weit geparkt. Toll, was? Bis später.« Und hinaus war er zur Tür.

Ich stand einen Moment reglos in der ungewohnten staubigen Stille der leeren Wohnung. Was ging hier vor? Ich spürte ein Zittern in der Magengrube. Auf einmal war ich mir sicher, was ich in dem Päckchen finden würde.

Etwas Blutiges. Ein abgeschnittenes Ohr vielleicht, oder ein abgetrennter Finger. Auf jeden Fall aber etwas von Kristina, und dazu ein Brief mit Forderungen.

Ich drückte die Klinke, schaltete das Licht an. Alles sah aus, wie ich es verlassen hatte, abgesehen vom Bett, das jemand gemacht hatte. Es war kalt, seit Tagen ungeheizt, laut, und es stank nach Abgasen. Die Schränke sahen unberührt aus, der Stuhl vor dem kleinen Tisch stand leicht schräg, weil ich mir darauf am Samstagmorgen noch die Schuhe zugebunden hatte.

Und auf dem Tisch lag das Päckchen.

Ich schloss die Tür hinter mir, lehnte mich dagegen, überlegte. Wer wollte mich daran hindern, einfach meine Sachen zu packen und zu gehen? Ich konnte einen Zettel in die Küche legen, dass ich aus irgendwelchen Gründen dringend hatte ausziehen müssen. Bezahlt war die Miete bis Ende der Woche... Sollte Fahlander sich doch wundern, dass ich nicht reagierte.

Ich beugte mich vor, zog die Tür des Schranks neben dem Waschbecken auf, warf einen Blick hinein. Das Zeitungspapier lag noch auf den Regalböden und darunter, unangetastet, das Geld. Ich konnte mir problemlos ein Hotel suchen, auch außerhalb Stockholms, falls heute wegen der Nobelfeier nichts mehr zu kriegen war; ich hatte schließlich ein Auto vor der Tür stehen...

Und dann? Ich warf wieder einen Blick auf das Päckchen, das da lag, braun, ordentlich verschnürt, harmlos wirkend.

Zum Teufel mit allem. Ich zückte mein Taschenmesser, trat an den Tisch und drehte das Ding zu mir her.

Es kam von Lena.

Ich musste die Augen schließen, den Kopf schütteln und noch einmal hinschauen. Da stand es, in ihrer kleinen, sorgfältigen Handschrift. *Absender: Lena Novitzky.* Ich hörte mich auflachen. Die Zeitschriften! *Es ist bloß ein Karton voll*, hatte sie gesagt. *Wenn du mir deine Adresse gibst, schick ich ihn dir.* Und ich hatte ihr die Adresse der Pension gegeben. Das hatte ich völlig vergessen gehabt.

Doch Lena hatte es nicht vergessen. Ich schämte mich, starrte auf das Packpapier, schalt mich einen Idioten. Hatte dieser Nachmittag noch nicht gereicht? Hatte es nicht gereicht, mich wochenlang von meinem Schwager an der Nase herumführen zu lassen? Nein, ich musste mich schon wieder austricksen, mir bei nächster Gelegenheit die nächste paranoide Theorie zurechtlegen...

Sich vorzustellen, dass ich um ein Haar einfach die Flucht

ergriffen hätte! Und dann? Was hätte ich dann gemacht? Ich wäre in der nächsten Scheiße gelandet.

Ich Idiot, ich gottverdammter Idiot ...

Und dann plötzlich, während ich mich verfluchte, war da wieder diese Angst, die ungeheure, vernichtende, seelenzermalmende Angst eines kleinen Jungen, der in einem lichtlosen Kellerloch sitzt und sich fürchtet, vor der Dunkelheit, vor den namenlosen Geräuschen darin, vor den spinnenzarten Berührungen irgendwelcher Tiere aus dem Nichts, die ihn aufschreien lassen vor Entsetzen. So viel Angst hat er, dass er vergisst, wie kalt ihm ist und was für einen Hunger er hat. Er sitzt nur da, die Arme um sich geschlungen, betet, dass die Zeit vergeht, und unter der Angst wächst eine Wut ohnegleichen auf alle und jeden. Niemandem kann er trauen, sagt er sich. Niemandem *wird* er je wieder trauen. Alle sind gegen ihn, die ganze Welt. Nur seine Schwester, die hält zu ihm, aber auch sie kann ihm jetzt nicht helfen in dieser Hölle, die kein Ende nimmt ...

Ein erbärmlicher Laut ließ mich wieder zu mir kommen, doch ich brauchte einige Momente, ehe ich begriff, dass ich es war, der da schluchzte. Ich schlug die Hand vor den Mund, blieb so stehen, starrte aus dem Fenster in die gelblich schimmernde Nacht und versuchte, ruhig zu atmen. *Es ist vorbei*, sagte ich mir. *Es ist Vergangenheit. Der Junge von damals existiert nicht mehr, so wenig, wie der Dämon von damals noch existiert.* Ich dachte an Kohlström, der jetzt ein alter Mann war und sich eingestehen musste, sein Leben vertan zu haben. Ich tat gut daran, die Schwüre aus diesen furchtbaren Nächten, die ich all die Jahre eingehalten hatte, endlich zu brechen.

Aber, ja, auch wenn ich mir das sagte, ich spürte, wie mein Körper noch daran festhielt. In meinen Muskeln und Knochen saß die Angst ebenso unverändert wie das Misstrauen und die wilde Entschlossenheit, mich zu behaupten, um jeden Preis. Sofía Hernández Cruz hatte Recht: Das Bild, das wir uns von der Welt machen, beschränkt sich nicht auf das Gehirn. Wir denken mit unserem ganzen Körper.

Deshalb würde es lange Zeit dauern, mich von alldem wieder freizumachen. Ich würde die Schwüre des kleinen Gunnar wieder und wieder brechen müssen, und vielleicht würde ich sie nie ganz loswerden.

Ich sah hinab auf das Päckchen, nahm es in die Hände. Was sollte ich mit den Zeitschriften? Im Grunde konnte ich sie wegwerfen. Meine Laufbahn als Industriespion war zu Ende, ich durfte mir nichts mehr in dieser Richtung erlauben. Wenn das Geld aufgebraucht war, das ich noch besaß – was zum Glück eine Weile dauern würde –, würde ich mir einen richtigen Job suchen müssen. Bloß – *was* für einen Job? Ich hatte weder einen höheren Schulabschluss noch irgendeine reguläre Ausbildung vorzuweisen. Und der Gedanke, künftig als Lagerarbeiter oder Möbelpacker mein Dasein zu fristen, begeisterte mich nicht gerade.

Egal. Ich setzte mich mit dem Karton aufs Bett und schlitzte ihn auf, weil Lena bestimmt eine Karte oder so etwas beigelegt haben würde.

Hatte sie auch. Eine Postkarte mit dem Bild eines Vogels, der in der offenen Tür eines Käfigs sitzt und argwöhnisch in den freien Himmel über sich späht. *Flieg!*, stand darüber. Lena hatte auf die Rückseite geschrieben: *Ich wünsche dir alles Gute. Deine Lena.*

Na ja. *Meine Lena*, das war sie ja nun bestimmt nicht mehr. Ich nahm die oberste Zeitschrift zur Hand. Das Titelbild verhieß eine ausführliche Reportage über neue Überwachungsmöglichkeiten mit Hilfe von Bilderkennungssoftware. Klang interessant. Ich schlug das Heft auf und begann zu lesen.

Als ich das nächste Mal auf die Uhr sah, waren anderthalb Stunden vergangen, und mein Magen fühlte sich an, als habe er beschlossen, sich nun selber zu verdauen. Ich schnappte einen der frisch gewaschenen Geldscheine und ging hinüber zu dem türkischen Imbiss, um mir etwas zu holen. Dort lief im Fernsehen – als Kontrastprogramm zu Döner Kebap und Pommes Frites – gerade die Berichterstattung vom Nobelbankett. Sofía Hernández Cruz war zu sehen, wie sie auf den neben ihr sitzenden Prinzen Carl Philip einredete. Der hörte ihr aufmerksam zu und wirkte dabei über alle Maßen verblüfft. Ich konnte nachvollziehen, wie es ihm ging. Es war noch keine vierundzwanzig Stunden her, als ich genauso ausgesehen haben musste.

Zurück in der Pension las ich weiter, erst am Tisch, während ich nebenher aß, dann auf dem Bett. Es war weit nach Mitternacht, als ich mit den Heften einigermaßen durch war. Ich legte mich mit der unheilvollen Einsicht schlafen, dass ich viel zu fasziniert war von der bizarren Welt der Wirtschaftsspionage, als dass ich davon würde lassen können. Ich war, sozusagen, verloren.

Am nächsten Morgen erwachte ich mit einem Schlag. Ich setzte mich auf, sah mich um und fand alles widerlich. Das Zimmer stank nach Autoabgasen und Dönerbude, war kalt und laut, die Möbel gehörten allesamt auf den Müll und der Rest mit dem Flammenwerfer gereinigt. War ich eigentlich bescheuert, mir so eine Umgebung anzutun? Innerhalb einer Sekunde traf ich jede Menge weitreichender Entscheidungen: Ich würde mir umgehend eine Wohnung suchen. Und ich würde mich bei allen entschuldigen, denen ich seit meiner Entlassung aus dem Gefängnis auf die Nerven gegangen war, allen voran Birgitta. Außerdem musste sie erfahren, was in Wirklichkeit los war.

Donnerstags hatte Birgitta erst kurz nach drei Uhr Schluss, daran erinnerte ich mich noch von unserer ersten Begegnung. Gerade eine Woche war das jetzt her, kaum zu glauben. Ich sah auf die Uhr. Kurz nach neun. Gut, eines nach dem anderen.

Kurz nach zehn verließ ich das Haus mit einem beruhigenden Packen Geld in der Brusttasche. Um halb zwölf hatte ich eine Maklerin gefunden, die mir nicht suspekt war. Sie stellte mir mit tiefer Stimme Fragen zu meinen Vorstellungen und legte mir dann einige Angebote vor. Eines davon fiel mir auf Anhieb ins Auge: eine kleine Wohnung in der City mit Blick auf einen Park. Nicht groß, und alles andere als billig, aber die Fotos gefielen mir. Und sie war leer; ich konnte sofort einziehen. Da es angesichts meiner beruflichen Leidenschaften früher oder später doch darauf hinauslaufen würde, dass ich mein Leben in einer Strafanstalt beschloss, wollte ich mir die letzte Zeit in Freiheit so angenehm wie möglich gestalten.

Kurz vor eins standen wir in der Wohnung. Sie gefiel mir noch besser als auf den Fotos. Die hohe Miete, stellte sich heraus, rührte daher, dass ein Büro im Stockwerk darunter dazugehörte, das über eine eigene Treppe erreichbar war. Irgendwie war mir das auf dem Angebotsblatt entgangen.

»Nicht schlecht«, sagte ich. »Bloß weiß ich nicht, was ich mit dem Büro anfangen soll.«

Die Maklerin musterte mich verwundert. »Seltsam«, meinte sie. »Auf mich wirken Sie wie jemand, der eines braucht.«

»Ah ja?« Ich musste beinahe lachen. Wenn sie geahnt hätte ... Ich durchschritt noch einmal das Wohnzimmer. Die Aussicht war wirklich umwerfend. Und die zentrale Lage würde mir gefallen, da war ich mir sicher.

»Ich denke, es ist kein Problem, das Büro unterzuvermieten«, sagte die Maklerin, in ihren Unterlagen blätternd. »Der Vertrag erlaubt es ausdrücklich, und kleine Büros in der City sind immer gesucht. Ich kann Ihnen dabei gern behilflich sein, wenn Sie wollen.« Da ich immer noch zögerlich wirkte, fuhr sie fort: »Oder möchten Sie lieber noch einmal drüber schlafen? Das wäre im Moment kein Problem, vor Weihnachten tut sich ohnehin wenig.«

Das ließ mich an mein Zimmer in der Pension denken und an meinen Widerwillen beim Erwachen heute früh. Auf geheimnisvolle Weise brachte das meine Entschlusskraft wieder auf Touren. »Nicht nötig«, sagte ich. »Ich nehme sie.«

»Wusste ich's doch«, meinte die Maklerin. Dann fuhren wir zurück und erledigten die Formalitäten.

Ich verließ ihr Büro kurz nach zwei, den Vertrag und die Schlüssel in der Tasche, aß eine Kleinigkeit bei einem Bäcker und fuhr dann nach Sundbyberg hinaus. Unterwegs kaufte ich einen großen Strauß Blumen, so groß, dass selbst die Blumenhändlerin mit Neid in den Augen fragte: »Für wen ist denn der?«, und als ich die letzten Treppenstufen zu Birgittas Wohnung hinaufstieg (um des größeren Überraschungseffekts willen öffnete ich die Haustüre mit einem Dietrich), hatte ich mir meine einleitenden Worte zurechtgelegt. »Birgitta«, würde ich sagen, »ich muss dir Abbitte leisten. Du hattest Recht, und ich hatte Unrecht. Die Welt ist zwar in mancher Hinsicht schlecht, aber sie ist bei weitem nicht so schlecht, wie meine Phantasie sie gemacht hat.« Das, fand ich, klang gut. Von da konnte man überleiten zu einer Entschuldigung und allem möglichen anderen.

Ich klingelte und stellte mich so hin, dass man vom Türspion aus hauptsächlich den Strauß sah.

Hastige Schritte hinter der Tür. Jemand klapperte mit dem Hörer der Gegensprechanlage, dann wurde die Tür aufgerissen.

»Du?«, rief Birgitta aus. Sie hatte verheulte Augen und würdigte das Blumenmeer in meiner Hand keines Blickes. »Das ist ja unheimlich. Gerade habe ich an dich denken müssen.«

»Oh«, meinte ich verdutzt, »schön.«

»Nein, nicht schön«, schniefte sie. »Es ist alles furchtbar.« Sie packte mich am Ärmel. »Komm rein.«

Ich ließ mich bereitwillig über die Schwelle ziehen. Sie trug nur Strumpfhosen und ein verwaschenes Hemd, das ihr zu groß war, und überließ es mir, die Tür zu schließen. War sie schwanger? Hatte sie einen positiven AIDS-Test? Probleme mit ihrem Ex-Mann?

»Hier«, sagte ich, als ich sie eingeholt hatte, und reichte ihr die Blumen. »Die sind für dich.«

Sie verzog das Gesicht. »Schön.« Es klang wie: *Auch das noch.* »Tu sie irgendwohin.«

In Anbetracht der Tatsache, dass ich ihr ungefähr doppelt so viele Blumen gekauft hatte wie allen Frauen in meinem bisherigen Leben zusammengenommen, war ich doch etwas konsterniert, dass ich mich nun auch noch selbst darum kümmern musste. Ich fand eine Vase unter der Spüle, in der der Strauß mit Mühe Platz hatte, füllte sie mit Wasser und trug das ganze Arrangement schließlich ins Wohnzimmer, wo Birgitta sich, von Bergen verweinter Taschentücher umgeben, auf der Couch in eine Decke gehüllt hatte.

»Also«, sagte ich und setzte mich in den Sessel gegenüber, »was ist los?«

Sie zog die Decke bis zum Kinn hoch. »Habe ich dir erzählt, dass ich Kristinas Klasse vor vier Wochen auch in Schwedisch übernehmen musste...?«

Ich nickte. »Wegen der Kollegin im Mutterschaftsurlaub. Hast du erzählt.«

»Ja? Ich war mir nicht mehr sicher. Jedenfalls, die Kuh... Entschuldige, aber sie ist wirklich eine dumme Kuh. Sie hat mir praktisch die ganze Arbeit hinterlassen. Sie hat in diesem Schuljahr keinen einzigen Aufsatz korrigiert, kannst du dir das vorstellen? Das musste alles ich machen.« Sie streckte die Hand nach einem neuen Taschentuch aus und schnäuzte sich. »Entschuldige, dass ich dich hier so vollheule. Es ist nicht wegen der Arbeit, weißt du. Es war, weil doch auch Kristinas Aufsätze in dem Stapel waren. Erst habe ich mir gesagt, ich lasse sie bis zum Schluss liegen oder korrigiere sie überhaupt nicht. Jedenfalls nicht, bevor ich nicht weiß, was mit Kristina ist...« Sie schniefte. »Ich habe gestern die Nobelfeier angeschaut. Mache ich sonst nie, aber als ich diese Spanierin gesehen habe, da konnte ich nicht anders; ich musste Kristinas Heft hervorholen und durchlesen, und dann habe ich es eben doch korrigiert. Ich meine, es ist nichts Großartiges, zwei Bildbeschreibungen, was die meisten Kinder langweilig finden... Aber ich musste an sie denken, was sie wohl durchmacht, ob sie überhaupt noch lebt...«

Ich hob die Hand. »Warte. Lass mich erst erzählen.«

Und ich erzählte haarklein, was passiert war. Als ich fertig war, saß Birgitta wie zur Salzsäule erstarrt da, mit Augen groß wie Untertassen.

»Infam«, flüsterte sie. »Einfach... infam. Unglaublich. Ich weiß nicht, wer von euch beiden der schlechtere Mensch ist...«

»Jedenfalls«, sagte ich dazwischen, »ist immer noch unklar, wo Kristina steckt. Ich denke, über eventuelle Abhebungen von ihrem Sparbuch kann die Polizei sie vielleicht ausfindig machen. Ich werde also morgen –« Ein eigentümlicher Ausdruck in Birgittas Gesicht ließ mich innehalten. »Was ist?«

»Ich weiß es vielleicht«, stieß sie hervor. »Ich weiß, wo sie sein könnte.«

Sie sprang auf, lief zu ihrem Schreibtisch, holte eines der Hefte, die dort lagen, und brachte es mir. »Hier, Kristinas Aufsätze.« Sie blätterte darin. Es war ein ziemlich dickes Heft, wohl für zwei Schuljahre auf einmal gedacht. »Sie hat vor einem halben Jahr einen Aufsatz geschrieben, den du mal lesen solltest. Die Aufgabe war, über ein Familienmitglied zu schreiben.« Sie reichte mir das Heft.

Der Aufsatz datierte vom Mai und trug den Titel *Meine Oma*.

Meine Oma wohnt in Vimmerby, in einem hübschen kleinen Haus im Djursdalavägen. Sie ist die Mutter meines Vaters, aber der kümmert sich überhaupt nicht um sie. Wir besuchen sie höchstens einmal im Jahr. Mein Vater sagt, es lohnt sich sowieso nicht, weil sie uns gleich wieder vergisst, nachdem wir gegangen sind. Meine Oma hat nämlich Alzheimer. Das ist eine Krankheit, bei der man sich nichts mehr merken kann. Man erinnert sich nur noch an Sachen aus der Kindheit, aber man weiß nicht mehr, was am Tag vorher los war. Wenn wir mal dort sind, erzählt mir meine Oma oft Geschichten aus der Zeit, als sie selber ein Kind war, oft sogar dieselben, manchmal zweimal pro Stunde. Wenn ich dann sage: »Das hast du mir gerade eben erst erzählt«, dann lacht sie und sagt: »Ach wirklich? Ja, ich werde vergesslich.«

Birgitta nahm mir das Heft ungeduldig aus der Hand, blätterte weiter, zeigte auf eine Stelle. »Hier.«

Ich denke oft an meine Oma, wie sie da alleine in dem kleinen Haus sitzt und fernsieht. Zweimal am Tag kommt jemand und kümmert sich um sie, den Rest kann sie noch alleine machen. Aber die Frau, die nach ihr sieht, meint, dass das nicht mehr lange gut gehen wird, weil meine Oma inzwischen oft sogar das Essen vergisst, obwohl es fertig auf dem Herd steht. Bei dem Gedanken, dass meine Oma ins Heim soll, werde ich ganz traurig. Wenn ich es mir aussuchen könnte, würde ich zu ihr ziehen und mich um sie kümmern, ihr den Haushalt machen, einkaufen, die Wäsche waschen, kochen, putzen und so weiter, alles, was Aimée mir beigebracht hat. Dann könnte meine Oma in ihrem Haus wohnen bleiben, an das sie gewöhnt ist und in dem sie sich wohl fühlt und in dem es mir auch gut gefällt.

Ich reichte ihr das Heft zurück. »Zieh dir was an.«

Es war schon stockdunkel, als wir in Vimmerby ankamen. Wir fragten uns nach dem Djursdalavägen durch, parkten den Wagen und gingen dann die schmale, stille Straße ab, an der entlang sich kleine, dunkle Holzhäuser hinter weiße Holzzäune und hohe Büsche duckten. Es schneite leicht, und es war deutlich kälter als in Stockholm. Ein unheimliches, klopfendes Geräusch hallte von irgendwoher, während wir auf der Suche nach dem Namen *Andersson* von Briefkasten zu Briefkasten und von Klingelschild zu Klingelschild gingen.

»Meinst du, sie hat das womöglich nur erfunden?«, fragte Birgitta, als wir uns langsam dem Ende der Straße und der Quelle des klopfenden Geräuschs näherten und uns allmählich die Häuser ausgingen. »Ich meine, bei dem Vater...?«

»Die Großmutter gibt es«, knurrte ich. »Es ist Hans-Olofs Mutter. Ich wusste bisher nur, dass sie irgendwo in Småland lebt und geistig seit langem auf dem absteigenden Ast ist.«

Das klopfende Geräusch kam vom letzten Haus auf der rechten Seite. Es lag im Dunkeln. Im Schein des Lichts, das aus einem Fenster drang, hackte jemand Holz, eine untersetzte Gestalt in einer dicken Winterjacke und mit einer mächtigen Zipfelmütze auf dem Kopf. Die Axt kam regelmäßig wie ein Pendel nieder, und die Scheite stoben nach allen Seiten.

Auf dem Briefkasten stand überhaupt kein Name. »*Hej!*«, rief ich. »*God kväll!*«

Die Gestalt hielt inne. »*Vad står på?*«, fragte eine helle Stimme. Die Stimme eines Mädchens.

»Kristina?«, rief Birgitta aus. »Bist du das?«

Das Mädchen legte die Axt beiseite. Im Näherkommen streifte sie die Mütze ab, und helles, blondes Haar fiel ihr über die Schultern. Es war Kristina, natürlich.

Und ich kannte das Haus. Über dem Schreibtisch in ihrem Zimmer hing ein Foto davon.

»Frau Nykvist?«, fragte sie. »Was machen Sie denn hier …?« Dann entdeckte sie mich, und offenbar reichte das wenige Licht aus, mich zu erkennen. »Onkel Gunnar? Wo kommst du denn her? Bist du aus dem Gefängnis ausgebrochen?«

Ich musste unwillkürlich lachen. »Kann man fast so sagen«, gab ich zurück.

KAPITEL 51

Kommt doch rein«, sagte sie, in genau dem Tonfall, in dem es Inga gesagt hätte. Ich war erschüttert, wie sehr sie ihrer Mutter ähnelte.

Sie sammelte noch rasch die herumliegenden Scheite in einen Korb, dann ging sie voran ins Haus. Es war warm und hell erleuchtet und roch behaglich nach Weihnachtsgewürzen. Einen herrlichen Sekundenbruchteil lang kam es mir vor, als machte ich eine Zeitreise, als könnte all das, was seit jenem Sommer in dem Haus am Storuttern-See passiert war, nun ungeschehen gemacht werden.

Kristina stellte den groben Flechtkorb mit dem Brennholz ab und knöpfte ihre Jacke auf. In der Tür zum Wohnzimmer kam eine gebückt gehende alte Frau mit kurzen weißen Haaren zum Vorschein, die bei unserem Anblick das ansonsten bemerkenswert glatte Gesicht in äußerst skeptische Falten legte. »Wer sind Sie, wenn ich fragen darf?«

»Das ist meine Klassenlehrerin, *farmor*«, sagte Kristina, auf Birgitta zeigend. Dann deutete sie auf mich und lächelte. »Und das ist mein *morbror* Gunnar.«

Der Ausdruck der Missbilligung verschwand aus dem Gesicht der Alten wie weggewischt. »Tatsächlich? Ja, so eine Freude! Kommen Sie, kommen Sie. Ich wusste gar nicht, dass du einen Onkel hast.« Sie griff nach Kristinas Arm. »Das ist nämlich meine Enkelin, müssen Sie wissen. Sie heißt... ähm...« Sie hielt inne und grübelte.

»Kristina«, sagte die Tochter meiner Schwester geduldig. Die Art, wie sie es sagte, ließ erkennen, dass sie es schon tausend

Mal gesagt hatte und dass sie es noch viele tausend Male sagen würde.

»Ja, genau«, freute sich ihre Großmutter. »Kristina. So ein liebes Mädchen.« Sie blinzelte, musterte mich nachdenklich. »Und wer sind Sie?«

»Gunnar«, erwiderte ich. »Der Onkel.«

»Ach, der Onkel. Schau an. Schön, dass ich Sie mal kennen lerne.«

»Komm, Oma«, sagte Kristina und schob die alte Frau sanft vor sich her. »Wir gehen ins Wohnzimmer, und ich mache uns einen Tee.«

Kurz darauf saßen wir bei Tee und Keksen um den Tisch. »Selbst gebacken«, erklärte Kristina teils stolz, teils entschuldigend, denn die Kekse waren stellenweise angebrannt. Einen Augenblick lang war es einfach nur ein gemütliches, heimeliges Familientreffen mit einer dementen, aber freudestrahlenden Großmutter. »Ach, wenn jetzt mein Hans-Olof hier wäre!«, seufzte sie selig, ohne zu ahnen, dass sie die Stimmung auf keine Weise wirkungsvoller hätte zerstören können.

Kristina sah betreten auf ihre Tasse hinunter. »Ich nehme an, ihr wollt wissen, warum ich weggelaufen bin?«

Ich schüttelte den Kopf. »Das wissen wir.«

»Alles?«

»Alles.«

»Puh«, machte sie. Ihr Blick wanderte die Maserungen der Tischplatte ab. »Ich gehe jedenfalls nicht zurück. Das gäbe bloß irgendwann ein Unglück. Und ich will Papa auch nicht anzeigen oder so einen Scheiß. Ich weiß, er ist nur so, weil er Mamas Tod nicht verkraftet hat. Er nimmt auch dauernd Tabletten, schon seit Jahren ...«

»Die Frage ist nicht, ob du zurückmusst«, sagte ich, »sondern ob das hier die richtige Lösung ist.«

»Klar«, erwiderte sie wie aus der Pistole geschossen, »auf die Weise kann ich gleich verhindern, dass Oma ins Heim muss.«

»Ins Heim?«, protestierte die alte Frau empört. »Ich geh

doch in kein Heim. Wer kümmert sich denn dann um das Haus?«

Ich wechselte einen Blick mit Birgitta, die ratlos mit den Schultern zuckte. »Ich weiß nicht, Kristina«, murmelte sie, »du bist immerhin erst vierzehn...«

»Na und? In dem Alter hat sich meine Mutter auch schon alleine durchgeschlagen.«

»A propos durchschlagen«, hakte ich ein, »wovon schlägst *du* dich denn hier durch?«

Meine Nichte setzte eine höchst unschuldige Miene auf. »Och, das ist kein Problem, Oma kriegt ganz schön viel Rente. Wenn man beim Einkaufen ein bisschen auf die Preise achtet und ein paar Sachen selber macht, reicht das locker für zwei.« Sie biss demonstrativ in einen besonders dunkel geratenen Keks.

»Aber das Geld bekommt deine Großmutter doch nicht mehr direkt ausbezahlt.«

»Seit ich mit denen vom Pflegedienst gesprochen habe, schon.«

Ich wollte etwas erwidern, als Birgitta mir die Hand auf den Arm legte und einwarf: »Ich glaube, wir müssen uns keine Sorgen machen. Erst recht nicht verglichen mit den Sorgen, die wir uns schon gemacht *haben*.«

Kristina furchte die Stirn. »Was für Sorgen?« Sie lehnte sich zurück und musterte uns skeptisch. »Was ist das überhaupt für eine Geschichte mit euch beiden...?«

Ich hörte Birgitta neben mir geräuschvoll einatmen und erwiderte: »Das erzähle ich dir ein andermal. Im Moment wüsste ich gern, wie du dir das künftig mit der Schule vorstellst.«

Ertappt. Sie blies die Backen auf, schob ihre Tasse von links nach rechts und brummelte: »Also, ehrlich gesagt kriegt man den Tag auch ohne ganz gut rum...«

»Nichts da«, verfügte ich. »Wenn man nichts lernt, kommt man nicht gut durchs Leben. Und das«, fügte ich hinzu, als

Kristina zu einer Erwiderung ansetzen wollte, »hat *deine* Mutter *mir* gesagt, als sie so alt war wie du heute. Also keine Widerrede. Wenn du hier bleiben willst, wirst du hier zur Schule gehen.«

Es gelang Birgitta, telefonisch eine Vertretung für sich zu organisieren, und so konnten wir, die anzüglichen Blicke meiner Nichte erduldend, über Nacht bleiben und am Tag darauf die zuständigen Stellen aufsuchen.

Die Leiterin des Pflegedienstes, eine handfeste Frau mit einem Knoten im Haar und der Figur einer Ringerin, war begeistert von Kristina. »Erstens«, erklärte sie, »haben wir sowieso chronischen Mangel an Personal, da kommt so etwas wie ein Geschenk des Himmels. Vor allem aber diese Einstellung! Kristina hat mir alles erzählt, wissen Sie? Die Möglichkeit zu haben, aufgrund seiner guten Noten eine Klasse überspringen zu dürfen, und sich dann dafür zu entscheiden, das gewonnene Jahr einem pflegebedürftigen Angehörigen zu widmen – ich wäre an Stelle ihrer Schulleiterin auch stolz gewesen, das sage ich Ihnen ganz offen.«

Ich konnte nur verblüfft nicken. Dieses Talent, Ausreden aus dem Ärmel zu schütteln, schien genetisch verankert zu sein.

Birgitta sprach in der Zwischenzeit mit dem Leiter des nächstgelegenen Gymnasiums. Sie hat mir die Einzelheiten erklärt, aber ich habe offen gesagt nur verstanden, dass sie am Ende irgendwie einen Weg durch das Labyrinth der Vorschriften gefunden hatten, damit Kristina ohne weitere Verzögerung in diese Schule wechseln konnte.

»Ihr Vater muss natürlich zustimmen«, schloss sie.

»Das wird er, das garantiere ich dir«, erwiderte ich.

Kristina trug die Neuigkeit mit Fassung und versprach, sich Mühe zu geben, während ihre Großmutter wieder mal wissen wollte, wer ich denn eigentlich sei.

Auf dem Rückweg musste ich tanken. An der Kasse der Tankstelle fiel mein Blick auf die Schlagzeilen der Zeitungen, und ich traute meinen Augen nicht: *Skandal um Rütlipharm* stand da, und *Illegale medizinische Versuche an Waisenkindern.*

»Die Nummer zwei?«, drang eine ungeduldige Stimme in mein Bewusstsein. »Macht 307 Kronen.«

»Und das da noch«, murmelte ich und legte das SVENSKA DAGBLADET dazu.

»Dann sind's 319.«

Das Wichtigste las ich auf dem Weg zum Wagen, den Rest in der nächsten Parkbucht. Die Polizei, die Dimitri verhaftet und seine Computer beschlagnahmt hatte, hatte offensichtlich nicht nur deren Festplatten gründlich gesichtet, sondern auch alle anderen Unterlagen, darunter die Ausdrucke von Hungerbühls geheimer Datei. Man hatte ein paar der Angaben darin überprüft und genug Verdachtsmomente gefunden, um einen Richter zu weitergehenden Beschlüssen zu bewegen. Noch während der Nobelpreisverleihung, als man Niederlassungsleiter Reto Hungerbühl ahnungslos im Auditorium des *Konserthuset* wusste, waren Beamte in alle Richtungen ausgeschwärmt. Die Niederlassung von Rütlipharm war durchsucht worden, Hungerbühls Wohnung, die Stockholmer Labors und natürlich das Waisenhaus Kråksberga. Dessen Leiter, hieß es, sei vollumfänglich geständig und habe Hungerbühl und einige seiner Mitarbeiter schwer belastet. Die Konzernzentrale erklärte, nichts von den Plänen Hungerbühls gewusst zu haben, und bot volle Kooperation mit den Behörden an, um jegliche Zweifel daran auszuräumen.

Hungerbühl selbst – inzwischen in Untersuchungshaft – schwieg zu allen Vorwürfen. Die einzige Stellungnahme, die ihm ein Reporter entlocken konnte, lautete: »Das ist alles ein Komplott gegen mich. Nichts davon ist wahr. Eine Verschwörung.«

Birgitta musste lachen, als sie das las. »Seltsam, oder? Immer diese Verschwörungen.«

»Überall«, nickte ich und drehte den Zündschlüssel. »Die reinste Landplage.«

An diesem Freitagnachmittag besuchte ich noch Lena. Ich kam gegen drei Uhr bei der Adresse an, die auf dem Paket gestanden hatte, fand eine Klingel mit dem Namen Novitzky, doch niemand öffnete. Der Hinweis ihrer ehemaligen Freundin fiel mir wieder ein, dass Lena vor vier Uhr meistens mit ihrem Sohn unterwegs sei. Aber an einem Tag wie heute? Es war kalt und windig, Schnee lag in der Luft, und dunkel war es auch schon wieder. Ich trat eine Weile unschlüssig von einem Fuß auf den anderen, dann beschloss ich, dass es keinen Sinn hatte, zu warten, und ging wieder.

Ich sah sie, als ich um die nächste Ecke bog. Wie eben der Zufall so spielt. Sie kam aus der Richtung der Bushaltestelle und schob einen Buggy vor sich her, während ihr Sohn, anstatt sich schieben zu lassen, begeistert einen Schneematschhaufen nach dem anderen zertrat. Sie sah ihm dabei mit einem sanften Lächeln zu, das vor Glück förmlich leuchtete.

»Na? Komm«, gurrte sie, als der Kleine vor einer blinkenden Schaufensterreklame verharrte. »Komm, Sven, wir gehen nach Hause...«

»Nein!«, krähte er, setzte sich jedoch gehorsam in Bewegung. Mit trippelnden Schritten holte er den Buggy ein und machte Anstalten, in den Sitz zu klettern. Genug getobt.

Lena half ihm hinein, befestigte den Gurt, und in dem Moment, in dem sie sich wieder aufrichtete und den Weg fortsetzen wollte, sah sie mich keine zehn Meter entfernt stehen.

»Gunnar?«, sagte sie mit weit aufgerissenen Augen.

»Hallo, Lena«, erwiderte ich und nahm die Hände aus den Taschen. »Ich wollte mich bloß für das Paket bedanken.« Ich hatte noch mehr sagen wollen. Ich hatte mich entschuldigen wollen für so viele Dinge, die ich in der Zeit, in der wir zusammen gewesen waren, gesagt oder getan hatte. Für die vielen Male, an denen ich sie betrogen, allein gelassen, ruppig behandelt, ihre ruhige Freundlichkeit ausgenutzt hatte...

Aber es wollte mir nicht über die Lippen. Die Vergangenheit war vergangen. Trotz aller verlegenen Überraschung, mich wie aus dem Nichts vor sich zu sehen, strahlte Lena eine Zufriedenheit und ein Glück aus, das ich so an ihr nie gesehen hatte. Wozu die alten Geschichten noch einmal aufrühren?

»Na ja«, sagte sie mit einem schwachen Lächeln. »Wie gesagt, ich hatte es versprochen und ... ach, so viel Mühe war es nicht.«

»Trotzdem danke.«

»Bitte.« Ein verlegener Moment, den ihr Sohn mit einem zornigen Schrei durchbrach. Er begann, den Oberkörper vor- und zurückzuschaukeln, als hoffe er, dadurch den Buggy in Bewegung zu setzen.

»Das ist dann also wohl Sven«, sagte ich. Was man eben so sagt.

Sven hielt inne, als er mich seinen Namen sagen hörte.

»Ja«, nickte Lena. »Das ist er.« Sie strich ihm über den Kopf, rückte die Mütze zurecht. »Es geht ihm wieder besser, Gott sei Dank.« Sie zögerte einen Moment, dann fuhr sie fort: »Er hat eine Stoffwechselstörung, die früher zu Behinderungen geführt hätte, weißt du? Aber zum Glück gibt es jetzt etwas dagegen, und der Arzt sagt, er wird es schaffen. Ich bin so froh.«

»Ja«, sagte ich. »Das glaube ich.«

Der Korb unter dem Sitz des Buggy war voller Spielsachen, Ersatzkleidung und Reservewindeln. Mittendrin erspähte ich eine dickhalsige weiße Flasche mit einem Signet auf dem Verschluss, das ich inzwischen aus jeder Perspektive erkannt hätte: das Logo von Rütlipharm.

»Du siehst besser aus«, sagte Lena und lächelte verlegen. »Irgendwie.«

»Ich bin bloß älter geworden«, erwiderte ich.

»Nein, es ist irgendwie...« Sie suchte nach Worten. »Als seien früher schwarze Wolken um deinen Kopf gewesen, und jetzt sind sie verschwunden.«

Ich sah sie an und war einen Moment sprachlos. »Du...«, begann ich schließlich und musste mich räuspern, »du siehst großartig aus. Wirklich. Es scheint dir gut zu bekommen, das alles… du weißt schon…«

Sie lächelte, nickte. Sven fing wieder an zu quengeln. »Ja«, sagte sie.

»Wie gesagt«, plapperte ich mit einer fahrigen Handbewegung weiter, »ich wollte mich wirklich einfach nur bedanken und… na ja…« Und dann sagte ich es doch. »Mir tut vieles Leid, was ich damals getan habe. Ich war oft… nicht freundlich.« Ich spürte, wie mir unter der Jacke der Schweiß ausbrach. Obwohl es selbst für einen ersten Versuch mickrig war.

Sie lächelte nachsichtig. »Ja, das warst du wirklich.«

»Heim, heim, heim«, quäkte der Junge und bäumte sich verärgert auf.

»Du hörst es«, sagte Lena. »Wir müssen.«

»Ja«, sagte ich und trat beiseite. »Klar. Entschuldige, ich… Ich wollte dich nicht… Ihm wird kalt sein, nicht wahr?«

»Ihm ist bestimmt nicht kalt. Nur langweilig.« Ihr Blick bekam etwas Wachsames. »Gunnar, was ist mit dir?«

»Nichts. Wirklich.«

Sie holte kurz entschlossen eine Flasche Tee aus dem Korb, schraubte den Deckel über dem Sauger ab und reichte sie ihrem Sohn, der begeistert zu nuckeln begann. »Erzähl.«

Ich öffnete den Mund, um zu beteuern, dass es nichts zu erzählen gäbe, aber dann brach es doch aus mir heraus, alles, die Geschichte mit Hans-Olof, die Geschichte mit Inga, in Sätzen, die in meinen eigenen Ohren sinnlos klangen, wie sie da zusammen mit dünnen weißen Atemwolken aus meinem Mund kamen, doch Lena schien trotzdem zu verstehen. »Ich war es selbst, verstehst du?«, sagte ich zum Schluss, mit einer Stimme, die zitterte. »Dieser Albtraum von Welt, in dem ich mein ganzes Leben lang gelebt habe, den habe ich mir selber gemacht. Ich habe mich eingemauert, habe mir aus Angst und Misstrauen mein eigenes Gefängnis gebaut. Ich wollte Inga beschützen, meine Familie… aber letzten Endes habe ich sie genau dadurch umgebracht. Wie soll ich das jemals wieder gutmachen? Wie soll ich da jemals herauskommen?«

»Aber Gunnar«, sagte Lena leise. »Du bist doch schon draußen.«

»Was?«

Sie strich sich eine Haarsträhne aus der Stirn. »Was du erzählst, kann nur jemand erzählen, der schon außerhalb des Gefängnisses steht. Wieder gutmachen... man kann nichts wieder gutmachen, was geschehen ist. Aber Inga würde nicht wollen, dass du deswegen vor deinem Gefängnis stehen bleibst. Sie würde wollen, dass du dich umdrehst und gehst und den Rest deines Lebens in Freiheit lebst.«

Damit griff sie meine Hand, drückte sie und lächelte. Nur kurz, und sie ließ gleich wieder los, weil ihr Sohn die Teeflasche leer hatte und wieder zu quengeln anfing und es nun aber wirklich Zeit war zu gehen. Ich blickte ihr nach, wie sie mit dem Kleinen davon und um die Ecke zog, mit einem letzten Winken, und das war das letzte Mal, dass ich sie gesehen habe.

Aber wenn ich heute daran zurückdenke, dann bin ich überzeugt, dass ich nicht mehr am Leben wäre, wenn ich sie nicht getroffen und wenn sie meine Hand nicht gedrückt hätte.

Den Rest des Nachmittags fuhr ich mit der U-Bahn, planlos, ziellos, mit tränenblinden Augen, starrte aus Fenstern und sah nichts, stieg an Endstationen aus und gleich wieder ein, bis sich das Wunder – ich kann es nicht anders nennen – vollendet hatte. Als ich wieder an die Oberfläche stieg, tat ich es mit einem Gefühl, das dem am Morgen nach einer Nacht der Fieberkrise ähnelte: Das Fieber ist noch nicht ganz verschwunden, aber man ist auf dem Weg der Besserung. Ich war wieder imstande, zu verstehen, was eine Uhr anzeigte, und Pläne zu machen für die kommenden Stunden.

Zuerst erfüllte ich ein Versprechen: Ich rief Sofía Hernández Cruz im *Grand Hotel* an und berichtete ihr, wie die Sache ausgegangen war. Dann verbrachte ich die Zeit, die blieb, bis die Läden schlossen, mit der wundervoll banalen Tätigkeit, mich nach Möbeln für meine neue Wohnung umzusehen.

Gegen halb neun Uhr abends betrat ich schließlich das *Serwito* in der Regeringsgatan. Ein intensiver Geruch nach frischen Spaghetti, Tomatensoße und Knoblauch empfing mich sowie ein Kellner, der wissen wollte, ob ich reserviert hatte. Sein skeptischer Blick brachte mir zu Bewusstsein, dass auch eine Generalüberholung meines Äußeren anstand.

»Nein«, gab ich zu. »Aber ich will nur nachsehen, ob jemand Bestimmtes hier ist.«

»Bitte«, sagte der Kellner und gab den Weg frei, aber in dem Wort schwang ein *ich behalte Sie im Auge* mit.

Der, den ich suchte, war tatsächlich da. Nicht nur das, er saß auch, umfangreich und unübersehbar, an genau dem Tisch, an dem ich ihn anzutreffen erhofft hatte. Ein Mann mit unveränderlichen Ritualen.

»Sie sehen mich erstaunt«, sagte Tove Mårtensson gänzlich unerstaunt und musterte mich über den oberen Rand seiner schmalen Brille hinweg, als ich ihm gegenüber Platz nahm. Er hatte einen großen Antipasti-Teller und eine angebrochene Flasche Chianti vor sich, die unter Garantie vom hochpreisigen Ende der Karte stammte. »Ich darf doch davon ausgehen, dass Sie nicht einfach nur zufällig hier sind und mal Hallo sagen wollten?«

»Stimmt«, sagte ich. »Ich möchte Sie um etwas bitten.«

Mårtensson spießte eine getrocknete, in Öl eingelegte Tomate auf. »Dass Sie noch wissen, dass ich Kanzleiräume unterhalte und auch, wo sich diese befinden, haben Sie letzte Woche doch unter Beweis gestellt. Warum, frage ich mich«, sagte er, schob sich den Bissen in den Mund, kaute ihn genüsslich, schluckte ihn hinunter, spülte mit einem Schluck Wein nach und fuhr fort, »riskieren Sie, mich bei einer quasi heiligen Handlung zu stören und mich dadurch geneigt zu machen, Ihre Bitte abzulehnen?«

»Es sind sogar zwei Bitten.«

Nun hoben sich seine Augenbrauen. »Das wird ja immer schlimmer.«

Ich musste lächeln. »Als Erstes«, sagte ich und legte die Hände gefaltet vor mir auf den Tisch, »möchte ich Sie um Verzeihung dafür bitten, dass ich Sie neulich so angeblafft habe.«

Mårtensson stutzte, musterte mich eindringlich. »Nur um ganz sicherzugehen: Haben Sie eben das Wort ›Verzeihung‹ in den Mund genommen? Denn wenn nicht, muss ich einen anderen Wein kommen lassen.«

»Der Wein ist in Ordnung, schätze ich.«

»Ich bin beruhigt. Er ist nämlich schweineteuer.«

»Zweitens«, fuhr ich fort, »möchte ich Sie um Hilfe für einen Freund bitten.«

Mårtensson legte das Besteck weg, nahm die Brille ab und massierte sich ausgiebig die Nasenwurzel. »Ein Abend der Wunder. Gunnar Forsberg kümmert sich um jemand anderen als sich selber. Dass ich das noch erleben darf, wird mich heute vor Entzücken nicht schlafen lassen.« Er setzte die Brille umständlich wieder auf und musterte mich blinzelnd. »Ich nehme an, es ist dringend, oder? Also reden Sie schon. Und leise, wenn möglich.«

Ich beugte mich also vor und erzählte ihm halblaut, was es über Dimitri zu wissen gab. Die verhaltene italienische Musik, die das Lokal berieselte, tat das ihre, um nichts davon bis an den nächsten Tisch dringen zu lassen, an dem ohnehin nur ein verliebt turtelndes Pärchen saß, das sichtlich anderes im Kopf hatte.

Mårtensson widmete sich dem Verzehr einer Artischocke und fragte dann: »Diese Sache in Russland – wissen Sie, worum es da geht?«

»Nein. Aber wie ich Dimitri kenne, ist er schuldig wie Judas.«

»Hmm, verstehe.« Er überlegte kauend. »Wann ist er verhaftet worden? Dienstag? Das heißt, dann ist er, wie ich die Sache einschätze, am Mittwoch... allerdings war das der Nobeltag, da macht man so was eher nicht, sagen wir also, am Donnerstag in den Flieger gesetzt worden. Heute ist Freitag, und auch das nicht mehr lange, dann Wochenende... Das heißt, Ihr Freund sitzt auf jeden Fall schon in einem russischen Gefängnis. Gut, ich werde sehen, was sich da machen lässt. Ich habe ein paar Beziehungen nach Petersburg, da sollte sich ein Kollege finden, der vor Ort tätig werden kann.«

»Danke«, sagte ich.

Mårtensson faltete eine mächtige Scheibe Parmaschinken auf seine Gabel. »Darf ich bei der Gelegenheit fragen, wie Sie mich zu bezahlen gedenken? Billig wird das nämlich nicht, das kann ich Ihnen gleich sagen.«

»Ich habe noch Geld, keine Sorge.«

»Aus illegalen Geschäften, nehme ich an?«

»Kein Kommentar. Außerdem sieht man das den Geldscheinen nicht an.«

»*Non olet*, ja, sicher.« Mårtensson wog die Gabel mit dem Schinken in der Hand. »Gunnar, Sie sind doch ein schlauer Junge. Könnte es Sie nicht interessieren, Ihre unbezweifelten Talente auf legalem Wege zu Geld zu machen? Und zwar zu viel mehr Geld, als Ihre riskanten Jobs Ihnen in der Vergangenheit je eingebracht haben?«

Mein Körper spannte sich. Einen Augenblick lang spürte ich den Impuls, aufzustehen und zu gehen. Ein Impuls direkt aus meinen Zellen, die den Verlust der Freiheit fürchteten. Doch er war nicht mehr stark genug, oder irgendetwas anderes war geschehen, jedenfalls konnte ich ihn vorüberziehen lassen, ruhig sitzen bleiben und sagen: »Reden Sie weiter.«

»Ich könnte Ihnen auf der Stelle ein halbes Dutzend Klienten vermitteln, die Ihren Rat dringend brauchen und das auch wissen. Und anders als Ihr sauberer Bewährungshelfer will ich keine Öre Provision dafür. Das Gefühl, meine gute Tat für den Tag vollbracht zu haben, würde mir vollauf reichen.«

KAPITEL 52

So arbeite ich nun als Sicherheitsberater. Anstatt bei Firmen einzubrechen und ihre Informationen zu stehlen, berate ich sie, wie sie Einbrüche verhindern und ihre Informationen gegen Spione schützen können. Das mag keine sonderlich originelle Wandlung sein, aber sie ist einträglich. Erstaunlich einträglich sogar: An der Rundumrenovierung des Sicherheitssystems einer Firma verdiene ich mehr, als mir früher ein Diebstahl ihrer sämtlichen Firmengeheimnisse eingebracht hätte. Meine eingefleischt negative Einstellung hilft mir hervorragend, mich in mögliche Pläne böser Buben hineinzudenken, und ich habe festgestellt, dass das genügen kann, um abends zufrieden ins Bett zu sinken.

Das wirklich Verblüffende ist, dass der oft gehörte Spruch, Verbrechen lohne sich nicht, auf eine ganz andere Weise wahr ist, als man gemeinhin denkt. Wenn ich mir anschaue, was für Mühen und Risiken ich früher auf mich genommen habe und wie wenig letztendlich dabei herausgesprungen ist, kann ich nur den Kopf schütteln. Zugegeben, man muss redlich verdientes Geld versteuern, und der schwedische Staat ist nicht zimperlich. Aber Fahlander war es auch nicht. Vielleicht sollte man darüber mal Vorträge halten in den Gefängnissen dieser Welt.

Meine Firma mit genau dem Geld zu gründen, das ich durch meine letzten illegalen Aktionen verdient hatte, hat mir im Gegensatz zu Mårtensson allerdings nicht die geringsten Gewissensbisse bereitet. Immerhin wird es auf diese Weise sozusagen einem guten Zweck zugeführt, nicht wahr?

Natürlich habe ich das Büro behalten, das zu meiner Wohnung gehört. Jetzt steht ein Schreibtisch darin, ein Ledersessel, ein Computer mit Internetanschluss und ein paar Regale für den Buchhaltungskram, die technischen Prospekte von Anbietern für Sicherheitstechnik und die Fachzeitschriften. Eine Teilzeitkraft nimmt nachmittags Anrufe entgegen, erledigt Korrespondenz, tütet Informationsmaterial ein und verbucht meine Ausgabenbelege. Die Einnahmen verbuche ich lieber selber, dazu begeistert mich deren Höhe immer noch viel zu sehr. Mehr brauche ich nicht, denn der Hauptteil meiner Arbeit findet wie eh und je auf dem Grund und Boden fremder Firmen statt.

Wenn ich einen potenziellen Kunden das erste Mal aufsuche, lasse ich nach Möglichkeit innerhalb der ersten fünf Minuten folgenden Spruch los: »Ich habe insgesamt acht Jahre wegen Industriespionage im Gefängnis gesessen. Hätten mir die Behörden alles nachweisen können, was ich tatsächlich getan habe, wären es wahrscheinlich acht*hundert* Jahre geworden. Leute wie mich gibt es da draußen wie Sand am Meer. Sie können mich ab jetzt auf Ihrer Seite haben oder versuchen, allein klarzukommen. Suchen Sie es sich aus.«

Das mit dem »wie Sand am Meer« ist ein wenig übertrieben, wie Marketing das nun einmal so an sich hat. Ansonsten schlägt meine Selbstdarstellung jedes Mal ein wie eine Bombe. Sie entwaffnet, klärt die Fronten, und bis jetzt hat noch keiner länger als vierundzwanzig Stunden gezögert, mir zuzusagen. Ich kann mich, wie es so schön heißt, vor Aufträgen kaum retten.

Soweit mir Zeit bleibt, schreibe ich übrigens nun nebenbei tatsächlich an einem Lehrbuch über Industriespionage. Ich habe einen Verleger kennen gelernt, der Fachbücher für die Wirtschaft herausgibt, und er ist äußerst interessiert. Im Zuge meiner Recherchen dafür – meine ehemaligen Kollegen und heutigen Gegner haben in der Zeit, die ich im Gefängnis verbracht habe, allerhand Schlagzeilen gemacht – war ich übrigens auch wieder im Archiv des AFTONBLADET, in dem Anders Östlund natürlich nach wie vor arbeitet. Die Auskunft der Telefonistin seinerzeit hatte offenbar auf einer Verwechslung mit einem jungen Layouter gleichen Namens beruht.

Einer meiner ersten, noch von Mårtensson vermittelten Kunden war, anbei bemerkt, niemand anders als die Rütlipharm AG. Die Leute in der schwedischen Niederlassung waren perplex, als ich ihnen den Trick mit dem Magneten demonstrierte. Zu meinem eigenen Erstaunen fühlte ich sogar so etwas wie Befriedigung, den Schrott von Reynolds auf dem Müll landen zu sehen.

Anschließend flog ich auf Einladung der Zentrale nach Basel. Kein Geringerer als Dr. Felix Herwiller, der Vorstandsvorsitzende höchstpersönlich, begehrte mich zu sprechen. Die Unterredung in seinem großen, mit karger Strenge eingerichteten Büro dauerte fast drei Stunden, und in der Zeit redeten wir mehr über die Machenschaften der Pharmaindustrie als über die Konditionen meines Auftrags. Der Schweizer, ein asketisch wirkender Endfünfziger mit schütterem grauem Haar, ist zwar ein knallharter Geschäftsmann, aber er ist es auf eine nicht unsympathische Weise, und dass er Hungerbühls Konzept von der »chemischen Steuerung des täglichen Lebens« als jenseits des für ihn Akzeptablen sah, nahm mich für ihn ein.

Ich kehrte mit einem Auftrag zurück, der mich in den kommenden Jahren um die ganze Welt führen und die Rütlipharm AG Millionen kosten wird. Schweizer Franken, wohlgemerkt. Und ein guter Teil davon fließt in meine Taschen.

Unmittelbar nach dieser Rückkehr habe ich Birgitta in den Rathauskeller ausgeführt und ihr vor dem Hauptgang des Nobelmenüs einen Heiratsantrag gemacht. Es wäre ein weiteres Mal wunderbar unoriginell, wenn ich jetzt auch berichten könnte, dass sie ihn angenommen hat: Das hat sie leider nicht. Sie hat sich Bedenkzeit ausgebeten, mindestens ein Jahr. Sie war wortkarg hinsichtlich ihrer Gründe, aber ich glaube verstanden zu haben, dass sie noch nicht ganz über die Trennung von ihrem

Mann hinweg ist – dessen Bild sie übrigens auf eine entsprechende Bemerkung von mir erschrocken abgehängt hat.

Und vielleicht, denke ich, knabbert sie auch noch an dem, was ich Inga angetan habe.

Kristina ist bei ihrer Weigerung geblieben, zurückzukommen. Sie ist fest entschlossen, in Vimmerby zu bleiben und für ihre Großmutter zu sorgen, solange diese lebt. Was noch ziemlich lange sein kann, meinem Eindruck nach. Das mit der Schule scheint auch zu funktionieren. Ihr Vater hat dem Arrangement zähneknirschend zugestimmt und schickt nun allmonatlich Geld, sodass die beiden nicht mehr nur auf die Rente der alten Dame angewiesen sind. Dass sie außerdem noch etwas von mir bekommt, wird sie ihm sicher nicht auf die Nase binden.

Was Hans-Olof selbst betrifft, betrachte ich ihn als meiner Familie nicht länger zugehörig. Am zweitliebsten hätte ich ihn angezeigt, doch Mårtensson hat nur abgewunken: Das bringe nichts, denn es sei nichts Justiziables geschehen. »Er hat eine Decke hochgehoben, Gunnar«, erklärte er mir. »Weiter nichts. Im Grunde hätte er sich problemlos damit herausreden können, alles sei ein Missverständnis gewesen. Wundert mich, dass er es nicht getan hat.«

»In seinem Kopf *ist* es passiert«, erwiderte ich. »Deshalb.«

»Mag sein, aber das ist nicht strafbar«, beharrte Mårtensson.

Doch als wolle er sich selbst bestrafen, tat Hans-Olof etwas, das mich maßlos verblüffte, als ich davon erfuhr: Er gab seine Professur am Karolinska und seine Mitgliedschaft in der Nobelversammlung auf und arbeitet seither als gewöhnlicher Apotheker im Krankenhaus von Sundbyberg.

Der Grund dafür war mir ein Rätsel – bis zu jenem Abend in Basel, als ich nach dem Gespräch mit dem Vorstandsvorsitzenden der Rütlipharm AG einer Einladung von Sofía Hernández Cruz in ihre Wohnung am Rheinufer folgte.

»Nach Ihrem Anruf«, erzählte sie, »habe ich unter vier Augen mit dem Vorsitzenden des Nobelkomitees gesprochen. Er hat dann seinerseits ein Gespräch mit Ihrem Schwager geführt und ihm nahe gelegt, diejenigen Konsequenzen zu ziehen, die seinem Verständnis nach mit der Würde des Nobelpreises am besten vereinbar seien.«

»Und daraufhin hat er gekündigt?«

»Am nächsten Tag.«

»Allerhand.« Ich betrachtete den spanischen Wein in meinem Glas. Ein Priorato. Den Namen musste ich mir merken, auch wenn ich es für unwahrscheinlich hielt, dass sich ein so edler Tropfen in den SYSTEMBOLAGET-Läden finden lassen würde. »Der Nobelpreis, ja. Wie hat er denn nun Ihr Leben verändert?«

Sofía Hernández Cruz lächelte rätselvoll. »Nicht so sehr wie Ihres, scheint mir.« Als ich nickte, fuhr sie fort: »Wie hat er mein Leben verändert? Der Rektor der Universität von Alicante hat mir geschrieben. Ob sie einen Flügel der neuen Bibliothek nach mir benennen dürften.«

»So ein Zufall.«

»Ja, unverschämt, oder? Und sonst... Es gibt Neid. Ich hätte jetzt alles erreicht, was man als Forscher erreichen kann, sagt man mir, also solle ich doch mal zurückstecken, wenn es um Forschungsmittel geht.« Sie sah auf den in der Dunkelheit zu erahnenden Rhein hinab, auf dem die Positionslichter eines Schiffes vorüberzogen. »In ein paar Jahren wird es dann wahrscheinlich heißen, ich hätte meinen Zenit schon überschritten, und man wird aufhören, noch etwas von mir zu erwarten.«

»Das klingt, als sollten Sie besser auch umsatteln.«

Sie lachte auf und schüttelte den Kopf. »Nein. Ich tue das, was ich immer getan habe – ich mache einfach weiter. Letzten Endes ist auch der Nobelpreis nur ein Preis. Eine Verzierung. Das, worauf es ankommt, ist das, was man tut, und das Leben, das man führt.«

»*Nazdarowje*«, sagte ich.

Womit wir bei Dimitri wären. Mårtenssons Nachforschungen hinsichtlich seines Schicksals erbrachten Erstaunliches:

Auf unerklärliche Weise war er nämlich den Sicherheitskräften auf dem Weg nach Russland *abhanden gekommen*. Der russische Staatsanwalt soll getobt haben. Die schwedische Polizei orakelte von dunklen Machenschaften. Doch es half alles nichts, Dimitri war spurlos verschwunden und blieb es.

Mir fiel, als ich davon hörte, das alte Mobiltelefon wieder ein, das ich seit jenem bewussten Tag nicht mehr benutzt hatte. Ich fand es verstaubt und entladen in einer Schublade. Als ich es auflud und einschaltete, war eine Mitteilung von Leonid auf der Mailbox, in der er um Rückruf bat. In Anbetracht dessen, dass nur Hans-Olof und Dimitri die Nummer dieses Telefons gekannt hatten, sagte das schon fast alles.

Dimitri, erzählte mir Leonid, sei längst wieder in Schweden, diesmal hoch droben in Västerbotten. Er sei in einem Zeugenschutzprogramm untergekommen und dürfe keinen Kontakt zu seinem früheren Umfeld aufnehmen. Was Dimitri da zu bezeugen hatte oder was das Ganze sollte, wusste Leonid auch nicht, nur, dass Dimitri mich ungeachtet aller Vorschriften unbedingt zu seiner in Kürze stattfindenden Hochzeit einladen wolle. Er habe nämlich endlich die Frau seines Lebens gefunden.

Eine Polizistin…

Die Menschheit vor ihrer größten Herausforderung: Das Ende des Erdölzeitalters steht bevor!

Andreas Eschbach
AUSGEBRANNT
Thriller
ca. 752 Seiten
Gebunden mit Schutzumschlag
ISBN 978-3-7857-2274-9

Stellen Sie sich vor, der Liter Superbenzin würde über 4 Euro kosten. Ein Albtraum? Ja. Bloß wäre es erst der Anfang. Denn das Ölzeitalter wird nicht erst mit dem letzten Barrel enden. Es endet, sobald mehr verbraucht wird, als gefördert werden kann. Und dieser Moment ist näher, als die meisten ahnen. Das Problem: Niemand hat einen Plan für die Zeit danach. Auch Markus Westermann weiß von all dem nichts – bis er Karl Walter Block kennen lernt. Der alte Öltechniker behauptet, dass in den Tiefen der Erde noch genug Öl für die nächsten tausend Jahre schlummert, und dass nur er die Methode kennt, wie man es findet. Als in Saudi-Arabien das größte Ölfeld der Welt versiegt, steht die Menschheit plötzlich vor ihrer größten Herausforderung ...

Gustav Lübbe Verlag
Auch als Hörbuch bei Lübbe Audio

*Fremder, der Du einkehrst
unter mein Dach – FÜRCHTE DICH!*

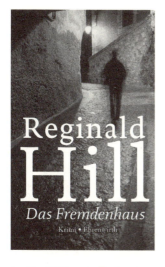

Reginald Hill
DAS FREMDENHAUS
Roman
544 Seiten
Gebunden mit Schutzumschlag
ISBN 978-3-431-03704-3

Im Dorf Illthwaite findet das gemächliche Leben ein jähes Ende, als zwei Fremde auftauchen: Sam Flood, eine junge Australierin, deren Großmutter aufgrund einer dubiosen Aussiedlungsinitiative Illthwaite verlassen musste, und Miguel Madero, ein spanischer Priester, der nach einem Vorfahren forscht, der zuletzt gesehen wurde, als er an Bord eines Schiffes ging, das zur Spanischen Armada gehörte. Es scheint, als seien Sams und Miguels Schicksal miteinander verknüpft, denn plötzlich trachtet man ihnen nach dem Leben. Welches dunkle Geheimnis birgt das kleine Dorf, und welche Rolle spielt das alte historische Fremdenhaus dabei?

»Hills Romane sind wahrhaft Tänze zur Musik der Zeit.«

IAN RANKIN

Ehrenwirth

Sie selbst ist ohne Sünde, doch viele sind bereit, für sie die größten aller Sünden zu begehen!

Peter Millar
DIE SCHWARZE MADONNA
Thriller
464 Seiten
ISBN 978-3-404-15656-6

Mord, Verrat, Betrug. Als in Gaza eine wertvolle schwarze Madonnenstatue gestohlen wird, beginnt eine abenteuerliche und gnadenlose Jagd quer durch ganz Europa. Welches Geheimnis birgt die Statue? Sie ist vermutlich das älteste bekannte Bildnis der Madonna mit Kind, angeblich von einem der Evangelisten selbst angefertigt. Die junge Archäologin Nazrim glaubt jedoch, die Ikone stamme gar aus vorchristlicher Zeit, und sieht in ihr einen Beweis dafür, dass die ganze Madonnen-Legende auf einen heidnischen Mythos zurückgeht. Ging es bei dem Diebstahl tatsächlich nur um materielle Werte? Oder wollen bestimmte Gruppen verhindern, dass unangenehme Wahrheiten ans Licht kommen?

Bastei Lübbe Taschenbuch

*»Dieser Thriller ist eine Offenbarung
der schwedischen Literatur.«*
HALLANDSPOSTEN

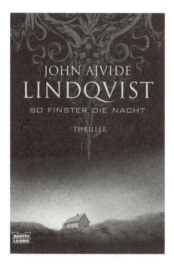

John Ajvide Lindqvist
SO FINSTER DIE NACHT
Roman
640 Seiten
ISBN 978-3-404-15755-6

In dem Stockholmer Vorort Blackeberg wird die Leiche eines Jungen gefunden. Sein Körper enthält keinen Tropfen Blut mehr. Alles deutet auf einen Ritualmörder hin. Noch ahnt niemand, was tatsächlich geschehen ist. Auch der zwölfjährige Oskar verfolgt fasziniert die Nachrichten. Wer könnte der Mörder sein? Und warum sind in der Nachbarwohnung die Fenster stets verhangen …
Eine fesselnde Geschichte über Liebe, Rache – und das Grauen.

»Ein sehr beeindruckender Roman, der den internationalen Vergleich mit den besten seines Genres nicht scheuen muss.«
Dagens Nyheter

Bastei Lübbe Taschenbuch

*Wochenlang auf der Bestsellerliste,
jetzt endlich im Taschenbuch!*

Craig Russell
BLUTADLER
Roman
416 Seiten
ISBN 978-3-404-15746-4

In Hamburg versetzt ein Serienmörder die Bewohner der Hansestadt in Angst und Schrecken. Der Täter folgt einem Ritus, der aus der Zeit der Wikinger stammt und unter der Bezeichnung »Blutadler« bekannt ist. Hauptkommissar Jan Fabel wird mit der Aufklärung der brutalen Verbrechen betraut. Bei seinen Recherchen stößt er auf einen geheimnisvollen Kult, dessen Mitglieder vor keinem Opfer zurückschrecken …

Craig Russell ist der neue Star im Thriller-Genre!

Bastei Lübbe Taschenbuch